○ 唐代卷 ○

巫山诗文

陈卫星 编注

重庆出版集团 重庆出版社

图书在版编目(CIP)数据

巫山诗文·唐代卷 / 陈卫星编注. —重庆:重庆出版社,
2013.12
　ISBN 978-7-229-07213-1

Ⅰ.①巫… Ⅱ.①陈… Ⅲ.①古典诗歌—诗集—中国—
唐代 ②古典散文—散文集—中国—唐代 Ⅳ.①I211

中国版本图书馆 CIP 数据核字(2013)第 284692 号

巫山诗文·唐代卷
WUSHAN SHIWEN·TANGDAI JUAN
陈卫星　编注

出　版　人:罗小卫
责任编辑:陶志宏　汪晨霜
责任校对:廖应碧
装帧设计:重庆出版集团艺术设计有限公司·陈　永　卢晓鸣

重庆出版集团
重庆出版社　出版

重庆长江二路 205 号　邮政编码:400016　http://www.cqph.com
重庆出版集团艺术设计有限公司制版
重庆华林天美印务有限公司印刷
重庆出版集团图书发行有限公司发行
E-MAIL:fxchu@cqph.com　邮购电话:023-68809452
全国新华书店经销

开本:787mm×1 092mm　1/16　印张:45　字数:912 千
2013 年 12 月第 1 版　2013 年 12 月第 1 次印刷
ISBN 978-7-229-07213-1
定价:128.00 元

如有印装质量问题,请向本集团图书发行有限公司调换:023-68706683

前　言

　　君不见巫山高高半天起，绝壁千寻尽相似。

　　君不见巫山磕匝翠屏开，湘江碧水绕山来。

　　绿树春娇明月峡，红花朝覆白云台。

　　台上朝云无定所，此中窈窕神仙女。

　　仙女盈盈仙骨飞，清容出没有光辉。

　　欲暮高唐行雨送，今宵定入荆王梦。

　　荆王梦里爱秾华，枕席初开红帐遮。

　　可怜欲晓啼猿处，说道巫山是妾家。[1]

　　巫山位于长江上、中游之交，地形地貌奇特，山重水复，风光旖旎，雄奇而不乏秀丽，从汉代乐府诗开始，就有了"巫山高，高以大"的歌咏，并由此开启了中国文学史上"巫山高"创作的历史潮流。巫山也是中国巫文化的重要发源地，这里的先民创造了灿烂辉煌的古代文明，早在《山海经》当中就有了关于巫山的诸多记载。巫山地处巴渝地区和荆楚地区边界，这里不仅是巴文化和楚文化的起源地之一，也是巴、楚文化交流和融合的重要区域。发源于此地的巫山神女文化，已经成为中华民族心灵深处的一种精神期望、理想寄托和审美追求，成为中华民族文化心理的一种独特象征。千百年来，巫山神女已经成为了中华民族的爱神和美神。中国人对爱的向往和对美的追求，在有意无意之中，总是同巫山神女紧紧联系在一起。在文化繁荣、诗歌发展达到鼎盛的唐朝，巫山更是吸引着无数文人墨客的关注，成就了难以数计的锦绣篇章。

一、唐代巫山历史沿革与文学创作

　　远古神话中，有不少关于"巫"和"巫山"的内容。有文字记载可以考

实的情况,仍可追溯至上古时代。大禹治水成功之后,析天下为九州,巫山属荆州之域。[2] 春秋战国时期,巫属楚国,置巫郡。秦昭襄王三十年(前277)建巫县。东汉建安十五年(210),刘备主荆州,析巫县置北井县。蜀汉章武二年(222),县境属吴,隶属宜都郡。吴孙休永安三年(260)分宜都郡置建平郡,治巫县。西晋秦始四年(268)属巴东郡。隋开皇三年(583)置建平郡,巫县更名为巫山县,后废建平郡,仍属巴东郡。

入唐之后,唐高祖李渊武德元年(618)改巴东郡为信州,巫山、人复(今重庆奉节)、云安(今重庆云阳)、南浦(今重庆万州)、梁山(今重庆梁平)、太昌(大昌,今重庆巫山和巫溪部分地区)、武宁(今重庆万州武陵镇一带)等七县属信州。武德二年(619,杜佑《通典》说为武德三年),避皇外祖独孤信讳,改信州为夔州,武宁、南浦、梁山三县改属浦州,其余四县仍属夔州。同时,在夔州置总管,管夔、硤、施、业、浦、涪、渝、谷、南、智、务、黔、克、思、巫(此非指巫山,而是指湖南怀化洪江至贵州天柱一带)、平十九州。贞观十四年(640),夔州建都督府,督归、夔、忠、万、涪、渝、南七州。随后,罢都督府,即夔州仅辖巫山、人复、云安、大昌四县。天宝元年(742),改为夔州为云安郡,上述四县来属。乾元元年(758),复为夔州。二年,刺史唐论请升为都督府,但不久即废。[3] 总体而言,虽然夔州府在一段时间之中行使了都督巴渝东部地区的职能,但就夔州自身所直接管理的地域来说,变化不大,即从唐王朝建立的第二年开始直至衰亡,夔州一直直接管辖巫山、人复、云安、大昌四县。

巫山物产比较丰富,据《新唐书》所载,夔州主要的出产有:纻锡布、熊、罴、山鸡、茶、柑、橘、蜜、蜡。[4] 这些物产,巫山均有产出。值得关注的是,夔州各县均产"柑"和"橘",但在历史上巫山朱橘却享有极高的知名度和美誉度。唐代茶圣陆羽《茶经》记载:"傅巽《七诲》:蒲桃、宛奈、齐柿、燕栗、峘阳黄梨、巫山朱橘、南中茶子、西极石蜜。"[5] 朱橘,即红桔。全国共列七种地方特产,巫山红桔跻身其间,可见其名声之大,影响范围之广。傅巽为三国时人,原为刘表之臣,曾作客于荆州,后归于曹操,赐爵关内侯,曹丕即位后任侍中尚书。其所述内容,当代表了汉魏之时人们的认识。而唐代茶圣陆羽重提此事,说明至少到了唐代,巫山红桔依然享有盛誉。三峡地区一向盛产红桔,今天仍然如此,有些地方还仍然把红桔作为一种品牌在进行宣传和推广。巫山红桔在历史上曾产生过这样巨大的影响,这种历史文化资源在巫山却没有得到传承和利用,还是非常可惜的。

在夔州四县中,巫山的地位向来举足轻重,再加上巫山特有的文化因素,更是为朝廷官员和文人墨客所关注。贞元时夔州刺史李贻孙撰《夔州都督府记》,其中就特地说明:"(夔州都督府)东水行一百七里,得县曰巫山。神女之庙,楚王之祠,高唐阳台之观,朝云暮雨之府,形势在焉。"[6]大历二年(767),杜甫年已五十有六,身至夔州,写下了数首与巫山有关的诗歌,如《立春》:"春日春盘细生菜,忽忆两京梅发时。盘出高门行白玉,菜传纤手送青丝。巫峡寒江那对眼,杜陵远客不胜悲。此身未知归定处,呼儿觅纸一题诗。"又如《入宅赤甲二诗》曰:"冥冥甲子雨,已度立春时。轻箑烦相向,纤绤恐自疑。烟添才有色,风引更如丝。直觉巫山暮,兼催宋玉悲。"翌年,又有《太岁日》曰:"卜居赤甲迁居新,两见巫山楚水春。炙背可以献天子,美芹由来知野人。荆州郑薛寄书近,蜀客郗岑非我邻。笑接郎中评事饮,病从深酌道吾真。"[7]长庆二年(822),时任忠州刺史的白居易转任苏州刺史,自峡沿流赴郡,特取道巫山,当地人知道后,先于神女祠题诗曰:"苏州刺史今才子,行到巫山必有诗。为报高唐神女道,速排云雨候清词。"希望白居易到此后题写一首新诗。白居易到巫山后,看到此诗,欲应约赋诗一首,但看到有关巫山神女的若干佳作,竟然无法落笔,终致缺憾。[8]白居易此行虽题诗未成,但他在其他场合仍然写作了十余首与巫山有关的诗作,如《夜闻筝中弹潇湘送神曲感旧》:"缥缈巫山女,归来七八年。殷勤湘水曲,留在十三弦。苦调吟还出,深情咽不传。万重云水思,今夜月明前。"又如《寄题忠州小楼桃花》:"再游巫峡知何日,总是秦人说向谁。长忆小楼风月夜,红栏干上两三枝。"还有《题峡中石上》:"巫女庙花红似粉,昭君村柳翠于眉。诚知老去风情少,见此争无一句诗。"这些诗作,都可说明他对巫山及巫山文化十分熟悉。大诗人李白,曾亲自登临巫山最高峰,并题诗《自巴东舟行经瞿唐峡,登巫山最高峰,晚还题壁》:"江行几千里,海月十五圆。始经瞿唐峡,遂步巫山巅。巫山高不穷,巴国尽所历。日边攀垂萝,霞外倚穷石。飞步凌绝顶,极目无纤烟。却顾失丹壑,仰观临青天。青天若可扪。银汉去安在。望云知苍梧,记水辨瀛海。周游孤光晚,历览幽意多。积雪照空谷,悲风鸣森柯。归途行欲曛,佳趣尚未歇。江寒早啼猿,松暝已吐月。月色何悠悠,清猿响啾啾。辞山不忍听,挥策还孤舟。"

除上述四位亲临巫山外,更多的文人以巫山和巫山文化为素材,创作了大量的优秀诗文作品。据不完全统计,有唐一代,留存下来的散文小说

有 30 余种,诗词则多达 300 多首。涉及作者 200 多人,其中不乏元稹、李商隐、温庭筠、孟郊、李贺等诸多名宿大家。巫山以及巫山文化的深远影响力和巨大魅力,于此可见一斑。

二、巫山神女神话在唐代的演变

巫山神女是巫山文化的重要符号之一。但究其本质而言,巫山神女是一个古代神话故事。巫山神女故事的原始雏形见载于《山海经》,《山海经·中山经·中次七经》载:"又东二百里,曰姑媱之山。帝女死焉,其名曰女尸,化为䔄草,其叶胥成,其华黄,其实如菟丘,服之媚于人。"(《山海经》卷五)故事简略,对其解释也不完全相同,但这一神话故事,与后来的巫山神女故事的先后传承关系和内在联系不容置疑。最为大家所熟悉的巫山神女故事源于战国时期楚国辞赋大家宋玉的《高唐赋》:"昔者楚襄王与宋玉游于云梦之台,望高唐之观。其上独有云气,崒兮直上,忽兮改容,须臾之间,变化无穷。王问玉曰:'此何气也?'玉对曰:'所谓朝云者也。'王曰:'何谓朝云?'玉曰:'昔者先王尝游高唐,怠而昼寝,梦见一妇人曰:妾巫山之女也,为高唐之客。闻君游高唐,原荐枕席。王因幸之。去而辞曰:妾在巫山之阳,高丘之阻,旦为朝云,暮为行雨。朝朝暮暮,阳台之下。旦朝视之如言。故为立庙,号曰朝云。'"[9]自宋玉《高唐赋》之后,巫山神女故事广为人知,后世的民间传说故事和文学作品当中经常出现巫山神女的形象。如魏晋南北朝期间,陈琳、杨修、王粲、张敏分别写就了同题作品《神女赋》,江淹撰写了《水上神女赋》,相关诗作更是数不胜数。

唐代的巫山神女故事,最有代表性的有二。一是唐代李冗《独异志》中所载的"高唐之女"故事:

宋顺帝升明二年,峡人微生亮于溪中钓得一白鱼,长三尺,投置船中,以草覆之。及归,取烹之,见一美女道下,洁白端丽,年可十六七。自称高唐之女,偶化鱼游,为君所得。亮曰:"既为人,能为妻否?"女曰:"冥契使然,何为不得?"其后三年为亮妻。女曰:"数以足矣,请归高唐。"亮曰:"何时复来?"答曰:"情不可忘,有思即复至。"其后一岁三四往,不知所终。[10]

《独异志》说明此故事源于《三峡录》的记载,但《三峡录》其书已佚,作者未详，其书究竟是否存在也难有定论，但这都不影响这个故事的文化价值。一望即知，"高唐之女"故事应是源于"巫山神女"，其与巫山神女故事的联系有三：一是二者均为来自三峡，虽为美丽女子却并非人类，具有一定的神性；二是均是与人产生了情爱关系；三是均自称来自高唐，归于高唐而不知所终。

然而二者的不同之处更值得关注。与宋玉《高唐赋》的相关记载相比较，在"高唐之女"故事中，楚国君王变成了一般的普通百姓，来去缥缈、行踪不定的"巫山神女"变成了实实在在的"洁白端丽"的漂亮女子，一夜临幸变成了三年夫妻生活。似乎可以这样说，"高唐之女"是"巫山神女"神话故事的平民化版本。在《高唐赋》中，巫山神女充满了神秘色彩，没有人可以亲近，只有君王到来她才给予一次亲近的机会；分别之后，无缘再聚，留给君王的只有长时间的追忆和惆怅。而"高唐之女"，则是由江中的一条白鱼幻化而来的美丽女子，来到平民百姓微生亮的家中，而且是这样的平易近人，当微生亮问其能否成为妻子，她一口答应，并与微生亮做了整整三年夫妻。即使三年期满之后，仍然"有思即复至"。这是一般平民百姓都可以盼望，也可以企及的人生际遇和幸福生活。在故事中，"高唐之女"由"江中白鱼"幻化而来，与民间常见的鬼怪故事类似，显示了其民间传说故事的本色。"高唐之女"故事是巫山神女的民间化、平民化和通俗化展现，代表了一般老百姓对于爱情和婚姻的一种梦想。这种演变，直接影响到后世鬼怪故事的发展，"高唐之女"故事之后，聪明、善良、容貌姣好、多才多艺的女鬼或女妖不仅常常出现在民间传说当中，也时常在文人笔记或小说作品当中复活。如果追根溯源，与巫山神女神话故事都有着或明或暗的内在关联。

另一个有代表性的神话故事是唐五代时期杜光庭《墉城集仙录》所载的"云华夫人"。《墉城集仙录》共计六卷，主要是记载圣母元君、金母元君、上元夫人、昭灵李夫人等三十七位女仙事迹。相传西王母所居为金墉城，女仙归王母所统，所收皆为古今女仙，故以"墉城集仙录"为书名。其文曰：

云华夫人，王母第二十三女，太真王夫人之妹也，名瑶姬，受《徊风混合万景炼神飞化之道》。尝东海游还，过江上，有巫山焉，峰岩挺拔，林壑幽丽，巨石如坛，留连久之。时大禹理水，驻山下，大风卒至，崖振谷陨不可制。因与夫人相值,拜而求助。即敕侍女,授禹策召鬼神之书,因命其神狂章、虞余、黄魔、大翳、庚辰、童律等助禹斫石疏波,决塞导厄,以循其流。……禹拜受而去,又得庚辰、虞余之助,遂能导波决川,以成其功,奠五岳,别九州,而天锡玄珪,以为紫庭真人。其后楚大夫宋玉以其事言于襄王,王不能访道要以求长生,筑台于高唐之馆,作阳台之宫以祀之,宋玉作《神仙赋》以寓情,荒淫秽芜。高真上仙,岂可诬而降之也?有祠在山下,世谓之大仙,隔岸有神女之石,即所化也。复有石天尊神女坛,侧有竹,垂之若箒。有槁叶飞物着坛上者,竹则因风扫之,终莹洁不为所污,楚人世祀焉。[11]

所谓"云华夫人",篇末已明确说明,实际就是巫山神女。但云华夫人和巫山神女相比较,也有诸多不同。

云华夫人故事详细叙述了瑶姬(云华夫人名瑶姬)助大禹治水成功之事,突出其神奇的法术和为人类的生存所创立的功绩,在此过程中,花费了大量笔墨描述了大禹上天拜见云华夫人,所见仙境景象,以及面聆云华夫人对天道自然真谛的领悟和认识(篇幅所限,此部分内容文中省略,可参见原文),更是表现了仙境与人间的不同,突显了云华夫人非同凡响的远见卓识。在这个故事里,从未提到过男女私情,更无男女之事的叙写。而且,文末还特地强调:"宋玉作《神仙赋》以寓情,荒淫秽芜。高真上仙,岂可诬而降之也?"当然,楚王遇神女事本身有着更丰富的文化意义(远古宗教仪式中,有国王与山林草木之神交合的"圣婚"仪式,用以祈求国运长久,子孙兴旺),其实无损神女形象,但因时代发展,此类文化意义不复存在,故而神话故事中只得避免此类情节。否认楚王与神女巫山相遇云雨之事,只是为避免玷污神女光辉形象,更显神女的神秘、庄严和圣洁。也就是说,这个故事,代表了巫山神女故事发展的另一种方向,即更加神仙化、神圣化和神秘化。这个故事的影响也是深远的,自杜光庭《墉城集仙录》之后,巫山神女不再代表爱情和婚姻的一种理想,而是真的被神化了,人们对其只有崇敬和膜拜,不敢再存半点非分之想。她就此成为了人们可望不可即的道教神仙。如唐五代时期王仁裕《王氏见闻录》就有过这样的记载:"伪蜀青城山道士能幻术,往往入锦城施其法,有所获,即潜挈归洞穴。……或于幽僻宅院中,洒扫焚香设榻,张陈帷幄。则独于室内作法,或召西王母,或巫山神女,或麻姑、鲍姑神仙,皆应召而至,与之杯馔寝处,生人无异,则令学者隙而窥之。"[12]在这里，巫山神女同西王母、麻姑、鲍姑等道教神仙并列，完全可以等同视之。巫山神女"神仙"性质得到凸显，巫山神女作为"女仙"而存在，以及后世对巫山神女的祭祀与朝拜，都与"云华夫人"神话故事有关。

唐代的"高唐之女"和"云华夫人"两个神话故事，就其本源来说，均来自巫山神女，却代表了两种不同的风格特点，前者民间化、平民化和通俗化，完全是平凡人间的世俗之事，而后者神仙化、神圣化和神秘化，是上天或仙界的描述，与人间世界迥异。这两种不同的风格特点，更是指引了后世巫山神女故事两种不同的发展方向，前者是女妖，后者是女仙。

三、唐诗中的"巫山神女"

自宋玉《高唐赋》《神女赋》以来，巫山神女屡见于各类文学作品当中。在《高唐赋》《神女赋》中，巫山神女形象较为虚化，仅作为楚王梦中所遇的一位神仙女子而存在。但后来的文学作品，却不断赋予其新的形象。在魏晋南北朝时期，陈琳、杨修、王粲、张敏的同题作品《神女赋》，江淹的《水上神女赋》，神女形象逐渐世俗化，成为人们对情爱（乃至性爱）向往和追求的一种象征。在诗歌中，也有一些此类艳情诗作。而在魏晋至隋朝的诗歌当中，巫山神女更多的是作为一种美（或美人）的比喻而存在。"洛浦凝回雪，巫山似旦云。倾城今始见，倾国昔曾闻。"（何思澄《南苑逢美人》）"不信巫山女，不信洛川神。何关别有物，还是倾城人。"（刘缓《敬酬刘长史咏名士悦倾城》）"合欢芳树连理枝，荆王神女乍相随。谁家妖艳荡轻舟，含妖转昈骋风流。"（辛德源《东飞伯劳歌》）此类诗作，较为常见。

在唐代诗歌当中，巫山神女形象或巫山神女典故也非常常见，唐代诗人除了继承过去的文化传统，更多地在创作中赋予了巫山神女新的内涵。

有些唐诗仍然把巫山神女当做美（或美人）的代表。如：

智琼神女，来访文君。蛾眉始约，罗袖初薰。歌齐曲韵，舞乱行分。若向阳台荐枕，何曾得胜朝云。

——王勃《杂曲》（《全唐诗》卷二十六）

朱唇一点桃花殷，宿妆娇羞偏髻鬟。细看只似阳台女，醉着莫许归巫山。

——岑参《醉戏窦子美人》(《全唐诗》卷二百〇一)

行摇云髻花钿节,应似霓裳趁管弦。艳动舞裙浑是火,愁凝歌黛欲生烟。有风纵道能回雪,无水何由忽吐莲。疑是两般心未决,雨中神女月中仙。

——白居易《醉后题李马二妓》(《全唐诗》卷四百三十八)

郁金香汗裛歌巾,山石榴花染舞裙。好似文君还对酒,胜于神女不归云。

——白居易《卢侍御小妓乞诗,座上留赠》(《全唐诗》卷四百三十八)

这类诗作中,传承了前朝文学作品中巫山神女的代表性意义,一再重复巫山神女作为美的象征。

更多的唐代诗人愿意借用巫山神女故事来叙述男女之间的爱情。唐诗中的巫山神女,被用于叙述爱情的时候,摒弃了以前的艳情作品热衷于关注和描述男女情爱(或性爱)的特点,更着力于表现爱情的纯粹和高尚,以及爱情之中悲欢离合的复杂情感体验。

如李白《代寄情,楚辞体》:

君不来兮,徒蓄怨积思而孤吟。云阳一去已远,隔巫山绿水之沉沉。留余香兮染绣被,夜欲寝兮愁人心。朝驰余马于青楼,恍若空而夷犹。浮云深兮不得语,却惆怅而怀忧。使青鸟兮衔书,恨独宿兮伤离居。何无情而雨绝,梦虽往而交疏。横流涕而长嗟,折芳洲之瑶花。送飞鸟以极目,怨夕阳之西斜。愿为连根同死之秋草,不作飞空之落花。(《全唐诗》卷一百八十四)

又如崔液《拟古神女宛转歌二首》:

风已清,月朗琴复明。掩抑悲千态,殷勤是一声。歌宛转,宛转和更长。愿为双鸿鹄,比翼共翱翔。

日已暮,长檐鸟应度。此时望君君不来,此时思君君不顾。歌宛转,宛转那能异栖宿。愿为形与影,出入恒相逐。(《全唐诗》卷五十四)

可以清楚地看到,在这些诗歌中,诗人借神女典故描述爱情,描述了对爱情向往和渴望,同时,也表现了爱情带给身处其间者的思念和心理煎熬。

唐诗中借巫山神女叙述爱情,还常常借巫山神女和楚王分别喻指陷入爱河中的女方和男方,借此来描摹他(她)们在不同处境下的不同心理状态。

宋玉《神女赋》中,写楚王梦中与巫山神女相会,觉后神女不见,楚王"徊肠伤气,颠倒失据","惆怅垂涕,求之至曙"。这一特定场景中的心理活动,往往被唐代诗人们借题发挥,用以描述男子对女子离开后的留恋和思念的心态。如:

巫山与天近,烟景长青荧。此中楚王梦,梦得神女灵。神女去已久,云雨空冥冥。唯有巴猿啸,哀音不可听。

——张九龄《巫山高》(《全唐诗》卷四十七)

知向巫山逢日暮,轻裾玉佩暂淹留。晓随云雨归何处,还是襄王梦觉愁。

——权德舆《赠友人时友人新有别恨者》(《全唐诗》卷三百二十八)

巴江上峡重复重,阳台碧峭十二峰。荆王猎时逢暮雨,夜卧高丘梦神女。轻红流烟湿艳姿,行云飞去明星稀。目极魂断望不见,猿啼三声泪滴衣。

——孟郊《巫山曲》(《全唐诗》卷三百七十二)

更引人注意的是,宋玉笔下来去自如、潇洒自由的巫山神女,在唐诗当中,或也成为了多愁善感,对心上之人念念不忘的多情女子。这是唐代诗歌赋予巫山神女的新内涵。而且,唐代此类诗歌的数量相当可观。如李白《雨四首(其四)》:"楚雨石苔滋,京华消息迟。山寒青兕叫,江晚白鸥饥。神女花钿落,鲛人织杼悲。繁忧不自整,终日洒如丝。"(《全唐诗》卷二百三十)在家的女子对外出丈夫的思念,盼丈夫归家的迫切心情,表现得淋漓尽致。再如宋之问《内题赋得巫山雨》:"神女向高唐,巫山下夕阳。裴回作行雨,婉恋逐荆王。电影江前落,雷声峡外长。霏云无处所,台馆晓苍苍。"(《全唐诗》卷五十二)描述了神女对楚王的依恋和追逐。还有梁锽《美人春卧》:"妾家巫峡阳,罗幌寝兰堂。晓日临窗久,春风引梦长。落钗仍挂鬓,微汗欲消黄。纵使朦胧觉,魂犹逐楚王。"虽是写美人睡觉情形,有艳情诗风,但仍表现了女子对男子的追求。唐代陈陶隐居南昌西山,镇

帅遣妓前往服侍,陶不顾,妓作《献陈陶处士》曰:"莲花为号玉为腮,珍重尚书遣妾来。处士不生巫峡梦,虚劳神女下阳台。"(《全唐诗》卷八百零二)这足已说明,在唐代诗歌创作中,巫山神女的这种内涵已被广泛认可,并被大量使用。

四、"巫山高"的反复吟唱

《巫山高》原是汉代乐府诗歌,来源于铙歌军乐。今见最早的《巫山高》,其辞曰:"巫山高,高以大。淮水深,难以逝。我欲东归,害梁不为?我集无高,曳水何梁?临水远望,泣下沾衣。远道之人心思归,谓之何?"[13]诗歌描述了远行游子,面对山阻水隔,欲归家而不得,临水远眺,思念家乡,潸然泪下的场景。就是这样一首汉乐府诗歌,竟然开创了中国古代文学创作的"巫山高"体,自此以后,以"巫山高"为题目的诗歌创作层出不穷,从未中断。在唐代诗歌中,流传至今的《巫山高》诗作共计20余首。

这些作品,虽然都是源于汉乐府《巫山高》,但外在形式并不相同,其中有五言八句,有五言十句,有五言十二句,有七言十二句,还有类似于词的长短句。从内容上来说,可分为三类:一类是描述巫山的险峻或优美;一类是借巫山来抒发孤寂、忧伤等特定的情感;还有一类是将巫山和神女相联系,描写爱情。

描述巫山险峻,第一首汉乐府《巫山高》就有相关内容的表达,故而自然是后来《巫山高》诗作的题中之义。唐代《巫山高》,在描述巫山险峻的同时,还描述了巫山风景的优美。如:

巫岫郁岧峣,高高入紫霄。白云抱危石,玄猿挂迥条。悬崖激巨浪,脆叶陨惊飙。别有阳台处,风雨共飘飖。

——凌敬《巫山高》(《全唐诗》卷三十三)

巫山凌太清,岧峣类削成。霏霏暮雨合,霭霭朝云生。危峰入鸟道,深谷写猿声。别有幽栖客,淹留攀桂情。

——郑世翼《巫山高》(《全唐诗》卷三十八)

另有一些《巫山高》诗作,虽也写巫山之景,但却意在借景抒情,通过景物表达独特的情感体验。如:

巫山望不极,望望下朝氛。莫辨啼猿树,徒看神女云。惊涛乱水脉,骤雨暗峰文。沾裳即此地,况复远思君。

——卢照邻《巫山高》(《全唐诗》卷四十二)

巫山与天近,烟景长青荧。此中楚王梦,梦得神女灵。神女去已久,云雨空冥冥。唯有巴猿啸,哀音不可听。

——张九龄《巫山高》(《全唐诗》卷四十七)

巫山十二峰,参差互隐见。浔阳几千里,周览忽已遍。想像神女姿,摘芳共珍荐。楚云何逶迤,红树日葱蒨。楚云没湘源,红树断荆门。郢路不可见,况复夜闻猿。

——乔知之《巫山高》(《全唐诗》卷八十一)

戴叔伦《巫山高》融情于景,尤有特色。诗云:"巫山峨峨高插天,危峰十二凌紫烟。瞿塘嘈嘈急如弦,洄流势逆将覆船。云梯岂可进,百丈那能牵?陆行巉岩水不前。洒泪向流水,泪归东海边。含愁对明月,明月空自圆。故乡回首思绵绵,侧身天地心茫然。"(《全唐诗》卷二百七十三)虽写巫山之高,瞿塘之险,但最终落脚到思念故土,内心苍茫无助之感。

在唐代,更多的《巫山高》作品是将巫山和神女相联系,所表达的核心内容是人间的情和爱。如:

见尽数万里,不闻三声猿。但飞萧萧雨,中有亭亭魂。千载楚王恨,遗文宋玉言。至今晴明天,云结深闺门。

——孟郊《巫山高》(《全唐诗》卷三百七十二)

抉天心,开地脉,浮动凌霄拂蓝碧。襄王端眸望不极,似睹瑶姬长叹息。巫妆不治独西望,暗泣红蕉抱云帐。君王妒妾梦荆宫,虚把金泥印仙掌。江涛迅激如相助,十二狞龙怒行雨。昆仑谩有通天路,九峰正在天低处。

——李沇《巫山高》(《全唐诗》卷六百八十八)

下压重泉上千仞,香云结梦西风紧。纵有精灵得往来,狄轹鼯轩亦颠陨。岚光双双雷隐隐,愁为衣裳恨为冀。暮洒朝行何所之,江边日月情无尽。珠零冷露丹堕枫,细腰长脸愁满宫。人生对面犹异同,况在千岩万壑中。

——罗隐《巫山高》(《全唐诗》卷六百六十五)

巫山高,巫女妖,雨为暮兮云为朝,楚王憔悴魂欲销。秋猿嗥嗥日将夕,红霞紫烟凝老壁。千岩万壑花皆坼,但恐芳菲无正色。不知今古行人行,几人经此无秋情。云深庙远不可觅,十二峰头插天碧。

——齐己《巫山高》(《全唐诗》卷八百四十七)

以上仅举数例,但可以窥见《巫山高》诗歌创作之繁盛,内容之丰富,思想内涵之多样。无论是从语言、构思还是情感表达来看,其中都不乏精品之作。《巫山高》诗歌独具特色,为繁花似锦的唐代诗坛增添了一道靓丽的风景。

五、"巫山一段云"的兴起及创作

"巫山一段云",原是用来形容女子美丽的鬓发或优美的身段。在唐诗中,李群玉《同郑相并歌姬小饮戏赠》有过这样的用法:"裙拖六幅湘江水,鬓耸巫山一段云。风格只应天上有,歌声岂合世间闻。"(《全唐诗》卷五百六十九)然而,唐代教坊曲中,创有"巫山一段云"的曲目。"巫山一段云"原咏巫山神女事,后用为词牌,双调小令,四十四字,前后片各三平韵。所谓"教坊",是古代管理宫廷音乐的官署。唐代开始设置,专管雅乐以外的音乐、歌唱、舞蹈、百戏的教习、排练、演出等事务。唐人始创《巫山一段云》曲调后,《巫山一段云》即成为词牌,后人亦多倚声填词,以咏巫山物景及神女事。〔清〕王奕清等云:"《巫山一段云》,唐教坊曲名。双调四十六字,前段四句三平韵,后段四句两仄韵,两平韵。"(《词谱》卷六)"巫山一段云"作为教坊曲,始于唐代,是唐代教坊艺人的创造。但从诗词内容来看,则体现唐代文人们的匠心独运。

现存唐代"巫山一段云",共计有八首。从形式看,在经历了从教坊曲到词牌的变化过程之后,形式较为固定。但从内容看,经历了从专写巫山神女逐渐过渡到写一般女性的过程,前期内容均与巫山和巫山神女有关,后逐渐不再遵循这一规则。较早的有李珣《巫山一段云二首》,其一为:"有客经巫峡,停桡向水湄。楚王曾此梦瑶姬,一梦杳无期。/尘暗珠帘卷,香销翠幄垂。西风回首不胜悲,暮雨洒空祠。"其二曰:"古庙依青嶂,行宫枕碧流。水声山色锁妆楼,往事思悠悠。/云雨朝还暮,烟花春复秋。啼猿何必近孤舟，行客自多愁。"(《全唐诗》卷八百九十六)两首词均是以巫山神女事为主要内容。还有毛文锡《巫山一段云》两首："雨霁巫山上，云轻映碧天。远风吹散又相连，十二晚峰前。/暗湿啼猿树，高笼过客船。朝朝暮暮楚江边，几度降神仙。"(其一)"貌掩巫山色，才过濯锦波。阿谁提笔上银河，月裹写嫦娥。薄薄施铅粉，盈盈挂绮罗。菖蒲花役梦魂多，年代属元和。"(其一)(《全唐诗》卷八百九十三)这两首词，但其所写内容，与巫山有关，与巫山神女也有一定联系。

唐昭宗李晔亦有《巫山一段云》两首，其一曰："缥缈云间质，盈盈波上身。袖罗斜举动埃尘，明艳不胜春。/翠鬟晚妆烟重，寂寂阳台一梦。冰眸莲脸见长新，巫峡更何人。"其二曰："蝶舞梨园雪，莺啼柳带烟。小池残日艳阳天，苎萝山又山。/青鸟不来愁绝，忍看鸳鸯双结。春风一等少年心，闲情恨不禁。"前一首与巫山神女有关，后一首则关系不大，转而描写一般的爱情。欧阳炯《巫山一段云》两首，其一曰："绛阙登真子，飘飘御彩鸾。碧虚风雨佩光寒，敛袂下云端。/月帐朝霞薄，星冠玉蕊攒。远游蓬岛降人间，特地拜龙颜。"其二曰："春去秋来也，愁心似醉醺。去时邀约早回轮，及去又何曾。/歌扇花光点，衣珠滴泪新。恨身翻不作车尘，万里得随君。"(《全唐诗》卷八百九十六)这两首词，内容就与巫山神女没有什么具体的关系了。

唐代的"巫山一段云"，虽然创作数量不多，但是却将一种教坊曲名，定型为一种词牌名称，并出现了数篇佳作，这为后世创作提供了较好的范式。自唐代后，"巫山一段云"成为一种重要词牌，词作不断涌现。宋代柳永等词人均有此类创作，元代赵孟頫还创作了"巫山一段云"十一首。这些词作，无论是形式还是内容，都于唐代文人的创作实践有所借鉴。

六、唐代诗词中"云雨"涵义的新变

自《高唐赋》之后，"云雨"除了表示自然界的云雨之义，还可用于喻指男女之事。在魏晋南北朝和隋朝，出现了相当数量的诗歌用"云雨"表示男女性事。如："云雨丽以佳，阳台千里思。勿言可再得，特美君王意。"(虞羲《巫山高》)"婿颜如美玉，妇色胜桃花。带啼疑暮雨，含笑似朝霞。"(庾信《岁晚出横门诗》)均是此类作品。此后，"云雨"用以表男女之事这一用法，常见于文学作品当中，不仅成为了中国文学创作中的特殊现象，甚

至影响到口语交流,成为了中华民族的一种日常俗语。

唐代诗词中也有此两种用法,或用以指代自然界的云雨,或指男女性事。前一用法属词之本义,唐诗中也曾多次出现,毋庸多说;后一种用法,虽也有沿续前朝之处,但有所新变。

在唐代诗词中,提到"云雨"之事,并不似前朝以此直接指代男女之事,而是较为雅化,有些是仅将其作为一种旧典重提,即复述和追忆宋玉《高唐赋》的内容。如:

巫山峰十二,环合象昭回。俯听琵琶峡,平看云雨台。古槎天外落,瀑水日边来。何忍猿啼夜,荆王枕席开。

——沈佺期《巫山高》(《全唐诗》卷五十二)

兰成追宋玉,旧宅偶词人。笔涌江山气,文骄云雨神。包胥非救楚,随会反留秦。独有东阳守,来嗟古树春。

——张说《过庾信宅》(《全唐诗》卷八十七)

巫山云雨峡,湘水洞庭波。九辨人犹摈,三秋雁始过。旌裘吴地尽,髻荐楚言多。不果朝宗愿,其如江汉何。

——张说《荆州亭入朝》(《全唐诗》卷八十七)

分手怨河梁,南征历汉阳。江山追宋玉,云雨梦襄王。醉里宜城近,歌中郢路长。更寻栖枳处,犹是念仇香。

——林琨《送安养阎主簿还竹寺》(《全唐诗》卷七百七十七)

"云雨"一词的这种用法,杜甫《咏怀古迹五首(其二)》尤有代表性:"摇落深知宋玉悲,风流儒雅亦吾师。怅望千秋一洒泪,萧条异代不同时。江山故宅空文藻,云雨荒台岂梦思。最是楚宫俱泯灭,舟人指点到今疑。"(《全唐诗》卷二百三十)诗中"云雨"只是作为一种旧典使用,与第一句"宋玉悲"相呼应,其实就是指代宋玉赋中所叙楚王神女之事。刘禹锡也有此类创作,其任夔州刺史时曾有《巫山神女庙》:"巫山十二郁苍苍,片石亭亭号女郎。晓雾乍开疑卷幔,山花欲谢似残妆。星河好夜闻清佩,云雨归时带异香。何事神仙九天上,人间来就楚襄王。"(《全唐诗》卷三百六十一)

更多的是,"云雨"并不一定有特别的含义,但同一首诗歌中,"云雨"同巫山、巫峡、楚王、神女、高唐、朝云、暮雨或阳台等词语联系在一起,形成一种"互文"，若干意象形成一种独特的场景或意境。这些语词在"纵向和横向上都聚合了若干意象及语汇，组成了一个庞大的语义场，构成了以《高唐赋》为核心的诗歌话语体系"[14]。这种用法在隋代以前就曾出现过，但并不多见，但在唐代却是一种主流，此类作品数量繁多。如：

巫峡中宵动，沧江十月雷。龙蛇不成蛰，天地划争回。却碾空山过，深蟠绝壁来。何须妒云雨，霹雳楚王台。

——杜甫《雷》(《全唐诗》卷二百三十)

宓子弹琴邑宰日，终军弃襦英妙时。承家节操尚不泯，为政风流今在兹。可怜宾客尽倾盖，何处老翁来赋诗。楚江巫峡半云雨，清簟疏帘看弈棋。

——杜甫《七月一日题终明府水楼二首(其二)》(《全唐诗》卷二百三十一)

汉水波浪远，巫山云雨飞。东风吹客梦，西落此中时。觉后思白帝，佳人与我违。瞿塘饶贾客，音信莫令稀。

——李白《江上寄巴东故人》(《全唐诗》卷一百七十三)

峡口巴江外，无风浪亦翻。蒹葭新有雁，云雨不离猿。行客思乡远，愁人赖酒昏。檀郎好联句，共滞谢家门。

——司空曙《送史申之峡州》(《全唐诗》卷二百三十七)

此类用法在唐诗中非常多见，不胜枚举。总而言之，"云雨"一词，自宋玉《高唐赋》以后，即赋予了"男女之事"的特殊涵义，但在唐代诗歌中，这种涵义的表现却较为文雅，多为就事论事，只指代楚王神女事，这与以梁朝艳体诗为代表的南北朝时期绮艳诗风完全不同。

本书所选编巫山诗文，仍然采用较为广义的视角：既包括描写巫山地区的自然风光、历史事迹、风俗民情等作品，也包括运用巫山文化(尤其是巫山神女)意象来抒写情感世界、精神生活、人文关怀的作品。但在选编过程中，尽量做到去芜存精，与巫山和巫山文化关系不大的不予收录。限于编者眼界和学识，或有沧海遗珠之憾，或存鲁鱼亥豕之失，恳请读者批评指正。

陈卫星

2013 年 6 月 10 日

【注　释】

[1]〔唐〕阎立本《巫山高》,《全唐诗》卷三十九,中华书局点校本,1980 年 4 月第 1 版,第 503 页。

[2]《尚书》载:"禹别九州,随山浚川,任土作贡。"(《尚书·夏书·禹贡第一》,阮元校刻本）九州指:冀、兖、青、徐、扬、荆、豫、梁、雍等九州。

[3]〔后晋〕刘昫等撰《旧唐书》卷三十九,中华书局,1975 年 5 月第 1 版,第 1555—1556 页。

[4]〔宋〕欧阳修、宋祁撰《新唐书》卷四十,中华书局,1975 年 2 月第 1 版,第 1028—1029 页。

[5]〔唐〕陆羽撰,沈冬梅校注《茶经校注》,中国农业出版社 2006 年 12 月第 1 版,第 46 页。

[6]〔唐〕李贻孙撰《夔州都督府记》,〔清〕董诰等编《全唐文》卷五百四十四,中华书局,1983 年 11 月第 1 版,第 5515 页。

[7]〔清〕彭定求等编《全唐诗》,卷二百二十九、二百三十、二百三十二,扬州诗局本。

[8]〔唐〕范摅《云溪友议》卷一,江苏广陵古籍刻印社,1983 年 4 月第 1 版,第 63—64 页。

[9]〔战国楚〕宋玉《高唐赋》,载〔清〕姚鼐《古文辞类纂》卷六十四,上海古籍出版社,1998 年 7 月第 1 版,第 683—684 页。

[10]〔唐〕李冗《独异志》卷中,丛书集成本,台湾商务印书馆据稗海本排印,1941 年初版,第 24 页。

[11]〔五代〕杜光庭《墉城集仙录》,〔宋〕李昉等编《太平广记》卷五十六,中华书局,1961 年 9 月第 1 版,第 347—349 页。

[12]〔五代〕王仁裕《王氏见闻录》,〔宋〕李昉等编《太平广记》卷二百八十七,中华书局,1961 年 9 月第 1 版,第 2287 页。

[13]〔南朝梁〕沈约《宋书》卷二十二,中华书局点校本,1974 年 10 月第 1 版,第 641 页。

[14]程地宇《巫山诗文·先秦至隋代部分》,重庆出版社,2011 年 12 月第 1 版,第 28 页。

目 录

前　言 ……………………………………………………………… 1

历史文献部 ………………………………………………………… 1

　刘　昫 ……………………………………………………………… 3
　　《旧唐书》所载唐代巫山地域归属/3

　杜　佑 ……………………………………………………………… 6
　　《通典》所载巫山地域归属/7

　陆　羽 ……………………………………………………………… 10
　　茶经·七之事/11

　范　摅 ……………………………………………………………… 14
　　白居易过巫山/14
　　李德裕赋巫山神女诗/16

　《新唐书》节录 ………………………………………………… 18
　　《新唐书》所载唐代巫山地域归属/19
　　武成四年荆南高季昌侵巫山/21

　鲁　崇 ……………………………………………………………… 24
　　大历二年丁未杜甫作巫山诗/24
　　大历三年戊申杜甫作巫山诗/26

　吴任臣 ……………………………………………………………… 29
　　毛文锡传/29

　　青城道士/32

　辛文房 ……………………………………………………… 35

　　崔涂/35

散文部 ……………………………………………………………… 39

　卢照邻 ……………………………………………………… 41

　　驯鸢赋/41

　　乐府杂诗序/43

　高　适 ……………………………………………………… 47

　　皇甫冉集序/47

　常　衮 ……………………………………………………… 50

　　赠婕好董氏墓志铭/50

　张　式 ……………………………………………………… 53

　　燕昭王筑黄金台赋/53

　李贻孙 ……………………………………………………… 56

　　夔州都督府记/56

　李德裕 ……………………………………………………… 59

　　平泉山居诫子孙记/59

　　平泉山居草木记/62

　高仲武 ……………………………………………………… 65

　　李秀兰/65

　乔　潭 ……………………………………………………… 68

　　秋晴曲江望太一纳归云赋/68

　欧阳詹 ……………………………………………………… 72

　　送巴东林明府之任序/72

　蒋　防 ……………………………………………………… 75

　　霍小玉传（节选）/75

封　演 ……………………………………………………… 79
　　长啸/79

余知古 ……………………………………………………… 83
　　襄王与宋玉游于云梦之台/83
　　宋玉初事襄王而不见察/86
　　襄王与唐勒景差宋玉游于云阳之台/88
　　襄王令诸大夫造大言赋/89
　　宋玉与登徒子皆受钓于玄洲子/91

李　冗 ……………………………………………………… 93
　　高唐之女/93

李　濬 ……………………………………………………… 95
　　李龟年/95

王定保 ……………………………………………………… 98
　　裴庆余/98

杜光庭 ……………………………………………………… 100
　　云华夫人/100
　　太上洞元灵宝素灵真符序/106
　　温汤洞记/107

陈　劭 ……………………………………………………… 110
　　赵旭/110

无名氏 ……………………………………………………… 114
　　萧总/114

黄　滔 ……………………………………………………… 117
　　汉宫人诵《洞箫赋》赋/117

陈山甫 ……………………………………………………… 120
　　汉武帝重见李夫人赋/120

康子玉 ……………………………………………………… 123

　　瓜赋/123

张德升 ·· 126

　　声赋/126

陆　肱 ·· 129

　　万里桥赋/129

韦　绚 ·· 132

　　嘉话录叙/132

徐　夤 ·· 134

　　驾幸华清宫赋/134

何光远 ·· 138

　　屈名儒/138

诗歌部 ·· 143

凌　敬 ·· 145

　　巫山高/145

杨师道 ·· 148

　　初宵看婚/148

郑世翼 ·· 150

　　巫山高/150

李世民 ·· 152

　　赋得含峰云/152

上官仪 ·· 154

　　八咏应制二首（其一）/154

阎立本 ·· 157

　　巫山高/157

骆宾王 ·· 159

　　忆蜀地佳人/159

许敬宗 ···························· 161

　　安德山池宴集/161

卢照邻 ···························· 163

　　巫山高/163

李　峤 ···························· 164

　　雨/164

王　勃 ···························· 166

　　杂曲/166

　　江南弄/167

杨　炯 ···························· 169

　　巫峡/169

董思恭 ···························· 171

　　咏雾/171

刘希夷 ···························· 173

　　春女行/173

　　巫山怀古/175

乔　备 ···························· 177

　　秋夜巫山/177

乔知之 ···························· 179

　　巫山高/179

　　定情篇/180

　　和李侍郎古意/184

张循之 ···························· 186

　　巫山/186

　　巫山高/186

宋之问 ···························· 188

　　内题赋得巫山雨/188

巫山高/189

沈佺期 ⋯⋯⋯⋯⋯⋯⋯⋯⋯⋯⋯⋯⋯⋯⋯⋯⋯⋯⋯⋯⋯⋯ 191

十三四时尝从巫峡过他日偶然有思/191

崔　液 ⋯⋯⋯⋯⋯⋯⋯⋯⋯⋯⋯⋯⋯⋯⋯⋯⋯⋯⋯⋯⋯⋯ 193

拟古神女宛转歌二首/193

卢藏用 ⋯⋯⋯⋯⋯⋯⋯⋯⋯⋯⋯⋯⋯⋯⋯⋯⋯⋯⋯⋯⋯⋯ 195

宋主簿鸣皋梦赵六予未及报而陈子云亡今追为此诗答宋兼贻平昔游旧/195

陈子昂 ⋯⋯⋯⋯⋯⋯⋯⋯⋯⋯⋯⋯⋯⋯⋯⋯⋯⋯⋯⋯⋯⋯ 199

感遇诗三十八首（其二十七）/199

感遇诗三十八首（其三十六）/201

山水粉图/202

彩树歌/203

度荆门望楚/204

张　说 ⋯⋯⋯⋯⋯⋯⋯⋯⋯⋯⋯⋯⋯⋯⋯⋯⋯⋯⋯⋯⋯⋯ 206

过庾信宅/206

下江南向鄂州/207

荆州亭入朝/208

朱使欣 ⋯⋯⋯⋯⋯⋯⋯⋯⋯⋯⋯⋯⋯⋯⋯⋯⋯⋯⋯⋯⋯⋯ 210

道峡似巫山/210

张九龄 ⋯⋯⋯⋯⋯⋯⋯⋯⋯⋯⋯⋯⋯⋯⋯⋯⋯⋯⋯⋯⋯⋯ 211

巫山高/211

登古阳云台/212

崔素娥 ⋯⋯⋯⋯⋯⋯⋯⋯⋯⋯⋯⋯⋯⋯⋯⋯⋯⋯⋯⋯⋯⋯ 214

别韦洵美诗/214

郎大家宋氏 ⋯⋯⋯⋯⋯⋯⋯⋯⋯⋯⋯⋯⋯⋯⋯⋯⋯⋯⋯⋯ 215

朝云引/215

张子容 ·· 216

　巫山/216

林　珝 ·· 217

　送安养阁主簿还竹寺/217

孟浩然 ·· 219

　送王七尉松滋得阳台云/219

李　顾 ·· 221

　寄焦炼师/221

綦毋潜 ·· 223

　送崔员外黔中监选/223

祖　咏 ·· 225

　古意二首/225

卢　象 ·· 228

　峡中作/228

李和风 ·· 229

　题敬爱诗后/229

王　维 ·· 230

　闻裴秀才迪吟诗因戏赠/230

李　白 ·· 232

　襄阳歌/232

　感兴六首（其一）/236

　寄远十一首（其四）/237

　寄远十一首（其五）/238

　寄远十一首（其十一）/238

　捣衣篇/240

　系寻阳上崔相涣三首（其三）/242

　自代内赠/243

出妓金陵子呈卢六四首（其一）/244

上三峡/245

自巴东舟行经瞿唐峡登巫山最高峰晚还题壁/246

宿巫山下/248

感遇四首（其四）/249

观元丹丘坐巫山屏风/250

巫山枕障/252

代寄情楚辞体/252

古风（其五十八）/254

自汉阳病酒归寄王明府/255

江上寄巴东故人/256

送别/257

清平调/258

储光羲 ·· 260

杂诗二首（其一）/260

杜 甫 ·· 262

将别巫峡赠南卿兄瀼西果园四十亩/262

奉送卿二翁统节度镇军还江陵/263

雨（峡云行清晓）/264

雨四首（其四）/265

雨（冥冥甲子雨）/266

雨（始贺天休雨）/267

大历三年春白帝城放船出瞿塘峡久居夔府将适江陵漂泊有诗凡四十

韵/267

春夜峡州田侍御长史津亭留宴/273

瞿唐怀古/274

大觉高僧兰若/275

赤甲/276

复愁十二首（其十）/277

摇落/278

月三首（选二）/279

夜雨/280

更题/280

八月十五夜月二首（其二）/281

朝二首（其二）/282

见萤火/282

太岁日/283

前苦寒行二首（其一）/284

上后园山脚/285

寄柏学士林居/287

巫山县汾州唐使君十八弟宴别兼诸公携酒乐相送率题小诗留于屋壁/288

敬寄族弟唐十八使君/289

立春/291

暮春/291

覆舟二首（其一）/292

返照/293

雷/293

九日五首（之一）/294

孟冬/295

即事/296

喜观即到复题短篇二首（其一）/297

七月一日题终明府水楼二首（其二）/297

送李八秘书赴杜相公幕/298

目
录
9

巫峡敝庐奉赠侍御四舅别之沣朗/299

秋兴八首（其一）/300

负薪行/301

诸将五首（其五）/302

咏怀古迹五首（其二）/304

夔州歌十绝句

　　（其六）/305

　　（其八）/305

遣愁/306

老病/307

奉使崔都水翁下峡/307

秋风二首（其一）/308

西阁二首（其一）/309

晴二首（其一）/310

怀锦水居止二首（其一）/311

历历/312

览物/313

送十五弟侍御使蜀/314

虎牙行/314

写怀二首（其一）/316

哭王彭州抡/318

赠李八秘书别三十韵/321

蒋　洌 ⋯⋯⋯⋯⋯⋯⋯⋯⋯⋯⋯⋯⋯⋯⋯⋯⋯⋯⋯⋯⋯　327

巫山之阳香溪之阴明妃神女旧迹存焉/327

岑　参 ⋯⋯⋯⋯⋯⋯⋯⋯⋯⋯⋯⋯⋯⋯⋯⋯⋯⋯⋯⋯⋯　329

秋夕听罗山人弹三峡流泉/329

送周子落第游荆南/331

醉戏窦子美人/332

皇甫冉 ……………………………………………………… 333

同李苏州伤美人/333

巫山峡/334

李嘉祐 ……………………………………………………… 336

江上曲/336

送友人入湘/337

送岳州司马弟之任/338

送上官侍御赴黔中/338

张　潮 ……………………………………………………… 340

江风行/340

司空曙 ……………………………………………………… 342

送史申之峡州/342

刘长卿 ……………………………………………………… 344

扬州雨中张十宅观妓/344

顾　况 ……………………………………………………… 346

春游曲二首(其二)/346

句/347

阎敬爱 ……………………………………………………… 348

题濠州高塘馆/348

钱　起 ……………………………………………………… 349

送衡阳归客/349

张　谓 ……………………………………………………… 351

别韦郎中/351

李　冶 ……………………………………………………… 353

从萧叔子听弹琴赋得三峡流泉歌/353

戴叔伦 ……………………………………………………… 355

　　南宾送蔡侍御游蜀/355

　　巫山高/356

　　相思曲/357

　　和崔法曹建溪闻猿/358

梁　锽 ·· 359

　　美人春卧/359

刘方平 ·· 361

　　巫山神女/361

　　巫山高/362

韦应物 ·· 363

　　送别覃孝廉/363

　　宝观主白鹧鸪歌/364

李　端 ·· 366

　　古别离二首/366

　　巫山高/367

　　送友人/368

刘言史 ·· 370

　　赠童尼/370

戎　昱 ·· 371

　　题宋玉亭/371

　　送零陵妓/372

孟　郊 ·· 373

　　巫山曲/373

　　巫山高/374

崔　膺 ·· 376

　　别佳人/376

武元衡 ·· 377

　　酬严司空荆南见寄/377

　　赠歌人/378

权德舆 ·· 380

　　杂诗五首（其二）/380

　　杂兴五首（其五）/381

　　赠友人/382

王　建 ·· 383

　　寄远曲/383

卢　仝 ·· 384

　　有所思/384

　　感秋别怨/385

薛　涛 ·· 387

　　九日遇雨二首（其二）/387

　　谒巫山庙/388

　　送扶炼师/388

王　涯 ·· 390

　　思君恩/390

窦　巩 ·· 392

　　江陵遇元九李六二侍御纪事书情呈十二韵/392

刘禹锡 ·· 394

　　巫山神女庙/394

　　唐侍御寄游道林岳麓二寺诗并沈中丞姚员外所和见征继作/395

　　怀妓/397

　　竹枝词九首并引（其八）/398

　　杨柳枝三首/399

　　送华阴尉张苕赴邕府使幕/401

　　别夔州官吏/403

历阳书事七十韵并引/404

白居易 ·· 417

江南喜逢萧九彻因话长安旧游戏赠五十韵/417

醉后题李马二妓/421

卢侍御小妓乞诗座上留赠/422

十年三月三十日别微之于沣上十四年三月十一日夜遇微之于峡中停
舟夷陵三宿而别言不尽者以诗终之因赋七言十七韵以赠且欲记一作
寄所遇之地与相见之时为他年会话张本也/423

题峡中石上/425

感春/425

寄题忠州小楼桃花/426

入峡次巴东/426

夜闻筝中弹潇湘送神曲感旧/427

长相思（其二）/427

太行路/428

繁知一 ·· 431

书巫山神女祠/431

李　绅 ·· 433

南梁行/433

元　稹 ·· 436

楚歌十首（其四）/436

梦昔时/438

离思五首（其四）/438

月临花（林擒花）/439

答姨兄胡灵之见寄五十韵并序/440

泛江玩月十二韵并序/445

贾　岛 ·· 448

送称上人/448

姚 合 ·· 449

咏云/449

无 可 ·· 451

经贞女祠/451

章孝标 ·· 453

贻美人/453

韩 琮 ·· 455

牡丹/455

张又新 ·· 456

赠广陵妓/456

李 涉 ·· 458

竹枝词/458

寄荆娘写真/460

遇湖州妓宋态宜二首(其一)/462

岳阳别张祜/463

鲍 溶 ·· 465

章华宫行/465

巫山怀古/466

范真传侍御累有寄因奉酬十首(其九)/466

李德裕 ·· 468

秋日美晴郡楼闲眺寄荆南张书记/468

巫山石/469

许 浑 ·· 470

神女祠/470

舟行早发庐陵郡郭寄滕郎中/471

放猿/472

卢山人自巴蜀由湘潭归茅山因赠/472

李　播 ··· 474

　　见美人闻琴不听/474

李　贺 ··· 475

　　巫山高/475

　　神弦别曲/476

刘得仁 ··· 478

　　听歌/478

张　祜 ··· 480

　　送蜀客/480

　　送李长史归涪州/481

　　笙/482

徐　凝 ··· 484

　　八月十五夜/484

　　荆巫梦思/484

朱庆馀 ··· 486

　　与庞复言携酒望洞庭/486

杜　牧 ··· 487

　　云/487

段成式 ··· 489

　　小小写真联句/489

陈　陶 ··· 492

　　巫山高/492

莲花妓 ··· 494

　　献陈陶处士/494

雍　陶 ··· 496

　　和河南白尹西池北新葺水斋招赏十二韵/496

李群玉 ·································· 499

　送友人之峡/499

　送郑京昭之云安/500

　同郑相并歌姬小饮戏赠/501

　赠人/502

　宿巫山庙二首/502

　醉后赠冯姬/503

温庭筠 ·································· 505

　巫山神女庙/505

　经李处士杜城别业/506

　答段柯古见嘲/507

李商隐 ·································· 508

　少年/508

　无题二首（其二）/510

　席上作/511

　木兰/511

　有感/513

　过楚宫/513

　楚宫二首（其一）/514

　深宫/515

　代元城吴令暗为答/515

　送崔珏往西川/516

喻　凫 ·································· 518

　送贾岛往金州谒姚员外/518

　酬王檀见寄/519

马　戴 ·································· 520

　巴江夜猿/520

李　频 ……………………………………… 522

　　过巫峡/522

　　黔中罢职过峡州题田使君北楼/523

李　郢 ……………………………………… 524

　　中元夜/524

储嗣宗 ……………………………………… 525

　　宿甘棠馆/525

袁　皓 ……………………………………… 527

　　寄岳阳严使君/527

许　棠 ……………………………………… 529

　　寄黔南李校书/529

曹　松 ……………………………………… 531

　　巫峡/531

薛　能 ……………………………………… 533

　　牡丹四首（选二）/533

　　春雨/535

陆龟蒙 ……………………………………… 537

　　巫峡/537

唐彦谦 ……………………………………… 539

　　楚天/539

　　无题十首（其七）/540

　　汉代/540

李　沇 ……………………………………… 544

　　巫山高/544

薛　逢 ……………………………………… 546

　　夜宴观妓/546

曹　邺 ……………………………………… 548

巫山诗文·唐代卷

古相送/548

崔 珏 ……………………………………………………… 550
和人听歌/550

刘 沧 ……………………………………………………… 552
题巫山庙/552

裴虔余 ……………………………………………………… 554
柳枝词咏篙水溅妓衣/554

于 渍 ……………………………………………………… 556
巫山高/556

吕 岩 ……………………………………………………… 558
水仙子/558

罗 隐 ……………………………………………………… 560
渚宫秋思/560
巫山高/561

韦 庄 ……………………………………………………… 563
听赵秀才弹琴/563
谒巫山庙/564
楚行吟/565
送李秀才归荆溪/565
奉和左司郎中春物暗度感而成章/566
河传(其三)/567

司空图 ……………………………………………………… 569
诗品二十四则/569

李 洞 ……………………………………………………… 571
病猿/571
送皇甫校书自蜀下峡归觐襄阳/572

唐 求 ……………………………………………………… 574

送友人江行之庐山肄业/574

巫山下作/575

崔　涂 ·· 576

云/576

巫山庙/577

巫山旅别/577

王　毂 ·· 579

吹笙引/579

苏　拯 ·· 581

巫山/581

崔　江 ·· 582

宜春郡城闻猿/582

张　乔 ·· 583

望巫山/583

袁　郊 ·· 584

云/584

李咸用 ·· 585

和友人喜相遇十首(其二)/585

悼范摅处士/586

巫山高/586

胡　曾 ·· 588

阳台/588

罗　虬 ·· 590

比红儿诗并序(其六十八)/590

吴　融 ·· 592

送僧上峡归东蜀/592

赋得欲晓看妆面/593

宋玉宅/593

赴阙次留献荆南成相公三十韵/594

张　泌 …………………………………………………… 598

经旧游/598

所思/598

韩　偓 …………………………………………………… 600

六言三首(其一)/600

薛　昚 …………………………………………………… 602

敕赠康尚书美人/602

郑　谷 …………………………………………………… 603

下峡/603

李　珣 …………………………………………………… 605

浣溪沙/605

巫山一段云二首/606

河传/607

毛文锡 …………………………………………………… 609

赞浦子/609

巫山一段云/610

秦韬玉 …………………………………………………… 612

吹笙歌/612

牛希济 …………………………………………………… 614

临江仙/614

齐　己 …………………………………………………… 616

送人入蜀/616

自湘中将入蜀留别诸友/617

放猿/618

巫山高/618

　　送朱侍御自洛阳归阆州宁觐/619

昙　域 ·· 621
　　怀齐己/621

慕　幽 ·· 623
　　三峡闻猿/623

李　晔 ·· 624
　　巫山一段云/624

栖　蟾 ·· 626
　　宿巴江/626

徐　夤 ·· 627
　　蜀葵/627

　　蝴蝶二首（其二）/628

　　云/628

韩　昭 ·· 630
　　从幸秦川过白卫献诗/630

王仁裕 ·· 632
　　放猿/632

李存勖 ·· 634
　　阳台梦/634

欧阳炯 ·· 636
　　巫山一段云/636

李建勋 ·· 638
　　落花/638

李　中 ·· 640
　　所思代人/640

　　悼亡/640

和　凝 ·· 642

　　何满子/642

王　衍 ……………………………………………………………… 644
　　过白卫岭和韩昭/644

孙光宪 ……………………………………………………………… 646
　　女冠子/646

韩熙载 ……………………………………………………………… 648
　　书歌妓泥金带/648

冯延巳 ……………………………………………………………… 649
　　临江仙/649
　　鹊踏枝/650
　　谒金门/651
　　应天长/652

毛熙震 ……………………………………………………………… 653
　　临江仙/653

徐　铉 ……………………………………………………………… 655
　　抛球乐辞二首（其二）/655

李　煜 ……………………………………………………………… 657
　　南歌子/657

何　赞 ……………………………………………………………… 660
　　书事/660

张安石 ……………………………………………………………… 661
　　玉女词/661

无名氏 ……………………………………………………………… 662
　　琵琶/662

刘　媛 ……………………………………………………………… 664
　　送远/664

敦煌词 ……………………………………………………………… 665

目录

23

失调名/665

薛馧 ·· 666
古意/666

汉皓 ·· 667
句/667

辛夤逊 ·· 668
云/668

刘兼 ·· 670
中春宴游/670

吴商浩 ·· 671
巫峡听猿/671

梁琼 ·· 672
宿巫山寄远人/672

崔仲容 ·· 674
赠歌姬/674

孙鲂 ·· 676
主人司空后亭牡丹/676

历史文献部

刘 昫

【作者简介】

刘昫（887—946），字耀远，涿州归义（今河北雄县）人，五代时期历史学家，后晋政治家。因其好学，与其兄暄、弟皞，闻名于燕、蓟（今河北、北京）之间。后唐庄宗时任太常博士、翰林学士。明宗时，累迁兵部侍郎。后晋时，拜中书侍郎兼刑部尚书、同中书门下平章事，兼判三司，主持朝政。后晋出帝开运二年（945），受命监修国史，负责编纂《旧唐书》事。开运三年（946），契丹犯京师，昫以目疾罢为太保，是岁卒，年六十。《旧唐书》是一部官修史书，从后晋天福五年（940）始奉石敬瑭之命修撰，由五代后晋时刘昫领衔编修。它原名《唐书》，宋代欧阳修、宋祁等编写的《新唐书》问世之后，才改称《旧唐书》。《旧唐书》共 200 卷，包括本纪 20 卷，志 30 卷，列传 150 卷，是现存最早的系统记录唐代历史的一部史籍。

《旧唐书》所载唐代巫山地域归属[1]

隋巴东郡[2]。武德元年，改为信州，领人复、巫山、云安、南浦、梁山、太昌、武宁七县[3]。二年，以武宁、南浦、梁山属浦州。又改信州为夔州，仍置总管，管夔、硖、施、业、浦、涪、渝、谷、南、智、务、黔、克、思、巫、平十九州岛。八年，以浦州之南浦、梁山来属。九年，又以南浦、梁山属浦州。贞观十四年，为都督府，督归、夔、忠、万、涪、渝、南七州。后罢都督府。天宝元年[4]，改为云安郡。至德元年，于云安置七州防御使[5]。干元元年，复为夔州。二年，刺史唐论请升为都督府[6]，寻罢之。领县四[7]，户七千八百三十，口三万九千一百五十。天宝，户一万五千六百二十九，口六万五十。在京师南二千四百四十三里[8]，至东都二千一百七十五里[9]。

奉节　汉鱼复县，属巴郡，今县北三里赤甲城是也[10]。梁置信州，周为永安郡，隋为巴东郡，仍改为人复县。贞观二十三年，改为奉节。

云安　汉朐䏰县，属巴郡。故城曰万户城。县西三十里，有监官[11]。

巫山　汉巫县，属南郡。隋加“山”字，以巫山硖为名[12]。旧治巫子城。

太昌　晋分巫、秭归县置建昌县，又改为大昌。隋不改。

（〔后晋〕刘昫等撰《旧唐书》卷三十九，中华书局，1975年5月第1版，第1555—1556页）

【注　释】

[1] 本段节选自《旧唐书》第三十九卷，题目为选编者所加。署名刘昫所编的《旧唐书》，是一部官修史书，成书于945年。但从宋仁宗庆历年间起，北宋朝廷却认为《旧唐书》芜杂不精，另命宋祁和欧阳修编撰《新唐书》。《新唐书》行世后，《旧唐书》在很长一段时间里几乎被人们废弃。直至明朝嘉靖十七年（1538），刘昫《旧唐书》才又得到重新刊行。新、旧唐书同述唐代实，难免诸多类似，但仍各有特色。刘昫领衔编写的《旧唐书》在如实保存史料方面，有着它巨大的功劳。在《旧唐书》里，保存了唐朝的第一手史料。关于唐朝的均田制、租庸调制和两税法，都有比较翔实的记载，给后人在研究中国土地制度、赋税制度等方面提供了方便。此外，《地理志》四卷，记载了全国边防镇戍的分布和兵马人数，并以天宝十一载（752）疆域为准，分道叙述了各地州县设置和户口等情况。《职官志》三卷，记载了代宗永泰二年（766）时官品的变革。《舆服志》一卷，记载唐代帝、后、王、妃以及百官按品级规定的车舆、衣冠、服饰制度，用以区别贵贱士庶，是封建等级制度的体现。《经籍志》二卷，以开元盛世为准，记录了经、史、子、集四部的存书。志序还扼要叙述了安史之乱后直至后梁迁洛期间国家书籍的残损情况。《食货志》二卷，比较集中地记载了唐代田制、赋役、钱币、盐法、漕运、仓库乃至杂税、榷酤等有关经济史资料。《刑法志》一卷，记载了唐代法典律、令、格、式（见律令格式）的制订过程，并有关于执行情况的概略叙述。

据《旧唐书》所载，巫山的地理区域，在唐代就经历了多次变迁，与今巫山不完全相同。此外，还记载了该地区物产、人口等情况。此一内容，《新唐书》也有类似记载，但简要得多：“夔州云安郡，下都督府。本信州巴东郡，武德二年更州名，天宝元年更郡名。土贡：纻锡布、熊、罴、山鸡、茶、柑、橘、蜜、蜡。户万五千六百二十，口七万五千。县四：奉节、云安、巫山、大昌。”（〔宋〕欧阳修、宋祁撰《新唐书》卷四十，中华书局，1975年2月，第1028—1029页）

[2] 巴东郡：巴东郡之地原属秦朝设置的巴郡，东汉献帝初平六年（195），益

州牧刘璋分巴郡胸忍至鱼复置固陵郡。建安六年（201）改称巴东郡，与巴郡、巴西郡合称"三巴"。刘备入益州后，降为巴郡江关都尉。建安二十一年（216），以巴郡胸忍、鱼复、汉丰、羊渠及宜都郡巫、北井共6县复置固陵郡。蜀汉政权建立后，刘备在章武元年（221）重新恢复巴东郡之名，巴东郡治在永安县（今重庆奉节）。晋朝改永安为鱼复，仍治巴东，领三县，6500户。南北朝期间，郡州多有变革，隋朝建立后，巴东郡范围大大扩张，包括了原涪陵郡的不少地区，辖县达到了1321370户，治所不变，但鱼复县被改名人复。唐朝之后，巴东郡属地重新分割，其名便不再存在。

［3］人复：今重庆奉节县。巫山：今重庆巫山县大部分地区。云安：今重庆云阳县。南浦：今重庆万州大部分地区。梁山：今重庆梁平县。太昌：亦名"大昌"，今重庆巫溪县和巫山县部分地区。武宁：今重庆万州武陵镇一带。

［4］天宝：唐玄宗李隆基的年号，从742年1月至756年7月，共计15年。天宝元年，即指公元742年。

［5］防御使：唐代开始设置的地方军事长官，负责一州或数州的军事。

［6］刺史："刺"，检核问事之意。汉代官制中，设有刺史，职责为巡行郡县，督查检核，属监察官。全国分为十三部（州），各置刺史一人。后因其权力不断扩大，变为地方的最高长官。

［7］领：治理，管辖。《礼记·仲尼燕居》："领恶而全好者欤。"（郑玄注、孔颖达疏：《礼记正义》卷五十《仲尼燕居第二十八》，阮元校刻本）

［8］京师：指唐代的都城长安，位于今天陕西的西安和咸阳一带。

［9］东都：指唐代的洛阳，今河南洛阳市。东都洛阳，是隋后期的首都，隋炀帝大业元年（605）营建。唐朝时高宗、中宗、睿宗、武则天、玄宗、昭宗、哀帝都曾长驻洛阳，其地位仅次于都城长安，时称为东都、神都或东京。

［10］赤甲城：夔州城，因当地赤甲山而得名，位于瞿塘峡口北侧，扼渝东咽喉，地理位置十分重要。西汉末年，公孙述见此地易守难攻便加固城池，是时城内井中有白雾升腾，被视为"白龙献瑞"，因其自称"白帝"故将城名改为白帝城。

［11］监官：中国古代官职之一，是代表君王监察各级官吏的官职。

［12］巫山硖：指巫峡，旧名巫山峡。

硖：同"峡"。

杜 佑

【作者简介】

杜佑(735—812),字君卿,京兆万年(今陕西西安)人,唐中叶宰相,史学家。杜佑生于世宦之家。父杜希望,官至鄯州都督、陇右节度留后。年十八,以父荫为济南郡参军、郯县丞。历任江淮青苗使、容管经略使、水陆转运使、度支郎中兼和籴使等,又以户部侍郎判度支,后出为岭南、淮南节度使。在淮南期间,开雷陂以广灌溉,辟海滨荒地为良田,积米至五十万斛。唐德宗贞元十九年(803),杜佑入为同中书门下平章事,历顺宗、宪宗二朝,均以宰相兼度支使、盐铁使。唐宪宗元和初,杜佑以年老,屡次请求致仕,元和七年(812)六月,始获准以守太保致仕,十一月病卒。

杜佑本为长安巨族,家财巨万,在京城安仁里有府第,在城南樊川又有别墅,亭馆林池,最称佳胜,常与宾客置酒为乐。子弟都在朝中做官,一时贵盛无比。杜佑有三子、十孙。长子杜师损,次子杜式方,三子杜从郁。其孙杜悰(杜式方之子)后来官至宰相,杜牧(杜从郁之子)为晚唐著名诗人。

杜佑虽出身官宦,生活优渥,但他历事唐玄宗至宪宗六朝,亲历安史之乱后唐朝国势的巨变,亲眼目睹唐朝由盛转衰,故对当时的政治、经济、军事状况深有体会,尤其对朝政弊端有很深的认识。作为一个关心唐朝命运的政治家,他以"富国安人之术为己任",针对时弊,提出节省开支,裁减官员的主张,又精于吏道,颇受朝野敬重。他于唐代大历初年(约766)开始撰写《通典》,至唐德宗贞元十七年(801)上表进书,费时三十六年。所著《通典》共二百卷,目录分为食货、选举、职官、礼、乐、兵刑、州郡、边防等八门,考溯各种典章制度的源流,以"往昔是非","为来今龟镜",为典章制度专史的先河。杜佑另有《理道要诀》十卷、《管子指略》二卷等,皆已佚。

《通典》所载巫山地域归属[1]

夔州，今理奉节县[2]，春秋时为鱼国[3]，后属楚。秦、二汉属巴郡。三国时为蜀重镇。先主自为吴将陆逊败于夷陵，退屯白帝[4]，改为永安。其后吴将全琮来袭[5]，不克。晋、宋、齐并属巴东郡，齐兼置巴州。领郡置于此也。梁置信州。隋亦为巴东郡。大唐武德三年，避皇外祖讳，独孤信也。改信州为夔州，其后或为云安郡。郡城临江。领县四：

奉节，汉鱼复县地。又有鱼复县故城在北，赤甲城是也，即汉之江关。有白帝城"诸葛亮八阵图"，聚石为[6]。

云安，汉朐䏰县地。今县西万户故城是。下湿，各高五尺，多朐䏰虫[7]，故名焉。

巫山，楚置巫山郡。秦昭王三十年，伐楚，取黔中、巫郡是也[8]。汉为巫县，故城在今县北。有巫山、高郁山，即楚词所谓巫山之阳、高岳之岨也[9]。晋置建平郡于此。

大昌，晋武帝太康初置。

（〔唐〕杜佑《通典》卷一百七十五
嘉靖十八年西樵方献夫刊本）

【注　释】

[1] 本篇节选自《通典》卷一百七十五，题目为编者所加。《通典》唐杜佑撰，是记述唐天宝以前历代经济、政治、礼法、兵刑等典章制度及地志、民族的专书，是中国历史上第一部体例完备的政书，"十通"之一（《通典》《通志》《文献通考》《续通典》《续通志》《续文献通考》《清朝通典》《清朝通志》《清朝文献通考》《清朝续文献通考》这十部政书总称为"十通"）。

《通典》规制宏大，上至《史记》八书、《汉书》十志，下至晋、宋、齐、魏、隋书诸志，皆所取资，并参照了《隋官序录》《隋朝仪礼》《大唐仪礼》《开元礼》《太宗政要》《唐六典》等典制政书。《通典》确立了中国史籍中与纪传体、编年体并列的典制体，开辟了史学著述的新途径。

杜佑编撰《通典》的目的，是要揭举历代"政治之大方"，为唐朝统治者提供"龟镜"。按照"经邦济世，治国安民"的原则，他认为治理国家，经济条件最重要，所以列食货典（十二卷）为九门之首，下面依次为选举典（六卷）、职官典（二十二

卷)、礼典(一百卷)、乐典(七卷)、兵典(十五卷)、刑典(八卷)、州郡典(十四卷)、边防典(十六卷)。《通典》与旧有的史志不同,它不列天文、律历、五行、释老等,又将原地理志的内容改编为州郡典,把原属地理志的人口内容收入食货典,单开"历代盛衰户口"子目,另增边防典。并在食货典中增加"轻重"子目。这些安排都体现了"经邦济世"的原则。此外,《通典》全书综论有关历代政治制度、经济措施、州郡建置以及边防政令等,略于远古,详于当世,时间断至天宝年间,部分内容至中晚唐。

《通典》大量引用古代文献资料,其中许多文献今已亡佚,赖有《通典》得以部分保存。如《全上古三代秦汉三国六朝文》中,就有近九百条材料是从《通典》中辑出的,所以该书对中国古代史的研究具有较高的史料价值。书中有关唐代的内容约占四分之一以上,多取自当时的官方文书、计帐、大事记以及私人著述,诸如诏诰文书、臣僚奏议、行政法规、天宝计帐等,均属等一手材料,是研究唐史的重要史料。

《通典》在宋、元、明、清各代有多种刻本,以清朝乾隆武英殿刻"九通本"最为流行。国外有朝鲜活字刊本。今存最古版本为北宋刻本,现藏于日本宫内厅书陵部。1981年日本汲古书院以其原版影印刊行,其缺卷部分用日本天理图书馆藏南宋刻本、静嘉堂文库藏元刻本补齐。

《通典》所载巫山地域归属,较新、旧《唐书》稍详,不仅说明其隶属关系,还说明其历史沿革。

[2]理:治理,管理。《吕氏春秋·劝学》:"圣人之所在,则天下理焉。"(〔战国〕吕不韦《吕氏春秋》,〔清〕毕沅校本)

[3]鱼国:鱼复,春秋时庸国(在今房县、竹山一带)之鱼邑,在今奉节一带。有史料记载,周成王之际,鱼复人参加了洛邑盛会.《逸周书》卷七《王会》载:"其西,鱼复(献)钟鼓、钟牛。"《左传·文公十六年》载:"庸与群蛮叛,楚庄王伐之,七遇皆北,惟裨、鯈、鱼人逐之是也。"〔清〕顾祖禹《读史方舆纪要》载:"鱼复城,《志》云:旧治在赤甲山上。春秋时,庸国之鱼邑也。"《左传·文公十六年》:"楚侵庸,七遇皆北,惟裨、鯈、鱼人实逐之。裨、鯈二邑,与鱼近也。"《水经注》:"江水东经鱼复县故城南,城故鱼国。秦置鱼复县,汉因之,公孙述移于城之东南白帝山上。在今县城东五里。"(〔清〕顾祖禹《读史方舆纪要》卷六十九)

[4]白帝:白帝城,在今重庆奉节县东北的白帝山上。东汉末年公孙述曾占据这里,在其宫殿前面有一口古井。一天,井中突然飞出一条白龙,公孙述很高兴,认为这是吉兆,便自称白帝,把山叫做白帝山,城名改做白帝城。三国时刘备起兵伐吴,吴国将军陆逊火烧蜀营七百里,刘备一败涂地,仓惶退守白帝城。刘备元气大伤,不能再战,就在白帝城中养病,于是把自己住的宫殿叫永安宫,并改白

帝城为永安县。

[5]全琮(198—249),字子璜,扬州吴郡钱唐县(今浙江杭州市西)人。三国时期吴国名将,孙权将自己的女儿孙鲁班嫁给全琮,全琮的家族也成为吴国名门望族。父亲全柔,于汉灵帝时举为孝廉,补任尚书郎右丞,至董卓之乱时,弃官归乡,本州岛辟其为别驾从事,为会稽东部都尉。孙策到吴后,全柔举兵先附,被表为丹杨都尉。至孙权为车骑将军,以全柔为长史,徙桂阳太守。孙权以全琮为奋威校尉,授兵数千人,因功升偏将军。建安二十四年(219),以上表献策擒关羽、破襄樊功,封阳华亭侯。黄初元年(220),琮伏击魏军于洞口,杀其将尹卢,以功迁绥南将军,进封为钱唐侯。七年(226),琮与辅国将军陆逊联合击败曹休军于石亭。黄龙元年(229),迁卫将军、右护军、徐州牧。赤乌九年(246),迁右大司马、左军师。十二年(249)卒。《三国志》卷十五有传。

[6]诸葛亮八阵图:三国时诸葛亮创设的一种阵法。相传诸葛孔明御敌时以乱石堆成石阵,按遁甲分成休、生、伤、杜、景、死、惊、开八门,变化万端,可当十万精兵。《三国志·蜀志·诸葛亮传》载:"(亮)推演兵法作八阵图。"据考,八阵图遗迹共有三处:《水经·沔水注》及《汉中府志》说在陕西沔县(今勉县)东南诸葛亮墓东;《寰宇记》说在夔州(今重庆奉节)南江边,《明一统志》说在四川新都县北三十里的牟弥镇。

[7]朐忍:蚯蚓。云安(今重庆市云阳县)地多湿,多朐忍,故汉时名朐忍县。〔清〕顾祖禹《读史方舆纪要》载:"朐忍城,县西四十里,汉县。后汉兴平元年,刘璋遣赵韪击刘表,屯朐忍是也。晋改曰朐忍县,属巴东郡。阚骃曰:朐忍,蚯蚓也。土地下湿,多朐忍虫也。颜师古曰:朐,音蒟。章怀太子贤曰:云安西万户故城,即汉之朐忍县。后周改置云安县,朐忍并入焉。《志》云:旧城,宋为万户驿,今名万户坝。"(〔清〕顾祖禹《读史方舆纪要》卷六十九)

[8]黔中:战国楚置黔中郡,主要辖湖南西部怀化至张家界一带。秦楚战争之后,秦国将楚国的黔中郡和巫郡合并成新的黔中郡,郡治在原巫郡所在地(今湖南怀化市以南的黔城),辖今湖南西部及毗连的川、黔区域,但不包括沅陵和常德。巫郡:巫山郡。

[9]楚词所谓巫山之阳、高岳之岨:指战国时期楚国宋玉《高唐赋》中的相关词句。宋玉《高唐赋》有云:"妾在巫山之阳,高丘之阻,旦为朝云,暮为行雨。朝朝暮暮,阳台之下。"(〔唐〕李善注《文选》卷十九,胡克家重刊本)

历史文献部 9

陆 羽

【作者简介】

陆羽（733—804），字鸿渐，汉族，复州竟陵（今湖北省天门市）人，一名疾，字季疵，号竟陵子、桑苎翁、东冈子，又号"茶山御史"。一生嗜茶，精于茶道，以著世界第一部茶学专著《茶经》闻名于世，对中国茶业和世界茶业发展作出了卓越贡献，被誉为"茶仙"，尊为"茶圣"，祀为"茶神"。他对茶叶有浓厚的兴趣长期实施调查研究，熟悉茶树栽培、育种和加工技术，并擅长品茗。唐朝上元初年（760），陆羽隐居江南，撰《茶经》三卷，成为世界上第一部茶学专著。陆羽亦长于写诗，但其诗作目前世上仅存数首。

《新唐书》有《陆羽传》："陆羽，字鸿渐，一名疾，字季疵，复州竟陵人。不知所生，或言有僧得诸水滨，畜之。既长，以《易》自筮，得蹇之渐，曰：'鸿渐于陆，其羽可用为仪。'乃以陆为氏，名而字之。幼时，其师教以旁行书，答曰：'终鲜兄弟，而绝后嗣，得为孝乎？'师怒，使执粪除圬墁以苦之，又使牧牛三十，羽潜以竹画牛背为字。得张衡《南都赋》，不能读，危坐效群儿嗫嚅若成诵状，师拘之，令薙草芥。当其记文字，懵懵若有遗，过日不作，主者鞭苦，因叹曰：'岁月往矣，奈何不知书！'呜咽不自胜，因亡去，匿为优人，作诙谐数千言。天宝中，州人酺，吏署羽伶师，太守李齐物见，异之，授以书，遂庐火门山。貌脱陋，口吃而辩。闻人善，若在己，见有过者，规切至忤人。朋友燕处，意有所行辄去，人疑其多嗔。与人期，雨雪虎狼不避也。上元初，更隐苕溪，自称桑苎翁，阖门著书。或独行野中，诵诗击木，裴回不得意，或恸哭而归，故时谓今接舆也。久之，诏拜羽太子文学，徙太常寺太祝，不就职。贞元末，卒。羽嗜茶，著经三篇，言茶之原、之法、之具尤备，天下益知饮茶矣。时鬻茶者，至陶羽形置炀突间，祀为茶神。有常伯熊者，因羽论复广著茶之功。御史大夫李季卿宣慰江南，次临淮，知伯熊善煮茶，召之，伯熊执器前，季卿为再举杯。至江南，又有荐羽者，召之，羽衣野服，挈具而入，季卿不为礼，羽愧之，更著《毁茶论》。其后尚茶成风，时

回纥入朝,始驱马市茶。"(《新唐书》卷一百九十六《列传》第一百二十一)

茶经·七之事[1]

傅巽《七诲》[2]:"蒲桃[3]、宛奈[4]、齐柿[5]、燕栗[6]、峘阳黄梨[7]、巫山朱橘[8]、南中茶子[9]、西极石蜜[10]。"弘君举《食檄》[11]:"寒温既毕[12],应下霜华之茗[13],三爵而终[14],应下诸蔗[15]、木瓜、元李、杨梅、五味橄榄、悬豹、葵羹各一杯[16]。"孙楚《歌》[17]:"茱萸出芳树颠[18],鲤鱼出洛水泉,白盐出河东,美豉出鲁渊[19]。姜桂茶荈出巴蜀[20],椒橘、木兰出高山,蓼苏出沟渠[21],精稗出中田[22]。"

（〔唐〕陆羽撰,沈冬梅校注《茶经校注》,中国农业出版社2006年12月第1版,第46—47页）

【注　释】

[1]《茶经》是世界上第一本茶学著作,唐代陆羽所著,后世尊陆羽为茶圣。《茶经》共十章,七千余言,分为上、中、下三卷。十章目次为:一之源、二之具、三之造、四之器、五之煮、六之饮、七之事、八之出、九之略、十之图。一之源,概述中国茶的主要产地及土壤、气候等生长环境和茶的性能、功用;二之具,讲当时制作、加工茶叶的工具;三之造,讲茶的制作过程;四之器,讲煮茶、饮茶器皿;五之煮,讲煮茶的过程、技艺;六之饮,讲饮茶的方法、茶品鉴赏;七之事,讲中国饮茶的历史;八之出,详细记载了当时的产茶盛地,并品评其高下,记载了全国四十余州产茶情形,对于自己不甚明了的十一个州的产茶之地亦如实注出;九之略,是讲饮茶器具何种情况应十分完备,何种情况省略何种:野外采薪煮茶,火炉、交床等不必讲究;临泉汲水可省去若干盛水之具。但在正式茶宴上,"城邑之中,王公之门","二十四器缺一则茶废矣"。最后,陆羽还主张要把以上各项内容用图绘成画幅,张陈于座隅,人们喝着茶,看着图,品茶之味,明茶之理,神爽目悦,这与端来一瓢一碗,几口灌下,那意境自然大不相同。

本篇选自《茶经》第七个部分《七之事》,《七之事》主要陈述中国茶的历史,尤其是历代著名人物对茶文化的论述。

[2]傅巽:字公悌,三国时期雍州北地泥阳(今陕西耀县东南)人,生卒具体年份不详。其父为东汉代郡太守傅睿。巽原为刘表之臣,初辟于公府,拜尚书郎,后作客于荆州。建安十三年(208),曹操军到襄阳,傅巽任东曹掾,与蒯越、韩嵩等

游说刘琮归降曹操。刘琮举州往降,以傅巽说降刘琮有功,赐爵关内侯。曹丕即位后为侍中尚书。傅巽容貌端正,博学,有知人之鉴,评庞统为"半英雄",评裴潜为"品行清风亮节名扬四方",评魏讽为"谋反为早晚之事",一言命中。于魏明帝太和年间(227—232)辞世。其所著《七诲》,今之不存,仅见少量佚文。

[3]蒲桃:蒲地的桃子。蒲:在今山西隰县和蒲县一带。

[4]宛柰(nài):宛地的苹果(花红)。宛:战国楚邑,秦昭襄王置县,北周改名上宛县,今河南南阳一带。柰:苹果的一种,通称"柰子";亦称"花红"、"沙果"。

[5]齐柿:齐地的柿子。齐:今山东省的大部分地区。

[6]燕栗:燕地的栗子。燕:周代诸侯国名。本作"匽"、"郾",周召公之后,世称北燕,拥有今河北省北部和辽宁省西端,建都蓟(今北京)。后用以泛指河北一带。

[7]峘阳:所指地点,今尚无定论,或说指江苏徐州铜山桓山附近,或说指山西恒山一带。

[8]朱橘:红桔。三峡地区一带历来盛产红桔,今天仍是如此。由本篇看来,魏晋时期,三峡地区的红桔以巫山出产最为有名。

[9]南中:指今天的云南、贵州和四川西南部,三国时期,南中成为蜀汉的一部分。

茶子:茶籽,油茶树的种子,可榨油供食用。

[10]西极:原指长安以西的区域,今甘肃、宁夏、新疆皆是,后仅指新疆地区。〔唐〕杜甫《往在》:"安得自西极,申命空山东。"(〔清〕彭定求等编《全唐诗》卷二百二十二,扬州诗局本)仇兆鳌注:"西极,指京师之西,与山东相对。或指吐鲁蕃者,非。"仇注或可商榷。石蜜:用甘蔗炼成的糖。《西京杂记》卷四:"闽越王献高帝石蜜五斛。"(〔宋〕李昉等《太平御览》卷八百七十,四部丛刊本)〔汉〕张衡《七辨》:"沙饧石蜜,远国储珍。"(〔唐〕欧阳询《艺文类聚》卷五十七,四库全书本)〔唐〕刘恂《岭表录异·波斯枣》:"魏文帝诏群臣曰:南方龙眼、荔枝,宁比西国葡萄、石蜜乎?"(〔宋〕李昉等《太平御览》卷九百六十五,四部丛刊本)

[11]弘君举:魏晋时期丹阳人,《食檄》是他的一部饮食专著,已佚。

[12]寒温既毕:寒暄结束。

[13]霜华之茗:水面浮有白沫的油茶。

[14]三爵:三杯。爵:盛酒的礼器,形似雀,青铜制,有流、两柱、三足,用以温酒或盛酒,盛行于殷代和西周初期。

[15]蔗:甘蔗,上古叫柘,六朝始叫甘蔗,原产南亚,大概在上古就传入中国南方,中古以前是上层社会的高级水果。

[16]葵:一种菊科草本植物。

［17］孙楚：字子荆（约218—293），西晋诗人。太原中都（今山西平遥西北）人。史称其"才藻卓绝，爽迈不群"，多所陵傲，故缺乡曲之誉。楚少欲隐居，谓王济道："吾欲漱石、枕流。"济笑道："流非可枕，石非可漱。"楚道："枕流欲洗其耳；漱石欲厉其齿。"魏末，年四十余，始以著作郎参镇东军事。后为晋扶风王司马骏征西参军，晋惠帝初为冯翊太守。死时大约70多岁。刘义庆《世说新语》载其轶事一二。《孙楚集》据《隋书·经籍志》载，凡12卷，今佚。明人张溥《汉魏六朝百三家集》中辑有《孙冯翊集》。

［18］茱萸：一种落叶小乔木，开小黄花，果实椭圆形，红色，味酸，可入药。

［19］豉：用煮熟的大豆或小麦发酵后制成。有咸、淡两种，供调味用。淡的也可入药。

［20］姜桂：生姜和肉桂。荈（chuǎn）：采摘时间较晚的茶，粗茶。《尔雅》："槚，苦荼。"〔晋〕郭璞注："早采者为荼，晚取者为茗，一名荈。"

［21］蓼（liǎo）：一年生草本植物，叶披针形，花小，白色或浅红色，果实卵形、扁平，生长在水边或水中。茎叶味辛辣，可用以调味，全草入药。亦称"水蓼"。

苏：一年生草本植物。茎方形，叶两面或背面带紫色，夏季开红花或淡红色花。茎、叶、种子入药，嫩叶古用以调味，种子可榨油。俗称"紫苏"或"白苏"。

［22］稗（bài）：一年生草本植物，长在稻田里或低湿的地方，形状像稻，是稻田的害草。果实可酿酒、做饲料。

范摅

【作者简介】

范摅,唐僖宗(862—888)时处士,生平不详。本居吴地(今江苏南部),后居越州(今浙江绍兴)。越州有若耶溪,亦名五云溪,故自号"五云溪人"。所撰《云溪友议》,即由此得名。曾与诗人方干等交游(《唐诗纪事》卷七十一)。李咸用《悼范摅处士》诗曰:"虽有公卿闻姓字,惜无知己脱风尘。"可知其声名有闻,然无人援引。《云溪友议》有三卷本和十二卷本两种不同的版本。

白居易过巫山^[1]

秭归县繁知一^[2],闻白乐天将过巫山,先于神女祠粉壁,大署之曰:"苏州刺史今才子^[3],行到巫山必有诗。为报高唐神女道,速排云雨候清词。"^[4]白公睹题怅然,邀知一至,曰:"历山刘郎中禹锡^[5],三年理白帝,欲作一诗于此,却而不为。罢郡经过,悉去十余首诗,但留四章而已。此四章者,乃古今之绝唱也。而人造次,不合为之。"沈佺期诗曰:"巫山高不极,合沓状奇新。暗谷疑风雨,幽崖若鬼神。月明三峡曙,潮满九江春。为问阳台客,应知入梦人。"^[6]王无兢诗曰:"神女向高唐,巫山下夕阳。徘徊作行雨,婉娈逐荆王。电影江前落,雷声峡外长。霏云无处所,台馆晓苍苍。"^[7]李端诗曰:"巫山十二重,皆在碧空中。回合云藏日,霏微雨带风。猿声寒渡水,树色暮连空。愁向高唐去,千秋见楚宫。"^[8]皇甫冉诗曰:"巫峡见巴东,迢迢出半空。云藏神女馆,雨到楚王宫。朝暮泉声落,寒暄树色同。清猿不可听,偏在九秋中。"^[9]白公但吟四篇,与繁生同济,而竟不为。

(〔唐〕范摅《云溪友议》卷一,江苏广陵古籍
刻印社,1983 年 4 月第 1 版,第 63—64 页)

【注　释】

[1]本篇选自〔唐〕范摅《云溪友议》卷一,题目为编者所加。《云溪友议》为唐代笔记小说集,书中载开元以后异闻野史,尤以诗话为多。所录诗及本事,有为他书所不载者,遗篇琐事,有不少靠该书得以流传。如王梵志诗十余首,即为唐人诸书所未及。但所载也有失实处。书中还有一些神鬼故事,如韦皋遇玉箫、王轩遇西施等,颇有传奇文气息,韦縠《才调集》、计有功《唐诗纪事》、辛文房《唐才子传》等,皆取资于此书。《新唐书·艺文志》、《郡斋读书志》著录此书,均为3卷。《直斋书录解题》云:"唐志三卷,今本十二卷。"是此书宋时已有两种版本。今世所传有《四部丛刊》影印铁琴铜剑楼藏明刊本,为上、中、下三卷,卷首题"五云溪人范摅纂",有自序,纪事每条以三字标题,共65条。又有《稗海》本十二卷,题"云溪范摅著",自序及各条三字标题均佚。两本文字无甚差异,三卷本当为唐时旧本。

本篇叙白居易过巫山欲题诗而不得事,当在他由忠州刺史转任苏州刺史时的赴任途中,时间应为长庆二年(822)之后。其实他书多亦有引用。如《太平广记》卷一百九十八《白居易》载:"唐白居易……后除苏州刺史,自峡沿流赴郡。时秭归县繁知一,闻居易将过巫山,先于神女祠粉壁大署之曰:'苏州刺史今才子,行到巫山必有诗。为报高唐神女道,速排云雨候清词。'居易睹粉处畅然,邀知一至曰:'历阳刘郎中刘禹锡,三年理白帝,欲作一诗于此,怯而不为。罢郡经过,悉去千余诗,但留四章而已。此四章者,乃古今之绝唱也,而人造次不合为之。'沈佺期诗曰:'巫山高不极,合沓状奇新。暗谷疑风雨,幽崖若鬼神。月明三峡曙,潮满九江春。为问阳台客,应知入梦人。'王无兢诗曰:'神女向高唐,巫山下夕阳。徘徊作行雨,婉娈逐荆王。电影江前落,雷声峡外长。霁云无处所,台馆晓苍苍。'李端诗曰:'巫山十二重,皆在碧空中。回合云藏日,霏微雨带风。猿声寒渡水,树色暮连空。愁向高唐去,千秋见楚宫。'皇甫冉诗曰:'巫峡见巴东,迢迢出半空。云藏神女馆,雨到楚王宫。朝暮泉声落,寒暄树色同。清猿不可听,偏在九秋中。'白居易吟四篇诗,与繁生同济,而竟不为。"与本篇内容相同,仅有少量词句不同。且明确注明:"出《云溪友议》。"(〔宋〕李昉等编《太平广记》卷一百九十八,中华书局,1961年9月第1版,第1491页)此外,〔宋〕尤袤《全唐诗话》卷四、〔宋〕阮阅《诗话总龟前集》卷十六、〔宋〕计有功《唐诗纪事》卷五十一、〔明〕蒋一葵《尧山堂外纪》卷三十二均载有此事。

[2]繁知一:唐代诗人,因本篇所载之事,后人多说其为秭归县令,然未见史据。雍正年间《巫山县志》作"毓知一",并说其为"蜀之巫山隐士"。

[3]苏州刺史:指白居易。唐敬宗宝历元年(825),白居易担任苏州刺史。

历史文献部

15

　　[4]〔清〕彭定求等编《全唐诗》卷四百六十三录有此诗,诗题为"书巫山神女祠"。

　　[5]刘郎中禹锡:指唐代诗人刘禹锡。刘禹锡贞元九年(793)中进士,官至监察御史。贞元二十年,与柳宗元等人参与王叔文领导的政治革新运动,进入权力核心。事败,贬为朗州司马,后转徙外任连州、夔州、和州等地刺史凡14年。

　　[6]此诗题为《巫山高》,〔清〕彭定求等编《全唐诗》卷九十六收录。作者沈佺期(约656—714或715),唐代诗人,字云卿,相州内黄(今属河南)人。上元二年(675)进士及第。由协律郎累迁考功员外郎。曾因受贿入狱,出狱后复职,迁给事中。中宗即位,因谄附张易之,被流放驩州。神龙三年(707),召拜起居郎兼修文馆直学士,常侍宫中。后历中书舍人,太子少詹事。沈佺期与宋之问齐名,并称"沈宋"。

　　[7]王无兢:生平不详。此诗作者或题作沈佺期,或题作宋之问。诗题为《巫山高》。

　　[8]诗题为《巫山高》。作者李端(约743—782?),字正已,赵州(今河北赵县)人。少居庐山,师诗僧皎然。大历五年进士。曾任秘书省校书郎、杭州司马。晚年辞官隐居湖南衡山,自号衡岳幽人。今存《李端诗集》三卷。其诗多为应酬之作,多表现消极避世思想,个别作品对社会现实亦有所反映,一些写闺情的诗也清婉可诵,其风格与司空曙相似。李端是大历十才子之一,在"十才子"中年辈较轻,但诗才卓越,是"才子中的才子"。

　　[9]诗题为《题巫山》。作者皇甫冉(717—770),字茂政,润州(今镇江)丹阳人,著名诗人。先世居甘肃泾州。天宝十五载进士,曾官无锡尉,大历初入河南节度使王缙幕,终左拾遗、右补阙。安史之乱后,为避战乱寓居义兴(今宜兴)。其诗清新飘逸,多漂泊之感。

李德裕赋巫山神女诗[1]

　　故太尉李德裕镇渚宫[2],尝谓宾侣曰[3]:"余偶欲遥赋巫山神女一诗,下句云:自从一梦高唐后,可是无人胜楚王。昼梦宵征[4],巫山似欲降者,如何?"段记室成式曰[5]:"屈平流放湘沅[6],椒兰久而不争,卒葬江鱼之腹,为旷代之悲。宋玉则招屈之魂,明君之失,恐祸及身,遂假高唐之梦,以感襄王,非真梦也[7]。我公作神女之诗,思神女之会,惟虑成梦,亦恐非真。"李公退,惭其文,不编集于卷也。

（〔唐〕范摅《云溪友议》卷一，江苏广陵古籍刻印社，1983 年 4 月第 1 版，第 64 页）

【注　释】

[1]本篇选自〔唐〕范摅《云溪友议》卷一，题目为编者所加。本篇叙唐代李德裕赋巫山神女诗事，〔明〕江南詹詹外史《情史》卷十九有载："《云溪友议》云：'太尉李德裕镇渚官，尝谓宾侣曰：余偶欲赋巫山神女一诗，下句自从一梦高唐后，可是无人胜楚王。昼梦宵征，巫山似欲降者，何也。段记室成式曰：屈平流放湘沅，椒兰久而不芳。卒葬江鱼之腹，为旷代之悲。宋玉招平之魂，明君之失，恐祸及身，遂假高唐之梦，以感襄王。非真梦也。我公作神女之诗，思神女之会，惟虑成梦，亦恐非真。李公大惭。'"

李德裕（787—849），字文饶，唐代赵郡赞皇（今河北赞皇县）人，与其父李吉甫均为晚唐名相。唐文宗时，受李宗闵、牛僧儒等牛党势力倾轧，由翰林学士出为浙西观察使。太和七年，入相，复遭奸臣郑注、李训等人排斥，左迁。唐武宗即位后，李德裕再度入相，执政期间外平回鹘、内定昭义、裁汰冗官、协助武宗灭佛，功绩显赫。会昌四年八月，进封太尉、赵国公。唐武宗与李德裕之间的君臣相知成为晚唐之绝唱。后唐宣宗即位，李德裕由于位高权重，贬为崖州司户。《新唐书》卷一百八十、《旧唐书》卷一百七十四有传。

[2]镇：镇守，驻守。渚宫：春秋楚国的宫名，故址在今湖北省江陵县，故用以代指江陵地区。

[3]宾侣：宾客朋友。

[4]昼梦宵征：白天做梦，梦见晚上走路。

[5]记室：官名。东汉置，梦见掌章表书记文檄。后世因之，或称记室督、记室参军等。段记室成式：段成式（803—863），字柯古，晚唐邹平人，唐代著名志怪小说家，其父段文昌，曾任宰相，封邹平郡公，工诗，有文名。因父亲段文昌的关系，段成式曾任秘书省校书郎，后累官迁尚书郎，又出任江州刺史，大中中归京，仕至太常少卿。在诗坛上，他与李商隐、温庭筠齐名。

[6]屈平：指屈原。屈原名平，字原，战国时期楚国贵族出身，任三闾大夫、左徒等，兼管内政外交大事。他主张对内举贤能，修明法度，对外力主联齐抗秦。后因遭贵族排挤，被流放沅、湘流域。公元前 278 年，秦将白起一举攻破楚国首都郢都，忧国忧民的屈原在长沙附近汨罗江怀石自杀，端午节据说就是他的忌日。

[7]宋玉作《高唐赋》《神女赋》，其创作动机和原因，有多种说法。但是本篇提供了一种新的说法，认为宋玉作文招屈原之魂，指摘楚国君王之失，遂写就《高唐》《神女》二赋以求避祸自保。

《新唐书》节录

【文献及作者简介】

《新唐书》,欧阳修、宋祁撰。

欧阳修(1007—1073),字永叔,号醉翁,又号六一居士,吉安永丰(今江西永丰)人,自称庐陵(今永丰县沙溪)。谥号文忠,世称欧阳文忠公。北宋时期政治家、文学家、史学家和诗人。

欧阳修四岁丧父,自幼随叔父在湖北随州长大,家贫,母亲郑氏用芦苇在沙地上教其写字、画画。欧阳修自幼喜爱读书,常从城南李家借书抄读,他天资聪颖,又刻苦勤奋,往往书不待抄完,已能成诵;少年习作诗赋文章,文笔老练,有如成人,其叔由此看到了家族振兴的希望,曾对欧阳修的母亲说:"嫂无以家贫子幼为念,此奇儿也!不唯起家以大吾门,他日必名重当世。"十岁时,欧阳修从李家得唐《昌黎先生文集》六卷,甚爱其文,手不释卷。仁宗天圣八年(1030)中进士,次年任西京(今洛阳)留守推官,与梅尧臣、尹洙结为至交,互相切磋诗文。景祐元年(1034),召试学士院,授任宣德郎,充馆阁校勘。三年(1036),范仲淹上章批评时政,被贬饶州,欧阳修为他辩护,被贬为夷陵(今湖北宜昌)县令。康定元年(1040),欧阳修被召回京,复任馆阁校勘,编修崇文总目,后知谏院。庆历三年(1043),任右正言、知制诰。范仲淹、韩琦、富弼等人推行"庆历新政",欧阳修参与革新,提出改革吏治、军事、贡举法等主张。五年,范、韩、富等相继被贬,欧阳修上疏分辩,因被贬为滁州(今安徽滁州)太守。后又改知扬州、颍州(今安徽阜阳)、应天府(今河南商丘)。至和元年(1054)八月回朝,先后任翰林学士、史馆修撰等职。与宋祁同修《新唐书》,又自修《五代史记》(即《新五代史》)。嘉祐二年(1057)二月,欧阳修以翰林学士身份主持进士考试,提倡平实文风,录取苏轼、苏辙、曾巩等人,对北宋文风转变有很大影响。嘉祐三年六月庚戌,欧阳修以翰林学士身份兼龙图阁学士权知开封府。五年,拜枢密副使。次年任参知政事。后又相继任刑部尚书、兵部尚书等职。

英宗治平二年(1065)，上表请求外任，不准。此后两三年间，因被蒋之奇等诬谤，多次辞职，都未允准。神宗熙宁二年(1069)，王安石实行新法。欧阳修对青苗法有所批评，且未执行。三年，除检校太保宣徽南院使等职，坚持不受，改知蔡州(今河南汝南县)。四年(1071)六月致仕，居颍州(今安徽省阜阳市)。五年闰七月二十三日(1072年9月22日)，卒于颍州。

欧阳修一生著述繁富，作品主要收入《欧阳文忠公文集》。除文学外，经学研究《诗》《易》《春秋》等，能不拘守前人之说，有独到见解；编辑和整理了周代至隋唐的金石器物、铭文碑刻上千，并撰写成《集古录跋尾》十卷四百多篇，简称《集古录》，是今存最早的金石学著作；史学成就尤著，参加编撰《新唐书》，又自撰《五代史记》(《新五代史》)。

宋祁(998—1061)，字子京，北宋文学家。安州安陆(今湖北安陆)人，后徙居开封雍丘(今河南杞县)。天圣二年进士，官翰林学士、史馆修撰。与欧阳修等合修《新唐书》，书成，进工部尚书，拜翰林学士承旨。卒谥景文，与兄宋庠并有文名，时称"二宋"。诗词语言工丽，因《玉楼春》词中有"红杏枝头春意闹"句，世称"红杏尚书"。

宋祁幼年与兄随父在外地读书，日子艰辛，稍长离父还乡，与兄宋庠于天圣二年(1024)参加科考，殿试为状元。初任复州军事推官，经皇帝召试，授直史馆。历官龙图阁学士、史馆修撰、知制诰。与欧阳修同修《唐书》，前后长达十余年。书成，进工部尚书，拜翰林学士承旨。嘉祐六年(1061)卒，年六十四，谥景文。

著作除《新唐书》，有《宋景文公集》。此外，近人赵万里辑有其词《宋景文公长短句》一卷。

《新唐书》所载唐代巫山地域归属[1]

夔州云安郡，下都督府。本信州巴东郡，武德二年更州名[2]，天宝元年更郡名。土贡[3]：纻锡布[4]、熊、罴[5]、山鸡、茶、柑、橘、蜜、蜡。户万五千六百二十，口七万五千。县四：奉节、云安、巫山、大昌。

（〔宋〕欧阳修、宋祁撰《新唐书》卷四十，中华书局，1975年2月第1版，第1028—1029页）

【注　释】

[1]本段节选自《新唐书》第四十卷，题目为编者所加。《新唐书》记载中国唐代历史的纪传体史书，是宋代官修书。共二百二十五卷，包括本纪十卷，志五十卷，表十五卷，列传一百五十卷。宋仁宗认为原《唐书》（《旧唐书》）浅陋，下诏重修。前后参与其事的有欧阳修、宋祁、范镇、吕夏卿、王畴、宋敏求、刘羲叟等人。总的说来，列传部分主要由宋祁负责编写，志和表分别由范镇、吕夏卿负责编写。最后在欧阳修主持下完成。本纪十卷和赞、志、表的序以及《选举志》《仪卫志》等都出自欧阳修之手。因为列传部分出自宋祁之手，而欧阳修只是主持了志、表的编写，出于谦逊，欧阳修认为宋祁是前辈，所以他没有对宋祁所写的列传部分从全书整体的角度作统一工作，因而《新唐书》存在着记事矛盾、风格体例不同的弊端。《新唐书》署"欧阳修、宋祁撰"，为二十四史之一。宋仁宗嘉祐五年（1060）完成。

《新唐书》在体例、笔法和风格上比《旧唐书》严谨得多，且保存了一些旧唐书所未载的丰富史料。参编者又多有文采，更有可读性。故相比较而言，《新唐书》远胜《旧唐书》，一般人只读《新唐书》而愿不凌《旧唐书》，《新唐书》在宋、元、明至清初一直占有正统地位。

《新唐书》所载巫山地域归属，与《旧唐书》基本一致，只是内容更为简明。但是，《新唐书》载明了本地区的主要物产。

[2]武德：唐高祖李渊年号。武德二年，即公元619年。

[3]土贡：古代臣民或藩属向君主进献的土产。语出自《尚书·禹贡》："禹别九州岛，随山浚川，任土作贡。"（《尚书·夏书·禹贡第一》，阮元校刻本）相传夏禹根据各地物产不同规定不同的贡纳项目。在租税制度逐步健全以后，上贡并未消失，而成为赋税之外，臣属或藩君向君主的进献。某内容多为土产、珍宝、异物。《文献通考·自叙》："汉唐以来，任上所贡，无代无之，着之令甲，犹曰当其租人。然叔季之世，务为苟横，往之租自租而贡自贡矣。至于珍禽奇兽，衮服异味，或荒淫之君，降旨取索，或奸谄之臣，希意创贡，往往有出于经常之外者。甚至指留宫赋，阴增民输，而命之曰羡余，以供贡奉。上下相蒙，苟悦其名，而于百姓，则重困矣。"土贡制度是封建君主制度的一种特殊剥削制度。

[4]纻锡布：细麻布。纻（zhù）：苎麻。《说文》："纻，麻属。细者为绖，粗者为纻。"《诗·陈风·东门之池》："东门之池，可以沤纻。"锡：通"缌"，细麻布。《仪礼·大射仪》："用锡若绤。"《史记·司马相如传》："于是郑女曼姬，被阿锡。"（〔西汉〕司马迁《史记》卷一百十七《司马相如列传第五十七》）

[5]罴（pí）：熊的一种，体大，肩部隆起，能爬树、游水。掌和肉可食，皮可做褥子，胆入药。亦称"棕熊"、"马熊"、"人熊"。

武成四年荆南高季昌侵巫山[1]

（武成）四年[2]，荆南高季昌侵蜀巫山[3]，遣嘉王宗寿败之于瞿唐[4]。八月，杀黔南节度使王宗训[5]。冬，南蛮攻掠界上[6]，建遣夔王宗范击败之于大渡河[7]。

（〔宋〕欧阳修撰《新五代史》卷六十三，中华书局，1974 年 12 月第 1 版，第 790 页）

【注　释】

[1]本篇节选自《新五代史》卷六十三《前蜀世家第三·王建传》，题目为编者所加。《新五代史》，宋欧阳修撰，原名《五代史记》，后世为区别于薛居正等官修的《五代史》，称为《新五代史》。欧阳修"自撰《五代史记》，法严词约，多取《春秋》遗旨。"其用意正在《春秋》笔法："史者国家之典法也"，史书记载"君臣善恶，与其百事之废置"，目的在于"垂劝戒，示后世"。五代是一个封建分裂割据的时代，中原有后梁、后唐、后晋、后汉、后周五个小王朝的相继更迭；中原以外的地区分裂为吴、南唐、前蜀、后蜀、吴越、楚、闽、南汉、南平、北汉等十国。各个王朝统治的时间都比较短促。欧阳修认为，"五代之乱极矣"，"于此之时，天下大乱，中国之祸，篡弑相寻"（《新五代史》卷六十一《吴世家》），五代"五十三年之间，易五姓十三君，而亡国被弑者八，长者不过十余岁，甚者三四岁而亡"，出现"置君犹易吏，变国若传舍"（《新五代史·序》）。"当此之时，臣弑其君，子弑其父，而缙绅之士安其禄而立其朝，充然无复廉耻之色者皆是也。"他作史的目的，就是为了抨击这些他认为不知"廉耻"的现象，达到"《春秋》作而乱臣贼子惧"的目的。

全书共七十四卷，本纪十二卷、列传四十五卷、考三卷、世家及年谱十一卷、四夷附录三卷。记载了自后梁开平元年（907）至后周显德七年（960）共五十三年的历史。在编撰体例方面，《新五代史》改变了《旧五代史》的编排方法。《旧五代史》分梁书、唐书等书，一朝一史，各成体系；《新五代史》则打破了朝代的界限，把五朝的本纪、列传综合在一起，依时间的先后进行编排。《旧五代史》不分类编排列传；《新五代史》则把列传分为各朝家人传、死节传、死事传、杂臣传等。在《新五代史》中，增加了《旧五代史》所未能见到的史料，如《五代会要》《五代史补》等，因此内容更加翔实。就历史资料方面而言，《新五代史》和《旧五代史》可以互为补充。

[2]（武成）四年：武成是十国前蜀高祖王建年号，武成四年即公元911年。

[3]荆南高季昌：荆南武信王高季兴（858—928），初名季昌，因避后唐庄宗李存勖祖父李国昌的名讳，改名季兴，字贻孙，陕州峡石（今河南三门峡市境内）人。少为人家童，后随养主朱全忠，冒姓朱氏。以军功徙颍州防御使，复姓高氏。后梁时封为荆南节度使。荆南旧统荆、归、硖、夔、忠、万、澧、朗八州（今湘、鄂、川三省交界处），自唐末战乱频仍，除江陵之外，其余各州均已为邻道所占据。高季昌到任之时，城邑残毁，户口凋零，后逐渐安集流散，流民复归。五代时期割据荆南称王，是为南平武信王。

高季昌侵蜀巫山事，《新五代史·南平世家第九》载："太祖崩，季兴见梁日以衰弱，乃谋阻兵自固，治城隍，设楼橹。以兵攻归、峡，为蜀将王宗寿所败。又发兵声言助梁击晋，以侵襄州，为孔勍所败，乃绝贡赋累年。"（《新五代史》卷六十九《南平世家第九》）

[4]王宗寿：字永年，许州（今河南许昌）人，出身平民家庭。工琴弈，能文，事前蜀王建为镇江节度使。王建以其姓王，录之为子，封嘉王。王衍立（918），宗寿为太子太保。后唐明宗（926—933在位）为保义行军司马。其为人忠诚正直，"嘉王酒悲"之典即指王宗寿。《新五代史·前蜀世家》载，前蜀皇帝王衍既立，年少荒淫，把政事委交宦官，"独宗寿常切谏之"。王衍起宣华苑，建怡神亭，"与诸狎客妇人日夜饮酣其中，尝以九日宴宣华苑。嘉王宗寿以社稷为言，言发流涕，韩昭等曰：'嘉王酒悲尔'，诸狎客共以慢言谑嘲之，坐上喧然，（王）衍不能省也"。（《新五代史》卷六十三《前蜀世家第三》）

瞿唐：长江三峡之一的瞿塘峡，为长江三峡之首，也称夔峡。西起四川省奉节县白帝城，东至巫山大溪，两岸悬崖壁立，江流湍急，山势险峻，号称蜀东门户。〔唐〕杜甫《秋兴八首》之六："瞿唐峡口曲江头，万里风烟接素秋。"（〔清〕彭定求等编《全唐诗》卷二百三十，扬州诗局本）《引水》："月峡瞿塘云作顶，乱石峥嵘俗无井。"（〔清〕彭定求等编《全唐诗》卷二百二十一，扬州诗局本）刘禹锡《杂曲歌辞·竹枝》："瞿塘嘈嘈十二滩，此中道路古来难。"（〔清〕彭定求等编《全唐诗》卷二十八，扬州诗局本）李白《杂曲歌辞·荆州乐》："白帝城边足风波，瞿塘五月谁敢过？"（〔清〕彭定求等编《全唐诗》卷二十六，扬州诗局本）

高季昌入侵巫山，希望从巫山开始，侵蚀蜀地。王宗寿受前蜀君主王建之命，战败高季昌，使高氏蚕食蜀地的计划没有实现，为前蜀国家安宁和政局稳定立下了功劳。

[5]黔南：今贵州黔南自治州一带。杀黔南节度使王宗训事，《资治通鉴》卷二百六十九有载："蜀武泰节度使王宗训镇黔州，贪暴不法，擅还成都。庚辰，见蜀主，多所邀求，言辞狂悖。蜀主怒，命卫士殴杀之。戊子，以内枢密使潘峭为武泰

节度使、同平章事,翰林学士承旨毛文锡为礼部尚书,判枢密院。"(〔宋〕司马光《资治通鉴》,中华书局,1956年6月第1版)

[6]南蛮:南蛮是中国古代对南部的部族的称呼,在中国中心主义的天下观中,西戎、东夷、北狄和南蛮合称四夷。在周朝,中原以南的荆楚部落就曾被称为"南蛮"。后来,主要用于指称南方少数民族。此处"南蛮"指西南地区少数民族。

[7]王宗范:前蜀高祖王建养子。《十国春秋载》:"王宗范,不知何地人。母张氏,故高祖之后宫也。宗范初随母归高祖,冒母姓为张,高祖蓄为子,赐今姓名。从高祖讨陈敬瑄,累立战功。已而封夔王。"(〔清〕吴任臣《十国春秋》卷三十九,中华书局1983年12月第1版,第581页)王宗范阻击南蛮事,《十国春秋》亦有载:"长和蛮入寇黎州,宗范帅众往讨,败其兵于潘仓嶂,又败于山口城,已又破其武侯岭十三寨,复败之于大渡河,西南震恐,无不人人慑服。"(〔清〕吴任臣《十国春秋》卷三十九,中华书局1983年12月第1版,第581页)

鲁訔

【作者简介】

鲁訔(1100—1176),字季钦,一字季卿,号冷斋,秀州嘉兴(今浙江嘉兴)人,后徙海盐。宋代知名学者,也是一位正直勤政的官吏。绍兴五年(1135)进士,授余杭主簿,因荐改宣教郎、知衢州江山县。迁奉议郎、大宗正司主管财用。后改太常夺丞,为吏部员外郎。兼权大理少卿。请补外,除直敷文阁、江西转运副使,徙浙东提点刑狱公事,又徙闽路。力请奉祠,得主管台州崇道观。淳熙二年卒,享年七十七岁。

鲁訔勤于著述,有《易说》二十卷,《论语解》十卷,《蒙溪已矣集》四十五卷,《后集》二十卷,《须江杂著》六卷,《会稽酬唱集》二卷,《刍茋编》十卷,《南征录》二卷等。编注《杜甫诗》十八卷,作《杜甫年谱》一卷。

大历二年丁未杜甫作巫山诗[1]

大历二年丁未[2],公年五十六。

在夔州西阁,《立春》曰:"巫峡寒江那对眼,杜陵远客不胜悲。"[3]《雨诗》曰:"冥冥甲子雨,已度立春时。"[4]《资治通鉴》:"大历二年正月,辛亥朔至十三日甲子。谚云:'春甲子雨,赤地千里。'"移居赤甲[5],有《入宅赤甲二诗》曰:"卜居赤甲迁居新,两见巫山楚水春。"[6]三月自赤甲迁居瀼西[7],有《卜居暮春题瀼西新赁草屋五首》[8]。秋又移居东屯,有《自瀼西荆扉且移居东屯茅屋四首》曰:"东屯复瀼西,一种住青溪。来往皆茅屋,淹留为稻畦。"[9]讫冬居夔。

(〔宋〕鲁訔《杜工部诗年谱》,影印清光绪黎庶昌刻古逸丛书本,《续修四库全书》第1307册,上海古籍出版社,2002年第1版,第25页)

【注　释】

[1]本篇选自〔宋〕鲁訔《杜工部诗年谱》,题目为选编者所加。鲁訔曾编注《杜甫诗》十八卷,但今无存,仅此《杜工部诗年谱》存世。《年谱》篇首有鲁訔《编次杜工部诗序》,末有《王士禎跋》。在杜甫生平研究方面,此前有吕大防《杜工部诗年谱》,稍后又有赵子栎《杜工部年谱》。后者虽较吕氏所作详细,而仍然比较简略。鲁訔对杜甫生平和杜诗进行了深入的研究,他所撰《杜工部诗年谱》,系事达二十六年,是较为详实的杜甫生平研究史料。其间,也略有不尽得当之处,但瑕不掩瑜,多为后世所取。《四库全书总目》评价说:"姚桐寿《乐郊私语》云:《杜少陵集》自游龙门至过洞庭,诗目次第,为季卿(鲁訔字季卿)编定。一循少陵平生行迹,可以见其诗法。近时滏阳张氏、吴江朱氏所注杜诗,其《年谱》大率仿此,而推拓之。知密于赵子栎《谱》多矣。虽间有附会,又乌可以一眚掩乎?"(〔清〕纪昀等《四库全书总目提要》卷五十七,四库全书本)

[2]大历二年丁未:公元767年。大历元年(766)春,杜甫移居夔州(今重庆奉节),初寓山中客堂。

[3]《立春》:"春日春盘细生菜,忽忆两京梅发时。盘出高门行白玉,菜传纤手送青丝。巫峡寒江那对眼,杜陵远客不胜悲。此身未知归定处,呼儿觅纸一题诗。"(〔清〕彭定求等编《全唐诗》,第二百二十九卷,扬州诗局本)

[4]《雨》:"冥冥甲子雨,已度立春时。轻箑烦相向,纤绤恐自疑。烟添才有色,风引更如丝。直觉巫山暮,兼催宋玉悲。"(〔清〕彭定求等编《全唐诗》,第二百三十卷,扬州诗局本)

[5]赤甲:赤甲山。夔门两侧的高山,南名"白盐山",北曰"赤甲山",均拔地而起,高耸入云。白盐山系因黏附在岩石上的水溶液,主要含钙质,色似白盐而得名;赤甲山因含有氧化铁的水溶液黏附在风化的岩层表面,此山土石呈红色,如人袒背,故名赤甲山。隔江相望,一个红装,一个素裹,可谓奇景。杜甫《夔州歌十绝句》描绘赤、白二山:"赤甲白盐俱刺天,闾阎缭绕接山巅。枫林橘树丹青合,复道重楼锦绣悬。"(〔清〕彭定求等编《全唐诗》,第二百二十九卷,扬州诗局本)

[6]《入宅赤甲二诗》:"卜居赤甲迁居新,两见巫山楚水春。炙背可以献天子,美芹由来知野人。荆州郑薛寄书近,蜀客郗岑非我邻。笑接郎中评事饮,病从深酌道吾真。"(〔清〕彭定求等编《全唐诗》,第二百二十九卷,扬州诗局本)

[7]瀼西:指瀼西草屋,附宅有果园四十亩,蔬圃数亩,又有稻田若干顷,在江北之东屯。

[8]《卜居暮春题瀼西新赁草屋五首》:"其一:久嗟三峡客,再与暮春期。百舌欲无语,繁花能几时。谷虚云气薄,波乱日华迟。战伐何由定,哀伤不在兹。其

二：此邦千树橘，不见比封君。养拙干戈际，全生麋鹿群。畏人江北草，旅食瀼西云。万里巴渝曲，三年实饱闻。其三：彩云阴复白，锦树晓来青。身世双蓬鬓，乾坤一草亭。哀歌时自短，醉舞为谁醒。细雨荷锄立，江猿吟翠屏。其四：壮年学书剑，他日委泥沙。事主非无禄，浮生即有涯。高斋依药饵，绝域改春华。丧乱丹心破，王臣未一家。其五：欲陈济世策，已老尚书郎。未息豺虎斗，空惭鸳鹭行。时危人事急，风逆羽毛伤。落日悲江汉，中宵泪满床。"（〔清〕彭定求等编《全唐诗》，第二百二十九卷，扬州诗局本）

[9]《自瀼西荆扉且移居东屯茅屋四首》："其一：白盐危峤北，赤甲古城东。平地一川稳，高山四面同。烟霜凄野日，粳稻熟天风。人事伤蓬转，吾将守桂丛。其二：东屯复瀼西，一种住青溪。来往皆茅屋，淹留为稻畦。市喧宜近利，林僻此无蹊。若访衰翁语，须令剩客迷。其三：道北冯都使，高斋见一川。子能渠细石，吾亦沼清泉。枕带还相似，柴荆即有焉。斫畬应费日，解缆不知年。其四：牢落西江外，参差北户间。久游巴子国，卧病楚人山。幽独移佳境，清深隔远关。寒空见鸳鹭，回首忆朝班。"（〔清〕彭定求等编《全唐诗》，第二百二十九卷，扬州诗局本）

大历三年戊申杜甫作巫山诗[1]

大历三年戊申，公年五十七。

《太岁日》曰："楚岸行将老，巫山坐复春。"[2]时，第五弟漂泊江左[3]，近无消息，《远怀颖、观等》曰："阳翟空知处，荆南近得书。"[4]正月中旬，《定出三峡》曰："自汝到荆府，书来数唤吾。颂椒添风咏，禁火卜欢娱。"[5]公因观在荆阳[6]，遂发棹有将别巫峡。《赠南乡兄瀼西果园四十亩》曰："正月喧莺末，兹辰放鹢初。"[7]夏，有《和江陵宋大少府雨后同诸公及舍弟宴书斋》[8]。秋，又不安于荆南（原注：荆南属邑，府南九十里），《舟中出南浦奉寄郑少尹》曰："更欲投何处，飘然去此都。"[9]是秋，移居公安，复东下，《发刘郎浦》（原注：《十道志》：在荆州）曰："挂帆早发刘郎浦，疾风飒飒昏亭午。"[10]《晓发公安（原注：系云数月憩息此县）》《泊岳阳城下（原注：巴陵郡）》曰："岸风翻夕浪，舟雪洒寒灯。"[11]则冬在岳阳矣。

（〔宋〕鲁訔《杜工部诗年谱》，影印清光绪黎庶昌刻古逸丛书本，《续修四库全书》第1307册，上海古籍出版社，2002年第1版，第25—26页）

【注　释】

[1]本篇选自〔宋〕鲁訔《杜工部诗年谱》，题目为选编者所加。大历三年（768），正月中旬，杜甫去夔出峡。临去，以瀼西果园赠南卿兄。三月，至江陵。夏日，暂如外邑。留江陵数月，颇不得意。秋末，移居公安县。遇顾诚奢、李晋肃（贺父）及僧太易，留憩公安数月。因公安治安太差，遂移衡州。

[2]《太岁日》："楚岸行将老，巫山坐复春。病多犹是客，谋拙竟何人。闾阖开黄道，衣冠拜紫宸。荣光悬日月，赐与出金银。愁寂鸳行断，参差虎穴邻。西江元下蜀，北斗故临秦。散地逾高枕，生涯脱要津。天边梅柳树，相见几回新。"（〔清〕彭定求等编《全唐诗》，第二百三十二卷，扬州诗局本）

[3]第五弟：杜甫五弟杜丰。杜甫有《第五弟丰独在江左，近三四载寂无消息，觅使寄此二首》："乱后嗟吾在，羁栖见汝难。草黄骐骥病，沙晚鹡鸰寒。楚设关城险，吴吞水府宽。十年朝夕泪，衣袖不曾干。""闻汝依山寺，杭州定越州。风尘淹别日，江汉失清秋。影盖啼猿树，魂飘结蜃楼。明年下春水，东尽白云求。"（〔清〕彭定求等编《全唐诗》，第二百三十一卷，扬州诗局本）

[4]《远怀舍弟颖观等》："阳翟空知处，荆南近得书。积年仍远别，多难不安居。江汉春风起，冰霜昨夜除。云天犹错莫，花萼尚萧疏。对酒都疑梦，吟诗正忆渠。旧时元日会，乡党羡吾庐。"（〔清〕彭定求等编《全唐诗》，第二百三十二卷，扬州诗局本）

[5]《定出三峡》：或题为《续得观书，迎就当阳居止，正月中旬定出三峡》，诗曰："自汝到荆府，书来数唤吾。颂椒添讽咏，禁火卜欢娱。舟楫因人动，形骸用杖扶。天旋夔子国，春近岳阳湖。发日排南喜，伤神散北吁。飞鸣还接翅，行序密衔芦。俗薄江山好，时危草木苏。冯唐虽晚达，终觊在皇都。"（〔清〕彭定求等编《全唐诗》，第二百三十二卷，扬州诗局本）

[6]观：指杜甫舍弟杜观。荆阳：即荆阳县，唐武德四年（621）置，八年撤销，并入太湖县。位于今安徽太湖县境内。

[7]《赠南乡兄瀼西果园四十亩》：或题作《将别巫峡，赠南卿兄西果园四十亩》，诗曰："苔竹素所好，萍蓬无定居。远游长儿子，几地别林庐。杂蕊红相对，他时锦不如。具舟将出峡，巡圃念携锄。正月喧莺末，兹辰放鹢初。雪篱梅可折，风榭柳微舒。托赠卿家有，因歌野兴疏。残生逗江汉，何处狎樵渔。"（〔清〕彭定求等编《全唐诗》，第二百三十二卷，扬州诗局本）

[8]《和江陵宋大少府雨后同诸公及舍弟宴书斋》：或题作《和江陵宋大少府暮春雨后同诸公及舍弟宴书斋》，诗云："渥洼汗血种，天上麒麟儿。才士得神秀，书斋闻尔为。棣华晴雨好，彩服暮春宜。朋酒日欢会，老夫今始知。"（〔清〕彭定求等编《全唐诗》，第二百三十二卷，扬州诗局本）

[9]《舟中出南浦奉寄郑少尹》:或题作《舟出江陵南浦,奉寄郑少尹》,诗云:"更欲投何处,飘然去此都。形骸元土木,舟楫复江湖。社稷缠妖气,干戈送老儒。百年同弃物,万国尽穷途。雨洗平沙静,天衔阔岸纤。鸣螀随泛梗,别燕赴秋菰。栖托难高卧,饥寒迫向隅。寂寥相煦沫,浩荡报恩珠。溟涨鲸波动,衡阳雁影徂。南征问悬榻,东逝想乘桴。滥窃商歌听,时忧卞泣诛。经过忆郑驿,斟酌旅情孤。"(〔清〕彭定求等编《全唐诗》,第二百三十二卷,扬州诗局本)

[10]《发刘郎浦》:"挂帆早发刘郎浦,疾风飒飒昏亭午。舟中无日不沙尘,岸上空村尽豺虎。十日北风风未回,客行岁晚晚相催。白头厌伴渔人宿,黄帽青鞋归去来。"(〔清〕彭定求等编《全唐诗》,第二百二十三卷,扬州诗局本)

[11]《晓发公安(数月憩息此县)》:"北城击柝复欲罢,东方明星亦不迟。邻鸡野哭如昨日,物色生态能几时,舟楫眇然自此云,江湖远适无前期。出门转眄已陈迹,药饵扶吾随所之。"《泊岳阳城下》:"江国逾千里,山城仅百层。岸风翻夕浪,舟雪洒寒灯。留滞才难尽,艰危气益增。图南未可料,变化有鲲鹏。"(〔清〕彭定求等编《全唐诗》,第二百三十三卷,扬州诗局本)

吴任臣

【作者简介】

吴任臣（1628—1689），本名吴志伊，以字行，改字志伊，一字尔器，号托园，清代历史学家、藏书家。其先为福建莆田籍，随父至仁和（今浙江杭州），遂补仁和弟子员。康熙十八年（1679）举博学鸿词科，授检讨，曾担任《明史》纂修官。《清史·历志》即出于吴任臣之手。其好读奇书，家贫无资购书，时兵乱起，江南富户皆走窜，他一钱换书一帙，日加辑补，于是吴中书籍多归于他。藏书印有"志伊父"、"仁和吴任臣印"等。吴任臣治学态度严谨认真，兴趣广泛，博学多才，精天官、乐律、奇壬之书，为顾炎武所推重。《清史稿》载："当时词科以史才称者，朱彝尊、汪琬、吴任臣及耒（潘耒）为最著。"（《清史稿》卷四百八十四《文苑·潘耒传》）

他利用翰林院的清闲和丰富的藏书，搜集大量史料，特别是收集大批五代十国史料，撰写了历史巨著《十国春秋》。《十国春秋》共一百四十卷，叙写十国即闽国、吴越、吴、楚、南汉、前蜀、后蜀、南平、南唐、北汉的历史。《十国春秋》写了十国创建、发展、巩固、衰亡的全过程，内容丰富，史料翔实。它按《史记》体例，全书分为本纪、世家、传记等部分，同时还关注经济、文化、宗教等内容，具有较高的史料价值。吴任臣还著有《周礼大义》《礼通》《春秋正朔考辨》《南北史合注》《山海经文注》《字汇补》和《托园诗文集》等，传于世。

毛文锡传[1]

毛文锡[2]，字平珪，高阳人，唐太仆卿龟范子也。年十四，登进士第，已而来成都，从高祖官翰林学士承旨[3]。永平四年，迁礼部尚书[4]，判枢密院事。先是，峡上有堰，或劝高祖宜乘江涨，决之以灌江陵，文锡谏曰："高季昌不服[5]，其民何罪？陛下方以德怀天下，忍以邻国之民为鱼鳖食乎？"

高祖乃止。通正元年,进文思殿大学士,已又拜司徒,判枢密院如故。

天汉时,宦官唐文扆同宰相张格为表里,与文锡争权。会文锡以女适仆射庾传素子[6],宴亲族于枢密院,用乐不先奏闻,高祖闻鼓吹声,怪之,文扆因极口摘其短,贬文锡茂州司马,子询流维州,籍其家[7]。

及国亡,随后主降唐。未几,复事孟氏[8]。与欧阳炯等五人以小辞为后蜀主所赏。文锡有《前蜀纪事》二卷,《茶谱》一卷。尤工艳语,所撰《巫山一段云》词,当世传咏之。辞曰:"雨霁巫山上,云轻映碧天,远风吹散又相连,十二晚峰前。暗湿啼猿树,高笼过客船。朝朝暮暮楚江边,几度降神仙。"[9]

（〔清〕吴任臣《十国春秋》卷四十一,中华书局,1983 年 12 月第 1 版,第 609 页）

【注　释】

[1]本篇选自吴任臣《十国春秋》卷四十一。《十国春秋》,为清人吴任臣私著史书,采自五代、两宋时的各种杂史、野史、地志、笔记等文献资料,叙写十国之历史,计有吴十四卷,南唐二十卷,前蜀十三卷,后蜀十卷,南汉九卷,楚十卷,吴越十三卷,闽十卷,荆南四卷,北汉五卷,十国纪元表一卷,十国世系表一卷,十国地理表二卷,十国藩镇表一卷,十国百官表一卷。康熙八年(1669)完成。洪亮吉《北江诗话》卷一载:"吴任臣撰《十国春秋》,搜采极博。"《越缦堂读书记》曰:"此书三过阅矣,丙辰(1856)读之尤细,甚薄其体裁之疏;至壬申(1872)复阅,始叹其博不可及也。"《四库全书总目提要》评:"任臣以欧阳修作《五代史》,于十国仿《晋书》例为载记,每略而不详,乃采诸霸史、杂史以及小说家言,并证以正史,汇成是书。"(〔清〕纪昀等《四库全书总目提要》卷六十六,四库全书本)吴任臣自序曰:"任臣以孤陋之学,思取十国人物事实而章著之,网罗典籍,爰勒一书,名曰《十国春秋》,为本纪二十,世家二十二,列传千二百八十二。人以国分,事以类属。又为《纪元》《世系》《地理》《藩镇》《百官》五表,总一百一十四卷。虽世远人湮,书册难考,乃鉴观诸邦,略得而论。"又有周跋:"余校刊吴氏《十国春秋》,附刻《拾遗》《备考》二卷,锓板发十方后,复补录数条,亦未印行,年末采摭旧闻,则记载沿有阙。"既可见其著述之初衷,及书之框架结构,又可看到该书的刊刻情况。

就本篇内容而言,毛文锡劝止高祖决堤事,《资治通鉴》卷二百六十九有相同的记载;所作《巫山一段云》,《全唐词》和《全唐诗》等均有收录。

[2]毛文锡,生卒年不详,唐末五代时人,字平珪,高阳(今属河北人),一作南

阳(今属河南)人。年十四,登进士第。已而入蜀,从王建,官翰林学士承旨,进文思殿大学士,拜司徒,蜀亡,随王衍降唐。未几,复事孟氏,与欧阳炯等五人以小词为孟昶所赏。

毛文锡词大都是供奉内廷之作,内容多写歌舞冶游。但其《巫山一段云》"雨霁巫山上"咏巫山神女事,借题发挥,即景寄兴,"远风吹散又相连,十二晚峰前","朝朝暮暮楚江边,几度降神仙",惹人情思,历来传咏。《甘州遍》调长 63 字,其"秋风紧"一首,写边塞征战:"青冢北,黑山西,沙飞聚散无定,往往路人迷。铁衣冷,战马血沾蹄。"场面比较宽阔,凄厉苍茫,开北宋边塞词先声。此外如《醉花间》"休相问"、《更漏子》"春夜阑"、《临江仙》"暮蝉声尽落斜阳"等,清新可读。

毛文锡著有《前蜀纪事》2 卷,《茶谱》1 卷。词今存 32 首,见于《花间集》《唐五代词》。今有王国维辑《毛司徒词》一卷。

[3]高祖:指前蜀开国皇帝王建。翰林学士承旨:中国古代官名,唐朝时期设置。唐玄宗时设翰林学士院,设翰林学士六员。肃宗至德宗年间,从中择年深德重者一人为承旨,独承密命。唐宪宗正式常设翰林学士承旨,为翰林学士之长,职权尤重,多至宰相,然犹为职衔,例由他官兼任。此后,翰林学士承旨作为翰林学士的首领,不是单纯起草诏令,而是在禁中职掌机密,是唐朝实际上的宰相,被称为"内相"。五代十国时期,后梁太祖朱温为避父名讳,一度将翰林学士承旨改称翰林学士奉旨。宋以后沿用,至清朝乃废。

[4]礼部尚书:主管朝廷中的礼仪、祭祀、宴餐、贡举的大臣。

[5]高季昌:原名高季兴,五代时期割据荆南称王,是为南平武信王。详参本书《武成四年,荆南高季昌侵巫山》注[3]。

[6]仆射:官名。秦始置,汉以后因之。汉成帝建始四年,初置尚书五人,一人为仆射,位仅次尚书令,职权渐重。汉献帝建安四年,置左右仆射。唐宋左右仆射为宰相之职。宋以后废。《汉书·百官公卿表》:"仆射,秦官,自侍中、尚书、博士、郎皆有。古者重武官,有主射以督课之。"(〔东汉〕班固《汉书》卷十九)唐韩愈《答魏博田仆射书》:"季冬极寒,伏惟仆射尊体动止万福。"(〔宋〕欧阳修《欧阳修集》卷一百四十四,四部备要本)

[7]籍其家:登记并没收其家产。

[8]复事孟氏:(毛文锡)重新又在后蜀为官。孟氏:指后蜀君王孟知祥、孟昶。

[9]《巫山一段云》:毛文锡词。其词共两首,另一首曰:"貌掩巫山色,才过濯锦波。阿谁提笔上银河,月里写嫦娥。/薄薄施铅粉,盈盈挂绮罗。菖蒲花役梦魂多,年代属元和。"(〔清〕彭定求等编《全唐诗》,第八百九十三卷,扬州诗局本)

青城道士[1]

青城道士者,未详其姓氏。能幻术,恒于僻处作法,凡西王母[2]、巫山神女[3],及麻姑、鲍姑诸仙姬[4],皆应召而至。又忽于城中化出金楼惑众。后主知其妖[5],密使人擒之,累月不获。后追及于青城道上,以犬豕血沃之[6],下狱考讯,自言历采民间处子[7],恣行容成之术[8],死者无算[9],遂伏诛。

（〔清〕吴任臣《十国春秋》卷四十七,中华书局,1983 年 12 月第 1 版,第 677 页）

【注　释】

［1］本篇选自《十国春秋》卷四十七。本篇所载之事,五代时期王仁裕《王氏见闻录》有载,比本篇稍详:"伪蜀青城山道士能幻术,往往入锦城施其法,有所获,即潜挈归洞穴。或闻其行甚秽,官吏中有识者,颇恶之。后于成都诱引富室及勋贵子弟,皆潜而随之。或于幽僻宅院中,洒扫焚香设榻,张陈帷幌。则独于室内作法,或召西王母或巫山神女或麻姑、鲍姑神仙,皆应召而至,与之杯馔寝处,生人无异,则令学者隙而窥之。欢笑罢,则自帝帷之前蹴而去。又忽城中化出金楼,众皆睹之,惑众颇甚。其民间少年,膏粱子弟,满城如狂。少主知其妖,密使人擒之,累月不获。后有人报云:'已出笮桥门去。'因使人逐之,乃以猪狗血赍行。至青城路上三十余里,及之,遂倾血沃之。不能施其术,及下狱讯之,云:'年年采民家处子住山中,行黄帝之道。'死于岩穴者不知其数。豪贵之家,颇遭秽淫。所通辞款,指贵达之门甚多。少主不欲彰其恶,潜杀之。"(〔宋〕李昉等编《太平广记》卷二百八十七,中华书局,1961 年 9 月第 1 版,第 2287 页)

青城:指青城山。青城山位于四川省都江堰市西南,为中国道教发源地之一,是道教名山。东汉顺帝汉安二年(143),道教创始人张陵选中青城山结茅传道,青城山遂成为道教的发祥地。传说张陵晚年显道于青城山,并在此羽化。此后,青城山成为天师道的祖山,全国各地历代天师均来青城山朝拜祖庭。

［2］西王母:中国古代传说中一个地位崇高的神。西王母之名,最早见载于《山海经》。《山海经·西山经》载:"玉山,是西王母所居也。西王母其状如人,豹尾虎齿而善啸;蓬发戴胜。"(《山海经》卷二)《山海经·海内北经》载:"西王母梯几而戴胜,杖。其南有三青鸟,为西王母取食。在昆仑虚北。"(《山海经》卷十

二)《山海经·大荒西经》:"流沙之滨,赤水之后,黑水之前,有大山,名曰昆仑之丘。……有人,戴胜,虎齿,有豹尾,穴处,名曰西王母。"(《山海经》卷十六)《庄子·大宗师》:"夫道,……西王母得之,坐乎少广。莫知其始,莫知其终。"〔西汉〕司马相如《大人赋》:"吾乃今目睹西王母曤然白首。载胜而穴处兮,亦幸有三足乌为之使。必长生若此而不死兮,虽济万世不足以喜。"(〔西汉〕司马相如《大人赋》,见姚鼐纂集《古文辞类纂》卷六十七,上海古籍出版社,1998 年 7 月第 1 版,第 711 页)〔西汉〕扬雄《甘泉赋》:"想西王母欣然而上寿兮,屏玉女而却虑妃。"(〔西汉〕扬雄《甘泉赋》,见姚鼐纂集《古文辞类纂》卷六十八,上海古籍出版社,1998 年 7 月第 1 版,第 718 页)

[3]巫山神女:出〔战国楚〕宋玉《神女赋》。宋玉在《神女赋》中,用充满赞叹的笔调,以华美的词藻,铺排的手法,详细描述了神女的相貌、体态、衣着、气质、语言、动作等,十分传神,令人神往。《神女赋》前有序言,简单叙述了宋玉作此赋的缘由,云:"楚襄王与宋玉游于云梦之浦,使玉赋高唐之事。其夜玉寝,果梦与神女遇,其状甚丽,玉异之。明日,以白王。王曰:'其梦若何?'玉对曰:'晡夕之后,精神恍忽,若有所喜,纷纷扰扰,未知何意?目色仿佛,乍若有记:见一妇人,状甚奇异。寐而梦之,寤不自识;罔兮不乐,怅然失志。于是抚心定气,复见所梦。'王曰:'状何如也?'玉曰:'茂矣美矣,诸好备矣。盛矣丽矣,难测究矣。上古既无,世所未见,瑰姿玮态,不可胜赞。其始来也,耀乎若白日初出照屋梁;其少进也,皎若明月舒其光。须臾之间,美貌横生:晔兮如华,温乎如莹。五色并驰,不可殚形。详而视之,夺人目精。其盛饰也,则罗纨绮绩盛文章,极服妙采照四方。振绣衣,披袿裳,不短,纤不长,步裔裔兮曜殿堂,婉若游龙乘云翔。披服,脱薄装,沐兰泽,含若芳。性合适,宜侍旁,顺序卑,调心肠。'"(〔战国楚〕宋玉《神女赋》,见姚鼐纂集《古文辞类纂》卷六十四,上海古籍出版社,1998 年 7 月第 1 版,第 687 页)

[4]麻姑:道教神话人物,女性,修道于牟州东南姑馀山,东汉时应仙人王方平之召降于蔡经家,年十八九,貌美,自谓"已见东海三次变为桑田"。又流传有三月三日西王母寿辰,麻姑于绛珠河边以灵芝酿酒祝寿的故事。故古时以麻姑喻高寿,民间为女性祝寿多赠麻姑像,取名麻姑献寿。〔晋〕葛洪《神仙传》有《麻姑传》。杜光庭《墉城集仙录·麻姑传》亦载:"麻姑者,乃上真元君之亚也。汉孝桓帝时,神仙王远,字方平,降于蔡经家,……与经父母、兄弟相见。独坐久之,即令人相访(麻姑)。"继云:"麻姑至,……是好女子,年十八九许。于顶中作髻,余发垂至腰。其衣有文章,而非锦绮,光彩耀目,不可名状。入拜方平,方平为之起立。坐定,召进行厨。……麻姑自说云:'接侍以来,已见东海三为桑田。向到蓬莱,水又浅于往者会时略半也,岂将复还为陵陆乎?'方平笑曰:'圣人皆言海中复扬尘也。'"(〔前蜀〕杜光庭《墉城集仙录》卷四,道藏本)

鲍姑,名潜光(约309—363),上党(今山西省长治)人,晋代广东南海太守鲍靓之女,道士葛洪之妻,晋代著名炼丹术家、精通灸法。她是葛洪的得力助手,和葛洪的弟子黄初平一起帮葛洪研究炼丹术,为葛洪抄写著作,为附近的百姓治病。鲍姑医术精湛,尤擅针灸术,往往药到病除,人们称她为鲍仙姑。民间传说鲍姑晚年得道成仙,广东等地建有"鲍姑祠"。杜光庭《墉城集仙录》载:"鲍姑者,南海太守鲍靓之女,晋散骑常侍葛洪之妻也。靓字太玄,陈留人也。少有密鉴,洞于幽元,沉心冥肆,人莫知之。靓及妹并先世累积阴德,福逮于靓,故皆得道。姑及小妹,并登仙品。靓学通经纬,后师左元放,受中部法,及三皇五岳劾召之要。行之神验,能役使鬼神,封山制魔。东晋元帝大兴元年戊寅,靓于蒋山,遇真人阴长生,授刀解之术。累征至黄门侍郎,求出为南海太守。以姑适葛稚川,稚川自散骑常侍,为炼丹砂,求为句漏县令。太玄在南海,小女与笙,无病暴卒,太玄时对宾客,略无悲悼。葬于罗浮山,容色若生人,皆谓为尸解。靓还丹阳,卒,葬于石子岗,后遇苏峻乱,发棺无尸,但有大刀而已。贼欲取刀,闻冢左右兵马之声,顾之惊骇,中间其刀訇然有声,若雷震之音,众贼奔走。贼平之后,收刀别复葬之。靓与妹亦得尸解之道,姑与稚川相次登仙。"(〔前蜀〕杜光庭《墉城集仙录》卷七,道藏本)

[5]后主:当指后蜀君王孟昶。

[6]豕:猪。《诗·小雅·渐渐之石》:"有豕白蹢。"

沃:大水量浇灌或灌溉。《说文》:"沃,溉灌也。"《韩非子·初见秦》:"决白马之口以沃魏氏。"本句意思是说,用狗和猪的血来泼(青城道士)。

[7]处子:指未出嫁也没有发生过性交的女子,意同"处女"。《庄子·逍遥游》:"藐姑射之山,有神人居焉,肌肤若冰雪,绰约若处子。"

[8]容成之术:房中之术,古时房中家多述师祖容成公,故以容成之术代称房中术。容成:容成公,为古代传说中的仙人,黄帝之臣子,是指导黄帝学习养生术的老师之一,其早期的记述与房中术的传播直接相关。刘向《列仙传》载:"容成公者,自称黄帝师,见于周穆王。能善补导之事,取精于玄牝。其要谷神不死,守生养气者也。发白更黑,齿落更生。事与老子同。亦云老子师也。"(〔汉〕刘向《列仙传》卷上,笔记小说大观本)葛洪的《神仙传》谓或称容成子,字子黄,道东人,曾经栖自太姥山炼药,后隐居崆峒山,寿两百岁。其声名事迹亦载于《黄帝内经·素问》《轩辕本纪》等书中。

[9]死者无算:死者无数。意谓青城道士大肆使用房中之术,致处女死者无数。

[10]伏诛:认罪伏法,甘愿被杀。

辛文房

【作者简介】

辛文房，字良史，元代前期西域人。曾为省郎，曾游历祖国东南山水名胜，在当时有诗名，与王执谦、杨载齐名，有《披沙诗集》，已佚。元代诗人张雨《勾曲外史贞居先生诗集》卷四存有《元日雪霁早朝大明宫和辛良史省郎二十二韵》诗一首，结句说："怜君守华省，琢句废春宵。"元代陆友仁《研北杂志》卷下云："王伯益，名执谦……同时有辛文房良史，西域人；杨载仲弘，浦城人；卢亘彦威，大梁人，并称能诗。"此处所列的杨载为"元代四大家"之一，乃当时文坛领袖，"声名满天下"，辛能与之并，可见当时之影响。

辛名诗集《披沙集》取梁钟嵘《诗品》"披沙简金，往往见宝"（陆机）意。元代诗人马祖常所作《辛良史〈披沙集〉诗赞》云："未可披沙拣，黄金抵自多。悠悠今古意，落落短长歌。秋塞鸣霜铠，春房剪画罗。吟边变余发，萧飒是阴、何。"从诗中可知，辛诗既有"秋塞鸣霜铠"的金戈铁马式豪迈之气，又有"春房剪画罗"的小桥流水式柔美之情，其风格和内容是丰富多样的。从诗的最后两句中我们还可看出，辛对诗歌创作是极为认真和刻苦的。辛文房诗作现在仅存数首，已难窥其大端。

崔　涂[1]

涂，字礼山，光启四年郑贻矩榜进士及第[2]。工诗，深造理窟，端能竦动人意[3]，写景状怀，往往宣陶肺腑[4]。亦穷年羁旅[5]，壮岁上巴蜀，老大游陇山[6]。家寄江南[7]，每多离怨之作[8]。警策如"流年川暗度，往事月空明"。[9]《巫娥》云："江山非旧主，云雨是前身。"[10] 如："病知新事少，老别故交难。"[11]《孤雁》云："渚云低暗度，关月冷相随。"[12]《山寺》云："夕阳高鸟过，疏雨一钟残。"[13] 又："谷树云埋老，僧窗瀑照寒。"[14]《鹦鹉州》

云："曹瞒尚不能容物，黄祖何因解爱才。"[15]《春夕》云："胡蝶梦中家万里，杜鹃枝上月三更。"[16]《陇上》云："三声戍角边城暮，万里乡心塞草春。"[17]《过峡》云："五千里外三年客，十二峰前一望秋"等联[18]。作者于此敛衽[19]，意味俱远，大名不虚。有诗一卷，今传。

（〔元〕辛文房撰，傅璇琮主编，《唐才子传校笺（第四册）》卷九，中华书局，1990 年 9 月第 1 版，第 189—194 页）

【注　释】

[1]本篇选自〔元〕辛文房《唐才子传》卷九。《唐才子传》为唐五代诗人简要评传汇集，此书按诗人登第先后为序，对中、晚唐诗人事迹所记尤详，也包括部分五代诗人。书中保存了唐代诗人大量的生平资料，对科举经历的记叙更为详备。传后又有对诗人艺术得失的品评，多存唐人旧说，其中颇有精辟之见。但所述也有失实、谬误之处，如谓骆宾王与宋之问唱和灵隐寺，《中兴间气集》为高适（实为高仲武）所编，李商隐曾为广州都督等。也有因误解材料而造成错误，如《刘长卿传》记权德舆称刘长卿为"五言长城"，而据权德舆《秦征君校书与刘随州唱和诗序》，实是刘长卿"自以为五言长城"等。《唐才子传》成于元大德八年（1304）。原本 10 卷，明初尚存，《永乐大典》在"传"字韵内曾录其全书。但此部分《永乐大典》今亦佚。清《四库全书》馆臣从《永乐大典》其他各韵中辑出 243 位诗人的传记，附传 44 人，共 287 人，编为 8 卷。日本《佚存丛书》有 10 卷本，有 278 位诗人的传记，附传 120 人。有清陆芝荣等《佚存丛书》校刻本等。

崔涂（854—?），字礼山，今浙江富春江一带人，唐僖宗光启四年（888）进士。终身漂泊，漫游巴蜀、吴楚、河南、秦陇等地，故其诗多以漂泊生活为题材，情调苍凉。《全唐诗》存其诗 1 卷。"崔涂律诗，音节虽促，而兴致颇多，身遭乱梗，意殊凄怅。虽喜用古事，而不见拘束。今人格体，类多似之，殆亦矫翻于林越间，而翛然欲举者也。"（〔明〕徐献忠《唐诗品》）

[2]郑贻矩：唐朝进士，籍贯生平不详。唐僖宗光启四年（文德元年 888）戊申科状元及第。该科进士及第二十八人。其中有崔涂等人。考官为尚书右丞柳玭。

[3]竦动人意：能深深地打动人。

[4]宣陶肺腑：直抒胸臆，表达真情实感。

[5]穷年羁旅：长年漂流在异地他乡。羁旅：寄居异乡。《左传·庄公二十二年》："齐侯使敬仲为卿，辞曰：'羁旅之臣……敢辱高位？'"杜预注："羁，寄；旅，

客也。"(杜预注、孔颖达疏《春秋左传正义》卷九,阮元校刻本)《史记·陈杞世家》:"羁旅之臣,幸得免负担,君之惠也。"(〔西汉〕司马迁《史记》卷三十六)〔唐〕韩愈《又与柳中丞书》:"夫远征军士,行者有羁旅离别之思,居者有怨旷骚动之忧。"(〔唐〕韩愈《韩愈集》卷十九)

〔6〕陇山:山名,六盘山南段的别称。古时又称陇坂、陇坻。〔北魏〕郦道元《水经注·斤江水》:"陇山、终南山、惇物山,在扶风武功县西南也。"(〔后魏〕郦道元注《水经注》卷四十,王先谦校本)〔唐〕李洞《段秀才溪居送从弟游经陇》:"烟沉陇山色,西望涕交零。"(〔清〕彭定求等编《全唐诗》卷七百二十二,扬州诗局本)

〔7〕家寄江南:崔涂故乡在浙江,故云。

〔8〕离怨:别恨,离别之愁。

〔9〕语出崔涂《夕次洛阳道中》:"秋风吹故城,城下独吟行。高树鸟已息,古原人尚耕。流年川暗度,往事月空明。不复叹岐路,马前尘夜生。"(〔清〕彭定求等编《全唐诗》卷六百七十九,扬州诗局本)

〔10〕语出崔涂《巫山庙》:"双黛俨如嚬,应伤故国春。江山非旧主,云雨是前身。梦觉传词客,灵犹福楚人。不知千载后,何处又为神。"(〔清〕彭定求等编《全唐诗》卷六百七十九,扬州诗局本)巫山庙:位于巫山(今重庆巫山县),祭祀巫山神女之庙。

〔11〕语出崔涂《南山旅舍与故人别(一作商山道中)》:"一日又将暮,一年看即残。病知新事少,老别旧交难。山尽路犹险,雨馀春却寒。那堪试回首,烽火是长安。"(〔清〕彭定求等编《全唐诗》卷六百七十九,扬州诗局本)

〔12〕语出崔涂《孤雁》:"几行归去尽,片影独何之。暮雨相呼失,寒塘独下迟。渚云低暗度,关月冷遥随。未必逢矰缴,孤飞自可疑。"(〔清〕彭定求等编《全唐诗》卷六百七十九,扬州诗局本)

〔13〕语出崔涂《题绝岛山寺》:"绝岛跨危栏,登临到此难。夕阳高鸟过,疏雨一钟残。骇浪摇空阔,灵山厌渺漫。那堪更回首,乡树隔云端。"(〔清〕彭定求等编《全唐诗》卷六百七十九,扬州诗局本)

〔14〕语出崔涂《宿庐山绝顶山舍》:"一磴出林端,千峰次第看。长闲如未遂,暂到亦应难。谷树云埋老,僧窗瀑影寒。自嫌心不达,向此梦长安。"(〔清〕彭定求等编《全唐诗》卷六百七十九,扬州诗局本)

〔15〕语出崔涂《鹦鹉洲即事(一作眺望)》:"怅望春襟郁未开,重吟鹦鹉益堪哀。曹瞒尚不能容物,黄祖何曾解爱才。幽岛暖闻燕雁去,晓江晴觉蜀波来。何人正得风涛便,一点轻帆万里回。"(〔清〕彭定求等编《全唐诗》卷六百七十九,扬州诗局本)诗中"黄祖何曾解爱才"与本文"黄祖何因解爱才"略有不同。

[16]语出崔涂《春夕》:"水流花谢两无情,送尽东风过楚城。胡蝶梦中家万里,子规枝上月三更。故园书动经年绝,华发春唯满镜生。自是不归归便得,五湖烟景有谁争。"(〔清〕彭定求等编《全唐诗》卷六百七十九,扬州诗局本)

[17]语出崔涂《陇上逢江南故人》:"三声戍角边城暮,万里乡心塞草春。莫学少年轻远别,陇关西少向东人。"(〔清〕彭定求等编《全唐诗》卷六百七十九,扬州诗局本)

[18]语出崔涂《巫山旅别》:"五千里外三年客,十二峰前一望秋。无限别魂招不得,夕阳西下水东流。"(〔清〕彭定求等编《全唐诗》卷六百七十九,扬州诗局本)十二峰:长江三峡巫峡段十二座秀丽的山峰,其中神女峰最为著名。

[19]敛衽:整饬衣襟,表示谨慎、恭敬之意。

散文部

卢照邻

【作者简介】

卢照邻(634—686,一说635—689),字升之,幽州范阳(今河北涿县)人。出身望族,幼读诗书,尝从曹宪、王义方学《苍》《雅》及经史。年弱冠,调邓王府典签。龙朔末(663),拜益州新都尉。总章二年(669)去官。咸亨三年(672)染风疾,上元元年(674)秋冬,入太白山服饵,中毒,风疾转笃。后转东龙门山,再徙阳翟县具茨山,服饵学道,并信佛法。武后垂拱二年(686)前后,自投颍水而卒。《旧唐书·经籍志》著录文集二十卷,《新唐书·艺文志四》著录文集二十卷,又《幽忧子集》三卷。已佚。明张燮辑《初唐四子集》,中《幽忧子集》七卷,附录一卷。《全唐诗》存诗二卷。事见两《唐书》本传、《朝野佥载》卷六、今人傅璇琮《卢照邻简谱》、任国绪《卢照邻集编年笺注·附录·卢照邻诗文系年及生平行迹》等。

驯鸢赋[1]

孕天然之灵质,禀大块之奇[2]。工嘴距足以自卫,毛羽足以凌风。怀九围之远志[3],托万里之长空。阴云低而含紫,阳星升而带红,经过巫峡之下,惆怅彭门之东[4],既而摧颓短翮[5],寥落长想,忌蒙庄之见欺[6],哀武溪之莫往。进谢扶摇之力,退惭归昌之响。腐食多惧,层巢无像。屈猛性以自驯,抱愁容而就养。于是傍眺德门,言栖仁路。不践高梁之屋,翔止吾人之树。听鸣鸡于月晓,侣群鹊于星暮。狎兰砌之高低[7],玩荆扉之新故[8]。循广庭之一息,历长檐而径度。若乃风去雨还,河移月落,徘徊乱于双燕,鸣舞均乎独鹤。乍啸聚于霞庄,时追飞于云阁。荷大德之纯粹,将轻姿之陋薄。思一报之无阶,欣百龄之有托。

（〔清〕董诰等编《全唐文》卷一百六十六,中华书局,1983年11月第1版,第1687—1688页）

【注　释】

[1]本篇卢照邻《驯鸢赋》，见载于〔清〕董诰等编《全唐文》卷一百六十六。除本篇外，《全唐文》还载有卢照邻《同崔少监作双槿树赋》《穷鱼赋》《病梨树赋》《秋霖赋》《寄裴舍人遗衣药直书》等作品二十余篇。

在文章中，作者描述了鸢的雄姿、远志和猛性，同时也写出了驯化后的鸢的生存状态和矛盾处境。唐代王勃有同题作品《驯鸢赋》："海上兮云中，青城兮绛宫。金山之断鹤，玉塞之惊鸿。谓江湖之涨不足憩，谓宇宙之路不足穷。终衔石矢，坐触金笼。声酸夕露，影怨秋风。已矣哉！何气高而望阔，卒神悴而智痒。徒骛迹于仙游，竟缠机于俗网。未若兹禽，犹融泛想。惭丹丘之丽质，谢青田之逸响。与道浮沈，因时俯仰。去非内惧，驯非外奖。夫劲翮挥风，雄姿触雾。力制烟道，神周天步。郁霄汉之弘图，受园庭之近顾。质虽滞于城阙，策已成于云路。陈平负郭之居，韩信昌亭之遇。似达人之用晦，混尘蒙而自托。类君子之含道，处蓬蒿而不怍。悲授饵之徒悬，痛闻弦之自落。故尔放怀于诞畅，此寄心于寥廓。"（〔清〕董诰等《全唐文》卷一百七十七）

[2]大块：大自然，大地。《庄子·齐物论》："夫大块噫气，其名为风。"成玄英疏："大块者，造物之名，亦自然之称也。"（〔战国〕庄周《庄子·内篇·齐物论第二》）《文选·张华〈答何劭〉诗之二》："洪钧陶万类，大块禀羣生。"李善注："大块，谓地也。"（〔唐〕李善注《文选》卷二十四，胡克家重刊本）

[3]九围：九州，此处借指天下。《诗·商颂·长发》："帝命式于九围。"孔颖达疏："谓九州为九围者，盖以九分天下，各为九处，规围然，故谓之九围也。"（郑玄笺、孔颖达疏《毛诗正义》卷二十，阮元校刻本）

[4]彭门：旧指徐州，为彭祖故国，故名。

[5]翮(hé)：飞鸟尾羽或翼羽中那些大而硬的角质空心的羽轴，借指鸟的翅膀。

[6]蒙庄：指庄周。庄子《逍遥游》云："北冥有鱼，其名曰鲲，鲲之大，不知其几千里也；化而为鸟，其名为鹏，鹏之背，不知其几千里也，怒而飞，其翼若垂天之云。"（〔战国〕庄周《庄子·内篇·逍遥游第一》）故有本句之说。

[7]兰砌：围墙的雅称。

[8]荆扉：柴门。〔晋〕陶潜《归园田居》诗之二："白日掩荆扉，对酒绝尘想。"（〔晋〕陶潜《陶渊明集》卷二，四部丛刊本）〔北周〕庾信《枯树赋》："沉沦穷巷，芜没荆扉。"（〔清〕严可均辑《全后周文》卷九）

乐府杂诗序[1]

　　闻夫歌以永言[2],庭坚有歌虞之曲[3];颂以纪德,奚斯有颂鲁之篇[4]。四始六义[5],存亡播矣;八音九阕[6],哀乐生焉。是以叔誉闻诗[7],验同盟之成败;延陵听乐[8],知列国之典彝[9]。王泽竭而颂声寝,伯功衰而诗道缺。秦皇灭学,星琯千年;汉武崇文,市朝八变。通儒作相,征博士于诸侯;中使驱车,访遗编于四海。发诏东观[10],缝掖成阴;献书南宫[11],丹铅踵武[12]。王风国咏,共骊翰而升沉[13];里颂途歌,随质文而沿革。以少卿长别,起高唱于河梁;平子多愁,寄遥情于垅坂。南浦动关山之役,作者悲离;东京兴党锢之诛,词人哀怨。后人鼓吹乐府,新声起于邺中[14];山水风云,逸韵生于江左。言古兴者多以西汉为宗,议今文者或用东朝为美。落梅芳树,共体千篇;陇水巫山,殊名一意[15]。亦犹负日于珍狐之下,沈萤于烛龙之前。辛勤逐影,更似悲狂;罕见凿空,曾未先觉。潘、陆、颜、谢,蹈迷津而不归;任、沈、江、刘,来乱辙而弥远。其有发挥新体,孤飞百代之前;开凿古人,独步九流之上。自我作古,粤在兹乎!

　　乐府者,侍御史贾君之所作也。君升堂入室,践龟字以长驱[16];藏翼蓄鳞,展龙图以高视。林宗一见,许以王佐之才;士季相看,知有公卿之量。南国蛟龙之耀,下触词锋;东家科斗之书,来游笔海。朝阳弄翮,即践中京;太行垂耳,先鸣上路。当赤县之枢钥,作高台之羽仪。动息无隔于温仁,颠沛安由乎正义?玉阶覆奏,依然汲直之闻;铜术埋轮,先定雍门之罪。霜台有暇,文律动于京师;绣服无私,锦字飞于天下。九成宫者,信天子之殊庭,群山之一都也。五城既远,得昆阆于神京;三山已沈,见蓬莱于古辅。紫楼金阁,雕石壁而镂群峰;碧甃铜池[17],俯银津而横众壑。离宫地险,丹涧四周;徼道天回,翠屏千仞。卫尉寝蒙茸之署[18],将军无刁斗之警[19]。中岩罢燠,飞霜为之夏凝;太谷生寒,层淮以之秋冱[20]。天子万乘,驱凤辇于西郊;群公百僚,扈龙轩而北辅。春秋络绎,冠盖满于青山;寒暑推移,旌节喧于黄道。夕宿鸡神之野,朝登凤女之台。青鸟时飞,白云无极。千年启圣,邈同汾水之阳;七日期仙,颇类缑山之曲[21]。经过者徒知其美,揄扬者未歌其事。恭闻首唱,遂属洛阳之才;俯视前修,将丽长安之道。平恩公当朝旧相,一顾增荣,亲行翰墨之林,先标唱和之雅,于是怀文之士,莫不向风靡然。动麟阁之雕章[22],发鸿都之宝思。云飞绮札,代郡接于苍梧;泉涌华

篇,岷波连于碣石。万殊斯应,千里不违。同晨风之骇北林[23],似秋水之归东壑。洋洋盈耳,岂徒悬鲁之音?郁郁文哉,非复从周之说。故可论诸典故,被以笙镛[24]。爰有中山郎徐令,雅好著书,时称博物。探亡篇于古壁,徵逸简于道人。撰而集之,命余为序。时褫巾三蜀[25],归卧一邱;散发书林,狂歌学市。虽江湖廊庙,宾庑萧条;绮季留侯[26],神交仿佛。遂复驱偪幽忧之疾,经纬朝廷之言,凡一百一篇,分为上下两卷。俾夫舞雩周道[27],知小雅之欢娱。击壤尧年[28],识太平之歌咏云尔。

(〔清〕董诰等编《全唐文》卷一百六十六,中华书局,1983 年 11 月第 1 版,第 1693—1694 页)

【注　释】

[1]本篇为〔唐〕卢照邻为徐令《乐府杂诗》所撰序言,见载于〔清〕董诰等编《全唐文》卷一百六十六。徐令《乐府杂诗》今已不存,究其内容,从本序言中可见略窥一二,主要是收集历代乐府诗歌而成,共有上下两卷。

本篇序言,主要叙述了乐府诗歌的起源和发展,以及乐府诗歌的功用等。全篇词藻华丽,对仗工整,用典得当,虽体裁为序言,但不失为一篇上乘赋作。

[2]歌以永言:语出《尚书·舜典》:"诗言志,歌永言,声依永,律和声。"(郑玄笺、孔颖达疏《毛诗正义·序》,阮元校刻本)

[3]庭坚:古代相传为高阳氏八个有才德的人之一。《左传·文公十八年》:"昔高阳氏有才子八人:苍舒、隤敳、梼戣、大临、尨降、庭坚、仲容、叔达,齐圣广渊,明允笃诚,天下之民谓之'八恺'。"(《春秋左传·文公》,阮元校刻本)

[4]颂鲁:《鲁颂》,是《诗经》中《颂》的一部分,共 4 篇,可分为两类,《閟宫》和《泮水》是歌颂鲁僖公(前 659—前 627 在位)的,风格似《雅》《駉》和《有駜》,体裁类《风》。传说为鲁公子奚斯所作。

[5]六义:亦称"六诗"。《〈诗〉大序》:"诗有六义焉:一曰风,二曰赋,三曰比,四曰兴,五曰雅,六曰颂。"孔颖达疏:"风、雅、颂者,诗篇之异体;赋、比、兴者,诗文之异辞耳。大小不同而得并为六义者,赋、比、兴是诗之所用,风、雅、颂是诗之成形,用彼三事,成此三事,是故同称为义,非别有篇卷也。"(郑玄笺、孔颖达疏《毛诗正义》卷一,阮元校刻本)

[6]八音:我国古代对乐器的统称,通常为金、石、丝、竹、匏、土、革、木八种不同质材所制。《书·舜典》:"三载,四海遏密八音。"孔传:"八音:金、石、丝、竹、匏、土、革、木。"《周礼·春官·大师》:"皆播之以八音:金、石、土、革、丝、木、匏、

竹。"郑玄注："金,钟鑮也;石,磬也;土,埙也;革,鼓鼗也;丝,琴瑟也;木,柷敔也;
匏,笙也;竹,管箫也。"(郑玄注、贾公彦疏《周礼注疏》卷二十三,阮元校刻本)九
阕:九遍音乐。阕:音乐一遍为一阕。

[7]叔誉:叔向(出生年不详,卒于公元前528年或稍后),姬姓,羊舌氏,名
肸,字叔向,又字叔誉,因被封于杨(今山西洪洞县),以邑为氏,别为杨氏,又称叔
肸、杨肸。他出身晋国公族,历事晋悼公、晋平公、晋昭公三世,为晋平公傅、上大
夫,是春秋时期晋国的政治家、外交家。叔向和晏婴、子产是同时代人,他不曾担
任执晋国国政的六卿,但以正直和才识著称于世。

[8]延陵:指春秋时公子季札。春秋时公子季札因让国避居(一说受封)于延
陵(今江苏常州),故后人以延陵称之。

[9]典彝:常典,法度。〔南朝·梁〕任昉《王文宪集序》:"自朝章国纪、典彝
备物、奏议符策、文辞表记,素意所不蓄,前古所未行,皆取定俄顷,神无滞用。"
(〔唐〕李善注《文选》卷四十六,胡克家重刊本)

[10]东观:宫中藏书之所。〔北周〕庾信《皇夏乐》:"南宫学已开,东观书还
聚。"(〔宋〕郭茂倩编《乐府诗集》卷九《郊庙歌辞九》)唐太宗《赋尚书》:"崇文时
驻步,东观还停辇。辍膳玩《三坟》,晖灯披《五典》。"(〔清〕彭定求等编《全唐诗》
卷一,扬州诗局本)

[11]南宫:皇室及王侯子弟的学宫。《史记·儒林列传》:"高祖过鲁,申公以
弟子从师入见高祖于鲁南宫。"张守节正义引《括地志》云:"泮宫在兖州曲阜县西
南二百里鲁城内宫之内。郑云泮之言半也。言其制半于天子之璧雍。"(〔西汉〕
司马迁《史记》卷一百二十一《儒林列传第六十一》,百衲本)

[12]踵武:跟着别人的脚步走,比喻继承前人的事业或者事业代代相传。

[13]骊翰:白色和黑色。《礼记·檀弓上》:"夏后氏尚黑,戎事乘骊,牲用玄;
殷人尚白,大事敛用日中,戎事乘翰,牲用白。"郑玄注:"马黑色曰骊。翰,白色马
也。"(郑玄笺、孔颖达疏《毛诗正义》卷六,阮元校刻本)后以"骊翰"借指夏殷所
崇尚的白、黑二色。

[14]邺中:指三国魏的都城邺,在今河北省临漳县西南。后世多以"邺中"指
代三国魏。

[15]殊名一意:名字不同,但意思一样。此二句的意思是说,陇水和巫山,虽
然所指地方不同,但意义是一样的(都是指山高水险,难以逾越)。

[16]龟字:相传夏禹治水时有神龟出于洛水,背上有裂纹,纹如文字,有数至
于九,禹取法而作"九畴"。后遂用作典故,以"龟字"作为帝王者受命的吉兆。

[17]碧甃(zhòu)铜池:碧瓦砌成的水井,铜做成的水池。甃:以砖瓦砌的
井壁。

[18]蒙茸:杂乱貌。《史记·晋世家》:"狐裘蒙茸,一国三公,吾谁适从。"裴骃集解引服虔曰:"蒙茸以言乱貌。"(〔西汉〕司马迁《史记》卷三十九《晋世家第九》,百衲本)

[19]刁斗:古代行军用具。斗形有柄,铜质;白天用作炊具,晚上击以巡更。

[20]秋冱(hù):因秋天的寒冷而冻结。

[21]缑(gōu)山:缑氏山。指修道成仙之处。〔唐〕白居易《吴兴灵鹤赞》:"辽水一去,缑山不回。"(〔清〕董诰等《全唐文》卷六百七十七,扬州官刻本)

[22]麟阁:汉代阁名,在未央宫中。《三辅黄图·阁》:"麒麟阁,萧何造,以藏秘书,处贤才也。"(《三辅黄图》卷六,清阮元刻附校勘记本)汉宣帝时曾图霍光等十一位功臣像与阁上,以表扬其功绩。封建时代,多以"麒麟阁"或"麟阁"表示卓越的功勋和最高的荣誉。杜甫《投赠哥舒开府翰》:"今代麒麟阁,何人第一功?"(〔清〕彭定求等编《全唐诗》卷二百二十四,扬州诗局本)

[23]欥(yù):鸟儿疾飞的样子。

[24]笙镛:亦作"笙庸"。古乐器名。镛,大钟。《书·益稷》:"笙镛以间,鸟兽跄跄。"孔颖达疏:"吹笙系钟,更迭而作。"(孔安国传、孔颖达疏《尚书正义》卷五《益稷第五》,阮元校刻本)

[25]褫(chǐ)巾:夺去头巾,比喻革去功名。

[26]绮季:汉初隐士,"商山四皓"之一。后泛指隐士。留侯:秦末,张良运筹帷幄,佐刘邦平定天下,以功封留侯。诗文中常用为称颂功臣之典。

[27]舞雩(yú):《论语·先进》:"浴乎沂,风乎舞雩,咏而归。"后指乐道遂志,不求仕进。

[28]击壤:《艺文类聚》卷十一引晋皇甫谧《帝王世纪》:"〔帝尧之世〕天下大和,百姓无事,有五十老人击壤于道。"(〔唐〕欧阳询《艺文类聚》卷十一,四库全书本)后因以"击壤"为颂太平盛世的典故。〔南朝·宋〕谢灵运《初去郡》:"即是羲唐化,获我击壤情。"(〔唐〕李善注《文选》卷二十六,胡克家重刊本)

高 适

【作者简介】

高适（700—765），唐代边塞诗人。字达夫、仲武，景县（今河北省衡水）人，居住在宋中（今河南商丘一带）。少孤贫，爱交游，有游侠之风，并以建功立业自期。20岁西游长安，功名未就而返。开元二十年去蓟北，体验了边塞生活。后漫游梁、宋。天宝三载（744），与李、杜同游梁园，结下亲密友谊，成为文坛佳话。天宝八载（749），经睢阳太守张九皋推荐，50岁应举中第，授封丘尉。十一年，因不忍"鞭挞黎庶"和不甘"拜迎官长"而辞官，又一次到长安。次年入陇右、河西节度使哥舒翰幕，为掌书记。这是他生活的转折点，以后仕途遂顺，创作渐稀。安史之乱后，曾任淮南节度使、彭州刺史、蜀州刺史、剑南节度使等职，官至渤海县侯终散常侍，世称"高常侍"。永泰元年（765）卒，终年65岁，赠礼部尚书，谥号忠。高适为唐代著名的边塞诗人，与岑参并称"高岑"，后人又把高适、岑参、王昌龄、王之涣同称"边塞四诗人"。有《高常侍集》等传世。

皇甫冉集序[1]

皇甫冉补阙自擢桂礼闱[2]，遂为高格。往以世道艰虞，避地江外，每文章一到朝廷，作者变色。于词场为先辈，推钱郎为伯仲[3]，谁家胜负，或逐鹿中原。如"果熟任霜封，篱疏从水度"[4]，又"裛露收新稼，迎寒葺旧庐"[5]，又"燕知社日辞巢去，菊为重阳冒雨开"[6]，可以雄视潘、张，平揖沈、谢。又《巫山诗》终篇皆丽[7]。自晋、宋、齐、梁、陈、周、隋已来，采掇者无数，而补阙独获骊珠[8]，使前贤失步，后辈却立。自非天假，何以迨斯？恨长辔未骋，而芳兰早凋[9]，悲夫！

（〔清〕董诰等编《全唐文》卷三百五十七，中华书局，1983年11月第1版，第3629页）

【注　释】

[1]本篇为《皇甫冉集》序言,选自〔清〕董诰等编《全唐文》卷三百五十七,作者为唐代著名诗人高适,然亦有认为非高适作品,此从《全唐文》之说。

　　皇甫冉,字茂政,约唐玄宗开元五年(717)出生,卒于唐代宗大历五年(770),润州(今镇江)丹阳人,唐代著名诗人。先世居甘肃泾州。10岁便能作文写诗,张九龄呼为小友。天宝十五载(756)中进士第一(状元)。历官无锡尉、左金吾兵曹、左拾遗、右补阙等职。大历初入河南节度使王缙幕,终左拾遗、右补阙。后为避战乱寓居义兴(今宜兴)。因奉使江表,病卒丹阳,享年54岁。有《皇甫冉诗集》3卷,《全唐诗》收其诗2卷,补遗7首,共241首。诗歌多写离乱漂泊、宦游隐逸、山水风光,诗风清逸俊秀,深得高仲武赞赏。事见《唐诗纪事》卷二七、《唐才子传》卷三等。

[2]补阙:皇甫冉曾任右补阙之职,故称。

　　擢桂礼闱:在科场中获得好的名次。擢桂:犹折桂,指科举及第。〔唐〕杜甫《哭长孙侍郎》:"礼闱曾擢桂,宪府旧乘骢。"(〔清〕彭定求等编《全唐诗》卷二百七十二,扬州诗局本)礼闱:指古代科举考试之会试,因其为礼部主办,故称礼闱。〔唐〕刘禹锡《宣上人远寄贺礼部王侍郎放榜后诗因而续和》:"礼闱新榜动长安,九陌人人走马看。"(〔清〕彭定求等编《全唐诗》卷三百五十九,扬州诗局本)

[3]钱郎:钱起和郎士元。钱起:字仲文,汉族,吴兴(今浙江湖州市)人,751年前后在世。早年数次赴试落第,唐天宝七载(748)进士。曾任考功郎中,故世称钱考功,与韩翃、李端、卢纶等号称大历十才子。钱起长于五言,词彩清丽,音律和谐。因与郎士元齐名,称为"钱郎"。郎士元:字君胄,中山(今河北定县)人,生卒年不详。天宝十五载(756)登进士第。安史之乱中,避难江南。宝应元年(762)补渭南尉,历任拾遗、补阙、校书等职,官至郢州刺史。当时有"前有沈宋,后有钱郎"(高仲武《中兴间气集》)之说。

[4]诗句见皇甫冉《题裴二十一新园(一作题裴固新园,又作裴周)》:"东郭访先生,西郊寻隐路。久为江南客,自有云阳树。已得闲园心,不知公府步。开门白日晚,倚杖青山暮。果熟任霜封,篱疏从水度。穷年无牵缀,往事惜沦误。唯见耦耕人,朝朝自来去。"(〔清〕彭定求等编《全唐诗》卷二百四十九,扬州诗局本)

[5]诗句见皇甫冉《送元晟归潜山所居(一作送王山人归别业)》:"深山秋事早,君去复何如。褏露收新稼,迎寒葺旧庐。题诗即招隐,作赋是闲居。别后空相忆,嵇康懒寄书。"(〔清〕彭定求等编《全唐诗》卷二百五十,扬州诗局本)

[6]诗句见皇甫冉《秋日东郊作》:"闲看秋水心无事,卧对寒松手自栽。庐岳高僧留偈别,茅山道士寄书来。燕知社日辞巢去,菊为重阳冒雨开。浅薄将何称

献纳,临岐终日自迟回。"(〔清〕彭定求等编《全唐诗》卷二百四十九,扬州诗局本)

[7]皇甫冉有《巫山峡》:"巫峡见巴东,迢迢出半空。云藏神女馆,雨到楚王宫。朝暮泉声落,寒暄树色同。清猿不可听,偏在九秋中。"(〔清〕彭定求等编《全唐诗》卷二百四十九,扬州诗局本)

[8]独获骊珠:比喻得到特别的成功或成就。骊珠:宝珠,传说出自骊龙颔下,故名。《庄子·列御寇》:"夫千金之珠,必在九重之渊,而骊龙颔下。"(〔战国〕庄周《庄子·杂篇·列御寇三十二》)

[9]恨长辔未骋,而芳兰早凋:深感遗憾的是,(皇甫冉)才华还未来得及施展,却过早地辞别人世!

辔:驾驭牲口用的缰绳。

常衮

【作者简介】

常衮(729—785),京兆(今陕西西安)人,字夷甫。其父常无为是三原县丞。常衮登第后由太子正字授补阙起居郎,永泰元年(765)授中书舍人。广德元年(763)以右补阙充翰林学士,不久任考功员外郎。其间宦官鱼朝恩恃宠专权,群臣竞献珠宝邀宠,常衮上书曰:所贡宝物,源出于民,是敛怨以媚上也,请皆还之。代宗赞许,加封常衮为集贤院学士。大历九年(774)升礼部侍郎。连续三年主科考。处事谨慎、墨守成规。大历十二年(777)拜相,杨绾病故后,独揽朝政。以文辞出众而又登科第为用人标准,堵塞买官之路。对朝中众官俸禄亦视其好恶而酌定。常衮性清高孤傲,不妄交游,为政苛细崇尚节俭,反对腐败。德宗即位后,被贬为河南少尹,又贬为潮州刺史,不久为福建观察史。常衮注重教育,增设乡校,亲自讲授,闽地文风为之一振,在其奖掖下,唐德宗贞元年间潘湖榜眼欧阳詹、徐村状元徐晦等一代又一代士子"腾于江淮,达于京师"。卒于唐德宗贞元元年(785)享年五十五岁,追赠为尚书左仆射。有文集十卷、诏集六十卷行世。《全唐诗》存其诗九首。

赠婕妤董氏墓志铭[1]

惟唐至德元年岁在癸卯十二月二日[2],美人河内[3]董氏终于阌乡县[4]之另馆,春秋一十有八。呜呼哀哉!美人兰质幽闲,若华婉丽[5],出自汉皋之曲[6],降于巫峡之阳[7],柳絮题诗[8],椒花献颂[9],德行自成于天性,艺能岂假于师资。既彰绝代之姿,雅叶良家之选,瑶台入宠,金屋流芳,映月幌而方娥,上星楼而比婺[10]。恩多不恃,顾重无矜。让以同车,恭而避寝,紫庭著美,彤管旌贤[11]。属彩仗巡游,花钿侍从,方执巾于上陌,忽蒙被于离宫[12]。天道如何?泉扃已矣[13]。圣上顾怀淑慎,言念恩情,悲遽夭于先春，叹长归于永夜。追加班女之秩，式慰卫儿之魂。以某年月日，葬于某原，礼也。乃命侍臣，纪于贞石。

铭曰：二九之年，丽容嫣然。春风转蕙，秋水开莲。浣纱选貌，纳袂求贤。承恩玉殿，待宴琼筵。光阴不借，神道何偏？椒房爱促[14]，蒿里悲缠[15]。婕妤宠赠，女史芳传。凡凤城外，黑龙水边。呜呼此地，永闭神仙。

（〔清〕董诰等编《全唐文》卷四百二十，中华书局，1983 年 11 月第 1 版，第 4295 页）

【注 释】

[1]本篇常衮《赠婕妤董氏墓志铭》，见载于〔清〕董诰等编《全唐文》卷四百二十。从内容看，较为格式化。但其文笔优美，结构精练，语言、辞句更是有可取之处。

婕妤：古时宫中的女官名，是妃嫔的一种称号。汉武帝时始置，位视上卿，秩比列侯。自魏晋至明多沿设。《史记·外戚世家》：“武帝时，幸夫人尹婕妤。”（〔西汉〕司马迁《史记》卷四十九《外戚世家第十九》）《旧唐书·徐坚传》：“坚长姑为太宗充容，次姑为高宗婕妤，并有文藻。”（〔后晋〕刘昫等《旧唐书》卷一百零二《列传第五十二》）

[2]至德：南唐后主陈叔宝年号，至德元年（583）。另，唐肃立宗李亨年号也为至德，其元年为公元 756 年，与下文“岁在癸卯”不合，故此应指前者。

[3]河内：古代指黄河以北的地区，一般专指河南境内黄河以北地区。河内董氏：古代在姓氏或姓名前贯以地名，表示籍贯和地望。

[4]阌乡县：古县名，位于今河南省灵宝市境内。北周明帝二年（558），在湖城县设阌乡郡，辖阌乡县。隋开皇三年（583），阌乡郡废。开皇十六年（596），划湖城县入阌乡县，移治于湖城。义宁元年（617），废阌乡县，复置湖城县。

[5]苕（tiáo）华：美玉名，后以喻指德容美好的女子。

[6]汉皋之曲：相传周郑交甫于汉皋台下遇二女，二女解佩相赠。《文选·张衡〈南都赋〉》：“耕父扬光于清泠之渊，游女弄珠于汉皋之曲。”李善注引《韩诗外传》：“郑交甫将南适楚，遵波汉皋台下，乃遇二女，佩两珠，大如荆鸡之卵。”（〔唐〕李善注《文选》卷四，胡克家重刊本）汉皋：山名，在湖北襄阳西北。

[7]巫峡之阳：巫山神女峰在巫峡之阳，此用以借指巫山神女。此句意思是说，董婕妤同巫山神女一样美丽。

[8]柳絮题诗：晋朝女子谢道韫吟柳絮诗受人称道，后用此比喻女子非常有

散文部

51

才华。《晋书》卷九十六载:"王凝之妻谢氏,字道韫,安西将军奕之女也。聪识有才辩。叔父安尝问:'毛诗何句最佳?'道韫称:'吉甫作颂,穆如清风。仲山甫永怀,以慰其心。'安谓有雅人深致。又尝内集,俄而雪骤下,安曰:'何所似也?'安兄子朗曰:'散盐空中差可拟。'道韫曰:'未若柳絮因风起。'安大悦。"(〔唐〕房玄龄等《晋书》卷九十六《列传第六十六》)

[9]椒花献颂:晋人刘臻的妻字陈氏,聪慧能写文章,曾经在正月初一献《椒花颂》,深得赞许,并广为流播。后遂用为典实,用"椒花颂"指新年祝词。此处用以比喻女子才华过人。《晋书》卷九十六载:"刘臻妻陈氏者,亦聪辩能属文。尝正旦献《椒花颂》,其词曰:'旋穹周回,三朝肇建。青阳散辉,澄景载焕。标美灵葩,爰采爰献。圣容映之,永寿于万。'又撰元日及冬至进见之仪,行于世。"(〔唐〕房玄龄等《晋书》卷九十六《列传第六十六》)

[10]婺:古星宿名,即"女宿"。此处喻指美貌女子。

[11]彤管旌贤:用红笔书写,以示表彰。旌:表扬。

[12]忽蒙被于离宫:指突然之间,离开了人世。

[13]泉扃(jiōng):墓门。亦指阴曹地府。〔南朝·梁〕江淹《萧太傅谢追赠父祖表》:"宠辉泉扃,恩凝松石。"(〔清〕严可均辑《全梁文》卷三十七)

[14]椒房爱促:后宫中的爱是多么短暂。椒房:泛指后妃居住的宫室。《北史》卷十载:"椒房丹地,有众如云,本由嗜欲之情,非关风化之义。"(〔唐〕李延寿《北史》卷十《周本纪下第十》)

[15]蒿里:《蒿里行》,汉乐府旧题,属《相和歌·相和曲》,本为当时人们送葬所唱的挽歌。

张 式

【作者简介】

张式,南阳(今河南南阳)人,约生于唐玄宗天宝七载(748),唐代宗大历七年(772)壬子科状元及第。该科进士及第三十三人,考官为礼部侍郎张渭。张式出身于官宦家庭,其曾祖张大礼为坊州刺史,祖父张绍贞为尚书右丞,父亲张泚官至苏州司马,其弟张正甫官至吏部尚书,侄儿张元夫、张杰夫、张征夫先后进士及第。张式曾官殿中侍御史内供奉、左司员外郎、户部郎中。贞元十五年(799)为河南少尹飞骑尉。后不知所终。张式好学工文,今《全唐文》存其《燕昭王筑黄金台赋》等两篇。

燕昭王筑黄金台赋[1]

燕昭以齐魏黩武[2],楚赵专征,地僻援寡[3],城孤势轻。体未遑于安席[4],心每寄于悬旌[5]。外矜严以示惧,中慷慨而不平。欲罗天下之彦,总海内之英,爰筑台于国,以尊隗为名[6]。知夫乔林之木可选,他山之石可转。将在物之非珍,谓求贤之不显。苟白驹之可絷[7],信黄金之可贱。且设而为己则以奢,设以为人则为善。岌然既就,赫矣斯存。象徘徊于前殿,色晃朗于朝暾[8]。人所贵惟金,我以为土;时以士为贱,我以为尊。诚列辟之未制,掩前经之所论。昔铜雀创于邺都[9],阳台起于荆国[10]。耸高丽之殊观,备珍奇而尽饰,徒竭用而殚人,自矜豪而逞力。洎夫遗情缣帐[11],徒怆淫心。结梦巫山[12],空资秽德。岂同夫虑成经始,所宝惟贤?初假物以求士,终得鱼而忘筌[13]。不然者,鸟将栖于茂树,鱼自跃于深渊。臣亦效诚于大国,人远谁仕于弱燕?所谓兴亡必繁于贤哲,胜负宁由于众寡,庶斯焉而取斯,诚大者而远者。及夫剧辛不召而至[14],乐毅无媒而萃[15],咸委质而纳忠[16],愿长途而骋骥。然则贤为强国之器,台实招贤之饵,空悲霸业之雄,不睹滥觞之自[17]。异乎哉!历万古而共观,信诸侯之

一致,后之士宁无郭隗之才,后之君但守燕昭之位。是以千乘虽贵,一士虽微,必礼之而后为用,必求之而后能归。不可诱之以利,不可劫之以威。因酌古之遗意,惜台平而事非。

(〔清〕董诰等编《全唐文》卷四百四十五,中华书局,1983 年 11 月第 1 版,第 4541 页)

【注　释】

[1]本篇选自〔清〕董诰等编《全唐文》卷四百四十五。燕国在战国七雄中最小,屡次败于齐国,燕昭王发誓报仇。公元前311年,燕昭王即位。在郭隗的协助下,于易水旁修筑黄金台,广招天下人才,乐毅、邹衍、剧辛等前来投奔。燕昭王采纳乐毅论功授爵授禄的政治制度,并改革吏制,设相国和将军,分掌政治、军事大权;全国分五郡,郡下设县;郡守和县令由燕王任命;制定严酷的刑法,燕国日益强盛。公元前284年,燕国联合赵,楚,韩,魏诸国大举伐齐,大败齐军,陷齐城七十余。本篇即以燕昭王所筑黄金台为主题,表达作者对这一历史事件独特的看法。

[2]黩武:滥用武力,好战。

[3]地僻援寡:(燕国)地处偏僻,少有援助。

[4]遑:空闲,闲暇。

[5]悬旌:挂起旌旗,指进军打仗。这两句意思是说,从来没有停下来休息的时候,心里总是担心着敌国军队的入侵。

[6]隗(wěi):郭隗,战国时燕国(今河北省定兴县河内村)人,燕昭王客卿,他让燕昭王筑黄金台召天下英雄豪杰,为燕国召来许多人才,终于使得燕国富强。

[7]絷(zhí):拴住马足的绳索。后用以指拴住客人的马以挽留客人,比喻延揽、挽留人才。

[8]朝暾(tūn):刚升起的太阳。

[9]铜雀:铜雀台。铜雀台位于河北临漳县境内。这里古称邺,古邺城始建于春秋齐桓公时,三国时期,曹操击败袁绍后营建邺都,修建了铜雀、金虎、冰井三台,即史书所称"邺三台"。

[10]阳台:楚国修建的一处大型楼台,其地点或说在今重庆巫山,或说在今湖北荆州。

[11]繐(suì)帐:用细疏麻布缝成的帷帐。繐:同"穗",用丝线等结扎成的穗状下垂的装饰品。

[12]巫山:借指楚王与巫山神女相会之事。

[13]得鱼而忘筌:捕到了鱼,忘掉了筌。比喻事情成功以后就忘了本来依靠

的东西。在本篇中,作者的意思是,借助黄金或其他财物得到人才之后,应当忘记这些财物。筌:捕鱼用的竹器。语出《庄子·外物》:"筌者所以在鱼,得鱼而忘筌。"

〔14〕剧辛:战国时期燕国著名将领。原居于赵国,燕昭王求贤时投奔燕国。前242年,燕王喜因赵国长期遭受秦国攻击,主将廉颇又出奔魏国,想趁机进攻赵国。燕王喜以剧辛为将攻打赵国,最终赵军大胜,俘虏燕国两万人,剧辛被擒杀。

〔15〕乐(yuè)毅:名毅,字永霸,战国后期杰出的军事家,生卒年不详,汉族,中山灵寿(今河北灵寿西北)人,魏将乐羊后裔。拜燕上将军,受封昌国君,辅佐燕昭王振兴燕国。公元前284年,他统帅燕国等五国联军攻打齐国,连下70余城,创造了中国古代战争史上以弱胜强的著名战例,报了强齐伐燕之仇。

萃:汇集。

〔16〕委质:下拜,屈膝委身于地下。后引申为托身,归顺。质:形体,身体。

〔17〕不睹滥觞(lànshāng)之自:没有看到事情(国家强盛之事)从哪里开始。滥觞:浮起酒杯,喻事情的开始。

李贻孙

【作者简介】

李贻孙，德宗（780—805）时人，生卒年不详。贞元时官夔州刺史，累擢至谏议大夫，充宏文馆学士，出为福建都团练观察处置使兼御史中丞。工书法，贞元中尝书《唐鄠都宫阴真人祠刻诗》三章。《夔州都督府记》为其在夔州刺史任上所作。

夔州都督府记[1]

峡中之郡夔为大，当春秋为楚之国。在秦曰鱼复，在汉称古陵，在蜀号巴东，皆郡也。梁为信州。逮我武德[2]，复夔之号，州始都督黔巫上下之地十九城。是后或总七城，或为云安郡，或统峡中五郡，寻复为夔州都督之号，或加或去。今称夔州都督府。

州初在瀼西之平上[3]，宇文氏建德中[4]，王述徙白帝城[5]，今衙是也。东南斗上二百七十步，得白帝庙。白帝，公孙述自名也。后人因其庙时享焉。膴宇饰偶，焕如神功。怪树峰笋，疏罗后前。罅山险涛[6]，望者惊眙[7]。又有越公堂，在庙南而少西，隋越公素所为也[8]。奇构隆敞，内无樘柱[9]，复视中脊[10]，邈不可度。五逾甲子，无土木之隙。静而思之，以见其人之环杰也。

直南城一里，得巨石为滟滪[11]，地载之险。此其渊壑，独峰兀顶，万仞峯拔；高涛坳洑，岳跃坑转；狞龙护堆，沸泳澌浪；穷年缒绠[12]，不究其次。瞿塘暗导，势列根属，水魅施怪，阴来潜往。城之左五里，得盐泉十四，居民煮而利焉。又西而稍南三四里，得《八阵图》，在沙州之墥，此诸葛所以示人于行兵者也。分其列阵，隐在石垒，春而潦大则没，秋而波减则露，造化之力，不能推移，所以见作者之能。瞿塘驿西有蜀先主宫，瀼西有诸葛武侯庙，皆占显胜。城东北约三百步有孔子庙，赤甲山之半，庙本源乾曜廨，常为郡参军著图经焉,其后为宰相。今其地又为孔子庙,传者称为盛事矣。东水行一百七里,得县曰巫山。神女之庙,楚王之祠,高唐阳台之观,朝云暮雨之府,形势在焉。西水行二百里,得县曰云安。商贾之种,鱼盐之利,蜀都之奇货,南国之金锡,而杂聚焉。其人豪,其俗信鬼神。其税易征,即知其民不偷[13]。长吏得其道者莅之,犹反掌云。

会昌五年十一月十三日建[14]。

（〔清〕董诰等编《全唐文》卷五百四十四,中华书局,1983年11月第1版,第5514—5515页）

【注　释】

［1］李贻孙所撰《夔州都督府记》,载〔清〕董诰等编《全唐文》卷五百四十四。这是李贻孙作为夔州刺史,在任上所作。内容主要写夔州府的历史沿革、名胜古迹、地理风景、文化遗存等。

［2］武德:唐高祖李渊年号(618—626)。

［3］瀼(ràng):瀼水。分西瀼、东瀼,西瀼又称大瀼。

［4］宇文氏:指宇文周,即南北朝时期的北周,因皇室姓宇文,故称。刘禹锡在夔州作《始兴寺记》《夔州始兴寺移铁像记》。其《铁像记》云:"按此寺始于宇文周。初,濒江埤庳。皇唐神龙(705—707)中,为水所坏。"(〔清〕董诰等编《全唐文》卷六百〇六)

［5］白帝城:白帝城位于重庆奉节县瞿塘峡口长江北岸的白帝山上,三峡的著名游览胜地。原名子阳城,为西汉末年割据蜀地的公孙述所建,公孙述自号白帝,故名城为"白帝城"。

［6］罅(xià):裂缝,缝隙。

［7］惊眙(chì):受到惊吓,目瞪口呆。

［8］隋越公素:指隋朝越国公杨素。杜甫有诗《陪诸公上白帝城头宴越公堂之作》。

［9］樘(chēng)柱:支柱。

［10］夐(xiòng)视:远看,远观。

［11］滟滪(yànyù):即滟滪堆。白帝城下瞿塘峡口,有一庞然巨石,兀立江心,砥柱中流。这就是古来船工望而生畏的滟滪堆。〔唐〕张祜《送曾黯游夔州》诗:"不远夔州路,层波滟滪连。"(〔清〕彭定求等编《全唐诗》卷五百一十,扬州诗局本)

散文部

57

[12]缒绠(zhuìgěng):系在绳子上放下去。绠:井绳,泛指绳索。

[13]不偷:民风淳朴,厚道。偷:浅薄,不厚道。《论语·泰伯》:"则民不偷。"

[14]会昌五年:公元845年。会昌:唐武宗李炎年号。

李德裕

【作者简介】

李德裕(787—849)，字文饶，唐代赵郡赞皇(今河北赞皇县)人，与其父李吉甫均为晚唐名相。幼有壮志，苦心力学，尤精《汉书》《左氏春秋》。穆宗即位之初，禁中书诏典册，多出其手。唐文宗时，受李宗闵、牛僧儒等牛党势力倾轧，由翰林学士出为浙西观察使。太和七年，入相，复遭奸臣郑注、李训等人排斥，左迁。唐武宗即位后，李德裕再度入相，执政期间外平回鹘、内定昭义、裁汰冗官、协助武宗灭佛，功绩显赫。会昌四年八月，进封太尉、赵国公。唐武宗与李德裕之间的君臣相知成为晚唐之绝唱。后唐宣宗即位，李德裕由于位高权重，贬为崖州司户。《新唐书》卷一百八十、《旧唐书》卷一百七十四有传。

平泉山居诚子孙记[1]

经始平泉，追先志也[2]。吾随侍先太师忠懿公在外十四年[3]，上会稽[4]，探禹穴[5]，历楚泽，登巫山[6]，游沅湘[7]，望衡峤[8]。先公每维舟清眺，意有所感，必凄然遐想，属目伊川[9]。尝赋诗曰："龙门南岳尽伊原，草树人烟目所存。正是北州梨枣熟，梦魂秋日到郊园[10]。"吾心感是诗，有退居伊洛之志。前守金陵，于龙门之西，得乔处士故居，天宝末避地远游，秽为荒榛，首阳微岑，尚有薇蕨，山阳旧径，唯余竹木。吾乃剪荆棘，驱狐狸，始立班生之宅[11]，渐成应叟之地[12]，又得江南珍木奇石，列于庭际，平生素怀，于此足矣。吾尝以为出处者贵得其道，进退者贵不失时，古来贤达，多有遗恨。至于元祖潜身于柱史[13]，柳惠养德于士师[14]，汉代邴曼容官不过六百石[15]，终无辱殆，邂难及矣。越蠡激文牛以肥遁[16]，留侯托黄老以辞世[17]，亦其次焉。范雎感蔡泽一言[18]，超然高谢，邓禹见功臣多败[19]，委远名势，又其次也。矧如吾者[20]，于葵无卫足之智，处雁有不鸣之患，虽有泉石，杳无归期，留此林居，贻厥后代。鬻吾平泉者，非吾子孙也；以平泉一树一石与人者，非佳子弟也。吾百年后，为权势所夺，则以先人所命，泣而告之，此吾志也。《诗》曰："维桑与梓，必恭敬止[21]。"言其父所植也。昔周人之思召伯，爱其所憩之树，近代薛令君于禁省中见先君所据之石，必泫然流涕，汝曹可不慕之？唯岸为谷，谷为陵，然后已焉，可也。

（〔清〕董诰等编《全唐文》卷七百〇八，中华书局，1983 年 11 月第 1 版，第 7267 页）

【注　释】

[1]本篇为晚唐名相李德裕所作，见载于〔清〕董诰等编《全唐文》卷七百零八。平泉山居，系李德裕所筑私宅，位于洛阳龙门。开成元年（836），李德裕升任滁州刺史时作《思山居一十首》。开成五年（840），李德裕曾作《忆平泉杂咏》，想象平泉山居中的暖暖春意和安闲生活，又作《山信至说平泉别墅草木滋长地转幽深怅然思归复此作》。同年七月他被召入朝，九月至长安拜相，在回京途中，李德裕特地到平泉小住。在此期间，撰写了《平泉山居诫子孙记》和《平泉山居草木记》，并将此前所作的平泉诗悉数刻石立于园中。这两件事颇具象征意义：在李德裕心中，平泉山居至此才算正式建成，因此撰记纪念；同时他也是来与山居道别，安居山林固然悠然闲适，但他的世界其实在庙堂之上，这座苦心经营的园墅只好托付子孙照管。此次入京之后李德裕全心谋划军机国务，讨平藩镇、征抚回鹘，接连进位司空、司徒、太尉，封卫国公，一心希望再造大唐盛世，再未有诗文提及平泉山居。

《平泉山居诫子孙记》是李德裕的平泉诗文中最重要的篇章，此文可分为四部分：首先述及经营山居的起因，继而回顾山居营建的过程，第三是李德裕对出处进退的思考，最后是对子孙后代的嘱托。可视为李德裕对平泉山居和自己园居思想的全面回顾和总结。除《全唐文》收录外，〔明〕陈全之《蓬窗日录》卷五收录。

[2]先志：(继承)父亲的遗志。李德裕父亲李吉甫，历任明州（今宁波鄞州）员外长史、忠州（今四川忠县）刺史、郴州（今湖南郴州）刺史和饶州（今江西鄱阳）刺史，李德裕一路随行，父子二人都对南方山水有着深厚的感情。

[3]忠懿公：李德裕父亲李吉甫，谥号忠懿公。李德裕成年随父入仕后，长期在外为官，三任浙西观察使（治所在润州），一任西川节度使（治所在成都）、淮南节度使（治所在扬州）。

[4]会（kuài）稽：山名。在浙江省绍兴县东南。相传夏禹大会诸侯于此计

功,故名。一名防山,又名茅山。〔东汉〕袁康《越绝书·外传记地传》:"(禹)更名茅山曰会稽。"(〔东汉〕袁康《越绝书》卷八《越绝外传记地传第十》,四部丛刊本)

[5]禹穴:相传为夏禹的葬地。在今浙江省绍兴之会稽山。《史记·太史公自序》:"二十而南游江、淮,上会稽,探禹穴。"(〔西汉〕司马迁《史记》卷一百三十《太史公自序第七十》)裴骃集解引张晏曰:"禹巡狩至会稽而崩,因葬焉。上有孔穴,民间云禹入此穴。"

[6]巫山:在今重庆巫山县境内,唐时属夔州。李德裕父亲李吉甫曾任忠州(今四川忠县)刺史,忠州与巫山相距不远。

[7]沅湘:沅水和湘水的并称。战国楚国诗人屈遭放逐后,曾长期流浪沅湘间。《楚辞·离骚》:"济沅湘以南征兮,就重华而陈词。"〔汉〕刘向《九叹·远游》:"见南郢之流风兮,殒余躬於沅湘。"(〔汉〕王逸注《楚辞章句》卷十六,四部丛刊本)

[8]衡峤:指衡山,又名南岳,是中国五岳之一,位于今湖南省衡阳市。

[9]伊川:古地名,指伊水所流经的伊河流域,此处特指作者所建平泉山居所在地河南洛阳。

[10]李吉甫《怀伊川赋》:"龙门南岳尽伊原,草树人烟目所存。正是北州梨枣熟,梦魂秋日到郊园。"(〔清〕彭定求等编《全唐诗》卷三百一十八,扬州诗局本)

[11]班生之宅:班生庐,汉代班固住所,后称隐者之居为"班生庐"。〔东汉〕班固《幽通赋》:"终保己而贻则兮,里上仁之所庐。"(〔东汉〕班固《汉书》卷一百上《叙传第七十上》)〔晋〕陶潜《始作镇军参军经曲阿》:"聊且凭化迁,终返班生庐。"(〔晋〕陶潜《陶渊明集》卷三,四部丛刊本)

[12]应叟:指三国魏应璩。任昉《齐竟陵文宣王行状》:"良田广宅,符仲长之言;邙山洛水,协应叟之志。"李善注:"应璩与程文信书曰:'故求远田,在关之西,南临洛水,北据邙山,托崇岫以为宅,因茂林以为荫。'"(〔唐〕李善注《文选》卷六十,胡克家重刊本)

[13]柱史:"柱下史"的省称,代指老子。《后汉书·张衡传》:"庶前训之可钻,聊朝隐乎柱史。"李贤注引应劭曰:"老子为周柱下史,朝隐终身无患。"(〔南朝·宋〕范晔《后汉书》卷八十九《张衡列传第四十九》)

[14]柳惠:春秋时期柳下惠的省称。〔东汉〕班固《答宾戏》:"若乃伯夷抗行于首阳,柳惠降志于辱仕……真吾徒之师表也。"(〔东汉〕班固《汉书》卷一百上《叙传第七十上》)〔三国·魏〕嵇康《答难养生论》:"且子文三显,色不加悦;柳惠三黜,容不加戚。何者?令尹之尊,不若德义之贵;三黜之贱,不伤冲粹之美。"

（〔清〕严可均辑《全三国文》卷四十八，影清光绪王毓藻刻本）

[15] 邴曼容：汉哀帝时人，邴汉侄，时有名望。《文选·谢灵运〈初去郡〉》："毕娶类尚子，薄游似邴生。"李善注："班固《汉书》曰：'邴曼容养志自修，为官不肯过六百石，辄自免去。'"（〔唐〕李善注《文选》卷二十六，胡克家重刊本）

[16] 越蠡（ǐ）：范蠡。范蠡（前536—前448），字少伯，汉族，春秋时期楚国宛地三户邑（今河南淅川县）人。春秋末著名的政治家、谋士和实业家。他出身贫贱，但博学多才，与楚宛令文种相识、相交甚深。因不满当时楚国政治黑暗、非贵族不得入仕而一起投奔越国，辅佐越国勾践。帮助勾践兴越国，灭吴国，一雪会稽之耻，功成名就之后急流勇退，化名姓为鸱夷子皮，变官服为一袭白衣与西施西出姑苏，泛一叶扁舟于五湖之中，遨游于七十二峰之间。其间三次经商成巨富，三散家财，自号陶朱公，乃中国儒商之鼻祖，后人尊称"商圣"。

[17] 留侯：指汉代名臣张良。秦末，张良运筹帷幄，佐刘邦平定天下，以功封"留侯"。张良晚年功成名就，却与世隔绝，专心学辟谷之术，行道家之法。

[18] 范雎（？—前255）：战国时魏人，著名政治家、军事谋略家。早年家境贫寒，后出使齐国为魏中大夫须贾所诬，历经磨难后辗转入秦。公元前266年出任秦相，辅佐秦昭王。他上承孝公、商鞅变法图强之志，下开秦皇、李斯统一帝业，是秦国历史上继往开来的一代名相，也是我国古代在政治、外交等方面极有建树的政治家、谋略家。晚年范雎听了蔡泽游说的要功成身退的道理，辞去相位，毅然引退。

[19] 邓禹（2—58）：字仲华，汉族，南阳新野（今河南省新野）人，东汉开国名将，云台二十八将之首。范晔《后汉书》载："天下既定，（邓禹）常欲远名势。"（〔南朝·宋〕范晔《后汉书》卷四十六《邓寇列传第六》）

[20] 矧（shěn）：另外，况且，何况。

[21] 维桑与梓，必恭敬止：语出《诗·小雅·小弁》，意思是父亲所栽的树木，自己不敢不恭敬。

平泉山居草木记[1]

余尝览想石泉公家藏藏书目[2]，有《园庭草木疏》[3]，则知先哲所尚，必有意焉。余二十年间，三守吴门[4]，一莅淮服[5]，嘉树芳草，性之所耽，或致自同人，或得于樵台则盈尺，今已丰寻。因感学《诗》者多识草木之名[6]，为《骚》者必尽荪荃之美[7]，乃记所出山泽，庶资博闻。

木之奇者，有天台之金松、琪树，稽山之海棠、榧桧，剡溪之红桂、厚朴，海峤之香柽、木兰，天目之青神、凤集，锺山之月桂、青飕、杨梅，曲房之山桂、温树,金陵之珠柏、栾荆、杜鹃,茆山之山桃、侧柏、南烛,宜春之柳柏、红豆、山樱、蓝田之栗梨、龙柏。其水物之美者,荷有苹洲之重台莲,芙蓉湖之白莲,茅山东溪之芳荪。复有日观、震泽、巫岭、罗浮、桂水、严湍、庐阜、漏泽之石在焉。其伊洛名园所有,今并不载。岂若潘赋《闲居》[8],称郁棣之藻丽;陶归衡宇[9],喜松菊之犹存。爰列嘉名,书之于石。

己未岁,又得番禺之山茶,宛陵之紫丁香,会稽之百叶木芙蓉、百叶蔷薇,永嘉之紫桂、簇蝶,天台之海石楠,桂林之俱郁卫,台岭、八公之怪石,巫山、严湍、琅邪台之水石,布于清渠之侧,仙人迹、鹿迹之石,列于佛榻之前。是岁又得锺陵之同心木芙蓉,剡中之真红桂,嵇山之四时杜鹃、相思紫苑、贞桐、山茗、重台蔷薇、黄槿,东阳之牡桂、紫石楠,九华山药树天蓼、青枥、黄心桃子、朱杉、龙骨□□(按此处原阙二字)。庚申岁,复得宜春之笔树、楠稚子、金荆、红笔、密蒙、勾栗木,其草药又得山姜、碧百合。

(〔清〕董诰等编《全唐文》卷七百〇八,中华书局,1983 年 11 月第 1 版,第 7267—7268 页)

【注　释】

[1]《平泉山居草木记》为李德裕所作,见载于〔清〕董诰等编《全唐文》卷七百零八,该卷同时载有李撰《平泉山居诫子孙记》。平泉山居,系李德裕所筑私宅,寄托了李德裕的人生态度和生活理想。故其十分用心地来经营。除上述两篇作品外,李还以平泉山居为主题创作了《思山居一十首》《忆平泉杂咏》等诗作。

本篇内容主要是记述李德裕在平泉山居所汇集的各种珍稀树木、花草,以及其它药材等。

[2]石泉公:王方庆(？—702),名綝,以字显,唐代雍州咸阳(今陕西咸阳)人。起家越王府参军,武后(武则天)时(684 — 704)封石泉县子,历迁鸾台侍郎,同凤阁鸾台平章事。酷爱藏书,家有藏书万卷,藏书世有源流,家传旧籍多有散乱,精心缮写补辍。史称其"聚书甚多,不减秘阁,至于图画,亦多异本"。武后尝就求义之书,王方庆上十一世祖王导等二十八人书共十篇。

[3]《园庭草木疏》:《新唐书·艺文志》农家类著录王方庆撰《园庭草木疏》二十一卷。已佚。

[4]三守吴门:指李德裕三任浙西观察使(治所在润州)。

[5]一莅淮服:指李德裕曾任淮南节度使(治所在扬州)。

[6]语出《论语》:"子曰:小子何莫学夫诗。诗,可以兴,可以观,可以群,可以

怨。迩之事父,远之事君。多识于鸟兽草木之名。"(《论语·阳货第十七》)

[7]荪(sūn):古书上说的一种香草,亦称"荃"。

[8]潘赋《闲居》:西晋作家潘岳《闲居赋》。作于元康六年,是表现潘岳厌倦官场和隐逸情怀的作品。这一年潘岳从长安回京任博士,因母病去官,时年五十岁。作者回顾三十年的宦官生活,仕途沉浮,一时心灰意懒,产生了归隐田园的意念,因而写了这篇《闲居赋》。

[9]陶归衡宇:陶渊明隐居于陋室。衡宇:横木为门的房屋,指简陋的房屋。〔晋〕陶潜《归去来辞》:"乃瞻衡宇,载欣载奔。"(〔晋〕陶潜《陶渊明集》卷五,四部丛刊本)

高仲武

【作者简介】

　　高仲武，渤海(今山东滨县)人。生卒年、字号不详。有诗集《中兴闲气集》上、下二卷，选录肃宗至德初(756)到代宗大历末(779)20多年间作家作品，计26人，诗130多首。旧史家称此时为安史乱后之"中兴"时期，书名即取此。

李秀兰[1]

　　秀兰尝与诸贤会乌程县开元寺[2]。知河间刘长卿有阴疾[3]，谓之曰："山气日夕佳[4]。"长卿对曰："众鸟欣有托。"举坐大笑，论者两美之。秀兰有诗曰："远水浮仙棹，寒星伴使车[5]。"盖五言之佳境也。上方(仿)班姬即不足[6]，下比韩英则有余[7]，亦女中之诗豪也。尝赋得《三峡流泉歌》曰："妾家本住巫山云，巫山流水常自闻。玉琴弹出转寥夐，直似当时梦中听。三峡迢迢几千里，一时流入深闺里。巨石奔湍指下生，飞波走浪弦中起。初疑喷涌含雷风，又似呜咽流不通。回湍濑曲势将尽，时复滴沥平沙中。忆昔阮公为此曲[8]，能使仲容听不足。一弹既罢又一弹，愿与流泉镇相续。"

〔〔唐〕高仲武编选《中兴闲气集》，〔宋〕李昉等编《太平广记》卷二百七十三，中华书局，1961年9月第1版，第2150页)

【注　释】

　　[1]本篇见于〔宋〕李昉等编《太平广记》卷二百七十三。《太平广记》注明"出《中兴闲气集》"。查《中兴闲气集》，仅有"李季兰"一条(按:当为李季兰，《太

平广记》记为"李秀兰",误),下载:"士有百行,女唯四德。季兰则不然,形气既雌,诗意亦荡。自鲍昭(照)以下,罕有其伦如。远水浮仙棹,寒星伴使车,盖五言之佳境也。上仿班姬则不足,下比韩英则有余,不以迟暮,亦一俊姬。"同时载有其诗《湖上卧病喜陆鸿渐至》《寄校书七兄》《寄朱放》《送韩揆之江西》《道意寄崔侍郎》《赋得三峡流泉歌》等六首。其中《赋得三峡流泉歌》与本篇所载亦有词句相异,其辞曰:"妾家本住巫山云,巫山流泉常自闻。玉琴奏出转寥夐,直似当时梦里听。三峡迢迢几千里,一时流入深闺里。巨石崩岩指下生,飞泉走浪弦中起。初疑愤怒含雷风,又似呜咽流不通。回湍曲濑势将尽,时复滴沥平沙中。忆昔阮公为此曲,能使仲容听不足。一弹既罢还一弹,愿似流泉镇相续。"(〔唐〕高仲武编选《中兴闲气集》卷下,四部丛刊本)

《中兴闲气集》为〔唐〕高仲武编选唐代诗集,分上、下二卷,选录肃宗至德初(756)到代宗大历末(779)20多年间作家作品,计26人,诗130多首。大致反映出至德、大历间诗坛的主要面貌。编选者推崇钱起、郎士元,把二人列为上、下卷之首。所选多为赠别酬和、流连光景之作。此书在每家姓氏之后,都有简短评语,其中不乏精辟见解,但也偶有品评高下失当之处。

李秀兰,误,据〔唐〕高仲武编选《中兴闲气集》(四部丛刊本),应为李季兰。李季兰(713—784),原名李冶,季兰为其字。乌程(今浙江吴兴)人,唐代女诗人、女道士。开元初年(713)出生,早年居四川三峡,六岁时,作《蔷薇》诗,有"经时未架却,心绪乱纵横"之句,善弹琴,尤工格律,入玉真观中作道姑,改名李季兰。与名士朱放、阎士和、陆羽、皎然、崔涣、肖叔子等人友好,人称风情女子,闻名广陵(扬州),刘长卿谓季兰为"女中诗豪",高仲武夸她"形器既雌,诗意亦荡,自鲍照以下,罕有其伦。"德宗称之为"俊姬"。朱泚自立为帝后,李季兰呈诗给朱泚,有密切的书信来往,事件平定后,李季兰被逮捕,唐德宗责怪她说,为何不学严巨川有诗曰"手持礼器空垂泪,心忆明君不敢言",遂令扑杀之。

[2]乌程县:今浙江湖州地区。"乌程"之名,据湖州历代志书载,因当地居住有善酿美酒的乌巾、程林两家而得名。

[3]阴疾:疝气。刘长卿(约726—约786):字文房,汉族,宣城(今属安徽)人,郡望河间(今属河北)。唐代著名诗人,擅五律,工五言。玄宗天宝中登进士第。不久被诬入狱,遇大赦获释,至德三载(758)正月摄(代理)海盐令,上元元年(760)春,被贬为潘州南巴(今广东电白)尉,离开苏州到洪州待命。次年(761)秋天,他又奉命回到苏州接受"重推"。后来数年宦海浮沉,终不得志。上元二年(761)从南巴返回,旅居江浙。大历五年(770)以后,历任转运使判官,知淮西、鄂岳转运留后。因为性格刚强,得罪了鄂岳观察使吴仲孺,被诬为贪赃,再次贬为睦州(今浙江淳安)司马。在睦州时期,与当时居处浙江的诗人有广泛的接触,与皇

甫冉、秦系、严维、章八元等都有诗酬答。德宗建中二年(781)，又受任随州(今湖北随县)刺史，世称"刘随州"。兴元元年(784)和贞元元年(785)间，淮西节度使李希烈割据称王，与唐王朝军队在湖北一带激战，刘长卿离开随州，不久辞世。

[4]山气：双关语，既是说山中雾气，又是说刘长卿"疝气"。

[5]《全唐诗》收录有此诗："无事乌程县，蹉跎岁月余。不知芸阁吏，寂寞竟何如。远水浮仙棹，寒星伴使车。因过大雷岸，莫忘八行书。"诗题作《寄校书七兄(一作送韩校书)》。(〔清〕彭定求等编《全唐诗》卷八百〇五，扬州诗局本)

[6]班姬：班婕妤(前48—?)，西汉女辞赋家，是中国文学史上以辞赋见长的女作家之一。祖籍楼烦(今山西朔县宁武附近)人，是汉成帝的妃子，善诗赋，有美德。初为少使，立为婕妤。《汉书·外戚传》有传。她的作品很多，但大部分已佚失。现存作品仅三篇，即《自伤赋》《捣素赋》和一首五言诗《怨歌行》(亦称《团扇歌》)。

[7]韩英：指南朝齐女作家韩兰英。韩兰英，公元460年前后在世，吴郡(治今江苏苏州)人，有文辞。宋孝武帝时献《中兴赋》被赏入宫。明帝时，用为宫中职僚。入齐，为后宫司仪。武帝以为博士，教六宫书学。以其年老多识，呼为韩公。钟嵘赞云："兰英绮密，甚有名篇。"(《诗品》卷下)兰英著有文集四卷，今已不存。今存其诗仅一首。

[8]阮公：指阮咸。阮咸：西晋陈留尉氏(今属河南)人，字仲容。父阮熙，武都太守。与嵇康、阮籍、山涛、向秀、刘伶、王戎并称"竹林七贤"。阮咸是阮籍之侄，与籍并称为"大小阮"。阮咸也是著名的音乐家，历官散骑侍郎，补始平太守；他生平放浪不羁，精通音律，有一种古代琵琶即以"阮咸"为名。作有《三峡流泉》一曲。下句中"仲容"也是指阮咸。

乔潭

【作者简介】

乔潭,字源,梁(战国时魏国都城,今河南省开封市)人,生卒年不详。天宝十三载(754)进士,官陆浑尉。《唐摭言》卷四载:"时元鲁山客死是邑,潭减俸礼葬之,复恤其孤。李华《三贤论》曰:'潭,昂之孙,有古人风。'"([五代]王定保《唐摭言》卷四)与唐代边塞诗人岑参多有交往,友情甚笃,岑参有《送魏升卿擢第归东都因怀魏校书陆浑乔潭》。《全唐文》收乔潭《霜钟赋》《素丝赋》《群玉山赋》《双漢泉赋》《裴将军剑舞赋》《饶阳县令厅壁记》《会昌主簿厅壁记》《中渭桥记》《女娲陵记》等文章多篇。

秋晴曲江望太一纳归云赋[1]

以题中字为韵

秦称百二[2],镇为太一,合沓横空,嵚岑蔽日[3]。岂瑰宝之攸产,盖云雷之自出。宜其密尔王甸[4],雄兹帝京,败叶风惊,高秋气清。时雨夕歇,归云晚晴。俯枕曲水,前临直城。山半隐而半见,云乍低而乍倾。其趣可赏而不极,其容可状而难名。尔其沉阴始解,霭霏初归,回日犹重,因风则飞。春始也,峨峨巍巍,千岩万岭,稠叠而相感。其渐也,纷纷霏霏,齐童赵女[5],并舞而垂衣。忽天澄而地廓,郁氛氲于翠微[6]。别有容与之势,轻盈之状,日下空笼,天边引飏[7]。始悠悠于绿野,渐幂幂于青嶂。洛川神女何以逾?巫峡佳人不能上[8]。虽更仆而非久,仍移景而堪望。落日将曛[9],山衔断云,绿气阴郁,岚光氤氲。横截高岩,惊数峰之顿失;却临幽石,与残雪而无分。乃为歌曰:节彼南山兮人所瞩,施此云雨兮济君欲。信轨物之无愆[10],奚百姓之不足?徘徊不去,乃赋《归云》之曲:曰归云之状兮不一,归云之趣兮难俦[11]。云不以朝晡而异赏,士不以前后而异求。诚在位之如是,知夫鸿渐之高秋[12]。

（〔清〕董诰等编《全唐文》卷四百五十一，中华书局，1983年11月第1版，第4611—4612页）

【注　释】

[1]本篇见载于〔清〕董诰等编《全唐文》卷四百五十一。曲江，又名曲江池。位于唐长安城东南隅。半在城内，半在城外，曲折向南延伸。东西宽两千来米，南北长四千多米，中部江面狭窄，只有一千米左右。秦时称"陔州"，意为临水的长洲。汉武帝在这里建造宜春苑，江周六里成了他纵马驰骋的地方。"因其水曲折，形似广陵之江"，故有了"曲江"的美称。隋时，文帝引义峪（大峪）水注入曲江池，改名芙蓉池，又曰芙蓉苑。唐朝开元中，开凿黄渠，引终南山的水扩充出千亩水面，江周扩至七里，复名曲江，风光更见旖旎。

太一：山名。《文选·张衡〈西京赋〉》："于前则终南太一。"李善注："《汉书》曰：太一山，古文以为终南。《五经要义》曰：太一，一名终南山，在扶风武功县。此云终南太一，不得为一山明矣。盖终南，南山之总名。太一、一山之别号耳。"（〔唐〕李善注《文选》卷二，胡克家重刊本）

除本篇外，〔唐〕欧阳詹有《曲江池记》，专门描绘曲江之景："水不注川者，在薮泽则曰陂、曰湖；在园囿则为池、为沼。苑之沼，囿之池，力垦而成，则多天然而有则。寡兹池者，其天然欤。循原北峙，回冈北转，圆环四匝，中成坎窊，讼例港洞，生泉匽源。东西三里而遥，南北三里而近。当天邑，别卜缭，垣未绕，乃空山之泺，旷野之湫。然黄河作其左墄，清渭为其后洫，褒斜右走，太一前横。崇山常川，钩结蟠护。不南不北，湛然中驶。西北有地平坦，弥望五六十里而无崖坳。紫盖凝而不散，黄旗郁以常在。实陶钧之至，造化之功。沙汰一气之辰，财成六合之日。既以饶确，外为环宇，敞无垠雀，以居亿兆。又选英精，内为区城，束以襟带，用宅君长。若人斯生，支体具矣，有心以系其神焉；若堂斯考，廊庑设矣，有室以处其尊焉。彼如紫盖、黄旗之气，盖陶钧、造化者，用宅君长、英精之所耶。夫物苟相表里，制必同象，泄夫外则廓以灵海，导夫内则融乎此湫。历代帝王未得而有，岂降巢室土之后，联绵千百之代，建卜都邑，不欲合夫天意而居乎！将天意尚同根深蒂固，可与终毕者而命处乎！故涸于有隋。比我皇唐之存，孕诏其季，主营之以须焉。揆北辰以正方，度南端而制极。墉隍划趾，勾陈定位，地回帝室，湫成厥池。既由我署，才成伊去，真主巍巍，龙蟠虎踞。爰自中而轨物，取诸象以正名字。曰曲江，仪形也。观夫妙用，在人丰功；及物，则总天府之津液，疏皇居之垫隘。潢皑入其洞沏，销涎逛以下澄，皑污随其佳气，荡郁攸而上灭。万户无重嘱之患，千门就爽垲之致。其流恶含和，厚生蠲疾，有如此者。皎晶如练，清明若空。俯睇冲

融,得渭北之飞雁;斜窥淡泞,见终南之片石。珍木周庇,奇花中缛。重楼夭矫以紫映;危榭匙岩以辉烛。芬芳荫潜,混漾电叔,凝烟吐霭,泛羽游鳞,斐郁郁以闲丽,谧徽徽而清肃。其涵虚抱景,气象澄鲜,有如此者。皇皇后辟,振振都人,遇良辰于令月,就妙赏乎胜趣。九重绣縠,翼六龙而毕降;千门锦帐,同五侯以偕至。泛菊则因高乎断岸,袯禊则就洁乎芳蹲。戏舟载酒,或在中流。清芬入襟,沉香以涤。寒光炫目,贞白以生。丝竹骈罗,缇绮交错。五色结章于下地,八音成文于上空。砰鞠沸渭,神仙奏钧天于赤水;镆蔼敷俞,天人曳云霓于元都。其洗虑延欢,俾人怡怪,有如此者。至若嬉游以节宴,赏有经则。纤埃不动,微波以宁。荧荧驶驶,瑞见祥形。其或淫涵以情,泛览无沣,则飘风暴振,洪涛喷射,崩腾骆驿。妖生祸觌,其栖神育灵,兴善惩恶,有如此者。某幸因受遣,观光上国,身不佞而自弃,日无名以多暇,询奇览物,得之于斯瞩。太始之无,造访前闻于硕老;天生地成之理,识之于性情。物仪人事之端,征之于耳目。夫流恶含和,厚生蠲疾,则去阴之慝,辅阳之德。涵虚抱影,气象澄鲜,则藻饰神州,芳荣帝宇也。洗虑延欢,俾人怡悦,则置民乐土而安其志也。栖神育灵,兴善惩恶,则俗知所劝而重其教也。号惟天邑,非可谬创,一山一水,拳石草树,皆有所谓。兹池者,其有谓之雄焉,意我皇唐须有此地以居之,有此地须有此池以毗之,佑不仁之亨毒,赞无言之化育,至矣哉。以其广狭而方,于大则小矣;以其渊洞而论,夫深则浅矣。而有功如彼,有德若此,代之君子,盖有知而不述,令民无得而称焉。辄粗陈其旨,刊诸石,庶元元荷日用之力也。贞元五年岁在己巳夏五月十五日记。"(〔清〕董诰等《全唐文》卷五百九十七)

[2]百二:以二敌百,比喻山河险固之地。《史记·高祖本纪》:"秦,形胜之国,带河山之险,县隔千里,持戟百万,秦得百二焉。"裴骃集解引苏林曰:"得百中之二焉。秦地险固,二万人足当诸侯百万人也。"司马贞索隐引虞喜曰:"言诸侯持戟百万,秦地险固,一倍於天下,故云得百二焉,言倍之也,盖言秦兵当二百万也。"(〔西汉〕司马迁《史记》卷八《高祖本纪第八》,百衲本)晋张载《剑阁铭》:"秦得百二,并吞诸侯。"(〔唐〕李善注《文选》卷五十六,胡克家重刊本)

[3]嵚(qīn)岑:高峻的意思。

[4]王甸:古时都城的郭外称郊,郊外称甸,此区域一般是帝王家族田产,故称王甸。《说文》:"甸,天子五百里地。"段玉裁注:"甸,王田也。"

[5]齐童赵女:齐地的男童,赵地的美女,即俊男美女之意。

[6]氛氲:云雾朦胧貌。〔南朝·宋〕鲍照《冬日》:"烟霾有氛氲,精光无明异。"〔唐〕王维《山行遇雨》:"骤雨昼氛氲,空天望不分。"(〔清〕彭定求等编《全唐诗》卷一百一十八,扬州诗局本)

[7]飏(yáng):飞扬,飘扬。《说文》:"飏,风所飞扬也。"

〔8〕巫峡佳人:指巫山神女。

〔9〕曛(xūn):黄昏,傍晚。

〔10〕轨物:轨范;准则。《左传·隐公五年》:"君将纳民轨物者也。"杜预注:"言器用众物不入法度,则为不轨不物。"(杜预注、孔颖达疏《春秋左传正义》卷三,阮元校刻本)《魏书·羊深传》:"将以纳民轨物,莫始于经礼。"(〔北齐〕魏收《魏书》卷七十七《列传第六十五》)

〔11〕难俦(chóu):难以与之相比。

〔12〕鸿渐:鸿鹄飞翔从低到高,循序渐进。〔晋〕潘岳《西征赋》:"振鹭于飞,凫跃鸿渐,乘云颉颃,随波澹淡。"(〔唐〕李善注《文选》卷十,胡克家重刊本)

欧阳詹

【作者简介】

欧阳詹(756—800)，字行周，福建晋江潘湖欧厝人，出身官宦世家，祖父欧阳衍为温州长史，祖母为范士安妹范士宝，父欧阳昌为博罗县丞，母为唐进士散骑常侍黄昌朝妹黄昌靖。欧阳詹少时聪颖好学。青年时和莆田林蕴、林藻在泉州城北清源山、莆田广化寺灵岩精舍等处读书，学业大进。他文思敏捷，见解独到，"言秀而多思，多言人所未言"。建中初，代宗时宰相常衮任福建观察使，与欧阳詹交谈，视为芝英，对其文章备加赞赏。贞元二年(786)进京赴试，同时结交韩愈、柳宗元、刘禹锡等名士。贞元八年，春闱开科，贾棱居榜首，欧阳詹名列第二，韩愈为第三，李观、李绛、崔群诸名士联第同榜，时称"龙虎榜"。贞元十一年冬应宏词科，未入选，只得羁旅京师。贞元十四年，欧阳詹四试吏部，授国子监四门助教，后一直没有离开国子监四门助教这个官职。任职后，对生员谆谆善诱，积极推荐人才。贞元十六年离世，年仅45岁。

欧阳詹著有《欧阳行周集》10卷，收赋、诗、记、传、铭、颂、箴、论、述、序、书等各种体裁作品146篇。李贻孙作序，称欧阳詹"君之文新无所袭，才未尝困。精于理，故言多周详；切于情，故叙事重复。宜其司当代文柄，以变风雅"。

送巴东林明府之任序[1]

国以人为本，县令亲人之亲者，苟有命授，无非慎择。今年执政，又加精选，自吏曹铨拟仕而退下者[2]，十之五六。济南林公，以始任之调，发硎之刃[3]，请宰一邑。天官剧巴东也，而使为之。平衡无疑，钧轴不转。非轻重质器，目以昭如[4]，则安可于其难而易若此。解褐结绶[5]，当时之盛，既受牒恭命，而济南公与予乡而且故，幼而知公。行先乡曲誉，是通闾井之意[6];术以明经升,实操教化之本。今有社稷,有民人,则弓矢入养叔之手[7],徽弦在师旷之膝[8],何微之不中?何妙之不尽?去矣,无使朱邑鲁恭[9],专美是官。其余则巫峡峨峨,岷江汤汤,水天下清,山天下秀,游盘贵境,为地为塘[10],退公多暇,为我回睇。

（〔清〕董诰等编《全唐文》卷五百九十六,中华书局,1983 年 11 月第 1 版,第 6028 页）

【注　释】

[1]本篇为欧阳詹所作,见载于〔清〕董诰等编《全唐文》卷五百九十六。之任:到任,去上任。

[2]吏曹:官署名,即吏部。东汉置吏曹,掌管选举、祠祀之事,后改为选部,魏晋以后改称吏部。铨(quán):称量,衡量。《说文》:"鉴别。铨,衡也。"

[3]发硎(fāxíng):指刀新从磨刀石上磨出来,十分锋利。也可用于比喻人的朝气和锐气。

[4]昭如:明白貌。〔汉〕扬雄《太玄·文》:"尚文昭如,车服庸如。"(〔汉〕扬雄《太玄经》卷四)

[5]解褐(hè)结绶(shòu):脱下粗布衣服,穿上官服。褐:指粗布或粗布衣,最早用葛、兽毛,后通常指大麻、兽毛的粗加工品,为古时贫贱之人所穿。绶:丝带,古代用以系佩玉、官印等,绶带的颜色常用以标志不同的身份与等级。

[6]闾井:房屋、水井等建筑物,指居民聚居之处。此处借指民间。

[7]养叔:指春秋楚臣养由基,是个神射手。《左传·襄公十三年》:"吴侵楚,养由基奔命,子庚以师继之。养叔曰:'吴乘我丧,谓我不能师也,必易我而不戒。'"杜预注:"养叔,养由基也。"(杜预注、孔颖达疏《春秋左传正义》卷三十二,阮元校刻本)〔唐〕韩愈《送高闲上人序》:"养叔治射,庖丁治牛。"(〔清〕董诰等《全唐文》卷五百五十五)

[8]师旷:春秋晋国乐师,善于辨音。《孟子·离娄上》:"师旷之聪,不以六律,不能正五音。"(《孟子》卷七《离娄上》,阮元校刻本)〔唐〕杨炯《浑天赋》:"螟何细兮,师旷清耳而不闻,离朱拭目而无见。"(〔清〕董诰等《全唐文》卷一百九十)

[9]朱邑(?—前61),字仲卿,西汉中叶庐江舒(今安徽庐江)人。朱邑二十多岁时任桐乡(即今桐城)啬夫,掌管一乡的诉讼和赋税等,他处处秉公办事、不贪钱财,以仁义之心广施于民,深受吏民的爱戴和尊敬。几年后,朱邑升迁为卒史

（官署中的属吏），兢兢业业协助太守发展生产，处理日常事务，显示出卓越的才干。昭帝时，朱邑被举为贤良，任大司农丞。宣帝时被任为北海郡（今山东昌乐东南）太守。数年后，朱邑以"治行第一"选拔入京任大司农，掌管全国租税钱谷盐铁和财政收支，后世常以"大司农"代称"户部尚书"。鲁恭：字仲康，扶风平陵人。他的祖先是鲁顷公，被楚国灭亡后，迁居到下邑，因此就姓鲁。鲁恭在公爵之位，选拔征召才学优良者，大到各级卿相小到郡守多达几十人。鲁恭八十一岁时，在家中去世。

[10] 墉（yōng）：城墙，高墙。

蒋 防

【作者简介】

蒋防,字子微(一作子徵),又字如城,约公元792年生,义兴(宜兴古名)人。蒋防年少时,才思敏捷,聪明过人,能诗善文。元和中,蒋防作《鞲上鹰》诗说:"几欲高飞天上去,谁人为解绿丝绦。"李绅识其意,与元稹共荐之(《旧唐书·庞严传》)。长庆元年(821),自右补阙充翰林学士。二年,加司封员外郎。三年,加知制诰。四年,李绅被逐,蒋防亦贬为汀州刺史。不久改连州刺史。

蒋防善诗文,有文集1卷,赋集1卷,《全唐诗》录存其诗12首,《全唐文》收录其赋20篇及杂文6篇。其传奇《霍小玉传》尤为著名。该传奇写长安名妓霍小玉与进士李益相爱,后李益变心易志,小玉死后冤魂化为厉鬼,使李益终身不得安宁。该文最早载于《异闻集》,后收入《太平广记》,明代文学家胡应麟推崇为"唐人最精彩动人之传奇"。明戏剧家汤显祖取为剧材,成《紫钗记》,流传于世。

霍小玉传[1]
(节选)

鲍既去[2],生便备行计。遂令家童秋鸿,于从兄京兆参军尚公处假青骊驹[3],黄金勒[4]。其夕,生浣衣沐浴,修饰容仪,喜跃交并[5],通夕不寐。迟明,巾帻,引镜自照,惟惧不谐也。徘徊之间,至于亭午[6]。遂命驾疾驱,直抵胜业。至约之所,果见青衣立候,迎问曰:"莫是李十郎否?"即下马,令牵入屋底,急急锁门。见鲍果从内出来,遥笑曰:"何等儿郎,造次入此?"生调诮未毕[7],引入中门。庭间有四樱桃树,西北悬一鹦鹉笼,见生人来,即语曰:"有人入来,急下帘者!"生本性雅淡,心犹疑惧,忽见鸟语,愕然不敢进。逡巡[8],鲍引净持下阶相迎[9],延入对坐。年可四十余,绰约多姿，谈笑甚媚。因谓生曰："素闻十郎才调风流，今又见仪容雅秀，名下固无虚士。某有一女子，虽拙教训，颜色不至丑陋，得配君子，颇为相宜。频见鲍十一娘说意旨，今亦便令永奉箕帚[10]。"生谢曰："鄙拙庸愚，不意故盼，倘垂采录，生死为荣。"遂命酒馔，即命小玉自堂东阁子中而出。生即拜迎。但觉一室之中，若琼林玉树，互相照曜，转盼精彩射人[11]。既而遂坐母侧。母谓曰："汝尝爱念'开帘风动竹，疑是故人来。'即此十郎诗也。尔终日念想，何如一见？"玉乃低鬟微笑，细语曰："见面不如闻名。才子岂能无貌？"生遂连起拜曰："小娘子爱才，鄙夫重色。两好相映，才貌相兼。"母女相顾而笑，遂举酒数巡。生起，请玉唱歌。初不肯，母固强之。发声清亮，曲度精奇。酒阑[12]，及暝，鲍引生就西院憩息。闲庭邃宇[13]，帘幕甚华。鲍令侍儿桂子、浣沙与生脱靴解带。须臾，玉至，言叙温和，辞气宛媚[14]。解罗衣之际，态有余妍，低帏昵枕[15]，极其欢爱。生自以为巫山[16]、洛浦不过也[17]。

中宵之夜，玉忽流涕观生曰："妾本倡家，自知非匹。今以色爱，托其仁贤。但虑一旦色衰，恩移情替，使女萝无托，秋扇见捐[18]。极欢之际，不觉悲至。"生闻之，不胜感叹。乃引臂替枕，徐谓玉曰："平生志愿，今日获从，粉骨碎身，誓不相舍。夫人何发此言？请以素缣[19]，著之盟约。"玉因收泪，命侍儿樱桃褰幄执烛[20]，受生笔研。玉管弦之暇[21]，雅好诗书，筐箱笔研，皆王家之旧物，遂取秀囊，出越姬乌丝栏素缣三尺以授生。生素多才思，援笔成章，引谕山河，指诚日月，句句恳切，闻之动人。染毕，命藏于宝箧之内。自尔婉娈相得[22]，若翡翠之在云路也[23]。如此二岁，日夜相从。

（〔唐〕蒋防《霍小玉传》，见〔宋〕李昉等编《太平广记》卷四百八十七，中华书局，1961 年 9 月第 1 版，第 4007—4008 页）

【注　释】

[1]本篇为〔唐〕蒋防《霍小玉传》节选。《霍小玉传》是唐代传奇小说，描写了陇西书生李益与妓女霍小玉的爱情悲剧。李益初与霍小玉相恋，同居多日。得官后，聘表妹卢氏，与小玉断绝。小玉日夜思念成疾，后得知李益负约，愤恨欲绝。忽有豪士黄衫客挟持李益至小玉家中，小玉誓言死后必为厉鬼报复。李益娶卢氏后，因猜忌休妻，"至于三娶，率皆如初焉"。作者在小说中对霍小玉的悲惨命运

寄予了同情,谴责了李益的负心言行。作者善于选择能反映人物性格和心态的典型场景,用饱含感情色彩的语言加以精细的描写和刻画,从李益与霍小玉的初会、两次立誓到李的背约、二人的最后相见,无不婉曲深细,妙笔传神。霍小玉本是霍王小女,因庶出而流落教坊。她美丽、纯洁、机敏、聪慧,敢爱敢恨,极具见识,更有强烈的反抗性格。初见李益时,"低鬟微笑、细语、初不肯","言叙温和,辞气宛媚。解罗衣之际,态有余妍,低帏昵枕,极尽欢爱",可见其温婉贤淑、娇美可人无与伦比。小玉在欢娱中仍保持了清醒的头脑,"流涕视生曰'极欢之际,不觉悲至'",流露出她内心的凄苦。在李益辞别之时,小玉已有不祥的预感;李益一去无消息,她忧思成疾,委顿床枕;黄衫客愤而挟李益来,小玉"掷杯于地,长恸号数声而绝"。足见她用情之深、用情之专。小玉虽为厉鬼,却给李益以惩罚,更见她勇敢坚强、爱憎分明的一面。对李益这一负心人物,作者通过对具体情事的叙述描写,着力于揭示他在个人意志和家长权威对立中的内心矛盾和痛苦,写出他由重情到薄情、绝情,绝情后仍复有情的两重性格,既令人感到真实可信,又增强了作品的艺术感染力。

《霍小玉传》在语言的运用、气氛的渲染、枝节的穿插等方面都颇有独到之处。在对霍小玉进行描写时,使用的语言很独特,如"若琼林玉树,互相照耀","以为巫山、洛浦不过也"。"巫山"、"洛浦"是借用巫山神女和洛水女神的典故,形容霍小玉的迷人的容貌和身姿。故明代学者胡应麟《少室山房笔丛》对此篇小说大为赞赏:"唐人小说纪闺阁事,绰有情致,此篇尤为唐人最精彩之传,故传诵弗衰。"

[2]鲍既去:媒人鲍十一娘刚刚离开。

[3]从兄:堂兄。

青骊驹:毛色青黑相杂的骏马。

[4]黄金勒(lè):黄金制成的套在马头上带嚼子的笼头。《说文》:"勒,马头络衔也。"

[5]喜跃交并:高兴得手舞足蹈。

[6]亭午:正午,中午。李白《古风》:"大车扬飞尘,亭午暗阡陌。"(〔清〕彭定求等编《全唐诗》卷一百六十一,扬州诗局本)

[7]调诮(qiào):调笑,互相开玩笑,或戏弄别人。

[8]逡巡(qūnxún):因为有所顾虑而徘徊不前。〔汉〕贾谊《新书·过秦论上》:"逡巡而不敢进。"(〔西汉〕贾谊《新书》卷一,四部丛刊本)

[9]净持:霍小玉的母亲原是婢女,名净持。

[10]永奉箕帚:永远为你操持家务,喻指嫁你为妻。箕:簸箕,扬米去糠的器具。帚:扫帚。

〔11〕转盼精彩射人:眼睛很亮,很有神采。盼:眼睛黑白分明的样子,喻指美目流转。《说文》:"盼,目黑白分也。"《诗·卫风·硕人》:"美目盼兮。"

〔12〕酒阑:酒席散去。阑:残,将尽之意。

〔13〕闲庭邃宇:庭院宽敞,房屋阔大。

〔14〕宛媚:温柔妩媚。〔唐〕无名氏《白蛇记》:"从二女奴,皆乘白马,衣服皆素,而姿容宛媚。"(〔明〕陆楫等《古今说海·白蛇传》,清道光元年酉山堂重刊本)

〔15〕暱(nì):同"昵",亲近,亲昵。

〔16〕巫山:此处借指巫山神女,用以形容霍小玉的美丽、温柔,以及床笫之欢带给李益的美好感受。

〔17〕洛浦:借指洛神。传说中的洛水女神,即宓妃。〔唐〕梁锽《名姝咏》:"临津双洛浦,对月两嫦娥。"(〔清〕彭定求等编《全唐诗》卷二百零二,扬州诗局本)

〔18〕女萝无托,秋扇见捐:女萝没有任何依托,无法攀爬;秋天到了,扇子被舍弃在一旁。这两个比喻都是用以形容女子被抛弃。女萝:植物名,即松萝。多附生在松树上,成丝状下垂。捐:舍弃。

〔19〕素缣(jiān):白色的细绢。

〔20〕褰(qiān)幄(wò)执烛:撩起帷帐,举起蜡烛。

〔21〕管弦之暇:在研习音乐之余的闲暇时间。

〔22〕婉娈(luán):缠绵,缱绻。〔晋〕陆机《于承明作与士龙》:"婉娈居人思,纡郁游子情。"(〔唐〕李善注《文选》卷二十四,胡克家重刊本)

〔23〕翡翠之在云路:翡翠鸟儿在天空中飞翔,比喻快乐和自由自在。

封 演

【作者简介】

封演(生卒年不详),渤海蓨(今河北景县)人。天宝中为太学诸生,十五载(756)登进士第。至德后为相卫节度使薛嵩从事,检校屯田郎中。大历七八年间(772—773)曾权邢州刺史。八年薛嵩卒,复佐其弟崿。十年随崿投魏博节度使田承嗣为从事。承嗣卒,继佐其子悦。建中三年(782)悦称王,伪署司刑侍郎。贞元中仍在魏博佐田氏,检校吏部郎中兼御史中丞。十六年(800)尚在世,约卒贞元末。演撰有《封氏闻见记》,为研究唐代社会文学重要资料。《新唐书·艺文志》另著录封演著《古今年号录》一卷、《续钱谱》一卷,皆佚。

长 啸[1]

永泰中[2],大理评事孙广著《啸旨》一篇云[3]:"夫气激于喉中而浊,谓之言,激于舌端而清,谓之啸。言之浊可以通人事、达性情。啸之清可以灭鬼神、致不死。盖出其啸善,千里应之。出其啸善,万灵受职。斯古之学道者哉。故太上老君授南极真人[4],南极真人授广成子[5],广成子授风后[6],风后授务光[7],务光授舜,演之为琴,以授禹。自后或废或续,晋太行仙人孙公,能以得道而无所授。阮嗣宗所得少许[8],其后不复闻矣。啸有十五章,一曰权舆[9],二曰流云,三曰深溪虎,四曰高柳蝉,五曰空林鬼,六曰巫峡猿,七曰下鸿鹄,八曰古木鸢,九曰龙吟,十曰动地,十一曰苏门,十二曰刘公命鬼,十三曰阮氏逸韵,十四曰正章,十五曰毕竟。"广云其事出道书。余按人有所思则长啸,故乐则歌咏,忧则嗟叹,思则吟啸。《诗》云:"有女仳离,条其啸矣。"[10]颜延之《五君咏》:"长啸若怀人。"[11]皆是也。广所云深溪虎、古木鸢,其状声气可矣。至今太上老君相次传授,舜演为琴,崇饰过甚,非余所敢闻也。按《诗笺》云:"啸,蹙口出声也。"成公绥

《啸赋》:"动唇有曲,发口成音。"[12]而今之啸者,开口卷舌,略无蹙舌之法。孙氏云:"激于舌端",非动唇之谓也。天宝末,有峨眉山道士姓陈,来游京邑。善长啸,能作雷鼓霹雳之音。初则发声调畅,稍加散越[13],须臾穷窿磕泻[14],雷鼓之音,忽复震骇,声如霹雳,观者莫不倾悚[15]。

（〔唐〕封演撰,赵贞信校注,《封氏闻见记》卷五,中华书局,2005年11月第1版,第48—50页）

【注 释】

[1]本篇选自唐代封演撰《封氏闻见记》。《封氏闻见记》全书十卷,记事凡百余条,约四万余字。前六卷记典制与风习,七八两卷叙古迹与传说,末两卷叙士人轶事。全书按年代时序记事,以本朝为主,兼及前代。全书编排也极有条理,凡一百门,皆两字为题,如道教、儒教、文字、贡举等等。所涉及内容范围很广,既有科举、铨选等政治制度,又有壁记、烧尾等官场习俗,也有婚仪、服饰、饮食、打球、拔河、绳技等社会生活,此外还有碑碣、羊虎、纸钱、石鼓等名物的讲说,缘此常为研究唐代文化之所取材。此书史料价值颇高,《提要》谓:"唐人小说多涉荒怪,此书独语必徵实。前六卷多陈掌故,七、八两卷多记古迹及杂论,均足以资考证,末二卷则全载当时士大夫轶事,嘉言善行居多,惟末附谐语数条而已。"(〔清〕纪昀等《四库全书总目提要》卷一百二十)

[2]永泰:唐代宗李豫年号,公元765—766年。

[3]《啸旨》:唐代大理寺评事孙广所著,主要对"啸"这一特殊的发声艺术作了全面的论述。全书共分十五章,分别论述十五种"啸"的形式。

[4]太上老君:全称"一气化三清太清居火赤天仙登太清境玄气所成日神宝君道德天尊混元上帝",简称老君。老君,即道之身,元气之祖宗,天地之根本,是真正意义上的道教开山道祖,位列道教至高神三清尊神之第三位。在中国道教的演变史中,太上老君一直担任着极为重要的特殊角色。老君是三清尊神中受到最多香火奉祀的神明,道教相信道家哲人老子是老君的化身,因其传下道家经典《道德经》,故称老君为道德天尊,也被道教奉为开山祖师。南极真人:道家的左圣南极南岳真人左仙太虚真人,名赤松子,又名赤诵子,秦汉传说中的上古仙人。相传为神农时雨师,能入火自焚,随风雨而上下。

[5]广成子:黄帝时期汝州人,住临汝镇崆峒山上。为道家创始人,位居道教"十二金仙"之首。传说广成子活了1200岁后升天,在崆峒山留下了两个升天时的大脚印。一说广成子是太上老君的化身,《太上老君开天经》:"黄帝之时,老君

下为师,号曰广成子。"

[6]风后:相传为黄帝臣子之一。《史记·五帝本纪》:"(黄帝)举风后、力牧、常先、大鸿以治民。顺天地之记,幽明之占,死生之说,存亡之难。时播百谷草木,淳化鸟兽虫蛾,旁罗日月星辰水波土石金玉。劳动心力耳目,节用水火财物。"(〔西汉〕司马迁《史记》卷一《五帝本纪》)民间有传说,玉帝看凡界世人疾苦,就叫风后下界,为人世间造福。

[7]务光:古代隐士,相传汤让位给他,他不肯接受,负石沉水而死。《列仙传》卷上载:"务光者,夏时人也。耳长七寸,好琴,服蒲韭根。……负石自沉于蓼水。后四百余岁,至武丁时,复见。武丁欲以为相,不从。武丁以舆迎而从过,不以为礼。遂投浮梁山。后游尚父山。"(〔汉〕刘向《列仙卷》卷上)

[8]阮嗣宗:阮籍(210—263),三国魏诗人,字嗣宗。陈留尉氏(今属河南)人。建安七子之一阮瑀之子。曾任步兵校尉,世称阮步兵。崇奉老庄之学,政治上则采谨慎避祸的态度。与嵇康、刘伶等七人为友,常集于竹林之下肆意酣畅,世称"竹林七贤"。

[9]《啸旨》云:"夫权舆者,啸之始也。夫人精神内定,心目外息,我且不竞,物无害者,身常足,心常乐,常定然后可以议权舆之门。天气正,地气和,风云朗畅,日月调顺,然后丧其神,亡其身,玉液傍润,灵泉外洒,调畅其出入息,端正其唇齿之位,安其颊辅,和其舌端,考击于寂寞之缶而后发,折撮五太之精华,高下自恣,无始无卒者,权舆之音。近而论之,犹众音之发调,令听者审其一音也。耳有所主,心有所系于情性,和于心神,当然后入之。"

[10]语出《诗·王风·中谷有蓷》:"中谷有蓷,暵其乾矣。有女仳离,嘅其叹矣。嘅其叹矣,遇人之艰难矣!中谷有蓷,暵其修矣。有女仳离,条其啸矣。条其啸矣,遇人之不淑矣!中谷有蓷,暵其湿矣。有女仳离,啜其泣矣。啜其泣矣,何嗟及矣!"郑玄笺:"有女遇凶年而见弃,与其君子别离。"

[11]语出颜延之《五君咏·阮步兵》:"阮公虽沦迹,识密鉴亦洞。沉醉似埋照,寓辞类托讽。长啸若怀人,越礼自惊众。物故不可论,途穷能无恸。"五君咏,意即歌咏五位君子,即指魏晋"竹林七贤"中的阮籍、嵇康、刘伶、阮咸、向秀五人。七贤中的另两人山涛、王戎后来均贵显于世,故被黜落。

[12]成公绥(231—371):字子安,东郡白马人。幼而聪敏,博涉经传,有俊才,辞赋甚丽。性寡欲,不营资产,家贫岁贱,处之如常。为张华所重,叹为绝伦。荐之太常,征为博士。后为秘书郎、秘书丞、中书郎。曾与贾充等参订法律。

[13]散越:激越。《国语·周语下》:"为之六间,以扬沉伏而黜散越也。"韦昭注:"越,扬也……伏则不宣,散则不和。"(《国语》卷三《周语下》)

［14］穹窿：指天空。

［15］倾竦：亦作"倾竦"，惊讶，惊异。〔汉〕应玚《驰射赋》："观者屏气息而倾竦，咸侧企而腾移。"（〔清〕严可均辑《全后汉文》卷四十二，清光绪王毓藻刻本）

余知古

【作者简介】

余知古,唐文宗(827—840)时人,具体生卒年不详。《四库全书总目提要》称:"其衔称将仕郎守太子校书,里贯则未详也。"(卷五十一史部七)其今存著作,除《渚宫旧事》之外,还有与段成式、温庭筠合著诗文总集《汉上题襟集》。

襄王与宋玉游于云梦之台[1]

襄王与宋玉游于云梦之台[2],望朝云之馆[3],其上有云气变化无穷。王曰:"何气也?"玉曰:"昔者先王游于高唐[4],怠而昼寝。梦见一妇人,暧乎若云[5],皎乎若星[6],将行未止,如浮忽停[7]。详而观之,西施之形[8]。王悦而问之。曰:'我夏帝之季女也[9],名曰瑶姬。未行而亡,封乎巫山之台[10]。精魂为草,摘而为芝[11]。媚而服焉[12],则与梦期[13]。所谓巫山之女,高唐之姬。闻君游于高唐,愿荐寝席。'王因幸之。既而言之曰:'妾处之𥜥[14],尚莫可言之[15]。今遇君之灵,幸妾之搴[16],将抚君苗裔[17],藩乎江汉之间[18]。'王谢之。辞去曰:'妾在巫山之阳,高丘之岨。且为朝云,暮为行雨。朝朝暮暮,阳台之下。'王朝视之,如言。乃为立馆,号曰'朝云'。"王曰:"愿子赋之,以为楚志。"[19]

(〔唐〕余知古《渚宫旧事译注》卷三,湖北人民出版社,1999年9月第1版,第136页)

【注　释】

[1]本篇选自〔唐〕余知古《渚宫旧事》卷三,题目为编者所加。《渚宫旧事》,一名《渚宫故事》,计有五卷,另有《补遗》一卷。其内容主要记载荆楚地区自上古

至唐代之间的历史事件。《四库全书总目提要》载:"其书上起鬻熊,下迄唐代,所载皆荆楚之事,故题曰《渚宫》。渚宫名见《左氏传》,《孔颖达疏》以为当郢都之南,盖楚成王所建。乐史《太平寰宇记》则以为建自襄王。未详何据也。书本十卷。《唐书·艺文志》著录此本,惟存五卷,止于晋代。考晁公武《郡斋读书志》,载《渚宫故事》十卷,则南宋之初,尚为完本。至陈振孙《书录解题》所言,已与今本同。则宋、齐以下五卷,当佚于南宋之末。元陶宗仪《说郛》,节抄此书十余条,晋以后乃居其七。疑从类书引出,非尚见原本也。《唐书·艺文志》载此书,注曰:文宗时人。……此书皆记楚事,其为游汉上时所作,更无疑义。陈氏以为后周人,已属讹误。《通考》引《读书志》之文,并脱去'余'字,竟题为唐知古撰,则谬弥甚矣。今仍其旧为五卷。其散见于他书者,别辑为《补遗》一卷,附录于后焉。"(《四库全书总目提要》卷五十一史部七)

原文有注云:"见《襄阳耆旧传》与本赋小异,故更录之。"《襄阳耆旧传》本已不存,今有辑佚本,其中与本篇相关的内容分别源于《文选》注和《太平御览》。《文选》李善注引《襄阳耆旧传》载:"赤帝女曰瑶姬,未行而卒,葬于巫山之阳,故曰巫山之女。楚怀王游于高唐,昼寝,梦见与神通,自称巫山之女。王因幸之。遂为置观于巫山之南,号为'朝云'。至襄王时,复游高唐。"(〔唐〕李善注《文选》卷十九,中华书局据胡克家《重刻宋淳熙本文选》影印本,1977年11月第1版,第265页)《太平御览》载:"楚襄王与宋玉游于云梦之野,将使宋玉赋高唐之事。望朝云之馆,上有云气,崒乎直上,忽而改容,须臾之闲,变化无穷。王问宋玉曰:'此何气也?'对曰:'昔者先王游于高唐,怠而昼寝。梦一妇人,暖乎若云,焕乎若星,将行未至,如漂如停。详而视之,西子之形。'王悦而问焉。曰:'我帝之季女也,名曰瑶姬。未行而亡,封于巫山之台。精魂依草,实为茎灵芝,媚而服焉,则与梦期。所为巫山之女,高唐之姬。闻君游于高唐,愿荐枕席。'上因而幸之。"(《太平御览·人事部·应梦》,文渊阁《四库全书》本,卷三百九十九)

本篇所记襄王与宋玉游于云梦之台事,记录较详见于〔战国楚〕宋玉《高唐赋》。《高唐赋》曰:"昔者楚襄王与宋玉游于云梦之台,望高唐之观。其上独有云气,崒兮直上,忽兮改容,须臾之间,变化无穷。王问玉曰:'此何气也?'玉对曰:'所谓朝云者也。'王曰:'何谓朝云?'玉曰:'昔者先王尝游高唐,怠而昼寝,梦见一妇人曰:妾巫山之女也,为高唐之客。闻君游高唐,愿荐枕席。王因幸之。去而辞曰:妾在巫山之阳,高丘之岨,旦为朝云,暮为行雨。朝朝暮暮,阳台之下。旦朝视之,如言,故为立观,号曰朝云。'"(〔战国楚〕宋玉《神女赋》,见姚鼐纂集《古文辞类纂》卷六十四,上海古籍出版社,1998年7月第1版,第685页)另,宋玉又有《高唐赋》云:"楚襄王与宋玉游于云梦之浦,使玉赋高唐之事。其夜玉寝,果梦与神女遇,其状甚丽,玉异之。明日,以白王。王曰:'其梦若何?'玉对曰:'晡夕之后,精神恍忽,若有所喜,纷纷扰扰,未知何意? 目色仿佛,乍若有记:见一妇人,状甚奇异。寐而梦之,寤不自识;罔兮不乐,怅然失志。于是抚心定气,复见所梦。'"(〔战国楚〕宋玉《神女赋》,见姚鼐纂集《古文辞类纂》卷六十四,上海古籍出版社,1998 年 7 月第 1 版,第 687 页)

[2]襄王:指楚襄王熊横(前? —前 263),亦称楚顷襄王,芈姓,熊氏,名横,战国时期楚国国君,楚怀王之子,公元前 298—前 263 年在位。秦襄王病死秦国,楚国的大臣们立太子熊横为新的国君,即楚顷襄王。而强秦于公元前 279 年令白起率军进攻孤立无援的楚国,并大败楚军,掠取十六城。公元前 280 年楚割上庸、汉北等地予秦。公元前 278 年,秦兵继续进攻,攻陷楚都郢,迫楚顷襄王迁都于陈(今河南淮阳)。最后,秦军又西取西陵(今湖北宜昌),再向东攻占竟陵(今潜江西北)直至安陆一带,向南直达洞庭湖边。大别山以西的江汉地区尽为秦有,从此楚国本土丧失殆尽,楚国更加衰弱下去,直至灭亡。公元前 263 年(楚顷襄王三十六年),襄王病死。

宋玉:战国时文学家。楚国人,通晓辞赋音律,事楚顷襄王,与唐勒、景差等皆以侍从见用,从容辞令,莫敢直谏,颇不得志,抑郁而死。云梦:古籍中,云梦不仅专指以其为名的泽薮,一般用以泛指春秋战国时楚王的游猎区。

[3]朝云之馆:名为朝云的房舍,宋玉《高唐赋》作"朝云之观"。

[4]先王:指楚怀王(前 360—前 296)熊槐,楚威王之子、楚顷襄王之父,公元前 328—公元前 299 年在位。曾被山东六国推为纵约长。但他排斥改革派,误信秦说客张仪,毁坏齐、楚联盟先后败于秦、齐,失去汉中等地。在位时贪令智昏,任用佞臣令尹子兰、上官大夫靳尚,宠爱南后郑袖,排斥左徒大夫屈原,致使国事日非。前 299 年入秦被扣,死于秦。

[5]暧(ài):昏暗不明的样子。

[6]皎:洁白明亮的样子。

[7]将行未止,如浮忽停:像刚要行走还未停下,如飘浮在空中又如静止不动。形容神女的步履轻盈,身姿优美,且充满神秘的韵味。

[8]西施:本名施夷光,春秋末期越国苎罗(今浙江诸暨一带)人,或称西子,是一位绝色女子。曾由越王勾践献给吴王夫差,成为夫差最宠爱的妃子,传说吴亡后,与范蠡隐居五湖。西施与杨玉环、貂蝉、王昭君并称中国古代四大美女,其中西施居首,故而是美的化身和代名词。

[9]季女:最小的女儿。

[10]封乎巫山之台:在巫山享受祭祀,其意为安葬于巫山。

[11]精魂为草,摘而为芝:神女的精魂化为草,采摘它就变成了灵芝。神女精魂为草之说,最早源于《山海经》:"又东二百里,曰姑媱之山。帝女死焉,其名

曰女尸,化为瑶草,其叶胥成,其华黄,其实如菟丘,服之媚于人。"（袁珂《山海经校注·山经柬释》卷五《中次七经》,巴蜀书社 1993 年 4 月第 1 版,第 171 页）

[12]媚而服焉:"服而媚焉"之意,意思是说,吃了（灵芝之草）能令人喜爱。《山海经校注·山经柬释》卷五《中次七经》"服之媚于人"即是此意。

[13]则与梦期:能在梦中与神女约会。期:约会,约定。

[14]瑜（yú）:美好。《左传·僖公四年》"攘公之瑜"。杜预注:"攘,除也。瑜,美也。"孔颖达疏曰:"瑜是羊之名,'美''善'之字皆从羊,故瑜为美。"（《春秋左传注疏》卷十二,阮元校刻本）姜处之瑜:意谓神女居在美丽的地方。

[15]尚莫可言之:还从未对人说过。

[16]搴（qiān）:同"搴",草名,指上文精魂所为之草。这两句意思是说,今天遇到大王的英灵,临幸臣妾这草身。

[17]苗裔:子孙后代。〔战国楚〕屈原《离骚》:"帝高阳之苗裔兮,朕皇考曰伯庸。"〔汉〕王逸注:"苗,胤也。裔,末也。"（〔唐〕李善注《文选》卷三十二,胡克家重刊本）

[18]藩:同"蕃",繁育,繁衍。江汉:指长江和汉水交汇的大片区域,即古荆楚地区,在今湖北省境内。此两句话意思是说,我将抚佑大王您的子孙,繁衍于江汉之间。其深层的文化意义在于,远古宗教仪式中,有国王与山林草木之神交合的"圣婚"仪式,用以祈求国运长久,子孙兴旺。

[19]愿子赋之,以为楚志:希望你（宋玉）以这件事情写一篇赋作,作为楚国的历史记录。楚王让宋玉将此事记录下来,作为楚国的历史,说明此事并非君王个人的私事,而是一件国家大事。楚王神女之会,有着丰富的宗教含义,对于一个国家和民族的生存和发展意义重大,故应当作为这个国家的重大历史事件。现代的人类学研究,已充分证实了这一点。

宋玉初事襄王而不见察[1]

宋玉初事襄王而不见察[2]。或谓之曰:"先生何说之不扬,计划之疑乎?"[3]玉曰:"不然。子独不见玄猿乎[4]?当其桂林之中,芳华之上[5],从容游戏,倏忽往来[6],虽羿、逢蒙不得正目而视[7],及其居枳棘之中[8],恐惧悼栗[9],众人皆得意焉[10]。夫处势不便[11],岂可量功校能哉[12]?"玉之见王,因其友,及不见察,乃让其友[13]。友曰:"姜桂因地而生,不因地而辛[14];妇人因媒而成,不因媒而亲。子事主未耳,何怨于我?"玉曰:"不然。昔齐有良兔'东郭狻',一旦而走五百里,有良狗'韩子卢'[15],亦一旦而走五百里。使人遥见而指属之^[16]，则虽韩卢不及良兔，蹑迹而纵之^[17]，则虽东郭不能离也。今子属我蹑迹而纵耶？遥见而指属耶？"友曰："鄙人有过。"^[18]

（〔唐〕余知古《渚宫旧事译注》卷三,湖北人民出版社,1999 年 9 月第 1 版,第 138—139 页）

【注　释】

[1]本篇选自〔唐〕余知古《渚宫旧事》卷三,题目为编者所加。公元前 282 年春,景差为楚襄王推荐了宋玉,宋玉初侍楚襄王,被襄王任命为文学侍臣。

[2]不见察:才能没有被发现。

[3]何说之不扬,计划之疑乎:为什么议论受冷落,计谋受到怀疑呢? 说:议论。

[4]玄猿:黑猿。

[5]桂林:桂树之林。芳华:芳香的花草。

[6]倏忽往来:来来往往非常敏捷。倏:同"倏",很快地,迅速地。

[7]羿:后羿。夏朝东夷族首领,有穷氏部落长,传说中的神箭手。夏王太康贪于田猎,常狩猎于洛水边,羿据河抗击,夺取太康的王位。有神话传说,当时十日并出,禾苗焦死,草木尽枯,后羿用弓箭射落九日。后因其不理民事,被杀。

逢蒙:亦作"逢门",夏朝神箭手。《孟子·离娄下》："逢蒙学射于羿,尽羿之道,思天下惟羿为愈己,于是杀羿。"(《孟子》卷八《离娄下》,阮元校刻本)

[8]枳(zhǐ):亦称"枸橘",小枝多刺,果实黄绿色,味酸不可食,可入药。泛指灌木或小乔木。棘:泛指有芒刺的草木。

[9]恐惧悼栗:心怀恐惧浑身哆嗦。

[10]得意:(对黑猿)随心所欲。

[11]处势不便:所处环境不利。

[12]量功校能:较量功德才能。

[13]让:责备。《说文》："让,相责让也。"《小尔雅》："诘责以辞谓之让。"《广雅》："让,责也。"

[14]姜桂:生姜与肉桂,其性愈老愈辣。〔汉〕刘向《新序·杂事五》："夫姜桂因地而生,不因地而辛。"〔南朝·梁〕刘勰《文心雕龙·事类》："夫姜桂同地,辛在本性。"

[15]东郭狻:良兔名。

韩子卢:良狗名。《战国策·齐策》《说苑·杂事》有类似记载。

[16]遥见而指属之：远远地看见，而指使（狗）去追。

[17]蹑迹而纵之：顺着足迹追踪。蹑：跟随，追随。迹：足迹。纵：同"踪"，追赶。

[18]过：过错，犯错误。《吕氏春秋·审应览·具备》："微二人，寡人几过。"（〔战国〕吕不韦《吕氏春秋》，毕沅校本）《孟子·告子下》："人恒过，然后能改。"（《孟子》卷十二《告子下》，阮元校刻本）

襄王与唐勒景差宋玉游于云阳之台[1]

襄王与唐勒、景差、宋玉游于云阳之台。王曰："能为大言者[2]，上坐。"王因曰："操是太阿[3]，剥一世流血冲天，军不可以属[4]。"至唐勒曰："壮士愤兮绝天维[5]，北斗戾兮太山夷[6]。"至景差曰："校士猛毅皋陶嬉[7]，大笑至兮摧罘罳[8]。锯牙裾云晞甚大，吐舌万里唾一世。"至宋玉曰："方地为车，圆天为盖。长剑耿介[9]，倚乎天外。"王曰："未可也。"玉曰："并吞四夷[10]，饮枯河海。跨越九州，无所容止。身大四塞，愁不可长。据地盼天，迫不得仰。若此之大也，何如？"王曰："善。"

（〔唐〕余知古《渚宫旧事译注》卷三，湖北人民出版社，1999年9月第1版，第140页）

【注　释】

[1]本篇选自〔唐〕余知古《渚宫旧事》卷三，题目为选编者所加。唐勒：战国时楚人，擅作楚辞，屈原之后的楚辞作家。景差：战国时楚人，与唐勒齐名，以赋见称。云阳之台：楚国台名，其所处之地争议较多，尚无定论。

[2]大言：大话。此指有大气概的辞赋。

[3]太阿：古宝剑名，又名"泰阿"。相传为春秋时期欧冶子、干将所造。《越绝书》卷十一《越绝外传·记宝剑》载："楚王召风胡子而问之曰：'寡人闻吴有干将，越有欧冶子，此二人甲世而生，天下未尝有。精诚上通天，下为烈士。寡人愿赍邦之重宝，皆以奉子，因吴王请此二人作铁剑，可乎？'风胡子曰：'善。'于是乃令风胡子之吴，见欧冶子、干将，使之作铁剑。欧冶子、干将凿茨山，泄其溪，取铁英，作为铁剑三枚：一曰龙渊，二曰泰阿，三曰工布。毕成，风胡子奏之楚王。楚王见此三剑之精神，大悦风胡子，问之曰：'此三剑何物所象？其名为何？'风胡子对曰：'一曰龙渊，二曰泰阿，三曰工布。'楚王曰：'何谓龙渊、泰阿、工布？'风胡子对

曰:'欲知龙渊,观其状,如登高山,临深渊;欲知泰阿,观其钑,巍巍翼翼,如流水之波;欲知工布,钑从文起,至脊而止,如珠不可衽,文若流水不绝。'晋郑王闻而求之,不得,兴师围楚之城,三年不解。仓谷粟索,库无兵革。左右群臣、贤士,莫能禁止。于是楚王闻之,引泰阿之剑,登城而麾之。三军破败,士卒迷惑,流血千里,猛兽欧瞻,江水折扬,晋郑之头毕白。楚王于是大悦。"(〔东汉〕袁康《越绝书》卷十一《越绝外传·记宝剑第十三》,四部丛刊本)

[4]属:使聚集在一起,集合,聚集。《左传》:"齐师将兴,陈成子属孤子,三日朝。"(杜预注、孔颖达疏《春秋左传正义》卷六十,阮元校刻本)

[5]天维:天的纲维。《文选·张衡〈西京赋〉》:"尔乃振天维,衍地络。"薛综注:"维,纲也;络,网也。谓其大如天地矣。"(〔唐〕李善注《文选》卷二,胡克家重刊本)〔唐〕魏徵《大明舞》诗:"上纽天维,下安地轴。"(〔清〕彭定求等编《全唐诗》卷三十一,扬州诗局本)

[6]北斗:北斗星。戾(lì):弯曲。太山:泰山。夷:使变平,拉平,铲平。《左传·成公十六年》:"将塞井夷灶而为行也。"(杜预注、孔颖达疏《春秋左传正义》卷二十八,阮元校刻本)《吕氏春秋·似顺》:"往而夷夫。"(〔战国〕吕不韦《吕氏春秋,清毕沅校本)此句是说,(壮士)令北斗星改变形状,使泰山夷为平地。

[7]皋陶(yáo):亦作"皋繇"、"咎陶"、"咎繇",传说虞舜时的司法官。《书·舜典》:"帝曰:'皋陶,蛮夷猾夏,寇贼奸宄,汝作士。'"(《尚书·虞书·舜典第二》,阮元校刻本)《论语·颜渊》:"舜有天下,选于众,举皋陶,不仁者远矣。"《荀子·非相》:"皋陶之状,色如削瓜。"(〔战国〕荀况《荀子·非相第五》,清王先谦荀子集解本)嬉:无拘束地游戏。

[8]罘罳(fúsī):古代设在门外或城角上的网状建筑,用以守望和防御。《汉书·文帝纪》:"文帝七年六月癸酉,未央宫东阙罘罳灾。刘向以为,东阙所以朝诸侯之门也,罘罳在其外,诸侯之象也。"(〔东汉〕班固《汉书》卷二十七上《五行志第七》)颜师古注:"罘罳,谓连阙曲阁也,以覆重刻垣墉之处,其形罘罳然,一曰屏也。"〔汉〕桓宽《盐铁论·散不足》:"今富者积土成山,列树成林,臺榭连阁,集观增楼。中者祠堂屏阁,垣阙罘罳。"(〔西汉〕桓宽《盐铁论》卷六,清张敦仁考证本)

[9]耿介:高耸突兀貌。

[10]四夷:古代华夏族对四方少数民族的统称。

襄王令诸大夫造大言赋[1]

襄王登云阳之台,令诸大夫景差、唐勒、宋玉等并造大言赋。赋毕,而

宋玉受赏。王曰:"此赋之迂诞则极巨伟矣,抑未备也。且一阴一阳[2],道之所贵[3],小往大来[4],剥复之类[5]。是故卑高相配,而天地定位,三光并照[6],则小大备能。高而不能下,非兼通也。能粗而不能细,非妙工也。然则上坐者,未足明赏。贤人有能为小言者,赐云梦之田。"景差曰:"载氛埃兮乘飘尘,体轻蚊翼,形微蚤鳞。聿遑浮涌[7],凌虚纵身,经由针孔,出入罗巾,飘眇翩绵,乍见乍泯。"唐勒曰:"析飞尘以为舆,剖糠粃以为舟,泛然投乎杯水中,淡若巨海之洪流。凭蚋眦以顾眄[8],附蟪蟓而遨游[9]。宁隐微以无準[10],浑存亡而不忧。"又曰:"馆乎蝇须,宴于毫端,烹虮脑,切虱肝,会九族而同哜,犹委余而不殚。"宋玉曰:"无内之中[11],微物潜生,比之无象,言之无名。蒙蒙灭景,昧昧遗形,超于太虚之域[12],出于未兆之庭[13],纤于纛末之微蔑[14],陋于茸毛之方生。视之则眇眇,望之则冥冥。离朱为之叹闷[15],神明不能察其情。二子之言磊磊皆不小,何如此之为精。"王曰:"善。"遂赐云梦之田。

（〔唐〕余知古《渚宫旧事译注》卷三,湖北人民出版社,1999年9月第1版,第141—142页）

【注　释】

[1]本篇选自〔唐〕余知古《渚宫旧事》卷三,题目为编者所加。大言赋:所谓大言,即大话也。

[2]一阴一阳:阴阳是中国哲学的一对范畴。阴阳的原始含义,是指日光的向背,向日为阳,背日为阴。中国古代哲学家就用阴阳这个概念来解释自然界中两种对立和互相消长的物质势力,后来又把阴阳交替看作宇宙的根本规律。《周易·系辞上》:"一阴一阳谓之道。"

[3]道:与具体事物的"器"相对。是中国哲学的一对基本范畴。道是无形象的,含有规律和准则的意义。《周易·系辞上》:"形而上者谓之道,形而下者谓之器。"

[4]小往大来:《周易·秦》卦辞,意谓由小而大,由微而盛。

[5]剥复:均为《周易》卦名。剥卦为异卦相叠,上卦为艮,艮为山;下卦为坤,坤为地。意为高山屹立于大地,风雨侵蚀,山石剥落。警诫君王提防小人与政,侵凌君子,剥蚀国家。复卦亦为异卦相叠,上卦为坤,坤为阴为顺,下卦为震,震为阳为动。意谓内阳外阴,循序运动,往返无穷。

[6]三光:指日、月、星。《白虎通·封公侯》:"天有三光,日、月、星。"(〔东

汉〕班固《白虎通义》卷四,道光陈立白虎通疏证本)

[7]聿遑浮涌:形容上下翻涌的样子。聿遑:轻疾貌。

[8]蜹(ruì):小蚊虫,体形似蝇。

[9]蠛(miè)蠓:虫名。《尔雅·释虫》郭璞注:"小虫似蜹,喜乱飞。"

[10]準:通"准"。

[11]无内:无所不在其内,指极大的范围。

[12]太虚:指天空。《庄子·知北游》:"是以不过乎昆仑,不游乎太虚。"(〔战国〕庄周《庄子·外篇·知北游第二十二》)后引申为深奥玄妙的哲理。

[13]未兆:未有征兆,指事物没有出现之前的混沌状态。

[14]毳(cuì):鸟兽身上的细毛。

微蔑:细小。

[15]离朱:古代明目善察视的人。《庄子·骈拇》:"青黄黼黻之煌煌,非乎,而离朱是也。"(〔战国〕庄周《庄子·外篇·骈拇第八》)后汉赵岐注云:"黄帝亡其玄珠,使离朱索之。离朱即离娄也。能视于百步之外,见秋毫之末。"

宋玉与登徒子皆受钓于玄洲子[1]

宋玉与登徒子皆受钓于玄洲子,而并见于襄王。登徒子曰:"夫玄洲,天下之善钓者也。愿王观焉。"王曰:"其善奈何[2]?"徒曰:"夫玄洲之钓,以三寻之竿[3],八丝之纶,饵若蛆蟥[4],钩若细针,以出三尺之鱼于数仞之水,岂可谓无术乎?"王曰:"善。"宋玉进曰:"今察玄洲之钓,未可谓能持竿也。又乌足为大王言乎?臣所谓善钓者,其竿非竹,其纶非丝,其钩非针,其饵非蟥也。"王曰:"愿遂闻之。"玉曰:"昔尧、舜、禹、汤之钓也,以圣贤为竿,道德为纶,仁义为钩,禄利为饵,四海为池,万民为鱼。钓道微矣,非圣王而孰能察之?"王曰:"迂哉言乎!其钓未可见也。"玉曰:"其钓易见,王不察耳。昔殷汤以七十里,文王以百里,兴利除害,天下归之,其饵可谓芳矣;南面而掌天下,历载数百到今不废,其纶可谓多矣;群生浸其泽,民氓畏其罚,其钩可谓均矣;功成而不坠,名立而不改,其竿可谓强矣。若夫竿折纶绝,饵坠钩决,波涌鱼失,是则夏桀殷纣不通夫钓术也。今察玄洲之钓,左挟鱼罶[5],右执槁竿,立乎潢汙之涯[6],倚乎杨柳之间,精不离乎鱼喙,思不出于鲋鳊。形容枯槁,神色憔悴。乐不复勤,获不当费。斯乃水滨之役夫而已,王又何称焉?王若建尧、舜之洪竿,摅禹、汤之修纶,投之于渎,沈之于海,漫漫群生,孰非吾有?其为大王之钓,不亦乐乎!"

（〔唐〕余知古《渚宫旧事译注》卷三，湖北人民出版社，1999 年 9 月第 1 版，第 143—144 页）

【注　释】

［1］本篇选自〔唐〕余知古《渚宫旧事》卷三，题目为选编者所加。玄洲子：玄洲的世外高人。玄洲：是虚构的仙境之地。《十洲记》记载汉武帝听西王母说大海中有祖洲、瀛洲、玄洲、炎洲、长洲、元洲、流洲、生洲、凤麟洲、聚窟洲等十洲。《十洲记》载：“玄洲在北海之中，戌亥之地，方七千二百里，去南岸三十六万里。上有太玄都，仙伯真公所治。多丘山，又有风山，声响如雷电。对天西北门上，多太玄仙官宫室，宫室各异，饶金芝玉草。乃是三天君下治之处，甚肃肃也。”（〔汉〕东方朔《海内十洲三岛记》，道藏精华录本）

［2］奈何：同如何。

［3］寻：古代长度单位，八尺为一寻。《诗经·鲁颂·閟宫》：“是寻是尺。”后汉郑玄笺：“八尺曰寻。”（郑玄笺、孔颖达疏《毛诗正义》卷二十，阮元校刻本）

［4］螾(yǐn)：同蚓。指蚯蚓。

［5］罶(liǔ)：一种竹编捕鱼的工具。

［6］潢汙：低洼积水的地方。汙：同“污”。

李 冗

【作者简介】

李冗,一作李元,唐宣宗至僖宗(846—874)时人,生平不详,官明州(治今浙江鄞县)刺史。其所著《独异志》明抄本所录自序中署名"前明州刺史赐紫金鱼袋李冗"。

高唐之女[1]

《三峡录》云:宋顺帝升明二年[2],峡人微生亮于溪中钓得一白鱼,长三尺,投置船中,以草覆之。及归,取烹之,见一美女道下,洁白端丽,年可十六七。自称高唐之女,偶化鱼游,为君所得。亮曰:"既为人,能为妻否?"女曰:"冥契使然[3],何为不得?"其后三年为亮妻。女曰:"数以足矣,请归高唐。"亮曰:"何时复来?"答曰:"情不可忘,有思即复至。"其后一岁三四往[4],不知所终[5]。

(〔唐〕李冗撰《独异志》卷中,丛书集成本,台湾商务印书馆据稗海本排印,1941年初版,第24页)

【注　释】

[1]本篇选自〔唐〕李冗《独异志》卷中,题目为编者所加。《独异志》为唐代小说集,收志人志怪故事四百二十七则。自古以来,凡神仙鬼怪人间故事,一并撮录,篇幅长短不等,长篇可视为小说,短幅则仅三言两语,随笔记之。正如书前序言所说:"《独异志》者,记世事之独异也。自开辟以来迄于今世之经籍,耳目可见闻,神仙鬼怪,并所撮录。然有纪载所繁者,俱不量虚薄,构成三卷。愿传博达,所贵解颜耳。"原本十卷,未知何时散佚,明嘉靖时抄本和万历刊《稗海》本皆作三卷。就其作者而言,有作李伉、李元等,然明抄本所录自序中署名"前明州刺史赐紫金鱼袋李冗"。

　　高唐之女,其原型当出于〔战国楚〕宋玉《高唐赋》。《高唐赋》曰:"昔者楚襄王与宋玉游于云梦之台,望高唐之观。其上独有云气,崒兮直上,忽兮改容,须臾之间,变化无穷。王问玉曰:'此何气也?'玉对曰:'所谓朝云者也。'王曰:'何谓朝云?'玉曰:'昔者先王尝游高唐,怠而昼寝,梦见一妇人曰:妾巫山之女也,为高唐之客。闻君游高唐,愿荐枕席。王因幸之。去而辞曰:妾在巫山之阳,高丘之岨,旦为朝云,暮为行雨。朝朝暮暮,阳台之下。旦朝视之,如言,故为立观,号曰朝云。'"(〔战国楚〕宋玉《神女赋》,见姚鼐纂集《古文辞类纂》卷六十四,上海古籍出版社,1998 年 7 月第 1 版,第 685 页)此篇《高唐之女》,从语言和内容看,或是民间故事口耳相传之作。《太平广记》卷四百六十九收录。

　　[2]宋顺帝升明二年:公元 478 年。说明事情发生在南北朝时期。

　　[3]冥契:指天机,天意。

　　[4]一岁三四往:一年来三四次。

　　[5]不知所终:(后来)就不知道结果了。

李濬

【作者简介】

　　李濬，生平及生卒年不详。武宗朝宰相、名诗人李绅之子，乾符四年（877）自秘书省校书郎为宰相郑畋状奏入直史馆。乾符六年（879）年撰有《慧山寺家山记》一文（载《全唐文》卷八百一十六）。所撰唐代笔记小说《松窗录》一卷，或题为《松窗杂录》，今有传本。

李龟年[1]

　　开元中[2]，禁中初重木芍药，即今牡丹也[3]。得四本，红、紫、浅红、通白者，上因移植于兴庆池东沉香亭前[4]。会花方繁开，上乘照夜白，太真妃以步辇从[5]，诏特选梨园弟子中尤者，得乐十六部。李龟年以歌擅一时之名，手捧檀板[6]，押众乐前，将歌之。上曰："赏名花，对妃子，焉用旧乐词为？"遂命龟年持金花笺，宣赐李白，立进《清平调》辞三章。白欣然承旨，犹苦宿醒未解[7]，因援笔赋之。辞曰："云想衣裳花想容，春风晓拂露华浓。若非群玉山头见，会向瑶台月下逢[8]。一支红艳露凝香，云雨巫山枉断肠[9]。借问汉宫谁得似，可怜飞燕倚新妆[10]。名花倾国两相欢，长得君王带笑看。解释春风无限恨，沉香亭北倚栏杆。"龟年遽以辞进。

　　上命梨园弟子，约略调抚丝竹，遂促龟年以歌。太真妃持玻璃七宝盏，酌西凉州蒲桃酒[11]，笑领歌意甚厚。上因调玉笛以倚曲，每曲遍将换，则迟其声以媚之。太真饮罢，敛绣巾重拜上。龟年常语于五王，独忆以歌得自胜者，无出于此，抑亦一时之极致耳。上自是顾李翰林，尤异于他学士。会高力士终以脱靴为深耻[12]，异日，太真妃重吟前词，力士戏曰："此为妃子怨李白，深入骨髓，何反拳拳如是？"太真因惊曰："何翰林学士能辱人如斯？"力士曰："以飞燕指妃子，是贱之甚矣[13]。"太真颇深然之。上尝三欲命李白官，卒为宫中所捍而止[14]。

（〔唐〕李濬《松窗录》，见〔宋〕李昉等编《太平广记》卷二百零四，中华书局，1961年9月第1版，第1549—1550页）

【注　释】

[1]本篇选自〔唐〕李濬《松窗录》。《松窗录》为唐代笔记小说，《新唐书·艺文志》小说家类著录《松窗录》一卷，不题撰人。《崇文总目》传记类著录，题李濬撰。《四库全书总目》小说家类杂事之属作《松窗杂录》，李濬撰。全书共十六条，记武后至宣宗初事，玄宗朝事居多，多写皇帝、后妃、卿相的轶闻杂事，如《上好马击毬》《上自临淄郡王为潞州别驾》《何皇后》诸条皆是。

本篇写李白作《清平调》三首以咏杨贵妃一事，颇为后世所传颂，北宋乐史作《杨太真外传》袭用此文。

[2]开元：唐玄宗李隆基年号（713—741）。

[3]原有注："《开元天宝花木记》云，禁中呼木芍药为牡丹。"

[4]上：指唐玄宗李隆基。

[5]太真妃：杨玉环（719—756），字太真，出身宦门世家，曾祖父杨汪是隋朝的上柱国、吏部尚书，唐初被李世民所杀，父杨玄琰，是蜀州司户，叔父杨玄珪曾任河南府土曹，杨玉环的童年在四川度过，10岁左右，父亲去世，她寄养在洛阳的三叔杨玄璬家。她先为寿王李瑁的王妃，天宝四载，27岁的杨玉环被公爹唐玄宗李隆基册封为贵妃。天宝十五载（756）六月十四日，随李隆基流亡蜀中，途经马嵬驿，禁军哗变，37岁的杨贵妃被缢死，香消玉殒。杨贵妃天生丽质，"回眸一笑百媚生，六宫粉黛无颜色"，堪称大唐第一美女，此后千余年，无出其右者。杨贵妃与西施、王昭君、貂蝉并称为中国古代四大美女。

步辇（niǎn）：古代一种用人抬的代步工具，类似轿子。

[6]檀板：乐器名。檀木制的拍板。〔唐〕杜牧《自宣州赴官入京路逢裴坦判官归宣州因题赠》："画堂檀板秋拍碎，一引有时联十觥。"（〔清〕彭定求等编《全唐诗》卷五百二十，扬州诗局本）

[7]宿酲（chéng）：犹宿醉。〔三国·魏〕徐干《情诗》："忧思连相属，中心如宿酲。"（〔南朝·陈〕徐陵《玉台新咏》卷一）

[8]瑶台：指传说中的神仙居处。〔晋〕王嘉《拾遗记·昆仑山》："傍有瑶台十二，各广千步，皆五色玉为台基。"

[9]云雨巫山：借用巫山神女之典，喻指男欢女爱。

[10]飞燕：赵飞燕，原名赵宜主，是西汉汉成帝的皇后和汉哀帝时的皇太后。她出身卑微，但天生丽质，被阳阿公主选去学歌舞（一说她是江都王的孙女、姑苏

郡主的私生女,流落民间,后进入阳阿公主府中成为舞姬)。她不仅姿容俏丽千娇百媚,而且身段婀娜多姿,娇俏可爱,走路姿态尤其撩人,如弱柳扶风,又如燕飞蹁跹,万种风情,故名飞燕。在中国民间和历史上,她以美貌著称,所谓"环肥燕瘦"指的就是她和唐贵妃杨玉环。同时赵飞燕也是因美貌而成为淫惑皇帝的一个代表性人物。

〔11〕蒲桃酒:葡萄酒。

〔12〕高力士(684—762):本名冯元一,是中国唐代的著名宦官之一。祖籍潘州(今高州),曾祖冯盎、祖父冯智玳、父为冯君衡,曾任潘州刺史。他幼年时入宫,由高延福收为养子,遂改名高力士,受到当时女皇帝武则天的赏识。在唐玄宗管治期间,其地位达到顶点,由于曾助唐玄宗平定韦皇后和太平公主之乱,故深得玄宗宠信,终于累官至骠骑大将军、进开府仪同三司。

高力士脱靴事,段成式《酉阳杂俎》载:"李白名播海内,玄宗于便殿召见,神气高朗,轩轩然若霞举。上不觉亡万乘之尊,因命纳屦,白遂展足,与高力士曰'去靴',力士失势,遽为脱之。及出,上指白谓力士曰'此人固穷相'。"(〔唐〕段成式《酉阳杂俎》卷十二)

〔13〕高力士意思是说,李白诗作中以赵飞燕喻杨玉环,是暗讽杨玉环像赵飞燕一样,也是因美貌淫惑皇帝。

〔14〕捍:抵制,抵御。

王定保

【作者简介】

王定保(870—940),字翊圣,南昌(今属江西)人,晚唐五代著名的诗人吴融之婿。唐昭宗光化三年(900),进士及第。唐末避中原之乱入湖南,为容管巡官,后遭乱不能北返,清海节度使刘隐招为幕僚,唐哀宗天佑二年(905)刘隐死,其弟刘龑称帝,国号汉,定保只得入仕南汉,任宁远节度使。大有十三年(940),官至中书侍郎、同平章事,不逾年而卒。著有《唐摭言》十五卷。

裴庆余[1]

裴庆余,咸通末佐北门李公淮南幕[2],尝游江,舟子刺船[3],误为竹篙溅水湿近座之衣,公为之色变。庆余遽请彩笺纪一绝曰[4]:"满额鹅黄金缕衣[5],翠翘浮动玉钗垂[6]。从教水溅罗衣湿,知道巫山行雨归[7]。"公览之极欢,命讴者传之矣[8]。

([五代]王定保《唐摭言》卷十三,中华书局,1959年9月新1版,第146—147页)

【注　释】

[1]本篇节选自[五代]王定保《唐摭言》卷十三《敏捷》,该部分内容多写文人文思敏捷之事,共计十余条。本篇是其中之一,写裴庆余于船上即兴写绝句一首,颇得好评。《太平广记》卷二百五十一载有此事云:"唐裴庆余,咸通末佐北门李蔚淮南幕,常游江,舟子刺船,误以篙竹溅水,湿妓人衣,蔚为之色变。庆余遽请彩笺纪一绝曰:'满额蛾黄金缕衣,翠翘浮动玉钗垂。从教水溅罗裙湿,知道巫山行雨归。'蔚览之极欢谑,命宴者传之。"明确注明"出《摭言》",但词句与本篇略有

差异。(〔宋〕李昉等编《太平广记》卷二百五十一,中华书局,1961 年 9 月第 1 版,第 1953 页)此外,〔宋〕计有功《唐诗纪事》卷六十、〔宋〕阮阅《诗话总龟前集》卷四存有此事。

［2］咸通:是唐懿宗李漼的年号(860—874),共计 15 年。

幕:"幕府"的简称,古代将帅或地方军政长官的府署。

［3］刺船:用竹篙撑船,竹篙要刺进水中,故云。

［4］遽(jù):立刻,马上。一绝:一首绝句。

［5］金缕衣:以金丝编织的衣服。〔南朝·梁〕刘孝威《拟古应教》诗:"青铺绿琐琉璃扉,琼筵玉笥金缕衣。"(〔南朝·陈〕徐陵《玉台新咏》卷九)

［6］翠翘:古代妇人首饰的一种,状似翠鸟尾上的长羽,故名。〔唐〕韦应物《长安道》诗:"丽人绮阁情飘飘,头上鸳钗双翠翘。"(〔清〕彭定求等编《全唐诗》卷十八,扬州诗局本)

［7］巫山行雨:借用巫山神女典故,有双关之意:既是说男女寻欢作乐,又是说巫山之雨。

［8］讴者:讴歌的人,歌唱的人。

杜光庭

【作者简介】

杜光庭(850—933),唐末五代前蜀道士。字圣宾(又作宾圣),号东瀛子,处州缙云(今属浙江)人。少习儒学,博通经、子。唐咸通(860—874)年间应九经(儒家的九种经典)试,不中,感慨古今浮沉,于是入天台山学道。唐僖宗闻其名声,召入宫廷,赐以紫袍,充麟德殿文章应制,为内供奉。中和元年(881),随僖宗入蜀,见唐祚衰微,便留蜀不返。王建建立前蜀,任为光禄大夫尚书户部侍郎上柱国蔡国公,赐号"广成先生"。王衍继位后,亲在苑中受道箓,以杜光庭为"传真天师"、崇真馆大学士。晚年在青城山白云溪潜心修道,相传85岁时辞世。杜光庭对道教教义、斋醮科范、修道方术等多方面作了研究和整理,对后世道教影响很大。他对《道德经》的研究颇有成就,将以前注解诠释《道德经》的六十余家进行比较考察,概括意旨,分为"五道"、"五宗",对"重玄之道"尤其推重。他调和儒、道二家的思想,认为老子的思想主旨,"非谓绝仁、义、圣、智,在乎抑浇诈聪明,将使君君、臣臣、父父、子子,见素抱朴,泯和于太和,体道复元,自臻于忠孝",把孔孟之道统一于老君之道。他推崇唐玄宗的《御注道德经》,发挥其玄旨,撰成《道德真经广圣义》五十卷,"内则修身","外以理国",囊括无遗。又主张"仙道非一",不拘一途,有利于道教的传播和发展。其著作还有《广成集》《太上老君说常清静经注》《道门科范大全集》《墉城集仙录》等二十余种。

云华夫人[1]

云华夫人,王母第二十三女,太真王夫人之妹也,名瑶姬,受《徊风混合万景炼神飞化之道》。尝东海游还,过江上,有巫山焉,峰岩挺拔,林壑幽丽,巨石如坛,留连久之。

时大禹理水[2]，驻山下，大风卒至[3]，崖振谷陨不可制[4]。因与夫人相值[5]，拜而求助。即敕侍女[6]，授禹策召鬼神之书[7]，因命其神狂章、虞余、黄魔、大翳、庚辰、童律等助禹斫石疏波[8]，决塞导厄[9]，以循其流。禹拜而谢焉。

禹尝诣之[10]，崇巘之巅[11]，顾盼之际，化而为石；或倏然飞腾，散为轻云，油然而止，聚为夕雨；或化游龙，或为翔鹤，千态万状，不可亲也。禹疑其狡狯怪诞[12]，非真仙也，问诸童律。律曰："天地之本者道也，运道之用者圣也，圣之品次，真人仙人也。其有禀气成真，不修而得道者，木公、金母是也[13]。盖二气之祖宗、阴阳之原本、仙真之主宰、造化之元光。云华夫人，金母之女也。昔师三元道君[14]，受《上清》宝经[15]，受书于紫清阙下，为云华上宫夫人。主领教童真之士，理在玉英之台，隐见变化，盖其常也。亦由凝气成真，与道合体，非寓胎禀化之形，是西华少阴之气也。且气之弥纶天地[16]，经营动植，大包造化[17]，细入毫发。在人为人，在物为物，岂止于云雨龙鹤，飞鸿腾凤哉？"禹然之，后往诣焉，忽见云楼玉台，瑶宫琼阙森然，既灵官侍卫，不可名识。狮子抱关，天马启途，毒龙电兽，八威备轩[18]，夫人宴坐于瑶台之上[19]。禹稽首问道，召禹使坐而言曰："夫圣匠肇兴，剖大混之一朴，发为亿万之体。发大蕴之一苞，散为无穷之物。故步三光而立乎晷景[20]，封九域而制乎邦国[21]，刻漏以分昼夜，寒暑以成岁纪，兑离以正方位[22]，山川以分阴阳，城郭以聚民，器械以卫众，舆服以表贵贱，禾黍以备凶歉。凡此之制，上禀乎星辰，而取法乎神真，以养有形之物也。是故日月有幽明，生杀有寒暑，雷震有出入之期，风雨有动静之常。清气浮乎上，而浊众散于下。废兴之数，治乱之运，贤愚之质，善恶之性，刚柔之气，寿夭之命，贵贱之位，尊卑之叙，吉凶之感，穷达之期，此皆禀之于道，悬之于天，而圣人为纪也。性发乎天而命成乎人。立之者天，行之者道。道存则有，道去则非。道无物不可存也，非修不可致也。玄老有言：'致虚极，守静笃，万物将自复'[23]。复谓归于道而常存也。道之用也，变化万端而不足其一，是故天参玄玄，地参混黄，人参道德。去此之外，非道也哉。长久之要者，天保其玄，地守其物，人养其气，所以全也。则我命在我，非天地杀之，鬼神害之，失道而自逝也。志乎哉，勤乎哉，子之功及于物矣，勤逮于民矣，善格乎天矣，而未闻至道之要也。吾昔于紫清之阙受书，宝而勤之，我师三元道君曰：《上真内经》，天真所宝，封之金台。佩入太微，则云轮上往，神武抱关，振衣瑶房，邀宴希林，左招仙公，右栖白山，而下昈太空。泛

乎天津[24]，则乘云骋龙，游此名山，则真人诣房，万人奉卫，山精伺迎。动有八景玉轮，静则宴处金堂。亦谓之《太上玉佩金珰》之妙文也。汝将欲越巨海而无飚轮，渡飞沙而无云轩，陟厄途而无所举，涉泥波而无所乘，陆则困于远绝，水则惧于漂沦，将欲以导百谷而浚万川也。危乎悠哉！太上愍汝之至，亦将授以《灵宝》真文[25]，陆策虎豹，水制蛟龙，断馘千邪[26]，检驭群凶，以成汝之功。其在乎阳明之天也。吾所授宝书，亦可以出入水火，啸叱幽冥，收束虎豹，呼召六丁，隐沦八地，颠倒五星，久视存身，与天相倾也。"因命侍女陵容华出丹玉之笈，开《上清》宝文以授。禹拜受而去，又得庚辰、虞余之助，遂能导波决川，以成其功，奠五岳，别九州，而天锡玄珪[27]，以为紫庭真人。

其后楚大夫宋玉以其事言于襄王，王不能访道要以求长生，筑台于高唐之馆，作阳台之宫以祀之，宋玉作《神仙赋》以寓情[28]，荒淫秽芜。高真上仙，岂可诬而降之也？有祠在山下，世谓之大仙，隔岸有神女之石，即所化也。复有石天尊神女坛，侧有竹，垂之若篲。有稿叶飞物着坛上者，竹则因风扫之，终莹洁不为所污，楚人世祀焉。

（〔五代〕杜光庭《墉城集仙录》，〔宋〕李昉
等编《太平广记》卷五十六，中华书局，
1961年9月第1版，第347—349页）

【注　释】

[1]本篇选自唐五代后蜀杜光庭《墉城集仙录》，〔宋〕李昉等编《太平广记》卷五十六收录，并注"出《集仙录》"。《墉城集仙录》，道教神仙传记。原为十卷，共录女仙109人，现已佚。《道藏》本为六卷。记载圣母元君、金母元君、上元夫人、昭灵李夫人等三十七位女仙事迹。相传西王母所居为金墉城，女仙归王母所统，所收皆为古今女仙，故以此为书名。另有《云笈七签》卷一百一十四至一百一十六收录，但只三卷，以西王母为首，录女仙二十七人，与此不大相同，《四库提要》认为系杜光庭原本，而此书为后人增加他书成编。

书前有序言曰："《墉城集仙录》者，纪古今女子得道升仙之事也。夫去俗登仙，超凡证道，驻隙马风灯之景，享庄椿蟠桂之龄，变泡沫之姿，同金石之固，长生度世，代有其人。绵历劫年，编载经诰，玄图秘篆，灿然可观。神仙得道之踪，或品升上圣，或秩预高真，或统御诸天，或主司列岳，或骑箕浮汉，或隐月奔晨，或朝宴九清，或徊翔八极。开皇已往，劫运之前，三洞宝书，多所详述。洎九皇三古之后，

服牛乘马已还,皆辍天府而下拯生灵,由仙曹而暂司宰制,垂法立教,秉国佐时,儒籍史臣,备显其事。至有韬光混迹,驾景登晨。或功著岩林,朔烟霞而轻举;或身离嚣浊,控鸾鹤以冲虚。或躬赞帝王,或乐居泯俗。阴功克就,玄德升闻,使鸡犬以俱飞,拔庭除而共举。光于简册,无世无之。昔秦大夫阮苍、汉校尉刘向,继有述作,行于世间。次有《洞冥书》《神仙传》《道学传》《集仙传》《续神仙传》《后仙传》《洞仙传》《上真记》,编次纪录,不啻十家。又名山福地之篇、括地山海之说、搜神博物之记、仙方药品之文,旁引姓名,别书事迹,接于闻见,讵可胜言,则神仙之事,焕乎无隐矣。……今按上清七部之经、存注修行之事、日月五星之内、空常飞步之篇,元父玄母以兼行,阳号阴名而具著,纂彼众说,集为一家。女仙以金母为尊,金母以墉城为治,编记古今女仙得道事实,目为《墉城集仙录》。《上经》曰:男子得道,位极于真君;女子得道,位极于元君。此传以金母为主,元君次之,凡十卷矣。"(〔后蜀〕杜光庭《墉城集仙录·序》)

本篇《云华夫人》,叙王母第二十三女瑶姬过巫山,助大禹治水成功之事。瑶姬神话,最早源于《山海经》。《山海经》卷五载:"又东二百里,曰姑媱之山。帝女死焉,其名曰女尸,化为瑶草,其叶胥成,其华黄,其实如菟丘,服之媚于人。"(袁珂《山海经校注·山经柬释》卷五《中次七经》,巴蜀书社1993年4月第1版,第171页)后有〔晋〕习凿齿《襄阳耆旧传》记此神话。《襄阳耆旧传》本已不存,今有辑佚本,其中与本篇相关的内容分别源于《文选》注和《太平御览》。《文选》李善注引《襄阳耆旧传》载:"赤帝女曰瑶姬,未行而卒,葬于巫山之阳,故曰巫山之女。楚怀王游于高唐,昼寝,梦见与神通,自称巫山之女。王因幸之。遂为置观于巫山之南,号为'朝云'。至襄王时,复游高唐。"(〔唐〕李善注《文选》卷十九,中华书局据胡克家《重刻宋淳熙本文选》影印本,1977年11月第1版,第265页)《太平御览》载:"楚襄王与宋玉游于云梦之野,将使宋玉赋高唐之事。望朝云之馆,上有云气,崒乎直上,忽而改容,须臾之闲,变化无穷。王问宋玉曰:'此何气也?'对曰:'昔者先王游于高唐,怠而昼寝。梦一妇人,暧乎若云,焕乎若星,将行未至,如漂如停。详而视之,西子之形。'王悦而问焉。曰:'我帝之季女也,名曰瑶姬。未行而亡,封于巫山之台。精魂依草,实为茎灵芝,媚而服焉,则与梦期。所为巫山之女,高唐之姬。闻君游于高唐,愿荐枕席。'上因而幸之。"(《太平御览·人事部·应梦》,文渊阁《四库全书》本,卷三百九十九)〔唐〕余知古《渚宫旧事》亦载有瑶姬神话传说:"襄王与宋玉游于云梦之台,望朝云之馆,其上有云气变化无穷。王曰:"何气也?"玉曰:"昔者先王游于高唐,怠而昼寝。梦见一妇人,暧乎若云,皎乎若星,将行未止,如浮忽停。详而观之,西施之形。王悦而问之。曰:'我夏帝之季女也,名曰瑶姬。未行而亡,封乎巫山之台。精魂为草,摘而为芝。媚而服焉,则与梦期。所谓巫山之女,高唐之姬。闻君游于高唐,愿荐寝席。'王因幸之。既

而言之曰：'妾处之瑜，尚莫可言之。今遇君之灵，幸妾之寨，将抚君苗裔，藩乎江汉之间。'王谢之。辞去曰：'妾在巫山之阳，高丘之岨。且为朝云，暮为行雨。朝朝暮暮，阳台之下。'王朝视之，如言。乃为立馆，号曰'朝云'。"（〔唐〕余知古《渚宫旧事译注》卷三，湖北人民出版社，1999 年 9 月第 1 版，第 136 页）由此可见，自《山海经》始，神女故事一直在不断演进之中。

与其他瑶姬神话故事相比较而言，本篇所记瑶姬助大禹治水成功之事，突出其神奇的法术和为人类的生存所创立的功绩。且文末特地强调："宋玉作《神仙赋》以寓情，荒淫秽芜。高真上仙，岂可诬而降之也？"否认楚王与神女巫山相遇云雨之事，只为避免玷污神女光辉形象，更显神女的神秘、庄严和圣洁。当然，楚王遇神女事本身有着更丰富的文化意义（远古宗教仪式中，有国王与山林草木之神交合的"圣婚"仪式，用以祈求国运长久，子孙兴旺），其实无损神女形象，但因时代发展，此类文化意义不复存在，故而神话故事中只得避免此类情节。在《墉城集仙录》中，杜光庭花了大量的笔墨来描绘女仙超凡脱俗的美丽，这些女仙身世各异，修道方法不同，但在杜光庭笔下都表现出美、寿、善、神等特点，形象而生动地诠释了道教女仙的光辉和神圣。

[2]大禹理水：大禹治水。大禹治水或鲧禹治水是中国著名的上古大洪水传说。三皇五帝时期，黄河泛滥，鲧、禹父子二人授命于尧、舜二帝，任崇伯和夏伯，负责治水。鲧受命治理洪水水患，鲧用障水法，也就是在岸边设置河堤，但水却越淹越高，历时九年未能平息洪水灾祸。禹总结了其父亲治水失败的教训，改革治水方法以疏导河川治水为主导，用水利向低处流的自然趋势，疏通了九河，消除中原洪水泛滥的灾祸。大禹整治黄河水患有功，受舜禅让继帝位。

[3]卒（cù）：同"猝"，仓促，急速。

[4]崖振谷陨：山崖振动，山谷中巨石陨落。制：控制，使停止。

[5]值：遇到，相逢。

[6]勑（chì）：告诫，嘱咐。

[7]策召：驾驭和召集。

[8]斫（zhuó）石疏波：砍开巨石，疏通流水。

[9]决塞导厄：开导阻塞之地（以让流水通过）。决：疏通水道，使水流出去。《说文》："决，行流也。"厄：阻厄，阻塞。

[10]诣：造访，拜访。

[11]巚（yǎn）：大山上的小山。

[12]狡狯（kuài）：狡猾，含有诡计多端而又易败露的意思。

[13]木公：仙人名。又名东王公或东王父，常与西王母（金母）并称。《太平广记》卷一引前蜀杜光庭《仙传拾遗·木公》："木公亦云东王父，亦云东王公。盖

青阳之元气,百物之先也。冠三维之冠,服九色云霞之服,亦号玉皇君。居于云房之间,以紫云为盖,青云为城。仙童侍立,玉女散香。真僚仙官,巨亿万计。各有所职,皆禀其命,而朝奉翼卫。故男女得道者,名籍所隶焉。昔汉初,小儿于道歌曰:"著青裙,入天门,揖金母,拜木公。"时人皆不识,唯张子房知之。乃再拜之曰:"此乃东王公之玉童也。盖言世人登仙,皆揖金母而拜木公焉。"或云,居东极大荒中,有山焉,以青玉为室,深广数里。僚荐真仙时往谒,九灵金母一岁再游其宫,共校定男女真仙阶品功行,以升降之,总其行籍,而上奏元始,中开玉晨,以禀命于老君也。天地劫历,阴阳代谢,由运兴废,阳九百六,举善黜恶,靡不由之。或与一玉女,更投壶焉。每投,一投十二百矢。设有人不出者,天为嘑嘘;矢而脱悟不接者,天为之嗤。儒者记而详焉。所谓王者,乃尊为贵上之称,非其氏族也。世人以王父王母为姓,斯亦误矣。"(〔宋〕李昉《太平广记》卷一,笔记小说大观本)金母:西王母。

[14]三元道君:道教中的"玉清元始天尊",在"三清"之中位为最尊,也是道教神仙中的第一位尊神。

[15]《上清》:《上清大洞真经》(一称三十九章经)。是道教中上清派最早崇奉的主要经典,谓读之万遍即可成仙,被誉为"仙道之至经"。《正统道藏》收《上清大洞真经》六卷,系南宋茅山上清三十八代宗师蒋宗瑛之校勘本。

[16]弥纶:统摄,笼盖。

[17]大包造化:包括和涵盖自然万物。造化:指宇宙万事,亦指自然界。

[18]八威:道教谓八方之神。《黄庭内景经·黄庭》:"重堂焕焕明八威。"梁丘子注:"八卦之神,曰八威也。"〔南朝·梁〕萧统《谢敕参解讲启》:"窃以挟八威之策,则神物莫干。"(〔清〕严可均辑《全梁文》卷十九,影清光绪王毓藻刻本)

[19]宴坐:静坐,安坐。

[20]晷景:晷表之投影,日影。

[21]封九域:相传大禹治水时,把天下分为九州。《尚书·禹贡》:"禹别九州,随山浚川,任土作贡。"其九州指徐州、冀州、兖(yǎn)州、青州、扬州、荆州、豫州、梁州、雍州。

[22]兑离:八卦中的两种卦象。八卦的八种卦象分别是:乾、坤、震、巽、坎、离、艮、兑。分别也代表不同的方向:坎(北)、坤(西南)、震(东)、巽(东南)、乾(西北)、兑(西)、艮(东北)、离(南)。

[23]玄老:指老子。此句语出《道德经》第十六章,原文为:"致虚极,守静笃。万物并作,吾以观复。"

[24]天津:银河。《楚辞·离骚》:"朝发轫于天津兮,夕余至乎西极。"王逸注:"天津,东极箕斗之间,汉津也。"(〔汉〕王逸注《楚辞章句》卷一,四部丛刊本)

〔唐〕李绅《奉酬乐天立秋夕有怀见寄》:"天津落星河,一苇安可航。"(〔清〕彭定求等编《全唐诗》卷四百八十三,扬州诗局本)

[25]《灵宝》真文:道教《灵宝经》。《灵宝经》有古今之别。古之《灵宝经》即《灵宝五符经》,又叫《五符经》;今之《灵宝经》即《灵宝无量度人上品妙经》,也叫《度人经》。这种古今分别,早在晋代就已出现。葛洪《抱朴子·辨问篇》引到的"谈仙道之术"的《正机》《平衡》《飞龟授帙》三篇属于古之《灵宝经》,又叫《灵宝五符经》。关于"灵宝"的含义,历来有不同说法不同理解。一种认为它是广泛地存在于自然界和人体之中的精气;一种认为它是长生不死的人格化的神;一种认为它是文诰,讲长生之法。

[26]聝(guó):古代战争中割取敌人的左耳以计数献功。

[27]锡:同"赐",赏赐。珪(guī):同"圭",古玉器名。长条形,上端作三角形,下端正方。中国古代贵族朝聘、祭祀、丧葬时以为礼器。依其大小,以别尊卑。

[28]《神仙赋》:宋玉《高唐赋》。《高唐赋》曰:"昔者楚襄王与宋玉游于云梦之台,望高唐之观。其上独有云气,崒兮直上,忽兮改容,须臾之间,变化无穷。王问玉曰:'此何气也?'玉对曰:'所谓朝云者也。'王曰:'何谓朝云?'玉曰:'昔者先王尝游高唐,怠而昼寝,梦见一妇人曰:妾巫山之女也,为高唐之客。闻君游高唐,愿荐枕席。王因幸之。去而辞曰:妾在巫山之阳,高丘之岨,旦为朝云,暮为行雨。朝朝暮暮,阳台之下。旦朝视之,如言,故为立观,号曰朝云。'"(〔战国楚〕宋玉《神女赋》,见姚鼐纂集《古文辞类纂》卷六十四,上海古籍出版社,1998年7月第1版,第685页)另,宋玉又有《高唐赋》,内容与此相关联。

太上洞元灵宝素灵真符序[1]

《素灵符》者,天师翟君乾祐乾元中自黄鹤山溯流入蜀[2],至巫山峡[3],耽玩林泉,周历峰岫[4],踌躇岁余,南至清江[5],北及上庸[6],周旋千余里,神墟灵迹,岩岖洞室,靡不临眺。一夕,梦真人长丈余[7],素衣华冠,立于层崖之上,俯而视之,若有所命。君翼日登天尊峰,瞻仰礼谒,果见真人也。俄于天尊手中得丹书一卷,拜而受之,即《素灵符》也。按而书用,蠲疴疗疾[8],征魔制灵,驱役鬼神,回尸起死,召置风雨,鞭策虎狼,三峡之人,大享其惠。天宝中诏入内殿[9],顺风问道,复还仙都山。其后平昌段成式与当时朝彦荆郢帅臣咸师奉之[10],累年乃得道而去。有得此符者,传以救人,用之必验。余天复丙寅岁[11],请经于平都山,复得其本,编入三洞藏中,冀将来同好,共知济物之志焉。广成杜光庭序。

（〔清〕董诰等编《全唐文》卷九百三十一，中华书局，1983 年 11 月第 1 版，第 9699 页）

【注　释】

[1]本篇《太上洞元灵宝素灵真符序》为五代前蜀杜光庭所撰，见载于〔清〕董诰等编《全唐文》卷九百三十一。

内容主要写《素灵符》的来源和经过。据杜光庭所述，其来源于世外真人所传授，且具有非常之神力，充满了神秘主义色彩。其事是否真实，已属不可考。然可从文中见出，道教徒对于《素灵符》的重视和推崇。

[2]天师：古代对有道术者的尊称。翟君乾祐：即翟乾祐，一作翟干祐，传说中得道的道士，有着非凡的法术和神通。乾元：唐肃宗李亨年号，公元 758—760 年。

[3]巫山峡：巫峡，长江三峡之一。

[4]峰岫(xiù)：峰峦，山或山脉的峰顶。

[5]清江：古称夷水，因"水色清明十丈，人见其清澄"，故名清江。清江发源于湖北省恩施州利川市之齐岳山，流经利川、恩施、宣恩、建始、巴东、长阳、宜都等七个县市，在宜都陆城汇入长江。

[6]上庸：古代地名，汉末至南朝梁有上庸郡，治上庸，在今湖北竹山县西南。

[7]真人：道家称存养本性或修真得道的人。亦泛称"成仙"之人。《庄子·大宗师》："古之真人，其寝不梦，其觉无忧，其食不甘，其息深深……古之真人，不知悦生，不知恶死，其出不䜣，其入不距；翛然而往，翛然而来而已矣。"（〔战国〕庄周《庄子·内篇·大宗师第六》）《淮南子·本经训》："莫死莫生，莫虚莫盈，是谓真人。"（〔西汉〕刘安《淮南子》卷八《本经训》）

[8]蠲(juān)痾(kē)疗疾：清除病痛，治疗疾病。

[9]天宝：唐玄宗李隆基年号，公元 742—756 年。

[10]段成式(803—863)：字柯古，晚唐邹平人，唐代著名志怪小说家，其父段文昌，曾任宰相，封邹平郡公。成式工诗，有文名。在诗坛上，他与李商隐、温庭筠齐名。

[11]天复丙寅：公元 906 年。天复：指十国前蜀高祖王建年号。

温汤洞记[1]

开州后倚盛山[2]，东枕清江[3]，溯江而北三十余里，至温汤井。井有

散文部

汤泉北山,麟德年震雷摧裂[4],山脚洞山自开。当门有天然石钟,如数千斤重,空悬去地二尺许,而中实,扣之无声。门两壁有石,如金刚力士之形者数辈。钟傍有小径,高六尺以来,行二三丈稍阔。有石碑,巨龟负之,自然而成,但中无文字。碑侧有巨屏,上与鼎相连。下一穴,侧身入,可一二尺许。自是广阔,中路径平坦,与常无异。路左右滴乳为石,罗列众形,龙麟鸾鹤,颓云巍山,如林如柱,似动似跃,乍飞乍顾[5],千形万态,不可殚纪[6]。仅一里许,傍竦莲台,周回数步,高三四丈,层缀重叠,皆可攀跻[7]。旋生乳石,如臂如指者,以烛照之,通透莹彻[8],随折脆断。及出洞门外,得风皆为白石矣。自台侧三四十步,步有莲花,罗布于地。傍有甘泉,水色温白,游洞者汲之烹茗。前自有横溪,湍波甚急,其声喧汹,流出洞外。溪上有桥,长二三丈,阔一丈许,非石非土,功甚宏壮。过桥得黄土坡,高四五丈,道径险滑,行者累息,方至其顶。坡上有巨堂,四壁平静,中高数丈,壁上多游人题记年月。堂之极处曲角一穴,高四五丈,广三四尺,去下丈余,跻攀莫及。相传云:"昔有游人扳缘而入[9],累月之后,出于巫山洞中[10],自后无复敢入者。"(《游名山记》)

（〔清〕陆心源辑《唐文拾遗》卷五十,见《全唐文》附录,中华书局,1983年11月第1版,第10948页）

【注 释】

[1]本篇著录为〔唐〕杜光庭所撰,见载于〔清〕陆心源辑《唐文拾遗》卷五十。《唐文拾遗》卷五十收录本篇,并在篇末注明"《游名山记》",但是否为杜光庭所作,尚待考实。

温汤洞:位于今重庆市开县东部。因境内有热泉,四季常温,故有著名的"温汤泉",温汤洞即在温汤泉附近。今重庆市开县仍有温泉镇,也是因此温泉而得名。

[2]开州:今重庆市开县。古属梁州之域,秦汉时属巴郡朐忍县地。东汉建安二十一年(216)刘备划朐忍西部地置汉丰县,以汉土丰盛为名。南北朝刘宋(420—479)又汉丰境内增置巴渠,新浦二县,皆属巴东郡;西魏平蜀后改汉丰为涌宁;北周天和四年(569)移开州于永宁,辖涌宁,万世(巴渠改名)新浦,西流(新置)四县。隋开皇十八年(599)改永宁为盛山,改开州为万州。唐武德元年(618)又改万州为开州;广德元年(763)改盛山县(贞观初西流县并入)为开江县(开州治所),开州辖开江,新浦,万岁(万世改名)三县。宋庆历四年(1044)省新浦入开

江,万岁改名清水,时开州辖二县。元(1271—1368)省县入州。明洪武六年(1373)降开州为开县。

[3]清江:古称夷水,因"水色清明十丈,人见其清澄",故名清江。清江发源于湖北省恩施州利川市之齐岳山,流经利川、恩施、宣恩、建始、巴东、长阳、宜都等七个县市,在宜都陆城汇入长江。

[4]麟德:唐高宗李治年号,公元664—665年。

[5]乍飞乍顾:像是要飞走,却又像是要停下观看。

[6]殚纪:形容内容丰富,记载不能穷尽。

[7]攀跻(jī):攀登。跻:登。

[8]通透莹彻:指透明澄澈,晶莹剔透。莹:同"莹",光洁透明。

[9]扳缘:攀爬。

[10]巫山:大巫山,在今重庆巫山县境内。巫山和开县温汤洞相距较为遥远,故此处传说故事可信度值得怀疑。

陈劭

【作者简介】

　　陈劭，生平不详。著有《通幽记》,《新唐书·艺文志》著录于小说家类,一卷。《崇文书目·小说类》著录为三卷。《宋史·艺文志》亦作三卷,然"劭"写作"邵"。

赵　旭[1]

　　天水赵旭[2],少孤介好学[3],有姿貌,善清言[4],习黄老之道[5],家于广陵,尝独葺幽居[6],唯二奴侍侧。尝梦一女子,衣青衣,挑笑牖间[7],及觉而异之,因祝曰[8]:"是何灵异？愿睹仙姿,幸赐神契。"夜半,忽闻窗外切切笑声,旭知真神,复祝之。乃言曰:"吾上界仙女也,闻君累德清素,幸因癙寐,愿托清风。"旭惊喜,整衣而起曰:"襄王巫山之梦[9],洞箫秦女之契[10],乃今知之。"灵鉴忽临,忻欢交集,乃回灯拂席以延之。忽有清香满室,有一女,年可十四五,容范旷代[11],衣六铢雾绡之衣,蹑五色连文之履,开帘而入。旭载拜,女笑曰:"吾天上青童,久居清禁。幽怀阻旷,位居末品,时有世念,帝罚我人间随所感配。以君气质虚爽,体洞玄默,幸托清音,愿谐神韵。"旭曰:"蜉蝣之质[12],假息刻漏,不意高真俯垂济度,岂敢妄兴俗怀？"女乃笑曰:"君宿世有道,骨法应仙,然已名在金格[13],相当与吹洞箫于红楼之上,抚云璈于碧落之中[14]。"乃延坐,话玉皇内景之事。夜鼓,乃令施寝具。旭贫无可施。女笑曰:"无烦仙郎。"乃命备寝内,须臾雾暗,食顷方收,其室中施设珍奇,非所知也。遂携手于内,其瑰姿发越,希世罕传。夜深,忽闻外一女呼:"青夫人。"旭骇以问之,答曰:"同宫女子相寻尔,勿应。"乃扣柱歌曰:"月露飘飘星汉斜,独行窈窕浮云车。仙郎独邀青童君,结情罗帐连心花。……"歌甚长,旭唯记两韵。谓青童君曰:"可延入否？"答曰:"此女多言,虑泄吾事于上界耳。"旭曰:"设琴瑟者,由人调之，何患乎！"乃起迎之。见一神女在空中，去地丈余许，侍女六七人，建九明蟠龙之盖，戴金精舞凤之冠，长裙曳风，璀璨心目。旭载拜邀之，乃下曰："吾嫦娥女也，闻君与青君集会，故捕逃耳。"便入室。青君笑曰："卿何以知吾处也？"答曰："佳期不相告，谁过耶？"相与笑乐。旭喜悦不知所裁，既同欢洽。将晓，侍女进曰："鸡鸣矣，巡人案之。"女曰："命车。"答曰："备矣。"约以后期，答曰："慎勿言之世人，吾不相弃也。"及出户，有五云车二乘，浮于空中，遂各登车诀别，灵风飒然，凌虚而上，极目乃灭。

旭不自意如此，喜悦交甚，但洒扫、焚名香、绝人事以待之。隔数夕复来，来时皆先有清风肃然，异香从之，其所从仙女益多，欢娱日洽。为旭致行厨珍膳，皆不可识，甘美殊常。每一食，经旬不饥，但觉体气冲爽。旭因求长生久视之道，密受隐诀[15]，其大抵如《抱朴子·内篇》修行[16]，旭亦精诚感通。又为旭致天乐，有仙妓飞奏檐楹而不下，谓旭曰："君未列仙品，不合正御，故不下也。"其乐唯笙箫琴瑟，略同人间，其余并不能识，声韵清锵，奏讫而云雾霏然，已不见矣。又为旭致珍宝奇丽之物，乃曰："此物不合令世人见，吾以卿宿世当仙，得肆所欲。然仙道密妙，与世殊途，君若泄之，吾不得来也。"旭言誓重叠。后岁余，旭奴盗琉璃珠鬻于市，适值胡人，捧而礼之，酬价百万。奴惊不伏，胡人逼之而相击。官勘之，奴悉陈状，旭都未知，其夜女至，怆然无容曰[17]："奴泄吾事，当逝矣。"旭方知失奴，而悲不自胜。女曰："甚知君心，然事亦不合长与君往来，运数然耳。自此诀别，努力修持，当速相见也。其大要以心死可以身生，保精可以致神。"遂留《仙枢龙席隐诀》五篇，内多隐语，亦指验于旭，旭洞晓之。将旦而去，旭悲哽执手。女曰："悲自何来？"旭曰："在心所牵耳。"女曰："身为心牵，鬼道至矣。"言讫，竦身而上，忽不见，室中帘帷器具悉无矣，旭恍然自失。其后瘩瘵，仿佛犹尚往来。旭大历初犹在淮泗[18]，或有人于益州见之，短小美容范，多在市肆商货，故时人莫得辨也。《仙枢》五篇，篇后有旭纪事，词甚详悉。

（〔唐〕陈劭《通幽记》，见〔宋〕李昉等编《太平广记》卷四百八十七，中华书局，1961年9月第1版，第404—406页）

【注 释】

[1]本篇选自〔唐〕陈劭《通幽记》。《通幽记》，唐代传奇小说集。其书已佚，

存有佚文若干。书中所记故事多发生于开元至贞元年间，多叙人与鬼神交往之事，释道思想浓厚，其中穿插诗歌较多，且多有情致，清丽可读，故以诗笔见长。其中较著名之作如《唐暄》《卢颀》《妙女》等篇，曾以《唐暄手记》《小金传》《妙女传》为名，分别收录于《古今说海》《五朝小说》等书，《赵旭》《武丘寺》等收录于《太平广记》。

本篇《赵旭》叙赵旭梦见仙女与其相见，自称因"时有世念"，天帝把她贬谪人间"随所感配"，故与赵旭相见，后二人经常往来。因赵旭家奴盗卖珍宝，泄露了两人秘密，仙女就此绝迹，留给赵旭仙道之书，教他修持仙道。

[2]天水：今甘肃省天水市一带，位于甘肃东南部。古人多以地名冠名，表示籍贯和家族，有时和住址不完全一致。

[3]孤介：耿直方正，不随流俗。〔晋〕陶潜《戊申岁六月中遇火》诗："总发抱孤介，奄出四十年。"（〔晋〕陶潜《陶渊明集》卷三，四部丛刊本）《隋书·薛道衡传》："孺清贞孤介，不交流俗。"（〔唐〕魏徵等《隋书》卷五十七《列传》第二十二，武英殿本）

[4]清言：指魏、晋以来，崇尚《老》《庄》，摈弃世务，竞谈玄理的风气。〔晋〕陶潜《扇上画赞》："郑叟不合，垂钓川湄，交酌林下，清言究微。"（〔晋〕陶潜《陶渊明集》卷五，四部丛刊本）《晋书·郭象传》："（郭象）少有才理，好《老》《庄》，能清言。"（〔唐〕房玄龄等《晋书》卷五十《列传》第二十）

[5]黄老：黄帝和老子的并称，后世道家奉为始祖。《史记·老子韩非列传》："申子之学，本于黄老而主刑名。"（〔西汉〕司马迁《史记》卷六十三）

[6]独茸幽居：居住在位于偏远的地方的单独一栋房子里。茸：指用茅草覆盖房子。

[7]牖（yǒu）：窗户。

[8]祝：祷告，祈祷。

[9]襄王巫山之梦：指楚王遇巫山神女事。

[10]洞箫秦女：指秦穆公女弄玉，传说其善吹箫，后与华山之主萧史成姻，双双得道，乘龙归去。刘向《列仙传》载："萧史者，秦穆公时人也。善吹箫，能致孔雀、白鹤于庭。穆公有女，字弄玉，好之，公遂以女妻焉。日教弄玉作凤鸣。居数年，吹似凤声，凤凰来止其屋。公为作凤台，夫妇止其上，不下数年。一旦，皆随凤凰飞去。故秦人为作凤女祠于雍宫中，时有萧声焉。"（〔汉〕刘向《列仙传》卷上）〔三国·魏〕曹植《仙人篇》："湘娥抚琴瑟，秦女吹笙竽。"（〔三国·魏〕曹植《曹子建集》卷六，续古逸丛书影宋本）

[11]容范旷代：容貌标致，绝世无双。

[12]蜉蝣（fúyóu）：虫名。幼虫生活在水中，成虫褐绿色，有四翅，生存期极

短,传说朝生夕死。后用于比喻人生的短暂和人的渺小。

[13]名在金格:名字已在仙册记载之中。

[14]云璈(áo):云锣。打击乐器。《太平广记》卷七十引〔前蜀〕杜光庭《墉城集仙录·薛玄同》:"虽真仙降旳,光景烛空,灵风异香,云璈钧乐,奏于其室,冯徽亦不知也。"(〔前蜀〕杜光庭《墉城集仙录》卷八,道藏本)

[15]隐诀:道教《登真隐诀》,〔梁〕陶弘景撰。采摭前代道书中的诸真传诀及各家养生术而成,共三卷。这是一部道教修炼成仙的秘诀,属道教中较早的关于修真法诀的综合道书。后收入《正统道藏》洞玄部玉诀类。

[16]《抱朴子》:东晋葛洪所撰道家理论著作。"内篇"20篇,主要讲述神仙方药、鬼怪变化、养生延年、禳灾却病,其内容可以具体概括为:论述宇宙本体、论证神仙的确实存在、论述金丹和仙药的制作方法及应用、讨论各种方术的学习应用、论述道经的各种书目、说明世人修炼的广泛性等。

[17]怆然无容:十分悲伤和痛心,以致容颜失色。

[18]大历:唐代宗李豫年号,公元766—779年。

淮泗:今安徽省北部区域。

无名氏

萧　总[1]

萧总,字彦先,南齐太祖族兄环之子[2]。总少为太祖以文学见重。时太祖已为宋丞相,谓总曰:"汝聪明智敏,为官不必资。待我功成,必荐汝为太子詹事[3]。"又曰:"以嫌疑之故,未即遂心。"总曰:"若谶言之[4],何啻此官[5]!"太祖曰:"此言狂悖,慎钤其口[6]。吾专疚于心,未忘汝也。"总率性本异,不与下于己者交,自建业归江陵[7]。

宋后废帝元徽后,四方多乱,因游明月峡,爱其风景,遂盘桓累岁。常于峡下枕石漱流,时春向晚,忽闻林下有人呼"萧卿"者数声,惊顾,去坐石四十余步,有一女,把花招总。总匆异之。又常知此有神女,从之,视其容貌,当可笄年[8],所衣之服,非世所有,所佩之香,非世所闻。谓总曰:"萧郎遇此,未曾见邀,今幸良晨,有同宿契。"总恍然行十余里,乃见溪上有宫阙台殿甚严。宫门左右,有侍女二十人,皆十四五,并神仙之质。其寝卧服玩之物,俱非世有,心亦喜幸。一夕绸缪[9],以至天晓。忽闻山鸟晨叫,岩泉韵清,出户临轩,将窥旧路,见烟云正重,残月在西。神女执总手谓云:"人间之人,神中之女,此夕欢会,万年一时也。"总曰:"神中之女,岂人间常所望也。"女曰:"妾实此山之神,上帝三百年一易,不似人间之官,来岁方终。一易之后,遂生他处。今与郎契合,亦有因由,不可陈也。"言讫乃别。神女手执一玉指环,谓曰:"此妾常服玩,未曾离手,今永别,宁不相遗?愿郎穿指,慎勿忘心。"总曰:"幸见顾录,感恨徒深,执此怀中,终身是宝。"天渐明,总乃拜辞,掩涕而别。携手出户,已见路分明。总下山数步,回顾宿处,宛是巫山神女之祠也。

他日,持玉环至建业,因话于张景山。景山惊曰:"吾常游巫峡,见神

114

女指上有此玉环,世人相传云:是晋简文帝李后曾梦游巫峡[10],见神女,神女乞后玉环,觉后乃告帝,帝遣使赐神女。吾亲见在神女指上。今卿得之,是与世人异矣!"总齐太祖建元末,方征召,未行帝崩。世祖即位,累为中书舍人。初总为治书御史,江陵舟中遇,而忽思神女事,悄然不乐,乃赋诗曰:"昔年岩下客,宛似成今古。徒思明月人,愿湿巫山雨。"

（〔唐〕佚名《八朝穷怪录》,〔宋〕李昉等编
《太平广记》卷二百九十六,中华书局,
1961 年 9 月第 1 版,第 2355—2356 页）

【注　释】

[1]本篇选自笔记小说《八朝穷怪录》,撰人不详,据闻一多先生考证,应为隋唐时代作品。又题为《穷怪录》。该书未见著录。《太平广记》引《八朝穷怪录》六条及《穷怪录》三条,又《太平寰宇记》卷一百一十一、《舆地纪胜》卷三十引一条共十条。十条佚文全系南北朝事,其中宋、齐、梁九事,后魏一事。八朝者为何,已不能尽指,但书似出隋人之手。十条佚文中,五条描述文士书生艳遇神女仙姝的故事,数量占去一半,表现了浪漫文人的情趣。《赵文昭》写赵文昭遇清溪女神;《刘子卿》和《萧岳》分别写刘子卿遇康王庙二女神和萧岳遇东海姑;《萧总》写萧总遇巫山女神;《刘导》写刘导、李士炯遇西施、夷光。它们的共同特色是描写细腻,文词清丽,形象生动,情致浓郁。

《萧总》叙写巫山神女傍晚在林下口呼萧郎数声,并把花招总,到宫阙台殿中一夕绸缪。第二天天亮分别后,萧总回顾宿处,宛是巫山神女之祠。在故事中,萧总与神女的结合不再是梦幻的浪漫,而是实在在在地做了一夜夫妻。不仅如此,临别之时,神女还将手上戴的玉指环作为爱情信物郑重地赠与萧总,说:此妾常服玩,未曾离手,今未别宁不相遗。愿郎穿指,慎勿忘心。这些描写表明,上古神女故事经过魏晋南北朝文学的自觉时代和思想解放,原先的神性逐渐减少,而觉醒的人性逐渐增多,原始神话渐进地向世俗传说的人情化转变。这一转变,为巫山神女故事增添了新的内涵。

[2]南齐太祖:南齐高帝萧道成(427—482),字绍伯,小名斗将,汉族,公元479 年即位,公元482 年退位。祖籍东海兰陵,东晋初迁晋陵武进县界内侨置兰陵郡。父萧承之为宋汉中太守,后转南泰山太守,右军将军。以将门子,屡率兵攻伐。宋明帝时,渐被信用,地位始隆,及平桂阳王刘休范之乱,掌握了刘宋军政大权。477 年杀后废帝迎立顺帝,拜司空、录尚书事,后位至相国,封齐王。479 年代

宋自立,改国号为齐,在位共计4年。

[3]太子詹事:中国古代内侍职官之一,秦朝起设立,主要掌管皇太子宫中事务,西汉时还增管皇后宫中事务。

[4]谶言:古代巫师、方士等以谶术所作的预言。《后汉书·方术传序》:"后王莽矫用符命,及光武,尤信谶言,士之赴趣时宜者,皆骋驰穿凿,争谈之也。"(〔南朝·宋〕范晔《后汉书》卷一百十二上·方术列传第七十二上/武英殿本)《新唐书·李逢吉传》:"敬宗新立,度求入觐,逢吉不自安,张权舆为作谶言以沮度,而韦处厚亟为帝言之,计卒不行。"(〔宋〕欧阳修、宋祁等《新唐书》卷一百七十四列传第九十九,武英殿本)

[5]何啻(chì):何止,何只。

[6]慎钤(qián)其口:谨慎地保持沉默,不发表言论。钤:盖章、盖印,此指盖印密封之意。

[7]建业:古县名,东汉建安十七年(212)孙权改秣陵县设置,治所在今南京市。黄龙元年(229)吴国自武昌迁都于此。江陵:又名荆州城。即今湖北省荆州市,位于湖北省中部偏南,地处长江中游,江汉平原西部,南临长江,北依汉水,西控巴蜀,南通湘粤,古称"七省通衢"。

[8]当可笄年:年龄在十五六岁。古代女子十五岁可以盘发插笄,表示已成年,称为"及笄"。

[9]绸缪(móu):紧密缠缚之意,比喻男女缠绵,情意深厚。

[10]晋简文帝:魏晋时期梁简文帝萧纲。简文帝有诗《行雨》:"本自巫山来,无人睹容色。惟有楚王臣,曾言梦相识。"(〔南朝·陈〕徐陵编《玉台新咏》卷十,文学古籍刊行社据明本影印,1955年第1版,第149页)然简文帝李后曾梦游巫峡见神女事,则未见其他史料记载。

黄 滔

【作者简介】

黄滔(840—911),字文江,莆田城内前埭(今荔城区东里巷)人,晚唐五代著名的文学家。乾宁二年(895),崔凝知贡举,得及第进士张贻宪等二十五人,昭宗(889—907)复试武德殿,黜落者众,滔被留。光化(898—901)中,除四门博士。朱梁移国,因归闽。后以监察御史里行,充威武军节度推官。有《泉山秀句集》及《文集》行世。被誉为"福建文坛盟主"、闽中"文章初祖"。《四库全书》收《黄御史集》10卷,附录1卷。

汉宫人诵《洞箫赋》赋[1]

以"清韵独新,宫娥讽诵"为韵

王子渊兮谁与伦[2],《洞箫赋》兮清且新。丽藻上闻于天子,妍词遍诵于宫人。名价有兹,写札于御笺彤管[3]。风流无比,吟哦于贝齿朱唇。斯赋也,述江南之翠竹,生彼云谷,甘露朝洒,瑞烟晴扑。般斤遽取于贞劲[4],夔律乃知其韫蓄[5]。既而植物惟一,乐工惟独。九重圣主,俄聆于玉韵金声,两掖佳人[6],争致于瑶编绣轴。受授相从,彤闱绛宫。始喧喧而历览,旋一一以精通。十二琼楼,不唱鸾歌于夜月,三千玉貌,皆吟凤藻于春风。莫不鲁殿惭魂,巫山破梦[7]。应教墨客以心死,解得红妆之口讽。时时桂席[8],惊飘舞雪于罗衣,往往兰台[9],误下歌尘于绮栋。于时闲赵瑟,寝秦筝,驻云雨,咽咸英。非春而御苑花折,当夏而幽闺景清。如燕人人,却以词锋而励吻。雕龙字字,爰于禁署而飞声。泉喷香喉,云靡绿鬓。岂贯珠之歌同调,固如簧之言别韵。遂使霞窗触处,不吟纨扇之诗[10],乐府无人,更重箜篌之引[11]。斯则琴赋与笛赋奚过,才子获才人咏歌。体物之能有是,属辞之道如何。一千余字之珠玑,不逢汉帝,三十六宫之牙齿,讵启秦娥。方今天鉴求文,词人毕用。有才可应于妃后,工赋足流于嫔从。洞箫之作兮何代无,谁继当时之吟诵。

([清]董诰等编《全唐文》卷八百二十二,中华书局,1983 年 11 月第 1 版,第 8663 页)

【注 释】

[1]本篇为晚唐黄滔所撰,见载于[清]董诰等编《全唐文》卷八百二十二。《洞箫赋》是西汉时期通音律、善辞赋的文学家王褒创作的一篇以音乐为题材的作品。因现存的赋体中属首创,故后人称之为"诸音乐赋之祖"。《洞箫赋》的结构布局具有相对的完整性,作者详细地叙述了箫的制作材料的产地情况,然后写工匠的精工细作与调试,接着写乐师高超的演奏,随后写音乐的效果及其作用。基本上通过"生材、制器、发声、声之妙、声之感、总赞"的顺序来写洞箫这件乐器,这也成为后来音乐赋的一个固定模式。《洞箫赋》对后世影响很大,马融《长笛赋》、嵇康《琴赋》诸作均受它的影响。马融在《长笛赋》序文中阐述其创作动机时说:"追慕王子渊、枚乘、刘伯康、傅武仲等箫、琴、笙颂,唯笛独无,故聊复备数,作长笛赋。"由此可见其影响。

本篇内容为歌咏宫中女子吟诵《洞箫赋》的情形,不仅体现出《洞箫赋》的魅力,更表现了作者描摹的独特的音乐场景。

[2]王子渊:王褒。王褒(前?—前61),西汉文学家,字子渊,西汉蜀资中人。《汉书·艺文志》载其有 16 篇赋作。王先谦《补注》引王应麟曰:"本传作《甘泉》《洞箫赋》《楚辞》有《九怀》,《文选》注有《碧鸡颂》。"现存有《洞箫赋》《甘泉赋》。王褒是汉王朝由盛转衰时期的一位宫廷赋作家,他的赋作能够被后宫贵人左右诵读,因而在题材上有很多政治说教的成分,但其风格方面又注重辞藻华美、形象生动,所以其作品又具有很强的娱乐色彩。

[3]御笺彤管:指《洞箫赋》得到皇帝书面的褒奖。

[4]般斤:古代巧匠鲁班的斧头。语本[汉]扬雄《法言·君子》:"般之挥斤,羿之激矢;君子不言,言必有中也。"([汉]扬雄《扬子法言·君子卷第十二》)

[5]夔律:夔乐,借指庙堂雅乐。夔为舜时乐官,故称。[唐]杜甫《奉赠太常张卿垍二十韵》:"伶官诗必诵,夔乐典犹稽。"([清]彭定求等编《全唐诗》卷二百二十四,扬州诗局本)

[6]两掖佳人:指宫中的乐女们。掖:宫殿正门两旁小门"掖门"的简称。因主子才能走正门,使女只能走两旁小门"掖门",故称"两掖佳人"。

[7]鲁殿惭魂,巫山破梦:极言《洞箫赋》的工巧和浪漫。

[8]桂席:盛大的宴席。[南朝·齐]谢朓《鼓吹曲·送远》:"琼筵妙舞绝,桂

席羽觞陈。"(〔唐〕欧阳询《艺文类聚》卷四十二,四库全书本)〔唐〕王勃《七夕赋》:"啸陈客于金床,命淮仙于桂席。"(〔清〕董诰等《全唐文》,卷一百七十七)

[9]兰台:战国楚台名。故址传说在今湖北省钟祥县东。

[10]纨扇:细绢制成的团扇。汉代女文学家玫婕妤有《团扇诗》:"新裂齐纨素,鲜洁如霜雪。裁为合欢扇,团团似明月。出入君怀袖,动摇微风发。常恐秋节至,凉飚夺炎热。弃捐箧笥中,恩情中道绝。"情深意切,颇为动人,后多有仿作,为后世所传诵。此处是说《洞箫赋》使得其他诗作黯然失色。

[11]箜篌:一种拨弦乐器,弦数因乐器大小而不同,最少的五根弦,最多的二十五根弦,分卧式和竖式两种。琴弦一般系在敞开的框架上,用手指拨弹。

陈山甫

【作者简介】

陈山甫,生卒年及生平不详。〔清〕董诰等编《全唐文》卷九百四十八收其《五丁力士开蜀门赋》《有征无战赋》《汉武帝重见李夫人赋》《禹凿龙门赋》《望思台赋》等赋作五篇。

汉武帝重见李夫人赋[1]
以"求诸异术,再见真形"为韵

昔汉武帝,丧李夫人,叹妍婉兮不返[2],悲穗帐兮空陈[3]。于是诏秘箓之方士[4],致平生之幻身。来其迹于虚无,初惊有象;察其仪之婉丽,已讶如真。时也斋心月殿,属目兰室,仿佛烟光,飘遥蕙质。修蛾再睹,不俟返魂之香;逝水潜回,讵假长生之术。原夫恍惚之际,从容视诸,想车尘于雾眇,疑佩响于风余,峨峨兮稍辨云鬓,冉冉兮渐识绡裾[5]。洛水之灵非匹,巫山之梦不如[6]。所谓神仙之事,变化之异,过隙之光已无,倾国之容再媚,悲睿旨于凝听,悼皇情于愕睇。恍兮有望,知感召之多方;倏尔员来,讶生死之殊致[7]。当其椒风向夕[8],蕙露盈庭,谓已从于云雨,终不间于幽冥。寂寞瑶阶,永谢虚无之迹;凄凉月幌,犹分似是之形。若往还留,心迷目眩。诚君恩之再造,异术足征,岂风烛之重然,真形可见。固可以辨其妄,辍其求,去清怀之惑志,释元思之殷忧[9]。扰扰纷纷,意真灵之如在;薰歇烬灭,竟芳尘之不留。其来也形之如寄,其往也生之若浮。于是望断惊鸿,悲深解佩,向窈窕而乍失,顾容华而不昧。由是而言,可以知生之不再。

（〔清〕董诰等编《全唐文》卷九百四十八,中华书局,1983 年 11 月第 1 版,第 9846 页）

【注　释】

[1]本篇是〔唐〕陈山甫所撰,见载于〔清〕董诰等编《全唐文》卷九百四十八。汉武帝:汉武帝刘彻(前156—前87),西汉的第七位皇帝,杰出的政治家、战略家、诗人。刘彻4岁被册立为胶东王,七岁时被册立为皇太子,十六岁登基,在位五十四年。为巩固皇权,汉武帝建立了中朝,在地方设置刺史。开创察举制选拔人才。采纳主父偃的建议,颁行"推恩令",解决王国势力,并将盐铁和铸币权收归中央。文化上采用了董仲舒的建议,"罢黜百家,独尊儒术",结束了先秦以来"师异道,人异论,百家殊方"的局面。汉武帝时期开疆拓土,击溃匈奴、东并朝鲜、南诛百越、西愈葱岭,征服大宛,奠定了中华疆域版图,首开丝绸之路、首创年号,兴太学。他开拓汉朝最大版图,功业辉煌。汉武帝开创了西汉王朝最鼎盛繁荣的时期,那一时期亦是中国封建王朝第一个发展高峰。他的雄才大略、文治武功,使汉朝成为当时世界上最强大的国家,他也因此成为中国历史上伟大的皇帝之一。汉武帝刘彻不但是一位雄才大略的政治家,也是一位诗人和文学家。明人王世贞以为,其成就在"长卿下、子云上"(《艺苑卮》)其他存留的作品,有《秋风辞》《瓠子歌》《天马歌》《悼李夫人赋》等为后人所推崇。李夫人:即孝武皇后李氏,倡家出身,中山人(今河北省定州市),父母兄弟妹均通音乐,都是以乐舞为职业的艺人。由平阳公主推荐给汉武帝,深得汉武帝喜爱。李氏被封为夫人,生汉武帝第五子刘髆(昌邑王),后追封为皇后。李延年为汉武帝所歌:"北方有佳人,绝世而独立;一顾倾人城,再顾倾人国;宁不知倾城与倾国,佳人难再得。"即是指李夫人。

汉武帝刘彻对李夫人宠爱有加,不仅待遇优厚,而且对李夫人兄长李延年和弟弟李广利都照顾有加。在李夫人去世后,汉武帝十分思念,曾自撰《李夫人赋》表达哀思:"美连娟以修嫭兮,命樔绝而不长。饰新官以延贮兮,泯不归乎故乡。惨郁郁其芜秽兮,隐处幽而怀伤。释舆马于山椒兮,奄修夜之不阳。秋气憯以凄泪兮,桂枝落而销亡。神茕茕以遥思兮,精浮游而出畺。托沈阴以圹久兮,惜蕃华之未央。念穷极之不还兮,惟幼眇之相羊。函荾获以俟风兮,芳杂袭以弥章。的容与以猗靡兮,缥飘姚虖愈庄。燕淫衍而抚楹兮,连流视而娥扬。既激感而心逐兮,包红颜而弗明。欢接狎以离别兮,宵寤梦之芒芒。忽迁化而不反兮,魄放逸以飞扬。何灵魄之纷纷兮,哀裴回以踌躇。势路日以远兮,遂荒忽而辞去。超兮西征,屑兮不见。寖淫敞,寂兮无音。思若流波,怛兮在心。

"乱曰:佳侠函光,陨朱荣兮。嫉妒阘茸,将安程兮。方时隆盛,年夭伤兮。弟子增欷,洿沫怅兮。悲愁於邑,喧不可止兮。向不虚应,亦云己兮。嬩妍太息,叹稚子兮。懰栗不言,倚所恃兮。仁者不誓,岂约亲兮?既往不来,申以信兮。去彼昭昭,就冥冥兮。既不新宫,不复故庭兮。呜呼哀哉,想魂灵兮!"(〔东汉〕班固《汉书》卷九十七上《外戚列传第六十七上》)

当时的方士李少翁，知道汉武帝日夜思念已故的李夫人，便说他能够把夫人请回来与皇上相会。汉武帝十分高兴，遂如李少翁入宫施法术，李少翁要了李夫人生前的衣服，准备净室，中间挂着薄纱幕，幕里点着蜡烛，果然，通过灯光的照映，李夫人的影子投在薄纱幕上，只见她侧着身子慢慢地走过来，一下子就在纱幕消失了。汉武帝看到李夫人的影子，更加伤感，写了一首诗："是邪，非邪？立而望之，偏何姗姗其来迟。"（〔东汉〕班固《汉书》卷九十七上《外戚列传第六十七上》）并令宫中传唱。本篇所赋即此次汉武帝在方士的帮助下见李夫人之事。

［2］妍婉：形容李夫人婀娜多姿、美丽动人的形象。

［3］穗帐兮空陈：精美的帷帐内，伊人不会再出现了。

［4］秘箓：道教神秘的符咒和文书，道教流派中有"符箓派"，尤其重视这一点。方士：方术之士，古代自称能访仙炼丹以求长生不老的人。后泛指从事医、卜、星、相类职业的人。

［5］绡裾（xiāojū）：指丝制的衣服。裾：衣服的前后襟。

［6］洛水之灵非匹，巫山之梦不如：指李夫人的风姿，超过了洛河女神和巫山神女。

［7］殊致：异样，不一致。〔晋〕袁宏《三国名臣序赞》："存亡殊致，始终不同。"（〔唐〕房玄龄等《晋书》卷九十二《列传第六十二》）

［8］椒风：汉宫阁名，为昭仪所居。《汉书·佞幸传·董贤》："又召贤女弟以为昭仪，位次皇后，更名其舍为椒风，以配椒房云。"颜师古注："皇后殿称椒房。欲配其名，故云椒风。"（〔东汉〕班固《汉书》卷九十三《佞幸传第六十三》）后泛指妃嫔住处。〔南朝·宋〕谢庄《宋孝武宣贵妃诔》："巡步櫩而临蕙路，集重阳而望椒风。"（〔唐〕李善注《文选》卷五十七，胡克家重刊本）《梁书·皇后传·高祖丁贵嫔》："椒风暖兮犹昔，兰殿幽而不阳。"（〔唐〕姚思廉《梁书》卷七《列传第一》）

［9］殷忧：深深的忧伤。〔三国·魏〕阮籍《咏怀》之十四："感物怀殷忧，悄悄令心悲。"（〔唐〕李善注《文选》卷二十三，胡克家重刊本）

康子玉

【作者简介】

　　康子玉,生卒年及生平不详。〔清〕董诰等编《全唐文》卷九百五十三收其《瓜赋》一篇,〔清〕陆心源编撰《唐文拾遗》卷五十一收其《神蓍赋》一篇。

瓜　赋[1]

　　巫山之冈,秦川之阳[2],垂条引蔓,布绿敷黄[3],弥皋被野[4],含芬吐芳。转晨风之穆穆,湛宵露之瀼瀼,花叶则煜煜炜炜[5],文彩则焜焜煌煌[6],锦绣为之失色,霞日为之夺光。远而望之粲兮烂,繁星列兮曜长汉。光色连延遥相暖,迫而察之飐兮绵[7]。明玑盈蚌媚重泉,大鳞巨介近相连。细雨流风,每飘飘兮叶上;游蜂戏蝶,时历乱于花前。尔其大则三尺二升,美则金浆玉实,狸头羊骸之字[8],黄瓠白抟之质。感仙贵于孙钟[9],避世资于步骘[10],异蒂表于前代,同心彰于曩日。既而横绮席,会嘉宾,琴樽逸赏,海陆具陈[11],香分四座,气杂八珍。既取类于母子,亦取辨于君臣。钦哉彼美,流玩不已,何以剖之金错刀[12],何以浇之玉英水[13]。邵平因植以著业[14],阮籍托词而兴已[15]。非但留怨于戍夫,抑亦取诚于君子。

　　(〔清〕董诰等编《全唐文》卷九百五十三,中华书局,1983 年 11 月第 1 版,第 9900 页)

【注　释】

　　[1]本篇为〔唐〕康子玉所撰,见载于〔清〕董诰等编《全唐文》卷九百四十八。本篇以"瓜"为歌咏对象,描绘了瓜的藤蔓、花叶、果实,以及陈于宴席之情形,别有韵味。

[2]秦川:古地区名。泛指陕西、甘肃秦岭以北平原地带。因春秋、战国时地属秦国而得名,《三国志·蜀志·诸葛亮传》:"天下有变,则命一上将将荆州之军以向宛洛,将军身率益州之众出于秦川,百姓孰敢不箪食壶浆以迎将军者乎?"(〔晋〕陈寿《三国志》〔蜀〕卷五)〔南朝·陈〕徐陵《关山月》(之一):"关山三五月,客子忆秦川。"(〔宋〕郭茂倩编《乐府诗集》卷二十三《横吹曲辞三》)

[3]布绿敷黄:描绘瓜蔓伸展,绿黄杂陈的景象。

[4]弥皋被野:(瓜蔓)布满了山坡和整个原野。

[5]煜(yù)煜炜(huī)炜:明亮有光彩的样子。

[6]焜(kūn)焜煌(huáng)煌:明亮,光彩夺目。

[7]瓞(dié):小瓜。《诗·大雅·绵》:"绵绵瓜瓞。"孔颖达疏:"瓜之族类本有二种,大者曰瓜,小者曰瓞。"(郑玄笺、孔颖达疏《毛诗正义》卷十六,阮元校刻本)

[8]狸头羊骹:两种瓜的名称,狸头瓜和羊骹瓜。《艺文类聚》卷八十七引〔晋〕郭义恭《广志》:"瓜之所出,以辽东、庐江、炖煌之种为美,有鱼瓜、貍头瓜、蜜筩瓜、女臂瓜。"(〔唐〕徐坚《初学记》卷二十八《果木部》,四库全书本)

[9]孙钟:孙坚之父,三国吴国君主孙权之祖父。相传其种瓜为生,后因瓜得仙人相助,故后人为帝王。〔晋〕刘敬叔《异苑》载:"孙钟富春人,坚父也。与母居,至孝笃性,种瓜为业。忽有三年少容服妍丽,诣钟乞瓜。钟为设食出瓜,礼敬殷勤。三人临去,曰'我等司命郎,感君接见之厚,欲连世封侯,欲数世天子。'钟曰:'数世天子故当所乐。'因为钟定墓地,出门悉化成白鹄。一云,孙坚丧父,行葬地,忽有一人曰:'君欲百世诸侯乎。欲四世帝乎?'笑曰:'欲帝。'此人因指一处,喜悦而没。坚异而从之。时富春有沙涨暴出,及坚为监丞,邻党相送于上,父老谓曰:'此沙狭而长子,后将为长沙矣。果起义兵于长沙。'"(〔晋〕刘敬叔《异苑》卷四,四库全书本)

[10]步骘(zhì)(?—247):字子山,临淮淮阴(今江苏淮阴西北)人。三国时期孙吴重臣及将领,官至吴国丞相,被封临湘侯。汉末,步骘迁居到江东避乱,到江东后孑然一身,生活困苦,只好白天靠种瓜自给自足,在晚间则努力研习书籍。

[11]海陆具陈:摆满了山珍海味。

[12]剖之金错刀:以精美的刀具剖开。

[13]浇之玉英水:以甘泉之水洗涤。玉英水:指莹澈如玉的泉水。

[14]邵平因植以著业:秦始皇之父母庄襄王和赵姬,安葬在临潼的秦东陵,秦始皇封邵平为"东陵侯",在此管理它。汉灭秦之后,汉高祖刘邦并未再起用这位昔日的东陵侯,致使他沦为布衣,只好种瓜卖瓜为生。由于邵平所种的甜瓜汁多味美,在长安颇有名气。于是,人们便将他种的瓜称为"东陵瓜",历代多有文

人们称颂。

[15]阮籍托词而兴己：三国魏国著名诗人阮籍，以咏邵平卖瓜事抒怀。他的《咏怀诗八十二首（其七）》云："昔闻东陵瓜，近在青门外。走轸距阡陌，子母相钩带。五色耀朝日，嘉宾四面会，膏火自煎熬，多财为祸害。布衣可终身，宠禄岂足赖。"（〔唐〕李善注《文选》卷二十三，胡克家重刊本）

张德升

【作者简介】

张德升,生平不详。〔清〕董诰等编《全唐文》卷九百五十一收其《声赋》一篇。

声　赋[1]

夫礼乐相成,人之有生,物归乎理,感在乎声。声之所起,其应多矣。既闻郑以戒荒,亦称《韶》于尽美[2]。至若诗陈钟鼓,礼奏笙簧[3],音怀律吕[4],韵合宫商[5]。或婵娟而如绝[6],或窈窕而复扬,将曲尽而逾妙,遇风吹而更长。潜鳞竞跃,仪凤来翔,嘉此声之可贵,乐吾君之奉常[7]。则有思妇伤离[8],芳年屡换,织素寒早,调砧夜半[9]。垤鸣鹳而初合[10],砌吟蛩而正乱[11]。何此声之可悲,使空闺之浩叹?况复金徽远奏(按原注:一作金微远戍)[12],玉律穷秋,阴风烈烈,边树修修。听胡笳之互动,看陇水之分流,何此声之可怨,使征客之含愁?亦有遁世无闷,闲居楼托,坐啸竹林[13],忘形菌(按原注:一作苔)阁。怜宿鸟之喧薮,爱飞泉而喷壑。何此声之独殊,使幽人之为乐?夫意存则言发,言发则声来,顺之则喜,逆之则哀。是以文君听琴而悦矣[14],子期闻笛而悲哉[15]!何悲欢之易感,使众人之难裁。客有吟者,潸然下泪。吾将不言,安知所谓?退失路而流落,进无媒而自致,思巫峡之猿啼[16],闻洞庭之叶坠[17]。《易》曰:"同声相应,同气相求。"悦知音之见许,期厚德而相酬。

（〔清〕董诰等编《全唐文》卷九百五十一,中华书局,1983 年 11 月第 1 版,第 9877 页）

【注　释】

〔1〕本篇见载于〔清〕董诰等编《全唐文》卷九百五十一。作者以声音为歌咏对象,不仅写出了各种音乐,更表达了各种音声所表达的不同情感。

〔2〕此二句取意于《论语》。《论语·卫灵公》:"行夏之时,乘殷之辂,服周之冕,乐则《韶》舞,放郑声,远佞人。郑声淫,佞人殆。"(《论语·卫灵公第十五》,阮元校刻本)《论语·八佾》:"子谓《韶》:'尽美矣,又尽善也。'"(《论语·八佾第三》,阮元校刻本)

〔3〕笙簧:指笙或是用笙演奏的音乐。簧,笙中之簧片。《礼记·明堂位》:"垂之和钟,叔之离磬,女娲之笙簧。"郑玄注:"笙簧,笙中之簧也……女娲作笙簧。"(郑玄注、孔颖达疏《礼记正义》卷三十一《明堂位第十四》,阮元校刻本)

〔4〕律吕:古代校正乐律的器具。用竹管或金属管制成,共十二管,管径相等,以管的长短来确定音的不同高度。从低音管算起,成奇数的六个管叫做"律";成偶数的六个管叫做"吕",合称"律吕"。后亦用以指乐律或音律。《国语·周语下》:"律吕不易,无奸物也。"(《国语》卷三《周语下》)〔汉〕马融《长笛赋》:"律吕既和,哀声五降。"(〔唐〕李善注《文选》卷十八,胡克家重刊本)

〔5〕宫商:五音中的宫音与商音。后用以泛指音乐、乐曲。《韩诗外传》卷五:"人有六情,目欲视好色,耳欲听宫商。"(〔西汉〕韩婴《韩诗外传》卷五,四部丛刊本)

〔6〕婵娟:姿态美好之意。

〔7〕奉常:保持长久。

〔8〕思妇伤离:怀念远行丈夫的妇人,陷入深深的思念之中。

〔9〕调砧夜半:指半夜还在洗涤衣物。砧:捣衣石。

〔10〕垤(dié):小土堆。

〔11〕吟蛩:鸣叫的蟋蟀。

〔12〕徽:系琴弦的绳,后用做抚琴标记的名称,古琴全弦共十三徽。《汉书·扬雄传》:"今夫弦者,高张急徽,追趋逐耆,则坐者不期而附矣。"(〔东汉〕班固《汉书》卷八十七,百衲本)

〔13〕坐啸竹林:魏正始年间(240—249),嵇康、阮籍、山涛、向秀、刘伶、王戎及阮咸七人,世谓竹林七贤,常在当时的山阳县竹林之下,喝酒、纵歌、肆意酣畅。

〔14〕文君听琴而悦:西汉才女卓文君,因听汉代著名文人司马相如演奏,而与之私下相许,并私奔结成姻缘。

〔15〕子期闻笛:竹林七贤之一向秀(向秀字子期)有思念旧友之作《思旧赋》,序云:"余逝将西迈,经其旧庐。于时日薄虞渊,寒冰凄然!邻人有吹笛者,发声寥亮。追思曩昔游宴之好,感音而叹,故作赋云,……听鸣笛之慷慨兮,妙声绝而复

散文部

127

寻。"(〔唐〕李善注《文选》卷十六,胡克家重刊本)

[16]巫峡之猿啼:巫峡猿类的叫声,常被诗人在诗词中引用,抒发诗人悲伤的情感。郦道元《三峡》:"每至晴初霜旦,林寒涧肃,常有高猿长啸,属引凄异,空谷传响,哀转久绝。故渔者歌曰:'巴东三峡巫峡长,猿鸣三声泪沾裳。'"(〔后魏〕郦道元注《水经注》卷三十四,王先谦校本)

[17]洞庭之叶坠:语出屈原《九歌·湘夫人》:"袅袅兮秋风,洞庭波兮木叶下。"(〔汉〕王逸注《楚辞章句》卷二,四部丛刊本)后多用以表达悲伤、凄凉的心境。

陆肱

【作者简介】

陆肱，江都（今扬州）人（《全唐文》载为长城人，不知何据），生卒年不详。大中九年（855），登进士第，自前振武从事试平判，曾官湖州（今浙江湖州）刺史，咸通（860—873）中牧南康郡（今江西赣州市一带）。能诗文，《全唐诗》载其诗《松》一首，《全唐文》载其文《万里桥赋》一篇。工书，尝书杜甫《冬日洛城北谒玄元皇帝庙》。时与文人交游，互有题赠，今存有李频《送陆肱尉江夏》《送友人陆肱往太原》，尚颜《送陆肱入关》，郑谷《南康郡牧陆肱郎中辟许棠先辈为郡从事因有寄赠》等作。〔宋〕王谠《唐语林》载："许棠初试进士，与薛能、陆肱齐名。薛擢第，尉盩厔；肱下第，游太原；棠以并诗送之。棠登第，薛已自京尹出镇徐州，陆亦出守南康，招棠为倅。"（〔宋〕王谠《唐语林》卷七，守山阁丛书本）

万里桥赋[1]
以"殊乡绝邑，行役路偏"为韵

万里兮蜀郡隋都[2]，二桥兮地角天隅。相去而如乖夷貊[3]，曾游而只在寰区[4]。倚槛多怀，结长悲而莫极；凭川试望，思远道以何殊。昔者沧海朝宗，岷山发迹。斯观理水之要，若启凿穴之役。逮夫东土为扬，西邦曰益[5]。架长虹于两地，客思迢迢；浩积水于千秋，江流脉脉。宇宙绵绵，今来邈然。结构应似，途程甚偏。将暂游于楚岸，欲径度于巴川。目断波中，过巫峰之十二；心驰路半，到荆门而五千。徒观夫偃蹇东流[6]，峥嵘二邑。揭华表以相效，刻仙禽而对立。俄惊回复，潮生而夕月初明；孰敢争先，帆去而秋滩正急。眇天末之殊方，有人间兮异乡。顾盼而层阴动色，徘徊而浮柱生光。饰丹膴以虽同[7]，彼临淮海；度轩车而既异[8]，此对铜梁。古来几许行人，曾游此路。跨绿岸以长存，俯清流而下注。宁为驻足之所，莫问伤心之故。复有逆旅伤情,临邛远行。壮宏制以灵蠹,压洪流而砥平。家本江都,羡波涛而自返;身留蜀地,偶萍梗以堪惊。衍迤归遥,飘流恨结。之子去兮扬桂棹[9],长卿还兮建龙节。既风月以相间,固音尘之两绝。斯桥也,可以济巨川之往来,不可以携手而相别。

(〔清〕董诰等编《全唐文》卷六百二十二,中华书局,1983 年 11 月第 1 版,第 6279 页)

【注 释】

[1]本篇见载于〔清〕董诰等编《全唐文》卷六百二十二。"万里桥",在四川成都南门外,"昔孔明于此饯费聘吴,曰万里之行,始于此矣",故取名"万里桥"。历代有不少关于万里桥的文学作品,除本篇外,〔唐〕杜甫有诗:"万里桥西宅,百花潭北庄";〔唐〕张籍诗:"万里桥边多酒家,游人爱向谁家宿";〔宋〕吕大防有《万里桥》:"万里桥西万里亭,锦江春涨兴堤平。挐舟直入修篁里,坐听风湍彻骨清";〔宋〕苏轼诗:"我欲归寻万里桥,水花风叶暮萧萧",〔宋〕陆游诗:"雕鞍送客双流驿,银烛看花万里桥。"

[2]蜀郡:公元前 277 年,秦国置蜀郡,设郡守,成都为蜀郡治所。自此,蜀郡一直以成都一带为中心,所辖范围随时间而略有不同。

隋都:隋朝公元 581 年建都在大兴(今陕西西安),隋炀帝时迁都洛阳(606—618)。此处应指大兴(今陕西西安)。

[3]夷貊(yímò):古代对东方和北方民族之称。亦泛指各少数民族。《史记·日者列传》:"盗贼发不能禁,夷貊不服不能摄。"(〔西汉〕司马迁《史记》卷一百二十七《日者列传第六十七》)《旧唐书·郑畋传》:"茫茫赤县,仅同夷貊之乡;惴惴黔黎,若在狴牢之内。"(〔后晋〕刘昫等《旧唐书》卷一百七十八《列传第一百二十八》)

[4]寰区:天下,人世间。《后汉书·逸民传序》:"彼虽硁硁有类沽名者,然而蝉蜕嚣埃之中,自致寰区之外,岂夫饰智巧以逐浮利者乎!"(〔南朝·宋〕范晔《后汉书》卷一百十三《逸民列传第七十三》)

[5]扬:扬州。

益:益州。

[6]偃蹇:亦作"偃謇",宛转委曲,弯曲。《楚辞·九歌·东皇太一》:"灵偃蹇兮姣服,芳菲菲兮满堂。"(〔汉〕王逸注《楚辞章句》卷二,四部丛刊本)《汉书·司马相如传》:"掉指桥以偃蹇兮,又猗抳以招摇。"颜师古注引张揖曰:"偃蹇,委

曲貌。"(〔东汉〕班固《汉书》卷五十七下《司马相如传第二十七下》)〔南朝·梁〕江淹《水上神女赋》:"窈窕暂见,偃蹇还没。"(〔清〕严可均辑《全梁文》卷三十四,影清光绪王毓藻刻本)

〔7〕丹臒:此处意思为涂饰色彩。

〔8〕轩车:有屏障的车,古代大夫以上所乘。后亦泛指车。《庄子·让王》:"子贡乘大马,中绀而表素,轩车不容巷,往见原宪。"(〔战国〕庄周《庄子·杂篇·让王第二十八》)

〔9〕桂棹:桂木制的划船工具,后用以指船。

韦绚

【作者简介】

韦绚,字文明,京兆人,为顺宗朝及宪宗初宰相韦执谊之子。生卒年均不详,公元840年前后在世。长庆元年(821),从刘禹锡学于白帝城。太和中(831前后),为李德裕从事,其后任校书郎、吏部员外郎、司封员外郎等职。大中十年(856)为江陵(今湖北荆州)少尹。咸通时,官至义武军节度使。绚尝记刘禹锡所谈,为《刘宾客嘉话录》一卷;又记李德裕所谈,为《戎幕闲谈》一卷,并传于世。

嘉话录叙[1]

绚少陆机入洛之三岁[2],多重耳在外之二年[3],自襄阳负书笈至江陵[4]。拏叶舟[5],溯巫峡,抵白帝[6]。投谒故赠兵部尚书宾客中山刘公二十八丈[7],求在左右学问。是岁长庆元年春也。蒙丈人许措足侍立,解衣推食[8],晨昏与诸子起居。或因宴集,命坐与话论,大抵根于教诱,而解释经史之错谬。及国朝文人剧谈,卿相新语,异常梦话,美誉善谑,卜祝童谣,佳句廋词[9],即席听之,退而默记。或染翰竹简,簪笔书绅。其不暇记录,因循遗忘者,不知其数。在掌中梵夹者,百存其一焉。今悉依当时逐日所话而录之,不复编次矣。号曰《刘公嘉话录》。传之好事,以为谭柄也[10]。时大中十年二月,朝散大夫江陵少尹上柱国京兆韦绚序。

(〔清〕董诰等编《全唐文》卷七百二十,中华书局,1983年11月第1版,第7414—7415页)

【注 释】

[1]本篇为韦绚所著《刘宾客嘉话录》序言,见载于〔清〕董诰等编《全唐文》

卷七百二十。《刘宾客嘉话录》为宣宗大中十年(856)韦绚在江陵时所作,内容追记穆宗长庆元年(821)刘禹锡在白帝城(今四川奉节)的谈话,故自名其书为《刘公嘉话录》。刘禹锡曾官太子宾客,故今本题为《刘宾客嘉话录》。刘禹锡与韦绚父同为王叔文集团主要人物,关系亲近,所谈自然深广亲切。本书内容广泛,包括"国朝文人剧谈,卿相新语,异常梦话,若谐谑、卜祝、童谣、佳句"等。除部分讨论经传和评价文人及作品的内容外,其余多属小说。其中包括朝廷轶闻、文人轶事及民间传闻等几项内容。今本1卷130条,已非原书面貌,少数出自原书,多为后人羼入。

[2]陆机入洛:晋武帝太康十年(289),陆机和陆云来到京城洛阳拜访时任太常的著名学者张华。张华颇为看重,使得二陆名气大振。时有"二陆入洛,三张减价"之说("三张"指张载、张协和张亢)。本句意思是说,作者投奔至刘禹锡处时,年龄比当年陆机拜访张华时还小三岁。

[3]重耳:即晋文公,姬姓,名重(chóng)耳,侯爵,《左传》等史书称"晋侯重耳",但晋国国君自晋武公起自称公爵,史称晋文公。春秋中前期晋国国君,晋献公之子,晋惠公之兄,政治家、外交家,前636年至前628年在位。他于公元前636年(周襄王十六年)做晋国国君,在位时间仅九年。在做国君之前,他被迫流亡列国,历时达十九年之久,后由秦穆公送回即位。

[4]笈:小竹箱,多用竹、藤编织,用以放置书籍、衣巾、药物等。

[5]拏(ná):操,持。此处是驾小船之意。

[6]白帝:白帝城,在夔州(今重庆奉节)。

[7]刘公二十八丈:指刘禹锡。

[8]解衣推食:把穿着的衣服脱下给别人穿,把正在吃的食物让别人吃。形容对人热情关怀。《史记·淮阴侯列传》:"汉王授我上将军印,予我数万众,解衣衣我,推食食我。"(〔西汉〕司马迁《史记》卷九十二《淮阴侯列传第三十二》)

[9]廋(sōu)词:隐语。《太平广记》卷一百七十四引《嘉话录·权德舆》:"或曰:廋词何也? 曰:隐语耳。"(〔宋〕李昉《太平广记》卷一百七十四《俊辩二》,笔记小说大观本)

[10]谭柄:谈话的话题,谈资。

徐寅

【作者简介】

徐寅，一作徐寅，字昭梦，莆田（今属福建）人。生卒年不详。唐昭宗景福元年（892）登进士第，试《止戈为武赋》，一烛才尽而赋已成。是年授秘书省正字。尝游汴梁，以赋献梁王朱全忠，误触其讳，狼狈辞出。乃作《过大梁赋》取悦朱以谋脱身，赋中有"一眼伧夫，望英风而胆丧"，是指晋王李克用而言。后其赋传到太原，李克用大怒。后回福建，威武军节度使王审知辟为掌书记。李存勖灭梁后，四方诸侯遣使朝贺，庄宗问闽使徐寅，闽使据实而答，庄宗说："归语王审知，父母之仇不可同天，徐寅指斥先帝，尔国何以容之？"于是遂不得用，恨而归隐于莆田延寿溪。泉州刺史王延彬召入幕府，凡十余年，后终卒于延寿溪别墅。长于辞赋，其作流传甚广。寅著述甚多，现存《钓矶文集》十卷、《徐正字诗赋》二卷、《雅道机要》一卷等。事见《五代史补》卷二、《唐才子传校笺》卷一十、《十国春秋》卷九五。

驾幸华清宫赋[1]

开元履国，事促人空

明皇帝号天上来[2]，华清宫兮云际开，离紫禁而千官捧日，出清门兮万骑屯雷。巫山之翠佩珠珰[3]，皆移云雨；洞府之霓旌绛节，尽去蓬莱。当其鲸海澄波，骊山叠翠[4]，架琼宫玉殿之宏绝，锁万户千门之秘邃。上以我无为而国无事，记一千年之历数，富有寰瀛[5]；起五十里之烟霞，长悬梦寐。于是跃马骖龙，烟驭风从，从我者七贵中贵，翊我者姚公宋公。蒙茸之组绣烟花[6]，香随辇辂[7]；错落之星辰日月，影射虚空。及其鳌负瑶台，擎生玉药，翔鸾振鹭以环列，九棘三槐而森峙。玉帛骈积，梯航萃止，隋侯明珠兮饰车马，雾〈索殳〉云罗兮萦步履。飘兰散麝，常薰昭应之香[8]；落翠遗珠，遍鬻新丰之市。鸳鹭麒麟[9]，祯祥日臻，朱阁拜玄元皇帝[10]，金车迎虢国夫人[11]。其有夜光枕贵,玉蕊冠新,春五王之燕语,倚六相于陶钧[12]。其或露冷仙掌,波出渭津,河汉佳期,七夕会牵牛之伴[13];云天胜赏,中秋迎顾兔之伦[14]。莫不龟鼎折年[15],夔龙奉职[16],真人羽客兮荐方术,朱草灵芝兮表生殖,诗成而玉瓮题新,云满而温泉暖极。烟霄可上,期骖彩凤之翔;光景难留,谁束金乌之翼[17]?谏切虽纳,恩深半惑,禄山已变[18],犹期其十月来王;林甫既奸[19],合省其多方蠹国。竹语丝喧,中元上元,叶靖之灵丹旧得,花奴之羯鼓新翻。人间有大贝明珠,皆归戚里;世上无清歌妙舞,不属梨园。是何乐极悲来,时移代促,燕中之铁马俄起,环上之罗衣莫赎。华清宫观兮阒无人,山青兮水绿。

（〔清〕陆心源辑《唐文拾遗》卷四十五,见《全唐文》附录,中华书局,1983 年 11 月第 1 版,第 10886 页）

【注　释】

[1]本篇为〔唐〕徐夤所撰,见载于〔清〕陆心源辑《唐文拾遗》卷四十五。华清宫,亦名华清池,位于西安市临潼区骊山北麓,西距西安 30 公里,南依骊山,北临渭水,是以温泉汤池著称的中国古代离宫。周、秦、汉、隋、唐等历代帝王都在这里修建过行宫别苑,以资游幸。相传从西周的周幽王开始就曾在这里修建离宫。秦、汉、隋各代先后重加修建,到了唐代又数次增建。到了唐玄宗时又大兴土木,治汤井为池,环山列宫殿,此时才有"华清宫"之名。因宫在温泉上面,所以也称华清池。唐代华清池是帝王妃嫔游宴的行宫,每年十月到此,第二年春天才返回。唐天宝六载(747)扩建后,唐玄宗每年携杨贵妃到此过冬沐浴,在此赏景。据记载,唐玄宗从开元二年(714)到天宝十四载(755)的 41 年时间里,先后来此达 36次之多。

历代以华清宫为题材或背景的文学作品,都很多见。著名的如白居易《长恨歌》、杜牧《过华清宫》等皆是。〔唐〕韩休有与本篇《驾幸华清宫赋》同题之作,可与本篇相参看,其辞曰:"惟我皇御宇兮法象乾坤,天步顺动兮行幸斯存,雨师洒路兮九门洞启,千旗火生兮万乘雷奔。紫云霏微,随六龙而欲散还聚;白日照耀,候一人兮当寒却温。苾上豫游以叶运,岂伊沐浴而足论?若北骑殿后,钩陈启前,辞紫殿而鱼不在藻,出青门而龙见田。霜戟森森以星布,玉辂迢迢而天旋,声明动野,文物藻川。月落凤城,已涉于元灞;日生冽希俄届于甘泉。于是登三休兮憩神辔,朝百辟兮礼容备。玉堂凭几,面鄗野以高明;石溜象蒙,绕龙宫之清邃。处无为兮既端拱,时或濯兮温泉涌。圣躬清兮圣德广,四目明兮四聪朗,与元气之氤氲,如晴空之涤荡。观夫巍峨宫阙,隐映烟霞,上薄鸟道,经迴日车,路临八水,砌比万家。楼观排空,时既知于降圣;忠良在位,谅勿疑于去邪。儒有鹏无翼,风有抟,每俟命以居易,尚愧躬于才难。观国光以举趾,历华清而展欢,不赓歌以瑁夫何足以自安?为歌曰:素秋归兮元冬早,王是时兮出西镐,幸华清兮顺天道。琼楼架虚兮灵仙保,长生殿前兮树难老,甘液流兮圣躬可澡,俾吾皇兮亿千寿考。”(〔清〕董诰等编《全唐文》卷二百九十五)

[2]明皇帝:指唐明皇,即唐玄宗李隆基。唐玄宗李隆基(685—762),亦称唐明皇。712年至756年在位。唐睿宗李旦第三子,母窦德妃。唐隆元年(710)六月庚子日申时,李隆基与太平公主联手发动“唐隆政变”诛杀韦后。712年李旦禅位于李隆基,后赐死太平公主,取得了国家的最高统治权。唐玄宗在位前期注意拨乱反正,任用姚崇、宋璟等贤相,励精图治,他的开元盛世是唐朝的极盛时期,后期宠爱杨贵妃,怠慢朝政,宠信奸臣李林甫、杨国忠等,加上政策失误和重用安禄山等佞臣,导致了后来长达八年的安史之乱,为唐朝中衰埋下伏笔。756年李亨即位,尊其为太上皇。762年病逝。

[3]巫山之翠:指苍翠的大山。

珠珰(dāng):珰珠,古时珠分九品,珰珠为上品珠。

[4]骊山:在陕西省临潼县东南,因古骊戎居此得名。《汉书·刘向传》:“秦始皇葬于骊山之阿,下锢三泉,上崇山坟,其高五十余丈,周回五里有余。”(〔东汉〕班固《汉书》卷三十六《楚元王传第六》)

[5]寰瀛(huányíng):天下,全世界。

[6]蒙茸:草木葱茏之貌。

[7]辇辂:皇帝的车舆,借指皇帝。《旧唐书·肃宗纪赞》:“犬羊犯顺,辇辂播迁。”(〔后晋〕刘昫等《旧唐书》卷十《本纪第十》)

[8]昭应:应验;相应。〔晋〕干宝《搜神记》:“盖至孝感天神,昭应如此。”(〔东晋〕干宝《搜神记》卷十一)《文选·颜延之〈三月三日曲水诗序〉》:“晷纬昭应,山渎效灵。”李周翰注:“晷,日;纬,星也。昭应,谓明而不错乱也。”(〔唐〕李善注《文选》卷四十六,胡克家重刊本)

[9]鸑鷟(yuèzhuó):凤。《国语·周语上》:“周之兴也,鸑鷟鸣于岐山。”(〔战国〕《国语》卷一《周语上》)韦昭注:“三君云:鸑鷟,凤之别名也。《诗》云:‘凤皇鸣矣,于彼高冈。’其在岐山之脊乎?”

[10]玄元皇帝:唐奉老子为始祖,于乾封元年二月追号为“太上玄元皇帝”,天宝二年正月加尊号“大圣祖”三字,天宝八载六月又加尊号“圣祖大道玄元皇帝”。见《旧唐书·高宗纪下》及《礼仪志四》。

〔11〕虢(guó)国夫人:唐杨贵妃姊。排行老三,先嫁裴氏,天宝七载封为虢国夫人,得宠遇。天宝十五载安禄山陷长安,随玄宗、贵妃西行,途中为陈仓令薛景仙所杀。

〔12〕陶钧:比喻治国的大道。《史记·鲁仲连邹阳列传》:"是以圣王制世御俗,独化于陶钧之上。"裴骃集解引《汉书音义》:"陶家名模下圆转者为钧,以其能制器为大小,比之于天。"司马贞索隐引张晏曰:"陶,冶;钧,范也。作器,下所转者名钧。"(〔西汉〕司马迁《史记》卷八十三《鲁仲连邹阳列传第二十三》,百衲本)

〔13〕七夕会牵牛之伴:指七夕(农历七月初七)牛郎织女相见之神话。

〔14〕顾兔:古代神话传说月中阴精积成兔形,后因以为月的别名。《楚辞·天问》:"厥利维何,而顾菟在腹?"王逸注:"言月中有菟,何所贪利;居月之腹,而顾望乎?"洪兴祖补注:"菟,与兔同。《灵宪》曰:月者,阴精之宗,积而成兽,象兔,阴之类,其数偶。"(〔宋〕洪兴祖补注《楚辞补注》卷三)

〔15〕龟鼎:元龟与九鼎。古时为国之重器。因以比喻帝位。《后汉书·宦者传序》:"自曹腾说梁冀,竟立昏弱。魏武因之,遂迁龟鼎。"(〔南朝·宋〕范晔《后汉书》卷一百八十《宦者列传第六十八》)《旧唐书·刘幽求传》:"外戚专政,奸臣擅国,将倾社稷,几迁龟鼎。"(〔后晋〕刘昫等《旧唐书》卷九十七《列传第四十七》)

〔16〕夔龙:相传舜的二臣名,夔为乐官,龙为谏官。

〔17〕金乌:古代神话传说太阳中有三足乌,故用金乌代称太阳。〔汉〕刘桢《清虑赋》:"玉树翠叶,上栖金乌。"(〔唐〕徐坚《初学记》卷二十七《宝器部》,四库全书本)〔唐〕李涉《寄河阳从事杨潜》:"金乌欲上海如血,翠色一点蓬莱光。"(〔清〕彭定求等编《全唐诗》卷四百七十七,扬州诗局本)

〔18〕禄山已变:指安禄山兵变。天宝十四载(755)十一月,安禄山在范阳起兵,以讨杨国忠,清君侧为名,与平卢节度使史思明发动叛乱。

〔19〕林甫既奸:唐玄宗李隆基朝代的著名奸相李林甫,弄权误国。

何光远

【作者简介】

何光远，字辉夫，东海（今属江苏）人，生卒年不详，约后晋高祖天福初前后（约936）在世。好学嗜古。蜀孟昶广政初（938），为普州军事判官。著有《鉴戒录》十卷（《宋史·艺文志》著录为三卷，《四库全书总目》著录为十卷），其书多记唐及五代间事，而蜀事为多。又著有《广政杂录》，并传于世。

屈名儒[1]

唐末宰臣张文蔚、中书舍人封舜卿等奏[2]："前有名儒屈者十有五人，请赐孤魂及第。"方干秀才是其数矣。每见人设三拜而已，谓礼数有三，识者呼为"方三拜"，亦曰方十四郎。干为人唇缺，连应十余举，有司议干才则才矣[3]，不可与缺唇人科名，四夷所闻[4]，为中原鲜士矣[5]。干潜知所论[6]，遂归镜湖。后十数年，遇医补得，年已老矣，遂举足不出镜湖，时人号曰补唇先生。弟子李频等皆中殊科。干可谓屈人矣。故有《镜湖西岛闲居》诗曰："寒山压镜心，此处是家林。梁燕欺春醉，岩猿学夜吟。云连平地起，月向白波沉。犹自闻钟角，栖身可在深。"又诗："世人如不容，吾自纵天慵。落叶凭风扫，秋粳任水舂。花朝连郭雾，雪夜隔湖钟。身在能无事，头宜白此峰。"又《感怀》云："至业不得力，至今犹苦吟。吟成五字句，使破一生心。世路屈声满，云溪冤气深。前贤多晚达，莫怕鬓霜侵。"李频上第后，干寄诗曰："弟子已攀桂[7]，先生犹卧云。"此恨之深矣。干为诗炼句，字字无失。如《寄友人》云："鹤盘远势投孤屿，蝉曳残声过别枝。"齐梁已来未有此句。《咏击瓯》则体绝物理，诗人罢唱。诗曰："白器敲来曲调成，腕头匀细自轻清。随风摇曳有余韵，侧水浅深多泛声。春漏丁当相次发，寒蝉计会一时鸣。从今已得佳声出，众乐无由更得名。"干与杭州于郎中为砚席之知[8]，因求举粮远游郡所。杭牧疑干为诗无卒才[9]，因夜宴与"飞"字韵，请赋一章。干半酣，书成，合筵惊骇，于赠二百千充润五十六字。于可谓奖士矣。诗曰："闲世星郎夜宴时，丁丁寒漏滴声微。琵琶弦促千般调，鹦鹉杯深四散飞[10]。遍请玉容歌白雪[11]，高烧红蜡照朱衣。人间有此荣华事，争遣渔翁恋钓矶[12]。"又李先辈《于澧阳陪杜惊司空宅宴席上赋得"桃"字》诗曰："红灯初上月轮高，照见堂前万朵桃。觱篥调清银字管[13]，琵琶声亮紫檀槽[14]。能歌姹女颜如玉[15]，解饮萧郎眼似刀。争禁夜深抛耍令[16]，舞来按去使人劳[17]。"又杜公镇荆渚日，夜宴出歌姬送酒，李群玉校书于烛下飞笔献杜诗曰[18]："裙拖六幅潇湘水，鬓耸巫山一段云[19]。态貌只应天上有，歌声岂合世间闻。胸前瑞雪灯斜照，眼底桃花酒半醺。不是相如怜赋客，肯教容易见文君[20]。"又卢延让《冬夜宴柳驸马宅得"更"字》诗曰[21]："兰堂夜宴在秦城，座上荷衣倍觉荣。金鼎烹炮过百味[22]，铜壶刻漏转三更[23]。红妆伎出催添烛，白雪歌迟待暖笙[24]。犹自何郎欢不足，桂华未谢玉蜂倾。"昔章先辈《于李使君筵赠歌人刘小小得"娘"字》，当时名公无不赏俊。诗曰："诸侯帐下惯新妆，皆怯刘家薄媚娘[25]。宝髻巧梳金翡翠[26]，罗裙宜著绣鸳鸯。轻轻舞汗初沾袖，细细歌声欲绕梁。何事不归巫峡去，故来人世断人肠[27]。"已上五公之诗虽绮靡香艳，而含蓄情思皆不及施肩吾《夜宴曲》云[28]："兰钉如昼买不眠，玉炉夜起沉香烟[29]。青娥一行十二仙，欲笑不笑桃花然。碧窗弄娇梳洗懒，户外不知银汉转[30]。被郎嗔罚屠苏盏[31]，酒入四肢红玉软。"

（〔后晋〕何光远《鉴戒录》卷八，学海类编本）

【注　释】

[1]本篇选自何光远《鉴戒录》卷八。《鉴戒录》，或题为《鉴诚录》，为唐五代笔记小说集。全书共十卷，66则，每则冠以三字标题。内容多记唐和五代间事，而以蜀事为多。其中"金统事"等44则是记载诗本事的，如"禅月吟"述诗僧贯休事，"贾忤旨"记贾岛事，颇详尽；"钓巨鳌"记张祜见李绅事，和赵令《侯鲭录》记作李白见时相事不同；"削古风"记杜荀鹤写《时世行》刺朱温本事，为治文学史者的重要考订资料。因此，此书实际带有诗话性质，宋人阮阅曾列入《诗话总龟·集一百家诗话总目》中，《四库全书》收入小说家类。《四库全书总目》指出书中有附会、讹传的记载，但也认为它作为"五代旧书"，"所载佚事遗文，往往可资采掇"。

本篇《屈名儒》，主要写唐代多位有真才实学且有文名者，却未能及第，故曰

"屈名儒"。文中列举了数位，且展示了他们的文学才能。

[2]张文蔚(？—908)：河间(今属河北)人，唐昭宗天复四年(904)初拜相。天祐四年(907)，朱全忠灭唐，任后梁宰相。封舜卿(？—约930)：字赞圣，渤海县人，其祖先世居渤海蓨县。父封敖，曾任户部尚书。梁代做过礼部侍郎。开平三年知贡举，出使幽州(今北京)，与门生郑致雍同行，又与致雍同受命为翰林学士。才思拙涩，经常由郑致雍代笔。后唐庄宗同光二年，以太子少保致仕。

[3]有司：泛指官吏或官府。古代设官分职，各有专司，故称。《书·大禹谟》："好生之德，洽于民心，兹用不犯于有司。"(孔安国传、孔颖达疏《尚书正义》卷四《大禹谟第三》，阮元校刻本)〔西汉〕桓宽《盐铁论·疾贪》："今一二则责之有司，有司岂能缚其手足而使之无为非哉？"(〔西汉〕桓宽《盐铁论》卷六)

[4]四夷所闻：四邻其他国家听说了(这件事)。夷：古时用以指中原以外的各民族。

[5]鲜士：人才稀少，缺少人才。

[6]潜：秘密地，暗中。

[7]攀桂：折桂，喻科举登第。

[8]砚席：砚台与坐席，借指读书写作或执教之处。此处指同窗。

[9]卒才：兴成篇的能力。卒：同"猝"。

[10]鹦鹉杯：一种酒杯。用鹦鹉螺制成。〔隋〕薛道衡《和许给事善心戏场转韵诗》："共酌琼酥酒，同倾鹦鹉杯。"(〔唐〕徐坚《初学记》卷十五《乐部上》，四库全书本)〔唐〕骆宾王《荡子从军赋》："凤凰楼上罢吹箫，鹦鹉杯中休劝酒。"(〔清〕董诰等《全唐文》，卷一百九十七，扬州官刻本)

[11]白雪：古琴曲名，传为春秋晋师旷所作。〔战国楚〕宋玉《讽赋》："中有鸣琴焉，臣援而鼓之，为《幽兰》《白雪》之曲。"(〔清〕严可均辑《全上古三代文》卷十，清光绪王毓藻刻本)《淮南子·览冥训》："昔者师旷奏《白雪》之音，而神物为之下降。"(〔西汉〕刘安《淮南子》卷六《览冥训》)〔三国·魏〕嵇康《琴赋》："扬《白雪》，发清角，理正声，奏妙曲。"(〔清〕严可均辑《全三国文》卷四十七《魏四十七》，影清光绪王毓藻刻本)〔唐〕李白《月夜听卢子顺弹琴》："《白雪》乱纤手，《绿水》清虚心。"(〔清〕彭定求等编《全唐诗》卷一百八十二，扬州诗局本)后用白雪喻指高雅的诗词。

[12]争：怎。

钓矶：钓鱼时坐的岩石。这两句意思是说，世间这么多的荣华富贵之事，让渔翁怎能甘于同钓鱼的石头做伴呢？

[13]觱篥(bìlì)：又称觱栗，汉代的一种管乐器，形似喇叭，以芦苇作嘴，以竹做管，吹出的声音悲凄。又称"筚管"、"头管"。本出西域龟兹，后传入内地，为

隋、唐燕乐及唐、宋教坊乐的重要乐器。〔宋〕陈旸《乐书》："觱篥一名悲篥,一名
笳管,羌胡龟兹之乐也。以竹为管,以芦为首,状类胡笳而九窍,所法者角音而甚
悲篥,胡人吹之,以惊中国马焉。"(〔元〕马端临《文献通考》卷一百三十八,浙江书
局本)

[14]紫檀槽:用紫檀木做的或色如紫檀木的盛酒或注酒器。紫檀:名贵木
材,木材坚实,紫红色,可做贵重家具、乐器或美术品。俗称红木。

[15]姹(chà)女:亦作"妊女",少女,美女。《后汉书·五行志一》:"河间 姹
女工数钱,以钱为室金为堂。"(〔南朝·宋〕范晔《后汉书》卷二十三《五行一》)

[16]耍令:唐宋时一种说唱或兼伴舞的民间技艺。

[17]挼(ruó):挪动。

[18]李群玉:唐代澧州人,极有诗才,"居住沅湘,崇师屈宋",诗写得十分好,
早年杜牧游澧时,劝他参加科举考试,但他"一上而止",宰相裴休视察湖南,郑重
邀请李群玉再作诗词,他"徒步负琴,远至辇下",进京向皇帝奉献自己的诗歌"三
百篇"。唐宣宗遍览其诗,称赞"所进诗歌,异常高雅",并赐以"锦彩器物","授弘
文馆校书郎"。三年后辞官回归故里,死后追赐进士及第。

[19]巫山一段云:唐教坊曲,原咏巫山神女事。后用为词牌。双调小令,四
十四字,前后片各三平韵。也用于形容女子美丽的鬓发或优美的身段。本处用法
为后者。

[20]文君:指与司马相如私定终身的卓文君。景帝中元六年,司马相如回到
蜀地,恰巧那里的富豪卓王孙,备了宴席请客。县令王吉和司马相如一起参加了
宴会。客人被司马相如的堂堂仪表和潇洒的风度所吸引,正当酒酣耳热的时候,
王吉请司马相如弹一曲助兴。司马精湛的琴艺,博得众人的好感,更使那隔帘听
曲的卓文君倾倒。卓文君是富豪卓王孙的女儿,因丈夫刚死,才回到娘家守寡,她
听到司马相如的琴声,如痴如醉,又见他的相貌堂堂,有了好感。此后,他们两人
经常来往,便产生了爱慕之情。一天夜里,卓文君没有告诉父亲,就私自去找司马
相如,他们一起跑到成都组成了家庭。

[21]卢延让:字子善,范阳人。生卒年均不详,约唐昭宗天复中(902)前后在
世。天才卓绝,为诗师薛能,词意入僻,不尚织巧,多壮健语,为人所嗤。侍御史吴
融出官峡中,时延让布衣游荆渚,贫无卷轴,未遑贽谒。适融北得延让诗百余篇,
融读之,惊为去人远绝,虽浅近,然自成一体。遂厚礼待之,赠给甚多,且为与扬。
光化三年(900),登进士第。郎陵雷满辟为从事。满败,归蜀王建,授水部员外
郎。累迁给事中。终刑部侍郎。延让著有诗集一卷。

[22]烹炮:亦作"烹炰",烧煮熏炙,即各种烹饪方法。

[23]刻漏:古计时器。以铜为壶,底穿孔,壶中立一有刻度的箭形浮标,壶中

水滴漏渐少,箭上度数即渐次显露,视之可知时刻。〔汉〕荀悦《汉纪·哀帝纪上》:"刻漏以一百二十为度。"(〔汉〕荀悦《前汉纪》卷第二十八《孝哀皇帝纪》,四库全书本)

[24]暖笙:笙中有簧,以火烘焙,也称"爇笙"。〔唐〕秦韬玉《吹笙歌》:"纤纤软玉捧爇笙,深思香风吹不去。"(〔清〕彭定求等编《全唐诗》卷六百七十,扬州诗局本)

[25]薄:刻薄鄙夷之意。

[26]金翡翠:金子制成翡翠鸟式样的头饰。

[27]何事不归巫峡去,故来人世断人肠:为什么不回到巫峡中去,而要来人世,让人如此动情以至肝肠寸断?此两句暗用巫山神女之典,喻指歌伎身姿优美和歌声动人。

[28]施肩吾:字希圣,号东斋,桐庐分水县桐岘乡人,唐代著名诗人。少因家境贫寒,在桐庐县分水镇东面五云山和尚寺读书。后与徐凝在桐庐高翔龙门寺读书,唐宪宗元和十五年(820)登同榜进士,施肩吾中头名状元,但当时因朝廷腐败,官员拉帮结派,勾心斗角,互相残害,施肩吾不愿混迹其中,于是写了一首《上礼部侍郎陈情》诗,回到故里,未待朝廷授官,又到江西洪州潜心学道修仙。曾寄书徐凝说:"仆虽忝成名,自知命薄,遂栖止玄门,养性林壑。"

[29]沉香:薰香料名。又称沉水香、蜜香。

[30]银汉:天河,银河。〔南朝·宋〕鲍照《夜听妓》诗:"夜来坐几时,银汉倾露落。"

[31]屠苏:药酒名。古代风俗,于农历正月初一饮屠苏酒,亦作"屠酥"。〔南朝·梁〕宗懔《荆楚岁时记》:"(正月一日)长幼悉正衣冠,以次拜贺,进椒柏酒,饮桃汤,进屠苏酒……次第从小起。"(〔晋〕宗懔《荆楚岁时记》,四库全书本)

诗歌部

凌　敬

【作者简介】

凌敬，《全唐诗》作陆敬，误。郑州管城(今河南郑州市)人。起初在窦建德部下任职，担任国子祭酒。武德四年(621)，向窦建德献策，乘唐国之虚以取河东，窦建德没有听取他的建议。建德兵败后，归降唐朝，官至魏王府文学。《旧唐书·经籍志》《新唐书·艺文志》皆著录《凌敬集》十四卷，已佚。今存诗四首。事迹散见于《元和姓纂》卷五、《旧唐书·窦建德传》《唐诗纪事》卷三。

巫山高[1]

巫岫郁岧峣[2]，高高入紫霄[3]。
白云抱危石[4]，玄猿挂迥条[5]。
悬崖激巨浪，脆叶陨惊飙[6]。
别有阳台处，风雨共飘飖[7]。

（《全唐诗》卷三十三，中华书局点校本，1960年4月第1版，第455页）

【注　释】

[1]《巫山高》：本为汉乐府《鼓吹曲》中《铙歌》十八曲第七首曲名。乐府是始建于秦朝的音乐机构。汉袭秦制，所以汉初也建立了乐府。汉武帝时，乐府规模扩大。《汉书·礼乐志》说：“至武帝定郊祀之礼，祠太一于甘泉，就乾位也；祭后土于汾阴，泽中方丘也。乃立乐府，采诗夜诵，有赵代秦楚之讴。以李延年为协律都尉，多举司马相如等数十人造为诗赋，略论律吕，以合八音之调，作十九章之歌。”（《汉书》卷二十二·礼乐志第二）又，《汉书·艺文志》曰：“自孝武立乐府而

采歌谣,于是有代赵之讴,秦楚之风,皆感于哀乐,缘事而发,亦可以观风俗,知薄厚云。"(《汉书》卷三十·艺文志第)从以上记述可以看出,乐府的主要任务为统治阶级创制新作品和收集、整理、改编民间音乐,并在郊祀、宴飨、道路游行以及军中等场合进行表演。采集乐府民歌的乐工绝大部分都是来自民间的具有丰富艺术经验的艺人。所谓汉《铙歌》,据〔宋〕郭茂倩《乐府诗集》所引《古今乐录》载:"汉《鼓吹铙歌》十八曲……一曰《朱鹭》、二曰《思悲翁》、三曰《艾如张》、四曰《上之回》、五曰《拥离》、六曰《战城南》、七曰《巫山高》、八曰《上陵》、九曰《将进酒》、十曰《君马黄》、十一曰《芳树》、十二曰《有所思》、十三曰《雉子斑》、十四曰《圣人出》、十五曰《上邪》、十六曰《临高台》、十七曰《远如期》、十八曰《石留》。"(《乐府诗集》卷十六·鼓吹曲辞一)到了魏晋时代,作为军中之乐的汉《铙歌》,如《巫山高》等曲,则以诗歌形式留了下来。现存最早的古辞《巫山高》,内容写一游子,临水远望,不得东归,抒发了游子的怀乡之情。其辞云:"巫山高,高以大。淮水深,深以逝。我欲东归,害不为?我集无高,曳水何梁,汤汤回回。临水远望,泣下沾衣。远道之人心思归,谓之何?"(《乐府诗集》卷十六·鼓吹曲辞一)到了齐梁时代,由于巫山险峻秀美的自然风光与宋玉编撰的神女故事所共同形成的独特的吸引力,《巫山高》一曲,则被文人借用来作为专写巫山情景物事和神女传说的诗歌体式了,郭茂倩《乐府诗集》引《乐府题解》曰:"古词言,江淮水深,无梁可度,临水远望,思归而已。若齐王融想象巫山高,梁范云巫山高不极。杂以阳台神女之事,无复远望思归之意也。"(《乐府诗集》卷十六·鼓吹曲辞一)自隋唐以后,这种专写巫山情景物事与神女传说的诗歌体式的句式长短逐渐变得灵活多样。但一些诗人所作的《巫山高》仍保留了齐梁时代《巫山高》五言八句的形式,而且其中一些诗作音韵格律逐渐规范,具有了近体诗五言律诗的特点。《巫山高》自汉乐府《铙歌》发展衍变而来,随着时代的变迁,其形式亦多有变化,但是汉代乐府古诗风韵犹存,这都是历代诗人相与仿习的结果。

[2]巫岫:巫山,又称"大巫山"。在今重庆市东北部,自重庆市巫山县城东大宁河起,至巴东县官渡口止,绵延40余公里,北与大巴山相连,主峰乌云顶海拔2400米。形如"巫"字,所以称"巫山"。长江川流其中,形成三峡。〔北魏〕郦道元《水经注·江水》:"其下十余里,有大巫山,非惟三峡所无,乃当抗峰岷、峨,偕岭衡、疑。其翼附群山,并概青云,更就霄汉。"又曰:"丹山西即巫山者也。又帝女居焉。宋玉所谓天帝之季女,名曰瑶姬,未行而亡,封于巫山之阳。精魂为草,实为灵芝,所谓巫山之女,高唐之阻。旦为行云,暮为行雨,朝朝暮暮,阳台之下。旦早视之,果如其言,故为立庙,号朝云焉。"(《水经注》卷三十四)

岩峣(tiáo yáo):山高峻的样子。〔三国·魏〕曹植《九愁赋》:"践蹊隧之危阻,登岩峣之高岑。"(《曹子建集》卷二)

〔3〕紫霄:紫色的天空,因云霞映日而成。

〔4〕"白云"句:〔南朝·宋〕谢灵运《过始宁墅》:"白云抱幽石,绿筱媚清涟。"(《秦汉魏晋南北朝诗》宋诗卷二)危石,高处的山石。

〔5〕迥(jiǒng)条:远处的树条。迥,远。

〔6〕飙(biāo):疾风,暴风。此句意谓:脆弱的树叶因为疾风的来临从树上飘落下来。

〔7〕阳台:台观名。传说为巫山神女的居处。〔战国·楚〕宋玉《高唐赋》载,楚王游高唐,"怠而昼寝,梦见一妇人曰:'妾,巫山之女也。为高唐之客。闻君游高唐,愿荐枕席。'王因幸之。去而辞曰:'妾在巫山之阳,高丘之阻,旦为朝云,暮为行雨。朝朝暮暮,阳台之下。'"(《文选》卷十九·赋癸)后亦以"阳台"喻指男女欢会之所。飘飘:飘荡、飞扬之意。〔汉〕边让《章华台赋》:"罗衣飘飘,组绮缤纷。"(《全后汉文》卷八十四)

杨师道

【作者简介】

　　杨师道（？—647），字景猷，弘农华阴（今陕西华阴）人。隋宗室。入唐，授上仪同。尚桂阳公主，超拜吏部侍郎。累转太常卿，封安德郡公。贞观十年（636），为侍中。十三年，为中书令。十七年，罢为吏部尚书。十九年，从太宗征高丽，为中书令，不久被贬为工部尚书。官终太常卿。二十一年（647）卒，赠吏部尚书、并州都督，谥曰懿。师道雅善篇什，兼工草隶。《旧唐书·经籍志》著录有集十卷，已散佚。今存诗一卷，计二十四首。事见《旧唐书》卷六十二、《新唐书》卷一百本传及《唐诗纪事》卷四、《书史》卷五。

初宵看婚

洛城花烛动，戚里画新蛾[1]。

隐扇羞应惯[2]，含情愁已多。

轻啼湿红粉，微睇转横波[3]。

更笑巫山曲，空传暮雨过[4]。

（《全唐诗》卷三十四，中华书局点校
本，1980 年 4 月第 1 版，第 459 页）

【注　释】

[1]洛城：洛阳。

戚里：帝王外戚聚居之处。

画新蛾：指给新娘的眉毛化新妆。蛾，即蛾眉。蚕蛾触须细长而弯曲，因以比喻女子美丽的眉毛。

[2]隐扇：古代婚礼，新娘以纱扇遮面，后世改为盖头。

[3]睇：斜着眼看。

横波：比喻女子眼神流动，如水横流。《文选·傅毅〈舞赋〉》："眉连娟以增绕兮，目流睇而横波。"李善注："横波，言目邪视，如水之横流也。"（《文选》卷十七）

[4]"更笑"句：用巫山神女事。〔战国·楚〕宋玉《高唐赋》记楚王梦遇巫山神女。神女离开时说："妾在巫山之阳，高丘之阻，旦为朝云，暮为行雨。朝朝暮暮，阳台之下。"（《文选》卷十九·赋癸）此以"暮雨"代指巫山神女。巫山，见凌敬《巫山高》注[2]。

郑世翼

【作者简介】

郑世翼,因避唐太宗李世民讳,又作郑代翼或郑翼,郑州荥阳(今属河南)人。弱冠有盛名。武德中,历万年丞、扬州隶事参军,数以言辞忤人。贞观中坐怨谤,配流巂州卒。撰有《交游传》二卷,颇行于时,今佚。《旧唐书·经籍志》及《新唐书·艺文志》均著录有《郑世翼集》八卷,已散佚。今存诗五首。事见《旧唐书》卷一百九十、《新唐书》卷二百〇一。

巫山高[1]

巫山凌太清,岩峣类削成[2]。
霏霏暮雨合,霭霭朝云生[3]。
危峰入鸟道,深谷写猿声[4]。
别有幽栖客,淹留攀桂情[5]。

(《全唐诗》卷三十八,中华书局点校
本,1960年4月第1版,第488页)

【注　释】

[1]巫山高:乐府旧题,属汉铙歌曲,多咏巫山之事。详见凌敬《巫山高》注[1]。

[2]巫山:见凌敬《巫山高》注[2]。

太清:天空,古人认为天系清而轻的气所构成,故称太清。见凌敬《巫山高》注[2]。

削成:形容陡峻。

[3]霏霏:雨雪纷飞的样子。《诗·小雅·采薇》:"今我来思,雨雪霏霏。"霭霭:云盛的样子。〔晋〕陶渊明《停云》:"霭霭停云,蒙蒙时雨。"(《陶渊明集》卷之

一·诗四言）

朝云、暮雨：〔战国·楚〕宋玉《高唐赋》描写楚王与巫山神女幽会,神女临别之际说："妾在巫山之阳,高丘之阻;旦为朝云,暮为行雨。朝朝暮暮,阳台之下。"（《文选》卷十九·赋癸）这里通过联想,描写巫山的景象。

[4]危峰：高峰。危,高。

鸟道：鸟飞行的路,形容山路险峻狭窄,只有飞鸟可度。

写：同"泻",流下。

[5]幽栖：隐居。幽栖客,即隐士。

淹留：滞留、停留。《楚辞·离骚》："时缤纷其变易兮,又何可以淹留?"〔三国·魏〕曹丕《燕歌行》："慊慊思归恋故乡,君何淹留寄他方?"（《魏文帝集》卷六）

攀桂：《楚辞·招隐士》："桂树丛生兮山之幽,偃蹇连蜷兮枝相缭。山气茏从兮石嵯峨,溪谷崭岩兮水曾波。猿狖群啸兮虎豹嗥,攀援桂枝兮聊淹留。"这里用"攀桂"表示游赏山林。

李世民

【作者简介】

　　李世民（599—649），祖籍陇西成纪（今甘肃秦安），徙居长安（今陕西西安）。高祖李渊次子。隋末劝李渊起兵反隋。唐武德元年（618）为尚书令，进封秦王。九年，发动玄武门之变，得为太子，继而即帝位，次年改元贞观。卒谥文，庙号太宗。追尊文武大圣大广孝皇帝。在位期间，政治修明，经济发展，史称"贞观之治"。先后开设文学馆、弘文馆，招延文士，讨论典籍，编纂类书，吟咏唱和，对唐代三百年风雅之盛，有启迪倡导之功。原有《唐太宗集》三十卷，又撰《帝范》四卷，俱散佚。生平事迹见《旧唐书》卷二、《新唐书》卷二本纪。

赋得含峰云[1]

翠楼含晓雾[2]，莲峰带晚云[3]。
玉叶依岩聚[4]，金枝触石分[5]。
横天结阵影，逐吹起罗文[6]。
非复阳台下，空将惑楚君[7]。

（《全唐诗》卷一，中华书局点校本，1960 年 4 月第 1 版，第 15 页）

【注　释】

　　[1]这首诗写雾气笼罩的山峰。含峰云：掩盖峰峦的云雾。

　　[2]翠楼：华美的楼阁。《艺文类聚》六十三引〔汉〕李尤《平乐观赋》："大厦累而鳞次，承岩峣之翠楼。"〔南朝·梁〕江淹《山中楚辞》之二："日华粲于芳阁，月金披于翠楼。"（《秦汉魏晋南北朝诗》梁诗卷四）

〔3〕莲峰:似指华山莲花峰。

〔4〕玉叶:树叶的美称。《太平御览》卷七百二十引〔晋〕崔豹《古今注》:"华盖,黄帝所作也,与蚩尤战于涿鹿之野,常有五色云气,金枝玉叶,止于帝上。"

〔5〕金枝:树枝的美称。

触石分:树枝在生长中遇有岩石阻碍时而分蘖旁出。

〔6〕阵影:阵云,谓云叠起如兵阵。

逐吹:指雾气被风吹动。

文,同"纹"。

〔7〕阳台:台观名,用巫山神女之典,见凌敬《巫山高》注〔7〕。这两句言此地不是当年的阳台,而作者也不是昔日的楚王,作者并不迷恋女色,纵有女神,也迷惑不了自己。

上官仪

【作者简介】

上官仪(约608—664),字游韶,陕州陕县(今河南陕县)人。幼遭父难,出家为僧,精研释典,博览经史,工于文词。太宗贞观初,登进士第,召授弘文馆直学士,迁秘书郎。预撰《晋书》,转起居郎。高宗即位,为秘书少监。龙朔二年(662),迁西台侍郎、同东西台三品。麟德元年(664),武后指使许敬宗构陷仪参与梁王李忠谋反事,下狱死。仪工于五言,以绮错婉媚为本,时称"上官体"。又创"六对"、"八对"之说,对律诗的发展有所贡献。然其诗多为应制奉和之作,粉饰升平,形式华美而内容空泛。《旧唐书·经籍志下》《新唐书·艺文志四》著录文集三十卷,已佚,今存诗一卷。传在《旧唐书》卷八十、《新唐书》卷一百〇五。

八咏应制二首[1]（其一）

启重帷,重帷照文杏[2]。
翡翠藻轻花,流苏媚浮影[3]。
瑶笙燕始归[4],金堂露初晞[5]。
风随少女至[6],虹共美人归[7]。
罗荐已擘鸳鸯被[8],绮衣复有蒲萄带[9]。
残红艳粉映帘中,戏蝶流莺聚窗外。
洛滨春雪回[10],巫峡暮云来[11]。
雪花飘玉辇,云光上璧台[12]。
共待新妆出,清歌送落梅[13]。

（《全唐诗》卷四十,中华书局点校本,1980年4月第1版,第506页）

【注　释】

[1]应制:特指应皇帝之命写作诗文,亦以称其所作。〔南朝·宋〕谢庄有《七夕夜咏牛女应制》诗。

[2]文杏:银杏,俗称白果树,可作屋梁。

[3]流苏:用彩色羽毛或丝线等制成的穗状垂饰物。常饰于车马、帷帐等物上。《文选·张衡〈东京赋〉》:"驸承华之蒲梢,飞流苏之骚杀。"李善注:"流苏,五采毛杂之以为马饰而垂之。"(《文选》卷三·赋乙)〔唐〕卢照邻《长安古意》:"龙衔宝盖承朝日,凤吐流苏带晚霞。"(《全唐诗》卷四十一)

[4]瑶笙:用美玉装饰的笙。〔南朝·梁〕江淹《丹砂可学赋》:"虽瑶笙及金瑟,离翠帐与丹帱。"(《全梁文》卷三十四)〔唐〕戴叔伦《赠月溪羽士》:"更弄瑶笙罢,秋空鹤又鸣。"(《全唐诗》卷二百七十三)

[5]晞:干,干燥。

[6]少女:指西风。语出《三国志·魏志·管辂传》"共为欢乐"裴松之注引《管辂别传》:"树上已有少女微风,树间又有阴鸟和鸣。"兑为少女,西方之卦,故称西风为少女风。

[7]虹共美人归:俗名虹为美人虹。《异苑》卷一:"古语有之曰:'古者有夫妻,荒年菜食而死,俱化成青虹,故俗呼为美人虹。'郭云:'红为霓,俗呼为美人。'"

[8]罗荐:丝织席褥。〔唐〕刘禹锡《秦娘歌》:"长鬟如云衣似雾,锦茵罗荐承轻步。"(《全唐诗》卷三百五十六)

[9]绮衣:华丽的衣服。

蒲萄:葡萄。

[10]"洛滨"句:用〔三国·魏〕曹植所写洛水女神宓妃典:"余告之曰:'其形也,翩若惊鸿,婉若游龙。荣曜秋菊,华茂春松。仿佛兮若轻云之蔽月,飘飖兮若流风之回雪。'"(《曹子建集》卷三)

[11]"巫峡"句:用巫山神女事。〔战国·楚〕宋玉《高唐赋》:"妾在巫山之阳,高丘之阻,旦为朝云,暮为行雨。朝朝暮暮,阳台之下。"(《文选》卷十九·赋癸)巫峡,长江三峡之一,因巫山而得名。位于重庆市巫山县和湖北巴东两县境内,西起重庆市巫山县城东面的大宁河口,东迄湖北省巴东县官渡口,绵延四十多公里,在长江三峡中最长,所以又称"大峡"。巫峡由长江横切巫山主脉背斜而形成,包括金蓝银甲峡和铁棺峡等峡谷,峡谷特别幽深曲折,绮丽幽深,以俊秀著称天下。峡江两岸,奇峰突兀,层峦叠嶂,云腾雾绕。船行峡中,江流曲折,青山不断,群峰如屏,时而大山当前,石塞疑无路,忽又峰回路转,云开别有天,宛如迂回

曲折的画廊。〔北魏〕郦道元《水经注·江水》："其间首尾百六十里,谓之巫峡,盖因山为名也。自三峡七百里中,两岸连山,略无阙处,重岩叠嶂,隐天蔽日,自非亭午夜分,不见曦月。……每至晴初霜旦,林寒涧肃,常有高猿长啸,属引凄异,空谷传响,哀转久绝。故渔者歌曰:'巴东三峡巫峡长,猿鸣三声泪沾裳!'"(《水经注》卷三十四)

[12]玉辇:天子所乘之车,以玉为饰。〔晋〕潘岳《籍田赋》:"天子乃御玉辇,荫华盖。"(《文选》卷七·赋丁)璧台:《穆天子传》卷六:"天子乃为之台,是曰重璧之台。"后用"璧台"形容华美的高台。〔晋〕王嘉《拾遗记·魏》:"琼室之侈,璧台之富,穷神工之奇妙,人力勤苦。"

[13]新妆:谓女子新颖别致的打扮修饰。〔南朝·梁〕王训《应令咏舞》:"新妆本绝世,妙舞亦如仙。"(《秦汉魏晋南北朝诗》梁诗卷九)

落梅:《梅花落》,古曲名。

阎立本

【作者简介】

阎立本(? —673),雍州万年(今陕西西安市)人。太宗时为主爵郎,后为将作大臣,代兄立德为工部尚书。高宗时,迁右相,后改中书令。他是我国古代著名的画家,绘有《秦府十八学士图》及贞观中《凌烟阁功臣图》等。

巫山高[1]

君不见巫山高高半天起,绝壁千寻尽相似[2]。
君不见巫山磕匝翠屏开,湘江碧水绕山来[3]。
绿树春娇明月峡,红花朝覆白云台[4]。
台上朝云无定所,此中窈窕神仙女[5]。
仙女盈盈仙骨飞,清容出没有光辉。
欲暮高唐行雨送,今宵定入荆王梦[6]。
荆王梦里爱秾华,枕席初开红帐遮[7]。
可怜欲晓啼猿处,说道巫山是妾家[8]。

(《全唐诗》卷三十九,中华书局点校本,1960年4月第1版,第503页)

【注　释】

[1]此诗一作阎复本诗。巫山高:乐府旧题,属汉铙歌曲。详见凌敬《巫山高》注[1]。

[2]巫山:见凌敬《巫山高》注[2]。

绝壁:陡峭的山壁。

寻：古代八尺为寻。

［3］磕匝：周围。

湘江：长江支流之一，在湖南境内。

［4］明月峡：在西陵峡东，南津关附近。这一段峡谷，山色明净，晶莹闪光，好似洒满了月光，山岩映入江水，静影澄碧，一平如镜，故称明月峡。又称灯影峡。在山谷两岸的山头上，岩石风化成各种形象。峡江南岸一处有四个人形石，很像《西游记》里的唐僧、孙悟空、猪八戒、沙和尚师徒四人。每当夕阳晚照的时刻，他们就像一则灯影戏。故称。

白云台：阳台。

［5］台上朝云：〔战国·楚〕宋玉《高唐赋》写楚王梦遇巫山神女，神女辞别时说："妾在巫山之阳，高丘之阻，旦为朝云，暮为行雨。朝朝暮暮，阳台之下。"（《文选》卷十九·赋癸）

窈窕：女子娴静美好之态。《诗·周南·关雎》："窈窕淑女。"

神仙女：传说为天地之小女名瑶姬，未嫁而亡，封于巫山，即所谓巫山神女。

［6］高唐行雨：用楚王梦遇巫山神女事。详见上注。

荆王梦：荆王，即楚王。又〔战国·楚〕宋玉《神女赋》："楚襄王与宋玉游于云梦之浦，使玉赋高唐之事。其夜玉寝，果梦与神女遇，其状甚丽。"（《文选》卷十九·赋癸）

［7］秾华：花木繁多的样子。此喻指巫山神女。

枕席：用楚王与巫山神女梦中幽会事。宋玉《高唐赋》："昔者先王尝游高唐，怠而昼寝，梦见一妇人曰：'妾，巫山之女也。为高唐之客。闻君游高唐，愿荐枕席。'王因幸之。"

［8］啼猿：古时巫峡两岸多猿。〔北魏〕郦道元《水经注·江水》："其间首尾百六十里，谓之巫峡，盖因山为名也。……每至晴初霜旦，林寒涧肃，常有高猿长啸，属引凄异，空谷传响，哀转久绝。故渔者歌曰：'巴东三峡巫峡长，猿鸣三声泪沾裳！'"（《水经注》卷三十四）

说道巫山是妾家：〔战国·楚〕宋玉《高唐赋》："妾，巫山之女也。"（《文选》卷十九·赋癸）

骆宾王

【作者简介】

骆宾王(约627—约684),字观光,行四,婺州义乌(今属浙江)人。七岁赋《咏鹅》诗,被称为"神童"。早年生活贫困落拓。始为道王府属官,后官奉礼郎,为东台详正学士,因事被贬谪,从军西域,久戍边境。后宦游入蜀,居姚州道大总管李义军幕。后历任武功、明堂主簿。仪凤三年(678)由长安主簿入朝为侍御史,因事被诬下狱,次年遇赦出狱。调露二年(680)任临海县丞,故世称"骆临海"。在任怏怏不得志,乃弃官而去。光宅元年(684),从徐敬业起兵反对武则天,为艺文令,作《代李敬业传檄天下文》。不久兵败,下落不明,不知所终。有《骆宾王文集》十卷传世,清陈熙晋《骆临海集笺注》较通行。事见《旧唐书》卷一百九十、《新唐书》卷二百〇一本传及陈熙晋《续补唐书骆侍御传》。

忆蜀地佳人[1]

东西吴蜀关山远,鱼来雁去两难闻[2]。
莫怪常有千行泪,只为阳台一片云[3]。

(《全唐诗》卷七十九,中华书局点校
本,1960年4月第1版,第864页)

【注　释】

[1]佳人:美女。《太平御览》卷三百八十一引〔战国·楚〕宋玉《登徒子好色赋》:"天下之佳人,莫若楚国;楚国之丽者,莫若臣里;臣里之美者,莫若臣东家之子。"

[2]关山:关隘山岭。《乐府诗集·横吹曲辞五·木兰诗一》:"万里赴戎机,

关山度若飞。"

　　鱼来雁去:指书信往来。古乐府《饮马长城窟行》:"客从远方来。遣我双鲤鱼。呼童烹鲤鱼。中有尺素书。"《汉书·苏武传》:"昭帝即位数年,匈奴与汉和亲。汉求武等,匈奴诡言武死。后汉使复至匈奴,常惠请其守者与俱,得夜见汉使。具自陈过。教使者谓单于,言天子射上林中,得雁,足有系帛书,言武等在荒泽中。使者大喜,如惠语以让单于。单于视左右而惊,谢汉使曰:'武等实在。'"(《汉书》卷五十四·李广苏建传第二十四)后遂以鱼、雁代表书信。

　　[3]阳台一片云:指巫山神女。〔战国·楚〕宋玉《高唐赋》:"妾在巫山之阳,高丘之阻,旦为朝云,暮为行雨。朝朝暮暮,阳台之下。"(《文选》卷十九·赋癸)

许敬宗

【作者简介】

许敬宗,字延族。杭州新城人,善心子也。隋时官直谒者台奏通事舍人事。入唐,为著作郎,兼修国史。不久被贬为洪州司马,累转给事中。复修史,迁太子右庶子。高宗即位,擢礼部尚书。历侍中、中书令、右相,卒谥曰缪。

安德山池宴集[1]

戚里欢娱地[2],园林瞩望新。

山庭带芳杜[3],歌吹叶阳春。

台榭疑巫峡[4],荷蕖似洛滨[5]。

风花萦少女[6],虹梁聚美人[7]。

宴游穷至乐,谈笑毕良辰[8]。

独叹高阳晚,归路不知津[9]。

（《全唐诗》卷三十五,中华书局点校本,1960年4月第1版,第467页）

【注　释】

[1]安德山池:《全唐诗》岑文本同名诗题下注:"杨师道封安德公。"杨师道（？—647）,字景猷,华阴人,隋朝宗室。入唐,尚桂阳公主,封安德郡公。贞观中,拜侍中,参预朝政,迁中书令,罢为吏部尚书。师道善草隶,工诗,每与有名士燕集,歌咏自适。帝每见其诗,必吟讽嗟赏。他的房宅在京师万年县长兴坊东北隅。

宴集:宴饮集会。《晋书·杜预传》:"预初在荆州,因宴集醉卧斋中。"（《晋书》卷三十四·列传第四）

[2]戚里:帝王外戚聚居的地方。《史记·万石张叔列传》:"于是高祖召其姊为美人,以奋为中涓,受书谒,徙其家长安中戚里。"(《史记》卷一百三十·万石张叔列传第四十三)《文选·左思〈魏都赋〉》:"亦有戚里,寔宫之东。"(《全晋文》卷七十四)

[3]芳杜:杜蘅,一种香草。

[4]台榭:台和榭。亦泛指楼台等建筑物。《书·泰誓上》:"惟宫室台榭,陂池侈服,以残害于尔万姓。"孔颖达疏引李巡曰:"台,积土为之,所以观望也。台上有屋谓之榭。"〔唐〕杜甫《滕王亭子》:"君王台榭枕巴山,万丈丹梯尚可攀。"(《全唐诗》卷二百二十八)

巫峡:见上官仪《八咏应制二首(其一)》注[11]。此指〔战国·楚〕宋玉《高唐赋》中楚王与巫山神女的欢会之处:"妾在巫山之阳,高丘之阻,旦为朝云,暮为行雨。朝朝暮暮,阳台之下。"(《文选》卷十九·赋癸)

[5]荷蕖:芙蕖,荷花的别名。〔汉〕王延寿《鲁灵光殿赋》:"圆渊方井,反植荷蕖。"(《文选》卷十一·赋己)

洛滨:洛水之滨。此指〔三国·魏〕曹植《洛神赋》中的洛水女神宓妃。〔北魏〕郦道元《水经注·洛水》:"昔王子晋好吹凤笙,招延道士,与浮丘同游伊洛之浦,含始又受玉鸡之瑞于此水,亦洛神宓妃之所在也。"(《水经注》卷十五)

[6]少女:指西风。语出《三国志·魏志·管辂传》"共为欢乐"裴松之注引《管辂别传》:"树上已有少女微风,树间又有阴鸟和鸣。"兑为少女,西方之卦,故称西风为少女风。〔南朝·梁〕刘孝威《雨》:"雷舒长男气,枝摇少女风。"(《秦汉魏晋南北朝诗》梁诗卷十八)

[7]"虹梁"句:俗名虹为美人虹。《异苑》卷一:"古语有之曰:'古者有夫妻,荒年菜食而死,俱化成青虹,故俗呼为美人虹。'郭云:'红为雯,俗呼为美人。'"

[8]毕:结束。

良辰:美好的时光。〔三国·魏〕阮籍《咏怀》之九:"良辰在何许,凝霜霑衣襟。"(《文选》卷二十三·诗丙)

[9]"独叹"二句:用山简之典。《晋书·山简传》载:山简出镇襄阳,唯酒是耽。襄阳豪族习氏有佳园池,"简每出游嬉,多之池上,置酒辄醉,名之曰高阳池。时有童儿歌曰'山公出何许,往至高阳池。日夕倒载归,酩酊无所知'"。(《晋书》卷四十三·列传第十三)

卢照邻

【作者简介】

卢照邻(634—686,一说635—689),字升之,幽州范阳(今河北涿县)人,唐代著名诗人。详见本书《驯鸢赋》作者简介。

巫山高[1]

巫山望不极[2],望望下朝氛。
莫辨啼猿树[3],徒看神女云[4]。
惊涛乱水脉[5],骤雨暗峰文。
沾裳即此地,况复远思君。

(《全唐诗》卷四十二,中华书局点校本,1960年4月第1版,第522页)

【注 释】

[1]巫山高:乐府旧题。见凌敬《巫山高》注[1]。〔宋〕郭茂倩《乐府诗集》卷十六注引《乐府解题》曰:"古词言,江淮水深,无梁可度,临水远望,思归而已。"(《乐府诗集》卷十六·鼓吹曲辞一)本诗直承古意,抒发远望思归之情。诗中三用"望"字,一用"看"字,俱舟中观巫山之殷切状。详诗中情景,似非泛言虚想,当系亲临其地。诗当作于咸亨二年(671)上半年由水路出川经巫峡时。

[2]巫山:见凌敬《巫山高》注[2]。

[3]猿啼:唐时巫峡两岸犹多猿鸣声。见阎立本《巫山高》注[8]。

[4]神女云:〔战国·楚〕宋玉《高唐赋》:"妾在巫山之阳,高丘之阻,旦为朝云,暮为行雨。朝朝暮暮,阳台之下。"(《文选》卷十九·赋癸)此处暗用其典。神女,即神女峰,巫山十二峰之一,相传为天帝之女瑶姬所化。

[5]水脉:水流。指江流、河流等。〔南朝·梁〕刘孝绰《钓竿篇》:"敛桡随水脉,急桨渡江湍。"(《乐府诗集》卷十八·鼓吹曲辞三)

李峤

【作者简介】

　　李峤（约645—约714），字巨山，赵州赞皇（今河北赞皇县）人。十五岁通五经，二十岁进士及第，始调安定尉。举制策甲科，累迁给事中。因奏劾酷吏来俊臣等忤旨，贬润州司马，后召为凤阁舍人。圣历元年（698）拜相，转成均祭酒。中宗即位，贬通州刺史。数月，召为吏部侍郎，迁吏部尚书。神龙二年（706），擢中书令，后加修文馆大学士，封赵国公。睿宗即位，贬怀州刺史。玄宗即位，再贬滁州别驾，改庐州别驾卒，年七十。《新唐书·艺文志》著录有集五十卷，又《杂咏诗》十二卷，已散佚，明人辑有《李峤集》三卷。《全唐诗》录其诗五卷，《全唐文》录其文八卷。传在《旧唐书》卷九十四、《新唐书》卷一百二十三。

雨

西北云胅起[1]，东南雨足来[2]。

灵童出海见[3]，神女向台回[4]。

斜影风前合，圆文水上开。

十旬无破块[5]，九土信康哉[6]。

（《全唐诗》卷五十九，中华书局点校本，1960年4月第1版，第701页）

【注　释】

　　[1]"西北"句：〔三国·魏〕曹丕《杂诗》："西北有浮云。"（《魏文帝集》卷六）《公羊传·僖公三十一年》描写泰山云，有"胅寸而合"之语。

　　[2]雨足：〔晋〕张协《杂诗》："云根临八极，雨足洒四溟。"（《文选》卷二十九·

诗己）

　　[3]"灵童"句:《神异经·西荒经》载:西海上有人焉,乘白马朱鬣,白衣素冠,从十二童子,驰马西海上如飞,名曰河伯使者。其所至之国,雨水滂沱。(《太平御览》卷十一·天部十一)

　　[4]"神女"句:〔战国·楚〕宋玉《高唐赋》记楚王与巫山神女在阳台相会事:"昔者先王尝游高唐,怠而昼寝,梦见一妇人曰:'妾,巫山之女也。为高唐之客。闻君游高唐,愿荐枕席。'王因幸之。去而辞曰:'妾在巫山之阳,高丘之阻,旦为朝云,暮为行雨。朝朝暮暮,阳台之下。'"(《文选》卷十九·赋癸)

　　[5]破块:暴雨毁坏农田。《盐铁论·水旱》载:周公当政时,天下太平,"雨不破块,风不鸣条"。(《盐铁论》卷六)

　　[6]九土:九州。《后汉书·张衡传》:"思九土之殊风兮,从蓐收而遂徂。"李贤注:"九土,九州也。"(《后汉书》卷五十九·张衡列传第四十九)

王 勃

【作者简介】

　　王勃(650—676),字子安,郡望太原,绛州龙门(今山西省河津县)人。隋末大儒王通孙。幼聪颖,六岁会写文章,九岁读颜师古《汉书注》,作《指瑕》十卷。十四岁应举及第,授朝散郎,时有"神童"之誉。曾为沛王府修撰,因作《檄英王鸡文》,被高宗逐出王府。二十至二十二岁漫游蜀中。二十四岁任虢州参军,因匿杀官奴曹达,犯死罪,遇赦革职。父福畤受到牵连,左迁交趾令。勃渡海省亲,溺水而死,时年二十七。卒后,友人杨炯辑其遗文,编集为二十卷;《旧唐书·经籍志》《新唐书·艺文志》著录有集三十卷,均已散佚。明张燮辑有十六卷,清蒋翘撰《王子安集注》,分为二十卷。事见杨炯《王勃集序》及《旧唐书》卷一百九十、《新唐书》卷二百〇一本传。

杂 曲

　　智琼神女[1],来访文君[2]。蛾眉始约[3],罗袖初薰[4]。歌齐曲韵[5],舞乱行分。若向阳台荐枕[6],何啻得胜朝云[7]。

(《全唐诗》卷二十六,中华书局点校本,1960年4月第1版,第671页)

【注 释】

　　[1]智琼:古代神话中的仙女。〔晋〕干宝《搜神记》:"济北弦超,嘉平中,夜梦神女从之,自称天上玉女,东郡人,姓成公,字智琼,早失母,天帝哀其孤苦,令得下嫁从夫。当其梦也,嘉喜非常,觉寤钦想。如此三夕四旦,显然来游……遂为夫妇。"

[2]文君:卓文君,西汉临邛人。《史记·司马相如列传》:"卓王孙有女文君新寡,好音,故相如缪与令相重,而以琴心挑之……文君夜亡奔相如,相如乃与驰归成都。"(《史记》卷一百一十七·司马相如列传第五十七)

[3]蛾眉:女子长而美的眉毛,此代指美女。

[4]薰:同"熏",熏香。

[5]韵:和谐。〔汉〕蔡邕《琴赋》:"繁弦既抑,雅韵乃扬。"(《艺文类聚》卷四十四·乐部四)

[6]阳台荐枕:借巫山神女以称智琼。〔战国·楚〕宋玉《高唐赋》:"昔者先王尝游高唐,怠而昼寝,梦见一妇人曰:'妾,巫山之女也。为高唐之客。闻君游高唐,愿荐枕席。'王因幸之。去而辞曰:'妾在巫山之阳,高丘之阻,旦为朝云,暮为行雨。朝朝暮暮,阳台之下。'旦朝视之,如言。故为立庙,号曰'朝云'。"(《文选》卷十九·赋癸)

[7]啻(chì):止。

江南弄[1]

江南弄,巫山连楚梦,行雨行云几相送[2]。瑶轩金谷上春时,玉童仙女无见期[3]。

紫露香烟眇难托,清风明月遥相思[4]。遥相思,草徒绿,为听双飞凤凰曲[5]。

（《全唐诗》卷五十五,中华书局点校本,1980年4月第1版,第673页）

【注 释】

[1]〔宋〕郭茂倩《乐府诗集》,〔宋〕李昉等《文苑英华》都收录了本诗。但《文苑英华》的题目作"江南行"。江南弄:《乐府诗集》把《江南弄》列入《清商曲辞·江南弄》之一。它引《古今乐录》说:"梁天监十一年(512)冬,武帝(萧衍)改西曲制江南上云乐十四曲,江南弄七曲:一曰江南弄,二曰龙笛曲,三曰采莲曲,四曰凤笛曲,五曰采菱曲,六曰游女曲,七曰朝云曲。"这首诗描写男女离别的感情痛苦。

[2]巫山:见凌敬《巫山高》注[2]。巫山有十二峰,峰下有神女庙。

楚梦:〔战国·楚〕宋玉《高唐赋》记楚王与巫山神女梦中幽会事,故云。

行雨行云:用巫山神女事。《高唐赋》:"妾在巫山之阳,高丘之阻,且为朝云,

暮为行雨。朝朝暮暮,阳台之下。"诗中借指相送的女子。

[3]瑶轩:用美玉装饰的马车。古时大夫以上的乘车。

金谷:地名,在今河南洛阳。晋代石崇在此建金谷园。

上春:初春。

玉童仙女:六朝人伪托〔汉〕东方朔撰的《神异经》有"九府玉童玉女"之句,玉童玉女与玉童仙女同义,这里用来借指两个情人。这两句意谓:当人们坐着装饰珍贵的车子到金谷园似的地方去游赏初春好景的时候,这两个情人却被人陷害与阻挠,连见面的机会也没有了。

[4]紫露:寒露。

眇:细小,微小。有不可捉摸之意。

[5]徒:突然、白白地。

为:作"心向往之"解。

双飞凤凰曲:旧题〔晋〕葛洪所作的《西京杂记》说:"庆安世善鼓琴,能为双凤离鸾之曲。"双飞凤凰曲据此而来。末三句谓:远远地想念啊,春草也只能空自绿着,这对情人只能心向往之地去听双飞凤凰曲了。

杨 炯

【作者简介】

杨炯(650—694),祖籍华阴(今陕西华阴县)。幼聪敏博学,显庆四年(659)举神童,待制弘文馆。上元三年(676)应制举,补校书郎。永淳元年(682)迁太子詹事司直,充崇文馆学士。垂拱元年(685)冬,坐从祖弟神让与徐敬业谋叛,左迁梓州司法参军。天授元年(690)奉召至洛阳,与宋之问同直习艺馆。如意元年(692)出为盈川令,不久卒于官。中宗即位,追赠著作郎。杨炯与王勃、卢照邻、骆宾王以文词齐名海内,称王杨卢骆,亦号为四杰。有《盈川集》十卷行世。事见《旧唐书》卷一百九十、《新唐书》卷二百〇一本传。

巫 峡[1]

三峡七百里,唯言巫峡长[2]。
重岩窅不极,叠嶂凌苍苍[3]。
绝壁横天险[4],莓苔烂锦章[5]。
入夜分明见,无风波浪狂。
忠信吾所蹈[6],泛舟亦何伤。
可以涉砥柱[7],可以浮吕梁[8]。
美人今何在,灵芝徒有芳[9]。
山空夜猿啸,征客泪沾裳[10]。

(《全唐诗》卷五十,中华书局点校本,1960年4月第1版,第611页)

【注　释】

[1]巫峡:见上官仪《八咏应制二首(其一)》注[11]。

[2]"三峡"二句:〔北魏〕郦道元《水经注·江水》曰:"自三峡七百里中,两岸连山,略无阙处。"又曰:"故渔者歌曰:'巴东三峡巫峡长……'"(《水经注》卷三十四)

[3]重岩:重叠的山岩。常指高峻、连绵的山崖。〔晋〕枣据《游览》:"重岩吐神溜,倾筋挹涌波。"(《秦汉魏晋南北朝诗》晋诗卷二)

窅(yǎo):深远。叠嶂:亦作"迭嶂",重叠的山峰。

苍苍:本形容天深青色。《庄子·逍遥游》:"天之苍苍,其正色邪。"此代指天。

[4]绝壁:陡峭的山壁。

莓苔:青苔。〔晋〕孙绰《游天台山赋》:"践莓苔之滑石,搏壁立之翠屏。"(《全晋文》卷六十一)

[5]锦章:美丽的斑纹。〔北魏〕郦道元《水经注·叶榆河》:"髯惟大蛇,既洪且长。采色駮牵,其文锦章。"(《水经注》卷三十七)

[6]蹈:实行。

[7]砥柱:山名,原在今河南三门峡市东北黄河中,河水至此分流,势极湍急。

[8]吕梁:一说即龙门,为黄河巨险;一说即吕梁洪,在今江苏徐州东南,急流汹涌。《庄子·达生》载,孔子观于吕梁,见一人在急流中游泳,行歌自若。孔子问他"蹈水有道乎",他答道:"吾始乎故,长乎性,成乎命,与齐俱入,与汨偕出,从水之道,而不为私焉,此吾所以蹈之也。"

[9]美人:指〔战国·楚〕宋玉《高唐赋》《神女赋》中所描写的巫山神女。灵芝:传说中的瑞草、仙草。此指巫山神女的精魂。〔北魏〕郦道元《水经注·江水》:"宋玉所谓天帝之季女,名曰瑶姬,未行而亡,封于巫山之台。精魂为草,实为灵芝,所谓巫山之女,高唐之姬。"(《水经注》卷三十四)

徒:空。

有:一作自。

[10]"山空"句:巫山古代多猿。〔北魏〕郦道元《水经注·江水》:"其间首尾百六十里,谓之巫峡,盖因山为名也。……每至晴初霜旦,林寒涧肃,常有高猿长啸,属引凄异,空谷传响,哀转久绝。故渔者歌曰:'巴东三峡巫峡长,猿鸣三声泪沾裳!'"(《水经注》卷三十四)此用其事。

征客:指作客他乡的人。〔北周〕庾信《夜听捣衣》:"倡楼惊别怨,征客动愁心。"(《秦汉魏晋南北朝诗》北周诗卷三)

董思恭

【作者简介】

董思恭,苏州吴(今江苏苏州市)人,高宗时任中书舍人。初为右史,后知考功举。因试题泄漏事连坐,配流岭表而死。所著篇咏,甚为当时推重。今存诗十九首。事见《旧唐书》卷一百九十,又见《唐诗纪事》卷三。

咏 雾

苍山寂已暮,翠观黯将沉[1]。
终南晨豹隐[2],巫峡夜猿吟[3]。
天寒气不歇,景晦色方深。
待访公超市,将予赴华阴[4]。

(《全唐诗》卷六十三,中华书局点校
本,1960 年 4 月第 1 版,第 743 页)

【注 释】

[1]翠观:翠绿色的宫观。

沉:谓隐没于雾中。

[2]“终南”句:〔汉〕刘向《列女传》卷二载陶大夫苔子之妻语:“妾闻南山有玄豹,雾雨七日而不下食者何也?欲以泽其毛而成文章也,故藏而远害。”后因以“豹隐”比喻洁身自好,隐居不仕。〔唐〕骆宾王《秋日送侯四得弹字》:“我留安豹隐,君去学鹏抟。”(《全唐诗》卷七十八)终南,山名。秦岭主峰之一。在陕西省西安市南。一称南山,即狭义的秦岭。古名太一山、地肺山、中南山、周南山。

[3]“巫峡”句:巫峡,见上官仪《八咏应制二首(其一)》注[11]。猿吟,巫峡古代多猿。见阎立本《巫山高》注[8]。

[4]“待访”二句:《太平御览》卷十五引谢承《后汉书》曰:“河南张楷,字公

诗歌部

171

超。性好道术,能作五里雾。"公超市,本指学者群集的地方。〔南朝·宋〕范晔《后汉书》:"张楷,字公超,隐居弘农山中。学者随之,所居成市。后华阴山南遂有公超市。"(《后汉书》卷六十六·郑范陈贾张列传第二十六)此借其典咏雾。华阴,因处华山之阴(北)故名。

刘希夷

【作者简介】

刘希夷(651—679?)字庭芝,汝州(今河南临汝县)人,为宋之问外甥。上元二年(675)进士,时年二十五岁。一生不仕。美姿容,喜饮酒,好谈笑,喜弹琵琶,落魄不居常调,是一位才情横溢、狂放浪漫的文学家。曾漫游巴蜀。其为诗,好依古调,疏豪磊落,尤以歌行见长。写闺帏则词情哀艳,柔丽婉转,写从军则慷慨雄浑,气韵流动。在唐代歌行发展中,实为由"四杰"到盛唐的过渡。孙翌编《正声集》,以其诗为集中之首,名声愈显。《大唐新语》与《刘宾客嘉话录》载宋之问欲得其"年年岁岁花相似,岁岁年年人不同"之句而以土袋压杀之,事虽不足信,然有此附会,实足证明希夷诗名及其诗艺突出特点确对当时诗坛有震动性影响。

春女行[1]

春女颜如玉,怨歌阳春曲[2]。
巫山春树红,沅湘春草绿[3]。
自怜妖艳姿,妆成独见时[4]。
愁心伴杨柳,春尽乱如丝[5]。
目极千余里,悠悠春江水[6]。
频想玉关人,愁卧金闺里[7]。
尚言春花落,不知秋风起。
娇爱犹未终,悲凉从此始。
忆昔楚王宫,玉楼妆粉红。
纤腰弄明月,长袖舞春风[8]。
容华委西山,光阴不可还[9]。
桑林变东海,富贵今何在[10]。

诗歌部

173

寄言桃李容,胡为闺阁重[11]。

但看楚王墓,唯有数株松。

（《全唐诗》卷八十二,中华书局点校本,
1960 年 4 月第 1 版,第 880—881 页）

【注　释】

[1]此诗写少妇春思,以烂漫春光烘托活泼多情的青春心态。透过淡淡的愁烦,展现了对生活的热爱与执着,正是盛唐之初时代气息的折射。语言轻盈流美,风格婉转柔丽,极富民歌味。行:古诗的一种体裁。

[2]颜如玉:容颜如美玉。

阳春曲:古曲名。〔战国·楚〕宋玉《对楚王问》:"客有歌于郢中者,其始曰《下里》《巴人》,国中属而和者数千人,其为《阳阿》《薤露》,国中属而和者数百人;其为《阳春》《白雪》,国中属而和者不过数十人。"(《新序》卷一)此二句写少妇因春至而愁烦。

[3]巫山:见凌敬《巫山高》注[2]。

沅湘:二水名,在今湖南,都流入洞庭湖。

[4]自怜:自爱自惜。

妖艳姿:美丽动人的姿质。

独见:谓对镜自见。句写妆成后自我欣赏之情。

[5]"愁心"二句:言春天将尽烦愁的心情如柳丝一样纷乱。〔南朝·梁〕简文帝《折杨柳》:"杨柳乱成丝,攀折上春时。"(《秦汉魏晋南北朝诗》梁诗卷二十)

[6]目极千余里:目极,用尽目力远望。《楚辞·招魂》:"目极千里兮伤春心,魂兮归来哀江南。"(《楚辞章句》卷九)

悠悠:遥远。此二句言用尽目力远望,只看见悠悠春水。

[7]频想:一次接一次地思念。玉关人:从军戍边的人。玉关,即玉门关。汉关址在今甘肃敦煌西北。金闺:对妇女居所的美称。

[8]"忆昔"四句:言楚王宫中美女的娇丽容颜和歌舞生活。玉楼:华丽的楼。此指女子所居之楼。粉红:白粉与红胭脂,女子化妆用品,代指女子。纤腰:纤细柔弱的腰身。《韩非子·二柄》:"楚灵王好细腰,而国中多饿人。"长袖:《韩非子·五蠹》:"鄙谚云:'长袖善舞,多钱善贾。'"

[9]容华:年轻美好的容貌。

委:枯萎、凋谢。

西山:日没之处。"容华委西山"谓容颜衰老。

[10]"桑林"句:化用沧海桑田之意。《太平广记》卷七·神仙七:"接待以来,已见东海三为桑田。向到蓬莱,又水浅于往日会时略半耳,岂将复为陵陆乎。"喻世事变迁无常。

[11]桃李容:〔三国·魏〕曹植《杂诗》其四:"南国有佳人,容华若桃李。"(《曹子建集》卷五)诗中借指年轻女子。胡为闺阁重:为何被闺阁所羁困。

巫山怀古[1]

巫山幽阴地,神女艳阳年[2]。
襄王伺容色,落日望悠然[3]。
归来高唐夜,金钉焰青烟[4]。
颓想卧瑶席,梦魂何翩翩[5]。
摇落殊未已,荣华倏徂迁[6]。
愁思潇湘浦,悲凉云梦田[7]。
猿啼秋风夜,雁飞明月天[8]。
巴歌不可听,听此益潺湲[9]。

（《全唐诗》卷八十二,中华书局点校本,1960 年 4 月第 1 版,第 882 页）

【注　释】

[1]巫山:见凌敬《巫山高》注[2]。

[2]幽阴地:幽暗阴森之地。

神女:巫山神女。

艳阳年:青春美好的时光。

[3]襄王伺容色:楚襄王窥看神女的美貌。伺,暗窥。落日望悠然:日落了,他还在朝悠远的高空观望。

[4]高唐:指高唐观。

金钉:金属的油灯。

[5]颓想:颓思,心意颓败。

瑶席:美玉装饰的席子。

梦魂何翩翩:梦魂总是往来不散。翩翩,往来貌。《诗经·小雅·巷伯》:"缉缉翩翩,谋欲谮人。"

诗歌部

175

[6]摇落:秋天凋残的枝叶。

殊:犹,还。

已:停止,结束。〔南朝·宋〕谢灵运《南楼中望所迟客》:"圆景早已满,佳人殊未适。"(《秦汉魏晋南北朝诗》宋诗卷三)荣华:喻美好的容颜或年华。《楚辞·离骚》:"及荣华之未落兮,相下女之可诒。"

倏:忽然。

徂迁:消逝、流逝。

[7]潇湘浦:潇湘水边。潇湘,湖南省内的湘水在零陵县西与潇水会合,世称潇湘。〔唐〕李白《远别离》:"古有皇英之二女,乃在洞庭之南,潇湘之浦。"(《乐府诗集》卷七十二·杂曲歌辞十二)相传舜崩于苍梧,二妃娥皇、女英哭帝极哀,泪染竹成斑,投湘水死。

云梦:古薮泽名。汉魏之前所指云梦范围并不很大,晋以后的经学家才将云梦泽的范围越说越广,把洞庭湖都包括在内。此借指古代楚地。

[8]猿啼、雁飞:都是令人伤感或者悲愁的景象。

[9]巴歌:巴渝之歌,曲调特别哀怨。此句说:巴歌叫人不忍听下去。听此益潺湲:听这种哀怨的歌曲就会更加让人流泪不止。益,更加。

潺湲(chányuán),本指水流的样子。此指泪水流而不止。《楚辞·九歌·湘君》:"横流涕兮潺湲。"

乔 备

【作者简介】

乔备,同州冯翊(今陕西大荔)人。生卒年不详,卒于唐武后长安中。乔侃之弟,与乔侃同有文名。曾官襄阳令。有文集六卷。

秋夜巫山[1]

巫峡裴回雨,阳台淡荡云[2]。
江山空窈窕,朝暮自纷氲[3]。
萤色寒秋露,猿啼清夜闻[4]。
谁怜梦魂远,肠断思纷纷[5]。

（《全唐诗》卷八百八十二,中华书局点校本,1960年4月第1版,第9969页）

【注 释】

[1]巫山:见凌敬《巫山高》注[2]。

[2]巫峡:见上官仪《八咏应制二首(其一)》注[11]。

裴回:同"徘徊",来回走动的样子。

阳台:台观名,传说中的巫山神女居处。见凌敬《巫山高》注[7]。

淡荡:和舒、迂回、缓慢的样子。〔唐〕陈子昂《与东方左史虬修竹篇》:"春风正淡荡,白露已清泠。"(《全唐诗》卷八十三)这两句用巫山神女事。〔战国·楚〕宋玉《高唐赋》:"妾(巫山神女)在巫山之阳,高丘之阻,旦为朝云,暮为行雨。朝朝暮暮,阳台之下。"(《文选》卷十九·赋癸)

[3]窈窕:女子娴静美好之态。《诗·周南·关雎》:"窈窕淑女。"

纷氲:茂盛的样子。

[4]萤:萤火虫。黄褐色,尾部有发光器。

猿啼:古代巫山多猿。见阎立本《巫山高》注[8]。

[5]肠断:形容极度思念或悲痛。《世说新语·黜免》:"桓公入蜀,至三峡中,部伍中有得猿子者。其母缘岸哀号,行百余里不去,遂跳上船,至便即绝。破其腹中,肠皆寸寸断。"(《世说新语》黜免第二十八)

乔知之

【作者简介】

乔知之,同州冯翊(今陕西大荔)人。武后时累官左补阙。垂拱二年(686),左豹韬卫将军刘敬同北征同罗、仆固,特诏知之摄侍御史,监护其军。后迁左司郎中。有侍婢窈娘为武承嗣所夺,知之怨惜,作诗寄情,婢感愤自杀,承嗣大怒,讽酷吏罗织罪名杀之。《新唐书·则天皇后纪》谓杀知之在载初元年(690)八月,然陈子昂有《西还至散关答乔补阙知之》诗,作于天授二年(691),诗称是时知之犹"北戍边",则其遇害当在此后数年。又《通鉴》卷二百〇六载杀知之在神功元年(697)六月。知之与弟侃、备俱以文词知名。与陈子昂交谊甚厚,互有唱酬。《新唐书·艺文志》著录有集二十卷,已佚。今存诗十八首。事见《旧唐书》卷一百九十、《唐诗纪事》卷六。

巫山高[1]

巫山十二峰,参差互隐见[2]。
浔阳几千里[3],周览忽已遍。
想像神女姿,摘芳共珍荐[4]。
楚云何逶迤,红树日葱蒨[5]。
楚云没湘源,红树断荆门[6]。
郢路不可见,况复夜闻猿[7]。

(《全唐诗》卷八十一,中华书局点校本,1960年4月第1版,第873页)

诗歌部

179

【注　释】

[1]巫山高:见凌敬《巫山高》注[1]。

[2]巫山十二峰:巫山峰峦叠起,最著者有十二峰。分别为长江北岸的登龙峰、圣泉峰、朝云峰、神女峰、松峦峰、集仙峰,长江南岸的飞凤峰、翠屏峰、聚鹤峰、净坛峰、起云峰、上升峰。其中尤以神女峰闻名。参差:长短、高低不齐,不一致。《诗·周南·关雎》:"参差荇菜,左右流之。"

[3]浔阳:古县名。今属江西省九江市。诗中指长江流经浔阳的一段。

[4]神女:巫山神女。荐:自荐,推荐。用〔战国·楚〕宋玉《高唐赋》所写巫山神女自荐枕席事。

[5]逶迤:弯弯曲曲延续不断的样子。葱蒨:郁郁葱葱,非常茂盛。蒨:茂盛。

[6]荆门:山名。在湖北宜都县西北。

[7]郢路:《楚辞·九章·抽思》:"惟郢路之辽远兮,魂一夕而九逝。"郢,楚都,在今湖北江陵西北。此指通往都城之路。闻猿:巫山古代多猿。见阎立本《巫山高》注[8]。

定情篇[1]

共君结新婚,岁寒心未卜[2]。

相与游春园,各随情所逐[3]。

君爱菖蒲花,妾感苦寒竹[4]。

菖花多艳姿,寒竹有贞叶。

此时妾比君,君心不如妾。

簪玉步河堤,妖韶援绿荑[5]。

凫雁将子游,莺燕从双栖[6]。

君念春光好,妾向春光啼。

君时不得意,弃妾还金闺[7]。

结言本同心,悲欢何未齐[8]。

怨咽前致辞,愿得申所悲[9]。

人间丈夫易,世路妇难为。

始如经天月,终若流星驰[10]。

天月相终始,流星无定期。

长信佳丽人,失意非蛾眉[11]。

庐江小吏妇,非关织作迟[12]。

本愿长相对,今已长相思。

复有游宦子,结援从梁陈[13]。

燕居崇三朝,去来历九春[14]。

誓心妾终始,蚕桑奉所亲[15]。

归愿未克从,黄金赠路人[16]。

洁妇怀明义,从泛河之津[17]。

于今千万年,谁当问水滨[18]。

更忆娼家楼,夫婿事封侯[19]。

去时恩灼灼,去罢心悠悠[20]。

不怜妾岁晏,十载陇西头[21]。

以兹常惕惕,百虑恒盈积[22]。

由来共结褵,几人同匪石[23]。

故岁雕梁燕,双去今来只[24]。

今日玉庭梅,朝红暮成碧[25]。

碧荣始芬敷,黄叶已渐沥[26]。

何用念芳春,芳春有流易[27]。

何用重欢娱,欢娱俄戚戚[28]。

家本巫山阳,归去路何长[29]。

叙言情未尽,采菉已盈筐[30]。

桑榆日及景,物色盈高冈[31]。

下有碧流水,上有丹桂香[32]。

桂花不须折,碧流清且洁。

赠君比芳菲,爱惠常不歇[33]。

赠君比潺湲,相思无断绝[34]。

妾有秦家镜,宝匣装珠玑[35]。

鉴来年二八,不记易阴晖[36]。

妾无光寂寂,委照影依依[37]。

今日持为赠,相识莫相违[38]。

（《全唐诗》卷八十一,中华书局点校
本,1960 年 4 月第 1 版,第 875 页）

【注　释】

[1]定情篇:乐府古题《杂曲歌辞》名。这首诗列举许多夫妇生离死别的史实,表达了对女子不平等的社会待遇的反抗与愤慨,其中也透出了对自己未来命运的担心。《玉台新咏》收有汉繁钦《定情诗》,写一位女子把佩饰送给情人,以示情意。后把男女互赠信物,表示相爱不渝,称为定情。

[2]未卜:不了解,不知道。

[3]相与:一同,一起。春园:犹春苑,泛指游春的地方。各随情所逐:各自按照自己的情感追逐景物。

[4]菖蒲:草名。生于水边,叶狭长,初夏开花,花黄色,有香气。岁寒竹:竹清冷瘦硬,象征贞节,岁寒不凋,故称。

[5]簪玉:戴玉。妖韶:艳丽美好。援绿黄:拿着绿的芦苇嫩芽。援,持;黄,草木新生的枝芽。《诗·邶风·静女》:"自牧归黄",朱熹云:"黄,茅之始生者。"(《诗集传》,中华书局,2011年版,第34页)

[6]凫:野鸭。将:携带。

[7]金闺:妇女闺房的美称。

[8]结言:口头订约。未齐:不平等。

[9]这句意思是:悲啼着上前对你说,希望痛陈心中的悲伤。

[10]流星:飞掠过天空的星体。

[11]"长信"二句:用班婕妤好事。长信:长信宫,汉宫殿名。《三辅黄图》卷三:"长信宫,汉太后常居之。按《通灵记》:'太后,成帝母也。后宫在西,秋之象也。秋主信,故殿皆以长信、长秋为名。'"班婕妤失宠于汉成帝,求供养太后于长信宫,作赋及辞自伤,后人有乐府《婕妤怨》伤悼之。非蛾眉:谓非由于蛾眉。蛾眉,女子长而美的眉毛,也指女子美貌。此指赵飞燕。成帝宠赵飞燕,班婕妤失宠。此两句言:长信宫中的美人(班婕妤)失宠并不是她长得不美。

[12]"庐江"二句:此处用庐江小吏焦仲卿妻刘兰芝被遗弃事,《玉台新咏》卷一无名氏《古诗为焦仲卿妻作》:"三日断五匹,大人故嫌迟。非为织作迟,君家妇难为。"此两句谓:刘兰芝被迫与丈夫分离并不是她家务做得不好(指封建家长势力的残酷无情)。

[13]"复有"句:用秋胡戏妻事。秋胡新婚后被征召入伍,妻子在家含辛茹苦,侍奉婆婆。多年以后,秋胡得官荣归,路遇一貌美女子,并上前调戏。后来发现女子竟是自己的妻子。游宦子:出门做官的人,此处指秋胡。结援:结交攀援。从:到。梁陈:指秋胡做官的地方。梁,大梁,即今河南开封,古为梁国;陈,河南东部和安徽一部分,古为陈国所属。

[14]燕居:闲居。崇朝:终朝,一个早晨。九春:指三年。《文选·曹植〈杂

诗〉之二》:"自期三年归,今已历九春。"李善注:"一岁三春,故以三年为九春。"

[15]誓心:誓死不变心。奉所亲:侍奉供养父母。

[16]归愿:归家之愿。未克从:未能达到。

[17]怀明义:守妇道,明礼义。

[18]谁当问水滨:谁还去水边悼念她?

[19]事封侯:出门打仗猎取功名。

[20]恩灼灼:指夫妻恩爱情热。灼灼,光彩。悠悠:忧思的样子。

[21]岁晏:岁晚,青春消逝。陇西:今甘肃西部。

[22]以兹:因此。惕惕:忧惧。这句意思是:由于这些女子的命运而想到自己,心中常常不安,千思百虑长久地郁结在心头。

[23]结缡:古代女子结婚时的一种礼仪。母亲替她缔上佩巾,意思是到丈夫家要好好操劳。此处指结婚。匪石:谓心志不移、永不分离。犹海枯石烂,永不变心。《诗·邶风·柏舟》:"我心匪石,不可转也。"

[24]故岁:去年。雕梁燕:巢居于画梁上的燕子。来只:飞回来一只。

[25]成碧:指梅花憔悴零落。梅花谢后长出绿叶,故云。

[26]碧荣:绿叶荣生。芬敷:散发芬芳。淅沥:本义是形容风雨的声音,这里借落叶的声音,以黄叶落比喻年老。

[27]用:以。有流易:容易流逝。

[28]俄:俄尔,很快。戚戚:忧愁貌。

[29]巫山阳:巫山之南,山南为阳。巫山,见凌敬《巫山高》注[2]。

[30]菉:草名,也叫荩草、王刍,可制成黄色染料。盈筐:满筐。

[31]"桑榆"二句:取意于〔南朝·宋〕颜延之《秋胡诗》:"日暮行采归,物色桑榆时。"(《文选》卷二十一·诗乙)桑榆,喻日暮。《太平御览》三引〔淮南子〕:"日西垂,景(日光)在树端,谓之桑榆。"物色,景色。高冈:高的山脊。《诗·周南·卷耳》:"陟彼高冈,我马玄黄。"

[32]丹桂:桂树的一种,皮可以作香料。

[33]比芬菲:比桂枝更芳香的东西,指自己的情感。受惠:受到惠爱。

[34]潺湲:指流水不绝的样子。《楚辞·九歌·湘夫人》:"慌忽兮远望,观流水兮潺湲。"

[35]秦家镜:亦称秦明镜、秦台镜,传说中是秦宫的宝镜,可照见人心。珠玑:珠玉。玑,不圆的珠。

[36]阴晖:光阴、时光。

[37]寂寂:清静冷落。依依:隐约可见。

[38]识(zhì):同"志",记住。违:违背、辜负。

和李侍郎古意[1]

妾家巫山隔汉川[2]，君度南庭向胡苑[3]。

高楼迢递想金天，河汉昭回更怆然[4]。

夜如何其夜未央[5]，闲花照月愁洞房[6]。

自矜夫婿胜王昌[7]，三十曾作侍中郎[8]。

一从流落戍渔阳[9]，怀哉万恨结中肠[10]。

南山幂幂兔丝花，北陵青青女萝树[11]。

由来花叶同一根，今日枝条分两处。

三星差池光照灼[12]，北斗西指秋云薄[13]。

茎枯花谢枝憔悴，香销色尽花零落。

美人长叹艳容萎，含情收取摧折枝。

调丝独弹声未移[14]，感君行坐星岁迟[15]。

闺中宛转今若斯[16]，谁能为报征人知。

（《全唐诗》卷八十一，中华书局点校
本，1960年4月第1版，第876页）

【注　释】

[1]一作古意和李侍郎峤。李峤，见本书《雨》作者简介。

[2]巫山：见凌敬《巫山高》注[2]。

汉川：汉水。

[3]南庭：东汉时匈奴分裂成南北二部，史称南单于庭为"南庭"。故址在今
内蒙五原县附近。此借指边地。

胡苑：胡人牧养禽兽的苑囿。指胡人地域。《史记·留侯世家》："南有巴蜀
之饶，北有胡苑之利。"（《史记》卷五十五·留侯世家第二十五）

[4]迢递：高的样子。

金天：指秋天。

怆然：悲伤的样子。

河汉：指银河。《古诗十九首·迢迢牵牛星》："河汉清且浅，相去复几许。"

[5]"夜如何"句：《诗·小雅·庭燎》："夜如何其？夜未央。"未央，未尽
之意。

［6］洞房:内室。

［7］王昌:唐诗中多处出现此人,但其始末已无可考。

［8］侍中郎:汉乐府《陌上桑》:"三十侍中郎,四十专城居。"(《乐府诗集》卷二十八·相和歌辞三)汉时为皇帝的近侍之职。

［9］渔阳:郡名。秦、汉时治所在今北京市密云县西南。

［10］中肠:犹内心。〔三国·魏〕曹植《送应氏》:"爱至望苦深,岂不愧中肠。"(《曹子建集》卷五)

［11］幂幂:深浓的样子。

兔丝:菟丝,旋花科蔓生植物,多缠绕寄生于其他植物上。夏秋开花,花细小,呈白色。《古诗十九首》:"与君为新婚,菟丝附女萝。"以菟丝喻妻子,女萝喻丈夫。

［12］三星:《诗·唐风·绸缪》:"三星在天。"旧注谓指参宿三星或心宿三星。

差池:不齐。

［13］北斗:北斗七星,排列成斗形,斗柄西指时,时令为秋季。

［14］丝:琴弦。

［15］星岁:岁月。〔南朝·宋〕鲍照《谢永安令解禁止启》:"虽誓投纤生,昊天罔极,乞无犬马,孤悬星岁。"(《全宋文》卷四十七)

［16］宛转:谓光阴流逝。〔南朝·宋〕鲍照《拟行路难》诗之一:"红颜零落岁将暮,寒光宛转时欲沉。"(《玉台新咏》卷九)

张循之

【作者简介】

张循之,洛阳(今属河南)人。与弟仲之皆以学业名世,与苏晋友善。武则天时,上书忤旨,被杀。今存诗六首。事见两《唐书·苏晋传》。

巫　山[1]

流景一何速[2],年华不可追。
解佩安所赠[3],怨咽空自悲[4]。

(《全唐诗》卷九十九,中华书局点校本,1960 年 4 月第 1 版,第 1065 页)

【注　释】

[1]本篇与武平一《妾薄命》末四句全同,疑为后人割取成篇而托于张循之名下。巫山:见凌敬《巫山高》注[2]。

[2]流景:流逝的时光。

[3]解佩:解下佩带的饰物。用汉皋神女事。《文选·江赋》李善注引《韩诗内传》载,郑交甫于汉皋台下遇二神女,解佩珠与交甫。去十步,佩珠与二神女皆不见。

[4]怨咽:哀伤呜咽。〔南朝·宋〕鲍照《绍古辞》之七:"怨咽对风景,闷瞀守闺闼。"(《秦汉魏晋南北朝诗》宋诗卷九)

巫山高[1]

巫山高不极[2],合沓状奇新[3]。
暗谷疑风雨,阴崖若鬼神[4]。

月明三峡晓^[5]，潮满九江春^[6]。

为问阳台客，应知入梦人^[7]。

（《全唐诗》卷九十九，中华书局点校本，1960 年 4 月第 1 版，第 1065 页）

【注　释】

[1]原注："此诗范摅云佺期作，顾陶云张循作。"此诗亦收录于《全唐诗》卷九十六沈佺期集下。按：张循应指张循之。《文苑英华》卷二百〇一亦作张循之诗。巫山高：见凌敬《巫山高》注[1]。

[2]巫山高不极：《巫山高》诗多有以"巫山高不极"，"不穷"等开头的，言巫山之高无穷。

[3]合沓：重叠。这句说巫山峰岭回环错杂，形状新奇。

[4]这两句写巫山谷崖阴森险怪。

[5]三峡：长江三峡的简称。即位于重庆、湖北境内的瞿塘峡、巫峡和西陵峡的合称。西起重庆奉节县的白帝城，东至湖北宜昌市的南津关。全长 191 公里。三峡两岸悬崖绝壁，江中滩峡相间，水流湍急。〔晋〕左思《蜀都赋》："经三峡之峥嵘，蹑五屼之蹇浐。"（《文选》卷四·赋乙）

[6]九江：指山峡上下长江众多的支流，九，泛言多，不是确数。这句说当各支流春水涨时，长江也纳百川之水而潮满。

[7]阳台客：指楚怀王。

入梦人：指巫山神女。用楚王梦遇巫山神女事。〔战国·楚〕宋玉《高唐赋》："昔者先王尝游高唐，怠而昼寝，梦见一妇人曰：'妾，巫山之女也。为高唐之客。闻君游高唐，愿荐枕席。'王因幸之。去而辞曰：'妾在巫山之阳，高丘之阻，旦为朝云，暮为行雨。朝朝暮暮，阳台之下。'旦朝视之，如言。故为立庙，号曰'朝云'。"（《文选》卷十九·赋癸）

宋之问

【作者简介】

宋之问（约656—约713），字延清，一名少连，排行五。汾州西河（今山西汾阳）人，一说虢州弘农（今河南灵宝）人。上元二年（675）登进士第。天授元年（690）与杨炯并以学士分直习艺馆。后授洛州参军，迁尚方监丞、左奉宸内供奉。神龙元年（705），以谄事张易之兄弟贬泷州参军。次年春逃归洛阳，因其弟密告张仲之等谋杀武三思事有功，擢鸿胪主簿，转户部员外郎，兼修文馆直学士。景龙二年（708）迁考功员外郎，三年知贡举，以贪贿罪贬越州长史。景云元年（710），因尝附张易之、武三思，流徙钦州。玄宗先天中，赐死徙所。与沈佺期齐名，并称"沈宋"。对律诗形式定型有较大贡献。原有集十卷，已佚。现存《宋之问集》二卷。事见《旧唐书》卷一百九十、《新唐书》卷二百〇二本传及《唐才子传》卷一。

内题赋得巫山雨[1]

神女向高唐，巫山下夕阳[2]。
裴回作行雨，婉恋逐荆王[3]。
电影江前落，雷声峡外长。
霁云无处所[4]，台馆晓苍苍[5]。

（《全唐诗》卷五十二，中华书局点校本，1980年4月第1版，第644页）

【注　释】

[1]此诗一作沈佺期诗，题作《巫山高》，收于清编《全唐诗》卷十七《乐府杂曲》及卷九十六沈佺期集下。又作王无竞诗，题为《巫山》，收于《全唐诗》卷六十

七。又后四句一作王绩诗,题云《咏巫山》,收于《全唐诗》卷三十七。巫山:见凌敬《巫山高》注[2]。

[2]神女:巫山神女。

高唐:高唐观,又作"高堂馆"。〔战国·楚〕宋玉作《高唐赋》写楚王在高唐梦遇巫山神女事,神女离开时向楚王说:"妾在巫山之阳,高丘之阻,旦为朝云,暮为行雨。朝朝暮暮,阳台之下。"(《文选》卷十九·赋癸)

[3]裴回:同"徘徊",来回走动的样子。

婉恋:恋慕,眷念。沈佺期诗作"婉娈"。荆王:楚王。

[4]霁云:雨后的云彩。

[5]台馆:指阳台、高堂馆。

苍苍:烟雾迷茫。〔南朝·梁〕江淹《伤爱子赋》:"雾笼笼而带树,月苍苍而架林。"(《全梁文》卷三十三)

巫山高[1]

巫山峰十二[2],环合象昭回[3]。
俯听琵琶峡,平看云雨台[4]。
古槎天外落,瀑水日边来[5]。
何忍猿啼夜,荆王枕席开[6]。

(《全唐诗》卷五十二,中华书局点校本,1960 年 4 月第 1 版,第 645 页)

【注　释】

[1]此诗又作沈佺期诗,收于清编《全唐诗》卷十七《乐府杂曲》及卷九十六沈佺期集下。巫山高:乐府《鼓吹曲》名,为《汉铙歌》十八曲之一。见凌敬《巫山高》注[1]。

[2]巫山峰十二:巫山十二峰。见乔知之《巫山高》注[2]。

[3]昭回:谓星辰光耀回转。《诗·大雅·云汉》:"倬彼云汉,昭回于天。"后亦借指日、月为昭回。

[4]琵琶峡:应在巫山下,具体位置不详。

云雨台:阳台。传说为巫山神女的居处。见凌敬《巫山高》注[7]。

[5]古槎:古旧的木筏。〔隋〕江总《山庭春日》:"古槎横近涧,危石耸前洲。"

瀑水:瀑布。

[6]猿啼:巫山古代多猿。见阎立本《巫山高》注[8]。

荆王枕席:用楚王梦遇巫山神女事。〔战国·楚〕宋玉《高唐赋》:"昔者先王尝游高唐,怠而昼寝,梦见一妇人曰:'妾,巫山之女也。为高唐之客。闻君游高唐,愿荐枕席。'王因幸之。去而辞曰:'妾在巫山之阳,高丘之阻,旦为朝云,暮为行雨。朝朝暮暮,阳台之下。'"(《文选》卷十九·赋癸)荆王,即楚王。

沈佺期

【作者简介】

　　沈佺期(约656—约714)，字云卿，相州内黄(今河南内黄县)人。上元二年(675)进士及第。初仕协律郎，后拜通事舍人。圣历(698—700)中，预修《三教珠英》。长安元年(701)冬，书成，迁考功员外郎。二年，知贡举，又迁给事中。四年，以考功受赇下狱。神龙元年(705)春，以附张易之罪流放驩州。神龙三年(707)遇赦北归，召拜起居郎。景龙二年(708)，加修文馆直学士。景云二年(711)，迁中书舍人。官至太子少詹事。开元初卒。与宋之问齐名，世称"沈宋"，为律诗的定型作出了重要贡献。《旧唐书·经籍志》《新唐书·艺文志》及《直斋书录解题》著录有集十卷，已散佚，明人辑有《沈佺期集》四卷。事见《旧唐书》卷一百九十、《新唐书》卷二百〇二本传、苏颋《授沈佺期太子少詹事制》《唐会要》卷三十六及卷六十四、《唐才子传》卷一。

十三四时尝从巫峡过他日偶然有思^[1]

小度巫山峡，荆南春欲分^[2]。

使君滩上草，神女馆前云^[3]。

树悉江中见，猿多天外闻^[4]。

别来如梦里，一想一氛氲^[5]。

（《全唐诗》卷九十六，中华书局点校本，1960 年 4 月第 1 版，第 1038 页）

【注　释】

[1]十三四：一本作十四。

　　巫峡:见上官仪《八咏应制二首(其一)》注[11]。这首诗是佺期后来追想少小时过巫峡情景而写成的,诗中表现了作者对巫峡山水的无限热爱和怀恋。

　　[2]荆南:指荆州地区。今湖北西南部。

　　春欲分:快到春分了。

　　[3]使君滩:在今湖北宜昌与秭归之间。一说在今重庆万州。

　　神女馆:巫山神女峰有巫山神女庙。

　　[4]猿多天外闻:巫山古代多猿。见阎立本《巫山高》注[8]。

　　[5]氛氲:思绪缭乱。〔唐〕陈子昂《东阳峡与李明府舟前后不相及》:"仙舟不可见,遥思坐氛氲。"(《陈子昂集》卷之一·诗赋)诗中用以形容想念心情之盛。

崔 液

【作者简介】

崔液（？—约713），字润甫，小名海子。定州安喜（今河北定县）人。崔湜弟。举进士第一。历任监察御史、殿中侍御史、吏部员外郎等职，袭封安平县男。先天二年(713)，因兄湜谋逆罪牵累，当流放，亡命郢州。遇赦还，病死途中。友人裴耀卿纂其遗文为集十卷，《新唐书·艺文志》著录，已佚。今存其诗十二首。事见《旧唐书》卷七十四、《新唐书》卷九十九本传。

拟古神女宛转歌二首[1]

风已清，月朗琴复明。
掩抑悲千态[2]，殷勤是一声。
歌宛转，宛转和更长。
愿为双鸿鹄[3]，比翼共翱翔。

日已暮，长檐鸟应度。
此时望君君不来，此时思君君不顾。
歌宛转，宛转那能异栖宿。
愿为形与影，出入恒相逐[4]。

（《全唐诗》卷五十四，中华书局点校本，1960 年 4 月第 1 版，第 668 页）

【注 释】

[1]一作郎大家诗。神女宛转歌：古乐府琴曲歌辞名。一名《宛转歌》。相传

晋王敬伯过吴地,遇一女郎名刘妙容者唱此歌,有"一情歌宛转,宛转凄以哀"之句。见《乐府诗集》卷六十。

　　[2]掩抑:低沉。

　　[3]鸿鹄:天鹅。因飞得很高,所以常用来比喻志向远大的人。《史记·陈涉世家》:"嗟乎,燕雀安知鸿鹄之志哉!"(《史记》卷四十八·陈涉世家第十八)

　　[4]相逐:相随。

卢藏用

【作者简介】

卢藏用(? —约714),字子潜,幽州范阳(今河北涿县)人。少以辞学著称。举进士,不调,隐居终南、少室二山,人称"随驾隐士"。长安中,召拜左拾遗。神龙中,擢中书舍人。景龙二年(708),为修吹馆学士,翌年迁检校吏部侍郎。睿宗立,迁黄门侍郎,改工部侍郎,进尚书右丞。先天二年(713),坐附太平公主,流配岭南。改昭州司户参军,迁黔州长史,卒于始兴,年五十余。与陈子昂笃岁寒之交,为之编集、撰序、作传。《新唐书·艺文志》著录有集三十卷,已散佚,今存诗八首。事见苏颋《授卢藏用检校吏部侍郎制》,传在《旧唐书》卷九十四、《新唐书》卷一百二十三。

宋主簿鸣皋梦赵六予未及报而陈子云亡今追为此诗答宋兼贻平昔游旧[1]

暮川罕停波,朝云无留色。

故人琴与诗,可存不可识。

识心尚可亲,琴诗非故人。

鸣皋初梦赵,蜀国已悲陈[2]。

感化伤沦灭,魂交惜未申[3]。

冥期失幽报,兹理复今晨[4]。

前嗟成后泣,已矣将何及。

旧感与新悲,虚怀酬昔时。

赵侯鸿宝气,独负青云姿[5]。

群有含妙识,众象悬清机[6]。

雄谈尽物变,精义解人颐[7]。

在阴既独善,幽跃自为疑[8]。

踠彼千里足，伤哉一尉欺[9]。
陈生富清理，卓荦兼文史[10]。
思缛巫山云，调逸岷江水[11]。
铿锵哀忠义，感激怀知己[12]。
负剑登蓟门，孤游入燕市[13]。
浩歌去京国，归守西山趾[14]。
幽居探元化，立言见千祀[15]。
埋没经济情，良图竟云已[16]。
坐忆平生游，十载怀嵩丘[17]。
题书满古壁，采药遍岩幽[18]。
子微化金鼎，仙笙不可求[19]。
荣哉宋与陆，名宦美中州[20]。
存亡一瞑阻，岐路方悠悠[21]。
自予事山海，及兹人世改。
传闻当世荣，皆入古人名。
无复平原赋，空余邻笛声[22]。
泣对西州使，悲访北邙茔[23]。
新坟蔓宿草，旧阙毁残铭[24]。
为君成此曲，因言寄友生。
默语无穷事，凋伤共此情。

（《全唐诗》卷九十三，中华书局点校本，1960 年 4 月第 1 版，第 1002—1003 页）

【注　释】

[1]一无"今"字。宋主簿：宋之问。鸣皋：山名，在今河南嵩县陆浑山之东。宋之问别墅在此，有《陆浑山庄》《寒食还陆浑别业》等诗。赵六：字贞固。陈子：指陈子昂。宋之问《梦赵六赠卢陈二子之作》已佚，陈子昂有《同宋参军之问梦赵六赠卢陈二子之作》。

[2]梦赵：梦见赵贞固。

悲陈：哀悼陈子昂。

[3]沦灭：死亡。其时赵、陈皆已卒。

[4]冥期：迷信谓神鬼给世人所定的生命期限。

[5]赵侯:指赵贞固。

鸿宝:大宝。侯是尊称。

青云姿:高尚的资质。

[6]群有:佛教语。犹众生或万物。《文选·王中〈头陀寺碑文〉》:"行不舍之檀,而施洽群有。"李善注:"群有,谓有色无色,有想无想,以其不一,故曰群有。"(《文选》卷五十九·碑文、墓志)〔唐〕高适《同诸公登慈恩寺塔》:"香界泯群有,浮图岂诸相。"(《全唐诗》卷二百一十二)清机:清通的心机。〔晋〕曹摅《思友人》:"精义测神奥,清机发妙理。"(《文选》卷二十九·诗己)

[7]解人颐:使人开颜欢悦。《汉书·匡衡传》:"匡说《诗》,解人颐。"颜师古注引如淳曰:"使人笑不能止也。"

[8]独善:"独善其身"之略语。《孟子·尽心上》:"穷则独善其身,达则兼济天下。"《晋书·隐逸传·张忠》:"先生考磐山林,研精道素,独善之美有余,兼济之功未也。"(《晋书》卷九十四·列传第六十四)诗中指朋友死后没有世事的干扰,亦是对故友节操的赞誉。

[9]踠(wǎn):屈。

千里足:良马。喻高才。

一尉欺:赵贞固位终宜禄县尉。

[10]陈生:指陈子昂。

清理:明于事理,懂得道理。《三国志·魏志·桓阶卫臻等传评》:"臻毓规鉴清理,咸不忝厥职云。"(《三国志》〔魏〕卷二十二)卓荦:超绝出众。《后汉书·班固传》:"卓荦乎方州,羡溢乎要荒。"(《后汉书》卷七十下·班固列传第三十下)〔晋〕左思《咏史》诗之一:"弱冠弄柔翰,卓荦观群书。"(《文选》卷二十一·诗乙)

[11]思缛巫山云:文思富丽,像巫山的云彩一样。巫山,见凌敬《巫山高》注[2]。调逸岷江水:谓其诗文风格像岷江的水一样飘逸奔放。

岷江:长江上游支流。在四川省中部,古代亦称汶江。

[12]铿锵:形容人声洪亮或深沉坚定。

[13]"负剑"二句:陈子昂《蓟丘览古赠卢居士藏用序》:"丁酉岁,吾北征,出自蓟门,历观燕之旧都。"

[14]去京国:谓离京归隐。西山趾:西山脚下。西山,指首阳山。在今山西省永济县南。相传伯夷、叔齐隐居于此。《史记·伯夷列传》:"武王已平殷乱,天下宗周,而伯夷、叔齐耻之,义不食周粟……遂饿死于首阳山。"(《史记》卷六十一·伯夷列传第一)〔晋〕陆机《演连珠》之四八:"是以吞纵之强,不能反蹈海之志。漂卤之威,不能降西山之节。"(《文选》卷五十五·论、连珠)

[15]"幽居"句:陈子昂《感遇诗》有"深居观元化"、"幽居观天运"、"信与元

197

化并"等诗句。元化:造化,天地。千祀:千年。

[16]经济:经世济民。《晋书·殷浩传》:"足下沉识淹长,思综通练,起而明之,足以经济。"(《晋书》卷七十七·列传第四十七)

良图:良策,远大的谋略。

已:止。

[17]嵩丘:嵩山。〔晋〕潘岳《怀旧赋》:"前瞻太室,傍眺嵩丘。"(《文选》卷十六·赋辛)

[18]岩幽:山岩幽深处。〔唐〕王勃《青苔赋》:"绕江曲之寒沙,抱岩幽之古石。"(《全唐文》卷一百七十七)

[19]子微:司马承祯的字。

金鼎:炼丹之鼎。

仙笙:用王子晋事。周灵王太子晋,好吹笙,作凤凰鸣,道士浮丘公接以上嵩山。三十余年后,对人说:"告我家人,七月七日,待我于缑氏山巅。"至时果乘白鹤驻山头。数日而去,后人立祠于缑氏山和嵩山。事见《列仙传》卷上。

[20]宋:指宋之问。

陆:指陆馀庆。

中州:指洛阳。

[21]暌阻:离隔,隔绝。〔唐〕喻凫《送武毅之邠宁》:"悠然一暌阻,山叠虏云重。"

[22]平原赋:指陆机《叹逝赋》,为悼念亡故亲友而作,载《文选》卷十六。陆机曾任平原内史,世称陆平原。邻笛声:用向秀事。嵇康、吕安被司马昭杀害后。向秀"经其旧庐,于时日薄虞渊,寒冰凄然。邻人有吹笛者,发音寥亮。追思曩昔游宴之好,感音而叹,故作赋云……"(见向秀《思旧赋序》)

[23]西州:谢安自新城还都,乘舆入西州门,不久病卒。从此,羊昙行不由西州路。尝因大醉,不觉行至西州门,悲感不已,诵曹植诗曰:"生存华屋处,零落归山丘。"恸哭而去。见《晋书·谢安传》。

北邙:山名,在洛阳市北。

茔:坟墓,坟地。

[24]宿草:隔年的草。《礼记·檀弓上》:"朋友之墓,有宿草而不哭焉。"孔颖达疏:"宿草,陈根也,草经一年则根陈也,朋友相为哭一期,草根陈乃不哭也。"(《礼记正义》卷六·檀弓上第三)后多用为悼亡之辞。〔晋〕陶渊明《悲从弟仲德》:"流尘集虚坐,宿草旅前庭。"(《陶渊明集》卷二·诗五言)阙:指立有双柱的墓门。

陈子昂

【作者简介】

陈子昂（659—700），字伯玉，梓州射洪（今四川射洪）人。始以豪家子，驰侠使气，十八岁始折节读书。开耀二年（682）进士及第。文明元年（684）诣阙上书，武后奇其才，授麟台正字。垂拱二年（686），从乔知之北征同罗、仆固。时武后大开告密之门，冤狱纷起，子昂屡上疏，痛诉酷吏，极谏淫刑。秩满，迁右卫胄曹参军。后以继母忧解官返里。服终，擢右拾遗，旋坐"逆党"陷狱。万岁通天元年（696），契丹叛乱，诏建安王武攸宜率兵征讨，子昂以本官为参谋。攸宜轻易无将略，致前军覆没；子昂屡谏，攸宜怒，贬署军曹。子昂知不合，因登幽州台，慷慨悲歌。圣历元年（698），辞官归隐。久视元年（700），县令段简附会文法，收系狱中，忧愤而卒，年仅四十二岁。卒后，友人卢藏用辑其遗文，编成《陈子昂集》十卷，是为陈集之祖本。今存敦煌唐写本《故陈子昂集》，惜已残缺。现存最早的刻本是明弘治四年杨澄校刻《陈伯玉文集》，凡十卷。事见卢藏用《陈氏别传》，赵儋《故右拾遗陈公旌德碑》，传在《旧唐书》卷一百九十、《新唐书》卷一百〇七、《唐才子传》卷一。

感遇诗三十八首[1]（其二十七）

朝发宜都渚[2]，浩然思故乡[3]。
故乡不可见，路隔巫山阳[4]。
巫山彩云没[5]，高丘正微茫[6]。
伫立望已久[7]，涕落沾衣裳[8]。
岂兹越乡感[9]，忆昔楚襄王[10]。
朝云无处所[11]，荆国亦沦亡[12]。

（《全唐诗》卷八十三，中华书局点校
本，1960年4月第1版，第893页）

【注　释】

[1]此篇借楚襄王荒淫亡国的历史教训，以抨击武后及诸武集团。诗当作于
长寿二年(693)。诗人经历了八年的京官生活，对武后和诸武的骄奢淫逸，有了
比较深刻的认识，故路过宜都，眺望巫山时，遂有此作。

[2]宜都：今湖北省宜都县。《旧唐书·地理志》二："山南东道峡州宜都县：
汉夷县道，属南郡。陈改为宜都，隋改为宜昌，属荆州。武德二年，置江州，领宜昌
一县，寻改为宜都。"（《旧唐书》卷三十九）渚：水中小块陆地。《九歌·湘君》：
"夕弭节兮北渚。"王逸注："渚，水涯也。"（《楚辞章句》卷二）

[3]浩然：思念深远的样子。

[4]巫山：见凌敬《巫山高》注[2]。阳：山的南面。《谷梁传》：僖公二十八
年："山南为阳。"（《春秋谷梁传》僖公）

[5]巫山彩云没：〔南朝·齐〕王融《和王友德元古意二首》其一："巫山彩云
没。"（《古诗源》卷十二）

[6]高丘：高山，此指巫山。〔战国·楚〕屈原《离骚》："哀高丘之无女。"（《楚
辞章句》卷一）〔战国·楚〕宋玉《高唐赋》："妾在巫山之阳，高丘之阻。"微茫：模
糊不清。〔晋〕葛洪《抱朴子·祛惑》："此妄语乃尔，而人犹有不觉其虚者，况其微
茫欺诳，颇因事类之象似者而加益之，非至明者，仓卒安能辨哉！"（《抱朴子》卷二
十）

[7]伫立：久立。《诗·邶风·燕燕》："瞻望弗及，伫立以泣。"（《毛诗正义》
卷二）

[8]涕落：流泪。

[9]越乡感：远离家乡的忧思。

[10]后三句写远望巫山而联想起楚襄王梦遇神女之事，刺其荒淫误国。〔战
国·楚〕宋玉《神女赋》记楚襄王与神女相会的故事："楚襄王与宋玉游于云梦之
浦，使玉赋高唐之事。其夜玉寝，果梦与神女遇，其状甚丽。"（《梦溪补笔谈》卷
一）

[11]朝云：巫山神女。〔战国·楚〕宋玉《高唐赋》："昔者先王尝游高唐，怠而
昼寝，梦见一妇人曰：'妾，巫山之女也。为高唐之客。闻君游高唐，愿荐枕席。'
王因幸之。去而辞曰：'妾在巫山之阳，高丘之阻，旦为朝云，暮为行雨。朝朝暮
暮，阳台之下。'旦朝视之，如言。故为立庙，号曰'朝云'。"（《文选》卷十九·赋

癸)

[12]荆国:楚国。《春秋》庄公十年:"荆败蔡于莘。"杜注:"荆,楚本号,后改为楚。"因此,荆、楚都指楚国。

感遇诗三十八首[1](其三十六)

浩然坐何慕[2],吾蜀有峨眉[3]。
念与楚狂子,悠悠白云期[4]。
时哉悲不会,涕泣久涟洏[5]。
梦登绥山穴[6],南采巫山芝[7]。
探元观群化[8],遗世从云螭[9]。
婉娈时永矣,感悟不见之[10]。

（《全唐诗》卷八十三,中华书局点校本,1960年4月第1版,第894页）

【注　释】
[1]此篇诗人厌于游宦、渴望游仙归隐求仙的心情。当作于官右拾遗之后,归田之前(693—698)。
[2]浩然:见《感遇诗三十八首(其二十七)》注[3]。
[3]峨眉:山名。在四川峨眉西南,因山势逶迤,有山峰相对如蛾眉,故名。佛教称为光明山,道教称为"虚灵洞天"、"灵陵太妙天"。其脉自岷山绵延而来,突起为大峨、中峨、小峨三峰。顶部为玄武岩覆盖,有峨眉宝光、舍身崖、洗象池、龙门洞等。与浙江普陀山、安徽九华山、山西五台山并称为我国佛教四大名山。
[4]此二句言其思与楚狂接舆仙游尘外。楚狂子:《论语·微子》:"楚狂接舆歌而过孔子曰:'凤兮凤兮,何德之衰!'"邢昺疏:"接舆,楚人,姓陆名通,字接舆也。昭王时,政令无常,乃披发佯狂不仕,时人谓之楚狂也。"(《论语注疏》卷十八)后常用为典,亦用为狂士的通称。白云期:《庄子·天地》:"千岁厌世,去而上仙,乘彼白云,至于帝乡。"(《文选》卷三十六)这里指期望游仙。
[5]此二句伤其不遇明时,故涕泪纵横。涟洏:亦作"涟而",泪流貌。王粲《赠蔡子笃》诗:"中心孔悼,涕泪涟洏。"(《文选》卷二十三)
[6]此下五句写梦境。绥山:在峨眉山西南,据传为仙人所居。

［7］巫山：见凌敬《巫山高》注［2］。

［8］探：探索，研究。元：道。群化：万物的变化。〔三国·魏〕阮籍《达庄论》："道者，法自然而为化。《易》谓之'太极'，《春秋》谓之'元'，《老子》谓之'道'。"（《全三国文》卷四十五·魏四十五）

［9］遗世：犹弃世。指超脱尘世；避世隐居。〔晋〕孙绰《游天台山赋》："非夫遗世甗道，绝粒茹芝者，乌能轻举而宅之。"（《文选》卷十一）螭：无角的龙。

［10］末二句言其在梦中乘着神龙远游，但醒来后却不见神龙。婉娈：龙飞的样子。感悟：觉醒，此指梦醒。

山水粉图[1]

山图之白云兮[2]，若巫山之高丘[3]。
纷群翠之鸿溶[4]，又似蓬瀛海水之周流[5]。
信夫人之好道[6]，爱云山以幽求[7]。

（《全唐诗》卷八十三，中华书局点校本，1960 年 4 月第 1 版，第 902 页）

【注　释】

［1］此篇寓隐居求仙之志，作于永淳二年（683）前后家居学道之时。

［2］山：底本作仙，误，今据《全唐诗》《英华》《四库》本、杨本校改。（《陈子昂诗注》，四川人民出版社，1981 年版，第 103 页）

［3］巫山：见凌敬《巫山高》注［2］。高丘：见《感遇诗三十八首（其二十七）》注［6］。

［4］群翠：指山。鸿溶：高耸的样子。

［5］蓬瀛：神山名，即蓬莱、瀛洲。相传为仙人所居之处，亦泛指仙境。〔晋〕葛洪《抱朴子·对俗》："（得道之士）或委华驷而辔蛟龙，或弃神州而宅蓬瀛。"（《抱朴子》卷三）

［6］夫：文言指示代词，相当于"这"或"那"。《经传释词》："夫，犹'此'也。"（《经传释词》卷十）

［7］幽求：谓幽居求道。〔南朝·齐〕王巾《头陀寺碑文》："殷鉴四门，幽求六岁。"（《文选》卷五十九）

彩树歌[1]

嘉锦筵之珍树兮[2],错众彩之氛氲[3]。

状瑶台之微月[4],点巫山之朝云[5]。

青春兮不可逢[6],况惠色之增芬[7]。

结芳意而谁赏[8],怨绝世之无闻[9]。

红荣碧艳坐看歇[10],素华流年不待君[11]。

故吾思昆仑之琪树,压桃李之缤纷[12]。

（《全唐诗》卷八十三,中华书局点校本,1960 年 4 月第 1 版,第 902 页）

【注 释】

[1]此篇通过咏树,寄寓诗人盛年易逝、壮志不酬的慨叹和弃官归隐的意愿,当作于官右拾遗时(693—698)。

[2]锦筵:美盛的筵席。〔南朝·宋〕鲍照《代京洛篇》:"卧对锦筵空。"(《艺文类聚》卷四十二)珍树:珍奇之树。〔晋〕左思《魏都赋》:"珍树猗猗,奇卉萋萋。"(《文选》卷六)

[3]氛氲:本义,盛貌。《文选·谢惠连〈雪赋〉》:"霰淅沥而先集,雪纷糅而遂多,其为状也,散漫交错,氛氲萧索。"李善注引王逸《楚辞注》:"氛氲,盛貌。"(《文选》卷十三)这里引申为五彩缤纷的样子。

[4]瑶台:指传说中的神仙居处。

[5]巫山:见凌敬《巫山高》注[2]。

[6]青春:指春天。春季草木茂盛,其色青绿,故称。《楚辞·大招》:"青春受谢,白日昭只。"王逸注:"青,东方春位,其色青也。"(《楚辞章句》卷十六)

[7]惠色:秀美的颜色、色彩。〔南朝·梁〕江淹:《杂体诗·效殷仲文〈兴瞩〉》:"青松挺秀萼,惠色出乔树。"张铣注:"惠,媚也。"(《文选》卷三十一)

[8]芳意:指春意。〔南朝·宋〕汤惠休《赠鲍侍郎》:"当令芳意重,无使盛年倾。"(《秦汉魏晋南北朝诗》宋诗卷六)

[9]绝世:死。

无闻:没有名声;不为人知。《论语·子罕》:"四十五十而无闻焉,斯亦不足畏已。"(《四书章句集注》论语集注·卷五)

[10]坐：副词，空，徒然。〔南朝·宋〕鲍照《行药至城东桥》："容华坐消歇。"（《文选》卷二十二）

[11]流年：像流水一般易逝的年华。〔南朝·宋〕鲍照《登云阳九里埭》："宿心不復归，流年抱衰疾。"（《秦汉魏晋南北朝诗》宋诗卷八）

[12]末二句意谓厌弃世俗的荣华而向往隐居求仙的生活。

度荆门望楚[1]

遥遥去巫峡[2]，望望下章台[3]。
巴国山川尽[4]，荆门烟雾开。
城分苍野外，树断白云隈。
今日狂歌客[5]，谁知入楚来。

（《全唐诗》卷八十四，中华书局点校本，1960年4月第1版，第904页）

【注　释】

[1]此篇描写自蜀入楚的沿途风光，有远有近，有虚有实。方虚谷列为《瀛奎律髓》的压卷之作，胡应麟则称其为"平淡简远，为王、孟而家之祖"（《诗薮》内编卷四）。当作于调露元年（679）初出蜀时。（《陈子昂诗注》，四川人民出版社，1981年版，第74页）荆门：山名。在今湖北省宜都县西北，长江南岸，隔江和虎牙山相对。江水湍急，形势险峻。古为巴蜀荆吴之间要塞。〔宋〕陆游《入蜀记》卷六："过荆门十二碚，皆高崖绝壁，崭岩突兀，则峡中之险可知矣……荆门者，当以险固得名。"（《古代日记选注》，上海古籍出版社，1982年版，第29页）

[2]巫峡：见上官仪《八咏应制二首（其一）》注[11]。〔北魏〕郦道元《水经注·江水》："其间首尾百六十里，谓之巫峡，盖因山为名也。……故渔者歌曰：'巴东三峡巫峡长，猿鸣三声泪沾裳！'"（《水经注》卷三十四）巫峡为长江三峡中最长之峡，所以作者说"遥遥去巫峡"。

[3]章台：此当指章华台，楚离宫名。故址有四：（1）在今湖北省监利县西北，晋杜预以为春秋时楚灵王所建者即此。台高十丈，基广十五丈。称"华容之章华"。（2）在今安徽省亳州市东南，一说楚灵王所建即此。清杨守敬以为灵王可能先建于华容，后因乐乾溪风物而筑此，仍袭用旧名。即"城父之章华"。（3）在今河南汝南东，战国楚襄王为秦将白起所逼，北保于陈时所建，并袭用旧名。即

"汝阳之章华"。(4)在今湖北沙市,建者不详。后人附会为灵王所筑,即豫章台。望望,瞻望之貌。

　　[4]巴国:巴子国,此代指蜀地。

　　[5]此句以楚狂接舆自况。狂歌客:指楚狂接舆,见《感遇三十八首(其三十六)》注。

张　说

【作者简介】

　　张说(667—730),字道济,一字说之,洛阳人。载初二年(690)举学综古今科,对策第一,授太子校书。累迁右补阙,预修《三教珠英》,擢凤阁舍人。长安三年(703)以不附张易之兄弟,忤武后旨,配流钦州。中宗即位,召拜兵部员外郎,迁工部侍郎、兵部侍郎,兼修文馆学士。睿宗朝历中书侍郎,兼雍州长史,进同中书门下平章事,监修国史。玄宗开元元年(713)授检校中书令,封燕国公。后贬相州刺史、河北道按察使,徙岳州刺史,荆州大都督府长史,幽州都督,河北节度使,改并州大都督府长史,持节天兵军节度大使。开元九年,入朝为兵部尚书。十一年,拜中书令,后兼集贤殿书院学士,知院事。仕终左丞相,卒谥文贞。说前后三秉大政,朝廷大述作多出其手,与许国公苏颋并称“燕许大手笔”。贬官岳州后,诗益凄婉,人谓得江山之助。有《张说之集》(一名《张燕公集》)三十卷传世,有影宋蜀刻本。事见张九龄《故开府仪同三司行尚书左丞相燕国公赠太师张公墓志铭》、《旧唐书》卷九十七、《新唐书》卷一百二十五本传。

过庾信宅[1]

兰成追宋玉[2],旧宅偶词人。
笔涌江山气,文骄云雨神[3]。
包胥非救楚[4],随会反留秦[5]。
独有东阳守,来嗟古树春[6]。

（《全唐诗》卷八十七,中华书局点校本,1960年4月第1版,第953页）

【注　释】

[1]庾信宅:故址在今湖北江陵县北。本为宋玉宅,侯景之乱时,庾信自建康遁归江陵,居之,故《哀江南赋》云:“诛茅宋玉之宅,穿径临江之府。”

[2]兰成:庾信的小名。宋玉:战国时楚人,辞赋家。曾为楚顷襄王大夫。

[3]“文骄”句:用宋玉《高唐赋》楚王与巫山神女相会事。云雨神:指巫山神女。《高唐赋》:“妾在巫山之阳,高丘之阻,旦为朝云,暮为行雨。朝朝暮暮,阳台之下。”

[4]“包胥”句:反用申包胥救楚事。申包胥:申氏,名包胥,春秋时楚国大夫。楚昭王十年(前506),吴王用伍子胥计破楚入郢。申包胥随昭王撤出辗转随国。后自请赴秦,求秦哀公出兵救楚。初未获允,乃七日不食,日夜哭于秦廷。哀公为之感动,终于答应发兵车五百乘前往救援。《史记·伍子胥列传》:“始伍员与申包胥为交,员之亡也,谓包胥曰:‘我必覆楚。’包胥曰:‘我必存之。’及吴兵入郢,伍子胥求昭王。既不得,乃掘楚平王墓,出其尸,鞭之三百,然后已。申包胥亡于山中,使人谓子胥曰:‘子之报仇,其以甚乎!吾闻之,人众者胜天,天定亦能破人。今子故平王之臣,亲北面而事之,今至于僇死人,此岂其无天道之极乎!’伍子胥曰:‘为我谢申包胥曰,吾日莫途远,吾故倒行而逆施之。’于是申包胥走秦告急,求救于秦。秦不许。包胥立于秦廷,昼夜哭,七日七夜不绝其声。秦哀公怜之,曰:‘楚虽无道,有臣若是,可无存乎!’乃遣车五百乘救楚击吴。”(《史记》卷六十六·伍子胥列传第六)

[5]随会:士会,春秋时晋国大夫,食采邑于随,故亦称随会。晋襄公卒,晋人欲立长君,使先蔑、士会至秦迎公子雍,秦康公派兵护送。赵宣子与诸大夫背先蔑而立晋灵公,击败秦师。先蔑与士会乃奔秦,七年后始归晋。事见《左传·文公六年》《左传·文公七年》。

[6]东阳守:指晋东阳太守殷仲文,“少有才藻,美容貌”,见《晋书·殷仲文传》。嗟:叹。

下江南向夔州[1]

天明江雾歇,洲浦棹歌来[2]。
绿水逶迤去,青山相向开。
城临蜀帝祀[3],云接楚王台[4]。
旧知巫山上[5],游子共徘徊。

（《全唐诗》卷八十七，中华书局点校
本，1960 年 4 月第 1 版，第 956 页）

【注　释】

[1]夔州：故治在今重庆奉节县。

[2]洲浦：洲边。

棹歌：船工行船时所唱的歌。

[3]蜀帝祠：指蜀先主庙，在奉节县，祀三国蜀先主刘备也。见《方舆胜览》卷
五十七。

[4]楚王台：又名楚阳台，在今重庆巫山城西。相传为楚王与巫山神女幽会
处。〔战国·楚〕宋玉《高唐赋》："昔者先王尝游高唐，怠而昼寝，梦见一妇人曰：
'妾，巫山之女也。为高唐之客。闻君游高唐，愿荐枕席。'王因幸之。去而辞曰：
'妾在巫山之阳，高丘之阻，旦为朝云，暮为行雨。朝朝暮暮，阳台之下。'旦朝视
之，如言。故为立庙，号曰'朝云'。"（《文选》卷十九·赋癸）

[5]巫山：见凌敬《巫山高》注[2]。

荆州亭入朝

巫山云雨峡[1]，湘水洞庭波[2]。
九辨人犹摈[3]，三秋雁始过[4]。
旆裘吴地尽[5]，髫荐楚言多。
不果朝宗愿，其如江汉何[6]。

（《全唐诗》卷八十七，中华书局点校
本，1960 年 4 月第 1 版，第 956 页）

【注　释】

[1]巫山云雨峡：〔战国·楚〕宋玉《高唐赋》描写楚王梦与巫山神女幽会，神
女去而辞曰："妾在巫山之阳，高丘之阻，旦为朝云，暮为行雨。朝朝暮暮，阳台之
下。"（《文选》卷十九·赋癸）所以因巫山得名的巫峡又称"云雨峡"。

[2]湘水洞庭：湘水指湘江，洞庭即洞庭湖。二者皆在湖南境内。

[3]九辨：《九辩》，《楚辞》篇名，宋玉作。王逸谓"宋玉者，屈原弟子也。闵惜
其师忠而放逐，故作《九辩》以述其志"。（《楚辞章句》卷八）

摈:弃。

[4]三秋:指秋季。七月称孟秋,八月称仲秋,九月称季秋,合称三秋。〔晋〕陶潜《闲情赋》:"愿在莞而为席,安弱体于三秋。"(《陶渊明集》卷六·赋)

[5]旃裘:毛毡做的衣服。

[6]朝宗:比喻小水流注大水。

江汉:长江和汉水。《书·禹贡》:"江汉朝宗于海。"孔颖达疏:"朝宗是人事之名,水无性识,非有此义。以海水大而江汉小,以小就大,似诸侯归于天子,假人事而言之也。"〔唐〕张九龄《饯王司马入计同用洲字》:"独叹湘江水,朝宗向北流。"(《全唐诗》卷四十八)

朱使欣

【作者简介】

朱使欣,生卒年,里籍均不详。曾出使越地。与张说友善,有诗唱和。今存诗一首。

道峡似巫山[1]

江如晓天静,石似暮云张。
征帆一流览[2],宛若巫山阳[3]。
楚客思归路[4],秦人谪异乡。
猿鸣孤月夜,再使泪沾裳[5]。

(《全唐诗》卷九十八,中华书局点校本,1960年4月第1版,第1064页)

【注 释】

[1]一说为张说诗,题为《和朱使欣道峡似巫山之作》。岑仲勉《读全唐诗札记》谓本篇当属朱作,下二首乃张说和诗。巫山:见凌敬《巫山高》注[2]。

[2]征帆:远行的船。流览:随江流观览。

[3]巫山阳:巫山的南面。

[4]楚客:本指屈原。屈原忠而被谤,身遭放逐,流落他乡,故称"楚客"。〔唐〕李白《愁阳春赋》:"明妃玉塞,楚客枫林,试登高而望远,痛切骨而伤心。"(《全唐文》卷三百四十七)亦泛指客居他乡的人。〔唐〕岑参《送人归江宁》:"楚客忆乡信,向家湖水长。"(《全唐诗》卷二百)此应指客居他乡之人,且巫山古属楚国。谪:封建时代特指官吏降职,调往边外地方。

[5]末两句用〔北魏〕郦道元《水经注·江水》所记巫峡猿鸣事:"其间首尾百六十里,谓之巫峡,盖因山为名也……每至晴初霜旦,林寒涧肃,常有高猿长啸,属引凄异,空谷传响,哀转久绝。故渔者歌曰:'巴东三峡巫峡长,猿鸣三声泪沾裳。'"(《水经注》卷三十四)

张九龄

【作者简介】

张九龄(678—740),字子寿,一名博物。韶州曲江(今广东韶关市)人。七岁能文。长安二年(702)进士及第。神龙三年(707)登材堪经邦科,授校书郎。先天元年(712)登道侔伊吕科,迁左拾遗,后历任左补阙、礼部员外郎、司勋员外郎、中书舍人等职。开元十四年(726)出为冀州刺史,改洪州刺史,又转桂州刺史兼岭南按察使。后召为秘书少监兼集贤院学士,迁中书侍郎。开元二十一年(733)拜相,翌年迁中书令。受奸相李林甫排挤,于开元二十四年(736)罢相,改任尚书右丞相。翌年贬荆州长史,在州唯以文史自娱。累封始兴县伯。开元二十八年(740)春请归乡展墓,病卒于家,享年六十三(两《唐书》本传均作六十八,误),谥曰文献。《新唐书·艺文志》著录有集二十卷,现存《曲江张先生文集》二十卷(一本作十二卷)。事见徐安贞《唐故尚书右丞相赠荆州大都督始兴公阴堂志铭》(1960年韶关市出土)、徐浩《唐尚书右丞相中书令张公神道碑》,传在《旧唐书》卷九十九、《新唐书》卷一百二十六。

巫山高[1]

巫山与天近,烟景长青荧[2]。
此中楚王梦,梦得神女灵。
神女去已久,云雨空冥冥[3]。
唯有巴猿啸,哀音不可听[4]。

(《全唐诗》卷四十七,中华书局点校
本,1960年4月第1版,第565页)

【注　释】

[1]巫山高:汉铙歌十八曲之一。〔宋〕郭茂倩《乐府诗集》引《乐府题解》曰:"古词言,江淮水深,无梁可度,临水远望,思归而已。"后来常常"杂以阳台神女之事,无复远望思归之意也。"(《乐府诗集》卷十六·鼓吹曲辞一)详见凌敬《巫山高》注[1]。

[2]巫山:见凌敬《巫山高》注[2]。

烟景:云雾缭绕之景。

青荧:青光闪映貌。《文选·扬雄〈羽猎赋〉》:"玉石嶜嵳,眩耀青荧。"李善注:"青荧,光明貌。"(《文选》卷八·赋丁)

[3]"此中"四句:用楚王梦遇巫山神女事。〔战国·楚〕宋玉《高唐赋》:"昔者先王尝游高唐,怠而昼寝,梦见一妇人曰:'妾,巫山之女也。为高唐之客。闻君游高唐,愿荐枕席。'王因幸之。去而辞曰:'妾在巫山之阳,高丘之阻,旦为朝云,暮为行雨。朝朝暮暮,阳台之下。'旦朝视之,如言。故为立庙,号曰'朝云'。"(《文选》卷十九·赋癸)

冥冥:昏暗的样子。

[4]"唯有"两句:〔北魏〕郦道元《水经注·江水》:"其间首尾百六十里,谓之巫峡,盖因山为名也。……每至晴初霜旦,林寒涧肃,常有高猿长啸,属引凄异,空谷传响,哀转久绝。故渔者歌曰:'巴东三峡巫峡长,猿鸣三声泪沾裳!'"(《水经注》卷三十四)巴,今重庆一带。啸:猿、虎等动物拉长声音叫。巫峡两岸的猿啸声异常凄哀,所以诗人说"哀音不可听"。

登古阳云台[1]

庭树日衰飒,风霜未云已[2]。
驾言遣忧思,乘兴求相似[3]。
楚国兹故都,兰台有余址[4]。
传闻襄王世,仍立巫山祀[5]。
方此全盛时,岂无婵娟子[6]。
色荒神女至,魂荡宫观启[7]。
蔓草今如积[8],朝云为谁起。

(《全唐诗》卷四十七,中华书局点校本,1960年4月第1版,第568页)

【注　释】

[1]阳云台:〔战国·楚〕宋玉《高唐赋》中所提到的"阳台"。诗当作于开元二十五年(737)至二十七年九龄任荆州长史时。

[2]飒:形容风声。

已:停止。

[3]驾言:乘车。言,语助词。《诗·邶风·泉水》:"驾言出游,以写我忧。"

[4]楚国兹故都:指郢都。

兰台:在湖北钟祥。宋玉《风赋》:"楚襄王游于兰台之宫。"(《文选》卷十三·赋庚)

[5]襄王:楚襄王。

巫山祀:指巫山神女庙,又称朝云庙。宋玉《高唐赋》载:楚怀王游高唐观,梦遇巫山神女,"故为立庙,号曰'朝云'"。

[6]婵娟子:美貌女子。〔唐〕沈佺期《凤笙曲》:"岂无婵娟子,结念罗帐中。"(《乐府诗集》卷五十·清商曲辞七)

[7]色荒:荒淫于女色。

神女:巫山神女。

宫观:指高唐观。

启:开。

[8]蔓草:生有长茎能缠绕攀缘的杂草。泛指蔓生的野草。《诗·郑风·野有蔓草》:"野有蔓草,零露溥兮。"

崔素娥

【作者简介】

　　崔素娥,韦洵美(唐中宗李显皇后韦氏之弟)妾。邺都罗绍威辟洵美为从事,素娥随行。绍威闻其姝丽,逼献之,素娥为诗以别。其夜,洵美独宿长吁,有同行者,问知其事,歘然而去。至三更,以皮囊贮素娥至,洵美遂挟以他遁。

别韦洵美诗[1]

　　妾闭闲房君路歧[2],妾心君恨两依依。
　　神魂倘遇巫娥伴[3],犹逐朝云暮雨归[4]。

(《全唐诗》卷八百,中华书局点校本,1960年4月第1版,第9006页)

【注　释】

　　[1]韦洵美答素娥诗云:"别恨离群自古闻,此心难舍意难论。承恩必若颁时服,莫使沾濡有泪痕。"

　　[2]闭闲房:关在行动不自由的房中。

　　路歧:大路上分出的小路。比喻生活中的逆境、挫折。

　　[3]用楚王梦遇巫山神女事。巫娥,指巫山神女。〔唐〕杜牧《柳》:"巫娥庙里低含雨,宋玉宅前斜带风。"(《全唐诗》卷五百二十二)

　　[4]朝云暮雨:〔战国·楚〕宋玉《高唐赋》载,楚襄王与宋玉游于云梦之台,望高唐之观,其上独有云气,崪兮直上,忽兮改容,须臾之间,变化无穷。王问玉曰:"此何气也?"玉对曰:"所谓朝云者也。"王曰:"何谓朝云?"玉曰:"昔者先王尝游高唐,怠而昼寝,梦见一妇人曰:'妾,巫山之女也。为高唐之客。闻君游高唐,愿荐枕席。'王因幸之。去而辞曰:'妾在巫山之阳,高丘之阻,旦为朝云,暮为行雨。朝朝暮暮,阳台之下。'旦朝视之,如言。故为立庙,号曰'朝云'。"(《文选》卷十九·赋癸)

郎大家宋氏

【作者简介】

郎大家宋氏，唐天宝前在世。善作乐府诗，曾收入李康成《王台后集》。事迹见《初唐诗纪》卷六十。存诗五首。

朝云引[1]

巴西巫峡指巴东[2]，朝云触石上朝空。巫山巫峡高何已，行雨行云一时起[3]。一时起，三春暮。若言来，且就阳台路[4]。

（《全唐诗》卷八百〇一，中华书局点校本，1960 年 4 月第 1 版，第 9008 页）

【注　释】

[1]朝云引：属乐府清商曲辞。诗咏巫山神女事。

[2]巴西巫峡指巴东：巫峡处三巴之地。三巴，即巴郡（今重庆巴南区至忠县一带）、巴东（今重庆云阳、奉节等地）和巴西（今四川阆中县境）。〔北魏〕郦道元《水经注·江水》："巴东三峡巫峡长。"（《水经注》卷三十四），故此诗先以巫峡层峦绵延，连接着巴西、巴东说起。

[3]行雨行云：〔战国·楚〕宋玉《高唐赋》："妾在巫山之阳，高丘之阻，旦为朝云，暮为行雨。朝朝暮暮，阳台之下。"（《文选》卷十九·赋癸）

[4]阳台：台观名。传说巫山神女所居之处。见凌敬《巫山高》注[7]。

張子容

【作者简介】

张子容(生卒年不详),襄阳(今湖北襄樊)人。先天二年(713)擢进士,为乐城令,后弃官流寓江表。初与孟浩然同隐鹿门山,为生死交,诗篇唱答颇多。子容为诗兴趣高远,为当时文士所称。《全唐诗》录诗一卷。

巫　山[1]

巫岭岩峣天际重[2],佳期宿昔愿相从[3]。
朝云暮雨连天暗[4],神女知来第几峰[5]。

(《全唐诗》卷一百一十六,中华书局点校本,1980年4月第1版,第1178页)

【注　释】

[1]巫山:见凌敬《巫山高》注[2]。

[2]岩峣:亦作"岹峣"。高峻;高耸。〔三国·魏〕曹植《九愁赋》:"践蹊隧之危阻,登岩峣之高岑。"

[3]句谓:长久以来,想一睹巫山风采的愿望终于实现了。

[4]句意:朝云暮雨的景象,看起来好像连天都显得暗淡了。又〔战国·楚〕宋玉《高唐赋》:"妾(巫山神女)在巫山之阳,高丘之阻,旦为朝云,暮为行雨。朝朝暮暮,阳台之下。"(《文选》卷十九·赋癸)

[5]神女:巫山神女。

第几峰:巫山有十二峰,见乔知之《巫山高》注[2]。故言。此句是说:巫山神女不知来于十二峰的哪一峰。

林 珝

【作者简介】

林珝,玄宗天宝(742—756)以前在世,今存诗一首。

送安养阎主簿还竹寺[1]

分手怨河梁[2],南征历汉阳[3]。
江山追宋玉[4],云雨梦襄王[5]。
醉里宜城近[6],歌中郢路长[7]。
更寻栖枳处[8],犹是念仇香[9]。

(《全唐诗》卷七百七十七,中华书局点校本,1960 年 4 月第 1 版,第 8803 页)

【注 释】

[1]安养:县名,属襄州。天宝元年改临汉。主簿:官名,此指县主簿。

[2]河梁:桥梁。旧传李陵《与苏武》诗:"携手上河梁,游子暮何之。"

[3]汉阳:汉水之北。襄州临汉县(安养县)南临汉水。

[4]宋玉:战国楚国文学家。其《九辩》中有"登山临水兮送将归"之句。

[5]云雨梦襄王:〔战国·楚〕宋玉《高唐赋》:"昔者楚襄王与宋玉游于云梦之台,望高唐之观,其上独有云气。……'妾在巫山之阳,高丘之阻,旦为朝云,暮为行雨。朝朝暮暮,阳台之下'。"(《文选》卷十九·赋癸)又宋玉《神女赋》:"楚襄王与宋玉游于云梦之浦,使玉赋高唐之事。其夜玉寝,果梦与神女遇,其状甚丽。"(《文选》卷十九·赋癸)

[6]宜城:襄州属县名,以产酒著名。今属湖北。

[7]郢:战国楚都,今湖北江陵。此暗用郢客唱歌事。〔战国·楚〕宋玉《对楚王问》:"客有歌于郢中者,其始曰《下里》《巴人》,国中属而和者数千人,其为《阳

阿》《薤露》,国中属而和者数百人;其为《阳春》《白雪》,国中属而和者不过数十人。"(《新序》卷一)

[8]栖枳:谓阎屈就安养县主簿卑职。《后汉书·仇览传》:"考城令河内王涣,政尚严猛,闻览以德化人,署为主簿。谓览曰:'主簿闻陈元之过,不罪而化之,得无少鹰鹯之志邪?'览曰:'以为鹰鹯,不若鸾凤。'涣谢遣曰:'枳棘非鸾凤所栖,百里岂大贤之路?'"(《后汉书》卷七十六·循吏列传第六十六)

[9]仇香:东汉仇览的别名。因其曾任主簿,故后人常用之代称主簿。此借指阎主簿。

孟浩然

【作者简介】

　　孟浩然(689—740),字浩然,襄州襄阳(今湖北襄樊市)人。早年曾隐鹿门山,又尝往湘、赣等地游历。开元十三年赴洛阳,十四年岁暮还乡。开元十六(728)年赴长安,次年春应试落第,后赴洛。十八年秋,自洛之越,二十年自越还乡。二十一年,韩朝宗为山南东道采访使,荐浩然入京,约日引谒。及期,浩然会僚友,文酒讲好甚适,遂毕席不赴。二十五年,张九龄为荆州长史,署浩然为从事。次年春浩然辞归。开元二十八年,王昌龄游襄阳,二人相得甚欢,浩然食鲜疾动,疽发背卒。浩然五言诗见称于时,尝游秘省,秋月新霁,诸英联句,浩然云:"微云淡河汉,疏雨滴梧桐。"举座嗟叹,不复为继。张九龄、王维、裴朏、郑倩之、独孤册等,咸与浩然为忘形交。有《孟浩然集》传世。《全唐诗》编其诗为二卷。事见唐王士源《孟浩然集序》、两《唐书·孟浩然传》《唐诗纪事》卷二十三、《唐才子传》卷二等。

送王七尉松滋得阳台云[1]

君不见巫山神女作行云[2],霏红沓翠晓氛氲[3]。
婵娟流入楚王梦,倏忽还随零雨分[4]。
空中飞去复飞来[5],朝朝暮暮下阳台。
愁君此去为仙尉[6],便逐行云去不回。

(《全唐诗》卷一百五十九,中华书局点校本,1960 年 4 月第 1 版,第 1630 页)

【注　释】

　　[1]尉松滋:去松滋作县尉。松滋故城在今湖北省松滋县西南。

得阳台云：古人作诗常限题分咏，以占得之题目作为抒写题材，本诗即限以"阳台云"内容进行写作。阳台云：〔战国·楚〕宋玉《高唐赋》之典："昔者先王尝游高唐，怠而昼寝，梦见一妇人曰：'妾，巫山之女也。为高唐之客。闻君游高唐，愿荐枕席。'王因幸之。去而辞曰：'妾在巫山之阳，高丘之阻，旦为朝云，暮为行雨。朝朝暮暮，阳台之下。'"（《文选》卷十九·赋癸）

[2]巫山神女作行云：见上注。下文"楚王梦"、"零雨"、"朝朝暮暮"、"阳台"、"行云"皆用巫山神女事。

[3]霏红：飞红，谓花瓣飘落，一作虹蜺。

沓翠：叠翠。氛氲，盛貌。《文选·谢惠连〈雪赋〉》："霰淅沥而先集，雪纷糅而遂多，其为状也，散漫交错，氛氲萧索。"李善注引王逸《楚辞注》："氛氲，盛貌。"（《文选》卷十三）

[4]婵娟：此指美人。〔唐〕方干《赠赵崇侍御》诗："却教鹦鹉呼桃叶，便遣婵娟唱《竹枝》。"

倏忽：迅疾貌。《吕氏春秋·决胜》："倏忽往来，而莫知其方。"（《吕氏春秋》仲秋纪第八）流，一作游。楚，一作襄。倏忽，一作觉后。

[5]飞，一作晓。

[6]仙尉：本是汉代梅福的美称，此为县尉的誉称。梅字子真，为郡文学，补南昌尉。后归里，一旦弃妻子去，传以为仙，故称。见《汉书·梅福传》。〔前蜀〕韦庄《南昌晚眺》："南昌城郭枕江烟，章水悠悠浪拍天。芳草绿遮仙尉宅，落霞红衬贾人船。"（《全唐诗》卷六百九十八）后亦以"仙尉"为县尉的誉称。去，一作处。

李 颀

【作者简介】

李颀(690—751),与王维、高适、王昌龄等著名诗人皆有来往,诗名颇高。其诗内容涉及较广,尤以边塞诗、音乐诗获誉于世。擅长五、七言歌行体。赵郡(今河北赵县)人,一说东川(今四川三台一带)人。少时家本富有,后结识富豪轻薄子弟,倾财破产。后刻苦读书。隐居颍阳(今河北南许昌)苦读十年,于唐玄宗开元二十三年(735)考取进士,曾任新乡县尉。任职多年,没有升迁,晚年仍过隐居生活。李颀性格疏放超脱,厌薄世俗。他的诗以边塞诗成就最大,奔放豪迈,慷慨悲凉。《全唐诗》中录存李颀诗三卷,后人辑有《李颀诗集》。事见《唐诗纪事》卷二十、《唐才子传》卷二。

寄焦炼师[1]

得道凡百岁,烧丹惟一身[2]。

悠悠孤峰顶[3],日见三花春[4]。

白鹤翠微里[5],黄精幽涧滨[6]。

始知世上客,不及山中人[7]。

仙境若在梦,朝云如可亲[8]。

何由睹颜色,挥手谢风尘[9]。

(《全唐诗》卷一百三十二,中华书局点校本,1960 年 4 月第 1 版,第 1339 页)

【注 释】

[1]炼师:《唐六典·尚书省·礼部》:"道士修行有三号,其一曰法师,其二曰威仪师,其三曰律师。其德高思精者谓之炼师。"焦炼师:唐多位诗人都在诗中涉

及此女道士。王维有《寄东岳焦炼师》，王昌龄有《谒焦炼师》，钱起有《题焦道士石壁》。李白《赠嵩山焦炼师》诗序中这样描述这位神仙："嵩山有神人焦炼师者，不知何许妇人也。又云：生于齐、梁时，其年貌可称五六十。常胎息绝谷，居少室庐，游行若飞，倏忽万里。世或传其入东海，登蓬莱，竟莫能测其往也。"

[2]得道：《淮南子·原道训》："是故得道者，穷而不慑，达而不荣，处高而不机，持盈而不倾，新而不朗，久而不渝，入火不焦，入水不濡。是故不待势而尊，不待财而富，不待力而强，平虚下流，与化翱翔。"（《淮南子》卷一·原道训）烧丹：道士用矿石药物烧炼成丹，谓服之可长生不老。

[3]悠悠：远意。

[4]三花：《齐民要术》卷十引《嵩山记》曰："嵩寺中忽有思惟树，即贝多也。有人坐贝多树下思惟，因以名焉。汉道士从外国来，将子于山西脚下种，极高大。今有四树，一年三花。"《初学记》卷五亦记："汉世有道士从外国将贝多子来，于嵩山西脚上种之，有四树，与众木与异，一年三花，白色香美。"（《初学记》卷五·地理上）此皮叶多用来写佛经。

[5]翠微：青翠的山气。

[6]黄精：药名。《文选·与山巨源论绝交书》："闻道士遗言，饵术黄精，令人久寿。"李善注："《本草经》曰：术黄精，久服轻身延年。"（《文选》卷四十三·书下）

[7]山中人：山人，指隐士。〔唐〕王勃《赠李十四》："野客思茅宇，山人爱竹林。"（《全唐诗》卷五十六）

[8]朝云：指巫山神女。见陈子昂《感遇诗三十八首（其二十七）》注[11]。

[9]谢：告别。风尘：指污浊、纷扰的生活，旧多指仕宦。〔晋〕郭璞《游仙诗》："高蹈风尘外，长揖谢夷齐。"（《艺文类聚》卷七十八）

綦毋潜

【作者简介】

綦毋潜（691—756），字孝通，排行三。虔州（今江西赣县）人。早年隐居，屡试不第。开元十四年（726）进士及第，曾任宜寿县尉、集贤院待制、校书郎。后弃官还虔州隐居。天宝五载（746），因生活贫困入京谒见给事中房琯，谋求再次出仕。后官至右拾遗、著作郎。约卒于安史乱起后。平生与张九龄、王维、李颀、储光羲、高适等友善。其诗多写山水幽寂之景，歌咏佛寺、道观之作颇多。殷璠评赞其"善写方外之情"，"荆南分野，数百年来独秀斯人"（《河岳英灵集》卷中）。今存诗一卷。事散见《元和姓纂》卷二，《新唐书·艺文志四》，《直斋书录解题》卷十九，《唐诗纪事》卷二十，《唐才子传》卷二及王维、李颀、韦应物的有关诗作。

送崔员外黔中监选[1]

持衡出帝畿[2]，星指夜郎飞。
神女云迎马[3]，荆门雨湿衣[4]。
听猿收泪罢[5]，系雁待书稀[6]。
蛮貊虽殊俗[7]，知君肝胆微[8]。

（《全唐诗》卷一百三十五，中华书局点校本，1960年4月第1版，第1369页）

【注　释】

[1]黔中：道名，治所在黔州（今重庆彭水县）。

监选：谓监察选举。《新唐书·选举制》："高宗上元二年，以岭南五管、黔中都督府得即任土人。而官或非其才。乃选郎官、御史为选补使，谓之南选。"（《新

唐书》卷四十五·志第三十五）

　　[2]持衡:持秤称物。比喻公允地品评人才。

　　帝畿:犹京畿。指京都或京都及其附近地区。〔汉〕班固《西都赋》:"是故横被六合,三成帝畿;周以龙兴,秦以虎视。"(《文选》卷一·赋甲)

　　[3]神女:指巫山神女。

　　[4]荆门:山名。在今湖北省宜都县西北,长江南岸,隔江和虎牙山相对。江水湍急,形势险峻。古为巴蜀荆吴之间要塞。

　　[5]"听猿"句:〔北魏〕郦道元《水经注·江水》:"故渔者歌曰:'巴东三峡巫峡长,猿鸣三声泪沾裳。'"(《水经注》卷三十四)

　　[6]系雁:《汉书·苏建传》:"教使者谓单于,言天子射上林中,得雁,足有系帛书,言(苏)武等在某泽中。"(《汉书》卷五十四·李广苏建传第二十四)

　　[7]蛮貊(mò):古代对南方和北方落后部族的蔑称。南方为蛮,北方为貊。亦泛指四方落后部族。《书·武成》:"华夏蛮貊,罔不率俾。"(《尚书》周书·武成第五)殊俗:风俗习惯(和中原)不同。

　　[8]微:忠贞不贰。

祖　咏

【作者简介】

祖咏,排行三,洛阳(今河南洛阳)人。开元十二年(724)(一说十三年)登进士第。曾在齐州(今山东济南)以东任地方官,不久遭贬谪至东南一带。后因仕途失志弃官归汝坟(在今河南襄城)别业隐居,以渔樵自终。祖咏自幼与王维结交,友谊至深。又与卢象、储光羲、王翰、丘为等为友。王翰任汝州长史、仙州别驾时祖咏常随其游猎行乐,恣为欢赏。祖咏有诗名,史传其应试作《终南望馀雪》二韵四句即称"意尽"而纳卷的佳话。今存诗一卷。事见《唐诗纪事》卷二十、《唐才子传》卷一及王维、卢象的有关赠诗。

古意二首[1]

一

夫差日淫放[2],举国求妃嫔[3]。
自谓得王宠[4],代间无美人[5]。
碧罗象天阁[6],坐辇乘芳春[7]。
宫女数千骑,常游江水滨。
年深玉颜老[8],时薄花妆新[9]。
拭泪下金殿[10],娇多不顾身[11]。
生前妒歌舞[12],死后同灰尘。
冢墓令人哀,哀于铜雀台[13]。

二

楚王竟何去,独自留巫山[14]。
偏使世人见[15],迢迢江汉间[16]。

驻舟春溪里,誓愿拜灵颜[17]。
梦寐睹神女[18],金沙鸣佩环[19]。
闲艳绝世姿[20],令人气力微[21]。
含笑默不语,化作朝云飞[22]。

(《全唐诗》卷一百三十一,中华书局点
校本,1960年4月第1版,第1331页)

【注 释】

[1]古意:六朝诗旧题。此诗第二首重见于卷一百三十三常建集《古意三首》
之三。两处均未注明互见。《河岳英灵集》卷下、《唐诗纪事》卷二十俱作祖咏。
故作祖咏诗。

[2]夫差:春秋末吴国国君,沉迷歌舞女色,在前473年越国兴兵攻灭吴国时
自杀。

淫放:荒淫放纵。

[3]举国:在全国范围内。

[4]得王宠:君王之宠妃。指西施。吴王夫差灭越,越王勾践欲复仇,乃用美
人计,得诸暨苎萝山卖薪女西施,献于夫差。夫差宠之,荒淫亡国。

[5]代间:世间。

无美人:没有像西施那样美的女子。

[6]碧罗:青绿色的丝织物。

天阁:君王居住的殿阁。

[7]辇:古代用人拉着走的车子,后多指天子或王室坐的车子。

乘芳春:趁着春光出游。

[8]玉颜:指美女的容貌。

[9]时薄:时光不多。

花妆:女子华美的装束。

[10]拭泪:指夫差自杀前的伤心状。

[11]娇:娇美,娇媚。指妃嫔而言。

不顾身:不能顾及自身的性命。

[12]妒:迷惑。

[13]铜雀台:一名铜雀妓,乐府《相和歌·平调曲》名。铜雀台为汉末建安十
五年冬曹操所建。周围殿屋一百二十间,连接榱栋,侵彻云汉。铸大孔雀置于楼

顶,舒翼奋尾,势若飞动,故名铜雀台。故址在今河北省临漳县西南古邺城的西北隅,与金虎、冰井合称三台。曹操临终时遗命诸子:死后葬于邺城之西冈,诸姜与伎人皆著铜雀台,台上置床帐,每月朔望向帐前作伎,诸子登台望其西陵墓田。后人悲其意而为之咏也。

〔14〕"楚王"二句:用楚王梦遇巫山神女事。〔战国·楚〕宋玉《高唐赋》:"昔者先王尝游高唐,怠而昼寝,梦见一妇人曰:'妾,巫山之女也。为高唐之客。闻君游高唐,愿荐枕席。'王因幸之。去而辞曰:'妾在巫山之阳,高丘之阻,旦为朝云,暮为行雨。朝朝暮暮,阳台之下。'旦朝视之,如言。故为立庙,号曰'朝云'。"(《文选》卷十九·赋癸)

〔15〕偏:偏偏。

〔16〕迢迢:水流绵长的样子。江汉:长江和汉水。巫山在云梦泽中,故云。

〔17〕皙:常建集作"皆"。

灵颜:指神女的容颜。

〔18〕梦:常建集作"寤"。

神女:巫山神女。

〔19〕金沙:江边沙滩。

佩环:指玉质佩饰物。〔唐〕柳宗元《小石潭记》:"隔篁竹闻水声,如鸣佩环,心乐之。"(《古文辞类纂》卷五十三)后多指妇女所佩的饰物。

〔20〕闲艳:文雅、美丽。〔三国·魏〕曹植《洛神赋》:"瑰姿艳逸,仪静体闲。"(《曹子建集》卷三)

〔21〕气力微:意谓被神女的绝世美貌所倾倒。

〔22〕化作朝云飞:指巫山神女事。详见注〔14〕。

卢 象

【作者简介】

卢象(约741),字纬卿,汶水人。开元中,由前进士补秘书郎,转右卫仓曹掾。丞相张九龄深器之,擢左补阙、河南府司录、司勋员外郎,名盛气高,少所卑下,为飞语所中。左迁齐、邠、郑三郡司马,入为膳部员外郎。禄山之乱,卢象受伪署,贬永州司户。起为主客员外郎,道病,遂卒于武昌。著有文集十二卷。

峡中作[1]

高唐几百里,树色接阳台[2]。
晚见江山霁[3],宵闻风雨来。
云从三峡起[4],天向数峰开。
灵境信难见[5],轻舟那可回。

(《全唐诗》卷一百二十二,中华书局点校本,1960 年 4 月第 1 版,第 1218 页)

【注　释】

[1]峡中:长江三峡之中。

[2]高唐:楚国台观名。也作"高堂观"。〔战国·楚〕宋玉《高唐赋》:"昔者楚襄王与宋玉游于云梦之台,望高唐之观。"(《文选》卷十九·赋癸)阳台:见凌敬《巫山高》注[7]。

[3]霁:雨雪停止,天放晴。

[4]三峡:见张循之《巫山高》注[5]。

[5]灵境:楚王会巫山神女之境。

李和风

【作者简介】

李和风,代宗前人,与阎敬爱世代相及。事迹见《封氏闻见记》卷七。《全唐诗》存诗一首。

题敬爱诗后[1]

高唐不是这高塘,淮畔荆南各异方[2]。
若向此中求荐枕,参差笑杀楚襄王[3]。

(《全唐诗》卷八百七十一,中华书局点校本,1960年4月第1版,第9875页)

【注　释】

[1]敬爱:阎敬爱。阎敬爱诗为《题濠州高塘馆》:"借问襄王安在哉?山川此地胜阳台。今宵寓宿高塘馆,神女何曾入梦来!"(《全唐诗》卷八百七十一)

[2]高唐:高唐观。〔战国·楚〕宋玉《高唐赋》:"昔者楚襄王与宋玉游于云梦之台,望高唐之观。"

淮畔:淮河之畔。

句谓:这里的高塘不是楚襄王梦见神女的高唐,这里是淮河岸畔,那里是荆州之南,天各一方。

[3]荐枕:指楚王梦遇巫山神女事。〔战国·楚〕宋玉《高唐赋》:"昔者先王尝游高唐,怠而昼寝,梦见一妇人曰:'妾,巫山之女也。为高唐之客。闻君游高唐,愿荐枕席。'王因幸之。"句意:如果在这高唐馆中希冀梦见神女,恐怕要笑杀楚襄王了。

王 维

【作者简介】

王维（700—761），字摩诘，太原祁（今山西祁县）人。后徙家于蒲州（今山西永济）。开元九年(721)举进士登第，任大乐丞。因伶人舞黄狮子事得罪，贬济州司仓参军。二十三年(735)由宰相张九龄举荐，任右拾遗。后迁殿中侍御史。天宝元年(742)改官左补阙、库部郎中、给事中等。安史之乱起，玄宗奔蜀，王维扈从不及，为叛军所获，拘于洛阳，迫受伪职。乱平，免于罪责。肃宗乾元元年(758)授太子中允，迁中书舍人，改给事中。官终尚书右丞。王维在当时诗名甚高，好佛，后期更笃。精通音乐，长于书画。苏轼曾云其"诗中有画"，"画中有诗"。有刘须溪校本《王右丞集》、顾起经《类笺王右丞全集》、赵殿成《王右丞集笺注》等。

闻裴秀才迪吟诗因戏赠[1]

猿吟一何苦[2]，愁朝复悲夕[3]。
莫作巫峡声[4]，肠断秋江客[5]。

（《全唐诗》卷一百二十八，中华书局点校本，1960年4月第1版，第1303页）

【注　释】

[1]裴秀才迪：裴迪，唐代诗人，河东（今山西）人。官蜀州刺史及尚书省郎。其一生以诗文见称，是盛唐著名的山水田园诗人之一。与大诗人王维、杜甫关系密切。早年与"诗佛"王维过从甚密，晚年居辋川、终南山，两人来往更为频繁，故其诗多是与王维的唱和应酬之作，本诗即是其一。

吟诗：这里指吟咏诗篇，不一定是作诗。

因：因而。

戏：逗趣。

[2]猿吟：猿的啼叫声。〔北魏〕郦道元《水经注·江水》："西，即巫山者也。其间首尾百六十里，谓之巫峡，盖因山为名也。……每至晴初霜旦，林寒涧肃，常有高猿长啸，属引凄异，空谷传响，哀转久绝。故渔者歌曰：'巴东三峡巫峡长，猿鸣三声泪沾裳！'"（《水经注》卷三十四）诗中指裴迪那像猿啼一样的吟诗声。

一何苦：何其凄苦。

[3]朝：早上。

夕：晚上。

这句诗的意思是：从早到晚吟的都是叫人悲愁的声调。

[4]巫峡声：猿啼声，巫山古代多猿。巫峡，见上官仪《八咏应制二首（其一）》注[11]。

[5]肠断：愁断肠。比喻极度悲愁。

江客：江上旅人。〔唐〕刘长卿《登润州万岁楼》："江客不堪频北望，塞鸿何事又南飞？"（《全唐诗》卷一百五十一）

以上两句的意思是：吟诗时再不要发出巫峡猿啼般的声音了，它会使秋江过客闻之愁断肠的。

李 白

【作者简介】

　　李白(701—762),字太白,号青莲居士。祖籍陇西成纪(今甘肃天水附近),出生在中亚碎叶城(今吉尔吉斯托克马克附近),五岁时随家迁居绵州昌隆县(今四川江油)。在蜀中度过青少年时代,开元十二年(724)出蜀漫游,先后在安陆(今湖北安陆)和祖徕山(在今山东)隐居。天宝元年(742)奉诏入京,供奉翰林,因称"李翰林";贺知章誉之为"天上谪仙人",故后人又称"李谪仙"。因得罪权贵,天宝三载(744)赐金放还。离开长安后,漫游梁宋、齐鲁,又南游吴越,北上幽燕,天宝末,安禄山叛乱,李白从宣城(今属安徽)到庐山隐居。永王李璘率军途经庐山,召李白下山入其幕府。不久,王室内讧,永王兵败被杀,李白受累入狱,获释不久又被定罪流放夜郎(在今贵州桐梓一带)。肃宗乾元二年(759)三月,李白于流放途中遇赦放还,返回江夏(今湖北武汉),重游洞庭、皖南。上元二年(761),太尉李光弼从临淮率师平叛,李白虽已届暮年,仍欲从军,半道病还。宝应元年(762),卒于当涂(今属安徽马鞍山市)。有《李太白文集》三十卷。事见魏颢《李翰林集序》、李阳冰《草堂集序》、范传正《唐左拾遗翰林学士李公新墓碑并序》及两《唐书》本传。

襄阳歌[1]

落日欲没岘山西[2],倒著接蓠花下迷[3]。
襄阳小儿齐拍手,拦街争唱《白铜鞮》[4]。
旁人借问笑何事,笑杀山翁[5]醉似泥。
鸬鹚杓,鹦鹉杯[6]。
百年三万六千日,一日须倾三百杯[7]。
遥看汉水鸭头绿[8],恰似葡萄初酦醅[9]。

此江若变作春酒[10]，垒曲便筑糟丘台[11]。

千金骏马换小妾，醉坐雕鞍歌《落梅》[12]。

车旁侧挂一壶酒，凤笙龙管行相催[13]。

咸阳市中叹黄犬[14]，何如月下倾金罍[15]？

君不见晋朝羊公一片石[16]，龟头剥落生莓苔[17]。

泪亦不能为之堕，心亦不能为之哀[18]。

清风朗月不用一钱买，玉山自倒非人推[19]。

舒州杓[20]，力士铛[21]，李白与尔同死生。

襄王云雨今安在[22]？江水东流猿夜声[23]。

（《全唐诗》卷一百六十六，中华书局点
校本，1960 年 4 月第 1 版，第 1715 页）

【注　释】

[1]开元十三年(725)，李白自巴蜀东下。十五年(727)，在湖北安陆和退休
宰相许圉师的孙女结婚。开元二十二年(734)，韩朝宗在襄阳任荆州长史兼东道
采访史。李白往谒求官，不遂，乃作此诗以抒愤。它是李白的醉歌，诗中以醉汉的
心理和眼光看周围世界，实际上是以带有诗意的眼光来看待一切，思索一切。襄
阳：古城名，位于今湖北省襄阳市。位于襄水之阳，所以称襄阳。战国时楚置北津
戍，始为军政重邑。汉时置县，三国时置郡，此后历代为州、郡、府治所。汉唐两
代，襄阳城处于历史上的鼎盛时期。

[2]岘山：位于襄阳城西南 1 公里处(今湖北襄阳市襄城区以南)，东临汉江，
与一水相隔的鹿门山形成东西对峙，严如扼守在江汉平原北部的两扇大门。

[3]这里引用了晋朝山简的典故。山简镇守襄阳时，喜欢去习家花园喝酒，
常常大醉骑马而回。当时的歌谣说他："日暮倒载归，酩酊无所知。复能骑骏马，
倒着白接篱。"(《太平御览》卷八百四十五)接篱，一种白色帽子。

[4]李白在这里是说自己像当年的山简一样，日暮归来，烂醉如泥，被儿童拦
住拍手唱歌，引起满街的喧笑。《白铜鞮》："《白铜鞮歌》，亦曰《襄阳踏铜鞮》。"
(《通志略》乐略第一)

[5]翁：一作公。(《李太白全集》卷七，中华书局 1977 年)

[6]鸬鹚：水鸟名，体型比鸭狭长，羽毛多为金属黑色，善于潜水捕鱼。杨齐
贤曰："鸬鹚，水鸟，其颈长，刻杓为之形。"(《李太白全集》卷七，中华书局 1977
年)《太平广记》："鹦鹉螺，夕旋尖处屈而朱，如鹦鹉嘴，故以为名。壳上青绿斑。

大者可受二升,壳内光莹如云母,装为酒杯,奇而可玩。"(《太平广记》卷四百六十五)薛道衡诗:"同倾鹦鹉杯。"(《秦汉魏晋南北朝诗》隋诗卷四)《琅嬛记》:"金母召群仙宴饮于赤水,坐有碧玉鹦鹉杯、白玉鸬鹚杓。杯干则杓自挹,欲饮则杯自举。故太白诗云'鸬鹚杓,鹦鹉杯',非指广南海螺杯也。"(《琅嬛记》卷中)《谢氏诗源》亦载此事,说辞新僻,然他书未有言及者,恐是因太白诗语而伪造此事,未可知也。(《李太白全集》卷七,中华书局 1977 年)

[7]〔南朝·宋〕刘义庆《世说新语·文学》:"郑玄在马融门下。"刘孝标注引《郑玄别传》:"袁绍辟玄,及去,饯之城东。欲玄必醉,会者三百余人,皆离席奉觞,自旦及莫,度玄饮三百馀杯,而温克之容,终日无怠。"(《世说新语》文学第四)马融和他的学生郑玄都是汉末大儒,但马融气量小。郑玄被袁绍征召时,马融怕学生的成就超过自己,请杀手在半路杀郑玄。送别郑玄时,叫学生们每人敬酒三杯,想把郑玄灌醉,方便刺客下手。不料郑玄酒量很大,从早到晚,一共喝了三百杯酒都没醉。后谓痛饮为一饮三百杯。李白的《将进酒》一诗也运用了这个典故:"烹羊宰牛且为乐,会须一饮三百杯。"(《李太白全集》卷三,中华书局 1977 年)

[8]〔唐〕颜师古《急就篇注》:"春草、鸡翅、兔翁,皆谓染采而色似之,若今染家言鸭头绿、翠毛碧云。"(《李太白全集》卷七,中华书局 1977 年)

[9]酦:一作拨。酦,"发酵"之"发"。醅:没有过滤的酒。《博物志》:"西域有葡萄酒,积年不败,彼俗云可十年,饮之醉,弥月乃解。"(《太平御览》卷八百四十五)《演繁露》:"钱希白《南部新书》曰:太宗破高昌,收马乳葡萄种于苑中。并得酒去,仍自损益之,造酒,绿色,长安始识其味。太白命蒲萄之酒以为绿者,盖本此也。"(《李太白全集》卷七,中华书局 1977 年)〔南朝·梁〕庚信《春赋》:"石榴聊泛,葡萄酦醅。"(《六朝文絜》卷一)

[10]春酒:寒冬酿造,以备春天饮用的酒;亦称春酿秋冬始熟之酒。《诗·豳风·七月》:"为此春酒,以介眉寿。"毛传:"春酒,冻醪也。"孔颖达疏:"此酒冻时酿之,故称冻醪。"(《毛诗正义》卷八)《文选·张衡〈东京赋〉》:"因休力以息勤,致欢忻于春酒。"李善注:"春酒,谓春时作,至冬始熟也。"(《文选》卷三)

[11]糟丘:酒糟堆积而成的小山丘。夸张的说法,用来说明酿酒之多,或者沉湎于酒的严重程度。《论衡》:"纣沉湎于酒,以糟为丘,以酒为池。"(《论衡》卷七)《韩诗外传》:"桀为酒池,可以运舟,糟丘足以望十里。"(《韩诗外传》卷四)

[12]《独异志》:"后魏曹彰性倜傥,偶逢骏马,爱之,其主所惜也。彰曰:'予有美妾,可换,惟君所选。'马主因指一妓,彰遂换之。"(《独异志》卷中)小妾,一作少妾。雕鞍:本指刻饰花纹的华美马鞍。这里借指坐骑。《落梅》:《梅花落》。古笛曲名。李白的《司马将军歌》一诗也用到了《落梅》:"羌笛横吹《阿亸回》,向月

楼中吹《落梅》。"(《李太白全集》卷四,中华书局 1977 年本)

[13]凤笙:〔汉〕应劭《风俗通·声音·笙》:"《世本》:'随作笙。'长四寸、十二簧、像凤之身,正月之音也。"后因称笙为"凤笙"。(《风俗通义》卷六)〔北魏〕郦道元《水经注·洛水》:"昔王子晋好吹凤笙,招延道士与浮丘同游伊洛之浦。"(《水经注》卷十五)〔唐〕韩愈《谁氏子》:"或云欲学吹凤笙,所慕灵妃媲萧史。"(《韩愈集》卷五)龙管:笛的美称。〔唐〕田娥《携手曲》:"凤笙龙管白日阴,盈亏自感青天月。"(《乐府诗集》卷七十六)

[14]秦丞相李斯被秦二世杀掉,临刑时对他儿子说:"吾欲与若(你)复牵黄犬,俱出上蔡(李斯的故乡)东门,逐狡兔,岂可得乎!"(《史记》卷八十七)后因此以"叹黄犬"作为悔恨贪富贵而取祸之典。

[15]金罍:饰金的大型盛酒器和礼器。流行于商晚期至春秋中期。造型有圆形、方形两种。圆形理造型为敛口,广肩,丰腹,圈足或平底;肩部两侧有两耳或四耳,耳作环形或兽首形;方形罍多为小口,斜肩,深腹,圈足式,亦有少数为平底。多有盖,盖作斜坡式屋顶状。罍的器身一般都满饰花纹,常见纹饰有饕餮纹、龙纹与蕉叶纹等。《诗·国风》:"我姑酌彼金罍。"孔颖达《正义》:"罍制,《韩诗》说:'金罍,大夫器也。天子以玉,诸侯大夫皆以金,士以梓。'"《毛诗》说:金罍,酒器也。诸巨之所酬,人君以黄金饰。尊大一头,金饰龟目,盖刻为云雷之象。"(《毛诗正义》卷一)

[16]晋朝的羊祜,镇守襄阳时常游岘山,曾对人说:"由来贤达胜士登此远望,如我与卿者多矣,皆湮没无闻,使人悲伤。"祜死后,襄阳人在岘山立碑纪念。见到碑的人往往流泪,名为"堕泪碑"。(《晋书》卷三十四)

[17]莓苔:青苔。〔晋〕孙绰《游天台山赋》:"践莓苔之滑石,搏壁立之翠屏。"(《全晋文》卷六十一)

[18]此句诗的大意:"堕泪碑"到了此时已没有什么意义了,如今碑也已剥落,再无人为之堕泪了,为之心生哀伤了。

[19]玉山:〔南朝·宋〕刘义庆《世说新语·容止》:"嵇叔夜之为人也,岩岩若孤松之独立;其醉也,傀俄若玉山之将崩。"(《世说新语》容止第十四)后以"醉玉颓山"形容男子风姿挺秀,酒后醉倒的风采。此句诗的意思是说:那清风朗月可以不花一钱尽情享用,酒醉之后,像玉山一样潇洒自然地倒下去。

[20]舒州杓:《新唐书·地理志》:"舒州同安郡,上。至德二载更名盛唐郡,后复故名。土贡:纻布、酒器、铁器……"(《新唐书》卷四十一)杓,同勺。舒州杓或指舒州生产的酒勺。

[21]力士铛:《韦坚传》:"豫章力士瓷饮器、茗铛、釜。"(《新唐书》卷一百三十四)铛,读做 chēng,温酒或者温茶的一种器皿。力士铛或指像章所产的一种有

名温器。

[22]襄王云雨:用楚王与巫山神女在梦中相会事。〔战国·楚〕宋玉《高唐赋》:昔者楚襄王与宋玉游于云梦之台,望高唐之观,其上独有云气,崒兮直上,忽兮改容,须臾之间,变化无穷。王问玉曰:"此何气也?"玉对曰:"所谓朝云者也。"王曰:"何谓朝云?"玉曰:"昔者先王尝游高唐,怠而昼寝,梦见一妇人曰:'妾,巫山之女也。为高唐之客。闻君游高唐,愿荐枕席。'王因幸之。去而辞曰:'妾在巫山之阳,高丘之阻,旦为朝云,暮为行雨。朝朝暮暮,阳台之下。'旦朝视之,如言。故为立庙,号曰'朝云'。"(《文选》卷十九·赋癸)

[23]猿夜声:〔北魏〕郦道元《水经注·江水》:"巴东三峡巫峡长,猿鸣三声泪沾裳。"(《水经注》卷三十四)

感兴六首[1](其一)

瑶姬天帝女[2],精彩化朝云[3]。
宛转入宵梦,无心向楚君。
锦衾抱秋月[4],绮席空兰芬[5]。
茫昧竟谁测,虚传宋玉文[6]。

(《全唐诗》卷一百八十三,中华书局点校本,1960年4月第1版,第1863页)

【注 释】

[1]集本八首,内二首与古风同,前已附注,不重录。

[2]瑶姬:女神名。相传为天帝的小女,即巫山神女。〔北魏〕郦道元《水经注·江水》:"郭景纯曰:丹山在丹阳,属巴。丹山西即巫山者也。有帝女居焉。宋玉所谓天帝之季女,名曰瑶姬,未行而亡,封于巫山之阳,精魂为草,实为灵芝。所谓巫山之女,高唐之阻。"(《水经注》卷三十四)

[3]朝云:用楚王与巫山神女相会的典故。见陈子昂《感遇诗三十八首(其二十七)》注[11]。

[4]锦衾:锦缎的被子。《诗·唐风·葛生》:"角枕粲兮,锦衾烂兮。"(《毛诗正义》卷六)〔南朝·梁〕江淹《学梁王兔园赋》:"美人不见紫锦衾,黄泉应至何所禁。"(《全梁文》卷三十三)〔唐〕温庭筠《更漏子》:"山枕腻,锦衾寒,觉来更漏

残。"(《花间集》卷一)

[5]绮席：华丽的席具。古人称坐卧之铺垫用具为席。〔南朝·梁〕江淹诗"绮席生浮埃"。(《文选》卷三十一)

[6]宋玉文，即〔战国·楚〕宋玉所作的《高唐赋》。写楚王与巫山神女相会的故事。萧士赟曰："《高唐》《神女》二赋乃宋玉寓言以成文章，可知所记并非诚有其事。"(《李太白全集》卷二十四，中华书局1977年)所以李白说"茫昧竟谁测，虚传宋玉文"。

寄远十一首[1]（其四）

玉箸落春镜[2]，坐愁湖阳水[3]。
闻与阴丽华[4]，风烟接邻里[5]。
青春已复过，白日忽相催。
但恐荷花晚[6]，令人意已摧。
相思不惜梦，日夜向阳台[7]。

（《全唐诗》卷一百八十四，中华书局点校本，1960年4月第1版，第1878页）

【注 释】

[1]《寄远》是李白的组诗作品，共十一首，一本作十二首。作品表达的是作者远行时对家乡和亲人的思念之情。

[2]玉箸：亦作"玉箸"，喻指眼泪。〔南朝·梁〕简文帝《楚妃叹》诗："金簪鬓下垂，玉箸衣前滴。"(《乐府诗集》卷二十九)

[3]《西门行》："何能坐愁怫郁。"(《乐府诗集》卷三十七)湖阳县：本汉旧县，唐时隶唐州淮安郡。

[4]阴丽华：东汉王朝开国皇帝刘秀的第二任皇后，春秋时期的一代名相管仲的后裔。阴丽华在历史上以美貌著称。史载，刘秀还是一个没落皇族之时，十分仰慕阴丽华的美貌："光武适新野，闻后美，心悦之。后至长安，见执金吾车骑甚盛，因叹曰：'仕宦当做执金吾，娶妻当得阴丽华。'"(《后汉书》卷十上)

[5]风烟接邻里：阴丽华是南阳新野人，"自新野至湖阳，道里远近不及百里，所谓'风烟接邻里'也"。(《李太白全集》卷二十五，中华书局1977年)

[6]荷，一作飞。

[7]阳台：台观名，传说为巫山神女所居之处。见凌敬《巫山高》注[7]。

寄远十一首[1]（其五）

远忆巫山阳[2]，花明绿江暖。
踟蹰未得往，泪向南云满[3]。
春风复无情，吹我梦魂断。
不见眼中人[4]，天长音信短。

（《全唐诗》卷一百八十四，中华书局点校本，1960年4月第1版，第1879页）

【注　释】

[1]此诗与乐府《大堤曲》相同，只是前面三句不相同，编者重入。

[2]巫山阳：〔战国·楚〕宋玉《高唐赋》："妾在巫山之阳，高丘之阻，旦为朝云，暮为行雨，朝朝暮暮，阳台之下。"（《文选》卷十九·赋癸）巫山，见凌敬《巫山高》注[2]。

[3]踟蹰：踯躅，徘徊不进。《楚辞·东方朔〈七谏·沉江〉》："骥踟蹰于弊輂兮。"王逸注："踟蹰，不行貌。"（《楚辞补注》卷十三）〔晋〕陶渊明《赠羊长史》："路若经商山，为我少踟蹰。"（《陶渊明集》卷二）南云，陆机《思亲赋》："指南云以寄款。"（《艺文类聚》卷二十）江总《九月九日至微山亭诗》："心逐南云逝，形随北雁来。"（《初学记》卷四）

[4]〔南朝·梁〕何逊《从主移西州寓直斋内霖雨不晴怀郡中游聚诗》："不见眼中人，空想南山寺。"（《秦汉魏晋南北朝诗》梁诗卷九）

寄远十一首（其十一）

爱君芙蓉婵娟之艳色[1]，色可餐兮难再得[2]。
怜君冰玉清迥之明心[3]，情不极兮意已深。
朝共琅玕之绮食[4]，夜同鸳鸯之锦衾[5]。

恩情婉娈^[6]忽为别,使人莫错乱愁心。

乱愁心,涕如雪。

寒灯厌梦魂欲绝,觉来相思生白发。

盈盈汉水若可越^[7],可惜凌波步罗袜^[8]。

美人美人兮归去来,莫作朝云暮雨兮飞阳台^[9]。

(《全唐诗》卷一百八十四,中华书局点校本,1960年4月第1版,第1879页)

【注　释】

[1]芙蓉,木芙蓉。落叶大灌木,叶大掌状浅裂,秋季开花,花大有柄,色有红白,晚上变深红。可插枝蕃植,供观赏,叶和花均可入药。《西京杂记》:"文君姣好,眉色如望远山,脸际常若芙蓉。"(《西京杂记》卷二)后因以"芙蓉"喻指美女。〔清〕蒲松龄《聊斋志异·鸦头》:"室对芙蓉,家徒四壁。"(《聊斋志异》卷五)

婵娟:美好的样子。〔元〕沈禧《一枝花·赠人》套曲:"腰肢嫋娜,体态婵娟。"(《元曲》卷一)

[2]色可餐:形容秀美异常。〔晋〕陆机《日出东南隅行》:"鲜肤一何润,秀色若可餐。"(《秦汉魏晋南北朝诗》晋诗卷五)

[3]清迥:亦作"清迴",清明旷远之意。〔南朝·宋〕鲍照《舞鹤赋》:"钟浮旷之藻质,抱清迥之明心。"(《初学记》卷三十)〔唐〕张九龄《秋夕望月》:"清迥江城月,流光万里同。"(《全唐诗》卷四十八)

[4]琅玕:《尔雅·释地》:"西北之美者,有昆仑墟之璆琳、琅玕焉。"郭珍注:"璆琳,美玉名。琅玕,状似珠也。"(《尔雅》释地第九)这里比作美食、佳肴。〔三国·魏〕阮籍诗:"朝餐琅玕实。"(《秦汉魏晋南北朝诗》魏诗卷十)《文选·张衡〈南都赋〉》:"揖让而升,宴于兰堂,珍羞琅玕,充溢圆方。"李周翰注:"羞,饮食也。琅玕,玉名,饮食比之。"(《文选》卷四)

[5]鸳鸯之锦衾:《西京杂记》:"赵飞燕女弟在昭阳殿,遗飞燕鸳鸯襦及被。"(《西京杂记》卷一)〔唐〕陈子昂《鸳鸯篇》:"闻有背意绮,复有鸳鸯衾。"(《全唐诗》卷八十三)锦衾,锦缎的被子。

[6]婉娈:美貌、美好。《诗·齐风·甫田》:"婉兮娈兮,总角卯兮。"郑玄笺:"婉娈,少好貌。"(《毛诗正义》卷五)〔唐〕陈子昂《清河张氏墓志铭》:"夫其窈窕之秀,婉娈之姿,贞节峻于寒松,韶仪丽于温玉。"(《全唐文》卷二百一十六)

[7]盈盈汉水若可越:《古诗十九首》其十:"迢迢牵牛星,皎皎河汉女。纤纤

擢素手,札札弄机杼。终日不成章,泣涕零如雨。河汉清且浅,相去复几许。盈盈一水间,脉脉不得语。"(《艺文类聚》卷六十五)

[8]凌波:比喻美人步履轻盈,如乘碧波而行。〔三国·魏〕曹植《洛神赋》:"凌波微步,罗袜生尘。"(《曹子建集》卷三)〔唐〕羊士谔《彭州萧使君出妓夜宴见送》:"玉颜红烛忽惊春,微步凌波拂暗尘。"(《全唐诗》卷三百三十二)后亦用凌波罗袜代指美女的袜子或女子轻盈的脚步。

[9]朝云暮雨、阳台:皆〔战国·楚〕宋玉《高唐赋序》中典故:"昔者先王尝游高唐,怠而昼寝。梦见一妇人,曰:'妾巫山之女也,为高唐之客。闻君游高唐,愿荐枕席。'王因幸之。去而辞曰:'妾在巫山之阳,高丘之阻,旦为朝云,暮为行雨,朝朝暮暮,阳台之下。'"(《文选》卷十九·赋癸)后遂以"朝云暮雨"来比喻男女欢会,以"阳台"喻指男女欢会之所。

捣衣篇[1]

闺里佳人年十余,颦蛾对影恨离居[2]。

忽逢江上春归燕,衔得云中尺素书[3]。

玉手开缄长叹息,狂夫犹戍交河北[4]。

万里交河水北流,愿为双燕泛中洲[5]。

君边云拥青丝骑,妾处苔生红粉楼[6]。

楼上春风日将歇[7],谁能揽镜看愁发。

晓吹员管随落花[8],夜捣戎衣向明月。

明月高高刻漏长[9],真珠帘箔掩兰堂[10]。

横垂宝幄同心结[11],半拂琼筵苏合香[12]。

琼筵宝幄连枝锦[13],灯烛荧荧照孤寝。

有使[14]凭将金剪刀,为君留下相思枕[15]。

摘尽庭兰不见君,红巾拭泪生氤氲[16]。

明年若更征边塞,愿作阳台一段云[17]。

(《全唐诗》卷一百六十五,中华书局点校本,1960年4月第1版,第1711页)

【注　释】

[1]此诗写闺中少妇思念远征的丈夫,真挚热烈的感情中,流露出厌战的

情绪。

[2]颦蛾:蹙眉,皱眉头的意思。离居:散处;分居。《古诗十九首》:"同心而离居,忧伤以终老。"(《古诗十九首》卷一)

[3]春归燕:春天归来的燕子。诗人希望借归来的飞燕来传递书信。〔南朝·梁〕江淹诗:"袖中有短书,愿寄双飞燕。"(《乐府诗集》卷三十二)尺素书:绢写成的书信。《古诗》:"中有尺素书。"(《艺文类聚》卷四十一)尺素,即绢也,古人作诗为文多书写在绢上。

[4]"狂夫"句:谓丈夫还在交河成守。狂夫,称丈夫的谦辞。交河,地名,西汉车师前国首府。河水东流绕城下,故名。唐贞观十四年(640)设交河县。故址在今新疆吐鲁番市西北的雅尔和屯。"狂夫"一作"征夫"。(《李太白全集》卷六,中华书局1977年)

[5]中洲:洲中。《楚辞》:"搴谁留兮中洲。"王逸注:"中洲,洲中也,水中可居者为洲。"(《楚辞章句》卷二)

[6]青丝骑:青丝为缰的马匹。骑,读jì。〔南朝·梁〕刘孝绰诗:"未见青丝骑,徒劳红粉妆。"(《艺文类聚》卷十八)红粉楼:美人居住的楼阁。〔唐〕杜审言《赠苏绾书记》:"红粉楼中应计日,燕支山下莫经年。"(《全唐诗》卷六十二)

[7]"楼上"句:谓青春时光一天天地逝去。楼上,主人公所居。春风,代指春天的时光,实指主人公的青春年华。日,一天天,与"将"同作"歇"的状语。歇,停息。

[8]员管:篔(yún)管,篔竹作成的管,是一种吹奏乐器。

[9]刻漏,古计时器。以铜为壶,底穿孔,壶中立一有刻度的箭形浮标,壶中水滴漏渐少,箭上度数即渐次显露,视之可知时刻。〔汉〕荀悦《前汉纪》:"刻漏以一百二十为度。"(《前汉纪》孝哀皇帝纪卷第二十八)按,《汉书·哀帝纪》作"漏刻以百二十为度"。颜师古注:"旧漏昼夜共百刻,今增其二十。"(《李太白全集》卷六,中华书局1977年)〔唐〕杜甫《冬末以事之东都湖城东因为醉歌》:"岂知驱车复同轨,可惜刻漏随更箭。"(《全唐诗》卷二百一十七)

[10]"真珠"句:谓珍珠串成的帘子遮掩着充满香气的住室。真珠,即珍珠。帘箔,就是帘子。《十六国春秋》:"凉州人胡安据盗发张骏墓,得珍珠簾箔。"(《太平御览》卷三百五十八)兰堂,香气充溢的住室。《南都赋》:"宴于南堂。"吕延济注:"兰者,取其芬芳也。"(《李太白全集》卷六,中华书局1977年本)

[11]"横垂"句:谓在华贵的帷帐内挂着同心结。幄(wò),帷帐。同心结,用锦带编成的菱形连环文结,用以表示恩爱。

[12]"半拂"句:谓在拂拭得干净的桌案上摆列着珍美的筵席,同时还有产于西方的苏合香。苏合香,香名。《后汉书·西域传》:大秦国(古罗马)合会诸香,

煎其汁以为苏合。(《后汉书》卷八十八)

[13]连枝锦：是上有连枝图案的美锦。连枝，枝叶相连的花草，本喻兄弟关系，这里用以象征夫妻感情。

[14]有使：一作"有便"，假设之词，相当于"如果"，"假使"。

[15]相思枕：谓借以寄托相思的枕头。〔南朝·宋〕鲍令晖《代葛沙门妻郭小玉作诗二首（其二）》："临当欲去时，复留相思枕。"(《秦汉魏晋南北朝诗》宋诗卷九)

[16]氤氲：本指云烟弥漫，这里指女主人公因流泪而视力模糊。

[17]"愿作"句：意谓女主人公极度思念丈夫，若再见不到丈夫，愿跟巫山神女一样，化做彩云，与丈夫欢会于阳台。阳台：台观名。语出〔战国·楚〕宋玉《高唐赋》，详见凌敬《巫山高》注[7]。

系寻阳上崔相涣三首[1]（其三）

虚传一片雨，枉作阳台神[2]。
纵为梦里相随去，不是襄王倾国人[3]。

(《全唐诗》卷一百七十，中华书局点校本，1960年4月第1版，第1757页)

【注　释】

[1]崔相涣：崔涣。《旧唐书·崔涣传》载，天宝十五载(756)七月，崔涣拜黄门侍郎，同中书门下平章事。至德二载(757)八月，罢知政事，除左散骑常侍，兼余杭太守、江东采访防御使。此诗当作于至德二载，时太白坐永王璘事，系寻阳狱。

[2]"虚传"句：化用楚王与巫山神女相会的典故。阳台神，即阳台神女，又称巫山神女。

[3]襄王：楚襄王。倾国：喻美色惊人。《汉书·外戚传上·李夫人》："延年侍上起舞，歌曰：'北方有佳人，绝世而独立，一顾倾人城，再顾倾人国。宁不知倾城与倾国，佳人难再得！'"(《汉书》卷九十七上)后因以"倾国"或"倾城倾国"形容女子极其美丽。〔南朝〕徐陵《〈玉台新咏〉序》："虽非图画，入甘泉而不分；言异神仙，戏阳台而无别，真可谓倾国倾城，无对无双者也。""纵为"句大意：纵使在

梦里相随而去,却不是襄王梦中的倾国倾城美人。

自代内赠

宝刀裁流水,无有断绝时。

妾意逐君行,缠绵亦如之。

别来门前草,秋巷春转碧[1]。

扫尽更还生,萋萋满行迹。

鸣凤始相得,雄惊雌各飞。

游云落何山,一往不见归。

估客发大楼[2],知君在秋浦[3]。

梁苑空锦衾,阳台梦行雨[4]。

妾家三作相[5],失势去西秦。

犹有旧歌管,凄清闻四邻[6]。

曲度入紫云,啼无眼中人[7]。

妾似井底桃,开花向谁笑[8]。

君如天上月,不肯一回照。

窥镜不自识,别多憔悴深。

安得秦吉了[9],为人道寸心。

（《全唐诗》卷一百八十四,中华书局点校本,1960 年 4 月第 1 版,第 1884 页）

【注　释】

[1]秋巷春转碧:一作春尽秋转碧。

[2]估客:商人也。古乐府有《估客乐》。大楼山:在池州府城南,唐时为秋浦县地。大楼,一作东海。

[3]秋浦:唐代地名。在今安徽省贵池县西,是唐代银和铜的重要产地之一。

[4]锦衾:详见《感兴六首(其一)》注。阳台行雨:〔战国·楚〕宋玉《高唐赋》典故:"妾在巫山之阳,高丘之阻,旦为朝云,暮为行雨,朝朝暮暮,阳台之下。"(《文选》卷十九·赋癸)此盖言只有梦中才得以相见。

[5]时李白妻为宗楚客孙女。宗楚客曾三为宰相。

[6]四邻:四方;周围。《汉书·礼乐志》:"五神相,包四邻。"颜师古注:"包,

含也。四邻,四方。"(《汉书》卷二十二)〔唐〕裴度《夏日对雨》:"吟罢清风起,荷香满四邻。"(《全唐诗》卷三百三十五)

[7]曲度,曲之节奏。眼中人,出自陆机《答张士然诗》:"仿佛眼中人。"(《文选》卷二十五)此下一本有"女弟争笑弄,悲羞泪盈巾"二句。(《李太白全集》卷二十五,中华书局1977年本)

[8]井底桃:生于井底的桃(树)。萧子显《燕歌行》:"桐生井底叶交枝。"(《乐府诗集》卷三十二)另李白的《中山孺子歌》一诗有这样一句:"桃李出深井。"(《李太白全集》卷之四,中华书局1977年本)"井底桃"用的就是这句诗的意思。句意:你(妾)就像生长于井底的桃(树),开花是向谁笑呢?

[9]秦吉了:鸟名。因为产于秦中,所以称"秦吉了"。也称了哥、八哥、吉了。这种鸟善于模仿人说话。《太平广记》:"秦吉了,容、管、廉、白州产此鸟,大约似鹦鹉,嘴脚皆红,两眼后夹脑有黄肉冠,善效人言,语音雄大,分明于鹦鹉。以熟鸡子和饭如枣饲之。或云,容州有纯赤、纯白色者,俱未之见也。"(《太平广记》卷四六三)《桂海虞衡志》:"秦吉了,如鹦鹉,绀黑色,丹味黄距,目下连项有深黄文,项毛有缝,如人分发。能人言,比于鹦鹉尤慧,大抵鹦鹉声如儿女,吉了声则如丈夫,出邕州溪洞中。"(《古今说海》说选部)

出妓金陵子呈卢六四首[1](其一)

安石东出三十春[2],傲然携妓出风尘。
楼中见我金陵子,何似阳台云雨人[3]。

(《全唐诗》卷一百八十四,中华书局点校本,1960年4月第1版,第1885页)

【注　释】

[1]李白的绝句组诗之一,李白有不少写自己携妓出游,与风尘女子亲昵缠绵的诗,其中多次提到金陵子。这四首诗就写到了金陵子,蕴含了诗人对其色艺的由衷赞美之心,以及自己抱负不得实现的愁闷之情。

安石:东晋宰相、淝水之战的指挥者谢安的字。谢安(320—385),东晋名士、宰相,汉族,浙江绍兴人,祖籍陈郡阳夏(今河南太康)。

[2]东出三十春:东山是谢安出山当宰相前隐居的地方,东山风光秀丽,谢安

幽居在这里三十年。东晋时期,谢安坚决辞去官职到会稽附近的东山隐居,经常有文人前来拜访他,与他饮酒赋诗。前秦南侵,东晋危在旦夕,谢安临危受命,当了东晋的宰相,率军在淝水成功打败前秦军队,并趁机率军北伐收复失地。因为谢安长期隐居在东山,所以后来把他重新出来做官这样的事称为"东山再起"。

[3]阳台云雨人:指巫山神女。〔战国·楚〕宋玉《高唐赋》:"昔者先王尝游高唐,怠而昼寝。梦见一妇人,曰:'妾巫山之女也,为高唐之客。闻君游高唐,愿荐枕席。'王因幸之。去而辞曰:'妾在巫山之阳,高丘之阻,旦为朝云,暮为行雨,朝朝暮暮,阳台之下。'"(《文选》卷十九·赋癸)

上三峡[1]

巫山夹青天[2],巴水流若兹[3]。
巴水忽可尽,青天无到时。
三朝上黄牛,三暮行太迟[4]。
三朝又三暮,不觉鬓成丝[5]。

(《全唐诗》卷一百八十一,中华书局点校本,1960年4月第1版,第1843页)

【注　释】

[1]三峡:长江三峡的简称。见张循之《巫山高》注[5]。

[2]巫山:见凌敬《巫山高》注[2]。

[3]巴水:谓三巴之水,经三峡中者而言。《太平御览》:"《三巴记》曰:阆、白二水合流,自汉中至始宁城下入武胜,曲折三曲有如巴字,亦曰巴江,经峻峡中谓之巴峡,即此水也。"(《太平御览》卷六十五)

[4]黄牛:山名。在湖北省宜昌县西。《新唐书》:"峡州夷陵郡……有黄牛山。"(《新唐书》卷四十)〔北魏〕郦道元《水经注·江水》:"江水又东迳黄牛山,下有滩,名曰黄牛滩。南岸重岭叠起,最外高崖间有石,色如人负刀牵牛,人黑牛黄,成就分明,既人迹所绝,莫能究焉。此岩既高,加以江湍纡回,虽途迳信宿,犹望见此物,故行者谣曰:朝发黄牛,暮宿黄牛,三朝三暮,黄牛如故。"(《水经注》卷三十四)

[5]三朝又三暮,不觉鬓成丝:谓黄牛滩江湍纡回,过了几天几夜仍然没有走出黄牛滩,不觉间鬓发如丝。

自巴东舟行经瞿唐峡登巫山
最高峰晚还题壁[1]

江行几千里,海月十五圆。

始经瞿唐峡,遂步巫山巅。

巫山高不穷,巴国尽所历[2]。

日边攀垂萝,霞外倚穹石[3]。

飞步凌绝顶[4],极目无纤烟。

却顾失丹壑,仰观临青天。

青天若可扪。银汉去安在[5]。

望云知苍梧,记水辨瀛海[6]。

周游孤光晚[7],历览幽意多。

积雪照空谷,悲风鸣森柯。

归途行欲曛,佳趣尚未歇。

江寒早啼猿,松暝已吐月[8]。

月色何悠悠,清猿响啾啾[9]。

辞山不忍听,挥策还孤舟。

（《全唐诗》卷一百八十一,中华书局点
校本,1960 年 4 月第 1 版,第 1844 页）

【注　释】

〔1〕巴东:归州也,唐时隶山南东道。瞿唐峡:峡名,亦作瞿塘峡。为长江三峡之首,也称夔峡。西起重庆奉节县的白帝城,东到巫山县的大溪镇。是三峡中最短的一个峡,全长只有 8 公里,但却有"西控巴渝收万壑,东连荆楚压群山"的雄伟气势。两岸如削,岩壁高耸,大江在悬崖绝壁中汹涌奔流,自古就有"险莫若剑阁,雄莫若夔"之誉。瞿塘之雄首先体现在山势之雄,峡中两岸险峰上悬下削,如斧劈刀削而成。山似拔地来,峰若刺天去。峡中主要山峰,有的高达 1500 米。瞿塘峡中河道狭窄,河宽不过百余米。最窄处仅几十米,这使两岸峭壁相逼甚近,更增几分雄气。其中峡之西端的夔门尤为雄奇。它两岸若门,呈欲合未合之状,堪称天下雄关。瞿塘之雄还在于水势之雄。古人咏瞿塘:"锁全川之水,扼巴蜀咽喉。"瞿塘峡号称西蜀门户。〔唐〕杜甫《秋兴诗》之六:"瞿唐峡口曲江头,万里风

烟接素秋。"(《全唐诗》卷二百三十)巫山:见凌敬《巫山高》注[2]。

　　[2]巴国:先秦时期的一个诸侯国。位处当时中原西南面、四川盆地东部。始于先夏时期,于夏初加入夏王朝,成为其中一个诸侯国,灭于战国秦惠王时期。《山海经》:"西南有巴国。"郭璞注:"今'三巴'是。"(《山海经》卷十八)《左传注》:"巴国,在巴郡江州县。"(《春秋左传正义》卷七)《通典》:"巴国,今清化、始宁、咸安、符阳、巴川、南宾、南浦,是其地也。"(《通典》卷一百八十七)《文献通考》:"重庆府,古巴国,谓之'三巴'。"(《文献通考》卷三百二十一)

　　[3]穷石:大岩石。《上林赋》:"触穷石。"李善注引张揖曰:"穷石,大石也。"(《文选》卷八)

　　[4]飞步:快步;疾步。〔晋〕郭璞《游仙诗(其十二)》:"翘手攀金梯,飞步登玉阙。"(《艺文类聚》卷七十八)

　　[5]扪:按,摸。《后汉书》:"和熹邓皇后尝梦扪天,荡荡正青,若有钟乳状。乃仰嗽饮之。"(《太平御览》卷一)银汉:天河,银河。〔南朝·宋〕鲍照《夜听妓》:"夜来坐几时,银汉倾露落。"(《秦汉魏晋南北朝诗》卷九)

　　[6]苍梧:苍梧山,传说舜所葬之地。《山海经》:"南方苍梧之丘,苍梧之渊,其中有九嶷山,舜之所葬,在长沙零陵界中。"(《山海经》卷十八)又《山海经》:"苍梧之山,帝舜葬于阳,帝丹朱葬于阴。"(《山海经》卷十)瀛海:浩瀚的大海。〔汉〕王充《论衡·谈天》:"九州之外,更有瀛海。"(《论衡》卷十一)《史记·孟子荀卿列传》:"(驺衍)以为儒者所谓中国者,于天下乃八十一分居其一分耳。中国名曰赤县神州。赤县神州内自有九州,禹之序九州是也,不得为州数。中国外如赤县神州者九,乃所谓九州也。于是有裨海环之,人民禽兽莫能相通者,如一区中者,乃为一州。如此者九,乃有大瀛海环其外,天地之际焉。"(《史记》卷七十四)

　　[7]孤光:犹孤影。〔唐〕杜甫《桔柏渡》:"孤光隐顾盼,游子怅寂寥。"仇兆鳌注:"孤光,孤影也。"(《杜甫全集》卷九)〔唐〕李颀《登首阳山谒夷齐庙》:"石崖向西豁,引领望黄河。千里一飞鸟,孤光东逝波。"(《全唐诗》卷一百三十二)

　　[8]江寒早啼猿:〔北魏〕郦道元《水经注·江水》:"巴东三峡巫峡长,猿鸣三声泪沾裳。"(《水经注》卷三十四)吐月:形象的说法,指月亮从山上升起来时,就像山把月亮吐出来一般,故云"吐月"。〔南朝·梁〕吴均《登寿阳八公山》:"疏峰时吐月。"(《秦汉魏晋南北朝诗》梁诗卷十)〔唐〕杜甫《月》:"四更山吐月,残夜水明楼。"(《全唐诗》卷二百三十)

　　[9]清猿:指猿,因其啼声凄清,故称。〔南朝·梁〕任昉《竟陵文宣王行状》:"清猿与壶人争旦。"(《文选》卷六十)张铣注:"清猿,谓猿鸣声清也。"(《李太白全集》卷二十二,中华书局 1977 年本)啾啾:读作 jiū jiū,象声词,泛指鸟兽等发出的各种凄切尖细的声音。《楚辞》:"雷填填兮雨冥冥,猿啾啾兮狖夜鸣。"(《楚辞

诗歌部

247

章句》卷二)《木兰诗》："燕山胡骑鸣啾啾。"(《乐府诗集》卷二十五)

宿巫山下[1]

昨夜巫山下，猿声梦里长[2]。
桃花飞绿水[3]，三月下瞿塘[4]。
雨色风吹去，南行拂楚王。
高丘怀宋玉[5]，访古一沾裳。

(《全唐诗》卷一百八十一，中华书局点校本，1960年4月第1版，第1849页)

【注　释】

[1]巫山：见凌敬《巫山高》注[2]。

[2]猿声梦里长：〔北魏〕郦道元《水经注·江水》："巴东三峡巫峡长，猿鸣三声泪沾裳。"(《水经注》卷三十四)

[3]桃花水：亦作"桃华水"，即春汛。《汉书·沟洫志》："来春桃华水盛，必羡溢，有填淤反壤之害。"颜师古注："《月令》：'仲春之月，始雨水，桃始华。'盖桃方华时，既有雨水，川谷冰泮，众流猥集，波澜盛长，故谓之桃华水耳。"(《汉书》卷二十九)〔清〕蒲松龄《聊斋志异·白秋练》："至次年桃花水溢，他货未至，舟中物当百倍於原直也。"(《聊斋志异》卷十一)

[4]瞿塘：瞿塘峡。见李白《自巴东舟行经瞿唐峡登巫山最高峰晚还题壁》注[1]。

[5]高丘怀宋玉：〔战国·楚〕宋玉作《高唐赋》写楚王与巫山神女相会的故事。高丘，即高丘之山。《高唐赋》："妾在巫山之阳，高丘之阻。"(《文选》卷十九·赋癸)《楚辞·离骚》："忽反顾以流涕兮，哀高丘之无女。"王逸注："楚有高丘之山。女以喻臣。言己虽去，意不能已，犹復顾念楚国无有贤臣，心为之悲而流涕也。"(《楚辞章句》卷一)《江源记》云：《楚辞》所谓巫山之阳，高丘之阻。高丘，盖高都也。(《太平御览》卷四十九)宋玉，战国后期楚国辞赋作家。又名子渊，相传他是屈原的学生。汉族，战国时鄢(今襄樊宜城)人。生于屈原之后，或曰是屈原弟子。曾事楚顷襄王。好辞赋，为屈原之后辞赋家，与唐勒、景差齐名。相传所作辞赋甚多，《汉书·卷三十·艺文志第十》录有赋16篇，今多亡佚。流传作品有《九辩》《风赋》《高唐赋》《登徒子好色赋》等。

感遇四首[1]（其四）

宋玉事楚王[2]，立身本高洁。
巫山赋彩云[3]。郢路歌白雪[4]。
举国莫能和，巴人皆卷舌[5]。
一惑登徒言[6]，恩情遂中绝[7]。

（《全唐诗》卷一百八十三，中华书局点
校本，1960 年 4 月第 1 版，第 1865 页）

【注　释】

[1] 萧士赟曰：太白此篇，借宋玉事以申己意也。（《李太白全集》卷二十四，中华书局 1977 年本）

[2] 宋玉事楚王：宋玉曾事楚顷襄王。宋玉，战国后期楚国辞赋作家。详见《感遇四首（其四）》注。

[3] 巫山赋彩云：宋玉《高唐赋》言及巫山彩云："昔者楚襄王与宋玉游于云梦之台，望高唐之观，其上独有云气，崪（zú，险峻）兮直上，忽兮改容，须臾之间，变化无穷。"（《文选》卷十九·赋癸）巫山，见凌敬《巫山高》注[2]。

[4] 郢路歌白雪：《白雪》，古曲名。〔战国·楚〕宋玉《对楚王问》："客有歌于郢中者，其始曰《下里》《巴人》，国中属而和者数千人，其为《阳阿》《薤露》，国中属而和者数百人；其为《阳春》《白雪》，国中属而和者不过数十人。"（《新序》卷一）后以阳春白雪比喻高深的、不通俗的文学艺术，与下里巴人相对。

[5] 此句是对"其为《阳春》《白雪》，国中属而和者不过数十人"（宋玉《对楚王问》）的化用。

[6] 一惑登徒言：《登徒子好色赋》："大夫登徒子侍于楚王，短来玉曰：'玉为人体貌闲丽，口多微辞，又性好色，愿王勿与出入后宫。'王以登徒子之言问宋玉。玉曰：'体貌闲丽，所受于天也；口多微词，所学于师也；至于好色，臣无有也。'王曰：'子不好色，亦有说乎？有说则止，无说则退。'玉曰：'天下之佳人，莫若楚国；楚国之丽者，莫若臣里；臣里之美者，莫若臣东家之子。臣东家之子，增之一分则太长，减之一分则太短；著粉则太白，施朱则太赤。眉如翠羽，肌如白雪，腰如束素，齿如含贝。嫣然一笑，惑阳城，迷下蔡。然此女登墙窥臣三年，至今未许也。

登徒子则不然。其妻蓬头挛耳，龋唇历齿，旁行踽偻，又疥且痔。登徒子悦之，使有五子。王孰察之，谁为好色者矣。'"（《文选》卷十九）惑，一作感。（《李太白全集》卷二十四，中华书局 1977 年本）

[7]恩情遂中绝：恩情于是中断、绝灭了。中绝，中断绝灭之意。班婕妤《怨歌行》："弃捐箧笥中，恩情中道绝。"（《文选》卷二十七）

观元丹丘坐巫山屏风[1]

昔游三峡见巫山[2]，见画巫山宛相似。
疑是天边十二峰[3]，飞入君家彩屏里。
寒松萧瑟如有声，阳台微茫如有情[4]。
锦衾瑶席何寂寂[5]，楚王神女徒盈盈[6]。
高咫尺，如千里，翠屏丹崖灿如绮[7]。
苍苍远树围荆门[8]，历历行舟泛巴水[9]。
水石潺湲万壑分[10]，烟光草色俱氤氲[11]。
溪花笑日何年发，江客听猿几岁闻[12]。
使人对此心缅邈[13]，疑入高丘梦彩云[14]。

（《全唐诗》卷一百八十三，中华书局点校本，1960 年 4 月第 1 版，第 1870 页）

【注　释】

[1]元丹丘：李白一生中最重要的交游人物之一。李白一生与元丹丘的交游，其时间始于唐玄宗开元十四年，止于天宝六载前后，前后共 22 年。李白在这一时期的文学创作与思想变化，均受到了元丹丘较大的影响。他们曾一起在河南颍阳嵩山隐居，元丹丘是被李白看做长生不死的仙人，李白曾赠元丹丘不少诗，共十四首，有《题元丹丘颍阳山居》《寻高凤石门山中元丹丘》《闻丹丘子于城北营石门幽居因叙旧以寄之》《题嵩山逸人元丹丘居》等，此诗即是其一。巫山：见凌敬《巫山高》注[2]。屏风：古时建筑物内部挡风用的一种家具，所谓"屏其风也"。屏风一般陈设于室内的显著位置，起到分隔、美化、挡风、协调等作用。具有和谐之美、宁静之美。

[2]三峡：见前注。

[3]十二峰：见乔知之《巫山高》注[2]。

[4]阳台:见凌敬《巫山高》注[7]。

[5]锦衾瑶席:锦衾,锦缎的被子。详见《感兴六首(其一)》注。瑶席,对供坐卧之用席子的美称。《楚辞》:"瑶席兮玉瑱。"王逸注:"瑶玉为席。"(《楚辞章句》卷二)又〔南朝·宋〕汤惠休《白纻歌》:"锦衾瑶席为谁芳。"(《乐府诗集》卷六十)"锦衾瑶席何寂寂"即此意。

[6]楚王神女:用楚王与巫山神女梦中相会事,〔战国·楚〕宋玉《高唐赋》有记载:"《高唐赋》载巫山神女与楚王梦遇,自言'妾在巫山之阳,高丘之阻,旦为朝云,暮为行雨,朝朝暮暮,阳台之下'。后人立神女庙于山下,今谓妙用真人祠。"(《李太白全集》卷二十四,中华书局1977年本)盈盈:形容举止、仪态美好。《古诗十九首·青青河畔草》:"盈盈楼上女,皎皎当窗牖。"(《艺文类聚》卷三十二)

[7]如千里:(屏风上的画)感觉有一千里一样。《南史》:"(萧贲)幼好学,有文才,能书善画,于扇上图山水,咫尺之内,便觉万里为遥。"(《南史》卷四十四·列传第三十四)绮:有文彩的美丽丝织品。

[8]荆门:山名,在今湖北省宜都县西北,长江南岸,隔江和虎牙山相对。江水湍急,形势险峻。古为巴蜀荆吴之间要塞,在巫山之下流。〔北魏〕郦道元《水经注·江水》:"江水又东歷荆门虎牙之间。荆门在南,上合下开,暗彻山南,有门像虎牙;在北,石壁色红,间有白文,类牙形,并以物像受石,此二山楚之西塞也。"(《水经注》卷三十四)

[9]巴水:古河流名,在巫山之上流。北魏〕郦道元《水经注·江水》:"巴水出晋昌郡宣汉县巴岭山,西南流,历巴中,经巴城故城南,李严所筑大城北。"(《水经注》卷三十三)〔清〕王琦谓:诗中所云巴水,似指巴地所经之水而言,不专谓曲折三回之巴江也。(《李太白全集》卷二十四,中华书局1977年本)

[10]潺湲:水慢慢流动的样子。《楚辞·九歌·湘夫人》:"慌忽兮远望,观流水兮潺湲。"(《文选》卷三十二)

[11]氛氲:此指烟气浓郁,草色青翠欲滴。

[12]江客听猿:古代巫峡两岸多猿。〔北魏〕郦道元《水经注·江水》:"其间首尾百六十里,谓之巫峡,盖因山为名也。……每至晴初霜旦,林寒涧肃,常有高猿长啸,属引凄异,空谷传响,哀转久绝。故渔者歌曰:'巴东三峡巫峡长,猿鸣三声泪沾裳!'"(《水经注》卷三十四)

[13]缅邈:久远;遥远。〔晋〕潘岳《寡妇赋》:"遥逝兮逾远,缅邈兮长乖。"(《文选》卷十六)

[14]高丘:见陈子昂《感遇诗三十八首(其二十七)》注[6]。

巫山枕障[1]

巫山枕障画高丘[2]，白帝城边树色秋[3]。
朝云夜入无行处[4]，巴水横天更不流[5]。

（《全唐诗》卷一百八十三，中华书局点
校本，1960年4月第1版，第1871页）

【注　释】

[1]巫山：见凌敬《巫山高》注[2]。枕障：犹枕屏。〔宋〕周邦彦《大酺·春
雨》词："润逼琴丝，寒侵枕障，虫网吹黏帘竹。"〔清〕龚自珍《说京师翠微山》："不
居正北，居西北，为伞盖，不为枕障也。"

[2]高丘：见陈子昂《感遇诗三十八首（其二十七）》注[6]。

[3]白帝城：在今重庆奉节县，位于瞿塘峡口的长江北岸。原名子阳城，为西
汉末年割据蜀地的公孙述所建。

[4]朝云：巫山神女名。见陈子昂《感遇诗三十八首（其二十七）》注[11]。
〔唐〕元稹《白衣裳》："闲倚屏风笑周防，枉抛心力画朝云。"（《全唐诗》卷四百二
十二）诗中所提及的"朝云"亦指巫山神女。

[5]巴水：巫山下所经之水。此句大意：在夜晚，即使美人来了也找不到她的
踪影，巴水连绵到天边，可是却不见它们在流。

代寄情楚辞体

君不来兮，徒蓄怨积思而孤吟[1]。
云阳一去已远[2]，隔巫山绿水之沉沉[3]。
留余香兮染绣被，夜欲寝兮愁人心[4]。
朝驰余马于青楼[5]，恍若空而夷犹[6]。
浮云深兮不得语，却惆怅而怀忧。
使青鸟兮衔书[7]，恨独宿兮伤离居[8]。
何无情而雨绝[9]，梦虽往而交疏。
横流涕而长嗟[10]，折芳洲之瑶花[11]。
送飞鸟以极目，怨夕阳之西斜[12]。

愿为连根同死之秋草,不作飞空之落花[13]。

(《全唐诗》卷一百八十四,中华书局点校本,1960 年 4 月第 1 版,第 1882 页)

【注　释】

[1]蓄怨积思:蓄积怨恨,刻骨相思。《楚辞·九辩》:"蓄怨兮积思,心烦憺兮忘食事。"(《楚辞章句》卷八)

徒:仅仅、只能。

[2]云阳:应指阳云台。出〔战国·楚〕宋玉《高唐赋》。《子虚赋》:"于是楚王乃登阳云之台。"(《史记》卷一百一十七·司马相如列传)孟康注:"云梦中高唐之台,宋玉所赋者,言其高出云之阳也。"(《李太白全集》卷二十五,中华书局 1977 年本)〔清〕王琦按:诗意正暗用《高唐赋》中神女事,知"云阳"乃"阳云"之误为无疑也。(《李太白全集》卷二十五,中华书局 1977 年本)

[3]巫山:见凌敬《巫山高》注[2]。

[4]愁人心:使人心生忧愁。〔晋〕曹摅《赠石崇》:"薄暮愁人心。"(《艺文类聚》卷三十一)

[5]朝驰余马:早晨驾着我的马匹。《楚辞·九歌》:"朝驰余马兮江皋,夕济兮西滋。"(《楚辞章句》卷二)

[6]夷犹:犹豫迟疑不前。《楚辞·九歌》:"君不行兮夷犹。"王逸注:"夷犹,犹豫也。"(《楚辞章句》卷二)

[7]使青鸟兮衔书:让青鸟来传递书信。〔南朝·梁〕沈约《华阳先生登楼不复下赠呈诗》:"衔书必青鸟,嘉客信龙镳。"(《秦汉魏晋南北朝诗》梁诗卷六)

[8]离居:指隐居者。《楚辞·九歌》:"折疏麻兮瑶华,将以遗兮离居。"王逸注:"离居,谓隐者也。"(《楚辞章句》卷二)

[9]雨绝:谓如雨水落地,不可能再回到云层,比喻事情之不可挽回。〔晋〕傅玄《昔思君》:"昔君与我兮形影潜结,今君与我兮云飞雨绝。"(《乐府诗集》卷七十四)雨,一作两。(《李太白全集》卷二十五,中华书局 1977 年本)

[10]流涕:流泪。涕,古代一般指眼泪。《楚辞·九歌》:"横流涕兮潺湲。"(《楚辞章句》卷二)

[11]芳洲:芳草丛生的小洲。《楚辞·九歌》:"采芳洲兮杜若。"王逸注:"芳洲,香草丛生水中之处。"(《楚辞章句》卷二)瑶花:玉白色的花,有时借指仙花,亦作瑶华。《九歌》:"折疏麻兮瑶华。"王逸注:"瑶华,玉花也。"(《楚辞章句》卷二)〔晋〕谢灵运《南楼迟客诗》:"瑶华未堪折。"李周翰注:"瑶华,麻花也,其色白,故

诗
歌
部

253

比于瑶。此花香，服食可致长寿，故以为美。"（《文选》卷二十二）

[12]夕阳之西斜：〔晋〕刘琨《重赠卢谌诗》："夕阳忽西流。"（《文选》卷二十五）

[13]连根：犹连理，植物的根连着根。〔南朝·梁〕王氏《连理诗》："墓前一株柏，连根复并枝。"（《秦汉魏晋南北朝诗》梁诗卷二十八）也多比喻结为夫妇或男女欢爱。〔明〕汪廷讷《种玉记·促晤》："顷刻拆鸾凰，岁月孤鸳帐。天涯悬望泪汪汪，连理成虚谎。"（《种玉记》第十五出）"愿为"句大意：我宁愿与你一同死去，就像那连根同死的青草，也不愿意像那落花飞向空中一样独自留在人间。

古　风[1]（其五十八）

我行巫山渚，寻古登阳台[2]。
天空彩云灭[3]，地远清风来。
神女去已久，襄王安在哉[4]。
荒淫竟沦没[5]，樵牧徒悲哀[6]。

（《全唐诗》卷一百六十一，中华书局点校本，1960年4月第1版，第1679页）

【注　释】

[1]古风：诗体的一种。即古体诗。

[2]巫山：见凌敬《巫山高》注[2]。阳台：台观名。见凌敬《巫山高》注[7]。巫山、阳台皆语出〔战国·楚〕宋玉《高唐赋》。又："王阮亭曰：'巫山形绝肖巫字，其东即阳云台，在县治西北五十步，高一百二十丈。二山皆土阜，殊乏秀色，而古今称之，以楚大夫词赋重耳。'"（《李太白全集》卷二，中华书局1977年本）〔南朝·梁〕江淹《拟汤惠休诗》："相思巫山渚，怅望阳云台。"（《秦汉魏晋南北朝诗》梁诗卷四）"我行巫山渚"一作"我到巫山渚"。（《李太白全集》卷二，中华书局1977年本）

[3]彩云：绚丽的云彩。〔战国·楚〕宋玉《高唐赋》写彩云："昔者楚襄王与宋玉游于云梦之台，望高唐之观，其上独有云气，崒（zú，险峻）兮直上，忽兮改容，须臾之间，变化无穷。"（《文选》卷十九·赋癸）又〔南朝·齐〕王融《和王友德元古意二首（其一）》："巫山彩云没。"（《古诗源》卷十二）

[4]神女：巫山神女，也称巫山之女。传说为天帝之女，一说为炎帝（赤帝）之

女,本名瑶姬(也写作姚姬),未嫁而死,葬于巫山(在今重庆、湖北边境,东北一西南走向,高1000余米)之阳,因而为神。襄王:楚襄王。〔战国·楚〕宋玉《高唐赋》《神女赋》皆写楚王与巫山神女在梦中相会的故事。

[5]荒淫:过分贪恋女色,纵情享乐。〔三国〕阮籍《咏怀诗》:“三楚多秀士,朝云进荒淫。”(《文选》卷二十三)没,一作替。

[6]樵牧:樵夫与牧童,也泛指乡野之人。〔宋〕陆游《村居》:“樵牧相谙欲争席,比邻渐熟约论婚。”(《宋诗钞》剑南诗钞)

自汉阳病酒归寄王明府[1]

去岁左迁夜郎道[2],琉璃砚水长枯槁[3]。
今年敕放巫山阳[4],蛟龙笑翰生辉光。
圣主还听子虚赋,相如却欲论文章[5]。
愿扫鹦鹉洲[6],与君醉百场。
啸起白云飞七泽[7],歌吟渌水动三湘[8]。
莫惜连船沽美酒,千金一掷买春芳。

(《全唐诗》卷一百七十三,中华书局点校本,1960年4月第1版,第1775页)

【注　释】

[1]此诗为李白在乾元元年(758)被贬去夜郎的路上听闻自己被赦免的兴致之作。王明府:汉阳县令王某。

[2]去岁:乾元元年(758)。

左迁:古人以右为上,故以“左迁”指降官、贬职。《汉书·朱博传》:“〔朱博〕迁为大司农。岁余,坐小法,左迁犍为太守。”(《汉书》卷八十三)〔南朝·梁〕沈约《立左降诏》:“是故减秩居官,前代通则;贬职左迁,往朝继轨。”(《初学记》卷二十)〔唐〕柳宗元《送李渭赴京师序》:“过洞庭,上湘江,非有罪左迁者罕至。”(《柳宗元集》卷二十三)

[3]琉璃砚水:琉璃做的砚台中磨墨的水。砚水,砚池中用以磨墨的水。〔南朝·陈〕徐陵《玉台新咏序》:“琉璃砚匣,终日随身。”(《玉台新咏》集序)

[4]巫山:见凌敬《巫山高》注[2]。李白流放夜郎途经巫山时遇朝廷发布的赦免令而得释。

[5]相如:西汉大辞赋家司马相如(约前179—前127),字长卿,蜀郡(今四川省南充人)。《子虚赋》:司马相如早期客游梁孝王时所作。〔汉〕司马迁《史记》:"蜀人杨得意为狗监,侍上。上读《子虚赋》而善之,曰:'朕独不得与此人同时哉!'得意曰:'臣邑人司马相如自言为此赋。'上惊,乃召问相如。相如曰:'有是。然此乃诸侯之事,未足观也。请为天子游猎赋,赋成奏之。'上许,令尚书给笔札。相如以'子虚',虚言也,为楚称;'乌有先生'者,乌有此事也,为齐难;'无是公'者,无是人也,明天子之义。故空借此三人为辞,以推天子诸侯之苑囿。其卒章归之于节俭,因以风谏。奏之天子,天子大说。"(《史记》卷一百一十七)欲,一作与。

[6]鹦鹉洲:原在湖北汉阳西南长江中,后沦于长江。东汉末年,祢衡作《鹦鹉赋》,是以得名。

[7]七泽:今湖北境内。

[8]三湘:指洞庭湖南北、湘江流域一带。

江上寄巴东故人[1]

汉水波浪远,巫山云雨飞[2]。
东风吹客梦,西落此中时。
觉后思白帝[3],佳人与我违。
瞿塘饶贾客[4],音信莫令稀。

(《全唐诗》卷一百七十三,中华书局点校本,1960年4月第1版,第1775页)

【注　释】

[1]此诗乃李太白初游湖北汉水流域寄给蜀地老朋友的作品,表达了李白对友人的思念。其中巴东是当时的郡名,今湖北秭归、巴东一带。

[2]巫山云雨:指巫山云雨翻飞。又〔战国·楚〕宋玉《高唐赋》:昔者楚襄王与宋玉游于云梦之台,望高唐之观,其上独有云气,崒兮直上,忽兮改容,须臾之间,变化无穷。王问玉曰:"此何气也?"玉对曰:"所谓朝云者也。"王曰:"何谓朝云?"玉曰:"昔者先王尝游高唐,怠而昼寝,梦见一妇人曰:'妾,巫山之女也。为高唐之客。闻君游高唐,愿荐枕席。'王因幸之。去而辞曰:'妾在巫山之阳,高丘之阻,旦为朝云,暮为行雨。朝朝暮暮,阳台之下。'旦朝视之,如言。故为立庙,号曰'朝云'。"(《文选》卷十九·赋癸)巫山,见凌敬《巫山高》注[2]。

[3]白帝:白帝城,在今重庆市奉节县。详见《巫山枕障》注[3]。

[4]瞿塘:瞿塘峡,见李白《自巴东舟行经瞿唐峡登巫山最高峰晚还题壁》注[1]。

饶贾客:富饶的商客。

送　别

寻阳五溪水[1],沿洄直入巫山里[2]。

胜境由来人共传,君到南中自称美。

送君别有八月秋,飒飒芦花复益愁[3]。

云帆望远不相见,日暮长江空自流[4]。

(《全唐诗》卷一百七十六,中华书局点校本,1960年4月第1版,第1798页)

【注　释】

[1]寻阳五溪水:"萧士赟曰:巫山介乎夔、峡二州之间。峡有青溪、赤溪、绿萝溪、沧茫溪、姜诗溪,为峡之五溪。盖别者由寻阳上五溪而入巫山也。乃子见指为武陵五溪,恐失诗意。武陵五溪,由沅合湘,潴于洞庭,至岳阳而后入江,与巫峡地势不相聊属,所引非武陵溪明矣。琦按:诗句五溪,当在寻阳,然无所考据。按《一统志》,五溪水在池州青阳县西二十里,源出九华山。五溪,龙溪、池溪、漂溪、双溪、澜溪,合流北入大江。寻阳或是青阳之误未可知。杨氏以武陵之五溪、萧氏以巫峡之五溪当之,恐皆非是。"(《李太白全集》卷十七,中华书局1977年)

[2]沿:谓顺水而下也。洄:谓逆水而上也,《诗经·秦风·蒹葭》:"溯洄从之,道阻且长。"(《毛诗正义》卷六)

巫山:见凌敬《巫山高》注[2]。

[3]飒飒:象声词,形容风吹动树木枝叶等发出的声音。《楚·九歌·山鬼》:"风飒飒兮木萧萧,思公子兮徒离忧。"(《楚辞章句》卷二)芦花:为禾本科植物芦苇的花。别名葭花、芦蓬蕽、蓬茨、蓬茸、水芦花等。

[4]长江空自流:〔唐〕王勃《滕王阁诗》:"阁中帝子今何在?槛外长江空自流。"(《全唐诗》卷五十五)

诗歌部

257

清平调[1]

一

云想衣裳花想容[2]，春风拂槛露华浓[3]。
若非群玉山头见，会向瑶台月下逢[4]。

二

一枝红艳露凝香[5]，云雨巫山枉断肠[6]。
借问汉宫谁得似，可怜飞燕倚新妆[7]。

三

名花倾国两相欢[8]，长得君王带笑看。
解释春风无限恨[9]，沉香亭北倚阑干[10]。

（《全唐诗》卷一百六十四，中华书局点校本，1960 年 4 月第 1 版，第 1703 页）

【注　释】

[1]清平调:唐大曲名,后用为词牌。《杨太真外传》:"开元中,禁中初重木芍药,即今牡丹也。(《开元天宝花木记》云,禁中呼木芍药为牡丹。)得四本,红、紫、浅红、通白者,上因移植于兴庆池东沉香亭前。会花方繁开,上乘照夜白,太真妃以步辇从,诏特选梨园弟子中尤者,得乐十六部。李龟年以歌擅一时之名,手捧檀板,押众乐前,将歌之。上曰:'赏名花,对妃子,焉用旧乐词为?'遂命龟年持金花笺,宣赐李白,立进《清平调》辞三章。白欣然承旨,犹苦宿醒未解,因援笔赋之。辞曰:'云想衣裳花想容,春风晓拂露华浓。若非群玉山头见,会向瑶台月下逢。一支红艳露凝香,云雨巫山枉断肠。借问汉宫谁得似,可怜飞燕倚新女。名花倾国两相欢,长得君王带笑看。解释春风无限恨,沉香亭北倚阑干。'龟年遽以辞进。"(《杨太真外传》卷上)《通典》:"平调、清调、瑟调,皆周《房中》之遗声也,汉代谓之三调。"(《通典》卷一百四十五)"琦按《唐书·礼乐志》,俗乐二十八调中有正平调、高平调。则知所谓清平调者,亦其类也。盖天宝中所制供奉新曲,如《荔枝香》《伊州曲》《凉州曲》《甘州曲》《霓裳羽衣曲》之俦欤?"(《李太白全集》卷五,中华书局 1977 年)这三首诗是李白在长安供奉翰林时所作。在三首诗中,

把木芍药(牡丹)和杨妃交互在一起写,花即是人,人即是花,把人面花光浑融一片,同蒙唐玄宗的恩泽。从篇章结构上说,第一首从空间来写,把读者引入蟾宫阆苑;第二首从时间来写,把读者引入楚襄王的阳台,汉成帝的宫廷;第三首归到目前的现实,点明唐宫中的沉香亭北。

〔2〕"云想"句:见云之灿烂想其衣之华艳,见花之艳丽想美人之容貌照人。实际上是以云喻衣,以花喻人。

〔3〕槛:栏杆。

露华浓:牡丹花沾着晶莹的露珠更显得颜色艳丽。

〔4〕"若非……会向":关联句,"不是……就是"的意思。群玉:山名,传说中西王母所住之地。瑶台:指传说中的神仙居处。〔晋〕王嘉《拾遗记·昆仑山》:"傍有瑶台十二,各广千步,皆五色玉为台基。"(《拾遗记》一卷)全句形容贵妃貌美惊人,怀疑她不是群玉山头所见的飘飘仙子,就是瑶台殿前月光照耀下的神女。

〔5〕此句大意:红艳艳的牡丹花滴着露珠,好像凝结着袭人的香气。红,一作浓。

〔6〕巫山云雨:传说中三峡巫山顶上神女与楚王欢会接受楚王宠爱的神话故事。〔战国·楚〕宋玉《高唐赋》:昔者楚襄王与宋玉游于云梦之台,望高唐之观,其上独有云气,崒兮直上,忽兮改容,须臾之间,变化无穷。王问玉曰:"此何气也?"玉对曰:"所谓朝云者也。"王曰:"何谓朝云?"玉曰:"昔者先王尝游高唐,怠而昼寝,梦见一妇人曰:'妾,巫山之女也。为高唐之客。闻君游高唐,愿荐枕席。'王因幸之。去而辞曰:'妾在巫山之阳,高丘之阻,旦为朝云,暮为行雨。朝朝暮暮,阳台之下。'旦朝视之,如言。故为立庙,号曰'朝云'。"(《文选》卷十九·赋癸)

〔7〕飞燕:赵飞燕,汉成帝皇后(前45—前1)。原名宜主(生),精通音乐,长安宫人,吴县(今江苏省苏州市)人。因其舞姿轻盈如燕飞凤舞,故人们称其为"飞燕"。

倚新妆:形容女子艳服华妆的姣好姿态。此句大意:就算可爱无比的赵飞燕,还得穿上华丽的衣裳化好妆,才能比得上杨贵妃所受到的君王恩宠。

〔8〕名花:此指牡丹花。

倾国:喻美色惊人。语出《汉书·外戚传上·李夫人》,详见《系寻阳上崔相涣三首(其三)》注。

〔9〕解释:消散。春风:指唐玄宗。

〔10〕沉香:亭名,沉香木所筑。

储光羲

【作者简介】

储光羲（707—约763），润州延陵县庄城（今江苏金坛县境）人，郡望兖州（今山东兖州）。青年时期游学长安。开元十四年(726)进士及第，初赴冯翊任职，转任安宜、下邽、汜水县尉。后辞官归乡，又入秦隐居终南山。天宝初期，拜官太祝。后转监察御史，曾出使范阳。安史之乱时，陷身贼中，被迫接受伪职，后自逃赴行在。乱后被定罪下狱，贬窜南方，不久遇赦，卒于贬所。曾与孟浩然、王维等诗人交往唱酬。唐代殷璠《河岳英灵集》言其所撰有《正论》十五卷、《九经外义疏》二十卷，《新唐书·艺文志三》著录其集七十卷，皆已佚。《直斋书录解题》卷一九著录其诗五卷，今存，《全唐诗》编为四卷。事迹见顾况《监察御史储公集序》《新唐书·艺文志三》《唐诗纪事》卷二十二、《唐才子传》卷一。

杂诗二首（其一）

秋气肃天地，太行高崔嵬[1]。

猿狖清夜吟，其声一何哀[2]。

寂寞掩圭荜，梦寐游蓬莱[3]。

琪树远亭亭，玉堂云中开[4]。

洪崖吹箫管，玉女飘飖来[5]。

雨师既先后，道路无纤埃[6]。

鄙哉楚襄王，独好阳云台[7]。

（《全唐诗》卷一百三十六，中华书局点校本，1960年4月第1版，第1380页）

【注　释】

[1]秋气:指秋季萧杀之气。

崔嵬(wéi):高耸的样子。

[2]狖:长尾猿。黄黑色,尾巴很长。

一何哀:《古诗十九首》:"上有弦歌声,音响一何悲。"(《文选》卷二十九·诗己)〔北魏〕郦道元《水经注·江水》:"其间首尾百六十里,谓之巫峡,……常有高猿长啸,属引凄异,空谷传响,哀转久绝。"(《水经注》卷三十四)

[3]圭荜:圭窬筚门。圭窬,穿壁为户,上锐下方,其状如圭;筚门,编荆竹为门。言穷人居住之室的简陋。即蓬莱山。古代传说中的神山名,亦常泛指仙境。《史记·封禅书》:"自威、宣、燕昭使人入海求蓬莱、方丈、瀛洲,此三神山者,其传在勃海中。"(《史记》卷二十八·封禅书第六)

[4]琪树:神话中的玉树。〔晋〕孙绰《游天台山赋》:"建木灭景于千寻,琪树璀璨而垂珠。"(《全晋文》卷六十一)

亭亭:直立貌。

玉堂:仙人居处。

[5]洪崖:古代传说中的仙人。即黄帝的臣子伶伦,帝尧时已三千岁,仙号洪崖。曾采昆仑竹,定音律,制箫管。

玉女:仙女、神女。

[6]雨师:古代神话传说中司雨的天神。

[7]楚襄王:战国时楚国君王。阳云台:阳台。〔战国·楚〕宋玉《高唐赋》:昔者楚襄王与宋玉游于云梦之台,望高唐之观,其上独有云气,崒兮直上,忽兮改容,须臾之间,变化无穷。王问玉曰:"此何气也?"玉对曰:"所谓朝云者也。"王曰:"何谓朝云?"玉曰:"昔者先王尝游高唐,怠而昼寝,梦见一妇人曰:'妾,巫山之女也。为高唐之客。闻君游高唐,愿荐枕席。'王因幸之。去而辞曰:'妾在巫山之阳,高丘之阻,旦为朝云,暮为行雨。朝朝暮暮,阳台之下。'"(《文选》卷十九·赋癸)

杜 甫

【作者简介】

杜甫(712—770),字子美。祖籍京兆杜陵(今陕西西安市东南),后随晋室南渡,曾祖依艺终巩县(今河南巩义市)令,遂世居巩县。自幼好学,七岁能诗。二十岁漫游吴越齐赵,历时十载。开元二十三年(735)在洛阳应进士试,落第;天宝五载(746)入长安,次年再应试,亦不第。后献《三大礼赋》,得玄宗赏识,命待制集贤院,授右卫率府胄曹参军。安史叛军陷京师,肃宗即位灵武,自长安潜逃赴行在,就职左拾遗。因上疏论救房琯,贬为华州司功参军。不久弃官携家经秦州(今甘肃天水市)、同谷(今甘肃成县)入蜀,于成都西郊浣花溪枕江结草堂而居。严武镇蜀,引为节度参谋,表荐检校工部员外郎。大历元年(766)到夔州(今重庆奉节县),大历三年乘舟出峡,入湘后沿洞庭湖湘江漂泊,大历五年冬卒于潭(今湖南长沙市)岳(今湖南岳阳市)间舟中,享年五十九岁。元和中,归葬偃师(今河南偃师县)首阳山前。与李白至交并齐名,时称李杜。其诗博大精深,沉郁顿挫,伤时念乱,寄怀天下,读其诗,可知其世,当时谓之诗史。集前人之大成,为后世之楷模,故又被尊之为诗圣。《新唐书·艺文志》著录有集六十卷,现存诗十八卷、文两卷。事见元稹《杜君墓系铭》以及《旧唐书》卷一百九十、《新唐书》卷二百〇一本传、闻一多《少陵先生年谱会笺》。

将别巫峡赠南卿兄瀼西果园四十亩 [1]

苔竹素所好,萍蓬无定居。
远游长儿子,几地别林庐 [2] 。
杂蕊红相对,他时锦不如 [3] 。
具舟将出峡,巡圃念携锄 [4] 。
正月喧莺末 [5] ,兹辰放鹢初 [6] 。

雪篱梅可折[7]，风榭柳微舒。

托赠卿家有，因歌野兴疏。

残生逗江汉[8]，何处狎樵渔[9]。

（《全唐诗》卷二百三十二，中华书局点校本，1960 年 4 月第 1 版，第 2554 页）

【注　释】

[1]此诗当作于大历三年（768）正月，时杜甫将离夔州，出峡赴江陵，于是就赶紧将去年在瀼西置办的四十亩果园送给了一位称之为"南卿兄"的友人，并作此诗，以见其郑重爱惜之意和临别不胜低徊之情。瀼西：大瀼水之西。巫峡：见上官仪《八咏应制二首（其一）》注[11]。大瀼水在夔州府城东，注入长江。杜甫曾在瀼西租屋居住。

[2]萍蓬：萍浮蓬飘，喻行踪转徙无定。无：一作不。远游长儿子：指在长期的漂泊中儿子长大了。作者乾元二年自华州弃官去后，经秦州（今甘肃天水市）入蜀至成都，卜居浣花溪。永泰元年四月严武卒，作者遂离成都草堂南下，历经戎州、渝州、忠州、云安，于大历元年春至夔州。在夔州亦几经迁居，于大历二年春到瀼西居住，此时又要离瀼西东下，故云。

[3]他时：往日。

[4]携锄：携带锄具。

[5]"正月"句：意为莺喧闹于正月之末。末，一作未。

[6]兹：此。鹢：水鸟名，古人画之于船头，后遂亦称舟为鹢。放鹢即放舟。

[7]雪篱：积满雪的篱笆。

[8]残生：余生。逗：停留，停顿。一作逼。江汉：指长江与汉水之间及其附近的一些地区。古巴蜀之地。今四川、重庆的东部地区。

[9]狎：亲近，亲热。樵渔：指樵夫、渔夫。

奉送卿二翁统节度镇军还江陵[1]

火旗还锦缆，白马出江城[2]。

嘹唳吟笳发[3]，萧条别浦清[4]。

寒空巫峡曙[5]，落日渭阳明[6]。

留滞嗟衰疾，何时见息兵[7]。

（《全唐诗》卷二百三十一，中华书局点校本，1980 年 4 月第 1 版，第 2547 页）

【注　释】

[1]这首诗当是大历二年(767)冬天在夔州所作。杜甫堂舅崔卿统军权摄夔州事毕，还江陵就其本职，杜甫遂赋此诗送别，表现了甥舅依依惜别的深情和诗人盼望偃武息兵的热切愿望。卿二翁：杜甫堂舅。江陵：荆州府。

[2]白马：《三国志》卷十八《魏书·庞德传》："后亲与(关)羽交战，射羽中额。时德常乘白马，羽军谓之白马将军，皆惮之。"庞德字令明，东汉末南安人。曹操拜为立义将军，勇武善战，常骑白马，有"白马将军"之称。后世用作统军将领的喻称。此指崔卿。陈子昂《送别出塞》："君为白马将，腰佩骍角弓。"(《全唐诗》卷八十三)

[3]嘹唳：形容声音响亮凄清。〔南朝·齐〕谢朓《从戎曲》："嘹唳清笳转，萧条边马烦。"(《乐府诗集》卷二十·鼓吹曲辞五)〔唐〕陈子昂《西还至散关答乔补阙知之》："葳蕤苍梧凤，嘹唳白露蝉。"(《全唐诗》卷八十四)吟：一作鸣。笳：中国古代北方民族的一种乐器，类似笛子。

[4]别浦：河流入江海之处称浦，或称别浦。〔南朝·宋〕谢庄《山夜忧》："凌别浦兮值泉跃。"(《秦汉魏晋南北朝诗》宋诗卷六)

[5]巫峡：见上官仪《八咏应制二首(其一)》注[11]。曙：天刚亮。

[6]渭阳：舅称渭阳。语本《诗经·秦风·渭阳》："我送舅氏，曰至渭阳，何以赠之，路车乘黄。……"诗为秦康公送舅思母之作，后因以"渭阳"作为甥舅情谊的典故。明：一作情。

[7]后两句谓：可叹我因衰老多病而依旧滞留异地，哪年哪月才能偃武息兵？

雨[1]

峡云行清晓，烟雾相裴回[2]。
风吹苍江树[3]，雨洒石壁来。
凄凄生余寒，殷殷兼出雷[4]。
白谷变气候，朱炎安在哉[5]。
高鸟湿不下，居人门未开。
楚宫久已灭。幽佩为谁哀[6]。

侍臣书王梦[7]，赋有冠古才。
冥冥翠龙驾[8]，多自巫山台[9]。

（《全唐诗》卷二百二十一，中华书局点
校本，1960 年 4 月第 1 版，第 2354 页）

【注　释】

[1]此诗为杜甫在夔州时作。

[2]裴回：同"徘徊"。来回移动的样子。

[3]树：一作去。

[4]殷殷：象声词。此指雷声。出：一作山。

[5]白谷：夔州地名。旧注谓为白帝城之谷。朱炎：烈日、盛夏。《文选·何
晏〈景福殿赋〉》："开建阳则朱炎艳，启金光则清风臻。"

[6]楚宫：古楚国的宫殿。幽佩：指巫山神女。〔战国·楚〕宋玉《高唐赋》载：
楚王游高唐，倦而昼寝，梦中与巫山神女欢会。神女云："妾在巫山之阳，高丘之
阻；且为朝云，暮为行雨；朝朝暮暮，阳台之下。"（《文选》卷十九·赋癸）

[7]侍臣：指宋玉，曾事楚襄王。并写《高唐赋》记楚王梦遇巫山神女的故事。

[8]翠龙：传说中的穆天子所乘马的名字。《汉书·扬雄传上》："乘翠龙而超
河兮，陟西岳之峣崝。"（《汉书》卷八十七上·扬雄传上第五十七上）

[9]巫山台：宋玉《高唐赋》中所记载的阳台。传说为巫山神女所居之处。见
凌敬《巫山高》注[7]。

雨四首（其四）

楚雨石苔滋[1]，京华消息迟[2]。
山寒青兕叫[3]，江晚白鸥饥。
神女花钿落[4]，鲛人织杼悲[5]。
繁忧不自整，终日洒如丝[6]。

（《全唐诗》卷二百三十，中华书局点
校本，1960 年 4 月第 1 版，第 2532 页）

诗
歌
部

265

【注　释】

[1]句谓:这古楚地的雨滋润了石上的青苔。

[2]京华:京城之美称。因京城是文物、人才汇集之地,故称。〔晋〕郭璞《游仙诗》之一:"京华游侠窟,山林隐遁栖。"(《秦汉魏晋南北朝诗》晋诗卷十一)

[3]青兕(sì):青兕牛。古代犀牛类兽名。一角,青色,重千斤。《楚辞·招魂》:"君王亲发兮惮青兕。"王逸注:"言怀王是时亲自射兽,惊青兕牛而不能制也。"(《楚辞章句》卷九)洪兴祖补注:"《尔雅》:兕,似牛。注云:一角,青色,重千斤。"(《楚辞补注》卷九)

[4]神女:此指巫山神女。巫山有神女庙。花钿:用金翠珠宝制成的花形首饰。〔南朝·梁〕沈约《丽人赋》:"陆离羽佩,杂错花钿。"(《全梁文》卷二十五)

[5]鲛人:《博物志》卷二《异人》:"南海外有鲛人,水居如鱼,不废织绩,其眼能泣珠。"

[6]〔南朝·梁〕沈约《见庭雨应诏诗》:"非烟复非云,如丝复如雾。"(《秦汉魏晋南北朝诗》梁诗卷七)

雨[1]

冥冥甲子雨[2],已度立春时。
轻箑烦相向,纤绤恐自疑[3]。
烟添才有色,风引更如丝[4]。
直觉巫山暮[5],兼催宋玉悲[6]。

(《全唐诗》卷二百三十,中华书局点校本,1960年4月第1版,第2533页)

【注　释】

[1]此诗当作于大历元年(766)正月初八,杜甫与家人在云安过了春节,此时仍居云安。诗写雨中感怀。

[2]冥冥:迷漫。《楚辞·九歌·山鬼》:"雷填填兮雨冥冥,猨啾啾兮狖夜鸣。"甲子:〔唐〕张鷟《朝野佥载》卷一:"又谚云'春雨甲子,赤地千里。夏雨甲子,乘船入市。秋雨甲子,禾头生耳。冬雨甲子,鹊巢下地'。"

[3]箑(shà):扇子。纤绤:细葛布衣。〔晋〕潘岳《秋兴赋》:"于时乃屏轻箑,释纤绤。"

[4]〔晋〕张协《杂诗》："腾云似涌烟,密雨如散丝。"(《文选》卷二十九·诗己)

[5]巫山:见凌敬《巫山高》注[2]。〔战国·楚〕宋玉《高唐赋》:"妾在巫山之阳,高丘之阻,旦为朝云,暮为行雨。朝朝暮暮,阳台之下。"(《文选》卷十九·赋癸)

[6]宋玉悲:宋玉怀才不遇,自伤生不逢时,常常对凄景生发幽怨。

雨[1]

始贺天休雨,还嗟地出雷[2]。
骤看浮峡过,密作渡江来[3]。
牛马行无色[4],蛟龙斗不开[5]。
干戈盛阴气,未必自阳台[6]。

(《全唐诗》卷二百三十,中华书局点校本,1960 年 4 月第 1 版,第 2528 页)

【注　释】

[1]此诗当作于大历元年(766)秋,时杜甫寓居夔州西阁。诗叹雷雨频繁盖因战乱所致。

[2]嗟:嗟叹。地出雷:《易》:"雷出地奋豫。"

[3]浮:一作巫。密作:一作塞密。

[4]"牛马"句:《庄子·秋水篇》:"秋水时至,百川灌河,泾流之大,两涘渚崖之间不辨牛马"行无色,形容雨势之猛。

[5]蛟龙:古代传说的两种动物,居深水中。相传蛟能发洪水,龙能兴云雨。

[6]干戈:此或指战争。阳台:台观名。传说为巫山神女居住的地方。见凌敬《巫山高》注[7]。

大历三年春白帝城放船出瞿塘峡久居夔府将适江陵漂泊有诗凡四十韵[1]

老向巴人里,今辞楚塞隅[2]。

入舟翻不乐，解缆独长吁[3]。
窄转深啼狖，虚随乱浴凫[4]。
石苔凌几杖，空翠扑肌肤[5]。
叠壁排霜剑，奔泉溅水珠[6]。
杳冥藤上下，深淡树荣枯[7]。
神女峰娟妙，昭君宅有无[8]。
曲留明怨惜，梦尽失欢娱[9]。
摆阖盘涡沸，攲斜激浪输[10]。
风雷缠地脉，冰雪耀天衢[11]。
鹿角真走险，狼头如跋胡[12]。
恶滩宁变色，高卧负微躯[13]。
书史全倾挠，装囊半压濡[14]。
生涯临臬兀，死地脱斯须[15]。
不有平川决，焉知众壑趋[16]。
乾坤霾涨海，雨露洗春芜[17]。
鸥鸟牵丝飏，骊龙濯锦纡[18]。
落霞沈绿绮，残月坏金枢[19]。
泥笋苞初荻，沙茸出小蒲[20]。
雁儿争水马，燕子逐樯乌[21]。
绝岛容烟雾，环洲纳晓晡[22]。
前闻辨陶牧，转眄拂宜都[23]。
县郭南畿好，津亭北望孤[24]。
劳心依憩息，朗咏划昭苏[25]。
意遣乐还笑，衰迷贤与愚[26]。
飘萧将素发，汩没听洪炉[27]。
丘壑曾忘返，文章敢自诬[28]。
此生遭圣代，谁分哭穷途[29]。
卧疾淹为客，蒙恩早厕儒[30]。
廷争酬造化，朴直乞江湖[31]。
滟滪险相迫，沧浪深可逾[32]。
浮名寻已已，懒计却区区[33]。
喜近天皇寺，先披古画图[34]。

应经帝子渚，同泣舜苍梧[35]。
朝士兼戎服，君王按湛卢[36]。
旄头初俶扰，鹑首丽泥涂[37]。
甲卒身虽贵，书生道固殊[38]。
出尘皆野鹤，历块匪辕驹[39]。
伊吕终难降，韩彭不易呼[40]。
五云高太甲，六月旷抟扶[41]。
回首黎元病，争权将帅诛[42]。
山林托疲苶，未必免崎岖[43]。

（《全唐诗》卷二百三十二，中华书局点校
本，1960 年 4 月第 1 版，第 2555—2556 页）

【注　释】

[1]此诗大历三年(768)春出峡东下途经宜都时作。白帝城：在今重庆奉节
县，位于瞿塘峡口的长江北岸。原名子阳城，为西汉末年割据蜀地的公孙述所建。
瞿塘峡：见李白《自巴东舟行经瞿唐峡登巫山最高峰晚还题壁》注[1]。夔府：夔
州。夔州设下都督府，故称。江陵：府名，治所在今湖北江陵。在今湖北荆州。地
处长江中游，江汉平原西部，南临长江，北依汉水，西控巴蜀，南通湘粤，古称"七省
通衢"。四十韵：此诗实为四十二韵。

[2]巴人：巴地之人。巴，古国名，即巴子国。治地包括今重庆和四川南充等
地。夔州为三巴之一。《华阳国志》卷一："（刘）璋乃改永宁为巴郡，以固陵为巴
东，徙羲为巴西太守，是为'三巴'。"固陵郡即今重庆云阳、奉节等地。楚塞隅：此
指夔州。夔州古属楚地。

[3]"入舟"二句：杜甫居夔州二年，经常想念出峡，但久居之后忽然要离去，
反而不舍，所以"入舟不乐"、"解缆长叹"。翻，反而。

[4]狖(yòu)：黑色的长尾猿。长江三峡两岸多猿，尤以巫峡为最。乱：一作
落。凫：野鸭。

[5]石苔：石头上的青苔。几杖：老人居则凭几，行则携杖，此处以几杖指代
自身。空翠：指青色的潮湿的雾气。

[6]叠壁排霜剑：谓峭壁排列如剑。"霜"字写出了山林的阴寒、凄冷。

[7]杳冥：幽深阴暗的样子。《文选·张衡〈西京赋〉》："奇幻倏忽，易貌分
形，吞刀吐火，云雾杳冥。"浓澹：同"浓淡"。

269

[8]神女峰:巫山十二峰之一,在巫峡北岸。相传巫山神女居住在这里。〔战国·楚〕宋玉《高唐赋》:"妾(巫山神女)在巫山之阳,高丘之阻,旦为朝云,暮为行雨。朝朝暮暮,阳台之下。"(《文选》卷十九·赋癸)娟妙:秀美。〔宋〕陆游《入蜀记》卷六:"十二峰者,不可悉见,所见八九峰,惟神女峰最为纤丽奇峭。"昭君宅:指汉王昭君的故居,归州兴山县有昭君村,即今湖北兴山县南妃台山下之昭君村,村连巫峡。因作者未曾亲访,所以说"有无"。

[9]曲留:曲指《昭君怨》。相传王昭君出塞和亲,心中不乐,乃作《怨旷思维歌》,后人名为《昭君怨》,即杜甫《咏怀古迹五首(其三)》所谓"千载琵琶作胡语,分明怨恨曲中论",所以说"明怨惜"。惜:一作别。梦尽:用楚王梦遇巫山神女事。〔战国·楚〕宋玉《神女赋》载,楚王梦遇巫山神女,后巫山神女离去。楚王"罔兮不乐,怅然失志"。(《文选》卷十九·赋癸)。此联是作者在舟中远眺神女峰与昭君宅所发的感慨,二女多恨少欢,借以自叹。

[10]摆阖:摆阖,捭阖,开合。形容舟行颠簸。盘涡沸:盘旋的水涡如同沸汤翻滚不已。盘涡,巨浪所形成的旋涡。欹(qī):古同"攲",指倾斜。输:指大浪一个接着一个卷来。此联写船行之险。

[11]风雷:水声。盘涡之沸,轰若风雷。地脉:指地下水,因水流如人身之血脉,故称地脉。冰雪:喻江上白色的波浪。天衢:天空高远广大,无处不通,好像广阔的街道一样,故称天衢。

[12]鹿角:险滩名。走险:语出《左传·文公十七年》:"鹿死不择音,小国之事大国也,德则其人也,不德则其鹿也,铤而走险,急何能择。"走,一作趋。狼头:险滩名。跋胡:"狼跋其胡"的省称。《诗·豳风·狼跋》:"狼跋其胡,载童其尾。"意为狼进则踏其胡(额下垂肉),退则踩其尾,比喻进退两难。作者此处用咏狼的诗句切狼头滩,是说船经狼头滩确有进退两难之险。

[13]恶滩:指鹿角,狼头二滩。宁变色:岂曾畏惧。高卧:退隐。负微躯:辜负了自己。此二句意谓:恶滩虽险,岂能害怕变色,且高卧舟中,任凭波涛载负微躯漂流而去。

[14]书史、装囊:指作者此行所带的书籍与行李。倾挠:倾覆,混乱。压濡:积压浸湿。

[15]臬(niè)兀:摇动不安的样子。死地:死亡之地。斯须:片刻。

[16]平川:江水出峡,其流始平,故曰:"平川。"决:冲决。一作快。众壑:指长江上游汇集到三峡的众多河流。此联承上启下,写作者初出江峡的感受:没有自峡中冲决而成的平川,怎知众壑争趋方汇集成长江?

[17]涨海:南海的古称,此处喻接纳众水后的宽阔江面。春芜:春天丛生的草。洗春芜谓两岸春草如洗,清新明媚。

[18]牵丝扬:言江面白鸥群飞,有类牵丝。骊龙:古谓黑色的龙,亦称蟠龙。濯锦:古时成都一带所产的织锦,以华美著称。纡:弯曲,绕弯。据下联句意,此句所写当为作者所见夕阳西下时江面景色,大意是说在夕阳的映照下,江中如有骊龙像漂洗过的锦缎在水面逶迤。

[19]落霞沉绿绮:落霞于水,如沉绿绮。绮,有花纹的丝织品。绿绮,喻水色。〔南朝·齐〕谢朓《晚登三山还望京邑》:"余霞散成绮,澄江静如练。"(《秦汉魏晋南北朝诗》齐诗卷四)金枢:传说中月亮没入之处。《文选〈海赋〉》:"若乃大明攒晷于金枢之穴。"此句写下弦之月将西没而无光,使远景模糊。

[20]泥笋:从泥中冒出的荻芽,形似竹笋,故称。荻:萑,多年生禾本科植物。茸:指初生的草。茸:芽之初出者,即蒲芽。或谓即蒲花。〔南朝·宋〕谢灵运《于南山往北山经湖中瞻眺》诗:"初篁苞绿箨,新蒲含紫茸。"(《秦汉魏晋南北朝诗》宋诗卷三)小蒲:指初春细嫩的水草。此句大意是说泥沙中冒出的是初春细嫩的水草。

[21]水马:水黾的一种,俗称水划虫。《山海经》卷三·北山经:"其中多水马,其状如马,文臂牛尾,其音如呼。"樯乌:桅杆上的乌形风向仪。此指船。

[22]绝岛:孤岛。环洲:圆形的沙洲。晓晡:朝夕。晡(bū),申时。即午后三点至五点。此联大意是说江中小岛上笼罩着茫茫烟雾,环绕江洲的是吞吐日月之浩渺水域。

[23]陶牧:陶,地名。在江陵西,传说其地有陶朱公墓。牧,近郭的郊外。此指江陵郊野。此句大意是说前方不远即可望见江陵郊野。转眄(miǎn):转眼。拂:掠过。宜都:县名,唐时属峡州。即今湖北宜都。杜甫此行目的地是江陵,仅在宜都暂停,故云"拂宜都"。此句大意是说转眼间便可到达宜都。

[24]郭:外城曰郭。南畿:近都城之地曰畿。肃宗以江陵为南都,松滋在江陵西南不远处,故曰南畿。津亭:津渡的驿亭。杜甫有《春夜峡州田侍御长史津亭留宴》诗。北望:指北望长安。

[25]劳心:忧心。憩息:休息,谓将泊舟宜都。朗咏:高声吟咏。划昭苏:忽然重获生机,恢复元气。

[26]意遣:情意得到了排遣。衰迷:谓老年混俗。此联大意是说聊借欢笑以排遣心里的苦闷,衰老之身混俗于贤愚参杂的人群之中。

[27]飘萧:飘动的样子。素发:白发。杜甫《义鹘行》:"飘萧觉素发。"汩没:沉沦,埋没。听:听任。洪炉:大炉,喻指天地造化。《庄子·大宗师》:"今一以天地为大炉,造化为大冶。"此联大意是说自己带着满头飘飘白发,一路上听着淹没一切有如轰轰燃烧之洪炉的江涛声。

[28]曾:何曾,不曾。敢:不敢,岂敢。自诬:自欺以欺人。

诗歌部

[29]圣代:旧时对于当代的谀称。犹言圣世。谁分:谁料。哭穷途:用阮籍事。《晋书·阮籍传》:"(阮籍)时率意独驾,不由径路,车迹所穷,辄恸哭而返。"(《文选》卷二十一·诗乙)

[30]淹:久。厕儒:身列儒官。旱厕儒指为左拾遗。

[31]廷争:在朝廷上向皇帝谏争。酬造化:报答天地。此句追述其疏救房琯事。朴直:犹朴拙,率真质朴。〔汉〕陆贾《新语·辅政》:"朴直质者近忠,便巧者近亡。"(《新语》辅政第三)乞江湖:求退隐江湖。此指辞去严武幕府,返归草堂。

[32]滟滪:滟滪堆。在重庆奉节县东五公里,是长江三峡之一瞿塘峡口突起于长江中的大礁石。附近水流湍急,是旧时长江三峡的著名险滩。〔唐〕李白《长干行》之一:"十六君远行,瞿塘滟滪堆。"(《全唐诗》卷一百六十三)沧浪:古水名。在今湖北武当县西北。踰:同"逾"。

[33]浮名:犹虚名。寻:顷刻。已已:已,休止,叠用以加重语气。懒计:懒于生计,意为不善谋生之道。区区:小、少。此联大意是说一己之浮名随即化为乌有,懒于生计却要为区区之利奔走江湖。

[34]天皇寺:寺庙名;在江陵。披:翻阅,引申为观看。古画图:指天皇寺中古代留下的壁画、书法真迹。

[35]帝子渚:地名,在江陵之南。帝子,当指上古尧帝的两个女儿娥皇、女英。《楚辞·九歌·湘夫人》:"帝子降兮北渚。"传说娥皇、女英追随舜不及,没于湘水之渚,因为湘夫人。同泣:欲与二妃(娥皇、女英)同哭。苍梧:山名,亦曰九疑,在今湖南宁远县南。相传舜葬于此。

[36]朝士:泛称中央的官吏。戎服:军服。湛卢:古宝剑名。相传为春秋时欧冶子所铸。《吴越春秋·阖闾内传》:"臣闻越王允常使欧冶子造剑五枚以示薛烛……一名湛卢,五金之英,太阳之精,寄气托灵,出之有神,服之有威,可以折冲拒敌。然人君有逆理之谋,其剑即出,故去无道以就有道。"此联是说朝廷正面临战乱。

[37]旄头:《汉书·天文志》:"昴曰旄头,胡星也。"(《汉书》卷二十六·天文志第六)此处借指安禄山。椒扰:开始扰乱,语出《书·胤征》:"椒扰天纪。"后多用来泛指动乱。"旄头初椒扰",指安史之乱。鹑首:星次之名,古以为秦之分野。丽:遭。泥涂:喻指困苦的境地。此句指广德元年吐蕃陷京师,代宗幸陕州事。

[38]甲卒:武夫。书生:指儒士。殊:不同。

[39]出尘:超脱于尘世之外。野鹤:《世说新语·容止》:"嵇延祖(绍)卓卓如野鹤之在鸡群。"(《世说新语》容止第十四)历块:谓马行之速。语出〔汉〕王褒《圣主得贤臣颂》:"过都越国,蹶如历块。"(《全汉文》卷四十二)块,土块。谓越过都国,就像越过土块一般。辕驹:辕下驹。《史记·魏其武安侯传》:"内史郑当

时是魏其,后不敢坚对。馀皆莫敢对。上怒内史曰'公平生数言魏其、武安长短,今日廷论,局趣效辕下驹,吾并斩若属矣'。"(《史记》卷一百七十·魏其武安侯列传第四十七)驹,小马。辕下驹,指车驾下不习惯驾车的幼马。常比喻少见世面、器局不大之人。

[40]伊吕:指辅佐商汤王的伊尹和辅佐周武王的吕尚,常喻指朝廷的辅弼重臣。降:降生,出现。韩彭:指西汉淮阴侯韩信和建成侯彭越。此处喻指拥兵自重的武将(藩镇)。不易呼:言藩镇跋扈,不听朝廷命令。此联大意是说朝廷缺少伊、吕之流的贤相,所以韩、彭之类的悍将难以驾驭。

[41]原注:"太甲,疑六甲一星之名。"

"五云"句:〔唐〕王勃《益州夫子庙碑》:"华盖西临,藏五云于太甲。"五云,五色瑞云。太甲,星名。一说即太乙。"六月"句:《庄子·逍遥游》:"鹏之徙于南冥也,水击三千里,抟扶摇而上者九万里,去以六月息者也。"抟扶:抟风,谓乘风盘旋直上。

[42]黎元:老百姓。〔汉〕董仲舒《春秋繁露·五行变救》:"救之者,省宫室,去雕文,举孝弟,恤黎元。"(《春秋繁露》卷十四)〔晋〕潘岳《关中诗》:"哀此黎元,无罪无辜。"(《秦汉魏晋南北朝诗》晋诗卷四)此指巴蜀之地的老百姓。争权将帅:指争权夺利的崔旰之辈。此联大意是说回首眺望巴蜀大地,民生凋弊,争权夺利的将帅们正自相诛杀不已。

[43]山林:隐居之地。疲苶(nié):极疲倦的样子。《庄子·齐物论》:"终身役役而不见其成功,苶然疲役而不知其所归,可不哀邪。人谓之不死,奚益。其形化,其心与之然,可不谓大哀乎。"崎岖:比喻处境艰险。《汉书·司马相如传》:"民人升降移徙,崎岖而不安。"(《汉书》卷五十七下·司马相如传第二十七下)此联大意是说暂且到江陵的山林中寄托自己疲惫的躯体,但未必能免于再度奔波在艰险的人生之路上。

春夜峡州田侍御长史津亭留宴[1]

得筵字

北斗三更席[2],西江万里船[3]。
杖藜登水榭[4],挥翰宿春天[5]。
白发烦多酒[6],明星惜此筵[7]。
始知云雨峡[8],忽尽下牢边[9]。

【注　释】

[1]此诗大历三年（768）正月作。峡州：治所在夷陵（今湖北宜昌）。侍御：唐代称殿中侍御史、监察御史为侍御。长史：州郡属官，辅佐刺史。田某当是峡州长史兼带御史之衔。津亭：古代建于渡口旁的亭子。〔唐〕王勃《江亭夜月送别》诗之一："津亭秋月夜，谁见泣离群？"（《全唐诗》卷五十六）

[2]三更席：谓筵席持续到深夜。三更，指半夜十一时至翌晨一时。《乐府诗集·清商曲辞二·子夜变歌一》："三更开门去，始知子夜变。"

[3]西江：西来的大江，即长江。

[4]藜：一年生草本植物，茎直立，嫩叶可吃。茎可以做拐杖，用以辅助行走或登山。所以这里称"杖藜"。水榭：建筑在水边或水上，供人们游憩眺望的亭阁。

[5]挥翰：犹挥毫，即运笔写字。《晋书·虞溥传》："若乃含章舒藻，挥翰流离，称述事务，探赜究奇……亦惟才所居，固无常人也。"（《晋书》卷八十二·列传第五十二）〔唐〕沈佺期《和元舍人万顷临池玩月戏为新体》："挥翰初难拟，飞名岂易陪。"（《全唐诗》卷九十七）

[6]烦：一作须。

[7]明星：明亮之星。早晨在东方称"启明星"，傍晚在西方称长庚星，即金星。《诗·郑风·女曰鸡鸣》："子兴视夜，明星有烂。"

[8]云雨峡：据〔战国·楚〕宋玉《高唐赋》载：巫峡岸边的巫山阳台住有巫山神女。"旦为朝云，暮为行雨。"（《文选》卷十九·赋癸）所以巫峡又称云雨峡。此处泛指长江三峡。

[9]下牢：下牢溪，位于西陵峡东口的长江北岸（在今湖北宜昌市西北）。传说在尧舜时代，此溪中住有一条青龙，经常嬉水狂欢，兴波作浪，危害百姓，尧便命令禹的父亲鲧来此治水。鲧到此以后，在溪口依山垒石，筑了一道高高的堤坝，将青龙关在深深的溪水里，并上表言道："臣已把青龙下囚于水牢之中。"并将此溪水命名为下牢溪。

瞿唐怀古[1]

以下草堂逸诗拾遗

西南万壑注，劲敌两崖开[2]。

地与山根裂[3]，江从月窟来[4]。
削成当白帝[5]，空曲隐阳台[6]。
疏凿功虽美，陶钧力大哉[7]。

（《全唐诗》卷二百三十四，中华书局点校本，1960 年 4 月第 1 版，第 2582 页）

【注　释】

[1]此诗大历元年（766）在夔州作。题曰"瞿唐怀古"，实乃怀大禹疏凿之功。瞿唐：瞿塘峡，也称夔峡。为长江三峡之首。西起重庆市奉节县白帝城，东至巫山大溪。两岸悬崖壁立，江流湍急，山势险峻，号称西蜀门户。前四句极力描写瞿塘峡水势山势的奇险豪壮，下四句结出怀古之意，兼赞大自然的伟力。

[2]万壑：《世说新语》言语第二："千岩竞秀，万壑争流。"壑，坑谷、深沟。劲敌：言两崖对峙，关锁万壑，真有拔地倚天之力，故曰"劲敌"。

[3]"地与山"句：言山峡之隘，如地与山裂，而江水得夺关而过。

[4]月窟：传说为月的归宿处，在西极。《汉武帝内传》："仰上升绛庭，下游月窟阿。"此句言水穿崖而下，其势如来自月窟，形容其源流之长。

[5]白帝：此指白帝山，在瞿塘峡口。

[6]空曲：寥旷的意思。

阳台：台观名。传说为巫山神女的居住之处。见凌敬《巫山高》注[7]。

[7]疏凿功：指大禹的开凿之功。疏凿，开凿。陶钧：古代制造陶器的转轮。这里比喻创造万物的大自然。这两句大意：大禹的开凿之功诚然传为美谈，可瞿塘峡毕竟得力于大自然的安排。

大觉高僧兰若[1]

巫山不见庐山远，松林兰若秋风晚[2]。
一老犹鸣日暮钟，诸僧尚乞斋时饭[3]。
香炉峰色隐晴湖，种杏仙家近白榆[4]。
飞锡去年啼邑子[5]，献花何日许门徒。

（《全唐诗》卷二百二十二，中华书局点校本，1960 年 4 月第 1 版，第 2369 页）

【注 释】

[1]原注:"和尚去冬往湖南。"

此诗为杜甫于大历间在夔州作。大觉:僧名。杜甫客居夔州之时,认识一位法号叫大觉的高僧。兰若:梵语"阿兰若"的省略,意为规模较小的佛教寺庙。湖南:当为彭蠡之南。

[2]巫山:见凌敬《巫山高》注[2]。庐山:山名。在江西省九江市南,耸立于鄱阳湖、长江之滨。又名匡山、匡庐。相传周有匡姓七兄弟结庐隐居于此,故名。庐山远,本指居庐山东林寺的东晋高僧慧远,〔唐〕李白《别东林寺僧》:"笑别庐山远,何烦过虎溪。"(《全唐诗》卷一百七十四)此喻指大觉和尚。不见庐山远,是说大觉和尚已往"湖南"去了。林:一作"间"。

[3]一老:一位老和尚。斋:佛家素食。

[4]香炉峰:山名,在今江西九江市西南,庐山之北,状如香炉,故名。慧远《庐山记》:"山东南有香炉山,孤峰秀起,游气笼其上,即樊蕴若烟气。"(《文选》卷二十二·诗乙)种杏仙家:三国吴人董奉,善医道,居庐山,为人治病,亦不收钱。重病得愈者,使栽杏五株,轻者一株。如此数年,有杏树十余万株,号董仙杏林。见《神仙传》卷六。近白榆:形容董仙所居高近乎天。白榆,指星。《乐府诗集》卷三十七《陇西行》:"天上何所有,历历种白榆。"

[5]飞锡:佛家语。和尚外出好持锡杖,所以称和尚外出游方为飞锡。〔唐〕冷朝阳《同张深秀才游华严寺》:"有僧飞锡到,留客话松间。"(《全唐诗》卷三百〇五)

邑子:同邑的人,即同乡。《史记·张耳陈馀列传》:"臣之邑子,素知之。"(《史记》卷八十九·张耳陈馀列传第二十九)

赤 甲[1]

卜居赤甲迁居新,两见巫山楚水春[2]。
炙背可以献天子,美芹由来知野人[3]。
荆州郑薛寄书近,蜀客郗岑非我邻[4]。
笑接郎中评事饮,病从深酌道吾真[5]。

(《全唐诗》卷二百二十九,中华书局点校本,1960年4月第1版,第2497页)

【注 释】

[1]此诗当为大历二年（767）春在赤甲所作。在这首诗中，诗人自道其山间野趣和对故交的思念之情，也隐隐透露出朝野隔绝的感恨。

[2]"卜居"两句：杜甫于大历元年春至夔州，至此已历两春。卜居，择地居住。《艺文类聚》卷六十四引〔南朝·齐〕萧子良《行宅》诗："访宇北山阿，卜居西野外。"巫山，见凌敬《巫山高》注[2]。楚水，流经夔州的长江。夔州古属楚地，故云。

[3]炙背：晒背。据《列子·杨朱》载，宋国有一农夫，冬天晒太阳感到温暖舒适，以为是个无人知晓的妙法，欲进献给国君，以求重赏。"暨春东作，自曝于日，不知天下之有广厦隩室，绵纩狐貉。顾谓其妻曰：负日之暄，人莫知者。以献吾君，将有重赏。里之富室告之曰：昔人有美戎菽，甘枲茎芹萍子者，对乡豪称之。乡豪取而尝之，蜇于口，惨于腹，众哂而怨之，其人大惭。子，此类也。"（《列子》杨朱第七）此用其事，自道山间野趣，并喻赤忠之心。

美芹：〔三国·魏〕嵇康《与山巨源绝交书》："野人有快炙背而美芹子者，欲献之至尊。虽有区区之意，亦已疏矣。"（《文选》卷四十三·书下）

[4]郑薛：原注："郑审、薛据。"指江陵少尹郑审与石首县令薛据，都是杜甫故交。书：一作诗。郗岑：原注："郗昂、岑参。"指梓州刺史郗昂与嘉州刺史岑参。

[5]郎中评事：郎中，似指吴郎。评事，指崔公辅。杜甫有《赠崔十三评事公辅》《崔评事弟许相迎不到应虑老夫见泥雨……必愆佳期走笔戏简》等诗。

复愁十二首[1]（其十）

江上亦秋色，火云终不移[2]。
巫山犹锦树，南国且黄鹂[3]。

（《全唐诗》卷二百三十，中华书局点校本，1960年4月第1版，第2518页）

【注 释】

[1]这组诗作于大历二年（767）秋。

[2]火云：炎夏炽热的赤云。即俗语所说的"火烧云"。至秋而不移，可见仍然很炎热。

[3]巫山:见凌敬《巫山高》注[2]。锦树:形容树木枝叶茂盛、色彩斑斓。有别于碧树,秋色正浓。杜甫《锦树行》:"霜凋碧树作锦树。"南国:指夔州。"巫山"二句描写当地秋色的绚丽。句中"犹"、"且"二字,暗示着当时气候的失常。

摇　落[1]

摇落巫山暮[2],寒江东北流。
烟尘多战鼓[3],风浪少行舟。
鹅费羲之墨[4],貂余季子裘[5]。
长怀报明主,卧病复高秋[6]。

（《全唐诗》卷二百三十,中华书局点校本,1960年4月第1版,第2526页）

【注　释】

[1]这首诗当是大历二年(767)在夔州所作。这年九月,吐蕃寇邠州、灵州,京师戒严,诗人对巫山暮景而伤时兴感,抒发了因卧病秋山而难酬报国宿志的深沉感慨。

[2]巫山:见凌敬《巫山高》注[2]。

[3]烟尘、战鼓:喻战乱。

[4]"鹅费"句:用晋朝书法名家王羲之"黄庭换鹅"典。《太平御览》卷二百三十八引《晋中兴书》〔南朝·宋〕何法盛撰:"山阴有道士养群鹅,(王)羲之意甚悦。道士云:'为写《黄庭经》,当举群相赠。'乃为写讫,笼鹅而去。"《晋书·王羲之传》:"又山阴一道士,养好鹅,羲之往观焉,意甚悦,固求市之。道士云:'为写《道德经》,当举群相赠耳。'羲之欣然写毕,笼鹅而归,甚以为乐。"(《晋书》卷八十·列传第五十)王羲之善书法,又爱鹅。曾以书写《黄庭经》(一说《道德经》)换取山阴道士养的一群鹅。后以此典指书法精妙或指文人的洒脱行为;也借称书法高手或精妙的书法作品。杜甫此诗用此典意谓自己徒善书法而无补于世。

[5]季子裘:据《战国策》载,苏秦身穿黑貂之裘,带着百镒黄金,西入于秦,游说秦惠王,十次上书,裘敝财尽,未获知遇而归。这里以季子(苏秦)裘指自己身上穿的寒裘。

[6]复高秋:时杜甫已在夔州过了两个秋天。时杜甫多病,所以言"卧病"。

月三首^[1]

（选二）

一

继续巫山雨^[2]，天河此夜新。

若无青嶂月^[3]，愁杀白头人。

魍魉移深树，虾蟆动半轮^[4]。

故园当北斗，直指照西秦^[5]。

二

并照巫山出，新窥楚水清^[6]。

羁栖愁里见，二十四回明^[7]。

必验升沉体，如知进退情^[8]。

不违银汉落，亦伴玉绳横^[9]。

（《全唐诗》卷二百三十，中华书局点校本，1960年4月第1版，第2528页）

【注　释】

[1]这组诗当是大历二年（767）六月在夔州所作。通过咏雨霁新月，表现了诗人羁栖天涯的客愁。

[2]巫山：见凌敬《巫山高》注[2]。

[3]青嶂月：青翠的峰峦把月亮遮住。

[4]魍（wǎng）魉（liǎng）：传说中山川的精怪。状如三岁小儿，赤黑色，赤目、长耳、美发。《孔子家语·辩物》："木石之怪夔魍魉。"虾蟆：蟾蜍。《淮南子·精神训》："日中有跋乌，而月中有蟾蜍。"

[5]当：对着，向着。北斗：指北斗星。《春秋·文公十四年》："秋七月，有星孛入于北斗。"指：一作想。西秦：指长安。

[6]照：一作点。楚水：指流经巫山的那一段长江。

[7]羁栖：淹留他乡。愁：一作秋。二十四回明：杜甫客居夔州两年，一月一圆（明）。故曰"二十四回明"。

诗歌部

279

[8]升沉:指出没。进退:谓盈缺。"必验"二句谓月有出没圆缺,有如人世之升沉进退。

[9]银汉:银河,天河。〔南朝·宋〕鲍照《夜听妓》:"夜来坐几时,银汉倾露落。"(《秦汉魏晋南北朝诗》宋诗卷九)玉绳:星名。《文选·张衡〈西京赋〉》:"上飞闼而仰眺,正睹瑶光与玉绳。"此指晨星。

夜 雨[1]

小雨夜复密,回风吹早秋。
野凉侵闭户,江满带维舟[2]。
通籍恨多病,为郎忝薄游[3]。
天寒出巫峡,醉别仲宣楼[4]。

(《全唐诗》卷二百三十,中华书局点校本,1960年4月第1版,第2529页)

【注 释】

[1]此诗当是大历二年(767)秋在夔州作,表现了诗人在夜雨中产生的思归之情。

[2]野:一作夜。维舟:系舟,停泊。

[3]通籍:记名于门籍称通籍。汉制,将记有姓名、年龄、身份的竹片挂在宫门外,经核对,合者乃许入宫。杜甫曾任左拾遗,得以出入宫门,故云"通籍"。恨:一作限。为郎:杜甫曾任检校工部员外郎。忝:愧。谦词。

[4]巫峡:见上官仪《八咏应制二首(其一)》注[11]。仲宣楼:汉末文学家王粲,字仲宣,曾避居荆州,作《登楼赋》,以抒思乡之情。此以仲宣楼代指荆州,自述欲往荆州并继续北上的心愿。仲宣楼在湖北当阳。

更 题[1]

只应踏初雪,骑马发荆州[2]。
直怕巫山雨,真伤白帝秋[3]。
群公苍玉佩,天子翠云裘[4]。
同舍晨趋侍,胡为淹此留[5]。

（《全唐诗》卷二百三十，中华书局点
校本，1960 年 4 月第 1 版，第 2529 页）

【注　释】

[1]此诗与前首相继而作，故曰"更题"。杜甫滞留夔州，一想到今冬将从荆
州骑马北归，便心驰神往君臣朝会的情景，表现了杜甫不欲驻足、急思北返的强烈
愿望。

[2]"只应"二句：乃预计在荆州起程之时。杜甫原拟乘舟出峡至荆州，再由
陆路回京，故云"骑马发荆州"。

[3]巫山：见凌敬《巫山高》注[2]。白帝：此指白帝城。其旧址在今重庆市奉
节县东十里处的瞿塘峡口北岸的白帝山山腰上。唐代的夔州城是以白帝城为基
础扩建而成的，故唐人称夔州城为白帝城。

[4]苍玉佩：唐制，五品以上官员用水苍玉佩。

翠云裘：翠羽编织成云纹之裘。

[5]同舍：同舍的郎官。晨趋侍：上早朝。"同舍"句言诸公朝会。淹此：一作
此滞。

八月十五夜月二首^[1]（其二）

稍下巫山峡，犹衔白帝城[2]。
气沉全浦暗，轮仄半楼明[3]。
刁斗皆催晓[4]，蟾蜍且自倾[5]。
张弓倚残魄，不独汉家营。

（《全唐诗》卷二百三十，中华书局点
校本，1960 年 4 月第 1 版，第 2530 页）

【注　释】

[1]此诗作于大历二年(767)。

[2]巫山峡：长江流经巫山有巫峡。白帝城：在今重庆奉节县，位于瞿塘峡口

的长江北岸。原名子阳城,为西汉末年割据蜀地的公孙述所建。

[3]浦:水边。仄:斜。

[4]刁斗:古代行军用具,用铜器制作而成,有柄,能容一斗。白天用来做饭,夜晚则用来敲击巡更。《史记·李将军列传》:"及出击胡,而广行无部伍行阵,就善水草屯,舍止,人人自便,不击刁斗以自卫。"(《史记》卷一百九·李将军列传第四十九)〔南朝·梁〕虞羲《咏霍将军北伐》:"羽书时断绝,刁斗昼夜惊。"(《秦汉魏晋南北朝诗》梁诗卷五)

[5]蟾蜍:别称"癞蛤蟆"。传说月中有蟾蜍,故用为月的代称。倾:一作清。

朝二首[1](其二)

浦帆晨初发,郊扉冷未开[2]。
村疏黄叶坠,野静白鸥来。
础润休全湿[3],云晴欲半回。
巫山冬可怪,昨夜有奔雷[4]。

（《全唐诗》卷二百三十,中华书局点校本,1960年4月第1版,第2534页）

【注 释】

[1]此诗作于大历二年(767)秋。

[2]浦:水边。扉:门扇。

[3]础润:柱下石礅湿润,是天将下雨的征兆。故有"础润而雨"的说法。《淮南子·说林训》:"山云蒸,柱础润。"

[4]巫山:见凌敬《巫山高》注[2]。奔雷:声响猛烈的雷。

见萤火[1]

巫山秋夜萤火飞[2],帘疏巧入坐人衣。
忽惊屋里琴书冷,复乱檐边星宿稀。
却绕井阑添个个[3],偶经花蕊弄辉辉[4]。
沧江白发愁看汝[5],来岁如今归未归。

【注　释】

[1]此诗当是大历二年(767)秋在夔州作。诗人多角度地描写了秋夜萤火虫的特征，借以抒发思归之情。

[2]巫山：见凌敬《巫山高》注[2]。

[3]井阑：同"井栏"。添个个：言萤火照人井水中，一萤两影。

[4]辉辉：亮光。

[5]沧江白发：杜甫自谓。汝：此指萤火虫。

太岁日

大历三年，岁次戊申，正月丙午朔，三日为戊申日，乃太岁日也[1]

楚岸行将老，巫山坐复春[2]。
病多犹是客，谋拙竟何人。
闾阖开黄道[3]，衣冠拜紫宸[4]。
荣光悬日月，赐与出金银[5]。
愁寂鸳行断[6]，参差虎穴邻。
西江元下蜀，北斗故临秦。
散地踰高枕，生涯脱要津[7]。
天边梅柳树，相见几回新。

【注　释】

[1]此诗作于大历三年(768)正月初三。诗写思朝归京之念，抒发了滞留夔州的深沉感叹。太岁日，旧历纪年所用值岁干支的别名叫"太岁"，大历三年岁次戊申，戊申即是"太岁"。戊申乃初三日。太岁日，即是这年正月初三日。

[2]巫山：唐时属夔州。故与上句楚岸相对应。

[3]阊阖:传说中的天门。《楚辞·离骚》:"吾令帝阍开关兮,倚阊阖而望予。"王逸注:"阊阖,天门也。"(《楚辞章句》卷一)〔南朝·梁〕沈约《游金华山》:"若蒙羽驾迎,得奉金书召。高驰入阊阖,方睹灵妃笑。"(《秦汉魏晋南北朝诗》梁诗卷六)黄道:地球一年绕太阳转一周,人从地球上看成太阳一年在天空中移动一圈,太阳这样移动的路线叫做黄道。它是天球上假设的一个大圆圈,即地球轨道在天球上的投影。黄道和天球赤道相交于北半球的春分点和秋分点。《汉书·天文志》:"日有中道,月有九行。中道者,黄道,一曰光道。"古人多以"黄道"比喻殿前皇帝经行之道。〔唐〕李白《上之回》:"万乘出黄道,千骑扬彩虹。"(《全唐诗》卷一百六十三)

[4]紫宸:宫殿名,天子所居。唐宋时为接见群臣及外国使者朝见庆贺的内朝正殿,在大明宫内。

[5]原注:"唐制当于是日庆贺。"

[6]鹭行:"鸳鹭行"的略称。比喻朝官的行列。鸳和鹭止有班,立有序,故称。

[7]踰:同"逾"。高枕:犹高卧。指弃官隐退家居。要津:要路,此喻显要的职位、地位。

前苦寒行二首(其一)

王僧虔《枝录》:"清调有六曲,一《苦寒行》。"[1]

汉时长安雪一丈,牛马毛寒缩如猬[2]。
楚江巫峡冰入怀[3],虎豹哀号又堪记。
秦城老翁荆扬客[4],惯习炎蒸岁绪绤[5]。
玄冥祝融气或交[6],手持白羽未敢释[7]。

(《全唐诗》卷二百二十二,中华书局点校本,1960年4月第1版,第2364页)

【注　释】

[1]这两首诗当是杜甫于大历二年(767)冬在夔州所作。这年冬至,夔州大雪,天气奇寒,杜甫赋此二首以记所见所感。亦可视为夔州灾异的真实记录。清编《全唐诗》"相和歌辞"亦收此诗。

[2]"汉时"二句:追记汉朝长安大雪天气奇寒的情景。《西京杂记》卷二:"元封二年(前109)大寒,雪深五尺,野中鸟兽皆死,牛马皆蜷局如猬。三辅人民冻死者,十有二三。"

[3]楚江:流经夔州一带的长江,夔州古属楚地,故称。巫峡:见上官仪《八咏应制二首(其一)》注[11]。

[4]秦城:指长安。荆扬:指夔州。杜甫自长安来夔州。

[5]炎蒸:酷热。岁绤纻:指终年不用穿棉衣。绤纻,葛布衣,夏天穿的衣物。

[6]玄冥:神名。冬神。《礼记·月令》:"〔孟冬、仲冬、季冬之月〕其帝颛顼,其神玄冥。"又,传说为北方水神。《淮南子·天文训》:"北方水也,其帝颛顼,其佐玄冥。"祝融:帝喾时的火官,后尊为火神,命曰祝融。《国语·郑语》:"夫黎为高辛氏火正,以淳耀敦大,天明地德,光照四海,故命之曰'祝融',其功大矣。"〔唐〕张说《蒲津桥赞》:"飞廉煽炭,祝融理炉。"(《全唐文》卷二百二十六)

[7]白羽:白羽毛扇。释:放下。

上后园山脚[1]

朱夏热所婴[2],清旭步北林[3]。
小园背高冈[4],挽葛上崎嵚[5]。
旷望延驻目[6],飘飖散疏襟[7]。
潜鳞恨水壮,去翼依云深[8]。
勿谓地无疆,劣于山有阴[9]。
石榇遍天下,水陆兼浮沉[10]。
自我登陇首[11],十年经碧岑[12]。
剑门来巫峡[13],薄倚浩至今[14]。
故园暗戎马[15],骨肉失追寻[16]。
时危无消息,老去多归心。
志士惜白日[17],久客藉黄金[18]。
敢为苏门啸[19],庶作梁父吟[20]。

(《全唐诗》卷二百二十一,中华书局点校本,1960年4月第1版,第2346页)

【注　释】

[1]此诗大历二年(767)夏写于夔州瀼西。诗以塞涩沉滞的笔调记叙盛夏清晨登后园山脚所见所感,真实地再现了诗人日暮途穷时的萧瑟情怀。

[2]朱夏:夏季。〔三国·魏〕曹植《槐赋》:"在季春以初茂,践朱夏而乃繁。"(《曹子建集》卷四)婴:环绕,包围。

[3]清旭:清晨。杜甫《往在》:"合昏排铁骑,清旭散锦幪。"旭:一作旦。

[4]背:依靠。

[5]挽:拉。葛:多年生蔓草。崎嶔:崎岖高峻的山路。

[6]旷望:远眺。

[7]飘飖:飘荡、飞扬。〔汉〕边让《章华台赋》:"罗衣飘飖,组绮缤纷。"(《全后汉文》卷八十四)〔唐〕武元衡《寓兴呈崔员外诸公》:"三月杨花飞满空,飘飖十里雪如风。"(《全唐诗》卷三百一十七)

[8]潜鳞:指鱼。〔汉〕王粲《赠蔡子笃》:"潜鳞在渊,归雁载轩。"(《文选》卷二十三·诗丙)水:一作川。去翼:指鸟。二句承"驻目"而来,亦寓自况。

[9]勿谓:无谓。没有意义。无疆:无边。阴:山北为阴。

[10]石楱:树名,果实椭圆形,皮可食。原注:"音原。其皮可疗饥。"此二句言天下荒乱,民不聊生,水陆载石楱而遍及天下,用以充粮救饥。

[11]陇首:陇山。绵亘于今陕西宝鸡、陇县和甘肃清水、天水、秦安等县。山势险峻,崎岖难行。

[12]十年:杜甫自乾元二年(759)客秦州至此,漂泊生涯已近十年。

碧岑:青山。

[13]剑门:在今四川剑阁县北。据《大清一统志》:"四川保宁府:大剑山在剑州北二十五里。其山削壁中断,两崖相嵌,如门之辟,如剑之植,故又名剑门山。"杜甫写有《剑门》一诗。巫峡:见上官仪《八咏应制二首(其一)》注[11]。

[14]薄倚:迫近。一作倚薄。

[15]"故园"句:指周智光犯京一事。戎马,指战乱、战争。

[16]骨肉:指杜甫弟妹。

[17]"志士"句:〔晋〕傅玄《杂诗》:"志士惜日短,愁人知夜长。"(《秦汉魏晋南北朝诗》—晋诗卷一)

[18]藉:凭藉,依靠。

[19]苏门啸:《晋书·阮籍传》:"籍尝于苏门山遇孙登,与商略终古及栖神导气之术。登皆不应,籍因长啸而退。至半岭,闻有声若鸾凤之音,响乎岩谷,乃登之啸也。"(《晋书》卷四十九·列传第十九)后以"苏门啸"指啸咏。亦比喻高士的情趣。〔唐〕孟浩然《题终南翠微寺空上人房》:"风泉有清音,何必苏门啸。"

（《全唐诗》卷一百五十九）

[20]梁父吟:乐府楚调曲名,又作《梁甫吟》,为挽歌,歌辞悲凉慷慨。今所传古辞,相传为诸葛亮所作。《三国志·蜀书·诸葛亮传》载,(父)玄卒,亮躬耕陇亩,好为《梁父吟》。后因喻指意绪悲凉的诗歌。梁甫,山名,在泰山之下。

寄柏学士林居[1]

自胡之反持干戈,天下学士亦奔波[2]。
叹彼幽栖载典籍,萧然暴露依山阿[3]。
青山万里静散地,白雨一洗空垂萝[4]。
乱代飘零余到此,古人成败子如何。
荆扬春冬异风土,巫峡日夜多云雨[5]。
赤叶枫林百舌鸣,黄泥野岸天鸡舞[6]。
盗贼纵横甚密迩[7],形神寂寞甘辛苦。
几时高议排金门,各使苍生有环堵[8]。

（《全唐诗》卷二百二十二,中华书局点校本,1960年4月第1版,第2366页）

【注　释】

[1]此诗为大历元年(766)在夔州作。安史之乱以后,有一个姓柏的学士携书从京城逃到夔州,依林而居。此诗赞其于乱离之世,居闲散之地,犹能博览群书,观古今之变,并期望他待时而出,一展宏图。柏学士,其名不详。

[2]胡:指安禄山叛军。干戈:干和戈是古代常用武器,因以"干戈"用做兵器的通称。"反持干戈"指发动叛乱。学士:官名。南北朝以后,以学士为司文学撰述之官。唐代翰林学士亦本为文学侍从之臣,因接近皇帝,往往参与机要。

[3]幽栖:隐居。依:一作向。萧然:潇洒、悠闲。〔晋〕葛洪《抱朴子·刺骄》:"高蹈独往,萧然自得。"山阿:山中曲处。《楚辞·九歌·山鬼》:"若有人兮山之阿,被薜荔兮带女萝。"王逸注:"阿,曲隅也。"(《楚辞章句》卷二)〔三国·魏〕嵇康《幽愤》:"采薇山阿,散发岩岫。"(《文选》卷二十三·诗丙)

[4]里:一作重。白雨:指暴雨。〔唐〕李白《宿鰕湖》:"白雨映寒山,森森似银竹。"(《全唐诗》卷一百八十一)雨:一作羽。垂萝:藤萝。

[5]荆扬:指夔州。巫峡:见上官仪《八咏应制二首(其一)》注[11]。云:一

诗歌部

287

作风。

　　[6]百舌:鸟名,又称反舌,以其鸣声反复如百鸟之音,故名。泥:一作花。天鸡:鸟名。〔南朝·宋〕谢灵运《于南山往北山经湖中瞻眺》:"海鸥戏春岸,天鸡弄和风。"(《秦汉魏晋南北朝诗》宋诗卷三)

　　[7]盗贼:指崔旰之乱。密迩:靠近。

　　[8]高议:犹高论,高明的议论。《战国策·齐策四》:"齐人见田骈,曰:'闻先生高议,设为不宦,而愿为役。'"金门:金马门之省称。《史记·滑稽列传》:"金马门者,宦〔者〕署门也。门傍有铜马,故谓之曰'金马门'。"(《史记》卷一百二十六·滑稽列传第六十六)后世多用作官署的代称。环堵:四围土墙。此指家舍。

巫山县汾州唐使君十八弟宴别兼诸公携酒乐相送率题小诗留于屋壁[1]

卧病巴东久[2],今年强作归。

故人犹远谪,兹日倍多违[3]。

接宴身兼杖,听歌泪满衣。

诸公不相弃,拥别惜光辉[4]。

(《全唐诗》卷二百三十二,中华书局点校本,1960 年 4 月第 1 版,第 2556 页)

【注　释】

　　[1]此诗作于大历三年(768)正月。时杜甫已乘舟出峡到达夔州城东七十二里处的巫山县(今重庆巫山),又将放船东下,这时前汾州刺史时贬施州暂来巫山的杜甫老友唐十八为他设宴饯别,又有当地诸公携酒乐前来相送,杜甫有感故人情深,诸公意殷,遂即席赋诗,以致谢意。巫山县:古属夔州。汾州唐使君十八弟:唐旻,京兆始平(今陕西兴平)人,曾官汾州刺史。

　　[2]巴东:古郡名。辖今重庆巫山、云阳、奉节等地。〔北魏〕郦道元《水经注·江水》:"巴东三峡巫峡长。"(《水经注》卷三十四)古有三巴之地,除巴东外,另有巴郡(今重庆巴南区至忠县一带)和巴西(今四川阆中县境)。

　　[3]故人:指唐使君十八弟。谪:封建时代特指官吏降职,调往边外地方。指唐旻由汾州刺史被贬施州(今湖北恩施)。兹:此。违:别离。

　　[4]诸公:指携酒乐前来相送的巫山县官员。拥别:聚而送别。

敬寄族弟唐十八使君

甫自撰《万年县君京兆杜氏墓志》云：其先系统于伊祁，分姓于唐杜[1]。

与君陶唐后，盛族多其人[2]。
圣贤冠史籍，枝派罗源津[3]。
在今气磊落，巧伪莫敢亲[4]。
介立实吾弟，济时肯杀身[5]。
物白讳受玷，行高无污真[6]。
得罪永泰末，放之五溪滨[7]。
鸾凤有铩翮，先儒曾抱麟[8]。
雷霆霹长松，骨大却生筋[9]。
一失不足伤，念子孰自珍[10]。
泊舟楚宫岸，恋阙浩酸辛[11]。
除名配清江，阙土巫峡邻[12]。
登陆将首途，笔札枉所申[13]。
归朝局病肺[14]，叙旧思重陈。
春风洪涛壮，谷转颇弥旬[15]。
我能泛中流，搪突鼍獭瞋[16]。
长年已省舵，慰此贞良臣[17]。

(《全唐诗》卷二百二十三，中华书局点校本，1960年4月第1版，第2370页)

【注　释】

[1]此诗与前首同时稍后而作。前诗言下峡时与唐十八相别于巫山，此诗写别后唐十八寄书于杜甫，而杜甫赋诗以简之。诗极力称扬唐十八的人品，并对其遭谗获罪流配施州的不幸遭遇表示深切的同情。唐十八：见《巫山县汾州唐使君十八弟宴别兼诸公携酒乐相送率题小诗留于屋壁》题注。

[2]君：指唐十八使君。陶唐：古帝号，即唐尧。帝喾之子，姓伊祁，名放勋。初封于陶，后徙于唐。刘氏、唐氏、杜氏皆为唐尧之后裔。盛族：豪门大族。

诗歌部

[3]圣贤:指唐尧。冠史籍:在史籍中名称第一。枝派:支族,后裔。罗:遍布。源津:源流,本末。

[4]气:意气。一作最。磊落:形容胸怀坦荡。巧伪:虚伪不实之人。《庄子·盗跖》:"此夫鲁国之巧伪人孔丘非邪?"亲:亲近。

[5]介立:操守清高。《后汉书·乐恢传》:"性廉直介立,行不合己者,虽贵不与交。"(《后汉书》卷七十三·朱乐何列传第三十三)《晋书·吴隐之传》:"弱冠而介立,有清操。"(《晋书》卷九十·列传第六十)济时:救济时世。《国语·周语中》:"宽,所以保本也;肃,所以济时也。"杀身:舍弃自己的生命。《论语·卫灵公》:"志士仁人,无求生以害仁,有杀身以成仁。"

[6]讳:顾忌,回避。玷(diàn):污染。行高:品性高洁。真:本性。

[7]得罪:获罪。永泰:唐代宗李豫年号。永泰末当指永泰二年(766)。永泰二年十一月改元为大历。放:放逐,贬谪。五溪:指雄溪、樠溪、无溪、酉溪、辰溪,为少数民族聚居地。在今湖南西部和贵州东部。

[8]铩翮:摧落羽毛。喻失意。〔南朝·宋〕颜延年《五君咏》:"鸾翮有时铩。"(《秦汉魏晋南北朝诗》宋诗卷五)先儒:指孔子。抱麟:扰言泣麟。《公羊传》:"(十四年)春,西狩获麟。……孔子曰:'孰为来哉!孰为来哉!'反袂拭面,涕沾袍。"后用以世衰道穷的典故。这里用孔子伤麟事,感叹唐使君失意不遇。

[9]霹:一作劈。骨:指松骨。以上二句言穷而益坚。

[10]一失:指唐十八被谪五溪。孰:同"熟",仔细。自珍:自爱;珍惜己体。《汉书·贾谊传》:"袭九渊之神龙兮,沕渊潜以自珍。"(《汉书》卷四十八·贾谊传第十八)

[11]楚宫:指夔州。夔州战国时属楚地,有楚行宫。此时杜甫在夔州,还未出峡。恋阙:眷恋朝廷。

[12]除名:罢官。配:流配。清江:县名,施州治所,即今湖北恩施。在夔州奉节南二百多里处。时唐十八获罪贬施州。厥土:指清江。巫峡:见上官仪《八咏应制二首(其一)》注[11]。

[13]首途:起程。笔札:指唐十八告别后写给杜甫的书信。枉:敬词,承蒙之意。申:申述,陈情。

[14]归朝:重回朝廷。

[15]谷转:渭水流在山谷中迂回流转。弥旬:满十日。花费时日的意思。

[16]搪突:同"唐突"。鼍(tuó):爬行动物,吻短,体长两米多,背部、尾部均有鳞甲。穴居江河岸边,皮可以蒙鼓。亦称扬子鳄、鼍龙、猪婆龙。獭(tǎ):水獭。哺乳动物,脚短,趾间有蹼,体长七十余厘米。昼伏夜出,善游水,食鱼、蛙等,毛棕褐色,是珍贵的袭皮。瞋:睁大眼睛瞪人。

[17]长(zhǎng)年:船夫。省舵:视舵将行。省,视。言即将出峡东下。贞良臣:指唐十八。

立　春[1]

春日春盘细生菜[2]，忽忆两京梅发时[3]。
盘出高门行白玉[4]，菜传纤手送青丝。
巫峡寒江那对眼[5]，杜陵远客不胜悲[6]。
此身未知归定处[7]，呼儿觅纸一题诗。

（《全唐诗》卷二百二十九，中华书局点校本，1960年4月第1版，第2493页）

【注　释】

[1]此诗是杜甫于大历二年(767)春在夔州所作。通过对比，抒发了节气依旧而盛时难再的深沉感慨。神情流动，一往情深。立春，二十四节气之一，在阳历二月四日或五日。

[2]春盘:唐人在立春这一天，食春饼生菜，号曰"春盘"。〔唐〕沈佺期《岁夜安乐公主满月侍宴》:"岁炬常然桂，春盘预折梅。"(《全唐诗》卷九十六)生菜:韭黄。立春时吃春饼韭黄是唐人习俗。

[3]两京:指东京洛阳和西京长安。杜甫家在洛阳附近的陆浑庄，又曾寓居长安杜陵，所以吃过两京的春饼、生菜。

[4]高门:大户人家。

[5]巫峡:见上官仪《八咏应制二首(其一)》注[11]。

[6]杜陵远客:杜甫曾居杜陵，自称"杜陵布衣"或"少陵野老"，如今流落异乡，故称"杜陵远客"。

[7]归定处:归宿安身之处。

暮　春[1]

卧病拥塞在峡中，潇湘洞庭虚映空[2]。
楚天不断四时雨，巫峡常吹千里风[3]。
沙上草阁柳新暗[4]，城边野池莲欲红。

暮春鸳鹭立洲渚,挟子翻飞还一蔟[5]。

(《全唐诗》卷二百三十,中华书局点校本,1960 年 4 月第 1 版,第 2527 页)

【注　释】

[1]此诗当是大历二年(767)春在夔州所作。

[2]拥塞:阻塞。潇湘洞庭:潇湘,湘江与潇水的并称。洞庭,即洞庭湖。古皆属楚地。

[3]楚天:蜀天。夔州古属楚地。巫峡:见上官仪《八咏应制二首(其一)》注[11]。

[4]草阁:杜甫居住的西阁。

[5]鸳鹭:鸳鸯和鹭鸶。水中小块陆地。洲渚:〔晋〕左思《吴都赋》:"岛屿绵邈,洲渚冯隆。"(《文选》卷五·赋丙)蔟:古同"丛"。

覆舟二首[1]（其一）

巫峡盘涡晓,黔阳贡物秋[2]。
丹砂同陨石,翠羽共沉舟[3]。
羁使空斜影,龙居闷积流[4]。
篙工幸不溺,俄顷逐轻鸥[5]。

(《全唐诗》卷二百三十,中华书局点校本,1980 年 4 月第 1 版,第 2522 页)

【注　释】

[1]这两首诗当是大历元年(766)在夔州所作。唐朝君主多好神仙之道,故借覆舟予以嘲讽。

[2]巫峡:见上官仪《八咏应制二首(其一)》注[11]。盘涡:旋涡。黔阳:今重庆彭水县。据《新唐书·地理志五》载,此地岁贡丹砂等物。

[3]丹砂:入贡之物。翠羽:亦入贡之物。原注:"《张仪传》:积羽沉舟。"

[4]羁使:羁留在外的使臣。居:一作宫。闷(bì):止,尽。积流:指河流。

[5]篙工:掌篙的船工。〔晋〕左思《吴都赋》:"槁工楫师,选自闽禺。"(《文选》卷五·赋丙)俄顷:片刻、一会儿。〔晋〕郭璞《江赋》:"倏忽数百,千里俄顷。飞廉无以睎其踪,渠黄不能企其景。"(《全晋文》卷一百二十)杜甫《茅屋为秋风所破歌》:"俄顷风定云墨色,秋天漠漠向昏黑。"

返　照[1]

返照开巫峡,寒空半有无[2]。
已低鱼复暗,不尽白盐孤[3]。
荻岸如秋水,松门似画图[4]。
牛羊识僮仆,既夕应传呼。

（《全唐诗》卷二百三十,中华书局点校本,1960 年 4 月第 1 版,第 2533 页）

【注　释】

[1]此诗当是大历二年(767)在夔州瀼西所作。此诗写巫山在夕阳的照耀下景色半有半无之景。

[2]巫峡:见上官仪《八咏应制二首(其一)》注[11]。这两句用了拟人的手法,大意为:夕阳打开了巫峡的奇景,寒天中的景物半明半暗,各呈异彩。

[3]鱼复:县名,为夔州治所。有鱼复浦。白盐:山名。高千余丈,在夔州城东十七里。这两句谓位于低处的鱼复浦沉浸在渐黑的暮色里,只有孤零零的白盐山的峰尖还没完全没入暮霭。

[4]荻:多年生草本植物,生长在水边。这两句谓:江岸上的芦荻恍如秋水随风漾动,松门峡暮景宛如画图在眼前展开。

雷[1]

巫峡中宵动[2],沧江十月雷[3]。
龙蛇不成蛰[4],天地划争回[5]。
却碾空山过,深蟠绝壁来[6]。
何须妒云雨,霹雳楚王台[7]。

诗歌部

293

（《全唐诗》卷二百三十,中华书局点校本,1960 年 4 月第 1 版,第 2533 页）

【注　释】

[1]这首诗当是大历二年(767)冬作。这年十月,夔州竟然打起雷来,这不禁令诗人惊怪异常,遂作此诗,以记其异。中间两联,状电光雷声,最为佳妙。

[2]巫峡:见上官仪《八咏应制二首(其一)》注[11]。

[3]沧江:江流、江水。以江水呈苍色,故称。〔南朝·梁〕任昉《赠郭桐庐》:"沧江路穷此,湍险方自兹。"(《秦汉魏晋南北朝诗》梁诗卷五)〔唐〕陈子昂《群公集毕氏林亭》:"子牟恋魏阙,渔父爱沧江。"(《全唐诗》卷八十四)

[4]蛰:动物冬眠,藏起来不吃不动。

[5]"天地"句:言电光从空中划过,瞬息间天地争着转回到了夏天。

[6]蟠:屈曲,环绕,盘伏。绝壁:陡峭的山壁。〔南朝·宋〕谢灵运《登石门最高顶》:"晨策寻绝壁,夕息在山栖。"(《秦汉魏晋南北朝诗》宋诗卷二)

[7]"何须"二句:暗用楚王梦遇巫山神女事。〔战国·楚〕宋玉《高唐赋》写神女"朝为行云,暮为行雨。朝朝暮暮,阳台之下"。(《文选》卷十九·赋癸)此二句意谓:当此冬天,雷不当鸣而鸣,好像嫉妒巫山神女与楚王,所以以霹雳震楚王台。

九日五首[1]（之一）

故里樊川菊,登高素浐源[2]。

他时一笑后[3],今日几人存。

巫峡蟠江路,终南对国门[4]。

系舟身万里[5],伏枕泪双痕。

为客裁乌帽,从儿具绿尊[6]。

佳辰对群盗,愁绝更谁论[7]。

（《全唐诗》卷二百三十一,中华书局点校本,1960 年 4 月第 1 版,第 2536 页）

【注　释】

［1］这组诗当是杜甫于大历二年(767)重阳节在夔州所作。重阳佳节,吴郎爽约不至,杜甫只好登台独酌,作《九日五首》。吴若本云缺一首,赵次公以《登高》一首足之(《登高》可能真的是《九日五首》中的一首,因远胜其余四首,故编诗者独立出来),固未尝缺。五首皆一时之作,或思弟妹,或思朝事,或思故交,或思故里,或作总结,皆随兴所至,发为体各不同的抒情短制。九日,指农历九月九日,亦即重阳节。

［2］樊川:潏水支流,在陕西长安县南。其地即杜陵之樊乡,汉高祖以赐樊哙,食邑于此,故名"樊川"。杜甫曾居住在离樊川不远的杜陵南面的少陵附近。素浐:浐水,与少陵相对。水色发白,故曰"素浐"。

［3］笑:一作醉。

［4］巫峡:见上官仪《八咏应制二首(其一)》注［11］。终南:终南山。秦岭主峰之一。在陕西省西安市南。一称南山,即狭义的秦岭。古名太一山、地肺山、中南山、周南山。

［5］系舟:泊舟。杜甫《洞房》:"系舟今夜远,清漏往时同。"

［6］裁乌帽:暗用孟嘉事。〔晋〕陶渊明《晋故征西大将军长史孟府君传》载:孟嘉为征西大将军桓温的参军,九月九日,温游龙山,参佐毕集。"时佐吏并著戎服,有风吹君帽堕落,温目左右及宾客勿言,以观其举止。君初不自觉,良久如厕,温命取以还之。"(《陶渊明集》卷五·杂文)绿尊:亦作"绿樽",酒杯。〔南朝·梁〕沈约《酬谢宣城朓》:"宾至下尘榻,忧来命绿樽。"(《秦汉魏晋南北朝诗》梁诗卷六)

［7］对:一作带。群盗:指吐蕃。时蕃寇数万围灵州,京师戒严。愁绝:极端忧愁。谁:一作堪。

孟　冬[1]

殊俗还多事[2],方冬变所为[3]。
破甘霜落爪[4],尝稻雪翻匙[5]。
巫峡寒都薄[6],乌蛮瘴远随[7]。
终然减滩濑[8],暂喜息蛟螭[9]。

(《全唐诗》卷二百三十一,中华书局点校本,1960年4月第1版,第2537页)

【注 释】

[1]这首诗当作于大历二年(767)冬。诗写冬日闲暇无事、破柑尝稻之乐和当地风景,表现了杜甫彼时彼地悠然自得的心情。

[2]殊俗:指夔州民间风俗。多事:指前一阵课督稻田之事。

[3]"方冬"句:意谓一到冬天情况就变了,整天闲暇无事。

[4]甘:同"柑"。一作瓜。霜落爪:霜粉沾满手指。

[5]雪:喻稻米之白。

[6]峡:一作岫。薄:逼。

[7]乌蛮:南蛮的一支,居位在今云南东部地区。蛮,一作沙。乌蛮,一作黔溪。

[8]减滩濑:谓水势减退。水浅石多流急处曰滩,水势湍急曰濑。

[9]息蛟螭:言水患止息。蛟螭,犹蛟龙。古代传说蛟龙能发洪水。

即 事[1]

暮春三月巫峡长[2],晶晶行云浮日光[3]。

雷声忽送千峰雨,花气浑如百和香[4]。

黄莺过水翻回去,燕子衔泥湿不妨。

飞阁卷帘图画里[5],虚无只少对潇湘[6]。

(《全唐诗》卷二百三十一,中华书局点校本,1960 年 4 月第 1 版,第 2539 页)

【注 释】

[1]此诗大历二年(767)三月夔州作。

[2]巫峡长:语出〔北魏〕郦道元《水经注·江水》:"巴东三峡巫峡长。"(《水经注》卷三十四)巫峡从巫山县大宁河口,至湖北巴东县官渡口,全长 40 公里。

[3]晶晶(jiǎo):皎洁、明亮的样子。浮:一作无。

[4]百和香:多种香料配制而成的薰香,犹今之什锦香。

[5]飞阁:西阁,是杜甫在夔州的居所之一。

[6]虚无:虚旷的天空。潇湘:湘江与潇水的并称。此指潇湘一带。

喜观即到复题短篇二首[1]（其一）

巫峡千山暗,终南万里春[2]。
病中吾见弟,书到汝为人[3]。
意答儿童问[4],来经战伐新[5]。
泊船悲喜后,款款话归秦[6]。

（《全唐诗》卷二百三十一,中华书局点校本,1960 年 4 月第 1 版,第 2540 页）

【注　释】

[1]此诗大历二年(767)在夔州作。观:杜观。

[2]巫峡:见上官仪《八咏应制二首（其一）》注[11]。终南:终南山,在长安南。杜观从长安来,故云。

[3]"书到"句:言直至书到方知你尚在人间。

[4]意:一作竟。儿童:指杜甫的儿子。

[5]"来经"句:是年郭子仪讨周智光,命大将浑瑊、李怀光军渭上,新战又起。故云。

[6]款款:和乐的样子。〔汉〕扬雄《太玄·乐》:"独乐款款,淫其内也。"（《太玄经》卷二）话:一作议。秦:指长安。

七月一日题终明府水楼二首[1]（其二）

宓子弹琴邑宰日[2],终军弃繻英妙时[3]。
承家节操尚不泯,为政风流今在兹[4]。
可怜宾客尽倾盖,何处老翁来赋诗[5]。
楚江巫峡半云雨[6],清簟疏帘看弈棋[7]。

（《全唐诗》卷二百三十一,中华书局点校本,1960 年 4 月第 1 版,第 2542 页）

诗歌部

297

【注　释】

[1]这两首诗是杜甫于大历二年(767)立秋之日在夔州所作。这年七月一日立秋,杜甫在奉节(今重庆奉节)县令终某水楼宴饮,作诗赞其楼而美其人,并记述了水楼宴客情景,其中隐含着诗人无限悲凉之感。终明府,终县令,名不详。

[2]宓子:宓子贱,春秋时鲁人,孔子弟子。为单父宰,"身不下堂,弹鸣琴而治之。"(见《吕氏春秋》)邑宰:县令。此以宓子比终明府。

[3]终军弃繻:汉人终军,年十八,入长安言事,经潼关时,抛弃返关的证件(繻),表示志在通显。后因用以比喻抱负远大的典故。(见《汉书·终军传》)这里同姓相切,以终军比况终明府。繻,彩帛,汉时用以出入关隘的帛制凭证。

[4]"承家"二句:为褒扬终明府之词。终明府与终军同姓,故云"承家节操";与宓子贱同为县令,故云"为政风流"。

[5]可怜:可喜。倾盖:谓初交相得,一见如故。〔汉〕邹阳《狱中上梁王书》:"语曰:有白头如新,倾盖如故。"(《全汉文》卷十九)老翁:作者自谓。

[6]楚江巫峡:此借指夔州。

[7]清簟:竹编凉席。〔唐〕杨师道《中书寓直咏雨简褚起居上官学士》:"长簷响奔溜,清簟肃浮埃。"弈棋:下棋。《墨子·号令》:"无敢有乐器,弈棋军中,有则其罪射。"《后汉书·孔融传》:"二子方弈棋,融被收而不动。"(《后汉书》卷一百·郑孔荀列传第六十)

送李八秘书赴杜相公幕[1]

青帘白舫益州来,巫峡秋涛天地回[2]。
石出倒听枫叶下,橹摇背指菊花开[3]。
贪趋相府今晨发,恐失佳期后命催。
南极一星朝北斗[4],五云多处是三台[5]。

(《全唐诗》卷二百三十一,中华书局点校本,1960年4月第1版,第2546页)

【注　释】

[1]此诗当于大历二年(767)九月在夔州作。题下原注:"相公朝谒,今赴后期也。"这年六月,剑南节度使杜鸿渐入朝,辟李秘书入幕,鸿渐先走,李秘书追赴

于后,杜甫遂赋诗送李赴京入杜鸿渐幕府。诗中艺术地再现了舟行之景和赴幕情事,歌颂了时君、时相,亦隐隐见出诗人的向闽之情。杜相公幕:杜鸿渐幕。杜鸿渐还朝后仍以平章串领山剑副元帅,故称杜相公幕。秘:一作校。

　　[2]青帘白舫:指官船。益州:今四川省成都。巫峡:见上官仪《八咏应制二首(其一)》注[11]。

　　[3]石:原注:"滟滪堆。"见杜甫《大历三年春,白帝城放船出瞿塘峡,久居夔府,将适江陵,漂泊有诗凡四十韵》注[32]。倒听:与下句"背指"意同,均言船行之快。橹:拨水使船前进的工具,置于船边,比桨长,用于摇动。枫叶之落、菊花之开皆不待闻见,而落于船后,须回身闻听指看。

　　[4]南极一星:南极星。据《汉书·天文志》,南极星,在益州分野,觜参之旁。北斗:借喻京师、朝廷。

　　[5]五云:谓京师瑞气。古人认为太平之时云则五色而为庆。三台:星名。计上台、中台、下台为三星。古人认为它是象征人世的三公。此喻杜相公。

巫峡敝庐奉赠侍御四舅别之沣朗[1]

江城秋日落[2],山鬼闭门中[3]。
行李淹吾舅[4],诛茅问老翁[5]。
赤眉犹世乱[6],青眼只途穷[7]。
传语桃源客[8],人今出处同[9]。

(《全唐诗》卷二百三十一,中华书局点校本,1960年4月第1版,第2546页)

【注　释】

　　[1]此诗当是大历二年(767)秋在夔州瀼西草堂所作。一天傍晚,杜甫的四舅枉驾来访,随即又要去沣州(今湖南沣县)、朗州(今湖南常德市),杜甫作诗送别。诗中抒发了羁旅穷愁之慨和欲往桃源避居的思想感情。侍御:唐代称殿中侍御史、监察御史为侍御。四舅:崔某,名未详。之:往,赴。

　　[2]江城:指夔州。

　　[3]山鬼:《楚辞·九歌·山鬼》:"余处幽篁兮终不见天,路险难兮独后来。"杜甫离群索居于瀼西高山之下和幽篁密林之中,有似山鬼,故引以自比。

　　[4]行李:行装。淹:挽留。

[5]诛茅:除草结庐,引申为茅庐。老翁:作者自指。

[6]赤眉:西汉末,王莽篡权,樊崇等举兵起义,将眉染赤,以别于王莽军,号称赤眉。这里以"赤眉"喻指崔旰叛乱。

[7]青眼:据《晋书·阮籍传》,阮籍能为青白眼,见礼俗之士,以白眼对之;嵇康来,乃见青眼。(《晋书》卷四十九·列传第十九)后因以"青眼"比喻对人有情感或对人喜爱、器重。这里反用阮籍事,自叹以青眼对人仍遭困厄。

[8]桃源:桃花源,相传在朗州境内。此指代朗州。

[9]出处:指出仕与归隐。偏义复词,偏于"处",即"归隐"。

秋兴八首[1](其一)

玉露凋伤枫树林[2],巫山巫峡气萧森[3]。
江间波浪兼天涌[4],塞上风云接地阴[5]。
丛菊两开他日泪,孤舟一系故园心[6]。
寒衣处处催刀尺,白帝城高急暮砧[7]。

(《全唐诗》卷二百三十,中华书局点校本,1960年4月第1版,第2509页)

【注 释】

[1]《秋兴八首》是大历元年(766)秋杜甫在夔州时所作的一组七言律诗。秋兴的兴,读 xìng,因秋天的景物而感兴,有触景生情之意,故曰秋兴。乾元二年(759),杜甫弃官回四川,六年后他又离开成都草堂到夔州(今重庆奉节),这组诗当是他晚年旅居夔州时所作。这时杜甫已度过大半生坎坷生涯,经历了唐王朝从盛到衰的过程。一生漂泊,暮年已届的诗人面对深秋萧杀景象不禁百感交集,故国往事一并奔涌胸中。这组诗因秋起兴,回忆京华旧事。其中心思想是"故国之思",是对祖国的无限关怀,个人的哀怨牢骚也是从此出发的。八章中分则独立成篇,合则一气贯注,为相联的组诗。《秋兴》第一首写三峡阴森而壮阔的景象引起流寓怀乡的悲伤。是组诗的总纲,也是八章的序曲,乃"秋兴"之发端。

[2]玉露:白露,晶莹的露珠。〔南朝·宋〕谢朓《泛水曲》:"玉露沾翠叶,金风鸣素枝。"(《秦汉魏晋南北朝诗》齐诗卷三)凋伤:使草木衰败,枝叶零落。枫树林:夔州旧属楚地,多枫树。

［3］巫山巫峡：巫山，见凌敬《巫山高》注［2］。巫峡，见上官仪《八咏应制二首（其一）》注［11］。萧森：萧瑟阴森之意。〔北魏〕郦道元《水经注·江水》："江水历峡，东迳新崩滩，其下十余里有大巫山，其间首尾百六十里谓之巫峡，盖因山为名也。自三峡七百里中，两岸连山，略无缺处，重岩叠嶂，隐天蔽日，自非亭午夜分，不见曦月。"（《水经注》卷三十四）首联不仅为本篇，也为组诗开拓了一个恢阔的境界，气象雄浑。玉露调伤，枫木摇落，乃秋天的物征。

［4］江间：指峡（巫峡）中江水。兼天涌：意即波浪滔天，兼天犹连天。

［5］塞上：塞指边关、险要的地方，塞上在这里指巫山。接地阴：风云笼罩，尤其阴暗，所以说"接地阴"。

［6］"丛菊"二句：写自身漂泊江上怀旧思乡的痛苦心情。"丛菊两开"应联系"孤舟一系"来理解。永泰元年（765）五月，杜甫离开成都，打算由水路出川东下回故乡去。但因种种原因，未能如愿，在云安养病，停留了几个月，今年春天又到夔州停留了下来。这就是所说"孤舟一系"。从乘船离开成都，到现在已经过去了两个秋天，所以说"丛菊两开"。他日：常指来日、后日，也可指往日、前日。这里用后面的意思。漂泊夔州，回忆往事，颇多感伤，所以说"他日泪"。系舟夔州江岸，时动思念故园之情，所以说"故园心"。"故园"旧注指樊川故里（在今陕西长安县南），即长安。两，一作重。

［7］催刀尺：赶制新衣。刀尺，即剪刀和尺子，都是缝制冬衣的工具。白帝城：在今重庆市奉节县东白帝山上。砧（zhēn）：捣衣石。"寒衣"本是"刀尺"裁出，却反说刀尺为寒衣所"催"，主谓颠倒，增强了"寒衣"不断制出的速度感。"催"、"急"，极言迫切。

负薪行[1]

夔州处女发半华[2]，四十五十无夫家。
更遭丧乱嫁不售[3]，一生抱恨堪咨嗟[4]。
土风坐男使女立，应当门户女出入[5]。
十犹八九负薪归，卖薪得钱应供给[6]。
至老双鬟只垂颈[7]，野花山叶银钗并[8]。
筋力登危集市门[9]，死生射利兼盐井[10]。
面妆首饰杂啼痕，地褊衣寒困石根[11]。
若道巫山女粗丑，何得此有昭君村[12]。

（《全唐诗》卷二百二十一,中华书局点校本,1960年4月第1版,第2335页）

【注　释】

[1]这首诗是唐代宗大历元年(766)杜甫在夔州作。诗中描写了夔州劳动妇女的勤劳困苦,表达了作者深厚的同情。质朴无华,是这首诗的特点。

[2]发半华:头发发白。华,同花。

[3]"更遭"句:屡遭战乱,择配艰难。更,更迭、相继的意思。嫁不售,欲嫁而无人娶,也就是不为人选中的意思。不售,不用之意。

[4]一生:终生,一辈子。咨嗟:感伤叹气。堪,一作长。

[5]"土风"二句:写夔州一带男尊女卑的风俗。土风,当地风俗。当门户,当家作主。出入,指跑出跑进地操劳生计。应,一作男。

[6]十犹八九:十有八九,可见这种现象极为普遍。应供给:供给一家生活及缴纳苛捐杂税。犹,一作有。应,一作当。句言绝大数妇女都上山砍柴,卖了钱供应家庭生活和交租税。

[7]句言年老未嫁。双鬟:古代年轻女子的两个环形发髻。

[8]此句大意:生活贫困,没有华贵的首饰,头上插着野花山叶,就和插着银钗一样。钗,妇女挽头发的首饰。并,这里是比的意思。

[9]筋力登危:用力气登上高山,指打柴。筋力:犹体力、气力。危:高也,〔唐〕李白《夜宿山寺》:"危楼高百尺,手可摘星辰。"集市门:到集市上,指卖柴。

[10]死生射利:为生活所迫不顾生死地去挣点钱。射利:犹弄钱。〔晋〕左思《吴都赋》:"富中之甿,货殖之选,乘时射利,财丰巨万。"(《文选》卷五·赋丙)兼盐井:负薪之外,又负盐,即负运盐井所出的盐。

[11]句言负薪妇女悲哀、困苦。地褊,指山地崎岖不平。石根,犹山根,山脚下。

[12]巫山:古属夔州。昭君村:归州(湖北秭归县)东北四十里有昭君村,村连巫峡,有昭君宅,宅旁有捣练石,傍香溪。归州与夔州接壤。这两句用设问语气来说明夔州一带妇女容貌粗丑,乃由于生活的折磨,并非由于什么地理环境,故抬出昭君作证。昭君,古代著名的美女。汉南郡秭归(今属湖北省)人,名嫱,字昭君晋避司马昭讳,改称为明君,后人又称明妃。

诸将五首[1]（其五）[2]

锦江春色逐人来[3],巫峡清秋万壑哀[4]。

正忆往时严仆射^[5]，共迎中使望乡台^[6]。
主恩前后三持节^[7]，军令分明数举杯^[8]。
西蜀地形天下险，安危须仗出群材^[9]。

（《全唐诗》卷二百三十，中华书局点
校本，1960年4月第1版，第2511页）

【注 释】

[1]这一组诗是唐代宗大历元年（766）秋在夔州作的。经过安史之乱，唐王朝的腐败充分暴露出来。杜甫身经战乱，落拓不遇，长期漂泊，可以说深受其害，所以感受比较深切。《诸将五首》是就武官们存在的一些问题，如不能抵御吐蕃的侵扰；一味地借用纥兵来打仗；不知屯田积谷，自理军需；不思报效朝廷，只知追求高官厚禄等现象，进行揭发和议论。诗里表现了作者对时局的关心，反映出了一些本质现象。

[2]这首诗是有感于蜀中将帅平庸，起兵作乱的事迭起，因而追思当时严武镇蜀时的雄才大略。

[3]锦江：岷江分支之一，在今四川成都平原。传说蜀人织锦濯其中则锦色鲜艳，濯于他水，则锦色暗淡，故称。永泰元年（765）四月，严武病卒，杜甫无所依，五月，携家离成都草堂，沿江而下，到了夔州。因时当春后，又被逼离去，有似被驱逐，故曰"锦江春色逐人来"。

[4]巫峡：见上官仪《八咏应制二首（其一）》注[11]。巫峡绮丽幽深，以俊秀著称天下。清秋：秋季，特指深秋。壑：坑谷，深沟。夔州地接巫峡，又时当秋季，触景生哀，心中复追念着已故的朋友严武，所以只觉得"万壑生哀"。

[5]严仆射：指杜甫的友人严武，严武死后，赠尚书左仆射。仆射，官名。秦始置，汉以后因之。汉成帝建始四年，初置尚书五人，一人为仆射，位仅次尚书令，职权渐重。汉献帝建安四年，置左右仆射。唐宋左右仆射为宰相之职。

[6]中使：宫中派出的使者。望乡台：隋蜀王杨秀所筑，故址在今四川省双流县北、成都市南。参阅《太平寰宇记》卷七十二引《益州记》。

[7]"主恩"句：写朝廷对严武的倚重。节，符节，古代出使的人，持以为信。魏晋以后，遂有持节的名称，指持符节出使或镇守一方。严武初为绵州刺史，后迁东川节度使，再拜成都尹，仍为剑南节度使，故曰"三持节"。

[8]军令分明：谓严武治军军令严明，处理军机政事又能从容不迫。

数举杯：说明胸有韬略，忙中有闲，常常饮酒赋诗。

[9]此句大意：西蜀地势险要，近几年不断发生祸乱，必须依靠严武那样的才

能出众的人才能挽救危机的局面。

咏怀古迹五首[1]（其二）

摇落深知宋玉悲，风流儒雅亦吾师[2]。
怅望千秋一洒泪，萧条异代不同时[3]。
江山故宅空文藻[4]，云雨荒台岂梦思[5]。
最是楚宫俱泯灭，舟人指点到今疑[6]。

（《全唐诗》卷二百三十，中华书局点校本，1960年4月第1版，第2510页）

【注　释】

[1]《咏怀古迹五首》是杜甫大历元年（766）在夔州写成的一组诗。夔州和三峡一带本来就有宋玉、王昭君、刘备、诸葛亮、庾信等人留下的古迹，杜甫正是借这些古迹，怀念古人，同时也抒写自己的身世家国之感。这首《咏怀古迹》是杜甫凭吊楚国著名辞赋作家宋玉的。宋玉的《高唐神女赋》写楚襄王和巫山神女梦中欢会故事，因而传为巫山佳话。又相传在江陵有宋玉故宅。所以杜甫暮年出蜀，过巫峡，至江陵，不禁怀念楚国这位作家，勾起身世遭遇的同情和悲慨。在杜甫看来，宋玉既是词人，更是志士。而他生前身后却都只被视为词人，其政治上失志不遇，则遭误解。这是宋玉一生遭遇最可悲哀处，也是杜甫自己一生遭遇最为伤心处。

[2]"摇落"二句：追怀宋玉。前句表示对宋玉的悲愁很理解、同情。后句推崇宋玉的风格、文采。宋玉，战国末年屈原以后的楚辞作者。其《九辩》开头两句："悲哉秋之为气也，萧瑟兮草木摇落而变衰。"抒发了落拓不遇的悲愁。风流，言其品格高尚。儒雅，言其文学素养很深。宋玉，一作为宋主。

[3]因思宋玉其人，又身世萧条相同，故以生不同时为遗憾，以至怅望洒泪。异代：不同时。

[4]故宅：归州、荆州都有宋玉宅，此指归州宅。归州（今湖北秭归）在三峡内，故曰"江山故宅"。宋玉宅虽然存在，但宋玉已经不在世了，只留下文藻（诗赋），所以说"空文藻"。

[5]"云雨"句：用楚王梦遇巫山神女事。〔战国·楚〕宋玉《高唐赋》："昔者

先王尝游高唐，怠而昼寝，梦见一妇人曰：'妾，巫山之女也。为高唐之客。闻君游高唐，愿荐枕席。'王因幸之。去而辞曰：'妾在巫山之阳，高丘之阻，且为朝云，暮为行雨。朝朝暮暮，阳台之下。'旦朝视之，如言。故为立庙，号曰'朝云'。"（《文选》卷十九·赋癸）岂梦思，意谓"难道真是说梦吗？"

[6]"最是"二句：以楚宫为比，极力赞扬宋玉。俱泯灭，指楚宫全都灭绝、消失。所以当地的舟人，指指点点，不知究在何处。反衬宋玉故宅，仍然如岿然独存。抑楚宫，即所以扬故宅，扬故宅，亦即所以扬宋玉。与李白《江上吟》"屈平词赋悬日月，楚王台榭空山丘"（《全唐诗》卷一百六十六）同意。

夔州歌十绝句[1]（其六）（其八）

东屯稻畦一百顷[2]，北有涧水通青苗[3]。
晴浴狎鸥分处处[4]，雨随神女下朝朝[5]。

忆昔咸阳都市合[6]，山水之图张卖时[7]。
巫峡曾经宝屏见[8]，楚宫犹对碧峰疑[9]。

（《全唐诗》卷二百三十，中华书局点校本，1960 年 4 月第 1 版，第 2507 页）

【注　释】

[1]这组诗大约作于唐代宗大历元年（766）杜甫流寓夔州的初期。诗写夔州的山川形势、自然景色和古迹，在艺术上吸收了巴蜀民歌《竹枝词》的特点，开后来以《竹枝词》为题，专写一个地方的风光和民俗的组诗之先。

[2]东屯：地名，距白帝城五里。以产稻著称。稻畦：稻田。"东屯之田可百许顷，稻米为蜀第一。"（《困学纪闻》卷十八）

[3]青苗：水塘名，在瞿塘东。用于蓄水溉田。

[4]狎：亲近。〔南朝·梁〕江淹《孙廷尉绰杂述》："物我俱忘怀，可以狎鸥鸟。"（《秦汉魏晋南北朝诗》梁诗卷四）此句言晴空下处处水田中有可亲近的鸥鸟。

[5]神女：此指巫山神女。亦称瑶姬。〔战国·楚〕宋玉《高唐赋》："妾在巫山之阳，高丘之阻，且为朝云，暮为行雨。朝朝暮暮，阳台之下。"（《文选》卷十九·赋

诗歌部

癸）

　　[6]咸阳：秦代都城，此借指长安。

　　[7]张卖：在集市上把画展开，张挂起来出卖。

　　[8]巫峡，见上官仪《八咏应制二首（其一）》注[11]。宝屏：装饰精美的屏风。

　　[9]楚宫：古楚国的宫殿。碧峰：巫山有十二碧峰，因其四时常碧，故称。〔唐〕刘禹锡《松滋渡望峡中》："巴人泪应猿声落，蜀客船从鸟道回。十二碧峰何处所？永安宫外是荒台。"（《全唐诗》卷三百五十九）

遣　愁[1]

养拙蓬为户[2]，茫茫何所开。
江通神女馆，地隔望乡台[3]。
渐惜容颜老，无由弟妹来。
兵戈与人事，回首一悲哀。

（《全唐诗》卷二百三十，中华书局点校本，1960年4月第1版，第2525页）

【注　释】

　　[1]此诗当作于寓居成都草堂时，应为上元元年（760）。诗中书写欲沿江取路回归故乡而不能的愁怀。

　　[2]养拙：谓才能低下而闲居度日，常用为退隐不仕的自谦之辞。〔晋〕潘岳《闲居赋》："终优游以养拙。"（《文选》卷十六·赋辛）蓬户：用蓬草编成的门户，指简陋的居舍。《尚书大传》："子夏曰：'深山之中作壤室，编蓬户。'"

　　[3]神女馆：巫山神女庙，在巫山县西北。〔北魏〕郦道元《水经注·江水》："丹山西即巫山者也。又帝女居焉。宋玉所谓天帝之季女，名曰瑶姬，未行而亡，封于巫山之阳。精魂为草，实为灵芝，所谓巫山之女，高唐之阻。旦为行云，暮为行雨，朝朝暮暮，阳台之下。旦早视之，果如其言，故为立庙，号朝云焉。"（《水经注》卷三十四）望乡台：隋蜀王杨秀所筑，故址在今四川省双流县北、成都市南。参阅《太平寰宇记》卷七十二引《益州记》。

老　病[1]

老病巫山里[2]，稽留楚客中[3]。
药残他日裹，花发去年蘽[4]。
夜足沾沙雨，春多逆水风[5]。
合分双赐笔[6]，犹作一飘蓬[7]。

（《全唐诗》卷二百二十九，中华书局点
校本，1960 年 4 月第 1 版，第 2493 页）

【注　释】

[1]此诗当作于大历二年(767)春，时杜甫客居夔州。全诗抒发了作者久滞
异地的感慨，并透露出希望回朝供职、重蒙皇恩的心愿。

[2]巫山：见凌敬《巫山高》注[2]。因夔州地近巫山，这里以巫山代指夔州。

[3]稽留：延迟、停留。楚客：泛指客居他乡的人。〔唐〕岑参《送人归江宁》：
"楚客忆乡信，向家湖水长。"（《全唐诗》卷二百）

[4]他日：往日，昔日。裹：包。蘽：古同"丛"。

[5]逆水风：谓东风。峡水东下，故云。

[6]赐笔：〔汉〕应劭《汉官仪》卷上："尚书令仆丞郎，月给赤管大笔一双。"后
因以"赐笔"指受到君王宠爱恩赐。这里是说希望回朝供职，以履行郎官之职。
〔唐〕岑参《省中即事》："君王新赐笔，草奏向明光。"（《全唐诗》卷二百）

[7]飘蓬：飘飞的蓬草，比喻漂泊无定之人。

奉使崔都水翁下峡[1]

无数涪江筏，鸣桡总发时[2]。
别离终不久，宗族忍相遗[3]。
白狗黄牛峡[4]，朝云暮雨祠[5]。
所过频问讯，到日自题诗[6]。

（《全唐诗》卷二百三十四，中华书局点
校本，1960 年 4 月第 1 版，第 2586 页）

【注　释】

[1]此诗当作于广德元年(763)春,时杜甫在梓州。崔都水,名不详。都水,官名。《旧唐书》卷四十四·志第二十四:"都水监:使者二人,录事一人,府五人,史十人,掌固三人。使者掌川泽津梁之政令,总舟楫、河渠二署之官属。"杜甫与崔氏当为甥舅,故称其"翁"。崔氏将出峡归京,杜甫写此诗送行。

[2]涪江:嘉陵江的支流,长江的二级支流,流域宽广。发源于四川省松潘县与九寨沟县之间的岷山主峰雪宝顶。涪江南流经四川省平武县、江油市、绵阳市、三台县、射洪县、遂宁市、重庆市潼南县等区域,在重庆市合川市汇入嘉陵江。古时出峡之舟,多以竹木之筏附于两旁。桡:短棹(桨)。"无数"二句说:涪江上无数船筏齐发之时,桨声鸣响。这两句写崔都水率众出发时的情景。

[3]"别离"二句大意:这次分别不会太久,宗族亲人怎能遗弃?作者准备不久出峡,回长安与亲族相会。

[4]白狗:据《十道志》载,白狗峡在归州(今湖北秭归),两崖如削,白石隐起,其状如狗。黄牛:黄牛峡,在夷陵州(今湖北宜昌),石色如人牵牛之状,人黑牛黄。白狗、黄牛都是长江上的峡。

[5]朝云暮雨祠:指巫山上的神女祠。〔战国·楚〕宋玉《高唐赋》写楚王梦遇巫山神女。神女离别时,自云:"妾在巫山之阳,高丘之阻,旦为朝云,暮为行雨。朝朝暮暮,阳台之下。"楚王"旦朝视之,如言。故为立庙,号曰'朝云'"。(《文选》卷十九·赋癸)此句与上句写崔都水将经过的地方。

[6]问讯:指向上述山川名胜问候。"所过"二句说:请在经过名胜时先代我致意,等将来我到达这些地方的时候,自然会题诗的。

秋风二首[1](其一)

秋风淅淅吹巫山[2],上牢下牢修水关[3]。
吴樯楚柂牵百丈,暖向神都寒未还[4]。
要路何日罢长戟[5],战自青羌连百蛮[6]。
中巴不曾消息好[7],暝传戍鼓长云间[8]。

(《全唐诗》卷二百二十二,中华书局点校本,1960年4月第1版,第2363页)

【注 释】

[1]这两首诗当是大历元年(766)在夔州作。广德、永泰年间,吐蕃与党项羌、浑、奴剌入寇,致使兵连祸结,天下不宁。杜甫流寓夔州,对秋风而兴伤世之感和思归之情,因有此作。

[2]淅淅:象声词。此形容风声。巫山:见凌敬《巫山高》注[2]。

[3]上牢、下牢:三峡中地名。旧注云:上牢巫峡,下牢夷陵。水关:水闸。

[4]吴樯楚舵:借指吴楚两地的船。牵百丈:指拉纤绳。神:一作成。"吴樯"二句说:纤绳拉着吴楚两地的船在江上行走,暖天去神都,到天冷了还没回来。

[5]要路:必经之路。罢长戟:战乱止息。

[6]青羌、百蛮:指蜀地及其邻近的少数民族。百,一作白。

[7]中巴:三国时刘璋据蜀,分蜀地为西巴、中巴和东巴三个地区。夔州属东巴。此泛指巴蜀。曾,一作得。

[8]戍鼓:指战鼓(声)。长云间:言战鼓声高入云霄。

西阁二首[1](其一)

巫山小摇落[2],碧色见松林[3]。
百鸟各相命[4],孤云无自心[5]。
层轩俯江壁[6],要路亦高深[7]。
朱绂犹纱帽[8],新诗近玉琴[9]。
功名不早立,衰病谢知音。
哀世非王粲,终然学越吟[10]。

(《全唐诗》卷二百二十九,中华书局点
校本,1960 年 4 月第 1 版,第 2496 页)

【注 释】

[1]此诗作于大历元年(766)秋。西阁:在夔州。大历元年(766),杜甫寓居于此。

[2]巫山:见凌敬《巫山高》注[2]。

[3]见,一作是。

[4]相命:相鸣。《大戴礼·夏小正》:"鸣也者,相命也。"〔北周〕庾信《至老

子庙应诏》:"野戍孤烟起,春山百鸟啼。"(《秦汉魏晋南北朝诗》北周诗卷二)

[5]"孤云"句:〔晋〕陶渊明《咏贫士七首》:"孤云独无依。"(《陶渊明集》卷四·诗五言)又陶渊明《归去来辞》:"云无心而出岫。"(《陶渊明集》卷五·杂文)无,一作非。

[6]层轩:重轩,指多层的带有长廊的敞厅,此指西阁。〔汉〕繁钦《暑赋》:"翕翕盛热,蒸我层轩。"(全后汉文)卷九十三)

[7]要路:重要的道路;主要的道路。《古诗十九首》:"何不策高足,先据要路津。"高深:〔南朝·齐〕谢朓《郡内高斋闲望答吕法曹诗》:"旷望极高深。"(《秦汉魏晋南北朝诗》齐诗卷三)

[8]朱绂(fú):古代礼服上的红色蔽膝,后多借指官服。纱帽:隐士戴的便帽。据《唐书》载,隋贵臣多服乌纱帽,后渐废,贵贱通服折上巾,在唐时以为隐居之服。

[9]玉琴:玉饰的琴。亦为琴的美称。〔南朝·齐〕王融《咏幔》:"每聚金炉气,时驻玉琴声。"(《秦汉魏晋南北朝诗》齐诗卷二)

[10]王粲:字仲宣,山阳郡高平(今山东微山)人。东汉末年著名文学家,"建安七子"之一,由于其文才出众,被称为"七子之冠冕"。初仕刘表,后归曹操。代表作品有《七哀诗》等。越吟:战国时越人庄舄仕楚,爵至执珪,虽富贵,不忘故国,病中吟越歌以寄乡思。《史记·张仪列传》:"越人庄舄仕楚执珪,有顷而病。楚王曰:舄故越之鄙细人也,今仕楚执珪,贵富矣,亦思越不。中谢对曰:凡人之思故,在其病也。彼思越则越声,不思越则楚声。使人往听之,犹尚越声也。"〔汉〕王粲《登楼赋》:"钟仪幽而楚奏兮,庄舄显而越吟。"后因以"越吟"喻思乡忆国之情。"哀世"二句说:自己虽然不能像王粲那样写出哀世之作,但却有庄舄在楚而越吟的恋乡之情。

晴二首[1]（其一）

久雨巫山暗[2],新晴锦绣文[3]。
碧知湖外草[4],红见海东云。
竟日莺相和,摩霄鹤数群[5]。
野花干更落,风处急纷纷[6]。

（《全唐诗》卷二百三十,中华书局点校本,1960 年 4 月第 1 版,第 2527 页）

[1]此诗当作于大历元年(766)春末,时杜甫初至夔州。诗写久雨初晴之景态,伤羁旅不归。

[2]巫山:见凌敬《巫山高》注[2]。

[3]锦绣文:指晴光映于山间,出现彩缎一般的色泽。文,一作纹。

[4]湖外:指洞庭湖之外,一作湖上。

[5]"莺相和"、"鹤数群":写久雨之后,禽鸟的活跃,自慨羁留夔州的孤独。摩霄:接近云天,冲天。〔唐〕慧净《和卢赞府游纪国道场》:"株盘仰承露,刹凤俯摩霄。"(《全唐诗》卷八百〇八)

[6]"野花"二句:以干落的花在风中纷飞,叹已飘零,呼应三、四句的东下思归。

怀锦水居止二首[1]（其一）

军旅西征僻,风尘战伐多[2]。

犹闻蜀父老[3],不忘舜讴歌[4]。

天险终难立[5],柴门岂重过[6]。

朝朝巫峡水[7],远逗锦江波[8]。

(《全唐诗》卷二百二十九,中华书局点校本,1960年4月第1版,第2493页)

【注　释】

[1]这组诗当作于永泰元年(765)冬,时杜甫居云安。锦水居止,指在成都所居住的地方,即浣花草堂。诗写怀念草堂的心情。锦水,即锦江。岷江分支之一,在今四川成都平原。传说蜀人织锦濯其中则锦色鲜艳,濯于他水,则锦色暗淡,故称。居止:住所。〔南朝·宋〕谢灵运《山居赋》"若乃南北两居"自注:"两居谓南北两处,各有居止。"(《全宋文》卷三十一)

[2]"军旅"两句:《唐书》载,永泰元年冬十月,剑南节度使郭英乂与汉州刺史崔旰相攻伐,邛州牙将柏茂琳、泸州牙将杨子琳等起兵讨伐崔旰。

[3]蜀父老:据《汉书》载,司马相如著书,假蜀父老为辞。犹,一作独。

　[4]舜讴歌:《礼记·乐记》:"昔者,舜作五弦之琴以歌《南风》。"〔南朝·宋〕裴骃《史记集解》:"王肃曰:'《南风》,育养民之诗也。'其词曰:南风之薰兮,可以解吾民之愠兮。"

　[5]天险:指剑门。

　[6]柴门:用柴木做的门,言其简陋。〔三国·魏〕曹植《梁甫行》:"柴门何萧条,狐兔翔我宇。"(《曹子建集》卷六)

　[7]巫峡:见上官仪《八咏应制二首(其一)》注[11]。

　[8]逗:引,一作远。

历　历[1]

历历开元事[2],分明在眼前[3]。
无端盗贼起[4],忽已岁时迁[5]。
巫峡西江外[6],秦城北斗边[7]。
为郎从白首[8],卧病数秋天[9]。

(《全唐诗》卷二百三十,中华书局点校本,1960年4月第1版,第2521页)

【注　释】

　[1]此诗作于大历元年(766)。

　[2]历历:清楚、分明的样子。《古诗十九首·明月皎夜光》:"玉衡指孟冬,众星何历历。"张华诗:"昔事历历记。"开元,为唐朝皇帝唐玄宗李隆基的年号(713—741),共计29年。开元的意思是开辟新纪元。开元初年,政治稳定,史称"开元之治"。开元年间,唐朝国力强盛,史称开元盛世。

　[3]分明:明明、显然。眼前:〔南朝·宋〕谢灵运《石壁立招提精舍诗》:"浮欢昧眼前。"(《秦汉魏晋南北朝诗》宋诗卷二)

　[4]无端:无由产生。汉乐府《从军行》:"祸集非无端。"盗贼起:指安史之乱。

　[5]岁时:岁月、时间。〔南朝·宋〕鲍照《送从弟道秀别诗》:"岁时多阻折。"(《秦汉魏晋南北朝诗》宋诗卷八)

　[6]巫峡:见上官仪《八咏应制二首(其一)》注[11]。

西江:长江从西来,所以称西江。

　[7]秦城:指长安。长安城上当北斗星座,所以长安城又称北斗城。

[8]为郎:任郎官。白首:犹白发,表示年老。作者曾被严武荐为检校工部员外郎。因此时作者已经五十多岁,所以诗中称"从白首"。又〔汉〕荀悦《前汉纪》:"冯唐白首,屈于郎署。"(《前汉纪》孝文皇帝纪下卷第八)《汉书·冯唐传》:"唐以孝著,为郎中署长,事文帝。帝辇过,问唐曰:'父老何自为郎?'"(《汉书》卷五十·张冯汲郑传第二十)后因称年老做官为"白首郎"。作者这里以冯唐自喻。

[9]数秋天:屡经秋日。〔北周〕庾信《小园赋》:"异秋天而可悲。"(《全后周文》卷八)

览　物[1]

曾为掾吏趋三辅[2],忆在潼关诗兴多[3]。
巫峡忽如瞻华岳[4],蜀江犹似见黄河[5]。
舟中得病移衾枕[6],洞口经春长薜萝[7]。
形胜有余风土恶[8],几时回首一高歌。

(《全唐诗》卷二百三十一,中华书局点校本,1960年4月第1版,第2538页)

【注　释】

[1]当是大历元年(766)在夔州作。此诗题一作《峡中览物》。

[2]掾吏:官府中佐助官吏的通称。杜甫曾为华州司功,故曰掾吏。三辅:汉以京兆、冯翊,扶风为三辅。唐之华州,汉时属京兆尹。

[3]潼关:关名。在今陕西潼关县北。唐属华州。诗兴多:从今存杜诗看,当指乾元二年(759)春自洛阳返回华州,途经潼关时所写的《潼关吏》等"三吏"、"三别"诸作。

[4]巫峡:见上官仪《八咏应制二首(其一)》注[11]。华岳:西岳华山。

[5]蜀江:蜀郡境内的江河。〔唐〕刘禹锡《竹枝词》之一:"山桃红花满上头,蜀江春水拍山流。"(《全唐诗》卷三百六十五)

[6]衾枕:被褥和枕头。移衾枕乃舍舟登陆之意。

[7]洞口:五溪之口。薜萝:薜荔和女萝。两者皆野生植物,常攀缘于山野林木或屋壁之上。

[8]风土恶:指夔州之地俗杂蛮夷,地多瘴气。风土,指风俗、气候。

送十五弟侍御使蜀[1]

喜弟文章进[2],添余别兴牵[3]。
数杯巫峡酒[4],百丈内江船[5]。
未息豺狼斗[6],空催犬马年[7]。
归朝多便道[8],搏击望秋天[9]。

(《全唐诗》卷二百三十一,中华书局点校本,1960年4月第1版,第2547页)

【注　释】

[1]此当是大历元年(766)在夔州所作。当时有一位辈分比杜甫小,排行十五的人将从夔州起身,往赴内江,诗人设酒钱别,赋诗相送。其中既有身世之慨,又有对十五弟侍御归朝讨贼寄予的厚望,足见诗人晚年之爱国热忱。十五弟侍御,其名不详。侍御:唐代称殿中侍御史、监察御史为侍御。后世因沿袭此称。

[2]"喜弟"句:《北史》:"卢恺作露布,帝读大悦,曰:'恺文章大进'。"(《北史》卷三十·列传第十八)

[3]别兴:离别的情怀。

[4]巫峡:见上官仪《八咏应制二首(其一)》注[11]。

[5]百丈:牵船的篾缆,百丈言其长。内江:水名,又称黔江、乌江。在今重庆涪陵区流入长江。

[6]豺狼斗:喻指永泰元年至大历元年蜀中崔旰之乱。

[7]犬马年:犬马以齿数观年龄。比喻时间。

[8]便道:犹即行。指拜官或受命后不必入朝谢恩,直接赴任。《史记·酷吏列传》:"孝景帝乃使使持节拜都为雁门太守,而便道之官,得以便宜从事。"(《史记》卷一百二十二·酷吏列传第六十二)

[9]搏击:一指鸟兽对他物的捕捉和击打,亦指惩处打击、弹劾。"搏击"句嘱十五弟以御史弹击奸恶,如秋鹰搏击鸟兽。《旧唐书》:"内史杨再思素与峤善,知峤不乐搏击之任。"(《旧唐书》卷一百八十五下·列传第一百三十五)

虎牙行[1]

秋风嫟吸吹南国[2],天地惨惨无颜色。

洞庭扬波江汉迴,虎牙铜柱皆倾侧[3]。

巫峡阴岑朔漠气[4],峰峦窈窕溪谷黑。

杜鹃不来猿狖寒,山鬼幽忧雪霜逼[5]。

楚老长嗟忆炎瘴[6],三尺角弓两斛力[7]。

壁立石城横塞起,金错旌竿满云直[8]。

渔阳突骑猎青丘[9],犬戎锁甲闻丹极[10]。

八荒十年防盗贼[11],征戍诛求寡妻哭[12],

远客中宵泪沾臆[13]。

(《全唐诗》卷二百二十二,中华书局点校本,1960年4月第1版,第2364页)

【注 释】

[1]这是大历二年(767)在夔州所作。由于天气的反常说到战争和人民被剥削的痛苦。虎牙:山名,和长江南岸荆门山相对。在三峡下游,不在夔州,因诗中有虎牙二字,故摘以为题。

[2]欷吸:风声。南国:犹南方。秋,一作北。欷吸,一作欷歙。

[3]"洞庭"两句写风势之大。洞庭,即洞庭湖。江汉迴,是说江水汉水为之倒流。铜柱,汉时马援所立。东汉马援征服交趾,立铜柱为边界。

[4]巫峡:见上官仪《八咏应制二首(其一)》注[11]。岑:崖岸。阴,指天气的阴冷。朔漠气:北方寒气。朔,指北方。

[5]"杜鹃"两句:杜鹃、猿狖、山鬼(山中鬼魅),皆巫峡所有,因天气忽变,也都改常了。狖(yòu),猿的种类之一。黄黑色,尾巴很长。幽忧,过度忧劳、忧伤。《庄子·让王》:"我适有幽忧之病,方且治之,未暇治天下也。"寒,一作啼。

[6]炎瘴:南方湿热致病的瘴气。本来可怕,不值得回忆。但因天气特别寒冷,衣服又单薄,反而思念。所以说"楚老长嗟忆炎瘴"。楚老:泛指楚地父老。〔唐〕李白《赠徐安宜》诗:"白田见楚老,歌咏徐安宜。"(《全唐诗》卷一百六十八)

[7]"三尺"句:天气寒冷,弓特别硬,所以拉起来很费力。古人开弓,用斛力计算,《南史》:"子响勇力绝人,开弓四斛力。"(《南史》卷四十四·列传第三十四)以上十句写巫峡苦寒之景。

[8]石城:指白帝城,因在山上所以叫石城。金错:军旗上的装饰。旌竿:指军旗。满云直:竖立如云,言其多。

[9]渔阳突骑:指安禄山的胡骑。渔阳,地名。唐玄宗天宝元年改蓟州为渔

诗歌部

315

阳郡,治所在渔阳(今天津市蓟县)。青丘:地名,在今山东省广饶县北。

[10]"犬戎"句:指吐蕃陷长安。犬戎,古族名。戎人的一支。即畎戎。又称畎夷、犬夷、昆夷、绲夷等。锁甲,即锁子甲。丹极,宫殿中的红色栋宇。此代指皇帝所居之处。闻,一作围。

[11]八荒:八方边远处,犹言天下。〔西汉〕贾谊《新书》卷一:"并吞八荒之心。"

[12]征戍:远行屯守边疆。诛求:需索;强制征收。寡妻哭:指寡妻因丈夫被强制征兵(战死)而哭泣。

[13]远客:杜甫自谓。中宵:半夜。臆:胸。末三句每句押韵,"贼"字、"臆"字在职韵,"哭"字在屋韵。唐人古诗押韵,所以末三句形成三个独立的单行的句子,显得很奇特,也很有力。

写怀二首[1](其一)

劳生共乾坤,何处异风俗[2]。
冉冉自趋竞[3],行行见羁束[4]。
无贵贱不悲,无富贫亦足[5]。
万古一骸骨,邻家递歌哭[6]。
鄙夫到巫峡,三岁如转烛[7]。
全命甘留滞,忘情任荣辱[8]。
朝班及暮齿,日给还脱粟[9]。
编蓬石城东,采药山北谷[10]。
用心霜雪间,不必条蔓绿[11]。
非关故安排,曾是顺幽独[12]。
达士如弦直,小人似钩曲[13]。
曲直我不知,负暄候樵牧[14]。

(《全唐诗》卷二百二十二,中华书局点校本,1960年4月第1版,第2355页)

【注　释】

[1]这组诗是大历二年(767)冬杜甫在夔州时所作。长期痛苦的生活实践,

使他认识到人民痛苦的根源,实在于贫富的悬殊。话仿佛说得很达观,其实充满愤恨。

[2]劳生:劳苦的人生。《庄子·大宗师》:"大块载我以形,劳我以生。"这里指所有的人们。乾坤:天地、天下的意思。"何处异风俗"是说到处一样。

[3]冉冉:行走的样子。趋竞:为求富贵而奔走竞争。即古谚所谓:"天下攘攘,皆为利往;天下熙熙,皆为利来。"

[4]行行:犹处处。见羁束:不自由。

[5]这两句大意:如果没有贵人,则贱人也不会感到悲痛;如果没有富人,则贫人也不会感到不足,因为大家一样。正因为社会有贵贱贫富的不同,所以也就有悲有喜有趋竞和羁束。〔三国·魏〕阮籍《大人先生传》:"无贵则贱者不怨,无富则贫者不争。"(《全三国文》卷四十六·魏四十六)

[6]这两句是愤激的话。意谓饶你"贵为天子,富有天下",也难逃一死,而且是万古如斯,没有例外的。递:更迭、接续的意思。歌哭:拖着长腔的哭丧声。

[7]这以下说到自己。鄙夫:杜甫自谓。巫峡:见上官仪《八咏应制二首(其一)》注[11]。三岁:三年。杜甫永泰元年(765)年赴云安,至此凡三年。转烛:烛光随风飘转。比喻生活动荡、不安定,兼形容时间的迅速。〔南朝·梁〕庾肩吾《被执作诗一首》:"聊持转风烛,暂映广陵琴。"(《秦汉魏晋南北朝诗》梁诗卷二十三)

[8]全命:苟全性命。留滞:指漂泊异乡。忘情:忘掉功名利禄的世俗之情。荣辱:指世俗的贵贱。

[9]朝班:古代群臣朝见帝王时按官品分班排列的位次。朝堂列班时,除侍奉官外,一般官品越高的班列离帝王越近。历代朝仪不一,分班情况各异。此指官位。暮齿:指年老。〔南朝·宋〕谢灵运《石壁立招提精舍》:"壮龄缓前期,颓年迫暮齿。"(《秦汉魏晋南北朝诗》宋诗卷二)"朝班"句说人至暮年还挂着工部员外郎的虚衔。日给:每日食每所需。脱粟:脱去秠壳的粗米。

[10]编蓬:结茅屋。杜甫在夔州的瀼西、东屯皆有草屋。石城:夔州城。"采药"句:杜甫本多病,也懂得一点医道,常常自己种药或采药。北,一作林。

[11]"用心"二句:借采药说明自己的人生态度,即使忍受贫苦,也不去追求荣华富贵。用心霜雪间,即"不热衷"的意思,是说只要能保持自己的人格,不必荣华富贵。

[12]这两句正话反说。因为杜甫这样做,实出于故意的安排。正如他在《南楚》一诗中说言的"杖藜妨跃马,不是故离群"(《全唐诗》卷二百二十九)一样。故安排:有意如此。曾是:犹乃是。幽独:指幽独的性情。

[13]"达士"句:《后汉书·五行志》载童谣:"直如弦,死道边;曲如钩,反封

侯。"(《后汉书》卷二十三·五行一)

[14]曲直我不知:不辨曲直。这句也是说反话,杜甫并非是一个不知曲直、不分是非的达观者流,这是表达了对黑暗社会极度失望。负暄:负日之暄,即晒太阳。《列子·杨朱篇》载,宋国有个农民,穿麻衣过冬,觉得晒太阳很暖和,便对他的妻子说"负日之暄,人莫知者。以献吾君,将有重赏"。(《列子》杨朱第七)樵牧:樵夫与牧童。也泛指乡野之人。

哭王彭州抡[1]

执友惊沦没[2],斯人已寂寥[3]。
新文生沈谢[4],异骨降松乔[5]。
北部初高选[6],东堂早见招[7]。
蛟龙缠倚剑[8],鸾凤夹吹箫[9]。
历职汉庭久,中年胡马骄[10]。
兵戈暗两观[11],宠辱事三朝[12]。
蜀路江干窄,彭门地里遥[13]。
解龟生碧草[14],谏猎阻清霄[15]。
顷壮戎麾出[16],叨陪幕府要[17]。
将军临气候[18],猛士塞风飙[19]。
井渫泉谁汲,烽疏火不烧[20]。
前筹自多暇,隐几接终朝[21]。
翠石俄双表[22],寒松竟后凋[23]。
赠诗焉敢坠,染翰欲无聊[24]。
再哭经过罢[25],离魂去住销。
之官方玉折[26],寄葬与萍漂[27]。
旷望渥洼道,霏微河汉桥[28]。
夫人先即世[29],令子各清标[30]。
巫峡长云雨[31],秦城近斗杓[32]。
冯唐毛发白[33],归兴日萧萧[34]。

(《全唐诗》卷二百三十一,中华书局点校本,1960 年 4 月第 1 版,第 2550 页)

【注　释】

[1]此诗当是大历元年(766)杜甫客居夔州时所作。杜甫初到成都时,有《王侍御抡许携酒至草堂》诗。王先以御史罢官,后入严武幕府,又迁彭州(今四川彭州市)刺史而卒。杜甫惊闻噩耗,而作此诗。诗中追叙了王抡生前死后诸多事情,流露了诗人滞留夔州的感伤心情。诗系五言排律,以赋行之,而含比兴,见风人之流风遗韵。王彭州抡,即王抡。曾迁彭州刺史,故称王彭州。

[2]执友:志同道合的朋友。《礼记·曲礼上》:"僚友,称其弟也。执友,称其仁也。交游,称其信也。"郑玄注:"执友,志同者。"(《礼记正义》卷一·曲礼上第一)沦没:指死亡、败灭。〔元〕刘埙《隐居通议·诗歌一》:"知己沦没,前辈凋零,俯仰昔今,为之陨涕。"

[3]斯人:同辈人。寂寥:冷落稀少。

[4]沈谢:〔南朝·宋〕谢灵运与〔南朝·梁〕沈约的并称,两人均为著名文学家。

[5]异骨:不同凡人的骨骼。松乔:神话传说中仙人赤松子与王子乔的并称。赤松子,传说中神农时的仙人,为雨师,能入火不烧。王子乔,《列仙传》卷上载:王子乔,周灵王太子晋也。好吹笙,作凤凰鸣。游伊洛之间,道士浮丘公接以上嵩高山,乃成仙。三十余年后,七月七日乘日鹤驻缑氏山头,举手谢时人,数日而去。

[6]北部:《三国志》〔魏〕卷一:"年二十,举孝廉,为郎,除洛阳北部尉。"此句言王抡初授官曾得京畿县尉。高选:选官高就之意。《后汉书·王畅传》:"是时,政事多归尚书,桓帝特诏三公,令高选庸能。"(《后汉书》卷八十六·张王种陈列传第四十六)

[7]东堂:指晋宫的正殿。晋武帝时邵诜于东堂殿试得第,后因用为试院的代称。《杜臆》卷八:"'东堂早见招',当是招王为婿,观下'鸾凤夹吹箫'可见,但不知为谁家婿耳。'东堂'或'东床'之误。"东床:指女婿。用王少逸(王羲之)事。晋太傅郗鉴派人赴王门择婿,王羲之独不矜持,坦腹东床,反被选中。此用其事,称美王抡有王羲之遗风。

[8]蛟龙:古代传说的两种动物,居深水中。相传蛟能发洪水,龙能兴云雨。《荀子·劝学》:"积土成山,风雨兴焉;积水成渊,蛟龙生焉。"缠倚剑:传说欧冶子铸剑时,"雨师扫洒,雷公发鼓,蛟龙捧炉,天帝装炭,太一下观"。见《越绝书》卷十一《外传记宝剑》。

[9]"鸾凤"句:用萧史教秦穆公之女弄玉吹箫而凤凰降一事。《列仙传》卷上载,萧史擅长吹箫,秦穆公女弄玉喜欢他,于是秦穆公就将女儿嫁给他。萧史每天教弄玉吹箫,过了几年,吹奏的音乐与凤凰的声音相似,凤凰来止其屋,秦穆公因此建立了凤凰台。后夫妇皆跟随凤凰飞去。这里将王抡比做萧史,谓他结亲于

宗室。

[10]汉庭:借指唐朝廷。胡马骄:指安史之乱。

[11]暗:一作闻。两观:双阙,宫门前两边的望楼,此指代宫殿。〔晋〕崔豹《古今注·都邑》:"阙,观也。古每门树两观于其前,所以标表宫门也。其上可居,登之则可远观,故为之观。"(《古今注》卷上·都邑第二)《东京赋》:"建象魏之两观。"(《文选》卷三·赋乙)兵戈:上句的"胡马",皆指安禄山之乱。

[12]宠辱:指仕途的升降。三朝:指唐玄、肃、代宗三朝。

[13]江干:江边,江岸。江干:一作干戈。彭门:山名,在今四川彭县西北。山有两巨石相对,其形如阙,故名,亦称天彭门或天彭阙。王抡迁彭州刺史,卒于此地。"彭门地里遥"一作"彭关地理遥"。

[14]解龟:解去所佩龟印,指辞官。《文选·谢灵运〈初去郡〉诗》:"牵丝及元兴,解龟在景平。"李善注:"解龟,去官也。"(《文选》卷二十六·诗丁)生碧草:谓委身于草野。

[15]谏猎:指对天子迷于游猎、不务政事予以规讽。典出《史记·司马相如传》:"(相如)常从上至长杨猎,是时天子方好自击熊彘,驰逐野兽,相如上疏谏之。"(《史记》卷一百一十七·司马相如列传第五十七)后因用指谏诤。这里用谏猎受阻追述王抡被贬出朝廷。清霄:喻朝廷。

[16]顷:近年。壮:伟壮。戎麾出:谓严武镇蜀。戎麾,军旗,亦借指军队。《晋书·明帝纪论》:"不得不推诚将相,以总戎麾。"(《晋书》卷六·帝纪第六)

[17]"叨陪"句:谓作者与王抡同入严武幕府为参谋。叨陪,陪接。要:同"邀"。

[18]临气候:临问用兵气候。《晋书·戴洋传》载,戴洋妙解占候卜数,为参军,征西将军庾亮引洋问气候。气候指气象征候。

[19]猛士塞风飙:《大风歌》意。刘邦《大风歌》:"大风起兮云飞扬,威加海内兮归故乡,安得猛士兮守四方!"(《乐府诗集》卷五十八·琴曲歌辞二)

[20]渫:一作漏,一作满。井渫:井水洁净不污。通常军旅所在,必须在井泉等水源疏通之处。井泉不汲,则边境无事。"烽疏"句:与上句意同,烽火不烧,则边境无事。

[21]前筹:谓筹划。前筹:典出《史记·留侯世家》,张良曾在汉王吃饭时向汉王借箸(筷子),为汉王指画军谋。这里以"前筹"喻指王抡曾为幕府谋划战略。自多,一作多自;暇,一作假。隐几:倚靠在几案上。

[22]俄:同"峨"。高耸的样子。双表:华表。因其成对,故称。古人在合葬时常施之于墓。此指墓表。〔晋〕潘岳《怀旧赋》:"岩岩双表,列列行楸。"(《文选》卷十六·赋辛)

〔23〕"寒松"句:《论语·子罕》"子曰:'岁寒,然后知松柏之后凋也。'"《北史·魏毛鸿宾传》:"武帝曰:'寒松劲草,所望于卿也。'"(《北史》卷四十九·列传第三十七)此应为后者意。

〔24〕赠诗:指王抡生前所赠之诗。坠:丢失。染翰:以笔蘸墨。此指作诗文挽之。〔南朝·梁〕简文帝《晚日后堂诗》:"赏心无与共,染翰独踟蹰。"无聊:寂寞惆怅。

〔25〕"再哭"句:言昔尝哭王抡之死,今棺木过夔州再哭之。

〔26〕之官:上任,前往任所。此指王抡赴任彭州刺史。玉折:喻贤者夭折,或为保持节操而捐躯。〔晋〕傅玄《笔赋》:"柔不丝屈,刚不玉折。"〔南朝·宋〕刘义庆《世说新语·言语》:"毛伯成既负其才气,常称'宁为兰摧玉折,不作萧敷艾荣'。"(《世说新语》言语第二)

〔27〕寄葬:厝葬,停柩待葬。

〔28〕旷望:极目眺望,远望。〔南朝·齐〕谢朓《郡内高斋闲望答吕法曹诗》:"旷望极高深。"(《秦汉魏晋南北朝诗》齐诗卷三)渥洼:水名。在今甘肃省安西县境,传说产神马之处。霏微:迷蒙。何汉桥:鹊桥,民间传说天上的织女七夕渡银河与牛郎相会,喜鹊来搭成桥,称鹊桥。河汉,指银河。

〔29〕夫人:指王抡之妻。即世:去世。《左传》:"穆后及太子寿早夭即世。"

〔30〕令子:犹言佳儿,贤郎。多用于称美他人之子。此称王抡之子。清标:俊逸。《南齐书·杜栖传》:"贤子学业清标,后来之秀。"《南齐书》卷五十五·列传第三十六)

〔31〕巫峡:见上官仪《八咏应制二首》(其一)注〔11〕。"巫峡长云雨"用巫山神女典。〔战国·楚〕宋玉《高唐赋》:"妾在巫山之阳,高丘之阻,旦为朝云,暮为行雨。朝朝暮暮,阳台之下。"(《文选》卷十九·赋癸)

〔32〕秦城:长安城。斗杓:斗柄,指北斗星。

〔33〕"冯唐"句:用"冯唐头白"(同"冯唐易老"或"冯唐白首")之典喻指作者年已老迈。汉代的冯唐身历三朝,至武帝时,举为贤良,但唐已九十余岁,不能再做官了。见《史记·张释之冯唐列传》。后因以"冯唐易老"慨叹生不逢时或表示年寿老迈。〔唐〕王勃《秋日登洪府滕王阁饯别序》:"嗟乎!时运不齐,命途多舛,冯唐易老,李广难封。"(《全唐文》卷一百八十一)

〔34〕归兴:归思、回乡的兴致。萧萧:凄凉的样子。

赠李八秘书别三十韵[1]

往时中补右,扈跸上元初[2]。

诗歌部

321

反气凌行在[3]，妖星下直庐[4]。

六龙瞻汉阙[5]，万骑略姚墟[6]。

玄朔回天步[7]，神都忆帝车[8]。

一戎才汗马[9]，百姓免为鱼[10]

通籍蟠螭印[11]，差肩列凤舆[12]。

事殊迎代邸，喜异赏朱虚[13]。

寇盗方归顺，乾坤欲宴如[14]。

不才同补衮，奉诏许牵裾[15]。

鸳鹭叨云阁[16]，麒麟滞石渠[17]。

文园多病后，中散旧交疏[18]。

飘泊哀相见，平生意有余。

风烟巫峡远，台榭楚宫虚[19]。

触目非论故[20]，新文尚起予[21]。

清秋凋碧柳[22]，别浦落红蕖[23]。

消息多旗帜[24]，经过叹里闾[25]。

战连唇齿国，军急羽毛书[26]。

幕府筹频问[27]，山家药正锄[28]。

台星入朝谒[29]，使节有吹嘘[30]。

西蜀灾长弭，南翁愤始摅[31]。

对扬抚士卒[32]，乾没费仓储[33]。

势藉兵须用[34]，功无礼忽诸[35]。

御鞍金騕袅[36]，宫砚玉蟾蜍[37]。

拜舞银钩落[38]，恩波锦帕舒[39]。

此行非不济，良友昔相于[40]。

去旆依颜色[41]，沿流想疾徐[42]。

沈绵疲井臼[43]，倚薄似樵渔[44]。

乞米烦佳客[45]，钞诗听小胥[46]。

杜陵斜晚照[47]，潏水带寒淤[48]。

莫话清溪发，萧萧白映梳[49]。

（《全唐诗》卷二百三十，中华书局点校本，
1960 年 4 月第 1 版，第 2514—2515 页）

【注　释】

[1]此诗当是大历元年（766）七月在夔州作。李秘书先自凤翔扈从肃宗复国，杜甫与之同朝。及杜甫移居夔州时，李秘书为剑南节度使杜鸿渐参谋。后曾访杜甫于夔州，今从杜鸿渐还朝，杜甫赋诗送别。首忆李秘书扈从之事；中叙夔州相遇而述蜀乱，喜其随幕主北上，嘱以入告时艰；末自叙而致送别之情。题名一作《赠李公秘书别三十韵》。秘书：官名、职务名，掌秘要文书之官。

[2]"往时"两句：往时，指在凤翔时。中补右，应是李八秘书时任右补阙，属中书省。扈跸，随侍皇帝出行至某处。跸，指帝王的车驾或行幸之处。上元初：谓肃宗建元之初。

[3]反气：反叛的骨相或气势。〔北周〕庾信《哀江南赋》："遭东南之反气。"（《全后周文》卷八）行在：行在所，专指天子巡行所到之地。《晋书·忠义传·嵇绍》："绍以天子蒙尘，承诏驰诣行在所。"（《晋书》卷八十九·列传第五十九）妖星：古代指预兆灾祸的星，如彗星等。《左传·昭公十年》："居其维首，而有妖星焉。""反气"、"妖星"皆指安史叛乱。直庐：朝官值宿的处所。

[4]直庐：旧时侍臣值宿之处。

[5]六龙：天子之驾，古代天子的车驾为六马，马八尺称龙，因以为天子车驾的代称。《易·乾》："时乘六龙以御天。"〔三国·魏〕嵇康《游仙诗》："乘云驾六龙。"（《秦汉魏晋南北朝诗》魏诗卷九）汉阙：一作汉殿。

[6]略：经略。一作集。姚墟：《帝王世纪》："安原，谓之妫墟，或谓之姚墟。"《汉书·注》："妫墟在汉中郡西城县，舜之居。"肃宗驻跸凤翔，凤翔与汉中接境。姚，一作妫。

[7]玄朔：北方。此指朔方。肃宗先即位灵武，灵武为朔方节度使治所。回天步：指肃宗于灵武登基。回，一作巡。

[8]帝车：北斗星，《史记·天官书》："斗为帝车，运于中央，临制四乡。"（《史记》卷二十七·天官书第五）

[9]一戎：一戎衣。《书·武成》："一戎衣天下大定。"汗马：战马奔走而出汗，喻指劳苦征战。《汉书·公孙弘传》："今臣愚驽，无汗马之劳。"（《汉书》卷五十八·公孙弘卜式儿宽传第二十八）

[10]"百姓"句：《左传·昭公元年》："美哉，禹功，明德远矣。微禹，吾其鱼乎！"《后汉书·光武纪》："赤眉今在河东，但决水灌之，百万之众可使为鱼。"（《后汉书》卷一上·光武帝纪第一上）句意：使百姓免于洪水之灾。

[11]通籍：原谓记名于门籍，可以出入宫门。此谓李秘书得以出入行宫。蟠螭印：刻有蟠螭纹的天子印玺。〔汉〕蔡邕《独断》："天子玺，以玉螭虎纽。"蟠螭，

盘曲的无角之龙。常用作器物的装饰。

[12]差肩：比肩，肩挨着肩。〔南朝·梁〕王僧孺《与何炯书》："抗首接膝，履足差肩。"（〔清〕严可均辑《全梁文》卷五十一）凤舆：凤辇。古代帝王的车乘。

[13]代邸：汉高祖刘邦之子刘恒封代王，所居曰代邸。陈平、周勃等诛诸吕，废少帝，迎立代王，是为文帝。后因以"代邸"指入嗣帝位的藩王的旧邸。朱虚：指汉朱虚侯刘章。汉初吕后死，与周勃（绛侯）、陈平共诛诸吕，以功封王。事见《汉书·高五王传》。朱虚侯是齐悼惠王之子，李秘书必宗室，故以比之，说李秘书类似朱虚，但未受到封赏。

[14]"寇盗"二句：言两京初复。归顺，指向敌对势力投诚、归降。宴如：犹安然，安定平静的样子。《三国志·吴志·朱然传》："将士皆失色，然宴如而无恐意。"（《三国志》卷五十六）

[15]"不才"二句自述其任左拾遗、与李八同朝为谏官事。不才：自谦之词。补衮：皇帝穿衮龙衣，故称补救皇帝的缺失为补衮。奉诏：接受皇帝的命令。牵裾：三国魏文帝曹丕要从冀州迁十万户到河南去，群臣上谏，不听。辛毗再去谏，曹丕不答而入内，辛毗拉住他的衣裾。后来终于减去五万户。见《三国志·魏志·辛毗传》。后以"牵裾"、"牵衣"、"牵裳"指直言极谏。

[16]鸳鹭：喻朝官班列。叨：忝，辱。谦词。云阁：指皇宫。

[17]麒麟：喻李秘书。滞石渠：谓李迁秘书。石渠，即石渠阁，西汉皇室藏书阁，在长安未央宫殿北。石渠，一作玉除。

[18]文园：西汉辞赋家司马相如曾为文园令。此杜甫自谓。中散：中散大夫，嵇康曾任此职，作《绝交书》。此以嵇康修书与山涛绝交事，自述弃官后与旧交疏于往来。

[19]巫峡：见上官仪《八咏应制二首（其一）》注[11]。台榭：台和榭，亦泛指楼台等建筑物。楚宫：古楚国的宫殿。虚，一作除。

[20]触目：目光所及。《太平御览》卷八百三十·珍宝部二："触目皆琳琅珠玉。"

[21]起予：指得到他人的教益。《论语·八佾》："子曰：'起予者，商（子夏）也，始可与言《诗》已矣。'"后因用为启发自己的典故。这里称美李秘书的作品对自己颇有教益。

[22]清秋：明净爽朗的秋天。〔晋〕殷仲文《南州桓公九井作》："独有清秋日，能使高兴尽。"（《秦汉魏晋南北朝诗》晋诗卷十四）

[23]别浦：河流入江海之处称浦，或称别浦。〔南朝·宋〕谢庄《山夜忧》："凌别浦兮值泉跃。"（《秦汉魏晋南北朝诗》宋诗卷六）红蕖：红荷花。蕖，芙蕖。〔南朝·梁〕简文帝《蒙华林园戒诗》："红蕖间青琐，紫露湿丹楹。"（《秦汉魏晋南北

朝诗》梁诗卷二十一）

[24]旗帜：旗号。《汉·高帝纪》：“愿先遣人益张旗帜于山上为疑兵。”（《汉书》卷一上·高帝纪第一上）

[25]里闾：里巷、乡里。《古诗十九首·去者日以疏》：“思还故里闾，欲归道无因。”〔南朝·梁〕武帝《东飞伯劳歌》：“谁家女儿对门居，开颜发艳照里闾。”（《秦汉魏晋南北朝诗》梁诗卷一）

[26]“战连”二句：时崔旰与杨柏及张献诚相攻，蜀乱不断，故有“战连”、“军急”之叹。唇齿，比喻互相依存而有共同利益的双方。《左传》：“辅车相依，唇亡齿寒者，其虞虢之谓乎。”羽毛书：古代用檄（一尺二寸长的木简）来征调军士，遇有急事则插鸟毛于檄上以示迅疾。

[27]原注：“山剑元帅杜相公，初屈幕府参筹画，相公朝谒，今赴后期也。”

[28]原注：“秘书比卧青城山中。”山家：山野人家。《南史·贼臣传·侯景》：“山家小儿果攘臂，太极殿前作虎视。”（《南史》卷八十·列传第七十）

[29]台星：三台星。《晋书·天文志上》：“三台六星，两两而居，起文昌，列抵太微。一曰天柱，三台之位也。在人曰三公，在天曰三台，主开德宣符也。”（《晋书》卷十一·志第一）后以喻指宰辅重臣。此指杜鸿渐。〔唐〕李白《上崔相百忧章》：“台星再朗，天网重恢。”（《全唐诗》卷一百八十三）

[30]使节：使者。亦用以称派驻一方的官员。此谓杜鸿渐。

吹嘘：原指言谈中有所抑扬。后比喻奖掖、引荐。

[31]“西蜀”二句：盼西蜀战乱平息。弭：止，息。南翁：南方的老人。此杜甫自谓。摅（shū）：抒发、发泄。

[32]对扬：指臣子在皇帝面前进对。《书·毕命》：“对扬文武之光命。”抏，音桓，损敝也。一作坑。

[33]乾没：投机图利。《汉书·张汤传》：“始为小吏，乾没。”（《汉书》卷五十九·张汤传第二十九）

[34]藉兵：在编的军士。《金史·章宗纪四》：“河南皆听揆节制如故，尽征诸道籍兵。”（《金史》卷十二·本纪第十二）

[35]功无礼：加功于无礼之臣。

忽诸：突然断绝。诸，语末助词，无义。

[36]骙（yǎo）袅（niǎo）：古骏马名。《淮南子》：“待骙袅、飞兔而驾之，则世莫乘车。”（《淮南子》卷十一·齐俗训）

[37]玉蟾蜍：古时以蟾蜍象征幸福。《西京杂记》卷六：“广川王发晋灵公冢，得玉蟾蜍一枚，大如拳，光润如新玉，取以盛水滴砚。”

[38]拜舞：跪拜与舞蹈，古代朝拜的礼节。《吴越春秋》：“群臣拜舞天颜舒。”

(《吴越春秋》勾践归国外传第八)

银钩:形容书法遒劲。

[39]恩波:谓帝王的恩泽。

锦帕:指披覆在马背上的锦制之巾。

[40]相于:相厚、相亲近。〔汉〕王符《潜夫论·释难》:"夫尧舜之相于人也,非戈与伐也。"(《潜夫论》卷七)

[41]斾:一作棹。

[42]沿流:谓顺流而下。〔隋〕孔德绍《赋得涉江采芙蓉》:"沿流渡楫易,逆浪取花难。"(《秦汉魏晋南北朝诗》隋诗卷六)

疾徐:快慢。〔南朝·梁〕简文帝《玩汉水诗》:"岂若兹川丽,清流疾且徐。"(《秦汉魏晋南北朝诗》梁诗卷二十一)

[43]沉绵:久病不愈。用公干(刘桢,字公干)病之典。

井臼:汲水春米,泛指操持家务。〔南朝·宋〕颜延之《陶征士诔》:"井臼弗任,藜菽不给。"(《文选》卷五十七·诔、哀)

[44]倚薄:生活困迫。

樵渔:樵夫和渔夫。亦泛指村舍中人。

[45]乞:去声。

佳客:嘉宾、贵客。

[46]小胥:古代官名。乐官之属。《周礼·春官·小胥》:"小胥掌学士之征令而比之。觵其不敬者,巡舞列而挞其怠慢者。正乐县之位。"

[47]杜陵:地名。在今陕西省西安市东南。古为杜伯国。秦置杜县,汉宣帝筑陵于东原上,因名杜陵。并改杜县为杜陵县。晋曰杜城县,北魏曰杜县,北周废。杜甫故居在此。

晚照:夕阳的余晖;夕阳。

[48]潏水:水名。发源于秦岭,流经关中。杜甫故居所在。

[49]莫话:不要提及的意思。

清溪发:此杜甫自谓。

萧萧:头发稀短的样子。

蒋洌

【作者简介】

　　蒋洌,常州义兴(今江苏宜兴)人。蒋涣兄,高智周曾外孙,进士及第。玄宗朝历仕大理评事、监察御史、侍御史、考工员外郎、御史中丞、礼部户部侍郎,天宝十四载(755)为吏部侍郎,迁尚书左丞。安史乱中曾受伪职,后不知所终。今存诗七首。事见两《唐书·高智周传》《蒋镇传》《新唐书·颜真卿传》《国秀集》《御史台精舍碑题名》《唐尚书省郎官石柱题名考》卷六及卷十,《册府元龟》卷一百四十四。

巫山之阳香溪之阴明妃神女旧迹存焉[1]

　　　　　神女归巫峡[2],明妃入汉宫。
　　　　　捣衣余石在,荐枕旧台空[3]。
　　　　　行雨有时度[4],溪流何日穷。
　　　　　至今词赋里,凄怆写遗风[5]。

（《全唐诗》卷二百五十八,中华书局点校本,1960 年 4 月第 1 版,第 2883 页）

【注　释】

　　[1]巫山之阳:巫山的南面。巫山,见凌敬《巫山高》注[2]。

　　香溪之阴:香溪的北面。香溪,香溪河。发源于湖北省西部神农架山中,流经今湖北兴山县。长江支流,在今湖北西陵峡西口的香溪镇注入长江。《太平御览》卷六十七引《郡国志》:"王昭君,秭归人也。有香溪,即昭君游处。"又〔宋〕陆游《入蜀记》:"泊舟兴山口,肩舆游玉虚洞,去江岸五里许,隔一溪,所谓香溪也。源出昭君村,水味美,缘于水品,色泽如黛。"

明妃:王昭君。西晋时避司马昭讳,改称明君,后又转称明妃。昭君村在归州东北四十里,见《方舆胜览》卷五十八。

神女:指巫山神女。传说居于巫山阳台之下。

[2]巫峡:见上官仪《八咏应制二首(其一)》注[11]。

[3]捣衣:洗衣。旧时江南女子洗衣,多用特制的木杵在河边石上槌打,故称捣衣。荐枕旧台:传说中楚怀王与巫山神女梦中欢会的地方。〔战国·楚〕宋玉《高唐赋》:"昔者先王尝游高唐,怠而昼寝,梦见一妇人曰:'妾,巫山之女也。为高唐之客。闻君游高唐,愿荐枕席。'王因幸之。去而辞曰:'妾在巫山之阳,高丘之阻,旦为朝云,暮为行雨。朝朝暮暮,阳台之下。'旦朝视之,如言。故为立庙,号曰'朝云'。"(《文选》卷十九·赋癸)台,指阳台。

[4]行雨有时度:指巫峡中朝云暮雨依时而至。暗用巫山神女事。详见上注。

[5]词赋:指咏王昭君、巫山神女的诗词歌赋作品。

凄怆:悲伤;悲凉。

岑 参

【作者简介】

岑参(约715—769),荆州江陵(今湖北江陵)人。父植,位终仙、晋二州刺史。参少孤,年十五隐于嵩山少室,二十至阙下献书。此后十年,屡出入京、洛。约开元二十七年(739),曾往游河朔。天宝三载(744),登进士高第,旋授右内率府兵曹参军。八载(749)冬,以右威卫录事参军入安西节度使高仙芝幕为僚佐;十载,还长安。十三载(754)夏末赴北庭,为安西、北庭节度判官。十五载,迁支度副使。至德二载(757)东归,授右补阙。乾元二年(759)改起居舍人,寻出为号州长史。宝应元年(762),迁关西节度判官。广德元年(763),入为祠部员外郎。寻转考功员外郎,虞部、屯田、库部郎中。永泰元年(765)冬,授嘉州刺史,因蜀乱未能赴任。大历元年(766),随剑南西川节度使杜鸿渐入蜀,列干幕府。二年,赴嘉州刺史任。三年罢官,客寓于蜀。四年岁末,卒于成都。参工诗,与高适齐名。著有《岑嘉州诗集》八卷。事见岑参《感旧赋》,杜确《岑嘉州诗集序》《唐诗纪事》卷二十三,《唐才子传》卷三。

秋夕听罗山人弹三峡流泉[1]

> 皤皤岷山老[2],抱琴鬓苍然。
> 衫袖拂玉徽[3],为弹三峡泉。
> 此曲弹未半,高堂如空山[4]。
> 石林何飕飗[5],忽在窗户间。
> 绕指弄鸣咽,青丝激潺湲[6]。
> 演漾怨楚云[7],虚徐韵秋烟[8]。
> 疑兼阳台雨[9],似杂巫山猿[10]。
> 幽引鬼神听,净令耳目便[11]。

楚客肠欲断,湘妃泪斑斑[12]。

谁裁青桐枝[13],缒以朱丝弦[14]。

能含古人曲,递与今人传[15]。

知音难再逢[16],惜君方老年[17]。

曲终月已落,惆怅东斋眠。

(《全唐诗》卷一百八十四,中华书局点校本,1960 年 4 月第 1 版,第 2048 页)

【注 释】

[1]三峡流泉:《才调集》有女道士李冶《从萧叔子听弹琴赋得三峡流泉歌》。郭茂倩《乐府诗集》卷六十:"《琴集》曰:《三峡流泉》,晋阮咸所作也。"李季兰《三峡流泉歌》,并见于《唐诗纪事》卷七十八(《全唐诗》卷二十三)。《唐才子传》卷二:"季兰名冶,以字行,峡中人,女道士也……专心翰墨,善弹琴,尤工格律……天宝间,玄宗闻其诗才,诏赴阙,留宫中月余,优赐甚厚,遣归故山。"则所作当在岑参此诗之前,然二诗各写弹琴,全不相涉,似岑参未尝得见李作。《岑诗系年》系此诗于嘉州诗中。诗云:"高堂如空山""惆怅东斋眠",似为嘉州署中所作。(《岑参诗集编年笺注》,巴蜀书社,1995 年版,第 719 页)

[2]皤皤(pópó):形容头发白的样子。〔晋〕陆机《汉高祖功臣颂》:"皤皤董叟,谋我平阴,三军缟素,天下归心。"(《文选》卷四十七·颂、赞)

岷山:中国西部大山,位于甘肃省西南、四川省北部。西北—东南走向。西北接西倾山,南与邛崃山相连。包括甘肃南部的迭山,甘肃、四川边境的摩天岭。主要由石灰岩构成,主峰雪宝顶海拔 5588 米。是长江水系的岷江、涪江、白水河与黄河水系的黑水河的分水岭。峰峦重叠,河谷深切。

[3]玉徽:玉制的琴徽,亦为琴的美称。《尚书故实》:"(琴)上者以玉徽,次者以宝徽,又次者以金螺蚌徽。"(《太平广记》卷二百〇三)〔唐〕宋之问《放白鹇篇》:"玉徽闭匣留为念,六翮开笼任尔飞。"(《全唐诗》卷五十一)

[4]高堂如空山:钟惺评:"高情异境。"(《唐诗归》卷十三)

[5]飕飀(sōuliú):象声词,风雨声。〔唐〕刘禹锡《始闻秋风》:"五夜飕飀枕前觉,一年颜状镜中来。"(《全唐诗》卷三百五十九)

[6]这两句形容琴声自指弦间发出像哭泣一样的声音和流水一般的声音。

[7]演漾:水波荡漾的样子。〔三国·魏〕阮籍《咏怀》之七五:"泛泛乘轻舟,演漾靡所望。"此句形容琴声远传,使浮云悲怨。(《秦汉魏晋南北朝诗》魏诗卷

[8]虚徐韵秋烟:《诗邶风·北风》:"其虚其邪。"朱熹注:"虚,宽貌。邪,一作徐,缓也。"(《诗集传》,中华书局,2011年版,第34页)这句诗是说,琴声宽缓时如秋烟一样别有韵致。

[9]疑兼阳台雨:用巫山神女典。〔战国·楚〕宋玉《高唐赋》:"妾在巫山之阳,高丘之阻,旦为朝云,暮为行雨。朝朝暮暮,阳台之下。"(《文选》卷十九·赋癸)此句言琴声疑兼雨声。

[10]似杂巫山猿:古代巫峡两岸多猿。见阎立本《巫山高》注[8]。

[11]净令耳目便:言其音净动听。耳目实言耳,偏义复词。令、便均读平声。

[12]楚客:本指屈原。此处泛指客居他乡的人。

湘妃:舜二妃娥皇、女英。相传二妃没于湘水,遂为湘水之神。〔北周〕庾信《拓跋竞夫人尉迟氏墓志铭》:"西临织女之庙,南望湘妃之坟。"(《全后周文》卷十八)

[13]青桐枝:梧桐木宜于作琴。

[14]朱丝弦:琴弦用红丝做成,故言"朱丝弦"。

[15]含:包容。

递:更迭。

[16]知音难再逢:《列子·汤问》:"伯牙善鼓琴,钟子期善听。伯牙鼓琴,志在高山。钟子期曰:'善哉!峨峨兮若泰山!'志在流水,钟子期曰:'善哉!洋洋兮若江河。'子期死,伯牙绝弦,以无知音者。"(《千金裘》卷十一)〔三国·魏〕曹丕《与吴质书》:"痛知音之难遇。"(《魏文帝集》卷四)

[17]惜君方老年:〔汉〕贾谊《惜誓》:"惜余年老而日衰兮。"注:"言哀己年岁已老,气力衰微。"(《楚辞补注》卷十一)方:当,正。此句哀惜罗已年老。

送周子落第游荆南[1]

足下复不第[2],家贫寻故人。
且倾湘南酒,羞对关西尘[3]。
山店橘花发,江城枫叶新。
若从巫峡过[4],应见楚王神[5]。

(《全唐诗》卷二百,中华书局点校本,1960年4月第1版,第2072页)

【注　释】

[1]荆南:荆州一带,亦泛指南方。《文选·陆机〈辩亡论上〉》:"吴武烈皇帝慷慨下国,电发荆南。"张铣注:"坚起兵于荆州,故云荆南也。"(《文选》卷五十三)

[2]足下:古代下称长辈或同辈相称的敬词。《韩非子·难三》:"今足下虽强,未若知氏;韩魏虽弱,未至如其在晋阳之下也。"(《韩非子·难三》第三十八)

[3]关西:指函谷关或潼关以西的地区。《汉书·萧何传》:"关中摇足,则关西非陛下有也。"(《汉书》卷三十九)

[4]巫峡:见上官仪《八咏应制二首(其一)》注[11]。

[5]楚王神:楚王和巫山神女,传说楚王与巫山神女在梦中相会。〔战国·楚〕宋玉《高唐赋》:"昔者先王尝游高唐,怠而昼寝,梦见一妇人曰:'妾,巫山之女也。为高唐之客。闻君游高唐,愿荐枕席。'王因幸之。去而辞曰:'妾在巫山之阳,高丘之阻,旦为朝云,暮为行雨。朝朝暮暮,阳台之下。'"(《文选》卷十九·赋癸)

醉戏窦子美人

朱唇一点桃花殷,宿妆娇羞偏髻鬟[1]。
细看只似阳台女[2],醉着莫许归巫山[3]。

(《全唐诗》卷二百〇一,中华书局点校本,1960年4月第1版,第2106页)

【注　释】

[1]宿妆:亦作"宿粧",犹旧妆,残妆。〔唐〕温庭筠《菩萨蛮》词:"蕊黄无限当山额,宿妆隐笑纱窗隔。"(《全唐诗》卷八百九十一)

髻鬟:古时妇女发式。将头发环曲束于顶。〔唐〕孟浩然《美人分香》:"髻鬟垂欲解,眉黛拂能轻。"(《全唐诗》卷一百六十)

[2]阳台女:指传说中的巫山神女。〔战国·楚〕宋玉《高唐赋》:"昔者先王尝游高唐,怠而昼寝,梦见一妇人曰:'妾,巫山之女也。为高唐之客。闻君游高唐,愿荐枕席。'王因幸之。去而辞曰:'妾在巫山之阳,高丘之阻,旦为朝云,暮为行雨。朝朝暮暮,阳台之下。'"(《文选》卷十九·赋癸)

[3]巫山:见凌敬《巫山高》注[2]。此用宋玉《高唐赋》《神女赋》之典。两赋皆写楚王与巫山神女在梦中相会的故事。

皇甫冉

【作者简介】

皇甫冉（约717—约770），字茂政，润州丹阳（今江苏丹阳县）人。祖籍安定（今甘肃泾川县）。天宝十五载（756）举进士第一。调无锡尉。罢任后曾居阳羡山中。后入为左金吾兵曹参军。永泰、大历间，入河南副元帅王缙幕，为节度掌书记。大历二年（767），迁左拾遗，转右补阙。约大历四、五年（769、770），奉使江南，回丹阳省亲而卒于家，享年五十四岁。《新唐书·艺文志》著录《皇甫冉诗集》三卷。事见《新唐书》卷二百〇二《文艺中》，独孤及《唐故左补阙安定皇甫公集序》《唐才子传校笺》卷三。

同李苏州伤美人[1]

玉佩石榴裙，当年嫁使君[2]。
专房犹见宠，倾国众皆闻[3]。
歌舞常无对，幽明忽此分[4]。
阳台千万里，何处作朝云[5]。

（《全唐诗》卷二百四十九，中华书局点校本，1980年4月第1版，第2796页）

【注　释】

[1]李苏州：疑指李希言。至德元载（756）至乾元元年（758）任苏州刺史。见《唐刺史考》卷一百三十九。

[2]石榴裙：大红裙。

当年：盛年。

[3]专房：专宠。

倾国：喻美色惊人。《汉书·外戚传上·李夫人》："延年侍上起舞，歌曰：'北方有佳人，绝世而独立，一顾倾人城，再顾倾人国。宁不知倾城与倾国，佳人难再得！'"（《汉书》卷九十七上）后因以"倾国"或"倾城倾国"形容女子极其美丽。

［4］幽明：指死与生；阴间与人间。〔唐〕元稹《江陵三梦》："平生每相梦，不省两相知，况乃幽明隔，梦魂徒尔为。"（《全唐诗》卷四百〇四）

［5］阳台、朝云：用楚王梦遇巫山神女事。〔战国楚〕宋玉《高唐赋》：楚王与巫山神女相会，神女"去而辞曰：'妾在巫山之阳，高丘之阻，旦为朝云，暮为行雨。朝朝暮暮，阳台之下。'旦朝视之，如言。故为立庙，号曰'朝云'。"（《文选》卷十九·赋癸）

巫山峡[1]

巫峡见巴东，迢迢出半空[2]。
云藏神女馆，雨到楚王宫[3]。
朝暮泉声落，寒暄树色同[4]。
清猿不可听，偏在九秋中[5]。

（《全唐诗》卷二百四十九，中华书局点校本，1960年4月第1版，第2794页）

【注　释】

［1］此诗又录入"全唐诗·乐府杂曲·鼓吹曲辞"，题作《巫山高》。巫山峡：巫峡。见上官仪《八咏应制二首（其一）》注［11］。

［2］巴东：此指古巴东郡，东汉置，治所在鱼复（今重庆奉节县）。

迢迢：遥远的样子。

出半："乐府杂曲·鼓吹曲辞"作"半出"。

［3］神女馆：宋玉《高唐赋》称，战国时楚怀王游高唐，梦见神女"愿荐枕席，王因幸之"。临别神女自称："妾在巫山之阳，高丘之阻，旦为朝云，暮为行雨，朝朝暮暮，阳台之下。"后怀王为之立庙，号曰"朝云"。即所谓"神女馆"。

楚王宫：此指楚王与巫山神女幽会之所。

［4］暄：温暖。

［5］清猿：猿。因其啼声凄清，故称。〔南朝·梁〕任昉《竞陵文宣王行状》："清猿与壶人争旦。"（《文选》卷六十）〔北魏〕郦道元《水经注·江水》："其间首尾

百六十里,谓之巫峡,盖因山为名也。……每至晴初霜旦,林寒涧肃,常有高猿长啸,属引凄异,空谷传响,哀转久绝。故渔者歌曰:'巴东三峡巫峡长,猿鸣三声泪沾裳!'"(《水经注》卷三十四)

　　九秋:指秋天。〔南朝·宋〕谢灵运《善哉行》:"三春燠敷,九秋萧索。"(《秦汉魏晋南北朝诗》宋诗卷二)

李嘉祐

【作者简介】

李嘉祐,字从一,赵州人。玄宗天宝七载(748)擢第,授秘书正字。坐事谪鄱江令,调江阴,入为中台郎。上元中,出为台州刺史。大历中,复为袁州刺史。与严维、刘长卿、冷朝阳诸人友善。为诗丽婉,有齐梁风。有集一卷。

江上曲[1]

江心淡淡芙蓉花[2],江口蛾眉独浣纱[3]。
可怜应是阳台女[4],对坐鹭鸶娇不语[5]。
掩面羞看北地人[6],回身忽作空山语[7]。
苍梧秋色不堪论[8],千载依依帝子魂[9]。
君看峰上斑斑竹[10],尽是湘妃泣泪痕[11]。

(《全唐诗》卷二百〇六,中华书局点校本,1960年4月第1版,第2144页)

【注　释】

[1]这首诗清新丽婉,有如潺潺清水,沁人心脾。历史的传说故事与现实中浣纱阳台女的不幸遭遇,巧妙地结合在一起,读之意味无穷。作者另有《裴侍御见赠斑竹杖》,都是诗人贬谪鄱阳时的作品,表现出一种追求闲适而又不得不关心时政的复杂心情。

[2]潺潺:水摇晃动荡的样子。

芙蓉花:莲花。

[3]蛾眉:本指妇女的蛾状眉毛,后引申代指妇女,此处指浣纱女。

浣纱:洗濯棉线。浣:洗濯。

[4]阳台女:此指宫女。阳台:见凌敬《巫山高》注[7]。

[5]鸳鸯:似野鸭,体形较小。嘴扁,颈长,趾间有蹼,善游泳,翼长,能飞。雄的羽色绚丽,头后有铜赤、紫、绿等色羽冠;嘴红色,脚黄色。雌的体稍小,羽毛苍褐色,嘴灰黑色。栖息于内陆湖泊和溪流边。在中国内蒙古和东北北部繁殖,越冬时在长江以南直到华南一带。为中国著名特产珍禽之一。旧传雌雄偶居不离,故常用来比喻夫妻。〔唐〕温庭筠《南歌子》:"不如从嫁与,作鸳鸯。"(《花间集》卷一)

[6]北,一作此。

[7]身,一作首。空山语,一作巫山雨。

[8]苍梧:山名,即九嶷山,在湖南省宁远县南。传说舜南游死葬的地方。

[9]依依:思慕,怀念。

帝子:帝王的子女,这里指娥皇、女英。

[10]斑斑竹:斑竹,又名湘妃竹。相传舜死葬苍梧山后,他的两位妃子娥皇、女英悲伤流泪,泪下沾竹处,文悉为之斑。

[11]湘妃:尧帝的女儿,舜帝的妃子。

送友人入湘[1]

闻说湘川路[2],年年苦雨多[3]。
猿啼巫峡雨[4],月照洞庭波。
穷海人还去[5],孤城雁共过。
青山不可极[6],来往自蹉跎[7]。

(《全唐诗》卷二百〇六,中华书局点校本,1960年4月第1版,第2158页)

【注　释】

[1]湘:湖南,因湘水而得名。本篇是作者众多的送别诗之一,诗句中不仅包含着友人的同情,也满载着自己多年不幸生活的深切感受。昔日自己走过的湘川路,今天友人又要去重蹈,多少往事,一齐涌上心头,"蹉跎"之感,很令人情伤。

[2]湘川路:去湘地的水路。

[3]苦雨:一作湖水。

[4]猿啼巫峡雨:巫峡为长江三峡(瞿塘峡、西陵峡、巫峡)中最长的一峡。此

诗歌部

地经常阴雨连绵,晴日少见,两岸山中又多猿啼,多以当地渔者歌曰:"巴东三峡巫峡长,猿鸣三声泪沾裳。"(《水经注》卷三十四)。

[5]穷海:僻远的海边,亦指大海。《后汉书·耿恭传论》:"余初读《苏武传》,感其茹毛穷海,不为大汉羞。"(《后汉书》卷十九)

[6]不可极:不能尽。极,尽。

[7]蹉跎:指虚度光阴。详见李端《春游乐》注。

送岳州司马弟之任[1]

岳阳天水外,念尔一帆过[2]。
野墅人烟迥,山城雁影多[3]。
有时巫峡色,终日洞庭波[4]。
丞相今为郡,应无劳者歌[5]。

(《全唐诗》卷二百〇六,中华书局点校本,1960年4月第1版,第2147页)

【注　释】

[1]岳州:治所在今湖南岳阳市。

[2]岳阳在天水相连之外,你去那里上任,要乘船经过。

[3]野墅:野外田间的草房。迥:远。句谓:那村野间人烟稀少,但山城的雁儿却比较多。

[4]巫峡:见上官仪《八咏应制二首(其一)》注[11]。洞庭波:洞庭湖水。《楚辞·九歌》:"洞庭波兮木叶下。"句谓:有时可看到江水带来的巫峡景色,但整天只望见洞庭的烟波。

[5]劳者:劳人,劳动者。《诗·小雅·巷伯》:"骄人好好,劳人草草。苍天苍天,视彼骄人,矜(哀怜)此劳人。"

送上官侍御赴黔中[1]

莫向黔中路,令人到欲迷。
水声巫峡里,山色夜郎西[2]。
树隔朝云合,猿窥晓月啼[3]。

南方饶翠羽^[4],知尔饮清溪^[5]。

（《全唐诗》卷二百〇六,中华书局点校本,1960 年 4 月第 1 版,第 2157 页）

【注　释】

[1]侍御:唐代称殿中侍御史、监察御史为侍御。

黔中:唐置黔中道,辖境包括今贵州大部、湖南西部、湖北西南部、四川东南部,治所在今四川彭水县。

[2]巫峡:见上官仪《八咏应制二首(其一)》注[11]。

夜郎:古国名,其地唐属黔中道。又唐置夜郎县,在今湖南新晃县境。

[3]晓月:拂晓的残月。〔南朝·宋〕谢灵运《庐陵王墓下作》:"晓月发云阳,落日次朱方。"(《文选》卷二十三)

[4]饶:多。

翠羽:翡翠的羽毛,甚珍贵。

[5]"知尔"句:用邓攸事,《晋书·良吏传·邓攸传》:"元帝以攸为太子中庶子。时吴郡阙守,人多欲之,帝以授攸。攸载米之郡,俸禄无所受,唯饮吴水而已。……攸在郡刑政清明,百姓欢悦,为中兴良守。"(《晋书》卷九十)

张 潮

【作者简介】

张潮，《唐诗纪事》作张朝，润州曲阿（今江苏丹阳）人。玄宗时处士。善诗，殷璠尝汇次其诗入《丹阳集》。今存诗五首。事见《新唐书·艺文志四》《唐诗纪事》卷二十七。

江风行[1]

婿贫如珠玉，婿富如埃尘[2]。

贫时不忘旧，富日多宠新。

妾本富家女，与君为偶匹。

惠好一何深，中门不曾出[3]。

妾有绣衣裳，葳蕤金缕光[4]。

念君贫且贱，易此从远方[5]。

远方三千里，思君心未已。

日暮情更来，空望去时水。

孟夏麦始秀，江上多南风[6]。

商贾归欲尽，君今尚巴东[7]。

巴东有巫山，窈窕神女颜[8]。

常恐游此方，果然不知还。

（《全唐诗》卷一百一十四，中华书局点校本，1960年4月第1版，第1159—1160页）

【注 释】

[1]《江风行》：清编《全唐诗》卷二十六《杂曲歌辞》收此诗，题作《长干行》。

行,歌行,乐府诗体之一,如古乐府《长歌行》《短歌行》之类是也。此《江风行》为张潮自制的歌行。

[2]珠玉、埃尘:指对待妻子的两种不同态度。

[3]惠好:柔顺美好。

一何:如何。

中门:正门。

[4]葳蕤:华美的样子。

金缕:旧时罗绮一类衣服常用金线装饰,称为金缕。金缕光谓衣服上金线闪光发亮。

[5]易:交易、卖掉。

此:指绣衣裳。

从:去。

[6]孟夏:夏季第一个月,即农历四月。

麦始秀:麦子开始抽穗开花。秀,抽穗开花。

[7]商贾:商人。

巴东:古郡名。辖今重庆市奉节、云阳、巫山等地。

[8]巫山:见凌敬《巫山高》注[2]。相传有十二峰,其中以神女峰最为纤丽秀拔,峰下有神女庙。

窈窕:女子娴静美好之态。《诗·周南·关雎》:"窈窕淑女。"

神女:巫山神女。

司空曙

【作者简介】

司空曙(720？—790？)，字文明，一作文初。行十四。广平(今河北省永年县东)人，或说京兆(今西安)人。安史之乱中避祸江南。约于代宗大历初登进士第，任右拾遗，因事贬江陵府长林丞。德宗贞元元年，韦皋由左金吾卫大将军为检校户部尚书，兼成都尹、御史大夫、剑南西川节度观察使，司空曙在其府中任职带检校水部郎中衔。终官虞部郎中。司空曙有诗名，是大历十才子之一。今存《司空曙集》二卷。事见《新唐书·文艺传》《极玄集》卷上、《唐诗纪事》卷三十、《唐才子传校笺》卷四。

送史申之峡州[1]

峡口巴江外[2]，无风浪亦翻。
蒹葭新有雁[3]，云雨不离猿[4]。
行客思乡远，愁人赖酒昏。
檀郎好联句[5]，共滞谢家门[6]。

（《全唐诗》卷二百三十七，中华书局点校本，1960 年 4 月第 1 版，第 3329 页）

【注　释】

[1]史申：不详。

之：前去，往。

峡州：今湖北省宜昌市。这首诗描写了峡口巴江外的景物：波浪滚滚，蒹葭摇摆，大雁翻飞，云雨飘浮，哀猿啼叫，行客乡思，愁人醉酒。一派雄浑凄楚的环境气氛，表现了诗人的一种愁绪。

［2］峡口:指西陵峡峡口,在夷陵西。

巴江:指流经巴地的长江。

［3］蒹葭:芦苇,诗中蕴含思念之义。《诗·秦风·蒹葭》:"蒹葭苍苍,白露为霜。所谓伊人,在水一方。"本指在水边怀念故人,后以"蒹葭"泛指思念异地友人。

［4］云雨:〔战国·楚〕宋玉《高唐赋》载,楚王在梦中与巫山神女幽会,神女离别时,自云"妾在巫山之阳,高丘之阻,旦为朝云,暮为行雨。朝朝暮暮,阳台之下"。(《文选》卷十九·赋癸)故常以"云雨"替代巫峡乃至三峡。这里用云雨点明峡州自然景象。

［5］檀郎:晋潘岳美姿容,小字檀奴。人称檀郎。后用为貌美才高的男子的美称。见《晋书·潘岳传》。此指史申。

联句:数人交替赋诗,合为一篇,称联句。

［6］谢家门:谢灵运之家,当喻峡州刺史,盖善诗者。

刘长卿

【作者简介】

　　刘长卿（约726—约786），字文房，宣州人。一说河间人，一说彭城人。三说盖均言郡望。长卿自幼生洛阳，视之为故乡。生年不详。开元末或天宝初应进士试，屡试不第。至德二载（757），由江淮宣慰选补使崔涣遴选入仕，释褐长洲县尉。至德三载正月，摄海盐令。以事下狱，遇赦放归。同列赴阙讼冤，得复籍，议贬潘州南巴尉，命至洪州待命。直至广德元年（763），始得量移浙西某县。永泰元年（765）前后赴京，入转运使幕。大历二年（767），以转运使判官兼殿中侍御史奉使淮西。三年，至淮南。五年顷，移使鄂岳。迁鄂岳转运留后、检校祠部员外郎。遭鄂岳观察使吴仲孺诬奏，贬睦州司马。大历十二年（777）至睦州任所。建中初迁随州刺史。李希烈版，长卿失州东归。贞元初，入淮南节度使杜亚幕。府罢，归江南。约卒于贞元六年（790）。长卿工诗，自称"五言长城"。其集称《刘随州集》，有明刊本多种传世。《全唐诗》编其诗为五卷。事迹散见《元和姓纂》卷五、《新唐书·艺文志四》《唐诗纪事》卷二十六、《唐才子传》卷二等。

扬州雨中张十宅观妓[1]

　　夜色带春烟[2]，灯花拂更燃。
　　残妆添石黛[3]，艳舞落金钿[4]。
　　掩笑频欹扇[5]，迎歌乍动弦。
　　不知巫峡雨[6]，何事海西边。

（《全唐诗》卷一百四十八，中华书局点校本，1960 年 4 月第 1 版，第 1512 页）

【注 释】

［1］此诗一作张谓诗。

［2］春烟：泛指春天的云烟岚气等。《魏书·常景传》："长卿有艳才，直致不群性，郁若春烟举，皎如秋月映。"（《魏书》卷八十二）

［3］石黛：古代妇女用以画眉的青黑色颜料。〔南朝·梁〕徐陵《〈玉台新咏〉序》："南都石黛，最发双蛾；北地燕脂，偏开两靥。"

［4］金钿：指嵌有金花的妇人首饰。〔南朝·梁〕丘迟《敬酬柳仆射征怨》："耳中解明月，头上落金钿。"（《秦汉魏晋南北朝诗》梁诗卷五）

［5］攲：音 qī，古同"敧"，指斜靠着。

［6］巫峡雨：〔战国·楚〕宋玉《高唐赋》："昔者先王尝游高唐，怠而昼寝，梦见一妇人曰：'妾，巫山之女也。为高唐之客。闻君游高唐，愿荐枕席。'王因幸之。去而辞曰：'妾在巫山之阳，高丘之阻，旦为朝云，暮为行雨。朝朝暮暮，阳台之下。'旦朝视之，如言。故为立庙，号曰'朝云'。"（《艺文类聚》卷七十九）巫峡：见上官仪《八咏应制二首（其一）》注［11］。

顾 况

【作者简介】

顾况（约727—约820），字逋翁，别号华阳山人。祖籍润州丹阳（今江苏丹阳县），后迁居苏州海盐（今浙江海盐县）横山。至德二载（757）进士及第。大历二年（767）至六年间曾至江西，与李泌、柳浑交游。六年至九年在永嘉任盐铁官。贞元三年闰五月后任校书郎，后迁著作佐郎。贞元五年贬为江西饶州司户参军。贞元九年秋，经滁州归吴，隐居茅山，受道箓。顾况懂音律，擅丹青，不修检操，尝自称狂生。与刘长卿、韦应物、皎然、包佶、刘太真等人有交游。《新唐书·艺文志》著录《顾况集》二十卷，已散佚，今存《华阳真逸集》二卷、《顾况诗集》二卷。《顾华阳集》三卷又补逸一卷、《顾逋翁诗集》四卷，《全唐诗》录其诗四卷。事见皇甫冉《唐故著作佐郎顾况集序》《旧唐书·李泌传》附《顾况传》《唐诗纪事》卷二十八、《唐才子传校笺》卷三等。

春游曲二首[1]（其二）

枯弹连钱马[2]，银钩妥堕鬟[3]。
采桑春陌上，踏草夕阳间[4]。
意合词先露，心诚貌却闲。
明朝若相忆，云雨出巫山[5]。

（《全唐诗》卷二百六十四，中华书局点校本，1960年4月第1版，第2932页）

【注　释】

[1]此诗一作李端诗,题作《春游乐》。收于清编《全唐诗》卷二百八十五。

[2]柘弹:用柘木做成的弹弓。〔南朝·梁〕何逊《拟轻薄篇》:"柘弹随珠丸,白马黄金饰。"(《乐府诗集》卷六十七)连钱马:骏马名。马的毛纹形状似相连的铜钱。〔南朝·梁〕吴均《赠周散骑兴嗣》诗之二:"朱轮玳瑁牛,紫辔连钱马。"(《秦汉魏晋南北朝诗》梁诗卷十一)

[3]银钩:银制之钩,女子衣带上的饰物。〔唐〕徐坚《棹歌行》:"櫂女饰银钩,新妆下翠楼。"(《全唐诗》卷一百〇七)妥堕鬟:女子的一种发式,发髻略微下垂而不晃动。

[4]踏草:春日郊游。

[5]云雨出巫山:用巫山神女事。见杜甫《咏怀古迹五首(其二)》注[5]。巫山,见凌敬《巫山高》注[2]。

句

巫峡朝云暮不归[1],洞庭春水晴空满[2]。

(《全唐诗》卷二百六十七,中华书局点校本,1960 年 4 月第 1 版,第 2972 页)

【注　释】

[1]巫峡朝云:巫山早晨的云,用巫山神女事。〔战国·楚〕宋玉《高唐赋》:"妾(巫山神女)在巫山之阳,高丘之阻,旦为朝云,暮为行雨。朝朝暮暮,阳台之下。"(《文选》卷十九·赋癸)巫峡,见上官仪《八咏应制二首(其一)》注[11]。

[2]洞庭:洞庭湖,在湖南境内。

阎敬爱

【作者简介】

阎敬爱,生卒年不详。郡望荥阳(今属河南)。历官御史。曾作诗题濠州高塘馆。唐肃宗至德二载(757)十一月自苏州别驾任睦州刺史。未几卒,刘长卿有祭文。事迹见《封氏闻见记》卷七、《南部新书》卷庚、《严州图经》卷一。《全唐诗》存诗一首。

题濠州高塘馆[1]

借问襄王安在哉[2],山川此地胜阳台[3]。
今宵寓宿高塘馆,神女何曾入梦来[4]。

(《全唐诗》卷八百七十一,中华书局点校本,1960年4月第1版,第9875页)

【注　释】

[1]高塘馆:亦作"高堂馆"或"高唐观",战国时楚国台观名,在巫山上。传说楚襄王游高唐,梦见巫山神女,幸之而去。见〔战国·楚〕宋玉《高唐赋》。

[2]襄王:楚襄王。〔战国·楚〕宋玉《神女赋》记其与巫山神女梦中相会事:"楚襄王与宋玉游于云梦之浦,使玉赋高唐之事。其夜王寝,果梦与神女遇,其状甚丽。"(《文选》卷十九·赋癸)

[3]阳台:台观名,在巫山。见凌敬《巫山高》注[7]。

[4]神女:巫山神女。此句用楚王与巫山神女梦中相会事。见〔战国·楚〕宋玉《神女赋》《高唐赋》。

钱 起

【作者简介】

钱起,字仲文,吴兴(今浙江湖州市)人,生卒年不详。天宝十载(751)登进士第,释褐秘书省校书郎。曾奉使入蜀。乾元至宝应中为蓝田县尉。大历中历祠部员外郎、司勋员外郎,官终考功郎中。钱起为大历十才子之一,又与郎士元齐名,时称"前有沈、宋,后有钱、郎"。《直斋书录解题》著录《钱考功集》十卷,今传。事见《旧唐书》卷一百六十八、《新唐书》卷二百〇三《文艺传下》《中兴间气集》卷上、《极玄集》卷上、《唐诗纪事》卷三十、《唐尚书省郎官石柱题名考》卷八及卷二十二、《唐才子传校笺》卷四及钱起诗。

送衡阳归客[1]

归客爱鸣榔[2],南征忆旧乡[3]。
江山追宋玉[4],云雨忆荆王[5]。
醉里宜城近[6],歌中郢路长[7]。
怜君从此去,日夕望三湘[8]。

（《全唐诗》卷二百三十七,中华书局点校本,1980 年 4 月第 1 版,第 2642 页）

【注　释】

[1]衡阳:在衡山之南

[2]鸣榔:又作"鸣根",指叩击船舷发出声响,即叩舷而歌的意思。李白《送殷淑》之一:"鸣榔且长谣。"(《全唐诗》卷一百七十六)

[3]南征:南行。

[4]追:追寻旧迹之意。宋玉:战国后期楚国辞赋作家。又名子渊,相传他是屈原的学生。汉族,战国时鄢(今襄樊宜城)人。生于屈原之后,或曰是屈原弟子。曾事楚顷襄王。好辞赋,为屈原之后辞赋家,与唐勒、景差齐名。相传所作辞赋甚多,《汉书·卷三十·艺文志第十》录有赋16篇,今多亡佚。流传作品有《九辩》《风赋》《高唐赋》《登徒子好色赋》等。

[5]"云雨"句:用楚王梦遇巫山神女事。见杜甫《咏怀古迹五首(其二)》注[5]。荆王:即在梦中与巫山神女相会的楚王。

[6]宜城:位于湖北省西北部,汉江中游。

[7]"歌中"句:用郢客歌《阳春》《白雪》事。〔战国·楚〕宋玉《对楚王问》:"客有歌于郢中者,其始曰《下里》《巴人》,国中属而和者数千人,其为《阳阿》《薤露》,国中属而和者数百人;其为《阳春》《白雪》,国中属而和者不过数十人。"(《新序》卷一)

[8]三湘:潇湘,蒸湘,沅湘。泛指今湖南地区。

张 谓

【作者简介】

张谓(？—778？),字正言,河内(今河南沁阳)人。少读书嵩山。天宝二年(743)进士及第。天宝十三四载,在安西、北庭节度使封常清幕中任职。乾元元年(758)为尚书郎,出使夏口。永泰(765)末至大历二年(767),官潭州刺史。后入朝为太子左庶子。大历六年(771)冬,迁礼部侍郎,典大历七至九年贡举。大历十二年(777)十月,僧怀素作《自叙帖》,称其尚在人世。谓天宝间即有诗名,殷璠录其诗六首入《河岳英灵集》。《宋史·艺文志》著录其诗集一卷。今存诗《全唐诗》亦编为一卷。事见元结《别崔曼序》《唐诗纪事》卷二十五、《唐才子传》卷四。

别韦郎中[1]

星轺计日赴岷峨[2],云树连天阻笑歌。
南入洞庭随雁去[3],西过巫峡听猿多[4]。
峥嵘洲上飞黄蝶[5],滟滪堆边起白波[6]。
不醉郎中桑落酒[7],教人无奈别离何。

(《全唐诗》卷一百九十七,中华书局点校本,1960年4月第1版,第2020页)

【注 释】

[1]韦郎中:生平未详。郎中,分掌各司事务,为尚书、侍郎之下的高级官员。

[2]星轺(yáo):使者所乘的车。也借指使者。〔唐〕宋之问《奉和梁王宴龙泓应教》:"水府沦幽壑,星轺下紫微。"(《全唐诗》卷五十二)

岷峨:岷山与峨眉山的并称。此指蜀地。

［3］洞庭：洞庭湖，在湖南境内。

［4］"巫峡"句：巫峡，见上官仪《八咏应制二首（其一）》注［11］。古代巫峡两岸多猿。见阎立本《巫山高》注［8］。

［5］峥嵘洲：又名得胜洲，晋刘毅破桓玄军于此。在今湖北黄冈县界。见《水经注·江水》。

［6］滟滪堆：见杜甫《大历三年春白帝城放船出瞿塘峡久居夔府将适江陵漂泊有诗凡四十韵》注［32］。

［7］桑落酒：古代美酒名。〔北魏〕郦道元《水经注·河水》："（河东郡）民有姓刘名堕者，宿擅工酿，采挹河流，酝成芳酎，悬食同枯枝之年，排于桑落之辰，故酒得其名矣。"（《水经注》卷四）〔唐〕杜甫《九日杨奉先会白水崔明府》："坐开桑落酒，来把菊花枝。"（《全唐诗》卷二百二十四）

李冶

【作者简介】

李冶(? —784),字季兰,乌程(今浙江吴兴)人,女道士。美丽聪慧,五六岁即能吟诗。及长,专心翰墨,工格律,善弹琴。与陆羽、刘长卿、僧皎然等有交往。曾被诏赴阙。因上诗叛将朱泚,为德宗所杀。事迹见《中兴间气集》卷下、《奉天录》卷一等。存诗十六首,断句四联。

从萧叔子听弹琴赋得三峡流泉歌[1]

妾家本住巫山云[2],巫山流泉常自闻。
玉琴弹出转寥夐[3],直是当时梦里听[4]。
三峡迢迢几千里,一时流入幽闺里[5]。
巨石崩崖指下生,飞泉走浪弦中起[6]。
初疑愤怒含雷风,又似呜咽流不通[7]。
回湍曲濑势将尽,时复滴沥平沙中[8]。
忆昔阮公为此曲,能令仲容听不足[9]。
一弹既罢复一弹,愿作流泉镇相续[10]。

(《全唐诗》卷八百〇五,中华书局点校本,1960年4月第1版,第9058页)

【注 释】

[1]此诗《乐府诗集》卷六十、《全唐诗》卷二十三均题作《三峡流泉歌》。萧叔子:未详,大概是当时的琴师。赋得:凡是指定、限定的诗题,在题目上加"赋得"二字,与咏物的"咏"略同。三峡流泉歌:琴曲名。《乐府诗集》卷六十引《琴集》:"《三峡流泉》,晋阮咸所作也。"三峡,见张循之《巫山高》注[5]。

[2]巫山云:用巫山神女事。〔战国·楚〕宋玉《高唐赋》:"妾在巫山之阳,高丘之阻,旦为朝云,暮为行雨。朝朝暮暮,阳台之下。"(《文选》卷十九·赋癸)巫山,见凌敬《巫山高》注[2]。

　[3]玉琴:玉饰的琴。亦为琴的美称。〔南朝·齐〕王融《咏幔》:"每聚金炉气,时驻玉琴声。"(《秦汉魏晋南北朝诗》齐诗卷二)转:渐渐。弹:一作奏。寥敻(xiòng):空旷、开阔、清远。此形容琴声渐渐变得清远。敻,远。《春秋谷梁传》文公十四年:"长毂五百乘,绵地千里,过宋、郑、滕、薛,敻入千乘之国。"〔唐〕贾岛《登楼》:"远近涯寥敻,高低中太虚。"(《全唐诗》卷五百七十三)

　[4]是:一作似。此句说琴声好似当年梦中听到的江水流声一样。

　[5]迢迢:一作流泉。水流绵长的样子。幽闺:一作深闺,即深闺,古代女子的住处。〔南朝·梁〕萧统《锦带书十二月启·姑洗三月》:"燕语雕梁,恍对幽闺之语。"(《全梁文》卷十九)这里指弹琴的地方。

　[6]指下生:从手指下发出。这句说:巨石滚落、山崖崩塌似的声响从弹琴的手指下发出。泉:一作波。

　[7]怒:一作涌。呜咽:本形容低沉凄切的声音。此形容琴声如低微的若断若续的流水声。〔汉〕蔡琰《胡笳十八拍》之六:"夜闻陇水兮声呜咽,朝见长城兮路杳漫。"(《乐府诗集》卷五十九·琴曲歌辞三)〔唐〕元稹《琵琶歌》:"泪垂捍拨朱弦湿,冰泉呜咽流莺涩。"(《全唐诗》卷四百二十一)这两句写琴声由高而低,由急趋缓。

　[8]回湍:回旋的急流。〔唐〕骆宾王《早发诸暨》:"薄烟横绝巘,轻冻涩回湍。"(《全唐诗》卷七十九)曲濑:从沙石上流过的急水。势:一作意。时复:一会儿又。滴沥:水珠下滴的声音。〔唐〕周彻《尚书郎上直闻春漏》:"滴沥疑将绝,清泠发更新。"(《全唐诗》卷二百八十一)这两句形容琴声在一阵急促的回响后渐渐稀疏停止。以上六句写琴声初而激昂,继而回旋,终而幽抑,千变万化,用三峡中滚石、激流、风雨等的声响加以形容。

　[9]阮公为此曲:阮公作了《三峡流泉》这首曲子。阮公,指阮咸。西晋陈留尉氏(今属河南)人,字仲容。与嵇康、阮籍、山涛、向秀、刘伶、王戎并称"竹林七贤"。阮籍之侄,与阮籍并称为"大小阮"。阮咸也是著名的音乐家,历官散骑侍郎,补始平太守;他生平放浪不羁,精通音律。仲容:阮咸的字。听不足:听不够,谓曲调优美。

　[10]一弹:弹一曲。复:一作还。作:一作与,一作比,一作似。镇相续:常相续。镇,诗词中常用语,相当于"常"、"长"、"尽"。

戴叔伦

【作者简介】

戴叔伦(732—789),字幼公,润州金坛人。是唐代中期著名的诗人,出生在一个隐士家庭。祖父戴修誉,父亲戴昚用,都是终生隐居不仕的士人。戴叔伦年少时拜著名的学者萧颖士为师,他博闻强记,聪慧过人,"诸子百家过目不忘",是萧门弟子中出类拔萃的学生。至德元载(756)岁暮,为避永王兵乱,25岁的戴叔伦随亲族搭商船逃难到江西鄱阳。在人生地疏的异乡,家计窘迫,于是他开始探寻仕途。大历元年(766),戴叔伦得到户部尚书充诸道盐铁使刘晏赏识,在其幕下任职。大历三年,由刘晏推荐,任湖南转运留后。此后,曾任涪州督赋、抚州刺史,以及广西容州刺史,加御史中丞,官至容管经略使。他在任期间,政绩卓著,是个出色的地方官吏。贞元五年(789)四月,他上表辞官归隐,六月十三日在返乡途中客死清远峡(今四川成都北)。

南宾送蔡侍御游蜀[1]

巴江秋欲尽,远别更凄然[2]。
月照高唐峡,人随贾客船[3]。
积云藏崄路,流水促行年。
不料相逢日,空悲尊酒前[4]。

(《全唐诗》卷二百七十三,中华书局点校本,1960年4月第1版,第3090页)

【注　释】

[1]南宾:县名。属忠州。故治在今重庆石柱县与丰都县之间。侍御:唐代

称殿中侍御史、监察御史为侍御。

[2]巴江:泛指流经今重庆一带的长江。凄然:凄凉悲伤的样子。

[3]高唐峡:巫峡。见上官仪《八咏应制二首(其一)》注[11]。贾客:商人。

[4]尊:泛指一般酒器。

巫山高[1]

巫山峨峨高插天,危峰十二凌紫烟[2]。

瞿塘嘈嘈急如弦,洄流势逆将覆船[3]。

云梯岂可进,百丈那能牵[4]?

陆行巉岩水不前[5]。

洒泪向流水,泪归东海边。

含愁对明月,明月空自圆。

故乡回首思绵绵,侧身天地心茫然[6]。

(《全唐诗》卷二百七十三,中华书局点
校本,1960年4月第1版,第3071页)

【注　释】

[1]巫山高:乐府旧题,属《鼓吹曲辞·汉铙歌》。见凌敬《巫山高》注[1]。

[2]巫山:见凌敬《巫山高》注[2]。峨峨:高远的样子。《文选·〈楚辞·招
魂〉》:"增冰峨峨,飞雪千里些。"危峰:高峰。十二:指巫山十二峰。见乔知之《巫
山高》注[2]。紫烟:〔唐〕李白《望庐山瀑布》:"日照香炉生紫烟。"(《全唐诗》卷
一百八十)指山间日照呈紫色的云气。

[3]瞿塘:见李白《自巴东舟行经瞿唐峡,登巫山最高峰,晚还题壁》注[1]。
嘈嘈:形容声音嘈杂。洄流:水回旋而流。

[4]云梯:古代攻城时攀登城墙的长梯。此指高山的石级。百丈:牵船的篾
缆。《宋书·朱超石传》:"时军人缘河南岸,牵百丈,河流迅急,有漂渡北岸者,辄
为虏所杀略。"(《宋书》卷四十八·列传第八)〔唐〕杜甫《十二月一日》诗之一:
"一声何处送书雁,百丈谁家上水船。"(《全唐诗》卷二百二十九)

[5]巉(chán)岩:一种陡而隆起的岩石,如悬崖或孤立突出的岩石。水不前:
谓走水路也行舟困难。

[6]侧身:忧惧不安的样子。〔唐〕李白《蜀道难》:"侧身西望长咨嗟。"(《全

相思曲[1]

高楼重重闭明月，肠断仙郎隔年别[2]。

紫箫横笛寂无声，独向瑶窗坐愁绝[3]。

鱼沉雁杳天涯路，始信人间别离苦[4]。

恨满牙床翡翠衾，怨折金钗凤凰股[5]。

井深辘轳嗟绠短，衣带相思日应缓[6]。

将刀斫水水复连，挥刃割情情不断[7]。

落红乱逐东流水，一点芳心为君死[8]。

妾身愿作巫山云，飞入仙郎梦魂里[9]。

（《全唐诗》卷二百七十三，中华书局点校本，1960 年 4 月第 1 版，第 3072 页）

【注　释】

[1]相思曲:古乐府曲名。

[2]闭:掩闭。肠断:形容极度悲痛。仙郎:唐时称尚书省各部的郎中、员外郎为仙郎,诗中用以指外出做官的丈夫。隔年别:指分别一年以上。隔,间隔。

[3]寂:静悄悄,没有声音。坐:副词,空,徒然。瑶窗:雕饰华丽的楼窗。愁绝:非常忧愁悲伤。

[4]鱼沉雁杳:指书信断绝,音讯不通。古乐府《饮马长城窟行》:“客从远方来。遗我双鲤鱼。呼童烹鲤鱼,中有尺素书。”《汉书·苏武传》:“昭帝即位数年,匈奴与汉和亲。汉求武等,匈奴诡言武死。后汉使复至匈奴,常惠请其守者与俱,得夜见汉使。具自陈过。教使者谓单于,言天子射上林中,得雁,足有系帛书,言武等在荒泽中。使者大喜,如惠语以让单于。单于视左右而惊,谢汉使曰:‘武等实在。’”（《汉书》卷五十四·李广苏建传第二十四）后遂以鱼、雁代表书信。鱼沉:鱼沉水底。雁杳:见不到大雁的踪影。即比喻书信断绝。始信:才开始相信。

[5]牙床:嵌有象牙或兽骨雕饰的床,指闺中少妇使用的卧床。翡翠衾:刺绣着翡翠鸟的被子。金钗凤凰股:用黄金制作的凤凰形状的妇女首饰,由两股合成。

[6]辘轳:指汲取井水用的起重装置。嗟:感叹词。绠（gěng）:打水用的井绳。缓:松。

[7]斫:砍,斩。刃:有锋刃的刀剑。此两句取〔唐〕李白《宣州谢朓楼饯别校书叔云》"抽刀断水水更流,举杯销愁愁更愁"(《全唐诗》卷一百七十七)的诗意。

[8]落红:飘落的花瓣。逐:顺水追逐。芳心:美人的心。古代常以香花芳草比喻美女,故芳心为美人的心。这里指闺妇纯洁坚贞的心。君:指丈夫。

[9]巫山云:指巫山神女。〔战国·楚〕宋玉《高唐赋》:"昔者先王尝游高唐,怠而昼寝,梦见一妇人曰:'妾,巫山之女也。为高唐之客。闻君游高唐,愿荐枕席。'王因幸之。去而辞曰:'妾在巫山之阳,高丘之阻,旦为朝云,暮为行雨。朝朝暮暮,阳台之下。'"这两句谓闺妇希望像巫山神女飞入楚王梦境中一样进入所思念之人的梦中。

和崔法曹建溪闻猿[1]

曾向巫山峡里行[2],羁猿一叫一回惊。
闻道建溪肠欲断,的知断著第三声[3]。

(《全唐诗》卷二百七十四,中华书局点校本,1960年4月第1版,第3110页)

【注　释】

[1]建溪:建阳溪,一名建安水。今称闽江,在福建省境内。

[2]巫山峡:巫峡,见上官仪《八咏应制二首(其一)》注[11]。

[3]肠欲断:形容极度悲痛。〔晋〕干宝《搜神记》卷二十:"临川东兴,有人入山,得猿子,便将归。猿母自后逐至家。此人缚猿子于庭中树上,以示之。其母便搏颊向人,欲乞哀状,直谓口不能言耳。此人既不能放,竟击杀之,猿母悲唤,自掷而死。此人破肠视之,寸寸断裂。"

的知:确知。

断著第三声:〔北魏〕郦道元《水经注·江水》:"其间首尾百六十里,谓之巫峡,盖因山为名也……每至晴初霜旦,林寒涧肃,常有高猿长啸,属引凄异,空谷传响,哀转久绝。故渔者歌曰:'巴东三峡巫峡长,猿鸣三声泪沾裳。'"(《水经注》卷三十四)著:在。

梁锽

【作者简介】

　　梁锽,四十岁以前,尝从军,为掌书记;后与军帅不合,拂衣弃职。天宝初官执戟。有诗名,与李颀、岑参、钱起友善。今存诗十五首。事见李颀《别梁锽》《国秀集》目录、《唐诗纪事》卷二十九。

美人春卧[1]

　　姜家巫峡阳[2],罗幌寝兰堂[3]。
　　晓日临窗久[4],春风引梦长。
　　落钗仍挂鬓,微汗欲消黄[5]。
　　纵使朦胧觉,魂犹逐楚王[6]。

(《全唐诗》卷二百〇二,中华书局点校本,1960年4月第1版,第2114页)

【注　释】

　　[1]此诗重见清编《全唐诗》卷三百二十二杨巨源集,题作"美人春怨"。此篇《国秀集》卷下、《御览诗》《文苑英华》卷二百〇五、《唐诗纪事》卷二十九皆以为梁锽作,《国秀集》题作"观美人卧"。《唐诗纪事》题作"古意"。
　　[2]"姜家"句:用巫山神女事。〔战国·楚〕宋玉《高唐赋》:"妾在巫山之阳,高丘之阻,旦为朝云,暮为行雨。朝朝暮暮,阳台之下。"(《文选》卷十九·赋癸)巫峡阳,巫峡的南面。山之北、水之南称阳;山之南、水之北称阴。巫峡,见上官仪《八咏应制二首(其一)》注[11]。
　　[3]罗幌:丝罗床帐。《乐府诗集·清商曲辞一·子夜四时歌秋歌八》:"中宵无人语,罗幌有双笑。"〔唐〕权德舆《玉台体》诗之八:"空闺灭烛后,罗幌独眠时。"(《全唐诗》卷三百二十八)幌,一作帐。

兰堂:芳洁的厅堂,厅堂的美称。之所以称兰堂,跟兰的芬芳有关。《汉书·礼乐志》:"神之出,排玉房,周流杂,拔兰堂。"(《汉书》卷二十二·礼乐志第二)《文选·张衡〈南都赋〉》:"揖让而升,宴于兰堂。"(《文选》卷四·赋乙)一作银床。

[4]晓日:朝阳。〔唐〕刘禹锡《酬令狐相公使宅别斋初栽桂树见怀之作》:"影近画梁迎晓日,香随绿酒入金杯。"(《全唐诗》卷三百六十)

[5]仍挂:一作犹冒。

黄:额黄、鸦黄,古代妇女施于额上的黄色涂粉。

[6]"魂犹"句:用〔战国·楚〕宋玉《高唐赋》《神女赋》所记楚王梦遇巫山神女之典。

刘方平

【作者简介】

刘方平,河南(今河南洛阳)人,唐邢国公刘政会玄孙。天宝九载(750)应进士举,不第。曾入军幕。后隐于颍阳大谷(今河南洛阳市东南大谷口)。与李颀、皇甫冉、元德秀等过从酬唱。善画,以山水树石知名。能诗,多五言乐府。《新唐书·艺文志四》著录其诗一卷,今存二十六首。事见《元和姓纂》卷五、《历代名画记》卷十、《新唐书·宰相世系表一上》《唐诗纪事》卷二十八、《唐才子传》卷三。

巫山神女[1]

神女藏难识,巫山秀莫群[2]。
今宵为大雨,昨日作孤云[3]。
散漫愁巴峡,徘徊恋楚君[4]。
先王为立庙,春树几氛氲[5]。

(《全唐诗》卷二百五十一,中华书局点校本,1960年4月第1版,第2837页)

【注　释】

[1]巫山神女:〔战国·楚〕宋玉《神女赋》《高唐赋》记楚王与巫山神女梦中幽会的故事。

[2]神女:指巫山神女。巫山:见凌敬《巫山高》注[2]。

[3]〔战国·楚〕宋玉《高唐赋》:"妾在巫山之阳,高丘之阻,旦为朝云,暮为行雨。朝朝暮暮,阳台之下。"(《文选》卷十九·赋癸)

[4]巴峡:《太平御览》卷六十五引《三巴记》:"阆、白二水合流,自汉中至始

宁城下,入武陵,曲折三曲,有如巴字,亦曰巴江,经峻峡中,谓之巴峡。"徘徊:来回地行走。《汉书·高后纪》:"入未央宫欲为乱。殿门弗内,徘徊往来。"徘徊恋楚君:意即来回地行走思念楚王。

[5]氛氲:茂盛的样子。〔南朝·宋〕谢惠连《雪赋》:"其为状也,散漫交错,氛氲萧索。"(《文选》卷十三·赋庚)

巫 山 高[1]

楚国巫山秀,清猿日夜啼[2]。
万重春树合,十二碧峰齐[3]。
峡出朝云下,江来暮雨西[4]。
阳台归路直,不畏向家迷[5]。

(《全唐诗》卷二百五十一,中华书局点校本,1960 年 4 月第 1 版,第 2836 页)

【注　释】

[1]巫山高:乐府旧题,属《鼓吹曲辞·汉铙歌》。见凌敬《巫山高》注[1]。

[2]巫山:见凌敬《巫山高》注[2]。

清猿日夜啼:清猿,即猿。因其啼声凄清,故称。古代巫峡两岸多猿。见阎立本《巫山高》注[8]。

[3]万重:极言其多。

十二碧峰:指巫山十二峰。见乔知之《巫山高》注[2]。碧,青绿色。〔南朝·梁〕江淹《别赋》:"春草碧色。"(《文选》卷十六·赋辛)

[4]朝云、暮雨:用巫山神女事。〔战国·楚〕宋玉《高唐赋》:"妾在巫山之阳,高丘之阻,旦为朝云,暮为行雨。朝朝暮暮,阳台之下。"(《文选》卷十九·赋癸)

[5]阳台:台观名。传说巫山神女所居之地。见凌敬《巫山高》注[7]。

不畏:不怕。

韦应物

【作者简介】

韦应物(约737—?),京兆万年(今陕西西安)人。父鉴,工画。应物自天宝十载至天宝末为玄宗侍卫。安史乱起,流落失职,居武功县折节读书。代宗广德元年(763)至永泰元年(765)任洛阳丞,因严正惩处不法军士被讼,自请罢职,闲居洛阳。大历九年(774)官京兆府功曹,十三年为鄠县令。寻迁栎阳令,不久以疾辞官。建中二年(781)除比部员外郎,三年出为滁州刺史。贞元元年(785)转江州刺史,三年入为左司郎中。四年冬,复出为苏州刺史。七年(791)退职,居苏州永定寺。卒年不详。诗歌各体均有佳作,尤工五言近体,高雅闲淡,自成一家。著有诗集十卷,存。事见宋王钦若《韦苏州集序》、姚宽《西溪丛语》卷下、《唐诗纪事》卷二十六、《唐才子传》卷四等。

送别覃孝廉[1]

思亲自当去,不第未蹉跎[2]。
家住青山下,门前芳草多[3]。
秭归通远徼,巫峡注惊波[4]。
州举年年事[5],还期复几何。

(《全唐诗》卷一百八十九,中华书局点校本,1960年4月第1版,第1932页)

【注　释】

[1]这首诗约大历十年(775)在长安作。孝廉是汉代以来,选举官吏的科目。唐初科举以进士和明经两科为主。代宗宝应二年,应礼部侍郎杨绾的请求,下令

停明经、进士举,命州县举孝廉,"取乡闾有孝悌廉耻之行"者加以推荐,通过经学和对策考试后授官。但随即就恢复了明经和进士科的考试,不过孝廉科也没有完全废弃,覃孝廉就是一个应孝廉科不第的举子。此为送别诗,首联开宗明义,以"思亲"、"不第"点明友人离别返乡之由,颔联描写友人的家居环境,随处可见的青山芳草,却写得亲切蕴藉,"宛然六朝乐府中佳句"(吴荣瑞《唐诗笺要》);末二句是劝勉、鼓励与安慰。沈德潜《唐诗别裁集》谓"说得心平气和,送不第人,自当如此"。

[2]不第:犹落第,谓科举考试不中。蹉跎:失意,虚度光阴。〔南朝·齐〕谢朓《和王长史卧病》:"日与岁眇邈,归恨积蹉跎。"(《秦汉魏晋南北朝诗》齐诗卷四)

[3]芳草:一作流水。(《全唐诗》卷一百八十九)

[4]秭归:归州属县名,今属湖北省。远徼:边远荒僻的地区。巫峡:长江三峡之一,巫峡水流湍急。〔北魏〕郦道元《水经注·江水》:"丹西山即巫山者也。……其间首尾百六十里,谓之巫峡,盖因山为名也。自三峡七百里中,两岸连山,略无阙处;重岩叠嶂,隐天蔽日,自非亭午夜分,不见曦月。至于夏水襄陵,沿溯阻绝,或王命急宣,有时朝发白帝,暮到江陵,其间千二百里,虽乘奔御风不以疾也。"(《水经注》卷三十四)

[5]州举:州县举荐。

宝观主白鸲鹆歌[1]

鸲鹆鸲鹆,众皆如漆,尔独如玉。鸲之鹆之,众皆蓬蒿下,尔自三山来[2]。三山处子下人间,绰约不妆冰雪颜[3]。仙鸟随飞来掌上。来掌上,时拂拭。人心鸟意自无猜,玉指霜毛本同色。有时一去凌苍苍,朝游汗漫暮玉堂[4]。巫峡[5]雨中飞暂湿,杏花林里过来香。日夕依仁全羽翼,空欲衔环非报德[6]。岂不及阿母之家青鸟儿[7],汉宫来往传消息。

(《全唐诗》卷一百九十四,中华书局点校本,1960年4月第1版,第2003页)

【注　释】

[1]宝观主,当是一女道观观主。

鸲鹆(qúyù):也称鸲鹆,雀形目,椋鸟科,俗称"八哥儿"。

［2］蓬蒿下：指其他久居蓬蒿的平凡鸟类。

三山：三神山，古时相传神仙所居的三座山，有蓬莱、方丈、瀛洲。

［3］处子：未婚少女。

绰约：柔婉美好的样子。《庄子·逍遥游》："肌肤若冰雪，绰约若处子。"（《庄子》，中华书局，2007 年版，第 13 页）

［4］汗漫：广大，漫无边际。《淮南子·俶真训》："至德之世，甘瞑于溷澜之域，而徙倚于汗漫之宇。"（《淮南子》卷二）

玉堂：神仙的居处。《文选·左思〈吴都赋〉》："玉堂对霤，石室相距。"（《全晋文》卷七十四）

［5］巫峡：见上官仪《八咏应制二首（其一）》注［11］。此暗用巫山神女事。〔战国·楚〕宋玉《高唐赋》：昔者楚襄王与宋玉游于云梦之台，望高唐之观，其上独有云气，崒兮直上，忽兮改容，须臾之间，变化无穷。王问玉曰："此何气也？"玉对曰："所谓朝云者也。"王曰："何谓朝云？"玉曰："昔者先王尝游高唐，怠而昼寝，梦见一妇人曰：'妾，巫山之女也。为高唐之客。闻君游高唐，愿荐枕席。'王因幸之。去而辞曰：'妾在巫山之阳，高丘之阻，旦为朝云，暮为行雨。朝朝暮暮，阳台之下。'旦朝视之，如言。故为立庙，号曰'朝云'。"（《文选》卷十九·赋癸）

［6］衔环：相传东汉杨宝九岁时，至华阴山北，见一黄雀为鸱枭所搏，坠于树下，宝取雀以归，置巾箱中，食以黄花，百馀日毛羽成，乃飞去。其夜有黄衣童子自称西王母使者，以白环四枚与宝曰："令君子孙洁白，位登三事（三公），当如此环矣。"事见〔南朝·梁〕吴均《续齐谐记》。后用为报恩之典。

［7］阿母：指神话人物西王母。《山海经·大荒西经》"沃之野……有三青鸟，赤首黑目……一名曰青鸟。"郭璞注："皆西王母使也。"（《山海经》卷十六）

李 端

【作者简介】

李端,字正己,行二,赵州(今河北赵县)人。李嘉佑从侄。少时曾居庐山、嵩岳。代宗大历五年(770)进士及第,授秘书省校书郎。曾入东川幕。后因病辞官,居终南山草堂寺。德宗建中年间起为杭州司马,买田园虎丘下。卒干贞元二年(786)前。李端为"大历十才子"之一。《新唐书·艺文志》著录《李端诗集》三卷,今存诗三卷。事迹见姚合《极玄集》卷上、《旧唐书·李虞仲传》、《新唐书·卢纶传》、《唐诗纪事》卷三十、《唐才子传》卷四。

古别离二首[1]

水国叶黄时,洞庭霜落夜[2]。

行舟闻商估[3],宿在枫林下。

此地送君还,茫茫似梦间。

后期知几日[4],前路转多山。

巫峡通湘浦[5],迢迢隔云雨[6]。

天晴见海樯[7],月落闻津鼓[8]。

人老自多愁,水深难急流。

清宵歌一曲[9],白首对汀洲[10]。

(《全唐诗》卷二百八十四,中华书局点校本,1960年4月第1版,第3232页)

【注　释】

[1]又作《古离别》,乐府杂曲歌辞名,多写男女离别之情。《乐府诗集》卷七

十一"杂曲歌辞":"《楚辞》曰:'悲莫悲兮生别离。'古诗曰:'行行重行行,与君生别离。相去万余里,各在天一涯。'后苏武使匈奴,李陵与之诗曰:'良时不可再,离别在须臾。'故后人拟之为《古别离》。梁简文帝又为《生别离》,宋吴迈远有《长别离》,唐李白有《远别离》,亦皆类此。"此诗是作者晚年隐居湖南衡山时所作,有总结一生的意思,调子显得相当低沉。

〔2〕水国:这里指洞庭湖一带。两湖地区古为泽薮聚汇之处,所以叫云梦泽。因其地多水,又称水乡、水国。〔南朝·宋〕颜延之《始安郡还都与张湘州登巴陵城楼作》:"水国周地崄,河山信重复。"(《文选》卷二十七)〔唐〕张说《岳州作二首》:"水国生秋草,离居再及瓜。"(《全唐诗》卷八十八)〔唐〕孟浩然《洛中送奚三还扬州》:"水国无边际,舟行共使风。"(《全唐诗》卷一百六十)

洞庭:此指洞庭湖。在湖南境,长二百里,广百里。

〔3〕商估:商贾。"商贾"是经商人的通称。郑玄《周礼注》:"通物曰商,居卖物曰贾。"(《周礼注疏》卷十四)

〔4〕后期:后会之期。

〔5〕巫峡:见上官仪《八咏应制二首(其一)》注〔11〕。〔北魏〕郦道元《水经注》:"巴东三峡巫峡长。"(《水经注》卷三十四)〔唐〕杨炯《巫峡》:"三峡七百里,唯言巫峡长。"(《全唐诗》卷五十)所以后一句言"迢迢"。湘浦:湖南一带的水泊江湖。浦:水泊、泽薮。

〔6〕迢迢:极远的意思。《古诗十九首·迢迢牵牛星》:"迢迢牵牛星,皎皎河汉女。"隔云雨:〔战国·楚〕宋玉《高唐赋》说巫山神女"朝为行云,暮为行雨。"(《文选》卷十九·赋癸)后以云雨喻指男女相会。这里用云雨切巫峡自然景色,同时暗喻相爱男女彼此分离。

〔7〕海樯:指洞庭湖中航行船的桅杆,此代指船。"樯"指船上的桅杆。〔唐〕李洞《叙旧游寄栖白》:"省冲罴没投江岛,曾看鱼飞倚海樯。"(《全唐诗》卷七百二十三)

〔8〕津鼓:古代渡口设置的信号鼓。

〔9〕清宵:长夜。

〔10〕白首即白头:指年老或指代老人。〔唐〕王勃《滕王阁序》:"老当益壮,宁移白首之心? 穷且益坚,不坠青云之志。"汀洲:水中小洲。《楚辞·九歌·湘夫人》:"搴汀洲兮杜若,将以遗兮远者。"(《楚辞章句》卷二)

巫 山 高[1]

巫山十二峰[2],皆在碧虚中[3]。

回合云藏日，霏微雨带风[4]。
猿声寒过水[5]，树色暮连空。
愁向高唐望[6]，清秋见楚宫[7]。

（《全唐诗》卷二百八十五，中华书局点
校本，1960 年 4 月第 1 版，第 3242 页）

【注　释】

[1]《巫山高》：古乐府曲名。见凌敬《巫山高》注[1]。这首诗借巫山神女故事寄兴，诗题又作《巫山高和皇甫拾遗》。

[2]巫山十二峰：巫山，见凌敬《巫山高》注[2]。相传有十二峰，分别为登龙峰、望圣峰、朝云峰、望霞峰、松峦峰、集仙峰、净坛峰、起云峰、栖凤峰、上升峰、翠屏峰、聚鹤峰。

[3]碧虚：青天。虚，天空。

[4]霏微：雨雪细小的样子。霏，飘扬。

[5]猿声：猿的啼叫声。〔北魏〕郦道元《水经注·江水》：“巴东三峡巫峡长，猿鸣三声泪沾裳。”（《水经注》卷三十四）

涧：指两山间的流水。

[6]高唐：战国时楚国的台馆，在楚地云梦泽中，相传楚襄王曾游此地，并梦见巫山神女。〔战国·楚〕宋玉《高唐赋》：“昔者楚襄王与宋玉游于云梦之台，望高唐之观……妾在巫山之阳，高丘之阻，旦为朝云，暮为行雨。朝朝暮暮，阳台之下。”（《文选》卷十九·赋癸）

[7]见：同现。楚宫，这里指高唐馆。

送友人
一作送友人南游

闻说湘川路[1]，年年古木多。
猿啼巫峡夜[2]，月照洞庭波[3]。
穷海人还去，孤城雁与过。
青山不同赏，来往自蹉跎[4]。

（《全唐诗》卷二百八十五，中华书局点
校本，1960 年 4 月第 1 版，第 3243 页）

【注　释】

　　[1]湘川:湘江。〔晋〕陆机《乐府》诗之十六:"北征瑶台女,南要湘川娥。"(《文选》卷二十八)

　　[2]猿啼巫峡夜:古代巫峡两岸多猿。见阎立本《巫山高》注[8]。

　　[3]洞庭:洞庭湖。在湖南省北部、长江南岸。面积2820平方公里,为中国第二大淡水湖,素有"八百里洞庭"之称。湘、资、沅、沣四水汇流于此,在岳阳县城陵矶入长江。

　　[4]蹉跎:失意;虚度光阴。〔南朝·齐〕谢朓《和王长史卧病》:"日与岁眇邈,归恨积蹉跎。"(《秦汉魏晋南北朝诗》齐诗卷四)

刘言史

【作者简介】

刘言史,邯郸人,与李贺同时。具体生卒年不详。歌诗美丽恢赡,自贺外,世莫能比。亦与孟郊友善。初客镇冀,王武俊奏为枣强令,辞疾不受,人因称为刘枣强。后客汉南,李夷简署司空掾,寻卒。《全唐诗》存其诗一卷。事迹见皮日休所制《刘枣强碑》及《唐才子传》。

赠童尼

旧时艳质如明玉,今日空心是冷灰[1]。

料得襄王惆怅极,更无云雨到阳台[2]。

(《全唐诗》卷四百六十八,中华书局点校本,1960 年 4 月第 1 版,第 5327 页)

【注　释】

[1]首二句谓:童尼在出家前美艳如明玉。到如今却是心如冷灰,看空一切。

[2]尾二句用巫山神女事。襄王,楚襄王。〔战国·楚〕宋玉《高唐赋》:昔者楚襄王与宋玉游于云梦之台,望高唐之观,其上独有云气,崒兮直上,忽兮改容,须臾之间,变化无穷。王问玉曰:"此何气也?"玉对曰:"所谓朝云者也。"王曰:"何谓朝云?"玉曰:"昔者先王尝游高唐,怠而昼寝,梦见一妇人曰:'妾,巫山之女也。为高唐之客。闻君游高唐,愿荐枕席。'王因幸之。去而辞曰:'妾在巫山之阳,高丘之阻,旦为朝云,暮为行雨。朝朝暮暮,阳台之下。'旦朝视之,如言。故为立庙,号曰'朝云'。"(《文选》卷十九·赋癸)

戎昱

【作者简介】

戎昱(约744—800),荆州荆门(今湖北荆门市)人。少举进士。乾元年间在浙西节度使颜真卿幕。约大历元年(766)入蜀,次年秋离川至江陵,荆南节度使卫伯玉辟为从事。大历四年(769)前后,入湖南观察使崔瓘幕中。后放游湘水,客居桂林。建中三年(782)任殿中侍御史,次年谪辰州刺史。贞元七年(791)前后,出任虔州刺史。晚年事迹不可确考。《新唐书·艺文志》著录其集五卷,已散佚,今存诗一卷。事见《唐诗纪事》卷二十八、《唐才子传校笺》卷三。

题宋玉亭

宋玉亭前悲暮秋,阳台路上雨初收[1]。
应缘此处人多别,松竹萧萧也带愁[2]。

(《全唐诗》卷二百七十,中华书局点校本,1960 年 4 月第 1 版,第 3018 页)

【注　释】

[1]宋玉亭:宋玉,战国末楚国辞赋家。悲暮秋:宋玉《九辩》:"悲哉秋之为气也,萧瑟兮草木摇落而变衰。"(《楚辞章句》卷八)阳台:台观名。宋玉《高唐赋》记楚王与巫山神女相会于阳台,"旦为朝云,暮为行雨。朝朝暮暮,阳台之下"。(《文选》卷十九·赋癸)

[2]缘:因为。

萧萧:风声。此指风吹松竹发出的凄清的声音。

送零陵妓[1]

一作送妓赴于公召

宝钿香蛾翡翠裙,装成掩泣欲行云[2]。
殷勤好取襄王意,莫向阳台梦使君[3]。

（《全唐诗》卷二百七十,中华书局点校本,1960年4月第1版,第3022页）

【注　释】

[1]零陵:唐郡名,即永州,治所在今湖南零陵县。〔唐〕范摅《云溪友议》(卷上)载,"有客自零陵来,称戎昱使君席上有善歌者,襄阳公遽命召焉。……及至,令唱歌,乃戎使君送妓之什也。……遂多以缯帛赆行,手书逊谢于零陵之守也。"妓所唱的就是这首诗。《唐诗纪事》卷二十八也记载了这件事。

[2]钿:用金翠珠宝等制成的花朵形首饰。

蛾:眉。

装:妆。

行云:用〔战国·楚〕宋玉《高唐赋》记巫山神女事:"妾在巫山之阳,高丘之阻,旦为朝云,暮为行雨。朝朝暮暮,阳台之下。"

[3]取:承迎。

襄王:楚顷襄王。

阳台:台观名。传说楚王与巫山神女幽会处。(《文选》卷十九·赋癸)

使君:戎昱自谓。

孟 郊

【作者简介】

　　孟郊(751—814),字东野。湖州武康(今浙江德清县)人。父庭玢,昆山(今江苏昆山县)尉。孟郊即生于昆山。早年在江南与皎然、陆羽等交往,又曾隐居嵩山。贞元八年(792)、九年(793),两应进士试,皆落榜;贞元十二年登第。十六(800),选为溧阳(今江苏溧阳县)尉。因不理政务,被罚半俸,于贞元末辞官。元和元年(806),入河南尹郑馀庆幕,为河南水陆运从事、试协律郎,从此定居洛阳。元和九年(814),郑馀庆任山南西道节度使,召孟郊为兴元军参谋、试大理评事。在赴兴元(今陕西汉中市)途中,卒于阌乡(在今河南灵宝县境)。友人张籍等私谥为贞曜先生。孟郊与韩愈交好,与张籍、李翱、卢仝诸人亦多往来。现存《孟东野诗集》十卷。事见韩愈《贞曜先生墓志铭》,《旧唐书》卷一百六十、《新唐书》卷一百七十六本传,《唐才子传》卷五。今人华忱之撰有《孟郊年谱》。

巫山曲[1]

巴江上峡重复重,阳台碧峭十二峰[2]。
荆王猎时逢暮雨,夜卧高丘梦神女[3]。
轻红流烟湿艳姿[4],行云飞去明星稀。
目极魂断望不见[5],猿啼三声泪滴衣[6]。

（《全唐诗》卷三百七十二,中华书局点校本,1960年4月第1版,第4183页）

【注　释】

〔1〕巫山曲:乐府旧题有《巫山高》,属鼓吹曲辞。〔宋〕郭茂倩《乐府诗集》引

《乐府题解》曰:"古词言,江淮水深,无梁可度,临水远望,思归而已。若齐王融想像巫山高,梁范云巫山高不极。杂以阳台神女之事,无复远望思归之意也。"(《乐府诗集》卷十六·鼓吹曲辞一)孟郊此诗就继承这一传统,主咏巫山神女的传说故事(出宋玉《高唐赋》《神女赋》)。

[2]阳台:台观名,在巫山。见凌敬《巫山高》注[7]。碧峭:形容山峰苍翠陡峻。十二峰:指巫山十二峰。见乔知之《巫山高》注[2]。

[3]荆王:楚襄王。暮雨、高丘、梦神女,皆本宋玉《高唐赋》。详见[2]注。

[4]轻红:淡红色、粉红色。流烟:谓飘动的雾气。〔南朝·梁〕江淹《当春四韵同□左丞》:"流烟漾璇景,轻风泛凌霞。"(《秦汉魏晋南北朝诗》梁诗卷三)

[5]目极:用尽目力远望。《楚辞·招魂》:"目极千里兮伤春心,魂兮归来哀江南。"(《楚辞章句》卷十)

[6]猿啼三声泪滴衣:古代巫峡两岸多猿。〔北魏〕郦道元《水经注·江水》:"其间首尾百六十里,谓之巫峡,盖因山为名也。……每至晴初霜旦,林寒涧肃,常有高猿长啸,属引凄异,空谷传响,哀转久绝。故渔者歌曰:'巴东三峡巫峡长,猿鸣三声泪沾裳!'"(《水经注》卷三十四)

巫山高[1]

见尽数万里,不闻三声猿[2]。
但飞萧萧雨,中有亭亭魂[3]。
千载楚王恨,遗文宋玉言[4]。
至今晴明天[5],云结深闺门[6]。

(《全唐诗》卷三百七十二,中华书局点校本,1960 年 4 月第 1 版,第 4183 页)

【注　释】

[1]巫山高:见凌敬《巫山高》注[1]。此篇一作《巫山行》。

[2]三声猿:古代巫峡两岸多猿。〔北魏〕郦道元《水经注·江水》:"其间首尾百六十里,谓之巫峡,盖因山为名也。……每至晴初霜旦,林寒涧肃,常有高猿长啸,属引凄异,空谷传响,哀转久绝。故渔者歌曰:'巴东三峡巫峡长,猿鸣三声泪沾裳!'"(《水经注》卷三十四)

[3]有:一作郁。

[4]楚王:指楚襄王。王,一作襄。遗文宋玉言,指宋玉所作《高唐赋》《神女赋》。两篇赋都是写楚王与巫山神女梦中相会的爱情故事。

[5]晴明天:一作青冥里。

[6]深闺:旧时指女子居住的内室。〔唐〕白居易《长恨歌》:"杨家有女初长成,养在深闺人未识。"(《全唐诗》卷四百三十五)

崔膺

【作者简介】

崔膺,博陵(今河北安平)人。性狂诞,少长于外家,不齿,及长,作《道傍孤儿歌》以讽外家。贞元四年(788)至十六年间张建封镇徐州,以为门客。十六年游扬州,与李涉友善。今存诗二首。

别 佳 人[1]

垄上流泉垄下分,断肠呜咽不堪闻[2]。
嫦娥一入月中去[3],巫峡千秋空白云[4]。

(《全唐诗》卷二百七十五,中华书局点校本,1960年4月第1版,第3119页)

【注　释】

[1]此诗一作崔涯诗,题为《别妻》。收于清编《全唐诗》卷五百〇五。

[2]“垄上”两句:《通典》卷一百七十四引《三秦记》载:“(陇山)上有清水四注下,俗歌曰:‘陇头流水,鸣声幽咽。遥望秦川,肝肠断绝。’”

[3]嫦娥:神话中的月中女神。《淮南子·览冥训》:“羿请不死之药于西王母,姮娥(嫦娥)窃以奔月。”(《淮南子》卷六·览冥训)

[4]“巫峡”句:用巫山神女事。〔战国·楚〕宋玉《高唐赋》:“妾在巫山之阳,高丘之阻,旦为朝云,暮为行雨。朝朝暮暮,阳台之下。”(《文选》卷十九·赋癸)巫峡,见上官仪《八咏应制二首(其一)》注[11]。

武元衡

【作者简介】

武元衡(758—815),字伯苍。河南府缑氏县(今河南偃师南)人。建中四年(783)登进士第,累辟使府,官至检校监察御史。后为华原令,称病去官。召为比部员外郎,岁中三迁至左司郎中,贞元二十年(804)擢御史中丞。顺宗即位,罢为太子右庶子。宪宗立,复拜御史中丞,寻迁户部侍郎。元和二年(807)正月拜门下侍郎、平章事,兼判户部事,十月充剑南西川节度使。八年征还,重拜门下侍郎、平章事。十年,为淄青节度使李师道所遣刺客刺杀,赠司徒,谥忠愍。有《临淮集》十卷,佚。事见《旧唐书》卷一百五十八、《新唐书》卷一百五十二本传,《唐才子传》卷四。

酬严司空荆南见寄[1]

金貂再领三公府[2],玉帐连封万户侯[3]。
帘掷青山巫峡晓[4],烟开碧树渚宫秋[5]。
刘琨坐啸风清塞[6],谢朓题诗月满楼[7]。
白雪调高歌不得[8],美人南国翠蛾愁[9]。

(《全唐诗》卷三百一十七,中华书局点校本,1960 年 4 月第 1 版,第 3561 页)

【注 释】

[1]一本此题载二首,首联作"汉家征镇委条侯,虎节龙旌居上头"。三联作"金筇曾掩胡人泪,丽句初传明月楼"。余同。严司空:严绶。元和六年至元和九年间任检校司空、江陵尹、荆南节度使。荆州即荆南。南:一作州。

[2]金貂:一种冠饰,汉侍中、中常侍著武冠,加黄金珰,附蝉为文,貂尾为饰。

唐制,侍中、中书令、左右散骑常侍戴进贤冠,冠上饰有黄金珰、附蝉、貂尾。此泛指近侍、近臣。领:一作入。三公:太尉、司徒、司空。严绶于贞元十七年为太原府尹、河东节度使,元和元年封扶风郡公,寻加检校司空。四年人拜尚书右仆射,六年以检校司空为江陵府尹、荆南节度使,进封郑国公。

[3]万户侯:食邑万户之侯。亦用以泛指高爵显位。〔唐〕杜牧《登池州九峰楼寄张祜》:"谁人得似张公子,千首诗轻万户侯。"(《全唐诗》卷五百二十二)此指严绶先后封扶风郡公、郑国公。

[4]巫峡:见上官仪《八咏应制二首(其一)》注[11]。

[5]烟开碧树:一作云凝碧岫。渚宫:春秋楚国别宫,故址在江陵。

[6]刘琨:晋人,喻严绶。刘琨任并州刺史时作《扶风歌》,中有"揽辔命徒侣,吟啸绝岩中"(《文选》卷二十八·诗戊)句。

[7]谢朓:南朝齐时著名的山水诗人,出身世家大族。谢朓与谢灵运同族,世称"小谢"。此喻严绶。赞其有诗才。题:一作裁。

[8]"白雪"句:白雪,古曲名。〔战国·楚〕宋玉《对楚王问》:"客有歌于郢中者,其始曰《下里》《巴人》,国中属而和者数千人,其为《阳阿》《薤露》,国中属而和者数百人;其为《阳春》《白雪》,国中属而和者不过数十人。"(〔西汉〕刘后《新序》卷一)

[9]美人南国:一作阳台相顾。国,一作望。
翠娥:妇女细而长曲的黛眉。此借指美女。

赠歌人[1]

仙歌静转玉箫催[2],疑是流莺禁苑来[3]。
他日相思梦巫峡[4],莫教云雨晦阳台[5]。

(《全唐诗》卷三百一十七,中华书局点校本,1960年4月第1版,第3579页)

【注 释】

[1]歌人:歌唱者。

[2]玉箫:玉制的箫或箫的美称。《晋书·吕纂载记》:"即序胡安据盗发张骏墓,见骏貌如生,得真珠簏、琉璃榼、白玉樽、赤玉箫……"(《晋书》卷一百二十二·载记第二十二)

[3]流莺:莺。流,谓其鸣声婉转。〔南朝·梁〕沈约《八咏诗·会圃临东风》:"舞春雪。杂流莺。"(《秦汉魏晋南北朝诗》梁诗卷七)禁苑:帝王的园林。《史记·平准书》:"是时禁苑有白鹿而少府多银锡。"(《史记》卷三十·平准书第八)《文选·班固〈西都赋〉》:"西郊则有上囿禁苑,林麓薮泽,陂池连乎蜀汉,缭以周墙,四百馀里,离宫别馆,三十六所,神池、灵沼,往往而在。"李善注:"上囿禁苑,即林苑也。"(《文选》卷一·赋甲)

　　[4]梦巫峡:用楚王梦遇巫山神女之典。巫峡,见上官仪《八咏应制二首(其一)》注[11]。

　　[5]云雨、阳台:用巫山神女事。〔战国·楚〕宋玉《高唐赋》:"妾在巫山之阳,高丘之阻,旦为朝云,暮为行雨。朝朝暮暮,阳台之下。"(《文选》卷十九·赋癸)

权德舆

【作者简介】

权德舆(759—818),字载之,秦州陇城(今甘肃秦安县)人,其父权皋于天宝末年移家润州丹阳(今江苏丹阳县)。德舆七岁丧父,少时即以文章驰名。德宗建中年间先后入淮南黜陟使韩洄、江淮水陆运使杜佑、江淮盐铁使包佶幕府。贞元初年又入江西观察使李兼幕为判官,兼监察御史。贞元七年(791),德宗闻其才,召为太常博士,旋改左补阙,历起居舍人、司勋郎中兼知制诰、中书舍人。贞元十八年后历礼部侍郎、户部侍郎。宪宗元和初年,历兵部、吏部侍郎、太子宾客、太常卿。元和五年(810),入阁为相,封扶风郡公。元和八年罢相。出为东都留守。元和九年后,历太常卿、刑部尚书。元和十一年冬,出为山南西道节度使兼兴元尹。元和十三年,因病乞还,卒于归途。今存《权载之文集》五十卷,其诗编为十卷。事见《旧唐书》卷一百四十八、《新唐书》卷一百六十五本传及韩愈《唐故相权公墓碑》。

杂诗五首[1](其二)

阳台巫山上,风雨忽清旷[2]。
朝云与游龙,变化千万状[3]。
魂交复目断,缥缈难比况[4]。
兰泽不可亲,凝情坐惆怅[5]。

(《全唐诗》卷三百二十八,中华书局点校本,1960 年 4 月第 1 版,第 3669 页)

【注　释】

　　[1]杂诗:《文选》中凡不属于献诗、公谦、游览、行旅、赠答、哀伤,乐府诸目之内的诗为杂诗。

　　[2]阳台:台观名。传说为巫山神女的居处。见凌敬《巫山高》注[7]。巫山:见凌敬《巫山高》注[2]。

　　清旷:清明、开阔。此指风止雨霁,山间豁然开朗。

　　[3]与:犹"如"。

　　[4]魂交:梦中精神交往。目断:一直望到看不见。

　　缥缈:高远隐约的样子。《文选·木华〈海赋〉》:"群仙缥缈,餐玉清涯。"李善注:"缥缈,远视之貌。"(《文选》卷十二·赋己)

　　[5]兰泽:用兰浸的油脂,用以润发肤。〔战国·楚〕宋玉《神女赋》:"沐兰泽,含若芳。"此借指其体肤。(《文选》卷十九·赋癸)

　　凝情:情意专注。〔唐〕李康成《玉华仙子歌》:"转态凝情五云里,娇颜千岁芙蓉花。"(《全唐诗》卷二百〇三)

杂兴五首[1]（其五）

巫山云雨洛川神[2],珠襻香腰稳称身[3]。
惆怅妆成君不见,含情起立问傍人[4]。

(《全唐诗》卷三百二十八,中华书局点校本,1960 年 4 月第 1 版,第 3669 页)

【注　释】

　　[1]杂兴:杂诗,这首诗描写盛妆的美女子见不到所念之人的情景。诗以含蓄深婉的对照手法,表达了女子的复杂情感。

　　[2]巫山云雨:此指巫山神女。〔战国·楚〕宋玉《高唐赋》:"妾在巫山之阳,高丘之阻,旦为朝云,暮为行雨。朝朝暮暮,阳台之下。"(《文选》卷十九·赋癸)

　　洛川神:指〔三国·魏〕曹植《洛神赋》中的女神。又名洛妃、宓妃,溺死于洛水,而为神。此句指女子像巫山神女和洛神一样美。

　　[3]珠襻(pàn):华贵的钮扣。

　　香腰:熏香的腰裙。

诗歌部

稳称身：匀称合体。这句写这个女子的衣饰合体。

[4]君：指所思念之人。这两句写她的心情。由于所思念的人不在身边，只好向旁人询问衣服是否适体。"惆怅"、"含情"均表现了她的神情。

赠友人

时友人新有别恨者[1]

知向巫山逢日暮[2]，轻袿玉佩暂淹留[3]。
晓随云雨归何处，还是襄王梦觉愁[4]。

（《全唐诗》卷三百二十八，中华书局点校本，1960 年 4 月第 1 版，第 3674 页）

【注　释】

[1]新有别恨：指与其情人分别。

[2]巫山：见凌敬《巫山高》注[2]。

[3]袿：女上衣。

淹留：滞留、停留。〔三国·魏〕曹丕《燕歌行》："慊慊思归恋故乡，君何淹留寄他方？"（《魏文帝集》卷六）

[4]"晓随"句：用楚王梦遇巫山神女事。〔战国·楚〕宋玉《高唐赋》记楚王与巫山神女梦中相会，神女离别时说道："妾在巫山之阳，高丘之阻，旦为朝云，暮为行雨。朝朝暮暮，阳台之下。"（《文选》卷十九·赋癸）后因以"云雨"喻指男女欢会。

襄王：楚襄王。

梦觉愁：宋玉《神女赋》写楚王梦中与巫山神女相会，觉后神女不见，楚王"徊肠伤气，颠倒失据"，"惆怅垂涕，求之至曙"（《文选》卷十九·赋癸）。此借指友人之别恨。

王　建

【作者简介】

王建(766—?),字仲初,颍川(今河南许昌)人。元和中为昭应县丞,历迁太府寺丞、秘书郎。大和中出为陕州司马。曾从军塞上,弓不离身。晚年告归咸阳后,卜居原上,穷困以终。王建与张籍交厚,皆擅长乐府诗,同为中唐新乐府运动的名家,世称"张王乐府"。建所作《宫词》百首,颇为时人传诵。事见《唐诗纪事》卷四十四、《唐才子传校笺》卷四。

寄远曲[1]

美人别来无处所,巫山月明湘江雨[2]。
千回相见不分明,井底看星梦中语[3]。
两心相对尚难知,何况万里不相疑。

(《全唐诗》卷二百九十八,中华书局点校本,1960 年 4 月第 1 版,第 3384 页)

【注　释】

[1]《乐府诗集》卷九十四将这首诗归入《新乐府辞》之《乐府杂题》。王建此诗写思念美人,美人行踪无定,近在眼前尚难知心,何况在万里之外呢! 表现了对美人的疑虑。当为有所寄托之词。

[2]无处所:指行踪不定。巫山:见凌敬《巫山高》注[2]。这里用〔战国·楚〕宋玉《高唐赋》所记楚王梦遇巫山神女事。神女离别之际,说道:"妾在巫山之阳,高丘之阻,旦为朝云,暮为行雨。朝朝暮暮,阳台之下。"(《文选》卷十九·赋癸)湘江:江水名。〔北魏〕郦道元《水经注·湘水》:"湘水又北迳黄陵亭西,右合黄陵水口,其水上承大湖,湖水西流,迳二妃庙南,世谓之黄陵庙也。言大舜之陟方也。二妃从征,溺于湘江。神游洞庭之渊,出入潇湘之浦。"(《水经注》卷三十八)

[3]井底看星梦中语:喻相见不分明。

卢 仝

【作者简介】

卢仝(约770—约812),河南府济源(今河南省济源县)人。早年隐少室山,自号玉川子。他刻苦读书,博览经史,工诗精文,不愿仕进。后迁居洛阳。家境贫困,仅破屋数间。但他刻苦读书,家中图书满架。卢仝性格狷介,颇类孟郊;但其狷介之性中更有一种雄豪之气,又近似韩愈。是韩孟诗派重要人物之一。事见韩愈《寄卢仝》,贾岛《哭卢仝》,《新唐书》卷一百七十六、《唐才子传》卷五等。

有所思[1]

当时我醉美人家,美人颜色娇如花。

今日美人弃我去,青楼珠箔天之涯[2]。

天涯娟娟姮娥月[3],三五二八盈又缺[4]。

翠眉蝉鬓生别离[5],一望不见心断绝。

心断绝,几千里。

梦中醉卧巫山云[6],觉来泪滴湘江水。

湘江两岸花木深,美人不见愁人心。

含愁更奏绿绮琴[7],调高弦绝无知音[8]。

美人兮美人,不知为暮雨兮为朝云[9]。

相思一夜梅花发,忽到窗前疑是君[10]。

(《全唐诗》卷三百八十八,中华书局点校本,1960年4月第1版,第4378页)

[1]有所思:汉乐府《铙歌》名。以首句"有所思"为名。

[2]珠箔:珠帘,用珍珠缀成的帘子。

青楼珠箔:美人住所。

[3]娟娟:美好的样子。

姮娥:嫦娥。传说中的月中女神。

[4]三五二八:指阴历每月十五、十六。

盈又缺:指月亮盈满又亏缺。

[5]翠眉、蝉鬓:代指作者所思念的美人。

[6]巫山云:喻爱情的怀抱。巫山,见凌敬《巫山高》注[2]。

[7]绿绮琴:古琴名。本是汉朝司马相如的琴。后来常用"绿绮"泛指琴。

[8]调高弦绝无知音:《吕氏春秋·本味》载,春秋时伯牙鼓琴,钟子期为知音。后钟子期死了,伯牙绝弦,终生不再鼓琴。

弦绝:弦断。

[9]为暮雨兮为朝云:〔战国·楚〕宋玉《高唐赋》载,楚怀王梦遇巫山神女,神女离开时说"妾在巫山之阳,高丘之阻,旦为朝云,暮为行雨。朝朝暮暮,阳台之下"。此句用其典故。

[10]后两句谓:由于过度思念,以致精神恍惚,把窗外梅花的清丽姿影,当成了所思美人的俏丽容姿。

感秋别怨

霜秋自断魂,楚调怨离分[1]。
魄散瑶台月,心随巫峡云[2]。
蛾眉谁共画,凤曲不同闻[3]。
莫似湘妃泪,斑斑点翠裙[4]。

(《全唐诗》卷三百八十八,中华书局点校本,1960年4月第1版,第4372页)

【注　释】

[1]楚调:楚地的曲调。

[2]瑶台:神话中神仙所居之地。巫峡云:用〔战国·楚〕宋玉《高唐赋》意。

"妾(巫山神女)在巫山之阳,高丘之阻,旦为朝云,暮为行雨。朝朝暮暮,阳台之下。"(《文选》卷十九·赋癸)

[3]蛾眉:以蚕蛾弯曲而细长的触须喻女子长而美的眉毛。

谁共画:谓无人与画眉。

凤曲:本指萧史故事。传说萧史擅长吹箫,秦穆公女弄玉喜欢他,于是秦穆公就将女儿嫁给他。萧史每天教弄玉吹箫,过了几年,吹奏的音乐与凤凰的声音相似,凤凰来止其屋,秦穆公因此建立了凤凰台。后夫妇皆跟随凤凰飞去。后以凤曲泛指美妙的乐曲。〔唐〕沈佺期《奉和春初幸太平公主南庄应制》:"自有神仙鸣凤曲,并将歌舞报恩晖。"(《全唐诗》卷九十六)

[4]湘妃:舜二妃娥皇、女英。张华《博物志》卷八:"舜崩,二妃啼,以泪挥竹,竹尽斑。"

薛 涛

【作者简介】

薛涛(770—832),字洪度。长安(今属陕西)人,中唐时期颇有文名的女诗人。她幼时随父入蜀,青少年时为歌妓,后脱乐籍隐居于成都西郊浣花溪,著女冠服,好制松花小笺,时号薛涛笺。与四川节度使府中文人唱和往还,声名大著。后武元衡镇西川,奏为校书郎,虽未实授,世人皆以"女校书"称之。有《洪度集》一卷。薛涛现存诗以赠人之作较多,情调感伤。

九日遇雨二首(其二)

茱萸秋节佳期阻[1],金菊寒花满院香[2]。
神女欲来知有意,先令云雨暗池塘[3]。

(《全唐诗》卷八百〇三,中华书局点
校本,1960年4月第1版,第9040页)

【注　释】

[1]茱萸:植物名。香气辛烈,可入药。古俗农历九月九日重阳节,佩茱萸能祛邪辟恶。〔三国·魏〕曹植《浮萍篇》:"茱萸自有芳,不若桂与兰。"(《曹子建集》卷六)《西京杂记》卷三:"九月九日,佩茱萸,食蓬饵,饮菊华酒,令人长寿。"

[2]金菊:黄色的菊花。〔唐〕杜甫《佐还山后寄》诗之二:"味岂同金菊,香宜配绿葵。"(《全唐诗》卷二百二十五)寒花:亦作"寒华"。寒冷时节开放的花。多指菊花。〔晋〕张协《杂诗》:"寒花发黄采,秋草含绿滋。"(《文选》卷二十九·诗己)

[3]"神女"句:用巫山神女事。〔战国·楚〕宋玉《高唐赋》:"妾在巫山之阳,高丘之阻,旦为朝云,暮为行雨。朝朝暮暮,阳台之下。"(《文选》卷十九·赋癸)

谒巫山庙[1]

乱猿啼处访高唐[2]，路入烟霞草木香。
山色未能忘宋玉，水声犹是哭襄王[3]。
朝朝夜夜阳台下，为雨为云楚国亡[4]。
惆怅庙前多少柳，春来空斗画眉长。

（《全唐诗》卷八百〇三，中华书局点
校本，1960年4月第1版，第9037页）

【注　释】

[1]谒：晋见（地位或辈分高的）。

巫山庙：在巫山神女峰。相传楚怀王梦巫山神女，遂于此立高唐观。

[2]乱猿啼：谓猿啼叫的杂乱凄异。古代巫峡两岸多猿。〔北魏〕郦道元《水经注·江水》："其间首尾百六十里，谓之巫峡，盖因山为名也。……每至晴初霜旦，林寒涧肃，常有高猿长啸，属引凄异，空谷传响，哀转久绝。故渔者歌曰：'巴东三峡巫峡长，猿鸣三声泪沾裳！'"（《水经注》卷三十四）高唐：高唐观，在巫山。

[3]宋玉：战国时楚国辞赋家，写有《高唐》《神女》二赋。记楚王与巫山神女梦中幽会事。襄王：战国时楚国国王，曾游云梦望高唐之观。

[4]"朝朝"句：用〔战国·楚〕宋玉《高唐赋》所写楚王与巫山神女梦中相会事："昔者先王尝游高唐，怠而昼寝，梦见一妇人曰：'妾，巫山之女也。为高唐之客。闻君游高唐，愿荐枕席。'王因幸之。去而辞曰：'妾在巫山之阳，高丘之阻，旦为朝云，暮为行雨。朝朝暮暮，阳台之下。'旦朝视之，如言。故为立庙，号曰'朝云'。"（《文选》卷十九·赋癸）后因以"云雨"喻男女欢会，以"阳台"喻男女欢会之所。这两句谓楚王荒淫致使楚国破亡。

送扶炼师[1]

锦浦归舟巫峡云[2]，绿波迢递雨纷纷。
山阴妙术人传久，也说将鹅与右军[3]。

（《全唐诗》卷八百〇三，中华书局点
校本，1980年4月第1版，第9038页）

【注　释】

[1]炼师:《唐六典》:"道士修行,其德高思精者,谓之炼师。"扶炼师,名未详。(《唐女诗人集三种》,上海古籍出版社,1984年版,第44页)

[2]锦浦:锦浦里,在成都浣花溪。

巫峡:见上官仪《八咏应制二首(其一)》注[11]。

[3]山阴:县名,在今浙江绍兴。右军:王羲之曾为右军将军,会稽内史,人称王右军。"将鹅与右军"用"黄庭换鹅"之典。《太平御览》卷二百三十八引〔南朝·宋〕法盛撰《晋中兴书》:"山阴有道士养群鹅,(王)羲之意甚悦。道士云:'为写《黄庭经》,当举群相赠。'乃为写讫,笼鹅而去。"《晋书·王羲之传》:"又山阴一道士,养好鹅,羲之往观焉,意甚悦,固求市之。道士云:'为写《道德经》,当举群相赠耳。'羲之欣然写毕,笼鹅而归,甚以为乐。"晋代王羲之(字逸少)善书法,又爱鹅,曾以书写《黄庭经》(一说《道德经》)换取山阴道士养的一群鹅。后以此典指书法精妙或指文人的洒脱行为;也借称书法高手或精妙的书法作品。

王 涯

【作者简介】

王涯（？—835），字广津，太原（今属山西）人。德宗贞元八年（792）擢进士，再举宏词科，授蓝田尉。以左拾遗为翰林学士，进起居舍人。宪宗元和三年，贬虢州司马，徙为袁州刺史。七年为兵部员外郎、知制诰。十年迁工部侍郎、封清源县男。俄拜中书侍郎、同中书门下平章事。十三年罢相，官吏部侍郎。穆宗立，出为剑南东川节度使。长庆三年（823），入为御史大夫，迁户部尚书、盐铁转运使。敬宗宝历时，复出为山南西道节度使。文宗嗣位，拜太常卿，以吏部尚书总盐铁，进尚书右仆射，封代郡公。大和七年，以本官同中书门下平章事，合度支、盐铁为一使，兼领之。大和九年甘露事变中，为宦官仇士良所杀。王涯博学有雅思，工属文，永贞、元和间训诰，多涯所定。今存诗一卷。事见《旧唐书》卷一百六十九，《新唐书》卷一百七十九本传。

思君恩[1]

鸡鸣天汉晓，莺语禁林春[2]。
谁入巫山梦，唯应洛水神[3]。

（《全唐诗》卷三百四十六，中华书局点校本，1960 年 4 月第 1 版，第 3875 页）

【注　释】

[1]《唐诗纪事》卷四十二载此诗为令狐楚所作。

[2]天汉：银河。《诗·小雅·大东》："维天有汉，监亦有光。"毛传："汉，天河也。"（《毛诗正义》卷十三）〔三国·魏〕曹丕《杂体诗》："天汉回西流，三五正纵

横。"(《魏文帝集》卷六)禁林:皇家园林。〔汉〕班固《西都赋》:"命荆州使起鸟,诏梁野而驱兽,毛群内闐,飞羽上覆,接翼侧足,集禁林而屯聚。"(《文选》卷一·赋甲)〔南朝·梁〕何逊《九日侍宴乐游苑》:"禁林终宴晚,华池物色曛。"(《秦汉魏晋南北朝诗》梁诗卷八)

〔3〕巫山梦:〔战国·楚〕宋玉《高唐赋》《神女赋》记楚王梦遇巫山神女的故事。洛水神:指洛水女神宓妃。〔三国·魏〕曹植曾作《洛神赋》,叙述自己与宓妃相会的情景。

窦巩

【作者简介】

窦巩(772—831),字友封,叔向子,排行七。元和二年(807)进士,五年入义成军袁滋幕为节度从事,历佐山南,荆南、平卢节度幕。宝历元年(825)入为侍御史,转司勋员外郎,迁刑部郎中。后入浙东节度使元稹幕。大和四年(830)正月,佐元稹为武昌军节度副使。《窦氏联珠集》录其诗一卷,今存三十九首。事见褚藏言《窦巩传》、两《唐书·窦群传》附传、《唐诗纪事》卷三十一、《唐才子传》卷四。

江陵遇元九李六二侍御纪事书情呈十二韵[1]

自见人相爱,如君爱我稀。
好闲容问道,攻短每言非。
梦想何曾间,追欢未省违。
看花怜后到,避酒许先归。
柳寺春堤远,津桥曙月微[2]。
渔翁随去处,禅客共因依[3]。
蓬阁初疑义[4],霜台晚畏威[5]。
学深通古字,心直触危机[6]。
肯滞荆州掾[7],犹香柏署衣[8]。
山连巫峡秀[9],田傍渚宫肥[10]。
美玉方齐价[11],迁莺尚怯飞[12]。
仁看霄汉上[13],连步侍彤闱[14]。

(《全唐诗》卷二百七十一,中华书局点校本,1960年4月第1版,第3050页)

【注　释】

[1]江陵:古地名,在今湖北荆州。地处长江中游,江汉平原西部,南临长江,北依汉水,西控巴蜀,南通湘粤,古称"七省通衢"。元九:指元稹。李六:指李景俭。据《旧唐书·宪宗纪》,元稹于元和五年(810)二月自监察御史贬江陵府士曹参军。又据《旧唐书·李景俭传》,景俭于元和三年以监察御史贬江陵户曹参军。元和六年窦巩曾赴黔中,途经江陵。诗言"柳寺春堤远",当作于元和六年(811)春。

[2]津桥:桥梁。〔唐〕张守节《正义》:"王良五星,在奎北河中……客星守之,津桥不通。"(《史记》卷二十七·天官书第五)〔唐〕李绅《移九江》:"津桥归候吏,竹巷开门户。"(《全唐诗》卷四百八十)曙月:晓月。〔唐〕王维《过沈居士山居哭之》:"曙月孤莺啭,空山五柳春。"(《全唐诗》卷一百二十七)

[3]禅客:僧人。〔唐〕刘长卿《云门寺访灵一上人》:"禅客知何在,春山到处同。"(《全唐诗》卷一百四十八)因依:依托,结交。〔三国·魏〕阮籍《咏怀》诗之八:"回风吹四壁,寒鸟相因依。"(《秦汉魏晋南北朝诗》魏诗卷十)

[4]蓬阁:秘书省的别称。《后汉书·窦章传》:"是时学者称东观为老氏臧室,道家蓬莱山。"(《后汉书》卷二十三·窦融列传第十三)后因以指秘阁。元稹初仕秘省校书郎。疑义:辨析疑义。指校勘古籍。

[5]霜台:御史台的别称。御史职司弹劾,为风霜之任,故称。

[6]危机:潜伏的祸害或危险。

[7]荆州掾:指元稹、李景俭任江陵参军。掾,佐吏。

[8]柏署:柏台。御史台的别称。汉代御史府中列植柏树,常有野鸟数千栖其上。事见《汉书·朱博传》。后因以柏台称御史台。〔唐〕宋之问《和姚给事寓直之作》:"柏台迁鸟茂,兰署得人芳。"(《全唐诗》卷五十三)

[9]巫峡:见上官仪《八咏应制二首(其一)》注[11]。

[10]渚宫:楚别宫,春秋时楚成王所建,故址在今湖北江陵城内。

[11]美玉:喻指元稹、李景俭。

[12]迁莺:喻升官。〔唐〕苏味道《使岭南闻崔马二御史并拜台郎》:"振鹭齐飞日,迁莺远听闻。"(《全唐诗》卷六十五)

[13]伫看:行将看到。

[14]连步:犹快步。

彤闱:红色宫门。借指宫庭、朝廷。〔南朝·齐〕谢朓《酬王晋安》:"拂雾朝青阁,日旰坐彤闱。"(《秦汉魏晋南北朝诗》齐诗卷三)

刘禹锡

【作者简介】

刘禹锡(772—842)，字梦得，洛阳(今河南省洛阳市)人。贞元九年(793)进士，又登博学宏词科。贞元十一年(795)授太子校书。后曾入淮南节度使幕为掌书记。十八年调补渭南主簿。十九年(803)入朝为监察御史，转屯田员外郎，判度支盐铁案。永贞元年(805)，王叔文败，坐贬连州刺史，途中再贬朗州司马。元和十年(815)召还长安，寻出为连州刺史，转夔州、和州刺史。大和元年(827)除主客郎中分司东都，明年入长安，为主客郎中、集贤学士，又转礼部郎中、集贤学士。大和五年(831)出为苏州刺史，又历汝州、同州刺史。开成元年(836)以足疾改太子宾客分司东都，后改秘书监分司东都，会昌元年(841)加检校礼部尚书，兼太子宾客。二年(842)七月卒，享年七十一。贬谪时期，多讽托之作。晚年居洛阳，与白居易颇多唱和，有"诗豪"之称。《新唐书·艺文志》著录《刘禹锡集》四十卷。今有《刘禹锡集》三十卷，外集十卷。事见《旧唐书》卷一百六十、《新唐书》卷一百六十八本传、《子刘子自传》(《刘禹锡集》外集卷九)。

巫山神女庙[1]

巫山十二郁苍苍[2]，片石亭亭号女郎[3]。
晓雾乍开疑卷幔，山花欲谢似残妆[4]。
星河好夜闻清佩[5]，云雨归时带异香[6]。
何事神仙九天上，人间来就楚襄王[7]。

(《全唐诗》卷三百六十一，中华书局点校本，1960 年 4 月第 1 版，第 4082 页)

　　[1]此诗作于刘禹锡任夔州刺史期间。巫山神女庙:一种说法是在巫山县城东,后改名为凝真观。巫山神女庙相传为西王母的女儿,名叫瑶姬,曾帮助大禹治水,博得后人的尊敬和祭祀;一种说法是战国时期的辞赋家宋玉在《高唐赋》中记载了楚襄王梦中与巫山神女相会之事,后人附会,便在这里塑像立庙。从诗中看,作者是据后一种说法立意设语的,诗人在这首诗中把眼前之景和神女传说结合起来,展开天马行空的想象,描写细腻,给人以美的享受。

　　[2]巫山十二:巫山十二峰,其中以北岸望霞峰最为著名,因其峰顶兀然耸立一块人形状的石柱,宛若少女,故又名神女峰。

　　[3]亭亭:高耸挺立的样子,写出了神女峰秀美挺拔的一面。〔晋〕傅玄《短歌行》:"长安高城,层楼亭亭。"(《乐府诗集》卷三十)

　　[4]幔:指帐幕。这两句顺承第二句把神女峰比做"女郎"之意写之,清晨雾气散去,让人疑心是她卷起了帐幕;山中花朵凋零,又仿佛是她卸去残妆。比喻贴切,想象丰富。

　　[5]清佩:指古代妇女在走路时,身上的佩饰相撞击时发出的清亮的声音。

　　[6]云雨:指男女欢会之事。〔战国·楚〕宋玉《高唐赋》:"妾在巫山之阳,高丘之阻,旦为朝云,暮为行雨。朝朝暮暮,阳台之下。"(《文选》卷十九·赋癸)后遂以云雨喻指男女欢会。这两句化用了宋玉《高唐赋》中神女与楚王欢会的故事。

　　[7]楚襄王:楚怀王之子,芈姓,熊氏,名横。

唐侍御寄游道林岳麓二寺诗并
沈中丞姚员外所和见征继作[1]

湘西古刹双蹲蹲,群峰朝拱如骏奔。
青松步障深五里[2],龙宫黯黯神为阍[3]。
高殿呀然压苍巘[4],俯瞰长江疑欲吞。
橘洲泛浮金实动[5],水郭缭绕朱楼骞[6]。
语馀百响入天籁,众奇引步轻翩翻。
泉清石布博棋子,萝密鸟韵如簧言[7]。
回廊架险高且曲,新径穿林明复昏。
浅流忽浊山兽过,古木半空天火痕[8]。
星使双飞出禁垣[9],元侯饯之游石门[10]。

紫髯翼从红袖舞,竹风松雪香温麝[11]。

远持清琐照巫峡[12],一夔惊断三声猿[13]。

灵山会中身不预[14],吟想峭绝愁精魂[15]。

恨无黄金千万饼,布地买取为丘园[16]。

(《全唐诗》卷三百五十六,中华书局点校本,1960年4月第1版,第4003—4004页)

【注　释】

[1]唐侍御:指唐扶。唐扶(？—839),字云翔,并州晋阳(今山西太原)人。元和五年(810)进士及第,累佐使府。入朝为监察御史、侍御史,又出为刺史。大和元年,迁屯田郎中,五年充山南道宣抚使,俄转司勋郎中。八年充弘文馆学士、判院事。转职方郎中,权知中书舍人。开成元年正拜中书舍人,逾月出为福建观察使,卒于任。今存诗二首。事见两《唐书》本传。唐扶原唱为《使南海道长沙题道林岳麓寺》。道林岳麓二寺:道林寺在岳麓山下,岳麓寺在山上。见《方舆胜览》卷二十三。沈中丞:指沈传师。沈传师(777—835),字子言,苏州吴县(今属江苏)人,一说湖州武康(今浙江德清)人。贞元二十一年(805)进士及第,元和元年(806)登才识兼茂、明于体用科。历翰林学士、尚书郎,长庆元年(821)迁中书舍人,三年出为湖南观察使,宝历二年(826)入为尚书右丞,大和间为江西观察使、宣歙观察使,七年(833)入为吏部侍郎,九年卒。多学识,能诗。今存诗七首。事见杜牧《唐故尚书吏部侍郎赠吏部尚书沈公行状》《嘉泰吴兴志》等。长庆三年(823)六月,沈传师为湖南观察使,有诗《次潭州酬唐诗御姚员外游道林岳麓寺题示》。刘禹锡诗当作于是年。时作者居夔州。姚员外:即姚合。姚合(约782—约846),吴兴(今浙江湖州)人,元和十一年(816)进士及第,为魏博田弘正从事,历武功主簿、富平尉。宝历二年(826),为监察御史,迁殿中侍御史、户部员外郎,出为金州刺史。入为刑、户二部郎中,复为杭州刺史。历谏议大夫、给事中,授陕虢观察使。会昌末,官终秘书监,谥曰懿,赠礼部尚书。人称姚武功或姚秘监。在谏议大夫任时,曾编选王维等人诗百首为《极玄集》一卷,人以为裁鉴甚精。与贾岛齐名,世称"姚贾"。

[2]步障:用以遮避风尘或障蔽内外的屏幕。〔三国·魏〕曹植《妾薄命》诗之二:"华灯步障舒光,皎若日出扶桑。"(《曹子建集》卷六)

[3]阍(hūn):守门人。

[4]呀然:高大空旷的样子。巘(yǎn):峻山。

［5］橘洲泛浮：《太平御览》卷六十九引《湘中记》云："昭潭无底橘洲浮。……每大水诸洲悉设而橘洲独存焉。"金实：金黄的橘子。

［6］骞(xiān)：飞举之貌。

［7］鸟韵：鸟叫声。簧言：动听的语言。

［8］天火：由雷电或物体自燃引起的大火。

［9］星使：古时认为天节八星主使臣事，因称帝王的使者为星使。〔唐〕刘长卿《贾侍郎自会稽使回》："江上逢星使，南来自会稽。"（《全唐诗》卷一百四十九）

［10］元侯：诸侯之长。此指沈传师。《左传·襄公四年》："三《夏》，天子所以享元侯也，使臣弗敢与闻。"杜预注："元侯，牧伯。"孔颖达疏："牧是州长，伯是二伯，虽命数不同，俱是诸侯之长也。"（《春秋左传正义》卷十八）

［11］温麿(nún)：温暖。

［12］巫峡：见上官仪《八咏应制二首（其一）》注［11］。

［13］三声猿：古代巫峡两岸多猿。〔北魏〕郦道元《水经注·江水》："其间首尾百六十里，谓之巫峡，盖因山为名也。……每至晴初霜旦，林寒涧肃，常有高猿长啸，属引凄异，空谷传响，哀转久绝。故渔者歌曰：'巴东三峡巫峡长，猿鸣三声泪沾裳！'"（《水经注》卷三十四）

［14］灵山：灵鹫山。在陕西省凤翔县城西30里，古名九顶莲花山，以先秦穆公狩猎于此遇见灵鹫鸟而始名，简称灵山。预：与，参加。

［15］峭绝：陡峭耸立，高标不凡。〔北魏〕郦道元《水经注·洛水》："城在川北源上，高二十丈，南北东三箱，天险峭绝。"（《水经注》卷十五）

［16］《金刚经集注》引《疏钞》云："经云，舍卫国有一长者名须达挐，常施孤独贫，故曰给孤独长者。因往王舍城中护弥长者家为男求婚。见其家备设香花，云来旦请佛说法。须达……至来日闻佛说法，心开意解，欲请佛归。佛许之，令须达先归家卜胜地。惟有只陀太子有园，方广严洁。往白太子，太子戏曰，若布金满园，我当卖之。须达便归家运金，侧布八十顷园并满。是以太子更不复爱其金，同建精舍，请佛说法，曰祇树给孤独园。"（〔明〕朱棣集注《金刚经集注·法会因由分第一》）

怀 妓[1]

但曾行处遍寻看[2]，虽是生离死一般。
买笑树边花已老[3]，画眉窗下月犹残[4]。
云藏巫峡音容断[5]，路隔星桥过往难[6]。
莫怪诗成无泪滴，尽倾东海也须干[7]。

（《全唐诗》卷三百六十一，中华书局点
校本，1960 年 4 月第 1 版，第 4081 页）

【注　释】

[1]《怀妓》共四首，此篇为第三首。前三首一作刘损诗，题作《愤惋》，收于清
编《全唐诗》卷五百九十七。

[2]但曾行：刘损诗作"旧尝游"。虽是生离：刘损诗作"睹物伤情"。

[3]树边花已老：刘损诗作"楼前花已谢"。

[4]画眉：鸟名。眼圈白色，向后延伸呈蛾眉状。故名。鸣声婉转悦耳。

犹：刘损诗作"空"。

[5]云藏巫峡：〔战国·楚〕宋玉《高唐赋》：昔者楚襄王与宋玉游于云梦之台，
望高唐之观，其上独有云气，崪兮直上，忽兮改容，须臾之间，变化无穷。王问玉
曰："此何气也？"玉对曰："所谓朝云者也。"王曰："何谓朝云？"玉曰："昔者先王
尝游高唐，怠而昼寝，梦见一妇人曰：'妾，巫山之女也。为高唐之客。闻君游高
唐，愿荐枕席。'王因幸之。去而辞曰：'妾在巫山之阳，高丘之阻，旦为朝云，暮为
行雨。朝朝暮暮，阳台之下。'旦朝视之，如言。故为立庙，号曰'朝云。'"（《文
选》卷十九·赋癸）藏，刘损诗作"归"。

[6]星桥：银河中群星明亮，衔接如桥，故称星桥。〔唐〕唐苏味道《正月十五
夜》："火树银花合，星桥铁锁开。"（《全唐诗》卷六十五）桥过往：刘损诗作"河去
住"。

[7]此二句刘损诗作"莫道诗成无泪下，泪如泉滴亦须干"。

竹枝词九首并引[1]（其八）

　　四方之歌，异音而同乐。岁正月，余来建平，里中儿联歌竹枝，吹短笛
击鼓以赴节。歌者扬袂睢舞，以曲多为贤。聆其音，中黄钟之羽，卒章激讦
如吴声，虽伧仔不可分，而含思宛转，有淇澳之艳音。昔屈原居沅湘间，其
民迎神，词多鄙陋，乃为作《九歌》。到于今荆楚歌舞之，故余亦作竹枝九
篇，俾善歌者扬之，附于末。后之聆巴歈，知变风之自焉。

　　　巫峡苍苍烟雨时[2]，清猿啼在最高枝[3]。

个里愁人肠自断[4]，由来不是此声悲[5]。

（《全唐诗》卷三百六十五，中华书局点
校本，1960年4月第1版，第4112页）

【注　释】

[1]"竹枝"原为巴渝的一种与音乐和舞蹈结合在一起的民歌。最初在民间
传唱时，歌民们一边吹着短笛，一边击打鼓乐，孩子们则一边跳着舞，一边唱着竹
枝歌，既可以联唱，也可以独唱。因为传唱的时候，每句中间都有"竹枝"和"女
儿"的和声，所以叫做《竹枝词》。《竹枝词》同时也是旧体诗中的一体，属于民歌
体，是吸收了民歌的丰富营养创造出来的一种有独特风格的通俗诗体。这种诗
体，一般为七言四句，近于七言绝句，以纪事为主，专门描绘风土人情、时尚风貌。
刘禹锡的《竹枝词》是其被贬夔州时的作品，写于唐穆宗李恒长庆二年（822），分
为两组，即《竹枝词并引》九首和《竹枝词二首》。

[2]巫峡苍苍烟雨时：指巫峡烟雨茫茫的时候。巫峡，见上官仪《八咏应制二
首（其一）》注[11]。

[3]清猿啼在最高枝：猿爬在高枝上悲鸣。

清猿：猿，因其啼声凄清，故称。〔南朝·梁〕任昉《齐竟陵文宣王行状》："清
猿与壶人争旦，缇幕与素濑交辉。"（《文选》卷六十）

[4]个里：犹言此中。

肠自断：《世说新语·黜免》："桓公入蜀，至三峡中，部伍中有得猿子者。其
母缘岸哀号，行百余里不去，遂跳上船，至便即绝。破其腹中，肠皆寸寸断。"（《世
说新语》黜免第二十八）句谓这里过往的行人悲愁以致肝肠欲断。

[5]由来：从来。句谓从来没有听过这么悲凉的声音。

杨柳枝三首[1]

一

杨子江头烟景迷[2]，隋家宫树拂金堤[3]。
嵯峨犹有当时色[4]，半蘸波中水鸟栖[5]。

二

迎得春光先到来，浅黄轻绿映楼台。

只缘袅娜多情思[6]，便被春风长请揉[7]。

三

巫峡巫山杨柳多，朝云暮雨远相和[8]。
因想阳台无限事[9]，为君回唱竹枝歌[10]。

（《全唐诗》卷二十八，中华书局点校
本，1960年4月第1版，第398页）

【注　释】

[1]杨柳枝：乐府近代曲名。本为汉乐府横吹曲辞《折杨柳》，至唐易名《杨柳枝》，开元时已入教坊曲。至白居易依旧曲作辞，翻为新声。其《杨柳枝词》之一云："古歌旧曲君休听，听取新翻《杨柳枝》。"（《全唐诗》卷四百五十四）当时诗人相继唱和，均用此曲咏柳抒怀。七言四句，与《竹枝词》相类。

[2]杨子江：本指今江苏省扬州市附近长江河段，后通称长江为杨子江。杨，同"扬"。〔唐〕韦庄《陪金陵府相中堂夜宴》："却愁宴罢青蛾散，杨子江头月半斜。"（《全唐诗》卷六百九十七）

[3]隋家宫树：隋堤柳。隋炀帝运河至扬州扬子县人长江。

金堤：坚固的堤防。〔汉〕张衡《西京赋》："周以金堤，树以柳杞。"（《文选》卷二）

[4]嵯峨：山高峻的样子。《楚辞·淮南小山〈招隐士〉》："山气龙嵷兮石嵯峨，溪谷崭岩兮水曾波。"王逸注："嵯峨巉崒，峻蔽日也。"（《楚辞章句》卷九）

[5]蘸（zhàn）：在液体、粉末或糊状的东西里沾一下就拿出来。这里指水鸟时而钻入水中，时而飞在水面上，在水面栖息。

[6]袅娜：形容草或枝条细长柔软。〔南朝·梁〕简文帝《赠张缵》："洞庭枝袅娜，澧浦叶参差。"（《秦汉魏晋南北朝诗》梁诗卷二十一）

[7]揉（ruō）：揉搓、皱缩。此指被春风吹拂。

[8]巫峡：见上官仪《八咏应制二首（其一）》注[11]。巫山：见凌敬《巫山高》注[2]。朝云暮雨：见崔素娥《别韦洵美诗》注[4]。

[9]阳台无限事：指楚王与巫山神女在梦中相会事。阳台：台观名，在巫山。〔战国·楚〕宋玉《高唐赋》有载。见凌敬《巫山高》注[7]。

[10]竹枝歌：巴渝民歌。见《竹枝词九首》注。

送华阴尉张苕赴邕府使幕

张即燕公之孙,顷坐事除名[1]。

昔忝南宫郎[2],往来东观频[3]。

尝披燕公传[4],耸若窥三辰[5]。

翊圣崇国本[6],像贤正朝伦[7]。

高视缅今古[8],清风复无邻[9]。

兰锜照通衢[10],一家十朱轮[11]。

酂国嗣侯绝[12],韦卿世业贫[13]。

夫子承大名,少年振芳尘[14]。

青袍仙掌下[15],矫首凌烟旻[16]。

公冶本非罪[17],潘郎一为民[18]。

风霜苦摇落[19],坚白无缁磷[20]。

一旦逢良时,天光烛幽沦[21]。

重为长裾客[22],佐彼观风臣[23]。

分野穷禹画[24],人烟过虞巡[25]。

不言此行远,所乐相知新[26]。

雨起巫山阳[27],鸟鸣湘水滨。

离筵出苍莽[28],别曲多悲辛。

今朝一杯酒,明日千里人。

从此孤舟去,悠悠天海春。

（《全唐诗》卷三百五十四,中华书局点校本,1960 年 4 月第 1 版,第 3967 页）

【注　释】

[1]元和十年(815)早春在朗州作。华阴:华州属县,今属陕西。《新唐书·百官志四下》:上县,尉二人,从九品上。燕公:张说,相玄宗,封燕国公。邕府:邕州都督府,府治在今广西南宁南。《新唐书·方镇表六》:"天宝十四载,置邕州管内经略使,领邕、贵、横……十三州,治邕州。"刘禹锡《传信方》成书于元和十三

年,诗云"昔忝南宫郎",故必作于元和元年至十三年间。诗有"离筵出苍莽","巫山","湘水"之语,时禹锡当仍在朗州。诗末云"彼此孤舟去,悠悠天海春",乃想象别后状况,故诗当作于元和十年早春,时张赴邕州而刘应召将回京。

[2]南宫:指尚书省。永贞元年,禹锡为尚书屯田员外郎。

[3]东观:汉代皇家藏书之所。《后汉书·安帝纪》:"诏谒者刘珍及五经博士校定东观五经、诸子、传记、百家艺术。"注引《洛阳宫殿名》:"南宫有东观。"(《后汉书》卷五)

[4]披:披览。燕公:指张说,封燕国公,卒后,玄宗为制神道碑文,御笔赐谥曰"文贞",见《旧唐书》本传。

[5]三辰:日、月、星。

[6]翊:辅佐。圣:指玄宗。国本:国之根本,指皇太子。唐宪宗《册遂王为皇太子文》:"建立储嗣,崇严国本。"《旧唐书·张说传》:"玄宗在东宫,说……为侍读,深见亲敬。明年,同中书门下平章事,监修国史。是岁二月,睿宗谓侍臣曰:'有术者上言,五日内有急兵入宫,卿等为朕备之。左右相顾莫能对,说进曰:'此是谗人设计,拟摇动东宫耳。陛下若使太子监国,则君臣分定,自然窥觎路绝,灾难不生。'睿宗大悦,即日下制皇太子监国。明年,又制皇太子即帝位。"(《旧唐书》卷九十七·列传第四十七)

[7]朝伦:朝廷纲纪。

[8]缅:沉思的样子,此指思考。

[9]清风:喻高风亮节。《诗·大雅·烝民》:"吉甫作诵,穆如清风。"
敻(xiòng):远。无邻:无比。

[10]兰锜:兵器架,此指陈列门戟的木架。《文选》张衡《西京赋》:"武库禁兵,设在兰锜。"(《文选》卷二)通衢:大道。

[11]十朱轮:指为高官者多。《后汉书》:"恽家方隆盛时,乘朱轮者十人。"(《汉书》卷六十六·公孙刘田王杨蔡陈郑传第三十六)《旧唐书·张说传》:"(开元十七年)代源乾曜为尚书右丞相……加开府仪同三司。时长子均为中书舍人,次子垍尚宁亲公主,拜驸马都尉,又特授说兄庆王傅光为银青光禄大夫。当时荣宠,莫与为比。"(《旧唐书》卷九十七·列传第四十七)

[12]酂国:指萧何,曾封酂侯。《史记·萧相国世家》:"高祖以萧何功最盛,封为酂侯……后嗣以罪失侯者四世,绝。"(《史记》卷五十三·萧相国世家第二十三)

[13]世业:世代相传的事业。

[14]振芳尘:此谓振起美好的家声。《宋书·谢灵运传论》:"屈平、宋玉,导清源于前;贾谊、相如,振芳尘于后。"(〔南朝·梁〕沈约《宋书》卷六十七)

[15]青袍:唐制,官员八品、九品服青。《旧唐书·舆服志》:上元元年八月

制,"八品服深青,九品服浅青"。(《旧唐书》卷四十五·志第二十五)张苫为华阴尉,华阴上县,县尉从九品上。仙掌:指华山,有仙掌峰,《元和郡县图志》卷二华州华阴县:"垂拱元年,改为仙掌。"

[16]矫首:举头。〔唐〕杜甫《又上后园山脚》诗:"穷秋立日观,矫首望八荒。"(《全唐诗》卷二百二十一)旻(mín):天空。凌烟旻,谓志向高远。

[17]公冶:公冶长,孔子弟子。《论语·公冶长》:"子谓公冶长可妻也,虽在缧绁之中,非其罪也。以其子妻之。"(《四书章句集注》论语集注·卷三)

[18]潘郎:潘岳。《晋书》本传:"领太傅主簿。府主诛,得罪除名。"潘岳《杨仲武诔》:"子之姑,予之伉俪焉。"后遂以联姻为结潘杨之好,而以潘郎代指"婿"。盖张苫在华阴尉任,因岳家连累,得罪除名。(《楚辞章句》卷八)

[20]缁磷:《论语·阳货》:"不曰坚乎,磨而不磷;不曰白乎,涅而不缁。"何晏集解:"言至坚者磨之而不薄,至白者染之于涅而不黑,喻君子虽在浊乱,浊乱不能污。"(《论语注疏》卷十七·阳货第十七)

[21]天光:日光。幽沦:幽隐沦落。

[22]长裾客:此指为幕府僚佐。邹阳《狱中上吴王书》:"饰固陋之心,则何王之门不可曳长裾乎?"

[23]观风臣:指观察使。元和九年邕管观察使为马平阳,见《旧唐书·宪宗纪下》。

[24]分野:古人以二十八宿与地上州、国相对应,称某地为某宿的分野。禹画:夏禹治水所经历规治之地。《左传·襄公四年》:"茫茫禹迹,画为九州。"穷禹画,与下"过虞巡"均极言邕州之遥远。

[25]虞巡:虞舜南巡。

[26]相知新:《楚辞·九歌·少司命》:"悲莫悲兮生别离,乐莫乐兮新相知。"

[27]巫山:在巂州,巂州与朗州同为荆南节度使辖州。

[28]苍莽:犹莽苍,指郊野。《庄子·逍遥游》:"适莽苍者,三餐而返,腹犹果然。"成玄英疏:"莽苍,郊野之色。"

别巂州官吏[1]

三年楚国巴城守[2],一去扬州扬子津[3]。
青帐联延喧驿步[4],白头俯伛到江滨[5]。
巫山暮色常含雨[6],峡水秋来不恐人[7]。
惟有九歌词数首[8],里中留与赛蛮神[9]。

（《全唐诗》卷三百六十一，中华书局点校本，1960年4月第1版，第4082页）

【注　释】

[1]诗作于长庆四年(824)秋,时刘禹锡自夔州刺史改授和州刺史。这首诗写诗人在夔州做官后离别时的心情,情感炽烈,生动感人。在夔州作了三年的郡守,这次又远去扬州城。驿道上青帐联亘,人声喧闹;我白发苍苍躬着身躯来到江滨。傍晚的巫山景色像要下雨,秋日的峡江,水势不大惊人。我在此没有什么政绩,只留下了竹枝词九篇给乡亲们歌唱赛神。

[2]楚国,夔州古属楚国。巴城:今重庆一带,是古代的巴郡。诗里的巴城,具体指夔州。

[3]扬子津:渡口名,在扬州扬子县长江北岸,由此北经运河至河南、关中,南渡江至京口(今镇江市),为南北交通要津。其地在今江苏省邗江县南,去长江已远。扬州为淮南节度使治所,和州属淮南节度使辖,故诗云。

[4]青帐:青色的供帐。此指祖帐,即送别饯行之意。驿步:驿亭,古代官道上供官吏歇息和传递文书的站。步:泊船码头。〔唐〕柳宗元《永州铁炉步志》:"江之浒,凡舟可縻而上下者曰步。"(《柳州文钞》卷七·记)

[5]白头:禹锡此时已年过半百,故称。

俯伛:低着头弯着背的样子。作者形容自己的老态。

[6]巫山:见凌敬《巫山高》注[2]。

[7]峡:指长江三峡。不恐人:指秋天峡水平缓。

[8]九歌:《楚辞》篇名。屈原流放到湘沅间时,模仿民间祀神的乐曲而作的,共十一篇。反映了中国古代一些富于积极意义的神话传说,为中国诗歌史上的重要作品。这里指代刘禹锡在夔州创制的竹枝词。

[9]赛蛮神:指夔州当地传统祭祀节令。古时酬神称"赛";蛮神即蛮方之神。蛮方泛指南方,此指夔州一带。

历阳书事七十韵并引[1]

长庆四年八月,余自夔州转历阳。浮岷山,观洞庭,历夏口,涉浔阳而东[2]。友人崔敦诗罢丞相,镇宛陵。缄书来招曰:"必我觌而之藩,不十日饮,不置子。"[3]故余自池州道宛陵,如其素[4]。敦诗出祖于敬亭祠下,由姑孰西渡江,乃吾圉也[5]。至则考图经,参见事,为之诗。俟采风之夜讽者[6]。

一夕为湖地[7]，千年列郡名[8]。
霸王迷路处[9]，亚父所封城[10]。
汉置东南尉[11]，梁分肘腋兵[12]。
本吴风欲剽[13]，兼楚语音伧[14]。
沸井今无涌[15]，乌江旧有名[16]。
土台游柱史[17]，石室隐彭铿[18]。
曹操祠犹在[19]，濡须坞未平[20]。
海潮随月大[21]，江水应春生[22]。
忆昨深山里，终朝看火耕[23]。
鱼书来北阙[24]，鹢首下南荆[25]。
云雨巫山暗[26]，蕙兰湘水清[27]。
章华树已失[28]，鄂渚草来迎[29]。
庐阜香炉出[30]，溢城粉堞明[31]。
雁飞彭蠡暮[32]，鸦噪大雷晴[33]。
平野分风使，恬和趁夜程。
贵池登陆峻[34]，春谷渡桥鸣[35]。
骆驿主人问[36]，悲欢故旧情[37]。
几年方一面，卜昼便三更[38]。
助喜杯盘盛，忘机笑语訇[39]。
管清疑警鹤[40]，弦巧似娇莺。
炽炭烘蹲兽[41]，华茵织斗鲸[42]。
回裾飘雾雨[43]，急节堕琼英[44]。
敛黛凝愁色[45]，施钿耀翠晶。
容华本南国[46]，妆束学西京[47]。
日落方收鼓[48]，天寒更炙笙[49]。
促筵交履舄[50]，痛饮倒簪缨[51]。
谑浪容优孟[52]，娇怜许智琼[53]。
蔽明添翠帟[54]，命烛拄金茎。
坐久罗衣皱，杯频粉面骍[55]。
兴来从请曲，意堕即飞觥[56]。

405

令急重须改[57]，欢冯醉尽呈[58]。
诘朝还先胜[59]，来日又寻盟[60]。
道别殷勤惜，邀筵次第争。
唯闻嗟短景[61]，不复有余醒。
众散扃朱户，相携话素诚。
晤言犹亹亹[62]，残漏自丁丁[63]。
出祖千夫拥，行厨五熟烹[64]。
离亭临野水，别思入哀筝[65]。
接境人情洽，方冬馔具精[66]。
中流为界道[67]，隔岸数飞甍[68]。
沙浦王浑镇[69]，沧洲谢朓城[70]。
望夫人化石[71]，梦帝日环营[72]。
半渡趋津吏[73]，缘堤簇郡甿。
场黄堆晚稻，篱碧见冬菁[74]。
里社争来献[75]，壶浆各自擎[76]。
鸱夷倾底写[77]，粔籹斗成□[78]。
采石风传柝[79]，新林暮击钲[80]。
茧纶牵拨剌[81]，犀焰照澄泓[82]。
露冕观原野[83]，前驱抗斾旌[84]。
分庭展宾主，望阙拜恩荣[85]。
比屋悍嫠辈[86]，连年水旱并[87]。
遐思常后已，下令必先庚[88]。
远岫低屏列[89]，支流曲带萦。
湖鱼香胜肉，官酒重于饧[90]。
忆昔泉源变，斯须地轴倾[91]。
鸡笼为石颗[92]，龟眼入泥坑[93]。
事系人风重[94]，官从物论轻[95]。
江春俄澹荡[96]，楼月几亏盈。
柳长千丝宛[97]，田塍一线絣[98]。
游鱼将婢从[99]，野雉见媒惊[100]。
波净攒凫鹥[101]，洲香发杜蘅[102]。
一钟菰葑米[103]，千里水葵羹[104]。

受谴时方久[105]，分忧政未成[106]。

比琼虽碌碌[107]，于铁尚铮铮[108]。

早忝登三署[109]，曾闻奏六英[110]。

无能甘负弩[111]，不慎在提衡[112]。

口语成中遘[113]。毛衣阻上征[114]。

时闻关利钝[115]，智亦有聋盲[116]。

昔愧山东妙[117]，今惭海内兄[118]。

后来登甲乙[119]，甲已在蓬瀛[120]。

心托秦明镜[121]，才非楚白珩[122]。

齿衰亲药物[123]，宦薄傲公卿[124]。

捧日皆元老[125]，宣风尽大彭[126]。

好令朝集使[127]，结束赴新正[128]。

（《全唐诗》卷三百六十三，中华书局点校本，1960 年 4 月第 1 版，第 4100—4101 页）

【注　释】

[1]诗云"江春俄澹荡"，当宝历元年春在和州作。历阳：郡名，即和州今安徽和县。《新唐书·地理志五》淮南道："和州历阳郡。"《舆地碑记目》卷二"和州碑记"："唐刘禹锡《和州》诗，在设厅东。"当即此诗。七十韵：按诗实为七十四韵。并引：二字原无，据《丛刊》本增。

[2]岷江：此指长江。岷江为长江东源，古人误以为长江正源。夏口：鄂州州治所在，今湖北省武汉市江夏区。《元和郡县图志》卷二十七鄂州："自后汉末，谓之夏口。"浔阳：郡名，即江州。《新唐书·地理志五》："江州浔阳郡。"

[3]敦诗：崔群字。宛陵：汉县名，即唐宣城县，为宣州治所。《元和郡县图志》卷二十八宣州："秦为鄣郡，汉武改为丹阳郡，理宛陵，即今理是也。"缄：封。觌（dí）：会见。藩：指地方州郡，约相当于汉之藩国。十日饮：痛饮。《史记·范睢蔡泽列传》："君幸遇寡人，寡人愿与君为十日之饮。"置：放过。崔群罢相为宣州刺史。

[4]池州：州治在今安徽省贵池县，禹锡由此登陆赴宣州。素：本心。

[5]祖：饯行。敬亭祠：在宣州北敬亭山。《太平寰宇记》卷一〇三宣州宣城县："敬亭山，《郡国志》及宋《永初山川记》云，宛陵北有敬亭山，山有神祠，即谢朓赛神赋诗之所。其神云梓华府君，颇有灵验。"姑孰：即今安徽省当涂县，隔江与

和州相对。《太平寰宇记》卷一百〇五太平州当涂县:"姑孰溪在县南二里,姑孰即县名,此水经县市中过。"圉:边界。《左传·隐公十一年》:"亦聊以固吾圉也。"

[6]图经:古代地方志,记载一地沿革、山川、物产、风俗、人物等,附有地图。见:通现。采风:采诗。夜风:夜诵,避顺宗李诵讳改。《汉书·礼乐志》:"至武帝定郊祀之礼……乃立乐府,采诗夜诵,有赵、代、秦、楚之讴。"师古曰:"采诗,依古遒人徇路,采取百姓讴谣,以知政教得失也。夜诵者,其言辞或秘不可宣,故于夜中歌诵也。"

[7]一夕为湖:《淮南子·仿真》:"夫历阳之都,一夕反而为湖。"高诱注:"历阳,淮南国之县名,今属江都。昔有老姬,常行仁义,有二诸生过之,谓曰:'此国当没为湖。'谓姬:'视东城门阃上有血,便走上北山,勿顾也。'自此姬便往视门阃,阃者问之,姬对,白如是。其暮,门吏故杀鸡,血涂门阃。明旦,老姬早往视门,见血,便上北山,国没为湖。与门吏言其事,适一宿耳,一夕旦而为湖也。"

[8]千年:按《太平寰宇记》卷一百二十四和州:"秦属九江郡,汉为历阳县,属郡……东晋改为历阳郡。"自汉高祖元年(前206)至此已1031年,若自东晋元帝大兴元年(218)计,则仅得508年。

[9]霸王:西楚霸王项羽。《史记·项羽本纪》:"项王至阴陵,迷失道,问一田父,田父绐曰'左'。左,乃陷大泽中,以故汉追及之。"《方舆胜览》卷四十九和州:"阴陵山,在乌江西北四十五里,即项羽迷失道处。"据《史记》正义引《括地志》及《述异记》卷下等,项羽迷路之阴陵县故城在濠州定远县西,不在和州。

[10]亚父:犹叔父,指范增。《史记·项羽本纪》:"亚父者,范增也。"集解引如淳曰:"亚,次也。尊敬之次父,犹管仲为仲父。"范增封历阳侯,亦见《项羽本纪》。

[11]尉:都尉。汉代边远州郡除置太守外别置都尉一人,掌管军事。〔汉〕杨雄《解嘲》:"东南一尉,西北一候。"《汉书·地理志上》九江郡:"历阳,都尉治。"

[12]肘腋:喻至近之地。《晋书·江统传》:"寇发心腹,祸起肘腋。"《晋书·地理志》:"武帝泰始元年,封诸王,以郡为国。大国兵五千人,次国兵三千人,小国兵千五百人。"但晋代"王不之国,官于京师",梁时分封宗室子弟为王,方兼地方行政长官并领兵。

[13]本吴:刘禹锡《和州刺史厅壁记》:"历阳……在春秋实句吴之封,后为楚所取。"(《全唐文》卷六百〇六)剽:剽悍好斗。《史记·淮南衡山列传》:"荆楚僄勇轻悍,好作乱。"(《史记》卷一百一十八)

[14]兼楚:历阳后为楚所取,故云。伧:粗俗鄙陋。《梁书·钟嵘传》:"侨杂伧楚。"(《梁书》卷四十九)

[15]沸井:井水沸腾,是一种地热现象。《舆地纪胜》卷四十八和州:"沸井,

古《图经》云：和州旧有沸井，在郡西一百步古城内。晋元帝时，郭璞筮云：'郡县有阳名者，井当沸（其中兴之应）。'已而，历阳县中井沸。今失其处。"秦观《游汤泉记》则以乌江惠济院汤泉为沸井。

[16]乌江：县名，县治在今安徽省和县东北四十里，因项羽自刎于此而出名。《太平寰宇记》卷一百二十四和州乌江县："本秦乌江亭……项羽败于垓下，东走至乌江，亭长舣船待羽处也。"

[17]柱史：指老子李耳。《史记·张丞相列传》索隐："周、秦皆有柱下史，谓御史也，所掌及侍立恒在殿柱之下。故老子为周柱下史。"《舆地纪胜》卷四十八和州："东华山，在乌江县东北五十里，有老君台，云老君炼丹之所。"

[18]彭铿：彭祖，相传为殷大夫，姓篯名铿，寿八百余，后升仙而去。历阳有其仙室，前世祷请风雨，莫不辄应（见《列仙传》卷上）。《太平寰宇记》卷一百二十四和州含山县："祷应山，本名白石山，在县西南八十里……山下有洞，洞口初俯偻而人，约十步，乃渐高广，莫知远近……即彭祖所居之室。"

[19]曹操祠：《太平寰宇记》卷一百二十四和州含山县："魏武帝祠在县西南九十里。按《魏志》，建安十八年，曹操侵吴，楼船东泛巢湖，将通历阳，至濡须口，登东关以望江山，后人因立祠焉。"

[20]濡须坞：三国吴建。坞，土堡一类的防御工事。《太平寰宇记》卷一百二十四和州历阳县："漏须坞在县西南一百八十里，南临须水，状如偃月，汉建安十七年，吴闻曹操将来，因筑此坞。"

[21]海潮：潮汐是海水因日月吸力产生的定期涨落现象，月距地球为近，故对潮汐影响也大。特别在每月朔望时，日月引力方向相同，潮最大。

[22]江：长江。《太平寰宇记》卷一百二十四和州乌江县："江水经州城北下五里，与上元县分中流为界。"以上记述和州制置沿革、风俗、古迹等。

[23]火耕：指畲田。即采用刀耕火种的方法耕种的田地。〔唐〕杜甫《戏作俳谐体遣闷》诗之二："瓦卜传神语，畲田费火耕。"仇兆鳌注："《货殖传》：'楚越之地，地广人稀，或火耕而水耨。'楚俗烧榛种田，谓之火耕。"（《杜诗详注》卷二十）

[24]鱼书古代朝廷任免州郡长官时所赐颁的鱼符和敕书。《旧唐书·德宗纪上》："是月，复降鱼书停刺史务。"（《旧唐书》卷十二·本纪第十二）北阙：指朝廷。《史记·高祖本纪》："萧何治未央宫，立东阙、北阙。"

[25]鹢首：借指船。鹢，水鸟，王浚曾画鹢首怪兽于楼船之上。南荆：南楚。历阳，汉时属九江郡，古为南楚，见《史记·货殖列传》。

[26]云雨巫山：见杜甫《咏怀古迹五首（其二）》注[5]。巫山，见凌敬《巫山高》注[2]。

[27]湘水：此指洞庭湖，湘水注入洞庭湖。

[28]章华:楚离宫名,即章华台。故址在今湖北省监利县。〔晋〕杜预以为春秋时楚灵王所建者即此。台高十丈,基广十五丈。称"华容之章华"。

[29]鄂渚:相传在今湖北武昌黄鹤山上游三百步长江中。隋置鄂州,即因渚得名。世称鄂州为鄂渚。《楚辞·九章·涉江》:"乘鄂渚而反顾兮,欸秋冬之绪风。"王逸注:"鄂渚,地名。"(《楚辞章句》卷四)洪兴祖补注:"楚子熊渠,封中子红於鄂。鄂州,武昌县地是也。隋以鄂渚为名。"(《楚辞补注》卷四)〔唐〕杜甫《过南岳入洞庭湖》:"鄂渚分云树,衡山引舳舻。"(《全唐诗》卷二百三十三)

[30]庐阜:庐山。香炉:庐山之一峰。慧远《庐山记略》:"东南有香炉山,孤峰秀起,游气笼其上,则氤氲若香烟;白雪映其外,则炳然与众峰殊别。"(《艺文类聚》卷七·山部上)

[31]溢城:江州州城。粉堞:城上白色小墙。〔唐〕骆宾王《晚泊江镇》:"夜乌喧粉堞,宿雁下芦洲。"(《全唐诗》卷七十九)

[32]彭蠡:湖名,鄱阳湖的别称,在江西省北部。

[33]大雷:在今安徽省望江县。《太平寰宇记》卷一百二十五舒州望江县:"大雷池,水西自宿松县界流人。自发源人县界东南,积而为池,谓之雷池。又东流经县南,去县百里,又东人于海。江行百里有大雷口,又有小雷口。"〔南朝·宋〕鲍照《南登大雷岸与妹书》:"北则陂池潜演,湖脉通连。芒芒攸积,菰芦所繁。栖波之鸟,水化之虫,智吞愚,强捕小,号噪惊聒,纷刃乎其中。"(《骈体文钞》卷三十·笺牍类)

[34]贵池:水名,在池州。《元和郡县图志》卷二十八池州秋浦县:"贵池水在县西七里。"登陆:刘禹锡取陆路赴宣城,故自池州登陆。

[35]春谷:鸟名,又汉县名,此语意双关。〔唐〕白居易《秋寄微之十二韵》:"饥啼春谷鸟,寒怨络丝虫。"《元和郡县图志》卷二十八宣州宣城县:"春谷故城在县西一百五十里。"以上记述自夔州赴宣州行程。(《全唐诗》卷四百四十七)

[36]络绎:络绎不绝,指在道中时主人遣来迎候的使者。

[37]故旧:刘禹锡贞元十九年为监察御史,即有《举崔监察群自代状》。

[38]卜昼:白天饮宴。《左传·庄公二十二年》载,陈公子完奔齐:"使为工正,饮桓公酒,乐。公曰:'以火继之。'辞曰:'臣卜其昼,未卜其夜,不敢。'"

[39]忘机:无世俗机诈之心。訇(hōng):大声。

[40]管:笙、笛之类管乐器。警鹤:《艺文类聚》卷九十引《风上记》:"鸣鹤戒露。此鸟性警,至八月白露降,流于草上,滴滴有声,因即高鸣相警,移徙所宿处,虑有变害也。"(《艺文类聚》卷九十·鸟部上)

[41]蹲兽:状如蹲兽的炭。《太平御览》卷八百七十一引《语林》:"洛下少林木炭,止如粟状。羊琇骄豪,乃捣小炭为屑,以物和之,作兽形。后何召之徒共集,

乃以温酒。火热既猛,兽皆开口向人赫赫然。诸豪相矜,皆服而效之。"(《太平御览》卷八百七十一·火部四)

〔42〕华茵织斗鲸:茵,毯、褥之类。〔唐〕杜甫《太子张舍人遗织成褥段》:"开缄风涛涌,中有掉尾鲸。"(《全唐诗》卷二百二十)

〔43〕回裾:舞者回旋的衣袖。〔三国·魏〕曹植《洛神赋》:"飘飘兮若流风之回雪。"(《曹子建集》卷三)

〔44〕琼英:指舞者头上的玉饰。

〔45〕敛黛:颦眉。黛,画眉用青黑色颜料。《后汉书·五行志一》:"桓帝元嘉中,京都妇女作愁眉、啼妆、堕马髻、折要步、龋齿笑。所谓愁眉者,细而曲折。"(《后汉书》志第十三·五行一)〔南朝·梁〕何逊《日夕望江山寄鱼司马》:"歌黛惨如愁。"(《秦汉魏晋南北朝诗》梁诗卷八)

〔46〕南国:南方。〔三国·魏〕曹植《杂诗》:"南国有佳人,容华若桃李。"(《文选》卷二十九)

〔47〕西京:长安,《后汉书·马廖传》:"长安语曰:'城中好高髻,四方高一尺。城中好广眉,四方且半额。城中好大袖,四方全匹帛。'"(《后汉书》卷二十四·马援列传第十四)

〔48〕收鼓:罢舞,舞者以鼓为节。

〔49〕炙笙:烘烤笙的簧片。〔北周〕庾信《梦人堂内》:"笙簧火炙调。"(《秦汉魏晋南北朝诗》北周诗卷三)《齐东野语》卷一七:"笙簧必用高丽铜为之,鲍以绿腊。簧暖则字正而声清越,故必用焙而后可。"

〔50〕促筵:犹促坐,将座席移近,及下"倒簪缨"均形容酒酣时不拘形迹。《史记·滑稽列传》:"日暮酒阑,合尊促坐,男女同席,履舄交错。"(《史记》卷一百二十六·滑稽列传第六十六)

〔51〕簪缨:古代官吏的冠饰。比喻显贵。〔南朝·梁〕萧统《锦带书十二月启·姑洗三月》:"龙门退水,望冠冕以何年?鹓路颓风,想簪缨于几载?"(《全梁文》卷十九)

〔52〕谑浪:戏谑放浪。优孟:春秋时楚国伶人。《史记·滑稽列传》:"优孟,故楚之乐人也。长八尺,多辩,常以谈笑讽谏。"索隐:"优,倡优也。孟,字也。"又《史记·滑稽列传》记:楚相孙叔敖死,其子穷困负薪,优孟"即为孙叔敖衣冠,抵掌谈语,岁馀,像孙叔敖,楚王及左右不能别也。庄王置酒,优孟前为寿,庄王大惊,以为孙叔敖复生也,欲以为相"。(《史记》卷一百二十六·滑稽列传第六十六)

〔53〕智琼:成公智琼,仙女名,此指侍女。〔晋〕干宝《搜神记》卷一记智琼事。

〔54〕蔽明:遮蔽阳光。帠(yì):帐幕。

［55］骍（xīng）：赤色。

［56］堕：通惰，懈怠厌倦。觥（gōng）：兽角制的酒器。

［57］令：酒令。

［58］冯：通凭。

［59］诘朝：明朝。选胜：选择胜地（以安排游宴）。

［60］寻盟：重申或履行约言，如崔群所云"不十日饮不置子"之类。

［61］短景：白昼太短。〔唐〕杜甫《阁夜》："岁暮阴阳催短景。"（《全唐诗》卷二百二十九）

［62］亹（wěi）亹：勤勉不倦的样子。《诗·大雅·崧高》："亹亹申伯，王缵之事。"（《毛诗正义》卷十八）

［63］丁（zhēng）丁：象声词，此象刻漏中滴水声。

［64］行厨：外出时临时性的厨房。五孰：五熟，各种美味。《三国志·魏书·钟繇传》："文帝在东宫，赐繇五熟釜。"（《三国志》卷十三·魏书十三）注引《魏略》："釜成，太子与繇书曰：'昔有黄三鼎，周之九宝，咸以一体，使调一味。岂若斯釜，五味时芳。'"（《太平御览》卷七百五十七·器物部二）

［65］离亭：当指敬亭山之谢公亭。《方舆胜览》卷一五宁国府："谢公亭，在宣城县北二里，旧经云，谢玄晖送范云零陵内史之地。"以上记述与崔群在宣州欢聚及离别。

［66］方冬：据刘禹锡《和州谢上表》，禹锡于长庆四年十月末到达和州。馔具：食品与食器。

［67］中流：指长江。宣、和二州以长江为界，隔江相对。

［68］飞甍：高举的屋脊。〔南朝·齐〕谢朓《晚登三山还望京邑》："白日丽飞甍，参差皆可见。"（《秦汉魏晋南北朝诗》齐诗卷三）

［69］王浑：晋人，武帝时，官征虏将军、监豫州诸军事，持节，领豫州刺史。浑与吴接境，宣布威信，前后降者甚多；及晋大举伐吴，浑串师出横江。见《晋书》本传。王浑镇：指龙口，在和州历阳县东南。《占今图书集成·方舆汇编·职方典》卷八百三十九和州府："出东郭五里曰龙口，又十里曰沙河。刘梦得诗云'沙浦王浑镇'，张文昌诗'送客特过沙口堰'，是也。"

［70］沧洲：滨水的地方。古时常用以称隐士的居处。〔三国·魏〕阮籍《为郑冲劝晋王笺》："然后临沧州而谢支伯，登箕山以揖许由。"（《骈体文钞》卷十三·劝进类）谢朓城：指宣州，朓曾为宣城太守。

［71］望夫：指望夫山，在宣州当涂县。《太平寰宇记》卷一百〇五太平州当涂县："望夫山在县西四十七里。昔人往楚，累岁不还，其妻登此山望夫，乃化为石。周回五十里，高一百丈，临江。"

[72]梦帝:《晋书·明帝纪》:"(王)敦将举兵内向,帝密知之,乃乘巴滇骏马微行,至于湖,阴察敦营垒而出。有军士疑帝非常人,又敦正昼寝,梦日环其城,惊起曰:'此必黄须鲜卑奴来也。'帝母荀氏,燕代人,帝状类外氏,须黄,敦故谓帝云。"(《晋书》卷六·帝纪第六)据《资治通鉴》卷九十二及胡三省注,时王敦屯驻于姑苏之于湖,故城在宣州当涂县南。

[73]津吏:渡口掌舟梁的小吏,诸津各有津吏五人,见《新唐书·百官志三》。《太平寰宇记》卷一百二十四和州历阳县:"横江浦在县东南二十六里……对江南岸之采石,往来济处。"〔唐〕李白《横江词》:"横江馆前津吏迎。"(《全唐诗》一百六十六)

[74]菁:韭菜花。《文选》张衡《南都赋》:"秋韭冬菁。"李善注:"韭,其华谓之菁。"(《文选》卷四)

[75]里:唐代以百户为一里,设里正一人。社:祭土地神之所。

[76]浆:水、酒等饮料。《孟子·梁惠王上》:"箪食壶浆,以迎王师。"(《孟子》卷二·梁惠王下)

[77]鸱夷:盛酒皮袋。《汉书·杨雄传》:"自用如此,不如鸱夷。"师古曰:"盛酒者也。"(《汉书》卷九十二·游侠传第六十二)写:同泻。

[78]粔籹(jùlǚ):一种环状食品,以秫稻米粉和蜜搓成细条,捏合两端油炸而成。《楚辞·招魂》:"粔籹蜜饵。"

[79]柝:军中敲击以警夜的梆子。

[80]新林:新林浦。谢朓有《之宣城出新林浦向板桥》诗。钲:军中乐器名,状如铜盘。和州有水军五百,沿江戍守,见刘禹锡《和州刺史厅壁记》。

[81]茧纶:蚕茧抽出的丝。拨剌:缫丝轮子旋转的声音。

[82]犀焰:燃犀的光焰。《晋书·温峤传》:"至牛渚矶,水深不可测,世云其下多怪物,峤遂毁犀角而照之。须臾,见水族覆火,奇形异状,或乘马车著赤衣者。"(《晋书》卷六十七·列传第三十七)澄泓:水清深的样子。

[83]露冕:揭起车帷,露出容服。《后汉书·郭贺传》:"拜荆州刺史……显宗巡狩到南阳,特见嗟叹,赐以三公之服、黼黻冕旒,敕行部去櫩帷,使百姓见其容服,以彰有德。"(《后汉书》卷二十六·伏侯宋蔡冯赵牟韦列传第十六)〔唐〕李瀚《蒙求》:"郭贺露冕。"(《全唐诗》卷八百八十一)

[84]抗:高举。

[85]以上记述自宣州至和州途中闻见。

[86]比(bì)屋:家家户户。比,连属。惸(qióng)嫠(lí)辈:无兄弟与无丈夫的人。亦泛指孤苦无依的人。〔唐〕岑参《过梁州奉赠张尚书大夫公》:"百堵创里间,千家恤惸嫠。"(《全唐诗》卷一百九十八)

[87]水旱并:《旧唐书·穆宗纪》:长庆二年闰十月,"诏:江淮诸州,旱损颇多,米价不免踊贵……(十二月)淮南奏:和州饥,乌江县百姓杀县令以取官米"。禹锡至和州,正值旱灾之后,见其《和州谢上表》。

[88]庚:此指农事。《左传·哀公十三年》:"庚癸乎,则诺。"注:"庚,西方,主谷。"(《春秋左传正义》卷五十九)

[89]岫:山峰。屏:屏风。〔南朝·齐〕谢朓《郡内高斋闲坐答吕法曹》:"窗中列远岫,庭际俯乔林。"(《秦汉魏晋南北朝诗》齐诗卷三)

[90]饧:麦芽糖一类的糖。《苕溪渔隐丛话》前集卷一十三引《三山老人语录》:"庸人好饮甜酒,殆不可晓。子美云:'人生几何春已夏,不放香醪如蜜甜。'退之云:'一樽春酒甘若饧,文人此乐无人知。'"

[91]地轴倾:地震等自然界灾难性巨变,指历阳陷为湖事。《博物志》卷一:"地有三千六百轴,犬牙相举。"

[92]鸡笼:和州山名。颗:通堁,土块。《太平寰宇记》卷一百二十四和州历阳县:"鸡笼山在县西北三十五里。《淮南子》云,麻湖初陷之时,有老母提鸡笼以登此山,乃化为石。今山有石,状如鸡笼,因名之。"

[93]龟眼:指城门石龟。《述异记》卷上:"和州历阳沦为湖。昔有书生,遇一老姥,姥待之厚。生谓姥曰:'此县门石龟眼血出,此地当陷为湖。'姥后数往视之。门吏问姥,姥具答之。吏以朱点龟眼,姥见,遂走上北山,顾,城遂陷焉。"

[94]人风:民风,避唐太宗李世民讳改。

[95]物论:朝中舆论。刺史是亲民官,故重;但禹锡任和州,仍带有贬谪性质,故轻。

[96]澹荡:水摇动的样子。

[97]宛:通菀,盛貌。《诗·小雅·小弁》:"菀彼斯柳。"又《诗·小雅·菀柳》:"有菀者柳。"

[98]絣(bēng):连属。

[99]婢:鱼婢,小鱼。《尔雅·释鱼》郭璞注:"小鱼也,似鲋子而黑,俗呼为鱼婢,江东呼为妾鱼。"《述异记》卷上:"和州历阳沦为湖……今湖中有明府鱼、奴鱼、婢鱼。"则是一种人化为鱼的传说。

[100]雉:野鸡。媒:猎者用以诱使野雉落网人彀的雉。〔晋〕潘岳《射雉赋》:"野闻声而应媒。"(《全晋文》卷九十二)

[101]攒:聚集。凫鹥:两种水鸟。

[102]杜蘅:草名,叶似葵而香。《楚辞·九歌·湘君》:"采芳洲兮杜若。"又《山鬼》:"披石兰兮带杜蘅。"

[103]钟:量器,容六斛四斗。菰菇米:菰米,茭白所结的实,歉年可以用来充

饥。菰,菱白的根。

[104]水葵羹:莼羹。《膳夫经手录》:"水葵,本莼菜也,避顺宗讳改。"以上记述和州民情风物。

[105]受谴:指已被贬事。禹锡自永贞元年被贬,至此已21年。

[106]分忧:为地方官,替皇帝分忧。〔唐〕孟浩然《同独孤使君东斋作》:"郎官旧华省,天子命分忧。"(《全唐诗》卷一百六十)

[107]琼:美玉。碌碌:玉貌。《文心雕龙·总术》:"落落之玉,或乱乎石;碌碌之石,时似乎玉。"

[108]铮铮:金属发出的声音。《后汉书·刘盆子传》:"(光武)帝曰:'卿所谓铁中铮铮,佣中佼佼者也。'"李贤注:"《说文》曰:'铮,金也。'铁之铮铮,言微有刚利也。"

[109]忝:自谦之词。三署:汉宫廷宿卫诸郎分隶五官中郎将及左、右中郎将,统称三署。禹锡早年为尚书省郎官,故云。

[110]六英:相传为帝喾之乐,此指宫中音乐。《吕氏春秋·古乐》:"帝喾命咸黑作为《声歌》:《九招》《六列》《六英》。"(《吕氏春秋》仲夏纪第五)

[111]负弩:背负弓箭,效忠为前驱。语出《史记·司马相如列传》:"乃拜相如为中郎将,建节往使……至蜀,蜀太守以下郊迎,县令负弩矢先驱。"(《史记》卷一百一十七·司马相如列传第五十七)

[112]骑衡:喻处危地。《汉书·袁盎传》:"百金之子不骑衡。"如淳曰:"骑,倚也。衡,楼殿边栏循耳。"师古曰:"骑,谓跨之耳。"(《汉书》卷四十九·爰盎晁错传第十九)

[113]口语:流言。《汉书·公孙刘田王杨蔡陈郑传第三十六》:"遭遇变故,横被口语。"中遘:宫中所遘成。遘,通冓。《诗·鄘风·墙有茨》:"中冓之言,不可道也。"小序谓此诗是揭露宫廷内部丑恶的讽刺诗。

[114]毛衣:鸟的羽毛。上征:向上飞行。《搜神记》卷十四:"豫章新喻县男子,见田中有六七女,皆衣毛衣,不知是鸟,匍匐往,得其一女所解毛衣,取藏之。诸女各飞去,一女独不得去。"

[115]利钝:利与不利。〔三国·蜀〕诸葛亮《出师表》:"至于成败利钝,非臣之明所能逆睹也。"(《全三国文》卷五十八·蜀二)

[116]有聋盲:指有考虑不周之处。《庄子·逍遥游》:"瞽者无以与乎文章之观,聋者无以与乎钟鼓之声。岂唯形骸有聋盲也哉?夫知亦有之。"

[117]山东妙:〔晋〕潘岳《西征赋》:"终童山东之英妙。"(《全晋文》卷九十)

[118]海内兄:〔南朝·梁〕刘峻《广绝交论》:"乐安任昉,海内髦彦。"此与前"山东妙"均当指崔群。

[119]登甲乙：登第。崔群贞元八年进士，禹锡于贞元九年及第，故云"后来"。

[120]蓬瀛：海中仙山蓬莱，瀛洲，喻指翰林。中书等近密之地、李肇《翰林志》："唐兴，太宗始于秦王府开文学馆，擢房玄龄、杜如晦一十八人，皆以本官兼学士，给五品珍膳，分为三番，更直宿于阁下，时人谓之登瀛洲。"崔群于元和二年以左补阙充翰林学士，见丁居晦《重修承旨学士壁记》。

[121]秦明镜：相传秦宫有镜，可照见人心胆。此以喻崔群。

[122]白珩（héng）：楚国宝玉。《国语·楚语下》："王孙圉聘于晋，定公飨之，赵简子鸣玉以相，问于王孙圉曰：'楚之白珩犹在乎？'对曰：'然。'简子曰：'其为宝也，几何矣？'"韦昭注："珩，佩上之横者。"

[123]齿衰：年老。《汉书·赵充国传》："臣充国材下，犬马齿衰。"（《汉书》卷六十九·赵充国辛庆忌传第三十九）

[124]宦薄：宦情淡薄。

[125]捧日：喻大臣辅佐皇帝。《三国志·魏书·程昱传》注："昱少时常梦上泰山，两手捧日，昱私异之，以语荀彧，及兖州反，赖昱得完三城，于是彧以昱梦白太祖，太祖曰：'卿当终为吾腹心。'"（见〔宋〕李昉《太平御览》卷三百九十八人事部三十九，四部丛刊本）

[126]宣风：犹宣化，传布德政。

大彭：传说中商代诸侯。《国语·郑语》韦昭注："彭祖，大彭也，为商伯。"此指当时的节度观察等使。时裴度镇兴元，令狐楚镇宣武，牛僧孺镇鄂岳，李绛镇东川，崔群观察宣歙，元稹观察浙东，诸人均曾为相；此外，王播镇淮南，李德裕观察浙西，都与刘禹锡有较深交谊。

[127]朝集使：每年年末入京朝见的地方官吏。《唐六典》卷三："凡天下朝集使，皆令都督、刺史及上佐吏为之。皆以十月二十五日至于京都。元日，具筐篚于殿庭。"（《唐六典》卷三·尚书户部）

[128]结束：收拾行装。

新正：新年元旦。唐制，元日大陈设，百官及诸道朝正使朝贺。〔唐〕白居易《岁假内命酒赠周判官萧协律》："共知欲老流年急，且喜新正假日频。"（《全唐诗》卷四百四十三）

白居易

【作者简介】

白居易(772—846),字乐天,晚年自号香山居士、醉吟先生。太原(今属山西)人,迁华州下邽(今陕西渭南北)。贞元十六年(800)进士及第。十八年,登书判拔萃科。次年,授秘书省校书郎。元和元年(806),登才识兼茂、明于体用科,授盩厔县尉,权摄昭应事。二年,为集贤校理,充翰林学士。三年,授左拾遗,五年,改京兆府户曹参军,仍充翰林学士。六年,丁母忧居下邽。九年,授太子左赞善大夫。十年六月,上疏请捕刺武元衡之贼,执政恶其越职言事,贬江州司马。十三年,迁忠州刺史。十五年,召拜司门员外郎,迁主客郎中、知制诰。长庆元年(821),真拜中书舍人。二年,为杭州刺史。四年,召为太子左庶子,分司东都。宝历元年(825),为苏州刺史。大和元年(827),征为秘书监。二年,迁刑部侍郎。三年春,谢病长斋,以太子宾客分司东都。四年,除河南尹。七年,复为太子宾客,分司东都;九年,改授太子少傅,分司东都,后世因称白傅。会昌二年(842),以刑部尚书致仕。六年卒,赠尚书左仆射,谥曰文,世称白文公。李商隐为作墓碑铭。有集七十五卷,现存《白氏长庆集》七十一卷。事见《旧唐书》卷一百六十六、《新唐书》卷一百一十九本传。

江南喜逢萧九彻因话长安
旧游戏赠五十韵[1]

忆昔嬉游伴,多陪欢宴场。

寓居同永乐,幽会共平康[2]。

师子寻前曲,声儿出内坊[3]。

花深态奴宅,竹错得怜堂[4]。

庭晚开红药,门闲荫绿杨[5]。

经过悉同巷,居处尽连墙[6]。

时世高梳髻,风流淡作妆[7]。

戴花红石竹,帔晕紫槟榔[8]。

鬓动悬蝉翼,钗垂小凤行[9]。

拂胸轻粉絮,暖手小香囊[10]。

选胜移银烛,邀欢举玉觞[11]。

炉烟凝麝气,酒色注鹅黄[12]。

急管停还奏,繁弦慢更张。

雪飞回舞袖,尘起绕歌梁[13]。

旧曲翻调笑,新声打义扬[14]。

名情推阿轨,巧语许秋娘[15]。

风暖春将暮,星回夜未央。

宴余添粉黛,坐久换衣裳。

结伴归深院,分头入洞房[16]。

采帷开翡翠,罗荐拂鸳鸯[17]。

留宿争牵袖,贪眠各占床。

绿窗笼水影,红壁背灯光。

索镜收花钿,邀人解袷裆[18]。

暗娇妆靥笑,私语口脂香[19]。

怕听钟声坐,羞明映缦藏[20]。

眉残蛾翠浅,鬟解绿云长[21]。

聚散知无定,忧欢事不常。

离筵开夕宴,别骑促晨装。

去住青门外,留连浐水傍[22]。

车行遥寄语,马驻共相望。

云雨分何处[23],山川共异方。

野行初寂寞,店宿乍恓惶[24]。

别后嫌宵永,愁来厌岁芳[25]。

几看花结子,频见露为霜[26]。

岁月何超忽[27],音容坐渺茫。

往还书断绝,来去梦游扬。

自我辞秦地[28],逢君客楚乡。

常嗟异岐路,忽喜共舟航。

话旧堪垂泪,思乡数断肠[29]。

愁云接巫峡,泪竹近潇湘[30]。

月落江湖阔,天高节候凉。

浦深烟渺渺,沙冷月苍苍[31]。

红叶江枫老,青芜驿路荒。

野风吹蟋蟀,湖水浸菰蒋[32]。

帝路何由见,心期不可忘[33]。

旧游千里外,往事十年强。

春昼提壶饮,秋林摘橘尝。

强歌还自感,纵饮不成狂。

永夜长相忆,逢君各共伤。

殷勤万里意,并写赠萧郎[34]。

（《全唐诗》卷四百六十二,中华书局点校本,1960 年 4 月第 1 版,第 5253—5254 页）

【注　释】

[1]题下注:"见《才调集》。"约作于元和十一年(816)至十三年。

[2]永乐:长安坊名。幽会:在幽胜处集会。平康:长安坊名。为妓女聚居之地。

[3]师子:狮子。唐代伶人有舞狮子者。声儿:亦称"声伎儿",唐时称教坊中太常乐人。〔唐〕崔令钦《〈教坊记〉序》:"上不悦,命内养五六十人,各执一物,皆铁马鞭、骨柮之属也,潜匿袤中,杂于声儿后立,复候鼓噪,当乱捶之。"(《全唐文》卷三百九十六)

[4]错:繁多。得怜、态奴:皆平康妓名。

[5]红药:芍药花。〔南朝·齐〕谢朓《直中书省》:"红药当阶翻,苍苔依砌上。"(《秦汉魏晋南北朝诗》齐诗卷三)

[6]经过:交往。此指交往之人。

[7]时世:指时妆,入时或时髦的装饰打扮。白居易《时世妆》:"时世妆,时世妆,出自城中传四方。"(《乐府诗集》卷九十九·新乐府辞十)风流:风韵。作妆:化妆。

[8]石竹:多年生草本植物,枝叶青翠,花色红紫。常植于庭院供观赏。〔唐〕

419

李白《宫中行乐词》之一："山花插宝髻,石竹绣罗衣。"(《乐府诗集》卷八十二·近代曲辞四)帔:帔子,古代妇女披在肩背上的服饰。晕:晕染。槟榔:棕榈科常绿乔木,产于热带,花紫红。

[9]蝉翼:借指蝉鬓。古代妇女的一种发式,其特点是轻而薄,望之缥缈如蝉翼,故称。〔晋〕崔豹《古今注·杂注》:"魏文帝宫人有绝所宠者,有莫琼树、薛夜来、陈尚衣、段巧笑四人,日夕在侧。琼树乃制'蝉鬓',缥缈如蝉翼,故曰蝉鬓。"小凤:小凤钗,妇女首饰,钗头作凤形。

[10]粉絮:指用丝绵做成的粉扑,用以蘸粉敷肤。〔北周〕庾信《镜赋》:"悬媚子于搔头,拭钗梁于粉絮。"(《全后周文》卷九)香囊:盛香料的小囊,佩在身上作为饰物。

[11]选胜:寻游名胜之地。邀欢:寻求欢乐。玉筋:玉杯。玉杯。亦泛指酒杯。〔汉〕傅毅《舞赋》:"陈茵席而设坐兮,溢金罍而列玉筋。"(《文选》卷十七·赋壬)

[12]麝气:指麝香。雄麝脐部香腺中的分泌物干燥后呈颗粒状或块状,可作香料或药用。鹅黄:指酒。

[13]"尘起"句:形容歌声优美。《艺文类聚》卷四十三引汉刘向《别录》:"汉兴以来,喜《雅歌》者鲁人虞公,发声清哀,盖动梁尘。"《列子·汤问》:"昔韩娥东之齐,匮粮,过雍门,鬻歌假食,既去,而余音绕梁欐,三日不绝。"(《列子》汤问第五)后因以"余音绕梁"形容歌声高亢圆润,余韵无穷。

[14]翻:谱写,改编。调笑:唐曲名。义扬:元和十二年,驸马王士平与义阳公主反目,蔡南史等播为乐曲,号《义阳子》。

[15]名情:表达情感。阿轵、秋娘:皆长安名娟。阿轵,《才调集》作"阿软"。

[16]分头:各自。洞房:幽深的内室。多指卧室、闺房。《楚辞·招魂》:"姱容修态,絙洞房些。"

[17]翡翠:帷帐上的饰物。罗荐:锦褥。鸳鸯:茵褥上的图案。

[18]花钿:用金翠珠宝制成的花形首饰。〔南朝·梁〕沈约《丽人赋》:"陆离羽佩,杂错花钿。"(《六朝文絜》卷一)袿裆:夹裤。

[19]妆靥:妇女颊上所涂的装饰物。私语:低声说话。口脂:化妆用的唇膏。

[20]幔:同"幔"。垂直悬挂的大块帷幕。

[21]绿云:喻指女子乌黑光亮的秀发。〔唐〕杜牧《阿房宫赋》:"绿云扰扰,梳晓鬟也。"(《全唐文》卷七百四十八)

[22]去住:或去或留。青门:汉长安城东南门。本名霸城门,因其门色青,故俗呼为"青门"或"青城门"。门外有霸桥,为送别之所。浐水:流经长安东,唐时长安送行多至浐水为别。

[23]"云雨"句：〔汉〕王粲《赠蔡子笃诗》："风流云散,一别如雨。"(《文选》卷二十三·诗丙)

[24]乍:初。恓惶:悲伤的样子。《旧唐书·李重福传》："天下之人,闻者为臣流涕;况陛下慈念,岂不愍臣恓惶?"(《旧唐书》卷八十六·列传第三十六)

[25]岁芳:谓一年中的最好的季节。

[26]露为霜:《诗·秦风·蒹葭》："蒹葭苍苍,白露为霜。"

[27]超忽:遥远的样子。〔唐〕李白《送杨山人归天台》："客有思天台,东行路超忽。"(《全唐诗》卷一百七十五)

[28]辞秦地:指作者元和十年贬为江州司马。

[29]断肠:形容极度思念。〔三国·魏〕曹丕《燕歌行》："念君客游思断肠,慊慊思归恋故乡。"(《魏文帝集》卷六)

[30]巫峡:见上官仪《八咏应制二首(其一)》注[11]。诗暗用巫山神女"旦为朝云,暮为行雨"事。见〔战国·楚〕宋玉《高唐赋》。泪竹:斑竹。据传舜南巡江南而崩,其二妃啼,以涕挥竹,竹尽斑。见《博物志》卷八。潇湘:指湘江。因湘江水清深故名。〔唐〕李白《远别离》："古有皇英之二女,乃在洞庭之南。潇湘之浦。"(《乐府诗集》卷七十二·杂曲歌辞十二)

[31]浦:水边。渺渺:幽远的样子;悠远的样子。《管子·内业》："折折乎如在于侧,忽忽乎如将不得,渺渺乎如穷无极。"(《管子》内业第四十九)苍苍:迷茫。〔南朝·梁〕江淹《伤爱子赋》："雾笼笼而带树,月苍苍而架林。"(《全梁文》卷三十三)

[32]菰蒋:菰,茭白。〔唐〕李白《新林浦阻风寄友人》："海月破圆影菰蒋生绿池。"(《全唐诗》卷一百七十二)

[33]帝路:通向帝都的道路。心期:心中所期许的人。

[34]萧郎:萧九彻。

醉后题李马二妓[1]

行摇云髻花钿节[2],应似霓裳趁管弦[3]。
艳动舞裙浑是火,愁凝歌黛欲生烟[4]。
有风纵道能回雪[5],无水何由忽吐莲[6]。
疑是两般心未决,雨中神女月中仙[7]。

(《全唐诗》卷四百三十八,中华书局点校本,1960年4月第1版,第4876页)

诗歌部

421

【注　释】

[1]此诗作于元和十年(815)。

[2]云髻:高耸的发髻。《文选·曹植〈洛神赋〉》:"云髻峨峨,修眉联娟。"(文选)卷十九·赋癸)花钿:用金翠珠宝制成的花形首饰。〔南朝·梁〕沈约《丽人赋》:"陆离羽佩,杂错花钿。"(《六朝文絜》卷一)节:末梢,顶部。

[3]霓裳:舞曲名。即《霓裳羽衣曲》。

[4]歌黛:指歌者的眉毛。

[5]回雪:雪花飞舞回旋。〔三国·魏〕曹植《洛神赋》:"飘飘兮若流风之回雪。"(《曹子建集》卷三)

[6]吐莲:长出莲花。

[7]雨中神女:指巫山神女。〔战国·楚〕宋玉《高唐赋》:"妾在巫山之阳,高丘之阻,旦为朝云,暮为行雨。朝朝暮暮,阳台之下。"(《文选》卷十九·赋癸)月中仙:指嫦娥。

卢侍御小妓乞诗座上留赠[1]

郁金香汗裛歌巾[2],山石榴花染舞裙。

好似文君还对酒[3],胜于神女不归云[4]。

梦中那及觉时见,宋玉荆王应羡君[5]。

（《全唐诗》卷四百三十八,中华书局点校本,1980年4月第1版,第4876页）

【注　释】

[1]此诗作于元和十年(815)。侍御:唐代称殿中侍御史、监察御史为侍御。

[2]郁金:多年生草本植物,百合科。鳞茎,叶阔披针形,带粉白色。春季开花,杯状,大而美丽,有黄、白、红或紫红各色,主要供观赏。此指用郁金制的香料。裛,古同"浥",沾湿的意思。

[3]文君:指卓文君。汉临邛富商卓王孙之女。私奔司马相如后,曾在临邛当垆卖酒。见《史记·司马相如列传》。

[4]神女:指巫山神女。〔战国·楚〕宋玉《高唐赋》写楚王与巫山神女在梦中幽会,神女离开时说:"妾在巫山之阳,高丘之阻,旦为朝云,暮为行雨。朝朝暮暮,

阳台之下。"(《文选》卷十九·赋癸)

[5]宋玉:战国楚人,辞赋家。著有《高唐赋》《神女赋》,都写了楚王与巫山神女梦中相会的故事。荆王:与巫山神女梦中相会的楚王。

十年三月三十日别微之于沣上十四年三月十一日夜遇微之于峡中停舟夷陵三宿而别言不尽者以诗终之因赋七言十七韵以赠且欲记一作寄所遇之地与相见之时为他年会话张本也[1]

沣水店头春尽日,送君上马谪通川[2]。
夷陵峡口明月夜,此处逢君是偶然。
一别五年方见面,相携三宿未回船。
坐从日暮唯长叹[3],语到天明竟未眠。
齿发蹉跎将五十,关河迢递过三千[4]。
生涯共寄沧江上,乡国俱抛白日边[5]。
往事渺茫都似梦,旧游流落半归泉[6]。
醉悲洒泪春杯里,吟苦支颐晓烛前[7]。
莫问龙钟恶官职[8],且听清脆好文篇[9]。
别来只是成诗癖,老去何曾更酒颠[10]。
各限王程须去住[11],重开离宴贵留连。
黄牛渡北移征棹,白狗崖东卷别筵[12]。
神女台云闲缭绕,使君滩水急潺湲[13]。
风凄暝色愁杨柳[14],月吊宵声哭杜鹃[15]。
万丈赤幢潭底日,一条白练峡中天。
君还秦地辞炎徼[16],我向忠州入瘴烟[17]。
未死会应相见在,又知何地复何年。

(《全唐诗》卷四百四十,中华书局点
校本,1960 年 4 月第 1 版,第 4914 页)

【注　释】

[1]此诗作于元和十四年(819)。微之:元稹的字。沣上:沣水岸边。沣水即今陕西西安市西渭水支流沣河。元和十年,元稹出为通州司马,三月三十日,与白居易别于沣水西岸桥边。夷陵:硖州属县,即今湖北宜昌。元稹自通州赴虢州长史任,与白居易相遇于黄牛峡,停舟夷陵。张本。作依据。

[2]通川:通州,在今四川省达州市。元和十年,元稹被贬为通州司马。

[3]从:到。

[4]蹉跎:衰退。迢递:遥远的样子。〔三国·魏〕嵇康《琴赋》:"指苍梧之迢递,临回江之威夷。"(《文选》卷十八·赋壬)

[5]沧江:江流,江水。白日边:指长安附近。

[6]泉:黄泉。指地下。

[7]支颐:以手托下巴。颐,面颊、腮。白居易《除夜》:"薄晚支颐坐,中宵枕臂眠。"(《全唐诗》卷四百三十九)

[8]龙钟:失意潦倒,老态、衰老的样子。〔唐〕沈佺期《答魑魅代书寄家人》:"龙钟辞北阙,蹭蹬守南荒。"(《全唐诗》卷九十七)

[9]清脆:谓文词清丽,音调铿锵。

文:一作诗。原注:"微之别来有新诗数百篇,丽绝可爱。"

[10]酒颠:酒后狂放失态。

[11]去住:犹去留。

[12]黄牛渡:黄牛山。在今湖北宜昌西北长江边。征棹:指远行的船。〔北周〕庾信《应令》:"浦喧征棹发,亭空送客还。"(《秦汉魏晋南北朝诗》北周诗卷四)白狗崖:白狗峡。在今湖北秭归东南。别筵:饯别的筵席。〔南朝·梁〕庾肩吾《饯张孝总应令》:"别筵开帐殿,离舟卷幔城。"(《秦汉魏晋南北朝诗》梁诗卷二十三)

[13]神女台:神女庙。在今重庆巫山县东。使君滩:在今重庆万州区东长江中。〔北魏〕郦道元《水经注·江水》:"(江水)又东径羊肠虎臂滩。杨亮为益州,至此舟覆,惩其波澜,蜀人至今犹名之为使君滩。"(《水经注》卷三十三)潺湲:指流水不绝的样子。《楚辞·九歌·湘夫人》:"慌忽兮远望,观流水兮潺湲。"

[14]暝色:暮色、夜色。〔南朝·宋〕谢灵运《石壁精舍还湖中作》:"林壑敛暝色,云霞收夕霏。"(《秦汉魏晋南北朝诗》宋诗卷二)

[15]哭杜鹃:杜鹃,又名杜宇、子规。相传为古蜀王杜宇之魂所化。春末夏初,常昼夜啼鸣,其声哀切。故云"哭杜鹃"。

[16]炎徼(jiǎo):南方炎热的边区。〔南朝·梁〕江淹《齐太祖高皇帝诔》:"冰州炎徼,来献其琛。"(《全梁文》卷三十九)

[17]忠州:古地名,治所在今重庆市忠县。

瘴烟:湿势蒸发而致人疾病的烟气。

题峡中石上[1]

巫女庙花红似粉,昭君村柳翠于眉[2]。
诚知老去风情少,见此争无一句诗[3]。

(《全唐诗》卷四百四十,中华书局点
校本,1960年4月第1版,第4914页)

【注　释】

[1]作于元和十四年(819)。

[2]巫女庙:巫山神女庙。昭君村:归州(湖北秭归县)东北四十里有昭君村,村连巫峡,有昭君宅,傍香溪。

[3]风情:风雅的情趣。争:怎。

感　春[1]

巫峡中心郡,巴城四面春[2]。
草青临水地,头白见花人。
忧喜皆心火,荣枯是眼尘[3]。
除非一杯酒,何物更关身。

(《全唐诗》卷四百四十一,中华书局点
校本,1960年4月第1版,第4923页)

【注　释】

[1]作于元和十五年(820)。

[2]巫峡:见上官仪《八咏应制二首(其一)》注[11]。巴城:指忠州(今重庆忠县)。后汉刘璋以今重庆忠县至巴南地区为巴郡,故称。

[3]心火:喻指破坏恬静心境的过激情绪。眼尘:眼中浮尘,喻指微末小事。

寄题忠州小楼桃花[1]

再游巫峡知何日[2],总是秦人说向谁。
长忆小楼风月夜,红栏干上两三枝[3]。

(《全唐诗》卷四百四十二,中华书局点
校本,1960年4月第1版,第4932页)

【注　释】

[1]作于长庆元年(821)。忠州:在今重庆忠县。元和十三年,白居易迁忠州
刺史。

[2]巫峡:见上官仪《八咏应制二首(其一)》注[11]。

[3]上,一作外。

入峡次巴东[1]

不知远郡何时到[2],犹喜全家此去同。
万里王程三峡外[3],百年生计一舟中。
巫山暮足沾花雨,陇水春多逆浪风[4]。
两片红旌数声鼓,使君艛艓上巴东[5]。

(《全唐诗》卷四百四十,中华书局点
校本,1960年4月第1版,第4913页)

【注　释】

[1]这首诗是白居易于元和十三年(818)春,携家由江州(今江西九江)移忠
州,船靠巴东时作。全诗抒写了旅途的辛劳及行峡中的险、忧。峡:指西陵峡。
次:停留。巴东:归州属县。在今湖北巴东西北。

[2]远郡:远方州郡,此指忠州。

[3]王程:奉朝廷之命出差的行程。〔唐〕岑参《送江陵黎少府》:"王程不敢
住,岂是爱荆州?"(《全唐诗》卷二百)三峡:见张循之《巫山高》注[5]。

[4]巫山:见凌敬《巫山高》注[2]。足:足以,能够。沾花雨,沾湿花瓣的雨,

指春雨。陇水:此指峡江水。"巫山"二句描写峡中气象,傍晚,巫山下透了能沾湿花瓣的蒙蒙细雨,峡江的春天总是刮着掀起浪涛的东风。

[5]红旌:红旗,此指刺史官的仪仗。使君:刺史,即指白居易本人。艛艓:一种小船。

夜闻筝中弹潇湘送神曲感旧[1]

缥缈巫山女[2],归来七八年。
殷勤湘水曲,留在十三弦[3]。
苦调吟还出,深情咽不传。
万重云水思,今夜月明前。

(《全唐诗》卷四百五十八,中华书局点校本,1960 年 4 月第 1 版,第 5200 页)

【注　释】
[1]此诗作于开成四年(839)。潇湘送神曲:乐府《杂曲歌辞》有《潇湘神》曲。王维《鱼山神女祠歌》有《迎神曲》《送神曲》。旧:指旧时乐妓。
[2]缥缈:高远隐约的样子。
巫山女:指巫山神女。〔战国·楚〕宋玉《高唐赋》写其与楚王在梦中相会事。
[3]湘水曲:《潇湘送神曲》。
十三弦:唐宋时教坊用的筝均为十三根弦,因代称筝。

长相思[1](其二)

深画眉,浅画眉[2]。蝉鬓鬅鬙云满衣[3],阳台行雨回[4]。　　巫山高,巫山低[5]。暮雨潇潇郎不归[6],空房独守时。

(《全唐诗》卷八百九十,中华书局点校本,1960 年 4 月第 1 版,第 10057 页)

【注　释】

[1]《长相思》最初只是一种自由的可供演唱,抒发男女相思之情的歌行体。因南朝乐府中有"上言长相思,下言夕别离"一句,因而得名。后成为词牌名。是唐教坊曲名,后用为词调。又名《长相思令》《相思令》等。这首《长相思》,写的是一位女子独守空房时盼望情人归来,以及对情人的关切和思念之情。

[2]深:浓重的意思。浅:浅淡的意思。

[3]蝉鬓:古代妇女的一种发式,其特点是轻而薄,望之缥缈如蝉翼,故称。髻鬟:头发散乱的样子。〔唐〕段成式《酉阳杂俎续集·支诺皋上》:"忽见一小鬼髻鬟,头长二尺余。"(《酉阳杂俎》续集卷一·支诺皋上)云满衣:形容衣服薄如轻云。

[4]阳台行雨:〔战国·楚〕宋玉《高唐赋》载,楚王曾游高唐,怠而昼寝,梦见巫山神女,王幸之。神女"去而辞曰:'妾在巫山之阳,高丘之阻,旦为朝云,暮为行雨。朝朝暮暮,阳台之下。'"(《文选》卷十九·赋癸)"阳台行雨"因此成为男女欢会的代称。此句和下片一、二句都用了这个典故。

[5]巫山:见凌敬《巫山高》注[2]。

[6]暮雨:黄昏时的雨。潇潇:风雨急骤的样子。《诗·郑风·风雨》:"风雨潇潇,鸡鸣胶胶。"郎:郎君,即爱人。

太行路

借夫妇以讽君臣之不终也[1]

太行之路能摧车,若比人心是坦途[2]。

巫峡之水能覆舟,若比人心是安流[3]。

人心好恶苦不常,好生毛羽恶生疮[4]。

与君结发未五载,岂期牛女为参商[5]。

古称色衰相弃背,当时美人犹怨悔[6]。

何况如今鸾镜中[7],妾颜未改君心改。

为君熏衣裳,君闻兰麝不馨香[8]。

为君盛容饰,君看金翠无颜色[9]。

行路难,难重陈[10]。

人生莫作妇人身,百年苦乐由他人[11]。

行路难,难于山,险于水。

不独人间夫与妻[12]，近代君臣亦如此。

君不见左纳言，右纳史[13]，

朝承恩，暮赐死[14]。

行路难，不在水，不在山，

只在人情反覆间[15]。

（《全唐诗》卷四百二十六，中华书局点校本，1960年4月第1版，第4694页）

【注　释】

[1]这是《新乐府》的第十首。题下自序："借夫妇以讽君臣之不终也。"

[2]太行：山名，在山西高原与河北平原之间，海拔在一千米以上，西缓东陡，形势险要。

摧车：毁坏车子。

坦途：平坦的道路。

人：一作君。

[3]巫峡：见上官仪《八咏应制二首（其一）》注[11]。著名的金盔银甲峡和铁棺峡就在这里，水流湍急，过去船家视为畏途。

安流：平稳的流水。〔南朝·梁〕何逊《慈姥矶》："暮烟起遥岸，斜日照安流。"（《秦汉魏晋南北朝诗》梁诗卷九）

人：一作君。

[4]"人心好恶"两句：〔东汉〕赵壹《刺世疾邪赋》："所好则钻（穿破）皮出其毛羽，所恶则洗垢（尘土）求其瘢痕。"（《全后汉文》卷八十）意思是：对所喜欢的人千方百计美誉拔高，对所厌恶的人则竭力挑剔攻击。

人：一作君。

生：一作成。

[5]结发：结婚。古代成婚之夕，男左女右共髻束发。故称。

牛女：牛郎，织女。传说牛郎织女于每年七夕（夏历七月初七）相会一次。

参商：二十八宿中的参星和商星，两者不同时出现在天空中。古代诗文中常用于比喻亲朋不能会面。以上两句说：与你结婚还不到五年，哪能想到竟然从难得相会的牛郎、织女变成了永不见面的参星、商星。

[6]"古称"两句：《史记·吕不韦列传》："以色事人者，色衰而爱弛。"（《史记》卷八十五·吕不韦列传第二十五）

[7]鸾镜:化妆镜。《太平御览》卷九百一十六引〔南朝·宋〕范泰《鸾鸟诗》序:"昔罽宾王结罝峻卯之山,获一鸾鸟,王甚爱之,欲其鸣而不致也,乃饰以金樊,飨以珍羞,对之愈戚,三年不鸣,其夫人曰:尝闻鸟见其类而后鸣,何不悬镜以映之,王从其意,鸾睹形悲鸣,哀响中霄,一奋而绝。"后即以"鸾镜"指妆镜。〔唐〕骆宾王《代女道士王灵妃赠道士李荣》:"龙飘去去无消息,鸾镜朝朝减容色。"(《全唐诗》卷七十七)

[8]兰麝:兰与麝香。指名贵的香料。《晋书·石崇传》:"崇尽出其婢妾数十人以示之,皆蕴兰麝,被罗縠。"(《晋书》卷三十三·列传第三)

[9]盛容饰:美饰容貌,也即加意打扮容貌的意思。

珠翠:珍珠和翡翠。

无颜色:无光彩。盛,一作事。金,一作珠。

[10]陈:诉说。

[11]百年:一辈子。

[12]间:一作家。

[13]纳言:隋唐时门下省长官的职称。后改为侍中等。纳史:应作"内史",是隋唐中书省长官的职称。先后曾改称中书令、紫微令等等。纳言、内史都是宰相一类的高级官员。

[14]"朝承恩"二句:承恩,蒙受恩泽。〔唐〕岑参《送张献心充副使归河西杂句》:"前日承恩白虎殿,归来见者谁不羡。"(《全唐诗》卷一百九十九)《元白诗笺证稿》谓指德宗、顺宗二朝杨炎、窦参、刘晏、韦执谊等人拜相不久而被流贬、赐死之事。

[15]情:一作心。

间:当中。

繁知一

【作者简介】

繁知一,唐代诗人,生平无考。因本诗所载之事,后人多说其为秭归县令,然未见史据。雍正年间《巫山县志》亦载此诗事,然写作"毓知一",并说其为"蜀之巫山隐士"。

书巫山神女祠[1]

《云溪友议》:白居易除忠州刺史[2],自峡沿流赴郡[3]。时秭归县繁知一闻居易将过巫山,先于神女祠粉壁大书此诗。居易睹之,怅然[4],邀知一至,曰:历山刘郎中禹锡,三年理白帝,欲作一诗于此,怯而不为[5]。罢郡经过,悉去诗板千余首[6],但留沈佺期、王无竞、皇甫冉、李端四章而已[7]。此四章古今绝唱,人造次不合为之,与知一同济,卒不赋诗[8]。

忠州刺史今才子,行到巫山必有诗[9]。
为报高唐神女道,速排云雨候清词[10]。

(《全唐诗》卷四百六十三,中华书局点校本,1960 年 4 月第 1 版,第 5267 页)

【注　释】

[1]巫山神女祠:在巫山上。〔战国·楚〕宋玉《高唐赋》记楚王梦与巫山神女,神女在离别时说"妾在巫山之阳,高丘之阻,旦为朝云,暮为行雨。朝朝暮暮,阳台之下"。"(楚王)旦朝视之,如言。故为立庙,号曰'朝云'。"(《文选》卷十九·赋癸)

[2]除:任命官职。

忠州：今重庆市忠县。

[3]峡：此指长江三峡。

郡：此指苏州。当时当时白居易赴任苏州刺史。

[4]怅然：失意不乐的样子。〔战国·楚〕宋玉《神女赋》："罔兮不乐，怅然失志。"（《文选》卷十九·赋癸）

[5]刘禹锡在白帝城为官三年。很想在此处留下一首诗来，心里总是胆怯，怕写不好，还是没有写。

[6]（刘禹锡）离开白帝城从此处经过，上面以前诗人们留下的一千多首诗他都涂掉了。

[7]只留下沈佺期、王无竞、皇甫冉、李端写的四首（有关巫山的诗歌）。

[8]（白居易）最终没有写出诗篇。

[9]"忠州"句：谓白居易身为忠州刺史，又是当今才子。

"行到"句：谓经过巫山，一定会诗歌留下来。

[10]高唐：台观名。传说楚王在此梦遇巫山神女。

神女：巫山神女。

云雨：用巫山神女之典。

候清词：等候清丽的诗作。

李 绅

【作者简介】

　　李绅(772—846),字公垂,行二十。常州无锡(今属江苏)人。元和元年(806)登进士第,南归润州,浙西观察使李锜辟为从事。次年,锜据润州反,绅数谏,又不肯为作疏,被囚,锜败乃免。后历仕校书郎、国子助教、右拾遗、翰林学士、中书舍人、御史中丞、户部侍郎。敬宗初立,因李逢吉等人构陷,贬为端州司马。宝历元年(825),量移江州长史。大和二年(828)迁滁州刺史,四年,转寿州,七年,以太子宾客分司东都。同年,擢浙东观察使。开成元年(836),拜河南尹,旋转宣武军度使,五年,任淮南节度使。会昌二年(842),拜中书侍郎、同中书门下平章事,进尚书右仆射,封赵郡公。四年,罢相,出为淮南节度使,六年,卒于任所,赠太尉,谥文肃。绅以政见相合,与李德裕共进退;以诗文与元稹、白居易相交,曾作《新题乐府二十首》(已佚),影响巨大。《新唐书·艺文志》著录《追昔游诗》三卷,今存。事见沈亚之《李绅传》、白居易《淮南节度使检校尚书右仆射赵郡李公家庙碑》《旧唐书》卷一百七十三、《新唐书》卷一百八十一本传。

南梁行[1]

江城郁郁春草长,悠悠汉水浮青光[2]。
杂英飞尽空昼景,绿杨重阴官舍静。
此时醉客纵横书[3],公言可荐承明庐[4]。
青天诏下宠光至,颁籍金闺征石渠[5]。
秭归山路烟岚隔[6],山木幽深晚花拆[7]。
涧底红光夺火燃,摇风扇毒愁行客。
杜鹃啼咽花亦殷[8],声悲绝艳连空山。
斜阳瞥映浅深树,云雨翻迷崖谷间[9]。

山鸡锦质矜毛羽[10]，透竹穿萝命俦侣[11]。

乔木幽溪上下同，雄雌不惑飞栖处。

望秦峰回过商颜[12]，浪叠云堆万簌山。

行尽杳冥青嶂外，九重钟漏紫霄间[13]。

元和列侍明光殿[14]，谏草初焚市朝变[15]。

北阙趋承半隙尘[16]，南梁笑客皆飞霰[17]。

追思感叹却昏迷，霜鬓愁吟到晓鸡[18]。

故箧岁深开断简[19]，秋堂月曙掩遗题[20]。

呜呜晓角霞辉粲[21]，抚剑当应一长叹。

刍狗无由学圣贤[22]，空持感激终昏旦[23]。

（《全唐诗》卷四百八十，中华书局点校本，1960年4月第1版，第5459页）

【注 释】

[1]此诗一作李德裕诗，录于《全唐诗》卷四百七十五。可能是由于唐人唱和诗经常相互载入各自的文集中，辑李德裕诗的人误将李绅的原诗收入。这首诗回忆元和十四年(819)春在山南西道节度使宫署任职的状况，同年五月调任右拾遗前往西京长安途中所见景物，以及贬斥后和写诗时的感触。写作时间约在文宗开成初年。南梁：唐代山南西道设置梁州。德宗兴元元年(784)，升为兴元府，节度使治所在今陕西省汉中市。行，古诗的一种体裁。

[2]汉水：又称"汉江"。上游从今甘肃省南部流入今陕西省南部，东流入今湖北省境内，经过今汉中市。

[3]醉客：诗人自称。

[4]公：指崔从，崔从是诗人崔融曾孙。宪宗时任山南西道节度使，长庆初任尚书左丞等职，大和年间复检校尚书左仆射、淮南节度副大使。六年卒。承明庐：汉魏宫殿内的旁舍，为侍臣值宿之处。《文选》卷二十一引应璩《百一诗》："问我何功德。三入承明庐。"李善注引陆机《洛阳记》："魏明帝在建始殿朝会，皆由承明门，然值庐在承明门侧。"此指入朝为官。

[5]颁籍：发出名册，谓名列官册。金闺：金马门的别称。《史记》褚少孙补《滑稽列传》："金马门者，宦署门也。门傍有铜马，故谓之曰'金马门'。"（《史记》，中华书局，1959年版，第3205页）石渠：阁名，西汉藏书处。在未央宫殿北。

[6]秭归：今湖北省秭归县。

[7]拆：花开。

［8］杜鹃:鸟名。即子规鸟,别称杜宇、望帝。传说杜鹃为战国时蜀王杜宇魂魄所化,啼声悲切,若"不如归去"。夜啼达旦,血渍草木。又说,闻杜鹃初鸣的人,将有伤别之事。殷:深红色。

［9］云雨翻迷:〔战国·楚〕宋玉《高唐赋》:"妾在巫山之阳,高丘之阻,旦为朝云,暮为行雨。朝朝暮暮,阳台之下。"此指云雨翻飞的景象。

［10］山鸡:此指锦鸡,传说爱其羽毛,常照水而舞。

［11］萝:女萝,又名菟丝,蔓生植物。命俦侣:指谓山鸡穿越竹林蔓草皆鸣叫令伴侣同行。俦侣:伴侣。

［12］望秦峰:望秦岭,在今陕西省蕊田县附近。商颜:此指商山。商山在今陕西省商县东南,亦名地肺山、商洛山、楚山,相传秦末四皓隐居处。

［13］九重:指帝王住处。《楚辞·九辩》:"君之门以九重。"钟漏:古代滴水计时器,亦称漏壶、漏刻、刻漏、壶漏。〔南朝·陈〕徐陵《答李颐之书》:"残光炯炯,虑在昏明。余息绵绵,待尽钟漏。"(《全陈文》卷十)紫霄:以仙境美称帝王居处。〔南朝·梁〕简文帝《围城赋》:"升紫霄之丹地,排玉殿之金扉。"(《全梁文》卷八)

［14］元和:唐宪宗(李纯)年号(806—820)。元和十五年(820)正月,宪宗为宦官陈弘志所害,穆宗李恒即位。闰正月,李绅与李德裕、庾敬休兼守本官,充翰林学士。见《旧唐书·穆宗纪》。明光殿:汉宫殿名。此处借指唐宫殿。

［15］谏草初焚:烧掉谏书草稿,小心谨慎。〔唐〕杜甫《晚出左掖》:"避人焚谏草,骑马欲鸡栖。"(《全唐诗》卷二百二十五)此用其意。市朝变:喻朝中势力变化如商市之莫测。

［16］北阙:古代宫殿北面的门楼,等候朝见或上书之处。《汉书·高帝纪》:"萧何治未央宫,立东阙,北阙。"颜师古注:"上书、奏事、谒见之徒,皆诣北阙。"(《汉书》卷一下·高帝纪第一下)隙尘:喻被鄙弃闲置。

［17］霰:雪珠。飞霰:喻离散。

［18］霜鬓:两鬓花白。晓鸡:报晓的鸡。〔唐〕孟浩然《寒夜张明府宅宴》:"醉来方欲卧,不觉晓鸡鸣。"(《全唐诗》卷一百六十)此处指雄鸡报晓之时。

［19］断简:残缺不全的书简。

［20］遗题:遗留下来的前人题名、题诗等。

［21］角:军中吹奏的乐器。

［22］刍狗:刍:喂牲口的草。古人扎草为狗,称刍狗,用以祭神。祭罢即抛弃。因而用以比喻轻贱之物。语本《老子》第五章:"天地不仁,以万物为刍狗;圣人不仁,以百姓为刍狗。"诗人以刍狗自喻,谓卑贱者不应侧身于圣贤之列。表达遭贬后的愤慨。

［23］终昏旦:自黄昏到天晓,犹言通宵。

元　稹

【作者简介】

元稹(779—831)，字微之，别号威明，鲜卑族后裔。世居京兆万年(今陕西西安)。贞元九年(793)以明经擢第。十九年，登书判拔萃科。元和元年(806)，登才识兼茂明于体用科。受知于宰相裴垍，任监察御史，勇于弹劾，得罪权贵，五年贬为江陵府士曹参军。历通州司马、虢州长史。元和十四年，回朝任膳部员外郎。擢祠部郎中、知制诰，迁中书舍人，充翰林学士承旨。长庆二年(822)，以工部侍郎同平章事。居相位三月，为李逢吉所倾，出为同州刺史，历浙东观察使、尚书左丞、武昌军节度使，卒于镇。稹为著名的传奇作家和诗人，其诗与白居易齐名，并称"元白"，风格亦相近，合称"元和体"。著《元氏长庆集》一百卷，仅存六十卷。事见白居易《元稹墓志铭》《旧唐书》卷一百六十六及《新唐书》卷一百七十四本传，参见今人卞孝萱《元稹年谱》。

楚歌十首[1]（其四）

惧盈因邓曼[2]，罢猎为樊姬[3]。
盛德留金石，清风鉴薄帷[4]。
襄王忽妖梦，宋玉复淫辞[5]。
万事捐宫馆，空山云雨期[6]。

（《全唐诗》卷三百九十九，中华书局点校本，1960年4月第1版，第4475页）

【注　释】

[1]原注:江陵时作。

[2]惧盈:害怕志意盈满。邓曼:《左传·庄公四年》典故:"四年春,王三月,楚武王荆尸,授师孑焉,以伐随。将齐,入告夫人邓曼曰:'余心荡。'邓曼叹曰:'王禄尽矣。盈而荡,天之道也。先君其知之矣,故临武事,将发大命,而荡王心焉。若师徒无亏,王薨于行,国之福也。'王遂行,卒于樠木之下。"春秋时,楚武王将伐随,心跳,夫人邓曼说,这表明武王的寿禄将尽,武王果然死于出征的路上。这里用邓曼解释"心荡"事,说楚王志意盈满之时,也是他寿禄终了之日。

[3]罢猎为樊姬:指楚庄王放弃沉迷狩猎成就霸业是因为樊姬。《列女传·贤明传》:樊姬,楚庄王之夫人也。庄王即位,好狩猎。樊姬谏不止,乃不食禽兽之肉,王改过,勤于政事。王尝听朝罢晏,姬下殿迎曰:"何罢晏也,得无饥倦乎?"王曰:"与贤者语,不知饥倦也。"姬曰:"王之所谓贤者何也?"曰:"虞丘子也。"姬掩口而笑,王曰:"姬之所笑何也?"曰:"虞丘子贤则贤矣,未忠也。"王曰:"何谓也?"对曰:"妾执巾栉十一年,遣人之郑卫,求美人进于王。今贤于妾者二人,同列者七人。妾岂不欲擅王之爱宠哉!妾闻'堂上兼女,所以观人能也'。妾不能以私蔽公,欲王多见知人能也。今虞丘子相楚十余年,所荐非子弟,则族昆弟,未闻进贤退不肖,是蔽君而塞贤路。知贤不进,是不忠;不知其贤,是不智也。妾之所笑,不亦可乎!"王悦。明日,王以姬言告虞丘子,丘子避席,不知所对。于是避舍,使人迎孙叔敖而进之,王以为令尹。治楚三年,而庄王以霸。楚史书曰:"庄王之霸,樊姬之力也。"(《列女传》卷二)

[4]金石:常用以比喻不朽。〔三国·魏〕曹植《与杨德祖书》:"建永世之业,流金石之功。"(《曹子建集》卷九)清风鉴薄帷:意谓清风吹动着薄薄的帷帐。

[5]此句用〔战国·楚〕宋玉《高唐赋》所写楚王与巫山神女梦中相会故事。昔者楚襄王与宋玉游于云梦之台,望高唐之观,其上独有云气,崒兮直上,忽兮改容,须臾之间,变化无穷。王问玉曰:"此何气也?"玉对曰:"所谓朝云者也。"王曰:"何谓朝云?"玉曰:"昔者先王尝游高唐,怠而昼寝,梦见一妇人曰:'妾,巫山之女也。为高唐之客。闻君游高唐,愿荐枕席。'王因幸之。去而辞曰:'妾在巫山之阳,高丘之阻,旦为朝云,暮为行雨。朝朝暮暮,阳台之下。'旦朝视之,如言。故为立庙,号曰'朝云'。"(《文选》卷十九·赋癸)淫辞:放荡猥亵的言词。〔南朝·梁〕刘勰《文心雕龙·乐府》:"若夫艳歌婉娈,怨志诀绝,淫辞在曲,正响焉生?"(《文心雕龙》乐府第七)

[6]宫馆:离宫别馆,供皇帝游息的地方。《文选·张衡〈西京赋〉》:"郡国宫馆,百四十五。"李善注:"离宫别馆在诸郡国者。"(《文选》卷二)

[7]空山云雨期:用楚王与巫山神女相会之典。

梦昔时[1]

闲窗结幽梦,此梦谁人知[2]。
夜半初得处,天明临去时。
山川已久隔,云雨两无期[3]。
何事来相感,又成新别离。

(《全唐诗》卷四百二十二,中华书局点校本,1960 年 4 月第 1 版,第 4636 页)

【注　释】

[1]此诗作于元和五年(810),作者初贬江陵时,写梦见青年时代的恋人"崔莺莺"的情形。

[2]幽梦:隐隐约约的梦境。

[3]云雨:〔汉〕王粲《赠蔡子笃诗》:"风流云散,一别如雨。"(《艺文类聚》卷三十一)因用云雨比喻分离、永别。〔南朝·宋〕鲍照诗:"既成云雨人,悲绪终不一。"(《秦汉魏晋南北朝诗》宋诗卷八)又〔战国·楚〕宋玉《高唐赋》:"昔者先王尝游高唐,怠而昼寝,梦见一妇人曰:'妾,巫山之女也。为高唐之客。闻君游高唐,愿荐枕席。'王因幸之。去而辞曰:'妾在巫山之阳,高丘之阻,旦为朝云,暮为行雨。朝朝暮暮,阳台之下。'"(《文选》卷十九·赋癸)后遂以"云雨"喻指男女幽会。

离思五首[1](其四)

曾经沧海难为水[2],除却巫山不是云[3]。
取次花丛懒回顾[4],半缘修道半缘君[5]。

(《全唐诗》卷四百二十二,中华书局点校本,1960 年 4 月第 1 版,第 4643 页)

【注　释】

[1]此诗是元和五年(810)元稹为悼念亡妻韦丛而作。离思:离别的思念之

情。全诗平浅如话，然对妻子真挚不渝的爱意，经他写来却有震撼人心的感染力。

［2］沧海难为水：本自《孟子·尽心上》："观于海者难为水。"（《四书章句集注》孟子集注·卷十三）此句是说曾经经过大海，所以别处的水难以称其为水。

［3］巫山不是云：〔战国·楚〕宋玉《高唐赋》记楚王与巫山神女梦中相会事："妾在巫山之阳，高丘之阻，旦为朝云，暮为行雨。朝朝暮暮，阳台之下。"（《文选》卷十九·赋癸）巫山：见凌敬《巫山高》注［2］。此句的意思是说：除了巫山的云，别处的云也不能算做云。

［4］取次：任意、随便。

句谓：随便什么"花丛"我都懒得回头多看一眼（喻其不喜女色）。

［5］缘：因为。君：指诗人悼念的亡妻。句谓：一半是因为自己的道德修养，一半是由于对妻子的思念所致。

月临花[1]（林檎花）

临风飏飏花[2]，透影胧胧月[3]。

巫峡隔波云[4]，姑峰漏霞雪[5]。

镜匀娇面粉[6]，灯泛高笼缬[7]。

夜久清露多[8]，啼珠坠还结[9]。

（《全唐诗》卷四百〇一，中华书局点校本，1960年4月第1版，第4489页）

【注　释】

［1］林檎花：北方称之为"沙果"。它的名称居多，有月临花、冷金丹。《花镜》云："林檎花一名来檎，因能招羁众鸟来林，此其得名之由来。"相传唐高宗时，李谨得了一株五色林檎，它有红金水蜜黑五色之异，献给皇上，高宗大喜，赐李谨为文林郎。从此，它就又多了一个文林郎果的名称。《花经》载："林檎花与苹果相似，开花期亦同。""春日发叶，尖卵圆形，边缘有毛状锯齿，施即生花蕾，未放时红色，开后变白面有红晕，故甚美艳。"（《花卉诗注析》，山西教育出版社，1990年版，第178页）

［2］飏飏：飘扬的样子；飞舞的样子。〔唐〕阎伯玙《歌赋》："始趋曲以熙熙，终沿风以飏飏。"（《全唐文》卷三百九十五）句意：林檎花在风中轻盈飘扬。

[3]胧胧：朦胧。〔晋〕夏侯湛《秋可哀》："月翳翳以隐云，星胧胧以投光。"（《秦汉魏晋南北朝诗》晋诗卷二）句意：朦胧的月光留下它绰绰花影。

[4]巫峡：见上官仪《八咏应制二首（其一）》注[11]。"巫峡隔波云"，是从"胧胧月"而来。因为那巫峡被波浪阻隔，看不大清楚，有朦胧之感。

[5]姑峰：姑射山。《庄子·逍遥游》："藐姑射之山，有神人居焉，肌肤若冰雪，淖约若处子。"（《庄子》，中华书局，2007 年版，第 13 页）后因以形容女子貌美。"姑峰漏霞雪"，承"飏飏花"而来，是那纷飞的花瓣像从姑射山上飘下来的雪片，十分动人。

[6]娇面：娇美的容貌，这里喻花貌。〔唐〕刘希夷《公子行》："愿作轻罗著细腰，愿为明镜分娇面。"（《全唐诗》卷八十二）

[7]笼：灯笼。缬：彩结，即灯花，喻指花形。

[8]清露：洁净的露水。〔汉〕张衡《西京赋》："立修茎之仙掌，承云表之清露。"（《文选》卷二）

[9]啼珠：泪珠，这里喻指露珠。

答姨兄胡灵之见寄五十韵并序[1]

九岁解赋诗，饮酒至斗余乃醉。时方依倚舅族，舅怜，不以礼数检，故得与姨兄胡灵之之辈十数人，为昼夜游。日月跳掷[2]，于今余二十年矣。其间悲欢合散，可胜道哉！昨枉是篇，感彻肌骨。适白翰林又以百韵见贻[3]，余因次酬本韵，以答贯珠之赠焉[4]。于吾兄不敢变例，复自城至生，凡次五十一字。灵之本题兼呈李六侍御[5]，是以篇末有云。

忆昔凤翔城，龆年是事荣[6]。
理家烦伯舅，相宅尽吾兄[7]。
诗律蒙亲授，朋游忝自迎。
题头筠管缦[8]，教射角弓骍[9]。
矮马驼鬃撼[10]，犎牛兽面缨[11]。
对谈依起起，送客步盈盈[12]。
米碗诸贤让，蠡杯大户倾[13]。
一船席外语，三楒拍心精[14]。
传盏加分数，横波掷目成[15]。
华奴歌淅淅，媚子舞卿卿[16]。

斗设狂为好[17]，谁忧饮败名。

屠过隐朱亥，楼梦古秦嬴[18]。

环坐唯便草，投盘暂废觥。

春郊才烂熳，夕鼓已砯轰。

荏苒移灰琯，喧阗倦塞兵[19]。

糟浆闻渐足，书剑讶无成[20]。

抵璧惭虚弃[21]，弹珠觉用轻[22]。

遂笼云际鹤，来狎谷中莺[23]。

学问攻方苦，篇章兴太清。

囊疏萤易透[24]，锥钝股多坑[25]。

笔阵戈矛合[26]，文房栋楹撑[27]。

豆萁才敏俊[28]，羽猎正峥嵘[29]。

岐下寻时别，京师触处行[30]。

醉眠街北庙，闲绕宅南营[31]。

柳爱凌寒软，梅怜上番惊[32]。

观松青黛笠，栏药紫霞英[33]。

尽日听僧讲，通宵咏月明。

正耽幽趣乐，旋被宦途萦。

吏晋资材枉[34]，留秦岁序更[35]。

我髯鬖数寸[36]，君发白千茎。

芸阁怀铅暇，姑峰带雪晴[37]。

何由身倚玉，空睹翰飞琼[38]。

世道难于剑，谗言巧似笙[39]。

但憎心可转[40]，不解踽如擎[41]。

始效神羊触[42]，俄随旅雁征。

孤芳安可驻，五鼎几时烹[43]。

潦倒沉泥滓，欹危践矫衡。

登楼王粲望[44]，落帽孟嘉情[45]。

巫峡连天水，章台塞路荆[46]。

雨摧渔火焰，风引竹枝声。

分作屯之蹇[47]，那知困亦亨[48]。

官曹三语掾[49]，国器万寻桢[50]。

逸杰雄姿迥,皇王雅论评[51]。

蕙依潜可习,云合定谁令。

原燎逢冰井[52],鸿流值木罂[53]。

智囊推有在,勇爵敢徒争[54]。

迅拔看鹏举,高音侍鹤鸣。

所期人拭目,焉肯自伴盲[55]。

铅钝丁宁淬[56],芜荒展转耕。

穷通须豹变[57],撄搏笑狼狞。

愧捧芝兰赠,还披肺腑呈[58]。

此生如未死,未拟变平生[59]。

（《全唐诗》卷四百〇六,中华书局点校本,1960 年 4 月第 1 版,第 4523—4524 页)

【注　释】

[1]此诗作于元和五年(810)十月十五日后,时在江陵府士曹参军任。

[2]日月跳掷:形容时光流逝很快。

[3]指〔唐〕白居易《代书诗一百韵》。

[4]贯珠:成串之珠。比喻文字精彩。

[5]李六侍御:当为李景俭。

[6]凤翔:府名,今属陕西。元稹贞元二年(786)至五年寓居凤翔。龆(tiáo)年:童年。〔汉〕蔡邕《议郎胡公夫人哀赞》:"严考殒没,我在龆年。母氏鞠育,载矜载怜,殷斯勤斯,慈爱备存。"(《全后汉文》卷七十九)

[7]"尽"字下原注:"兹引反。"《艺文类聚·居处部四》卷六十四引《晋书·魏舒传》曰:"舒少孤,为外家甯氏所养。甯氏起宅,相宅者云:'当出贵甥。'"吾兄:指吴灵之。句谓贵甥当应在吴灵之身上。

[8]题头:书写门头上的横批或匾额。筠管:竹管。亦用以指笔管、毛笔。

[9]角弓:饰以兽角的硬弓。《诗·小雅·角弓》:"骍骍角弓,翩其反矣。"原注:"灵之善笔札,习骑射。"

[10]幨(zhān):小障泥。置于马腹两侧,用于遮挡尘土。

[11]犛:原注:"音茅。"兽面:野兽头面的图像。

[12]赳赳:勇武果毅的样子。《诗·周南·兔罝》:"赳赳武夫,公侯干城。"毛传:"赳赳,武貌。"(《毛诗正义》卷一)盈盈:仪态美好的样子。

〔13〕米碗:小杯。让:退让。蠡杯:用螺壳做的(或螺壳形的)酒杯。大户:唐人称酒量大者为大户或高户。

〔14〕船:酒船,指大杯。槛:酒器。

〔15〕横波:喻指女子流动的眼神。《文选·傅毅〈舞赋〉》:"眉连娟以增绕兮,目流睇而横波。"李善注:"横波,言目邪视,如水之横流也。"(《文选》卷十七)掷目:投以目光。

〔16〕原注:"军大夫张生好属词,多妓乐。歌者华奴,善歌《淅淅盐》。又有舞者媚子,每觥令禁言,张生常令相挠。"

〔17〕设:唐制中诸郡宴犒将吏谓之旬设。

〔18〕朱亥:战国时燕国壮士,隐于大梁为屠者,受到信陵君困,曾助信陵君椎杀魏将晋鄙,夺其军以救赵。此指隐于市井的侠士。秦赢:指秦穆公小女弄玉,与萧史结为夫妇,学吹箫,能引凤凰来,秦穆公筑凤台以居之,后来夫妇俩都化做神仙而去。见《列仙传》卷上。原注:"弄玉楼在凤翔城北角。"

〔19〕荏苒:时光流逝。灰琯:古代候验节气变化的器具。此即指时序,节候。喧阗:犹喧闹。

〔20〕糟浆:酒。书剑讶无成:《史记·项羽本纪》:"项籍少时,学书不成,去,学剑,又不成。项梁怒之。籍曰:'书足以记名姓而已。剑一人敌,不足学;学万人敌。'"(《史记》卷七·项羽本纪第七)

〔21〕抵璧:掷璧。

〔22〕弹珠:以珠弹鸟雀。《庄子·让王》:"今且有人于此,以隋侯之珠,弹千仞之雀,世必笑之。是何也?则其所用者重,而所要者轻也。"

〔23〕笼:意指约束。云际鹤:喻自由散漫。谷中莺:用迁莺出谷典,《诗·小雅·伐木》:"出自幽谷,迁于乔木。"谓鸟从低处迁往高处。〔南朝·梁〕刘孝绰《咏百舌》:"迁乔声迥出,赴谷响幽深。"(《秦汉魏晋南北朝诗》梁诗卷十六)此指未迁乔木(未中进士)的举子。

〔24〕囊萤:晋人车胤好学,家贫不常得油,夏月则以练囊盛数十萤火以照书。详《晋书》本传。

〔25〕锥钝股多坑:用苏秦锥刺股典。战国时,苏秦夜读困倦,遂用锥刺股,以为策励。见《战国策·秦策一》。

〔26〕笔阵:比喻写作文章。谓诗文谋篇布局擘画如军阵。〔南朝·梁〕萧统《正月启》:"谈丛发流水之源,笔阵引崩云之势。"(《骈体文钞》卷三十)

〔27〕栋桷(jué):泛指房屋的构件。栋,横梁。桷,方形椽。

〔28〕豆萁:豆秆。《世说新语·文学》:魏文帝尝令曹植七步中作诗,不成者行大法。曹植应声便为诗曰:"煮豆持作羹,漉菽以为汁。其在釜下燃,豆在釜中

泣。本是同根生,相煎何太急!"

[29]羽猎:指〔汉〕扬雄《羽猎赋》。

[30]岐下:岐州凤翔府。寻时:片刻。触处:到处。

[31]原注:"予宅在靖安北街。灵之时寓居永乐南街庙中,予宅又南邻弩营。"

[32]上番:初番,头回,多指植物初生。作者《赋得春雪映早梅》:"飞舞先春雪,因依上番梅。"上番惊:全诗校"《纪事》作玉雪轻"。(《增订注释全唐诗》,文化艺术出版社,2001年版,第122页)

[33]原注:"开元观古松五株,靖安宅牡丹数本,皆曩时游行之地。"

[34]吏晋:在晋州为吏,平阳郡即晋州。

[35]原注:"时灵之作吏平阳,予酬校秘阁,自兹分散。"

[36]黳(yì):黑。

[37]芸阁:芸香阁,秘书省的别称。铅:铅粉,书写用。扬雄握椠怀铅,纪四方方言。见《西京杂记》卷三。姑峰:姑射山,姑射山所在之临汾属晋州。详见《月临花》注。

[38]倚玉:指共坐。《世说新语·容止》:"魏明帝使后弟毛曾与夏侯玄共坐,时人谓'蒹葭倚玉树'。"琼:美玉,喻指对方的书信、诗篇。

[39]剑:剑阁山,其地极险。刘峻《广绝交论》:"世路险帜,一至于此,太行孟门,未云崾绝。"《诗·小雅·巧言》:"巧言如簧。"簧:笙中簧片。

[40]心可转:《诗·邶风·柏舟》:"我心匪石,不可转也。"这里反其意而用之。

[41]跽:耸身直腰而跪。擎:以手举物。跽如擎:恭谨的样子。

[42]神羊:獬豸,传说中独角兽,能识曲直,对有罪者以角触之,皋繇用以决狱。此指自己任监察御史时弹劾不法官吏事。

[43]五鼎:牛、羊、豕、龟、麋五鼎,为诸侯所食。主父偃曾以五鼎食为喻,谓当追求富贵。《史记·平津侯主父列传》:"且丈夫生不五鼎食,死即王鼎烹耳。"(《史记》卷一百一十二)

[44]敧:音qī,古同"攲",指斜靠着。王粲:建安七子之一。汉末动乱,王粲赴荆州依刘表,曾登当阳城楼作《登楼赋》,抒写感时怀乡之情。

[45]孟嘉:晋人,为桓温从事,九月九日桓温在荆州龙山宴集,风吹嘉帽落,嘉不之觉,孙盛作文嘲之,嘉还答,其文甚美。见《晋书》本传。原注:"龙山落帽台去府城二十里。"

[46]章台:此当指章华台,楚离宫名。原注:"章华台去府十里。"荆:荆棘。

[47]屯、蹇:《易》二卦名。屯、蹇,都是艰难困苦之意,后因称挫折、不顺利为

屯塞。

[48]困亦亨:谓困窘至极则转向通达。《易·困》:"困,亨。"疏:"君子处困而不失其自通之道,故曰困亨也。"(《周易正义》下经传卷五)

[49]三语掾:〔南朝·宋〕刘义庆《世说新语·文学》:"阮宣子有令闻,太尉王夷甫见而问曰:'老庄与圣教同异?'对曰:'将无同。'太尉善其言,辟之为掾。世谓'三语掾'。"

[50]国器:一国中特出之人才。《荀子·大略》:"口不能言,心能行之,国器也。"桢:桢干,筑墙所立柱,为建筑所必需,以喻人才。原注:"此后多述李君定交之由,用报灵之兼呈之意。"

[51]皇王:古圣王。

[52]原燎:原野上大火。冰井:藏冰之所。

[53]鸿流:洪流。鸿,大水。木罂(yīng):木罂瓶。用木柙夹缚众罂瓶而成的浮渡工具。

[54]勇爵:武将。《左传·襄公二十一年》:"庄公为勇爵,殖绰、郭最欲与焉。"杜预注:"设爵位以命勇士。"后用以指武将。

[55]佯:假装。

[56]丁宁:嘱咐,告诫。淬:淬火,铁器热处理,以加强其硬度。

[57]豹变:《易·革》:"上六,君子豹变,小人革面。"豹变指豹文变美,后多用以喻指润色事业或迁善去恶。《三国志·蜀志·后主传》:"降心回虑,应机豹变。"(〔晋〕陈寿《三国志》卷三十三)

[58]芝兰:指对方赠诗。披:披露。

[59]未拟变平生:一作今日负平生。

泛江玩月十二韵并序[1]

予以元和五年,自监察御史贬授江陵士曹掾。六月十四日,张季友、李景俭二侍御,王文仲司录、王众仲判官两昆季[2],为予载酒炙[3],选声音[4],自府城之南桥。乘月泛舟[5],穷竟一夕。予因赋诗以纪之。

楚塞分形势[6],羊公压大邦[7]。
因依多士子[8],参画尽敦厖[9]。
岳璧闲相对[10],荀龙自有双[11]。
共将船载酒,同泛月临江。

诗歌部

445

远树悬金镜[12]，深潭倒玉幢[13]。

委波添净练[14]，洞照灭凝钉[15]。

阗咽沙头市[16]，玲珑竹岸窗[17]。

巴童唱巫峡[18]，海客话神泷[19]。

已困连飞盏[20]，犹催未倒缸[21]。

饮荒情烂熳[22]，风棹乐峥枞[23]。

胜事他年忆，愁心此夜降[24]。

知君皆逸韵[25]，须为应琤琤[26]。

（《全唐诗》卷四百〇六，中华书局点校本，1960 年 4 月第 1 版，第 4526 页）

【注　释】

[1]此诗作于元和五年(810)六月十四日。

[2]昆季：兄弟。

[3]炙：炙烤。烹饪法之一，亦称烤肉。引申为熏灼之物，泛指美味佳肴。

[4]声音：音乐。《孟子·梁惠王上》："声音不足听于耳与？"此或指歌伎。

[5]桥：全诗校："一作淮。"（《增订注释全唐诗》，文化艺术出版社，2001 年版，第 125 页）

[6]楚塞：楚国的关塞、地界。

[7]羊公：西晋羊祜，字叔子。武帝时，尚书左仆射，都督荆州诸军事，镇襄阳。有政绩，及卒，民为立碑于岘山，望其碑者皆流泪，时称"坠泪碑"。此以羊公指荆南节度使赵宗儒。

[8]因依：依托、依靠。

[9]参画：参谋策划。

敦厖：同敦庞，敦厚朴实。

[10]岳壁：岳湛连壁。"岳"指晋潘岳，"湛"指夏侯湛。潘岳与夏侯湛俱能文，行止常相伴，容貌均美，故称连壁。此指张季友、李景俭二侍御。

[11]荀龙：后汉荀淑有八子，皆备德业，时称荀氏八龙。此指王文仲、王众仲两兄弟。

[12]金镜：圆月。

[13]玉幢：玉柱，形容月光倒映深水中，恍如玉柱。

[14]委：随；聚积。委波：随波或聚积在波面上。

练:熟绢。

句谓:月光聚积或流逝在波面上,犹如洁净的素绢。

[15]洞照:明朗或照亮。

釭(gāng):油灯。灭釭:谓月明灯烛无光。

[16]阗咽:喧闹。充满,大声。咽,声音幽咽。沙头市,即今"沙市"。

[17]玲珑:明彻的样子。

[18]巴童:指巴蜀(今四川、重庆)一带的孩童。

巫峡:见上官仪《八咏应制二首(其一)》注[11]。

[19]海客:曾航行海上的客人。

泷(shuāng):水名,即武溪,源出湖南临武县境。见《水经注·溱水》。又岭南一带称水湍急为泷(lóng)。

[20]飞盏:传递酒杯如飞。

句谓:轮流把盏,感到疲困。

[21]句谓:还要催饮,把酒缸喝干。

[22]饮荒:喝得迷迷糊糊。

烂熳:放浪。

[23]峥枞:象声词,丝竹声。

[24]降:降低,减少。

[25]逸韵:情致高远。《艺文类聚》卷三十六引晋庾亮《翟徵君赞》:"禀逸韵于天陶,含冲气于特秀。"

[26]莛(tíng)撞:以莛撞钟,语出《汉书·东方朔传》。莛,草茎。言所持轻微,不足以叩发洪鸣。此以谦称己之和作。

贾 岛

【作者简介】

贾岛(779—843)，字阆仙，一作浪仙。范阳(今河北涿县)人。早岁栖身佛门为僧，法名无本。元和间至东都，时洛阳令禁僧午后不得出，岛为诗自伤。韩愈赏其才，因教岛为文。后还俗，累举进士不第。文宗开成初，任遂州长江县主簿，故人称"贾长江"。会昌初。以普州司仓参军迁司户，未及受命，卒，时年六十五。《新唐书·艺文志》著录其《长江集》十卷、《小集》三卷。事见唐苏绛《贾司仓墓志铭》《新唐书》卷一百七十六、《唐诗纪事》卷四十、《唐才子传》卷五。

送称上人[1]

归蜀拟从巫峡过[2]，何时得入旧房禅？
寺中来后谁身化[3]，起塔栽松向野田。

（《全唐诗》卷五百七十四，中华书局点校本，1960 年 4 月第 1 版，第 6688 页）

【注　释】

[1]称上人：姓称的僧人。称，姓。上人：对僧人的敬称。
[2]巫峡：见上官仪《八咏应制二首(其一)》注[11]。两岸绝壁，船行极险。
[3]身化：佛教语。佛有三身：化身、法身、报身。其中化身指佛、菩萨为化度众生，在世上现身说法时变化的种种形象。

姚 合

【作者简介】

姚合(约782—约846),吴兴(今浙江湖州)人,姚崇侄曾孙。父姚闬为相州临河令,遂寄家河朔。元和十一年(816)进士及第,为魏博田弘正从事,历武功主簿、富平尉。宝历二年(826),为监察御史,迁殿中侍御史、户部员外郎,出为金州刺史。入为刑、户二部郎中,复为杭州刺史。历谏议大夫、给事中,授陕虢观察使。会昌末,官终秘书监,谥曰懿,赠礼部尚书。人称姚武功或姚秘监。在谏议大夫任时,曾编选王维等人诗百首为《极玄集》一卷,人以为裁鉴甚精。与贾岛齐名,世称"姚贾"。《新唐书·艺文志》著录其《诗例》一卷,已佚。现存《姚少监诗集》十卷。事迹附见《旧唐书》卷九十六、《新唐书》卷一百二十四《姚崇传》及《郡斋读书志》卷十八、大中十年四月《唐故濮州临濮县令赵郡李公夫人吴兴姚氏墓铭》等。

咏 云

霭霭纷纷不可穷[1],戛笙歌处尽随龙[2]。
来依银汉一千里[3],归傍巫山十二峰[4]。
呈瑞每闻开丽色[5],避风仍见挂乔松[6]。
怜君翠染双蝉鬓[7],镜里朝朝近玉容[8]。

(《全唐诗》卷四百九十八,中华书局点校本,1960年4月第1版,第5669页)

【注 释】

[1]霭霭:云雾密集的样子。〔晋〕陶渊明《停云》:"霭霭停云,蒙蒙时雨。"(《陶渊明集》卷一·诗四言)〔唐〕张祜《夜雨》:"霭霭云四黑,秋林响空堂。"(《全

唐诗》卷五百一十）

　　[2]戛(jiá)：象声词，此指演奏。

　　随龙：《易·乾·文言》："云从龙。"

　　[3]银汉：银河，天河。〔南朝·宋〕鲍照《夜听妓》："夜来坐几时，银汉倾露落。"（《秦汉魏晋南北朝诗》宋诗卷九）

　　[4]巫山十二峰：巫山，见凌敬《巫山高》注[2]。有十二峰，见乔知之《巫山高》注[2]。

　　[5]"呈瑞"句：古人以彩色云气为祥瑞，相传尧时有赤云之祥，黄帝有黄云之瑞。见《史记·五帝本纪》及司马贞《索隐》。

　　[6]乔松：高大的松树。《诗·郑风·山有扶苏》："山有乔松，隰有游龙。"

　　[7]蝉鬓：古代妇女的一种发式。薄而光润如蝉翼的鬓发，故称。〔南朝·梁〕元帝《登颜园故阁》："妆成理蝉鬓，笑罢敛蛾眉。"（《秦汉魏晋南北朝诗》梁诗卷二十五）

　　[8]玉容：对女子的容貌的美称。〔晋〕陆机《拟〈西北有高楼〉》："玉容谁得顾，倾城在一弹。"（《文选》一卷三十·诗庚）

无 可

【作者简介】

无可,范阳(今河北涿县)人。俗姓贾,贾岛从弟。少时出家为僧,尝与贾岛同居长安青龙寺,后又曾居终南山白阁、华山树谷等地。擅长五言诗及书法,与马戴、姚合等均有酬唱。有诗集一卷。事迹见《唐诗纪事》卷七十四、《直斋书录解题》卷十九等。今存诗二卷。

经贞女祠[1]

朝赛暮还祈[2],开唐复历隋。

精诚山雨至,岁月庙松衰。

窥穴龙潭黑,过门鸟道危[3]。

不同巫峡女,来往楚王祠[4]。

(《全唐诗》卷八百一十三,中华书局点校本,1960 年 4 月第 1 版,第 9156 页)

【注　释】

[1]贞女祠:孟姜女庙。位于山海关城东约 6 公里的望夫石村后山岗上。传说孟姜女千里迢迢去寻找被征去修长城的丈夫万喜良,后好心的民夫告诉她,万喜良早就劳累致死,被埋在长城里筑墙了。孟姜女一听,心如刀绞,便求好心的民工引路来到了万喜良被埋葬的长城下。站在城下,孟姜女悲愤交加,愈想愈悲,便向着长城昼夜痛哭,不饮不食,如啼血杜鹃,望月子规。哭声感天动地,白云为之停步,百鸟为之噤声。直哭了七天七夜,忽然地动山摇,飞沙走石,长城崩倒了八百里。孟姜女庙的修建,正是民间故事"孟姜女哭长城"的产物。

[2]赛:祭祀酬神之称。

[3]鸟道:鸟飞行的路,形容山路险峻狭窄,只有飞鸟可度。

危:高。

[4]巫峡女:巫山神女。〔战国·楚〕宋玉《高唐赋》:"妾在巫山之阳,高丘之阻,旦为朝云,暮为行雨。朝朝暮暮,阳台之下。"(《文选》卷十九·赋癸)这两句用楚王梦遇巫山神女事。

章孝标

【作者简介】

  章孝标,睦州桐庐(今浙江桐庐)人,家钱塘(今浙江杭州市)。元和十三年(818)下第,时辈多以诗刺主司庚承宣,孝标独赋《归燕诗》留献,为庚所赏,次年庚复知贡举,遂进士及第,授秘书省正字,迁校书郎。长庆中辞归杭州,大和中以大理评事充山南东道节度使从事。著《章孝标诗》一卷。今存诗一卷。事迹散见《云溪友议》卷下、《唐摭言》卷十三、《唐才子传》卷六。

贻美人

诸侯帐下惯新妆,皆怯刘家薄媚娘[1]。

宝髻巧梳金翡翠[2],罗裙宜著绣鸳鸯[3]。

轻轻舞汗初沾袖。细细歌声欲绕梁[4]。

何事不归巫峡去[5],故来人世断人肠[6]。

(《全唐诗》卷五百〇六,中华书局点校本,1960 年 4 月第 1 版,第 5754 页)

【注　释】

[1]薄媚:淡雅娇媚的样子。

[2]宝髻:古代妇女发髻的一种。〔唐〕王勃《登高台》:“为君安宝髻,蛾眉罢花丛。”(《全唐诗》卷五十五)

[3]罗裙:丝罗制的裙子。多泛指妇女衣裙。〔南朝·梁〕江淹《别赋》:“攀桃李兮不忍别,送爱子兮霑罗裙。”(《文选》卷十六·赋辛)

[4]绕梁:《列子·汤问》:“昔韩娥东之齐,匮粮,过雍门,鬻歌假食。既去而

余音绕梁欐,三日不绝。"(《列子》汤问第五)后遂以"绕梁"形容歌声高亢回旋,久久不息。〔晋〕陆机《演连珠》之十:"绕梁之音,实萦弦所思。"(《全晋文》卷九十九)〔南朝·梁〕沈约《咏筝》:"徒闻音绕梁,宁知颜如玉。"(《秦汉魏晋南北朝诗》梁诗卷七)

[5]不归巫峡去:用巫山神女事。〔战国·楚〕宋玉《高唐赋》:"妾在巫山之阳,高丘之阻,旦为朝云,暮为行雨。朝朝暮暮,阳台之下。"(《文选》卷十九·赋癸)巫峡,见上官仪《八咏应制二首(其一)》注[11]。

[6]故:故意。

断人肠:谓使人极度思念而悲痛。

韩 琮

【作者简介】

韩琮,字成封(一作代封),长庆四年(824)进士及第。初为陈许节度判官,后累迁中书舍人。大中十二年(858)为湖南观察使,湖南军乱,为都将石载顺等所逐。《新唐书·艺文志四》著录其诗一卷。事见《新唐书·宣宗纪》《唐诗纪事》卷五十八、《唐才子传》卷六。

牡 丹[1]

残花何处藏,尽在牡丹房。
嫩蕊包金粉,重葩结绣囊[2]。
云凝巫峡梦[3],帘闭景阳妆[4]。
应恨年华促,迟迟待日长。

（《全唐诗》卷五百六十五,中华书局点校本,1960 年 4 月第 1 版,第 6548 页）

【注 释】

[1]此诗一作《咏牡丹未开者》。
[2]巫峡梦:用〔战国·楚〕宋玉《神女赋》《高唐赋》所写之楚王梦遇巫山神女事。峡,一作山。
[3]葩:花。
[4]闭:一作开。景阳妆:《南史·后妃上·武穆裴皇后传》:"宫内深隐,不闻端门鼓漏声,置钟于景阳楼上,应五鼓及三鼓。宫人闻钟声,早起庄饰。"(《南史》卷十一·列传第一)

张又新

【作者简介】

张又新,字孔昭,工部侍郎张荐之子。初应"宏辞"第一,又为京兆解头,元和九年(814),状元及第,时号为张三头。在三次大考中都得第一名,即"解元"、"会元"、"状元",谓之"连中三元"。历左右补阙、广陵从事。谄事宰相李逢吉,名在"八关十六子"之目。逢吉领山南节度,表为司马。逢吉败,坐贬江州刺史。后附李训,迁刑部郎中。训死,复贬申州刺史。终左司郎。著有《煎茶水记》一卷,是继陆羽《茶经》之后我国又一部重要的茶道研究著作。并善写诗文,有诗十七首。

赠广陵妓[1]

云雨分飞二十年,当时求梦不曾眠[2]。
今来头白重相见,还上襄王玳瑁筵[3]。

(《全唐诗》卷四百七十九,中华书局点校本,1960年4月第1版,第5452页)

【注　释】

[1]李绅出镇淮南,张又新罢江南郡,于荆溪遇风,二子漂没,悲戚之中,又惧李绅的到来,便给李绅写了一封长信深表愧悔之情。李绅在回信中表示不计前嫌,并对他的不幸深为同情。李绅待张又新甚厚,有如旧交,每宴饮必醉。张又新为广陵从事时,曾与李绅府中一歌伎有旧;二十年后重又相见,二人神情悒然,如将涕下,趁李绅入内更衣,张又新以指染酒,题诗于盘上。伎默记心中。李绅既至,见张又新持杯不乐,即命歌伎以送酒。于是歌伎唱道:"云雨分飞二十年,当时求梦不曾眠。今来头白重相见,还上襄王玳瑁筵。"正是张又新于盘中的题诗。待张又新归时,李绅便令张携伎而去。广陵:郡名,即扬州。

〔2〕"云雨"二句:用楚王与巫山神女梦中相会事。见杜甫《咏怀古迹五首(其二)》注〔5〕。

〔3〕襄王:楚襄王。〔战国·楚〕宋玉《神女赋》:"楚襄王与宋玉游于云梦之浦,使玉赋高唐之事。其夜玉寝,果梦与神女遇,其状甚丽。"(《文选》卷十九·赋癸)

玳瑁筵:一作瑇瑁筵。谓豪华、珍贵的宴席。唐太宗《帝京篇》之九:"罗绮昭阳殿,芬芳玳瑁筵。"(《全唐诗》卷一)

李 涉

【作者简介】

　　李涉,字不详,自号清溪子,洛(今河南洛阳)人。早岁客梁园,逢兵乱,避地南方,与弟李渤同隐庐山香炉峰下。后出山作幕僚。宪宗时,曾任太子通事舍人。不久,贬为峡州(今湖北宜昌)司仓参军,在峡中蹭蹬十年,遇赦放还,复归洛阳,隐于少室。文宗大和(827—835)中,任国子博士,世称"李博士"。著有《李涉诗》一卷。存词六首。

竹枝词

一

荆门滩急水潺潺,两岸猿啼烟满山[1]。
渡头少年应官去,月落西陵望不还[2]。

二

巫峡云开神女祠[3],绿潭红树影参差。
不牢戍口初相问,无义滩头剩别离[4]。

三

石壁千重树万重,白云斜掩碧芙蓉[5]。
昭君溪上年年月,偏照婵娟色最浓[6]。

四

十二峰头月欲低,空聆滩上子规啼[7]。
孤舟一夜东归客,泣向东风忆建溪[8]。

五

十二山晴花尽开,楚宫双阙对阳台[9]。

细腰争舞君沉醉,白日秦兵天下来[10]。

(《全唐诗》卷四百七十七,中华书局点校本,1960 年 4 月第 1 版,第 5249、5439 页)

【注　释】

[1]荆门:山名。在今湖北省宜都县西北,长江南岸,隔江和虎牙山相对。江水湍急,形势险峻。古为巴蜀荆吴之间要塞。潺潺:水流的样子。〔三国·魏〕曹丕《丹霞蔽日行》:"谷水潺潺,木落翩翩。"(《魏文帝集》卷六)两岸猿啼:指峡谷两岸猿的啼叫声。古代巫峡两岸多猿。见阎立本《巫山高》注[8]。

[2]渡头:犹渡口。过河的地方。〔南朝·梁〕简文帝《乌栖曲》之一:"采连渡头碍黄河,郎今欲渡畏风波。"(《乐府诗集》卷四十八·清商曲辞五)西陵:西陵峡,长江三峡之一。在宜昌市西北。

[3]巫峡:见上官仪《八咏应制二首(其一)》注[11]。神女祠:指巫山神女祠。

[4]不牢戍:《乐府诗集》作"下牢戍"。当指下牢关,其旧址在今湖北宜昌市西。无义滩:在黄陵庙附近,下距宜昌市约 80 公里,为乱石堆积而成,又名如意滩。

[5]碧芙蓉:形容山色如碧绿色的芙蓉花。

[6]昭君溪:香溪。在秭归县的香溪镇流入长江。因为王昭君生长于这里,所以又称"昭君溪"。婵娟:指美女。此指生长在香溪河畔的王昭君。

[7]十二峰:巫山十二峰。见乔知之《巫山高》注[2]。空聆滩:今名崆岭滩,在秭归县东南四十里。子规:杜鹃鸟的别名。传说为蜀帝杜宇的魂魄所化。常夜鸣,声音凄切,故借以抒悲苦哀怨之情。〔唐〕杜甫《子规》:"两边山木合,终日子规啼。"(《全唐诗》卷二百二十九)

[8]建溪:在福建建瓯县,以产名茶著称。一称闽江为建江或建溪,建溪山水素以清幽著称。

[9]十二山:巫山十二峰。见乔知之《巫山高》注[2]。楚宫:指古楚国的宫殿。阳台:台观名,在巫山。〔战国·楚〕宋玉《高唐赋》记楚王与巫山神女梦中相会于阳台事。故阳台也喻指男女欢会之所。

[10]"细腰"句:细腰,指楚宫中有着纤细腰身的美女。《韩非子》:"楚灵王好细腰,而国中多饿人。"(《韩非子》二柄第七)〔南朝·陈〕徐陵《〈玉台新咏〉序》:"楚王宫内无不推其细腰。"此句说:楚宫美女争着在楚王面前跳舞,君王沉浸其中,因此秦兵入境而来(并最终把楚国消灭了)。

寄荆娘写真[1]

章华台南莎草齐[2],长河柳色连金堤[3]。
青楼曈昽曙光蚤[4],梨花满巷莺新啼[5]。
章台玉颜年十六[6],小来能唱西梁曲[7]。
教坊大使久知名[8],郢上词人歌不足[9]。
少年才子心相许,夜夜高堂梦云雨[10]。
五铢香帔结同心[11],三寸红笺替传语[12]。
缘池并戏双鸳鸯,田田翠叶红莲香[13]。
百年恩爱两相许,一夕不见生愁肠。
上清仙女征游伴,欲从湘灵住河汉[14]。
只愁陵谷变人寰,空叹桑田归海岸[15]。
愿分精魄定形影[16],永似银壶挂金井[17]。
召得丹青绝世工,写真与身真相同。
忽然相对两不语,疑是妆成来镜中[18]。
岂期人愿天不违,云輧却驻从山归[19]。
画图封里寄箱箧[20],洞房艳艳生光辉。
良人翻作东飞翼[21],却遣江头问消息。
经年不得一封书,翠幕云屏绕空壁[22]。
结客有少年,名总身姓江[23]。
征帆三千里,前月发豫章[24]。
知我别时言,识我马上郎[25]。
恨无羽翼飞,使我徒怨沧波长[26]。
开箧取画图,寄我形影与客将[27]。
如今憔悴不相似,恐君重见生悲伤。
苍梧九疑在何处,斑斑竹泪连潇湘[28]。

（《全唐诗》卷四百七十七，中华书局点校本，1960年4月第1版，第5424—5425页）

【注　释】

[1]荆娘：从诗的内容来看，当是唐代有名的歌妓，生平待考。这首诗借写真描写了章台荆娘的生活，通过唐朝妓女的可悲身世，从侧面反映了当时人民的生活。从诗句来看，写真在晚唐似较盛行。

[2]章华台：春秋楚灵王造。在今湖北监利县西北。《左传》昭公七年：“楚子成章华之台，愿与诸侯落之。”代指荆娘所居之地。莎草，即香附子，多年生草本，夏季开花。“莎草齐”，点明芳草鲜美的春季。

[3]金堤：本指修筑得很坚固的江河堤塘。此指柳色金黄的堤岸。

[4]青楼：本泛指豪华精致的楼房。唐时多指妓院。〔唐〕李白《在水军宴韦司马楼船观妓》：“对舞青楼妓，双鬟白玉童。”（《全唐诗》卷一百七十九）〔唐〕杜牧《遣怀》：“十年一觉扬州梦，赢得青楼薄幸名。”（《全唐诗》卷五百二十四）此诗章华台与青楼，都是指妓女所居之处。曈昽：太阳初出渐明的光景。蚤：同“早”。

[5]以上四句用芳草、金柳、梨花、莺啼等春日艳丽的景色来烘托青楼妓女荆娘的姿容之美。

[6]章台：汉长安中繁华的街名。后来每借称妓院所在。玉颜：美好如玉的容颜。形容荆娘之貌美。《玉台新咏》卷九《东飞伯劳歌》：“女儿年几十五六，窈窕无双颜如玉。”盖是此诗之所本。

[7]西梁曲：唐教坊中西凉传来的《凉州》一类的流行歌曲。唐宋人多以“凉州”为“梁州”，词牌有《梁州令》。言荆娘小时能唱唐代流行的西凉歌曲。

[8]教坊：唐代掌管女乐的官署名。大使：似指教坊领班头目。

[9]郢：春秋楚国的都城。在今湖北江陵西北。此句是说：楚地的诗人对荆娘写诗作歌赞美不已。

[10]楚云雨：借楚襄王梦游高堂与巫山神女相会的故事（见宋玉《高唐赋》《神女赋》），写男女的恋情。

[11]五铢：汉代古铜币名。钱重五铢，上有“五铢”二篆字，故云。此处“五铢”，似指“香帔”上的古色古香的图案。结同心：用锦带一类打成的连环回文式的结子，用做男女相爱的象征。此指用“香帔”打成的同心结。

[12]红笺：一种精美的小幅红纸，用作名片，请柬或题诗词。唐时妓女所居之地，红笺名纸，传递其中，时人谓之风流韵事。

[13]“绿池”二句：两句写男女幸福的爱情生活，如鸳鸯相戏于莲池之中。

[14]上清：相传为神仙居处。湘灵：湘水之神。河汉：银河。此指仙河。古

461

人讳言死,说是被上清之仙女请去作伴,从湘水之神去居住了。

[15]陵谷:《诗·小雅·十月之交》:"高岸为谷,深谷为陵。"用以比喻世事变迁。桑田:沧海桑田,亦用以比喻世事变迁之大。以上四句借喻情侣的死别与生离。

[16]定形影:指画像,即写真。

[17]此句含有永不分离之意。

[18]此句似含镜中之花的虚幻感。

[19]三辁:传说中神仙所乘之车。此言荆娘好似从仙山归来了。

[20]箧:小箱子。

[21]良人:古时妇女称丈夫。《孟子·离娄下》:"齐人有一妻一妾而处室者,其良人出,则必餍酒食而返。"东飞翼:《玉台新咏》卷九《东飞伯劳歌》:"东飞伯劳西飞燕。"此句之"东飞翼"即"东飞伯劳",喻离去的良人。

[22]此言独守空房。

[23]江总:南朝陈济阳考城(在今河南省兰考县)人。历仕梁、陈、隋三朝。其在南朝陈时,为陈后主所宠信,官至尚书令。在官不理政事,日与后主及陈喧、孔范等人游宴后庭,写作多为艳诗,号为狎客。此喻风流才子。

[24]豫章:古郡名,辖境相当今江西省地。发豫章:古乐府有《豫章行》,乃伤离别之作。此诗隐含其意。

[25]"知我"二句:知,使人知道。识,同"志",记住。句意为:叫"马上郎"知道我离别的言语,并记在心上。

[26]"恨"二句:古诗:"愿为双黄鹄,送子俱远飞。"(《文选》卷二十九·诗己)此用其意。言不得"送子俱远飞"。只能望水兴叹,"徒怨沧波长"。

[27]将:送。《诗·召南·鹊巢》:"百两将之。"与客将,即将画真送与客。

[28]苍梧九疑:山名,相传为舜所葬处。在苍梧郡,唐时为封州、梧州。《述异记》云:"舜南巡,葬于苍梧,尧二女娥皇、女英泪下沾竹,文悉为之斑。"此极言其伤心,斑竹似泪痕,潇湘似泪水。

遇湖州妓宋态宜二首[1](其一)

曾识云仙至小时,芙蓉头上绾青丝。
当时惊觉高唐梦[2],唯有如今宋玉知[3]。

(《全唐诗》卷四百七十七,中华书局点校本,1960年4月第1版,第5433页)

【注　释】

〔1〕湖州,即今浙江湖州市。《唐诗纪事》卷四十六《李涉》:"涉至扬州,一女子拜且泣,问之,曰:'宋态也,故吴兴刘员外之爱姬。'刘李有昔年之分,涉因赠诗曰'长忆云仙至小时……'。"

〔2〕高唐梦:〔战国·楚〕宋玉《高唐赋》:"昔者先王尝游高唐,怠而昼寝,梦见一妇人曰:'妾,巫山之女也。为高唐之客。闻君游高唐,愿荐枕席。'王因幸之。去而辞曰:'妾在巫山之阳,高丘之阻,旦为朝云,暮为行雨。朝朝暮暮,阳台之下。'"(《文选》卷十九·赋癸)

〔3〕〔战国·楚〕宋玉《神女赋》:"楚襄王与宋玉游于云梦之浦,使玉赋高唐之事。其夜玉寝,果梦与神女遇,其状甚丽。王异之。明日以白玉。"(《文选》卷十九·赋癸)

岳阳别张祜[1]

十年蹭蹬为逐臣,鬓毛白尽巴江春[2]。

鹿鸣猿啸虽寂寞,水蛟山魅多精神[3]。

山疟困中闻有赦,死灰不望光阴借。

半夜州符唤牧童,虚教衰病生惊怕。

巫峡洞庭千里余,蛮陬水国何亲疏[4]。

由来真宰不宰我,徒劳叹者怀吹嘘[5]。

霸桥昔与张生别,万变桑田何处说[6]。

龙蛇纵在没泥涂,长衢却为驽骀设[7]。

爱君气坚风骨峭,文章真把江淹笑[8]。

洛下诸生惧刺先,乌鸢不得齐鹰鹞[9]。

岳阳西南湖上寺,水阁松房遍文字。

新钉张生一首诗,自馀吟著皆无味[10]。

策马前途须努力,莫学龙钟虚叹息[11]。

(《全唐诗》卷四百七十七,中华书局点
校本,1960 年 4 月第 1 版,第 5427 页)

【注　释】

［1］本诗约作于元和十五年（820）。岳阳：郡名，治今湖南岳阳。张祜：见本书《遂蜀客》作者简介。

［2］蹭蹬：困顿失意。

逐臣：指被贬为峡州司仓参军。

巴江：指今渝东、鄂西一段长江。

［3］鹿鸣：鹿鸣叫。《诗·小雅·鹿鸣》："呦呦鹿鸣，食野之苹。"

猿啸：猿的啼叫声。古代巫峡两岸多猿。见阎立本《巫山高》注［8］。

水蛟山魅：水中的蛟龙以及山上的神怪。

［4］巫峡洞庭千里余：谓巫峡和洞庭湖间隔千里远，此为泛指。

蛮陬（zōu）：指南方边远地区少数民族聚居处。

［5］由来：从来。

真宰：老天爷，宇宙的主宰。《庄子·齐物论》："若有真宰，而特不得其眹。"

吹嘘：吹枯嘘生。

［6］霸桥：灞桥，在长安之东，始建于汉。汉唐时送客多到此桥作别。《三辅黄图·桥》："霸桥在长安城东。跨水作桥。汉人送客至此桥，折柳赠别。王莽时，霸桥灾，数千人以水沃救不灭，更霸桥为长存桥。"

万变桑田：指桑田沧海的不断变化。

［7］驽骀：指劣马。《楚辞·九辩》："却骐骥而不乘兮，策驽骀而取路。"此处喻指才能低劣者。

［8］江淹：南朝梁文学家。

［9］洛下：洛阳。

刺先：先行投名刺拜谒。

乌鸢：乌鸦、老鹰，以腐肉、蛇鼠等为食。

鹰鹯：鹰和鹯，泛指猛禽。《文选·宋玉〈高唐赋〉》："雕鹗鹰鹯，飞扬伏窜。"（《文选》卷十九·赋癸）

［10］张生：指张祜。

［11］龙钟：失意或衰老的样子。〔唐〕沈佺期《答魑魅代书寄家人》："龙钟辞北阙，蹭蹬守南荒。"（《全唐诗》卷九十七）

鲍 溶

【作者简介】

　　鲍溶,字德源,自称"楚客",或为楚人;又称"少小见太平",疑生于代宗大历初。初隐江南山中,宪宗元和四年(809)登进士第,时已过"壮岁"。元和末,卧病淮南,约其时或稍后卒。与李益、孟郊、韩愈、李正封等友善,其诗多旅思自伤之作,尤善古诗乐府。《新唐书》著录"《鲍溶集》五卷",今存诗六卷。《全唐诗》编为三卷。事迹见《唐诗纪事》卷四十一、《唐才子传》卷六等。

章华宫行[1]

烟渚南鸿呼晓群,章华宫娥怨行云[2]。
十二巫峰仰天绿[3],金车何处邀云宿[4]。
小腰矮堕三千人[5],宫衣水碧颜青春。
岂无一人似神女[6],忍使黛蛾常不伸[7]。
黛蛾不伸犹自可,春朝诸处门常锁[8]。

　　　　　　　　　　(《全唐诗》卷四百八十五,中华书局点
　　　　　　　　　　校本,1960年4月第1版,第5507页)

【注　释】

　　[1]章华宫:章华台,春秋时楚灵王造,故址在今湖北监利县西北。
　　[2]行云:朝云行雨,指巫山神女。〔战国·楚〕宋玉《高唐赋》称:楚怀王游高唐,梦见巫山女神说:"妾在巫山之阳、高丘之阻,旦为朝云,暮为行雨。"(《文选》卷十九·赋癸)
　　[3]十二巫峰:巫山十二峰。见乔知之《巫山高》注[2]。

[4]金车:饰金之车,帝王所乘。

[5]媕堕:同"媕婧",柔弱美好的样子。

[6]黛蛾:指宫娥。不伸:不舒,指不遂意。

[7]春朝:春天的早晨,此泛指春天。《礼记·保傅》:"天子春朝朝日,秋暮夕月,所以明有敬也。"(《经义述闻》卷十一·大戴礼记上)

巫山怀古[1]

十二峰峦斗翠微,石烟花雾犯容辉[2]。

青春楚女妒云老,白日神人入梦稀[3]。

银箭暗凋歌夜烛[4],珠泉频点舞时衣。

谁伤宋玉千年后,留得青山辨是非[5]。

(《全唐诗》卷四百八十六,中华书局点校本,1960年4月第1版,第5519页)

【注　释】

[1]巫山:在长江巫峡西端,有十二座山峰。见乔知之《巫山高》注[2]。故诗中云"十二峰"。

[2]翠微:指青翠的山色。犯:侵。

[3]云:为巫山神女所化。神人入梦:神人指巫山神女。〔战国·楚〕宋玉《高唐赋》称:楚襄王与宋玉游云梦台馆,望高唐,宋玉言怀王曾昼寝梦巫山神女来会,自称"旦为行云,暮为行雨"。

[4]银箭:铜壶滴漏中指示时刻的箭形装置。

[5]宋玉:战国楚国辞赋家,他在《高唐赋》中所写的巫山神女的神话,引起后人种种猜测。故诗云"谁伤宋玉千年后,留得青山辨是非"。

范真传侍御累有寄因奉酬十首[1](其九)

萋萋巫峡云[2],楚客莫留恩[3]。

岁久晋阳道[4],谁能向太原。

（《全唐诗》卷四百八十五，中华书局点校本，1960年4月第1版，第5515页）

【注　释】

[1]范传真：范传正兄，贞元末，历武功尉、宣州宁国令。

侍御：见齐己《送朱侍御自洛阳归阆州宁觐》注。

[2]萋萋：云行弥漫的样子。

巫峡云：巫山云雨，典出〔战国·楚〕宋玉《高唐赋》：“旦为朝云，暮为行雨。”

[3]楚客：本指屈原，此泛指客居他乡的人。详见齐己《送朱侍御自洛阳归阆州宁觐》注。

[4]晋阳道：古道名，在今山西省太原市。

李德裕

【作者简介】

　　李德裕（787—850），字文饶。赵郡赞皇（今属河北）人。晚唐名相。《新唐书·艺文志》著录有《会昌一品集》二十卷等。现存《会昌一品集》二十卷、别集》十卷、《外集》四卷。事见《旧唐书》卷一百七十四、《新唐书》卷一百八十本传。参见本书《平泉山居诫子孙记》的作者简介。

秋日美晴郡楼闲眺寄荆南张书记[1]

高槛凉风起，清川旭景开。

秋声向野去，爽气自山来。

霄外鸿初返，檐间燕已归[2]。

不因烟雨夕，何处梦阳台[3]。

（《全唐诗》卷四百七十五，中华书局点校本，1960 年 4 月第 1 版，第 5393 页）

【注　释】

　　[1]荆南：方镇名，治江陵，今属湖北。张书记：张次宗，张弘靖之子，大和中历佐段文昌淮南、荆南幕；开成中，李德裕引为考功员外郎、知制诰。书记，节度使佐吏。诗当作于大和四年（830）秋。

　　[2]鸿：大雁。

　　[3]梦阳台：相传楚王梦与巫山神女欢会，神女离开时自云"旦为朝云，暮为行雨。朝朝暮暮，阳台之下"。后因以"阳台"喻指男女欢会之所。

巫山石[1]

十二峰前月,三声猿夜愁[2]。
此中多怪石,日夕漱寒流。
必是归星渚,先求历斗牛[3]。
还疑烟雨霁,仿佛是嵩丘[4]。

(《全唐诗》卷四百七十五,中华书局点校本,1960年4月第1版,第5411页)

【注　释】

[1]巫山:见凌敬《巫山高》注[2]。

[2]十二峰:巫山十二峰。见乔知之《巫山高》注[2]。

三声猿:〔北魏〕郦道元《水经注·江水》:"其间首尾百六十里,谓之巫峡,盖因山为名也。……每至晴初霜旦,林寒涧肃,常有高猿长啸,属引凄异,空谷传响,哀转久绝。故渔者歌曰:'巴东三峡巫峡长,猿鸣三声泪沾裳!'"(《水经注》卷三十四)

[3]星渚:银河中的小洲。亦指银河。〔唐〕陆龟蒙《上云乐》:"便浮天汉泊星渚,回首笑君承露盘。"(《全唐诗》卷六百二十九)斗牛:星宿名。据《晋书·天文志上》,吴地、扬州当斗、牛之分野,时李德裕为淮南节度使,治扬州。原注:"扬州是斗、牛分。"

[4]霁:雨雪停止,天放晴。

嵩丘:嵩山。〔晋〕潘岳《怀旧赋》:"前瞻太室,傍眺嵩丘。"(《文选》卷十六·赋辛)

许 浑

【作者简介】

许浑(约788—约858),字用晦,一字仲晦,排行七。祖籍安陆(今属湖北),寓居丹阳(今属江苏),遂为丹阳人。高宗朝宰相许圉师六世孙。家道中落,苦学劳心。早岁曾漫游,北至燕赵,南至天台。大和六年(832)登进士第。于开成中授当涂尉,摄当涂令,移摄太平县令。会昌中,以监察御史为岭南从事,府罢,北归,仍为监察御史。大中三年(849)谢病东归,除润州司马。后历仕虞部员外郎,睦、郢二州刺史,享年七十余岁。大中四年在京口丁卯涧村舍自编诗集,收诗五百篇。《新唐书·艺文志)著录《丁卯集》二卷,《续古逸丛书》影印蜀本《许用晦文集》二卷、拾遗二卷。事迹略见胡宗愈《唐许用晦先生传)、辛文房《唐才子传》卷七、清刊《润州许氏宗谱》)。

神女祠[1]

停车祀圣女[2],凉叶下阴风。
龙气石床湿[3],鸟声山庙空。
长眉留桂缘,丹脸寄莲红。
莫学阳台畔,朝云暮雨中[4]。

(《全唐诗》卷五百二十八,中华书局点校本,1960年4月第1版,第6042页)

【注　释】

[1]神女祠:巫山神女祠。

[2]祀:祭祀。圣女:女神。

[3]石床:石制之床。

[4]"莫学"句:用楚王与巫山神女在阳台相会事。〔战国·楚〕宋玉《高唐赋》:"昔者先王尝游高唐,怠而昼寝,梦见一妇人曰:'妾,巫山之女也。为高唐之客。闻君游高唐,愿荐枕席。'王因幸之。去而辞曰:'妾在巫山之阳,高丘之阻,旦为朝云,暮为行雨。朝朝暮暮,阳台之下。'旦朝视之,如言。故为立庙,号曰'朝云'。"(《文选》卷十九·赋癸)

舟行早发庐陵郡郭寄滕郎中[1]

楚客停桡太守知,露凝丹叶自秋悲[2]。
蟹螯只恐相如渴[3],鲈鲙应防曼倩饥[4]。
风卷曙云飘角远[5],雨昏寒浪挂帆迟。
离心更羡高斋夕,巫峡花深醉玉卮[6]。

（《全唐诗》卷五百三十六,中华书局点校本,1960年4月第1版,第6117页）

【注　释】

[1]庐陵:唐郡名,即吉州,治所在今江西省吉安市。滕郎中:滕迈,会昌年间任吉州刺史。郎中,官名。始于战国,秦汉沿置,掌管门户、车骑等事;内充侍卫,外从作战。另尚书台设郎中司诏策文书。晋武帝置尚书诸曹郎中,郎中为尚书曹司之长。隋唐迄清,各部皆设郎中,分掌各司事务,为尚书、侍郎之下的高级官员,清末始废。

[2]停桡:停船。桡,船桨。秋悲:用〔战国·楚〕宋玉《九辩》悲秋之意。

[3]蟹螯:〔晋〕毕卓自称一手持蟹螯,一手持酒杯,便足了一生。见《世说新语·任诞》。相如渴:相如,司马相如;渴,消渴,即糖尿病。《西京杂记》:"相如素有消渴疾,及还成都,悦文君之色,遂发痼疾,乃作《美人赋》以自刺。"(〔东晋〕葛洪《西京杂记》卷二)

[4]鲈鲙:亦作"鲈脍"。〔南朝·宋〕刘义庆《世说新语·识鉴》:"张季鹰辟齐王东曹掾,在洛,见秋风起,因思吴中菰菜羹、鲈鱼脍,曰:'人生贵得适意尔,何能羁宦数千里以要名爵?'遂命驾便归。俄而齐王败,时人皆谓为见机。"后因以"鲈鱼脍"为思乡赋归之典。〔唐〕王维《送从弟蕃游淮南》:"归来见天子,拜爵赐黄金。忽思鲈鱼脍,复有沧洲心。"(《全唐诗》卷一百二十五)曼倩饥:曼倩,东方

诗歌部

471

朔之字。《汉书·东方朔传》："侏儒饱欲死,臣朔饥欲死。"

[5]角:角声。

[6]高斋:高雅的书斋。常用作对他人屋舍的敬称。〔唐〕孟浩然《宴张别驾新斋》:"高斋征学问,虚薄滥先登。"(《全唐诗》卷一百六十)巫峡花深:指离席上有美丽的歌伎侑酒。用巫山神女事。巫峡,见上官仪《八咏应制二首(其一)》注[11]。卮:古代盛酒的器皿。玉卮:酒杯的美称。

放　猿

殷勤解金锁,昨夜雨凄凄。
山浅忆巫峡,水寒思建溪[1]。
远寻红树宿,深向白云啼。
好觅来时路,烟萝莫共迷[2]。

（《全唐诗》卷五百二十九,中华书局点
校本,1960 年 4 月第 1 版,第 6050 页）

【注　释】

[1]巫峡:见上官仪《八咏应制二首(其一)》注[11]。建溪:闽江北源,在福建省北部。

[2]烟萝:烟岚中的女萝。《楚辞·九歌·山鬼》:"若有人兮山之阿,被薜荔兮带女萝。……雷填填兮雨冥冥,猿啾啾兮狖夜鸣。"

卢山人自巴蜀由湘潭归茅山因赠[1]

太乙灵方炼紫荷,紫荷飞尽发幡幡[2]。
猿啼巫峡晓云薄,雁宿洞庭秋月多[3]。
导引岂如桃叶舞[4],步虚宁比竹枝歌[5]。
华阳旧隐莫归去[6],水没芝田生绿莎[7]。

（《全唐诗》卷五百三十五,中华书局点
校本,1960 年 4 月第 1 版,第 6105 页）

［1］湘潭:指潭州,今湖南长沙市。

茅山:山名。在江苏省句容县东南。原名句曲山。相传有汉代茅盈与弟衷固采药修道于此,因改名茅山。

［2］太乙灵方:指道教炼精化气的秘方。

炼紫荷:道教炼精化气的一种功法。紫荷,即紫河,为“紫河车”之省称,这是道教认为“紫金丹成”时的高级阶段循环功法。《西山会真记》:“纯阴下降,真水自来;纯阳上升,真火自起。一升一沉,相见于十二楼前,颗颗还丹,而出金光万道,为紫河车也。”

紫荷飞尽:谓炼丹不成。

皤皤(pó):头发斑白的样子。

［3］猿啼巫峡:巫峡,见上官仪《八咏应制二首(其一)》注［11］。巫峡两岸古代多猿。〔北魏〕郦道元《水经注·江水》:“故渔者歌曰:‘巴东三峡巫峡长,猿鸣三声泪沾裳。’”(《水经注》卷三十四)

［4］导引:导气和引体,道教内丹修炼的内容之一。

桃叶:歌名。《古今乐录》:“《桃叶歌》者,晋王子敬(献之)所作。桃叶,子敬妾名,缘于笃爱,所以歌之。”

［5］步虚:道家乐曲,备言众仙飘渺轻举之美。

竹枝歌:巴渝间民歌。

［6］华阳:江苏句容县东南大茅峰下有华阳洞。

［7］芝田:传说中仙人种芝草之田。《十洲记》:“钟山在北海,仙家数千万,耕田种芝草。”

李 播

【作者简介】

李播(789—?),字子烈,郡望赵郡(今河北赵县)。元和间进士及第,授校书郎,又为大理评事。开成初迁金部员外郎,三年(838)调任蕲州刺史。会昌初入为比部郎中,五年(845)至大中初,为杭州刺史。与白居易、杜牧有交往。今存诗一首。事见《太平广记》卷二百六十一、《唐诗纪事》卷四十七、《唐尚书省郎官石柱题名考》卷十六等。

见美人闻琴不听

洛浦风流雪[1],阳台朝暮云[2]。
闻琴不肯听,似妒卓文君[3]。

(《全唐诗》卷七百七十三,中华书局点校本,1960年4月第1版,第8769页)

【注　释】

[1]洛浦:洛水水边,传说为洛神出没处。〔三国·魏〕曹植《洛神赋》:"余告之曰:'其形也,翩若惊鸿,婉若游龙,荣曜秋菊,华茂春松,仿佛兮若轻云之蔽月,飘飘兮若流风之回雪……'"(《曹子建集》卷三)

[2]阳台朝暮云:用巫山神女事。〔战国·楚〕宋玉《高唐赋》:"妾在巫山之阳,高丘之阻,旦为朝云,暮为行雨。朝朝暮暮,阳台之下。"

[3]卓文君:西汉美女,据《史记·司马相如列传》,"是时卓王孙有女文君新寡,好音,……司马相如以琴心挑之","文君夜亡奔相如"。(《史记》卷一百一十七)

李 贺

【作者简介】

李贺(790—816),字长吉,河南福昌(今河南宜阳)人。宪宗元和初,往来于洛阳、长安间,应试求仕。尝以诗谒韩愈,受赏识。因父名晋肃,争名者以犯父讳为由毁阻其应试,愈为之作《讳辨》,终不得举进士。后以"宗室子弟得官,任太常寺奉礼郎"。三年后,以病辞归,家居昌谷。元和八年(813)秋,北游入潞州依张彻,不得志;十年,南游吴、越一带。十一年(816)返回故里,寻卒。贺才名早著,与李益齐名,称"二李",长于乐府诗,与皇甫湜、沈亚之、杨敬之等人交善。杜牧《李长吉歌诗叙》称贺诗"二百三十三首",《新唐书·艺文志》著录《李贺集》五卷,后世刻本较多,评注本有吴正子注、刘辰翁评《李长吉歌诗》、王琦《李长吉歌诗汇解》等。事见李商隐《李长吉小传》《旧唐书》卷一百三十七、《新唐书》卷二百〇三本传。

巫山高[1]

碧丛丛[2],高插天,大江翻澜神曳烟[3]。
楚魂寻梦风飔然[4],晓风飞雨生苔钱[5]。
瑶姬一去一千年[6],丁香筇竹啼老猿[7]。
古祠近月蟾桂寒[8],椒花坠红湿云间[9]。

（《全唐诗》卷十七,中华书局点校本,1960 年 4 月第 1 版,第 166 页）

【注　释】

[1]《巫山高》:见凌敬《巫山高》注[1]。是以描写巫山风光为内容的乐府古题。在诗人笔下,古老的题目显出了新的风貌。巫山幽美的山光水色中,古老的传说和神话活跃起来,跟巫山的烟雨风月混成一体,增添了无限的神秘,强烈地吸

引着读者。在这诗里,还可以看出《楚辞》对于诗人艺术风格的影响。巫山:见凌敬《巫山高》注[2]。

[2]高:指巫山上林木丰茂。

[3]大江:指长江。《楚辞·九歌·湘君》:"望涔阳兮极浦,横大江兮扬灵。"

[4]楚魂寻梦:这里指楚怀王梦遇巫山神女的故事。另一说是楚襄王,见〔战国·楚〕宋玉《神女赋》:"楚襄王与宋玉游于云梦之浦,使玉赋高唐之事。其夜,王寝,果梦与神女遇。"(《梦溪补笔谈》卷一)

飔(sī):指疾风,这里作形容词用。

[5]苔钱:苔藓,苔点形圆如钱,故曰"苔钱"。〔南朝梁〕刘孝威《怨诗》:"丹庭斜草径,素壁点苔钱。"(《秦汉魏晋南北朝诗》梁诗卷十八)

[6]瑶姬:指巫山神女。《襄阳耆旧传》:"赤帝女曰瑶姬,未行(嫁)而卒,葬于巫山之阳(南),故曰巫山之女。楚怀王游于高唐,昼寝,梦见与神遇,自称是巫山之女。遂为置观于巫山之阳。"

[7]丁香:指紫丁香。筇竹:邛竹,一种实心疏节的竹,可制成手杖,产于古邛都国(今四川省西昌东南)因名邛竹。

[8]古祠:指巫山神女祠。陆游《入蜀记》:"过巫山凝真观,谒妙用真人祠。真人即世所谓巫山神女也。祠正对巫山,峰峦上入霄汉,山脚直插江中,议者谓太、华、衡、庐,皆无此奇。然十二峰者不可悉见,所见八九峰,惟神女峰最为纤丽奇峭,宜为仙真所托。祝史云:'每八月十五夜月明时,有丝竹之音,往来峰顶,山猿皆鸣,达旦方渐止。'"蟾桂:神话中月亮里的蟾蜍和丹桂,〔唐〕段成式《酉阳杂俎·天咫》:"或言月中蟾桂,地影也;空处,水影也。"(《酉阳杂俎》卷一·天咫)在这首诗中,是月亮的代称。此句诗的大意是:古老的神女祠紧挨月亮,浴着一片寒冷的月光。

[9]椒花坠红:椒花较小,且非红色,此指其红实(果实)。

神弦别曲[1]

巫山小女隔云别,春风松花山上发[2]。
绿盖独穿香径归,白马花竿前孑孑[3]。
蜀江风淡水如罗,堕兰谁泛相经过[4]。
南山桂树为君死,云衫浅污红脂花[5]。

(《全唐诗》卷三百九十三,中华书局点校本,1960年4月第1版,第4429页)

【注　释】

[1]李贺是善写鬼魅的诗人。集中以神话传说、鬼怪故事为题材的诗不少。以"神弦"为题的诗有三首,除这首《神弦别曲》外,另两首为《神弦曲》和《神弦》。"唐俗尚巫。肃宗朝……遣女巫乘传,分祷天下名山大川。巫皆美容盛饰,所至横恣赂遗,妄言祸福,海内崇之,而秦风尤甚。贺作三首以嘲之。"(姚文燮《昌谷集注》卷四)"《神弦》三首,皆学《九歌·山鬼》,而微伤于佻。然较之元明,又老成持重矣。神弦诗,皆讥淫祀,却篇篇佳。"(方扶南《李长吉诗集批注》卷四)《神弦曲》是乐府古题,属清商曲辞。《乐府诗集》卷四十七引《古今乐录》曰:"《神弦歌》十一曲,一曰《宿阿》,……十一曰《同生》。"〔清〕王琦按:"《神弦曲》者,乃祭祀神祇弦歌以娱神之曲也。此篇题《神弦别曲》,或言送神。"(《李长吉歌诗汇解》卷四)神弦,即"弦歌以娱神"之意。

[2]巫山小女:巫山神女。小谓年轻。

[3]绿盖:指神女的绿伞。

白马花竿:指神女的前驱乘着白马。举着花彩的旗竿。

孑孑:特出、独立的样子。《诗·鄘风·干旄》:"孑孑干旄,在浚之郊。"(《毛诗正义》卷三)

[4]蜀江:长江流经蜀地巫山,故称。

堕兰:巫山神女之香兰堕水。

谁:指巫山神女。

[5]云衫:指神女彩云般的衣衫。

污:沾染。

红脂花:丹桂花。桂花白者曰银桂,黄者曰金桂,红者曰丹桂。

477

刘得仁

【作者简介】

刘得仁,生卒年不详。公主之子。长庆中(821—824)即以诗名。自开成至大中,历文宗、武宗、宣宗三朝,昆弟皆以贵戚居显要,而得仁出入举场三十年,卒无所成,终身白衣。尝自伤:"外家虽是帝,当路且无亲。"(《读书志》)卒后,诗人悯其不幸,竞相哀吊。生平事迹见《唐摭言》《唐诗纪事》《唐才子传》。得仁长于五律,以苦吟著称,自言"刻骨搜新句,无人悯白衣"。(《陈情上知己》)其诗多为送别投赠,寺院题咏,林泉记游之作。《新唐书·艺文志》著录有诗集一卷。《全唐诗》编诗二卷。

听 歌[1]

朱槛满明月[2],美人歌落梅[3]。
忽惊尘起处,疑是有风来[4]。
一曲听初彻,几年愁暂开[5]。
东南正云雨,不得见阳台[6]。

(《全唐诗》卷五百四十四,中华书局点校本,1960年4月第1版,第6280页)

【注 释】

[1]一作于武陵诗(据《又玄集》卷中、《文苑英华》卷二百一十三),录于《全唐诗》卷五百九十五。一作于邺诗,录于《全唐诗》卷七百二十五。于武陵、于邺此诗皆题为《王将军宅夜听歌》。

[2]朱槛:红色栏杆。

[3]落梅:《落梅花》,笛中乐曲名。又名《梅花落》。〔唐〕李白《与史郎中钦

听黄鹤楼上吹笛》:"黄鹤楼中吹玉笛,江成五月落梅花。"(《全唐诗》卷一百八十二)

〔4〕尘起:指歌声动人。《艺文类聚》卷四十三引刘向《别录》:"汉兴以来,善雅歌者,鲁人虞公,发声清哀,盖动梁尘。"疑是有风来:于武陵、于邺诗作"疑有凤飞来"。

〔5〕初彻:初遍结束。彻,完。

暂开:突然散开。

〔6〕云雨、阳台:用楚王与巫山神女幽会事。〔战国·楚〕宋玉《高唐赋》:"妾在巫山之阳,高丘之阻,旦为朝云,暮为行雨。朝朝暮暮,阳台之下。"后因亦以阳台喻男女欢会之所。以云雨喻男女幽会。二句意为惜不得与之幽会。

张 祜

【作者简介】

张祜(约792—约853),字承吉,行三。唐代诗人,清河(今邢台清河)人。约792年出生在清河张氏望族,家世显赫,被人称作张公子,初寓姑苏(今江苏苏州),后至长安,长庆中令狐楚表荐之,不报。辟诸侯府,为元稹排挤,遂至淮南,爱丹阳曲阿地,隐居以终,卒于唐宣宗大中六年(853)。

送蜀客

楚客去岷江[1],西南指天末[2]。

平生不达意,万里船一发。

行行三峡夜[3],十二峰顶月[4]。

哀猿别曾林[5],忽忽声断咽。

嘉陵水初涨[6],岩岭耗积雪。

不妨高唐云,却藉宋玉说[7]。

峨眉远凝黛,脚底谷洞穴[8]。

锦城昼氤氲[9],锦水春活活[10]。

成都滞游地,酒客须醉杀。

莫恋卓家垆[11],相如已屑屑[12]。

(《全唐诗》卷五百一十,中华书局点校本,
1960年4月第1版,第5794—5795页)

【注　释】

[1]岷江:在今四川省中部源出岷山北,流入长江。

[2]天末:天之尽头。

[3]三峡:见张循之《巫山高》注[5]。

[4]十二峰:巫山十二峰。见乔知之《巫山高》注[2]。

[5]哀猿:猿的哀鸣声。古代巫峡两岸多猿。见阎立本《巫山高》注[8]。

[6]嘉陵水:嘉陵江,长江上游的一条支流。发源于秦岭北麓的宝鸡市凤县,因凤县境内的嘉陵谷而得名。西南流经陕西省汉中市略阳县,穿大巴山,至四川省广元市元坝区昭化镇接纳白龙江,南流经四川省南充市到重庆市注入长江。

[7]"不妨"二句:〔战国·楚〕宋玉作《高唐赋》《神女赋》记楚王与巫山神女梦中相会事。高唐:高唐观,在巫山。宋玉:战国楚人。与唐勒、景差皆好辞而以赋见称。见《史记·屈原贾生列传》。

[8]峨眉:山名。在四川峨眉西南,因山势逶迤,有山峰相对如蛾眉,故名。佛教称为光明山,道教称为"虚灵洞天"、"灵陵太妙天"。其脉自岷山绵延而来,突起为大峨、中峨、小峨三峰。顶部为玄武岩覆盖,有峨眉宝光、舍身崖、洗象池、龙门洞等。与浙江普陀山、安徽九华山、山西五台山并称为中国佛教四大名山。脚底谷洞穴:峨眉山有洞天石室,高七十六里。中峨眉山,在县东南二十里。有古穴,初才容人,行数里渐宽。故云。

[9]锦城:城名,锦官城。故址在今四川成都南。成都旧有大城、少城。少城古为掌织锦官员之官署,因称"锦官城"。后用做成都的别称。〔唐〕杜甫《春夜喜雨》:"晓看红湿处,花重锦官城。"(《全唐诗》卷二百二十六)氲氲:气盛的样子。

[10]锦水:锦江。岷江分支之一,在今四川成都平原。传说蜀人织锦濯其中则锦色鲜艳,濯于他水,则锦色暗淡,故称。《文选·左思〈蜀都赋〉》:"百室离房,机杼相和;贝锦斐成,濯色江波。"刘逵注引〔三国·蜀〕谯周《益州志》:"成都织锦既成,濯於江水,其文分明,胜于初成;他水濯之,不如江水也。"(《文选》卷四·赋乙)活活(guō):水流声。《诗·卫风·硕人》:"河水洋洋,北流活活。"

[11]卓家垆:《史记·司马相如列传》:"是时卓王孙有女文君新寡,好音,故相如缪与令相重,而以琴心挑之。相如之临邛,从车骑,雍容闲雅甚都;及饮卓氏,弄琴,文君窃从户窥之,心悦而好之,恐不得当也。既罢,相如乃使人重赐文君侍者通殷勤。文君夜亡奔相如……相如与俱之临邛,尽卖其车骑,买一酒舍酤酒,而令文君当炉。"(《史记》卷一百一十七·司马相如列传第五十七)

[12]相如:西汉大辞赋家司马相如(约前179—前127),字长卿,蜀郡(今四川省南充人)。代表作有《子虚赋》《上林赋》等。屑屑:介意的样子。

送李长史归涪州[1]

涪江江上客[2],岁晚却还乡。

暮过高唐雨,秋经巫峡霜[3]。
急滩船失次,叠嶂树无行[4]。
好为题新什[5],知君思不常。

(《全唐诗》卷五百一十,中华书局点
校本,1960 年 4 月第 1 版,第 5800 页)

【注　释】

[1]长史:刺史之副贰。

涪州:治所在今重庆市涪陵区。

[2]涪江:涪陵水,乌江的古称。为长江上游右岸支流,又称黔江。发源于贵
州省威宁县香炉山花鱼洞,流经黔北及渝东南,在重庆市涪陵区注入长江,干流全
长 1037 公里,乌江水系呈羽状分布,流域地势西南高,东北低,流域内喀斯特发
育。地形以高原、山原、中山及低山丘陵为主。由于地势高差大,切割强,自然景
观垂直变化明显。以流急、滩多、谷狭而闻名于世,号称"天险"。

[3]高唐:战国楚地名。〔战国·楚〕宋玉与楚王游于此,梦遇巫山神女,神女
自言其"旦为朝云,暮为行雨"。见宋玉《高唐赋》《神女赋》。巫峡:〔北魏〕郦道
元《水经注·江水》:"故渔者歌曰:'巴东三峡巫峡长,猿鸣三声泪沾裳。'"(《水
经注》卷三十四)

[4]失次:找不到停泊处。

叠嶂:一作迭嶂,重叠的山峰。这两句描写涪江(乌江)水路的艰险以及两岸
山峰的陡峭险峻。

[5]什:诗篇。

笙[1]

董双成一妙[2],历历韵风篁[3]。
清露鹤声远[4],碧云仙吹长。
气侵银项湿[5],膏胤漆瓢香[6]。
曲罢不知处,巫山空夕阳[7]。

(《全唐诗》卷五百一十,中华书局点
校本,1960 年 4 月第 1 版,第 5812 页)

【注 释】

[1]笙:管乐器名,一般用十三根长短不同的竹管制成,吹奏。

[2]董双成:相传为西王母侍女,能吹云和之笙。炼丹宅中,丹成得道,自吹玉笙,驾鹤成仙。《太平广记·卷三·神仙三·汉武帝》:"于坐上酒觞数遍,王母乃命诸侍女王子登弹八琅之璈,又命侍女董双成吹云和之笙,石公子击昆庭之金,许飞琼鼓震灵之簧,婉凌华拊五灵之石,范成君击湘阴之磬,段安香作九天之钧。于是众声澈朗,灵音骇空。"

[3]历历:象声词。〔唐〕曹唐《赠南岳冯处士》:"穿厨历历泉声细,绕屋悠悠树影斜。"(《全唐诗》卷六百四十)风篁:风吹竹林的声音。

[4]鹤声远:状笙声之清远,兼切董双成驾鹤升天。

[5]银项:似指箍在笙管上的金属圈。

[6]漆瓢:指瓢笙,笙斗以瓠瓢制成。《新唐书·南诏传》:"吹瓢笙,笙四管。"(《新唐书》卷二百二十二上)

[7]巫山:见凌敬《巫山高》注[2]。此处兼用楚王与巫山神女梦中幽会事。〔战国·楚〕宋玉《神女赋》《高唐赋》有载。

徐 凝

【作者简介】

徐凝,字不详,睦州人。唐分水柏山(今桐庐县分水镇柏山村)人。与施肩吾同里,日共吟咏。初游长安,因不愿炫耀才华,没有拜谒诸显贵,竟不成名。元和中官至侍郎。有诗一卷。

八月十五夜

皎皎秋空八月圆,常娥端正桂枝鲜[1]。
一年无似如今夜,十二峰前看不眠。

(《全唐诗》卷四百七十四,中华书局点校本,1960年4月第1版,第5378页)

【注　释】

[1]常娥:同"嫦娥"。《文选·谢庄〈月赋〉》:"引玄兔于帝台,集素娥于后庭。"〔唐〕李善注:"《淮南子》曰:'羿请不死之药于西王母,常娥窃而奔月。'"桂枝鲜:传说月中有桂树,故云。

[2]十二峰:巫山十二峰。见乔知之《巫山高》注[2]。这里应为泛指。

荆巫梦思[1]

楚水白波风袅袅[2],荆门暮色雨萧萧[3]。
相思合眼梦何处,十二峰高巴字遥[4]。

(《全唐诗》卷四百七十四,中华书局点校本,1960年4月第1版,第5380页)

【注　释】

[1]此诗写了楚水风波,荆门暮色,巫山形状,构思新颖,意境宏阔。

[2]楚水:泛指古楚地的江河湖泽。〔北周〕庾信《三月三日华林园马射赋》:"横弧于楚水之蛟,飞镞于吴亭之虎。"(《后周文》卷八)

袅袅:摇曳的样子,微风的吹拂。《楚辞·九歌·湘夫人》:"袅袅兮秋风,洞庭波兮木叶下。"

[3]荆门:现在宜昌市区下一段。

萧萧:形容下雨的声音。《楚辞·九怀·蓄英》:"秋风兮萧萧。"《史记·刺客列传》:"风萧萧易水寒。"〔唐〕杜甫《登高》:"无边落木萧萧下。"(《全唐诗》卷二百二十七)〔唐〕李商隐《明日》:"池阔雨萧萧。"(《全唐诗》卷五百三十九)

[4]十二峰:指巫山十二峰。见乔知之《巫山高》注[2]。

巴字遥:指巴东上下江路曲折如"巴"字形。

朱庆馀

【作者简介】

朱庆馀,名可久,以字行,排行大。越州(今浙江绍兴)人。受知于张籍,登宝历二年(826)进士第,授秘书省校书郎。曾客游边塞,仕途不甚得意。与张籍、贾岛、姚合、顾非熊、僧无可等交游。有《朱庆馀诗》一卷,今存诗二卷。事迹散见《唐诗纪事》卷四十六、《唐才子传》卷六等。

与庞复言携酒望洞庭[1]

南湖春色通平远,贪记诗情忘酒杯。
帆自巴陵山下过[2],雨从神女峡边来[3]。
青蒲映水疏还密[4],白鸟翻空去复回。
尽日与君同看望,了然胜见画屏开。

(《全唐诗》卷五百一十五,中华书局点校本,1960 年 4 月第 1 版,第 5885 页)

【注　释】
[1]洞庭:指洞庭湖。在湖南境,长二百里,广百里。
[2]巴陵山:在湖南岳阳县西南,洞庭湖畔。
[3]神女峡:巫峡。因峡有神女峰,故云。
[4]青蒲:蒲草,水生植物。嫩者可食,茎叶可供编织蒲席等物。〔唐〕王维《皇甫岳云溪杂题·鸬鹚堰》:"乍向红莲没,复出清蒲飏。"(《全唐诗》卷一百二十八)

杜 牧

【作者简介】

杜牧(803—853),字牧之。京兆万年(今陕西西安)人。少小博览群书,留意治乱兴亡之事。大和二年(828)登进士第,复举贤良方正直言极谏科,授弘文馆校书郎,旋为江西观察使沈传师幕吏,后随沈传师转为宣歙观察使幕。大和七年,为牛僧孺淮南节度推官、掌书记。入为监察御史,移疾分司东都。开成二年(837),复为宣歙观察使幕团练判官。迁左补阙、史馆修撰,转膳部、比部员外郎。会昌二年(842),出为黄州刺史,转池、睦二州。大中二年(848),入任司勋员外郎、史馆修撰,转吏部员外郎。四年秋,出为湖州刺史。次年,入为考功郎中,知制诰。六年,迁中书舍人,是年十二月卒(853),享年五十。杜牧刚直有奇节,不为龊龊小谨,敢论列大事,指陈病利尤切。其诗情致豪迈,人号为小杜。《新唐书·艺文志》著录其《樊川集》二十卷、注《孙子》二卷。今存《樊川文集》二十卷。后人辑有《外集》《别集》《补遗》等,多为他人诗误入。传附见《旧唐书》卷一百四十七、《新唐书》卷一百六十六《杜佑传》。

云

东西那有碍,出处岂虚心。
晓入洞庭阔,暮归巫峡深[1]。
渡江随鸟影,拥树隔猿吟[2]。
莫隐高唐去,枯苗待作霖[3]。

(《全唐诗》卷五百二十五,中华书局点校本,1960 年 4 月第 1 版,第 6012 页)

【注　释】

[1]巫峡:见上官仪《八咏应制二首(其一)》注[11]。

[2]猿吟:猿的吟叫声。古代巫峡两岸多猿。见阎立本《巫山高》注[8]。

[3]高唐:战国时楚国台观名,在云梦泽中。传说楚襄王游高唐,梦见巫山神女,幸之而去。〔战国·楚〕宋玉《高唐赋》:"昔者楚襄王与宋玉游于云梦之台,望高唐之观。"(《文选》卷十九·赋癸)作霖:《书·说命上》:"若济巨川,用汝作舟楫;若岁大旱,用汝作霖雨。"孔传:"霖,三日雨。霖以救旱。"(《尚书正义》卷十)原谓充做救旱之雨,后以指降甘霖或下雨。

488

段成式

【作者简介】

段成式(？—863)，字柯古。原籍齐州邹平(今山东邹平)，家于荆州。宰相段文昌之子。以荫为秘书省校书郎，会昌中宫至尚书郎，后出为吉州、处州、江州刺史，咸通时终太常少卿。成式博闻强识，多阅奇文秘籍。善诗文，与李商隐、温庭筠，俱以偶丽秾缛相夸，号"三十六"体。著有《酉阳杂俎》(今存)、《庐陵官下记》(已佚)。大中末退居襄阳时，与温庭筠等赋诗唱和，编为《汉上题襟集》(已佚)。《全唐诗》编其诗为一卷。事见《旧唐书》卷一百六十七、《新唐书》卷八十九本传，《唐诗纪事》卷五十三、五十七。

小小写真联句[1]

成式　郑符　张希复[2]

如生小小真[3]，犹自未栖尘[4]。
襦袂将离座[5]，斜柯欲近人[6]。
昔时知出众，情宠占横陈[7]。
不遣游张巷[8]，岂教窥宋邻[9]。
庾楼吹笛裂，弘阁赏歌新[10]。
蝉怯纤腰步[11]，蛾惊半额翰[12]。
图形谁有术[13]，买笑讵辞贫[14]。
复陇迷村径[15]，重泉隔汉津[16]。
同心知作羽[17]，比目定为鳞[18]。
残月巫山夕[19]，余霞洛浦晨[20]。

(《全唐诗》卷七百九十二，中华书局点校本，1960年4月第1版，第8921页)

【注　释】

[1]小小:指南朝齐时钱塘名歌妓苏小小。唐诗人李贺、温庭筠、罗隐等均有咏苏小小之诗。写真:摹画人物的肖像。联句:作诗方式之一。由两人或多人各成一句或几句,合而成篇。旧传始于汉武帝和诸臣合作的《柏梁诗》。〔南朝·梁〕刘勰《文心雕龙·明诗》:"回文所兴,则道原为始;联句共韵,则《柏梁》余制。"(《文心雕龙》明诗第六)

[2]郑符:字梦复。武宗会昌三年(843),官秘书省校书郎,与段成式、张希复联句唱和。事见《酉阳杂俎》续集卷五。张希复:字善继,深州陆泽(今河北深县)人。进士及第。武宗会昌三年(843)与段成式同官干秘书省。历河南府户曹、集贤校理、员外郎。存诗一首,又与段成式等联句若干。事见杜牧《唐故太子少师奇章郡开国公赠太尉牛公墓志铭并序》、段成式《酉阳杂俎》续集卷五、《旧唐书·张荐传》《太平广记》卷一百八十二。

[3]"如生"句:谓小小之写真生动逼真。

[4]"犹自"句:言画新如初。栖尘:落上灰尘。

[5]褕袂(yúmèi):疑当作揄袂,扬袖,引袖。《庄子·渔夫》:"有渔父者,下船而来,须眉交白,被发揄袂。"(《庄子》杂篇·渔父三十一)

[6]斜柯:斜侧身躯。《乐府诗集·相如歌辞十四·艳歌行》:"夫婿从门来,斜柯西北眄。"〔南朝·梁〕简文帝《遥望》:"散诞垂红帔,斜柯插玉簪。"(《秦汉魏晋南北朝诗》梁诗卷二十二)

[7]横陈:横卧。〔唐〕李商隐《北齐》之一:"小怜玉体横陈夜,已报周师入晋阳。"(《全唐诗》卷五百三十九)

[8]张巷:暗用张绪事。张绪,字思曼,南朝齐吴郡人。《南史·张绪传》载,张绪美风姿,清简寡欲,口不言利。齐武帝植蜀柳于灵和殿前,曾赞叹曰:"此杨柳风流可爱,似张绪当年时。"(《南史》卷三十一·列传第二十一)

[9]窥宋邻:用〔战国·楚〕宋玉《登徒子好色赋》所写东邻女子之美衬托小小之美丽。玉曰:"天下之佳人,莫若楚国。楚国之丽者莫若臣里。臣里之美者,莫若臣东家之子。东家之子,增之一分则太长,减之一分则太短。著粉则太白,施朱则太赤。眉如翠羽,肌如白雪,腰如束素,齿如含贝。嫣然一笑,惑阳城,迷下蔡。"(《文选》卷十九·赋癸)

[10]庾楼:庾公楼。据《世说新语·容止》载,晋庾亮为江荆豫州刺史时,治武昌,曾与僚吏殷浩、王胡之等登南楼赏月,谈咏竟夕。后因以"庾楼"作长官属吏宴集的典故。

弘阁:公孙弘开东阁以延贤人,见《汉书》本传。

［11］蝉:指蝉鬓,形容女子鬓发美好。〔晋〕崔豹《古今注》卷下《杂注》记魏文帝曹丕宫人莫琼树所梳发式,松薄缥缈如蝉翼,名蝉鬓。

纤腰:细腰。《韩非子》:"楚灵王好细腰,而国中多饿人。"(《韩非子》二柄第七)此形容小小之腰身纤细,步态优美。

［12］蛾:蛾眉。蚕蛾的触须弯曲而细长,故以比喻女子长而美的眉毛。

［13］图形:画像。

［14］"买笑"句:谓不惜千金买笑,极言小小之美,使人倾倒。买笑:谓愿以千金博美人一笑。《艺文类聚》卷五十七引崔骃《七依》:"回顾百万,一笑千金。"

［15］复陇:坟墓。

［16］重泉:犹九泉。旧指死者所归。〔南朝·梁〕江淹《杂体诗·效潘岳〈悼亡〉》:"美人归重泉,凄怆无终毕。"(《文选》卷三十一·诗庚)

汉津:指银河。亦特指十二星次中的"析木之津",在尾与南斗之间。此喻可望而不可即。

［17］"同心"句:谓愿作比翼鸟,结为恩爱。作羽:为鸟,即比翼鸟。

［18］"比目"句:以比目鱼比喻永不分离。比目,比目鱼,即鲽。鲽一目,须两两相并始能游行。《玉台新咏》卷一载〔三国·魏〕徐干《室思》:"故如比目鱼,今隔如参辰。"鳞,代指鱼。

［19］巫山:见凌敬《巫山高》注［2］。〔战国·楚〕宋玉《高唐赋》《神女赋》描写楚王与巫山神女欢会之事,后常用以咏妓女或美女。

［20］洛浦:洛水之滨。用〔三国·魏〕曹植《洛神赋》所写洛水女神宓妃比拟小小之美。

陈 陶

【作者简介】

陈陶(803?—879?),字嵩伯。文宗大和初南游,足迹遍及江南、岭南等地。宣宗大中年间,游学长安,举进士不第。后隐居于洪州(今江西南昌)西山,与蔡京、贯休往还。有《文录》十卷,已佚。事见《唐诗纪事》卷六十、《唐才子传》卷八。五代南唐时另有一陈陶,其事迹与诗多与此陈陶相混,见今人陶敏《陈陶考》(《中华文史论丛》1986年第一辑)。

巫山高[1]

玉峰青云十二枝[2],金母和云赐瑶姬[3]。
花宫磊砢楚宫外[4],列仙八面星斗垂[5]。
秀色无双怨三峡[6],春风几梦襄王猎[7]。
青鸾不在懒吹箫[8],斑竹题诗寄江妾[9]。
飘飖丝散巴子天[10],苔裳玉辔红霞幡[11]。
归时白帝掩青琐[12],琼枝草草遗湘烟[13]。

(《全唐诗》卷七百四十五,中华书局点校本,1960年4月第1版,第8474页)

【注 释】

[1]巫山高:乐府曲名,属汉铙歌。古词为游子思乡之诗。后多杂以阳台神女故事,无复思乡之意。详见凌敬《巫山高》注[1]。

[2]青云:一作翠耸。

十二枝:此指巫山十二峰。见乔知之《巫山高》注[2]。

[3]金母:西王母。

瑶姬:赤帝之女,葬于巫山之阳。即传说中的巫山神女。〔北魏〕郦道元《水经注·江水》:"郭景纯曰:丹山在丹阳,属巴。丹山西即巫山者也。又帝女居焉。宋玉所谓天帝之季女,名曰瑶姬,未行而亡,封于巫山之阳,精魂为草,实为灵芝。所谓巫山之女,高唐之阻。"(《水经注》卷三十四)

[4]磊砢:壮大的样子。《文选·王延寿〈鲁灵光殿赋〉》:"万楹丛倚,磊砢相扶。"李善注:"磊砢,壮大之貌。"(《文选》卷十一·赋己)

楚宫:古楚国的宫殿。

外:一作列。

[5]列仙:诸仙。《汉书·司马相如传下》:"相如以为列仙之儒居山泽间,形容甚臞,此非帝王之仙意也,乃遂奏《大人赋》。"(《汉书》卷五十七下·司马相如传第二十七下)一作仙客。

星斗:泛指天上的星星。《晋书·元帝纪论》:"驰章献号,高盖成阴,星斗呈祥,金陵表庆。"(《晋书》卷六·帝纪第六)

[6]三峡:见张循之《巫山高》注[5]。

[7]几梦襄王猎:襄王,楚襄王。〔战国·楚〕宋玉《神女赋》记襄王畋猎,与神女相遇事:"楚襄王与宋玉游于云梦之浦,使玉赋高唐之事。其夜玉寝,果梦与神女遇,其状甚丽。"(《文选》卷十九·赋癸)

[8]青鸾:指凤。传说秦穆公的女儿弄玉跟仙人萧史学吹箫,箫声可吸引凤凰飞来,后来弄玉与萧史随凤仙去。

[9]斑竹:一种茎上有紫褐色斑点的竹子,也叫湘妃竹。〔晋〕张华《博物志》卷八:"尧之二女,舜之二妃,曰湘夫人,帝崩,二妃啼,以涕挥竹,竹尽斑。"

[10]飘飖:飘荡、飞扬。〔汉〕边让《章华台赋》:"罗衣飘飖,组绮缤纷。"(《全后汉文》卷八十四)

巴子:爵号名,封地在今渝、鄂交界处。

[11]玉辔:精美的马缰绳。

幡:用竹竿等挑起来直着挂的长条形旗子。一作鲜。

[12]白帝:白帝城。在今重庆市奉节县。

青琐:宫门。白帝城有三国蜀永安宫。

[13]琼枝:传说中的玉树。《楚辞·离骚》:"溘吾游此春宫兮,折琼枝以继佩。"

遗:一作迷。

湘:此指湘水一带。

莲花妓

【作者简介】

　　莲花妓，豫章（今南昌）人。时陈陶隐居南昌西山，镇帅严宇遣妓往侍，陶不顾，遂求去，献诗一首。事迹见《唐诗纪事》卷六十。

献陈陶处士[1]

莲花为号玉为腮[2]，珍重尚书遣妾来[3]。
处士不生巫峡梦[4]，虚劳神女下阳台[5]。

　　　　　　（《全唐诗》卷八百〇二，中华书局点
校本，1960年4月第1版，第9033页）

【注　释】

　　[1]陈陶：字嵩伯。晚唐诗人。文宗大和初南游，足迹遍及江南、岭南等地。宣宗大中年间，游学长安，举进士不第。后隐居于洪州（今江西南昌）西山，与蔡京、贯休往还。《唐诗纪事》卷六十："严尚书宇镇豫章（古郡名，即今江西南昌市），遣小妓号莲花者，往西山侍陶，陶殊不顾。妓为诗曰：'莲花为号玉为腮，珍重尚书遣妾来。处上不生巫峡梦，虚劳神女下阳台。'陶答之曰：'近来诗思清于月……'。"

　　处士：古代称有德有才而隐居的人。

　　[2]玉为腮：形容脸色白嫩如玉。

　　[3]尚书：古代官名，这里代称严宇。

　　遣妾来：指严宇派她去西山侍奉陈陶一事。

　　[4]处士：此指隐居的陈陶。

　　巫峡梦：用〔战国·楚〕宋玉《高唐赋》所写楚王在梦中与巫山神女欢会之事。此指男女之情。巫峡，〔北魏〕郦道元《水经注·江水》："故渔者歌曰：'巴东三峡

巫峡长,猿鸣三声泪沾裳。'"(《水经注》卷三十四)

[5]虚劳:白费力气。

神女:指巫山神女。一作云雨。

阳台:台观名。传说为巫山神女的居处。见凌敬《巫山高》注[7]。后两句用巫山神女之典,借指"陈陶不要莲花妓侍奉,让莲花妓空往西山去了一趟"这件事情。

雍 陶

【作者简介】

雍陶(约805—?),字国钧,成都人,少贫。大和八年(834)陈宽榜进士及第。与王建、贾岛、姚合、殷尧藩等相唱和。大中六年(852)授国子毛诗博士,大中八年(854)出刺简州(今四川简阳县),后辞官归隐雅州(今四川雅安)卢山。有《雍陶诗集》十卷。今存诗一卷。事迹见《唐诗纪事》卷五十六、《唐才子传》卷七。

和河南白尹西池北新葺水斋招赏十二韵[1]

二室峰前水,三川府右亭[2]。
乱流深竹迳,分绕小花汀。
池角通泉脉,堂心豁地形。
坐中寒瑟瑟,床下细泠泠[3]。
雨夜思巫峡[4],秋朝想洞庭[5]。
千年孤镜碧,一片远天青。
鱼戏摇红尾,鸥闲退白翎[6]。
荷倾泻珠露,沙乱动金星。
藤架如纱帐,苔墙似锦屏[7]。
龙门人少到[8],仙棹自多停[9]。
游忆高僧伴,吟招野客听[10]。
余波不能惜,便欲养浮萍[11]。

(《全唐诗》卷五百一十八,中华书局点校本,1960年4月第1版,第5918页)

【注　释】

[1]本诗当作于大和五年(831),作者在洛阳。河南:河南府,治所在洛阳。白尹:白居易。葺:原指用茅草覆盖房子,后泛指修理房屋。《旧唐书·文宗纪》载,大和四年(830)十二月二十八日,白居易授河南尹。在任期间,屡游龙门。白居易另有《府西池北新葺水斋即事招宾偶题十六韵》诗,朱金城《白居易年谱》系于大和五年。雍陶亦在招邀之列,此诗亦当作于同时。白居易另有《池上篇》叙其居所风物之盛,闲隐之乐。

[2]二室:嵩山的太室山和少室山。

三川:秦郡名,相当于唐河南府,以黄河、洛水、伊水得名。

[3]瑟瑟:秋风声。〔汉〕刘桢《赠从弟》:"亭亭山上松,瑟瑟谷中风。"(《文选》卷二十三·诗丙)泠泠:形容声音非常清越。〔晋〕陆机《招隐诗》:"山溜何泠泠,飞泉漱鸣玉。"(《文选》卷二十二·诗乙)此处形容流水声。

[4]巫峡:见上官仪《八咏应制二首(其一)》注[11]。此处以巫峡的声势,喻雨夜西池的景况。

[5]"秋朝"句:《楚辞·九歌·湘夫人》:"袅袅兮秋风,洞庭波兮木叶下。"洞庭:洞庭湖,在湖南境内。

[6]欧闲:谓鸥鸟闲暇自在。形容隐退者的悠闲生活。

白翎:白色的羽毛。〔唐〕白居易《吴兴灵鹤赞》:"有鸟有鸟,从西北来。丹脑火缀,白翎雪开。"(《全唐文》卷六百七十七)

[7]锦屏:锦绣的屏风。〔唐〕李益《长干行》:"鸳鸯绿浦上,翡翠锦屏中。"(《乐府诗集》卷七十二·杂曲歌辞十二)

[8]龙门:山名,在洛阳。兼用李膺典。《后汉书·李膺传》:"膺独持风裁,以声名自高,士有被其容接者,名为登龙门。"(《后汉书》卷九十七·党锢列传第五十七)此处以李膺喻白居易,亦有以白招邀为荣之意。

[9]仙棹:本指仙船。实指《池上篇》所言在苏州所得之青板舫。亦暗用典故。《后汉书·郭泰传》:"郭泰字林宗……善谈论,美音制。乃游于洛阳。始见河南尹李膺,膺大奇之,遂相友善,于是名震京师。后归乡里,衣冠诸儒送至河上,车数千两。林宗唯与李膺同舟而济,众宾望之,以为神仙焉。"(《后汉书》卷九十八·郭符许列传第五十八)

[10]"游忆"二句:《新唐书·白居易传》:"(白居易)暮节惑浮屠道尤甚,至经月不食荤,称香山居士。尝与胡杲、吉旼、郑据、刘真、卢真、张浑、狄兼谟、卢贞燕集,皆高年不事者,人慕之,绘为《九老图》。"(《新唐书》卷一百一十九·列传第四十四)

　　[11]浮萍:浮生在水面上的一种草本植物。叶扁平,呈椭圆形或倒卵形,表面绿色,背面紫红色,叶下生须根,花白色。可入中药。〔晋〕刘伶《酒德颂》:"俯观万物扰扰,焉如江汉之载浮萍。"

李群玉

【作者简介】

李群玉(约811—861),字文山,澧州(今湖南澧县)人。出身寒微,以吟咏自适。好吹笙,善书翰,与杜牧、姚合、方干、李频、周朴、段成式、卢肇等为诗友,有唱酬。赴举不第,于大中八年,诣阙上表,自进诗三百篇,甚得宣宗赏识。裴休廉察湖南,厚延致之。及为相,与令狐绹共荐之,授弘文馆校书郎。《新唐书·艺文志》、《直斋书录解题》卷十九均载其有诗三卷。事见《唐诗纪事》卷五十四、《唐才子传》卷七。

送友人之峡[1]

东吴有赋客,愿识阳台仙[2]。
彩毫飞白云[3],不减郢中篇[4]。
楚水五月浪,轻舟入暮烟。
巫云多感梦,桂楫早回旋[5]。

(《全唐诗》卷五百六十八,中华书局点校本,1960年4月第1版,第6575页)

【注　释】

[1]原题"之"字下注:"此下一本有巫字。"

[2]阳台仙:指巫山神女。相传赤帝女瑶姬,未行而卒,葬于巫山之阳,故曰巫山神女。又〔战国·楚〕宋玉《高唐赋》:"妾在巫山之阳,高丘之阻,旦为朝云,暮为行雨。朝朝暮暮,阳台之下。"(《文选》卷十九·赋癸)阳台,见凌敬《巫山高》注[7]。

[3]彩毫:画笔、彩笔,亦指绚丽的文笔。〔唐〕温庭筠《塞寒行》:"彩毫一画

竟何荣,空使青楼泪成血。"(《全唐诗》卷五百七十五)这里喻富有文采。

[4]郢中篇:〔战国·楚〕宋玉《对楚王问》:"客有歌于郢中者,其始曰《下里》《巴人》,国中属而和者数千人;其为《阳阿》《薤露》,国中属而和者数百人;其为《阳春》《白雪》,国中属而和者不过数十人;引商刻羽,杂以流征,国中属而和者不过数人而已。是其曲弥高,其和弥寡。"(《新序》卷一·杂事第一)此指友人之作比《阳春》《白雪》毫不逊色。

[5]桂楫:桂木船桨,亦泛指桨。〔晋〕王嘉《拾遗记·前汉下》:"桂楫松舟,其犹重朴。"

送郑京昭之云安[1]

君吟高唐赋[2],路过巫山渚[3]。
莫令巫山下,幽梦惹云雨[4]。
往事几千年,芬菲今尚传。
空留荆王馆[5],岩嶂深苍然。
楚水五月浪,轻舟入苹烟。
送君扬楫去,愁绝郢城篇[6]。

(《全唐诗》卷五百六十八,中华书局点校本,1960年4月第1版,第6577页)

【注　释】

[1]郑京昭:未详。云安:县名,唐属夔州,故城在今重庆市云阳县东北。

[2]高唐赋:〔战国·楚〕宋玉作品《高唐赋》,记楚王与巫山神女梦中幽会之事。

[3]巫山:山名。在重庆、湖北边境。北与大巴山相连,形如"巫"字,故名。

[4]此句用巫山神女事,〔战国·楚〕宋玉《高唐赋》:"昔者先王尝游高唐,怠而昼寝,梦见一妇人曰:'妾,巫山之女也。为高唐之客。闻君游高唐,愿荐枕席。'王因幸之。去而辞曰:'妾在巫山之阳,高丘之阻,旦为朝云,暮为行雨。朝朝暮暮,阳台之下。'"(《文选》卷十九·赋癸)

[5]荆王馆:楚王馆。荆是楚的古称,这里指"高唐观",也作"高堂馆",在巫山上。

[6]郢城篇:这里引用了《庄子·杂篇·徐无鬼》所讲"郢人垩慢其鼻端若蝇

翼,使匠人斫之","尽垩而鼻不伤"的故事。庄子送葬,经过惠子的墓地,回过头来对跟随的人说:"郢地有个人让白垩泥涂抹了他自己的鼻尖,像蚊蝇的翅膀那样大小,让匠石用斧子砍削掉这一小白点。匠石挥动斧子呼呼作响,漫不经心地砍削白点,鼻尖上的白泥完全除去而鼻子却一点也没有受伤,郢地的人站在那里也若无其事不失常态。宋元君知道了这件事,召见匠石说:'你为我也这么试试。'匠石说:'我确实曾经能够砍削掉鼻尖上的小白点。虽然如此,我可以搭配的伙伴已经死去很久了。'自从惠子离开了人世,我没有可以匹敌的对手了!我没有可以与之论辩的对象了!"在这首诗中,诗人借郢人喻知己,说郑京昭扬楫而去后,他就没有知己了。

同郑相并歌姬小饮戏赠[1]

裙拖六幅湘江水,鬓耸巫山一段云[2]。
风格只应天上有,歌声岂合世间闻[3]。
胸前瑞雪灯斜照,眼底桃花酒半醺。
不是相如怜赋客,争教容易见文君[4]。

（《全唐诗》卷五百六十九,中华书局点校本,1960 年 4 月第 1 版,第 6602 页）

【注　释】

[1]郑相:疑为郑肃,字义敬,第进士。武宗时,以检笑尚书右仆射同中书门下平章事。宣宗即位,迁中书侍郎,罢为荆南节度使。此或为肃在荆南节度使时事。

[2]巫山:见凌敬《巫山高》注[2]。

[3]"风格"句:〔唐〕杜甫《赠花卿》:"此曲只应天上有,人间能得几回闻。"（《全唐诗》卷二百二十六）

[4]这一句以卓文君私奔司马相如之事来喻指歌妓对郑相的爱慕。司马相如(约前179—前127),西汉大辞赋家。字长卿,蜀郡(今四川省南充)人。代表作品为《子虚赋》。卓文君:汉代才女,西汉临邛(属今四川邛崃)人。貌美有才气,善鼓琴,家中富贵。她是汉临邛大富商卓王孙女,好音律,新寡家居。司马相如过饮于卓氏,以琴心挑之,文君夜奔相如,同驰归成都。事见《史记·司马相如列传》。

赠　人

曾留宋玉旧衣裳[1]，惹得巫山梦里香[2]。
云雨无情难管领，任他别嫁楚襄王[3]。

（《全唐诗》卷五百七十，中华书局点
校本，1960年4月第1版，第6612页）

【注　释】
[1]宋玉旧衣裳：楚王听信谗言，解除了宋玉的职务，使之沦为"无衣裳以御
冬"的寒士，事见《襄阳耆旧记》。
[2]巫山梦里香：用〔战国·楚〕宋玉《高唐赋》所记楚王与巫山神女梦中相会
事。见《送郑京昭之云安》注。
[3]这里指楚襄王与神女幽会之事。

宿巫山庙二首

寂寞高堂别楚君[1]，玉人天上逐行云[2]。
停舟十二峰峦下[3]，幽佩仙香半夜闻[4]。

庙闭春山晓月光，波声回合树苍苍。
自从一别襄王梦，云雨空飞巫峡长[5]。

（《全唐诗》卷五百七十，中华书局点
校本，1960年4月第1版，第6613页）

【注　释】
[1]高堂：高堂观，亦作"高唐观"。楚怀王与巫山神女幽会处。楚君：指楚
怀王。
[2]玉人：此指巫山神女。行云：用巫山神女之典。〔战国·楚〕宋玉《高唐
赋》："妾在巫山之阳，高丘之阻，旦为朝云，暮为行雨。朝朝暮暮，阳台之下。"
（《文选》卷十九·赋癸）

［3］十二峰峦：指巫山十二峰。见乔知之《巫山高》注［2］。

［4］幽佩：用幽兰连缀而成的佩饰。语本《楚辞·离骚》："扈江离与薜芷兮，纫秋兰以为佩。"

［5］襄王梦、云雨：皆用巫山神女事。〔战国·楚〕宋玉《高唐赋》：昔者楚襄王与宋玉游于云梦之台，望高唐之观，其上独有云气，崒兮直上，忽兮改容，须臾之间，变化无穷。王问玉曰："此何气也？"玉对曰："所谓朝云者也。"王曰："何谓朝云？"玉曰："昔者先王尝游高唐，怠而昼寝，梦见一妇人曰：'妾，巫山之女也。为高唐之客。闻君游高唐，愿荐枕席。'王因幸之。去而辞曰：'妾在巫山之阳，高丘之阻，旦为朝云，暮为行雨。朝朝暮暮，阳台之下。'旦朝视之，如言。故为立庙，号曰'朝云'。"（《文选》卷十九·赋癸）巫峡：见上官仪《八咏应制二首（其一）》注［11］。巫峡是长江三峡中最长的峡，故云"巫峡长"。

醉后赠冯姬

黄昏歌舞促琼筵[1]，银烛台西见小莲[2]。
二寸横波回慢水[3]，一双纤手语香弦。
桂形浅拂梁家黛[4]，瓜字初分碧玉年[5]。
愿托襄王云雨梦，阳台今夜降神仙[6]。

（《全唐诗》卷五百六十九，中华书局点校本，1960 年 4 月第 1 版，第 6601 页）

【注　释】

［1］琼筵：一作璚筵。盛宴，美宴。〔南朝·齐〕谢朓《始出尚书省》："既通金闺籍，复酌琼筵醴。"（《秦汉魏晋南北朝诗》齐诗卷三）

［2］小莲：冯淑妃名。《太平御览·呆部》引《三国典略》："冯淑妃，名小莲也。"朱刊本作"小怜"。《北史·后妃传》："冯淑妃，名小怜，大穆后从婢也。……慧黠能弹琵琶，工歌舞。"此以冯淑妃比冯姬。

［3］横波：女子流动的眼神。《文选·傅毅〈舞赋〉》："眉连娟以增绕兮，目流睇而横波。"李善注："横波，言目邪视，如水之横流也。"（《文选》卷十七）

［4］梁家黛：指女子的美眉。典出《后汉书·梁冀传》："（梁妻）色美而善为妖态，作愁眉，啼妆。"李贤注："愁眉者，细而曲折。啼妆者，薄拭目下若啼处。"

［5］瓜字初分：指十六岁的少女。因"瓜"字可分成二八字，故诗文中习称女

子十六岁为破瓜之年。

碧玉年：犹妙龄，多指女子十六岁时。

[6]此句用楚襄王梦与巫山神女相遇事。〔战国·楚〕宋玉《高唐赋》：昔者楚襄王与宋玉游于云梦之台，望高唐之观，其上独有云气……"昔者先王尝游高唐，怠而昼寝，梦见一妇人曰：'妾，巫山之女也。为高唐之客。闻君游高唐，愿荐枕席。'王因幸之。去而辞曰：'妾在巫山之阳，高丘之阻，旦为朝云，暮为行雨。朝朝暮暮，阳台之下。'"（《文选》卷十九·赋癸）又〔战国·楚〕宋玉《神女赋》："楚襄王与宋玉游于云梦之浦，使玉赋高唐之事。其夜玉寝，果梦与神女遇，其状甚丽。"（《文选》卷十九·赋癸）诗人亦希冀，故言"愿托襄王云雨梦，阳台今夜降神仙"。

温庭筠

【作者简介】

温庭筠(812—约870),或作"庭云"、"廷筠"。本名岐,字飞卿,太原(治所在今山西太原)人。唐初宰相温彦博裔孙。少颖悟,通音律,工词章。每入试,押官韵作赋,凡八叉手而成八韵,时人号"温八叉"。性傲岸,放浪无检,数举进士不第。大中末为隋县尉,时徐商镇襄阳,署为巡官。不得志,遂游江东,复转京师。会杨收为相,贬温为方城(今河南方城县)尉。咸通七年(866)为国子监助教。与李商隐齐名,号称"温李";又与李商隐、段成式共以俪偶称缛相夸,三人皆排行十六,号"三十六体"。《新唐书·艺文志》载其有《握兰集》三卷,《金荃集》十卷,《诗集》五卷,《汉南真稿》十卷。现存诗九卷,又《花间集》存词六十六首。事见《旧唐书》卷一百九十本传、《新唐书》卷九十一、《北梦琐言》卷四、《唐才子传》卷八。

巫山神女庙[1]

黯黯闭宫殿,霏霏荫薜萝[2]。
晓峰眉上色,春水脸前波。
古树芳菲尽,扁舟离恨多。
一丛斑竹夜,环佩响如何[3]。

(《全唐诗》卷五百八十一,中华书局点校本,1960 年 4 月第 1 版,第 6737 页)

【注　释】

[1]巫山神女庙:为巫山神女所立之庙。在重庆市巫山县东巫山飞凤峰麓。〔晋〕习凿齿《襄阳耆旧传》:"赤帝女曰瑶姬,未行而卒,葬于巫山之阳,故曰巫山

之女。楚怀王游于高唐,梦与神遇,遂为置观于巫山之南,号为朝云。"

［2］黯黯:光线昏暗;颜色发黑。〔南朝·梁〕江淹《哀千里赋》:"水黯黯兮莲叶动,山苍苍兮树色红。"(《全梁文》卷三十三)霏霏:泛指浓密盛多。薜萝:薜荔和女萝。两者皆野生植物,常攀缘于山野林木或屋壁之上。《楚辞·九歌·山鬼》:"若有人兮山之阿,被薜荔兮带女萝。"王逸注:"女萝,菟丝也。言山鬼仿佛若人,见于山之阿,被薜荔之衣,以兔丝为带也。"(《楚辞章句》卷三)后借以指隐者或高士的衣服。

［3］斑竹:一种茎上有紫褐色斑点的竹子,也叫湘妃竹。〔晋〕张华《博物志》卷八:"尧之二女,舜之二妃,曰湘夫人,帝崩,二妃啼,以涕挥竹,竹尽斑。"(《博物志》卷八)〔唐〕杜甫《奉先刘少府新画山水障歌》:"不见湘妃鼓瑟时,至今斑竹临江活。"(《全唐诗》卷二百一十六)环佩:古人所系的佩玉,后多指女子所佩的玉饰。《礼记·经解》:"行步则有环佩之声,升车则有鸾和之音。"郑玄注:"环佩,佩环、佩玉也。"(《礼记正义》卷五十·经解第二十六)

经李处士杜城别业[1]

忆昔几游集,今来倍叹伤。
百花情易老,一笑事难忘。
白社已萧索[2],青楼空艳阳。
不闲云雨梦[3],犹欲过高唐[4]。

（《全唐诗》卷五百八十一,中华书局点校本,1960 年 4 月第 1 版,第 6741 页）

【注 释】

［1］处士:本指有才德而隐居不仕的人,后亦泛指未做过官的士人。《孟子·滕文公下》:"圣王不作,诸侯放恣,处士横议,杨朱、墨翟之言盈天下。"(《孟子》卷六滕文公下)

［2］白社:借指隐士或隐士所居之处。〔南朝·梁〕萧统《锦带书十二月启·林钟六月》:"但某白社狂人,青缃末学。"(《全梁文》卷十九)萧索:萧条冷落,衰败。〔晋〕陶渊明《自祭文》:"天寒夜长,风气萧索,鸿雁于征,草木黄落。"(《陶渊明集》卷七)

［3］云雨梦:用楚王与巫山神女梦中相会事。〔战国·楚〕宋玉《高唐赋》:

"昔者先王尝游高唐,怠而昼寝,梦见一妇人曰:'妾,巫山之女也。为高唐之客。闻君游高唐,愿荐枕席。'王因幸之。去而辞曰:'妾在巫山之阳,高丘之阻,旦为朝云,暮为行雨。朝朝暮暮,阳台之下。'"(《文选》卷十九·赋癸)

[4]高唐:战国时楚国台观名,在云梦泽中。传说楚襄王游高唐,梦见巫山神女,幸之而去。〔战国·楚〕宋玉《高唐赋》:"昔者楚襄王与宋玉游于云梦之台,望高唐之观。"(《文选》卷十九·赋癸)

答段柯古见嘲[1]

彩翰殊翁金缭绕[2],一千二百逃飞鸟。
尾薪桥下未为痴,暮雨朝云世间少[3]。

(《全唐诗》卷五百八十三,中华书局点校本,1960年4月第1版,第6761页)

【注 释】

[1]段柯古:段成式,字柯古。晚唐邹平人,唐代著名志怪小说家,约生于唐德宗贞元十九年(803),卒于懿宗咸通四年(863),工诗,有文名。与李商隐、温庭筠齐名,时号"三十六",因段、温、李三人皆排行十六,故有"三十六体"之称。

[2]彩翰:犹彩笔。〔明〕张景《飞丸记·丸里缄怀》:"悔昔日人情未谙,为恁的轻濡彩翰,落众口登时腾讪。"(《飞丸记》第十出丸里缄怀)

殊翁:一指文彩奇特的雁颈毛,亦指颈毛文彩奇特的雁。《汉书·礼乐志》:"赤雁集,六纷员,殊翁杂,五采文。"颜师古注引孟康曰:"翁,雁颈也。言其文采殊异也。"(《汉书》卷二十二)

[3]暮雨朝云:〔战国·楚〕宋玉《高唐赋》:"昔者先王尝游高唐,怠而昼寝,梦见一妇人曰:'妾,巫山之女也。为高唐之客。闻君游高唐,愿荐枕席。'王因幸之。去而辞曰:'妾在巫山之阳,高丘之阻,旦为朝云,暮为行雨。朝朝暮暮,阳台之下。'旦朝视之,如言。故为立庙,号曰'朝云'。"(《文选》卷十九·赋癸)

李商隐

【作者简介】

　　李商隐（813—858），字义山，故又称李义山，号玉溪生、樊南生（樊南子），晚唐著名诗人。杜牧堂兄、邠国公杜悰的表兄弟。祖籍怀州河内（今河南省沁阳市），生于河南荥阳（今郑州荥阳）。19岁因文才深得牛党要员太平军节度使令狐楚的赏识，引为幕府巡官。25岁进士及第。26岁受聘于泾源节度使王茂元幕，辟为书记。王爱其才，招为婿。他因此遭到牛党的排斥。此后，李商隐便在牛李两党争斗的夹缝中求生存，辗转于各藩镇幕僚当幕僚，郁郁而不得志，后潦倒终身。晚唐诗歌在前辈的光芒照耀下有着大不如前的趋势，而李商隐却又将唐诗推向了又一个高峰，是晚唐最著名的诗人，杜牧与他齐名，两人并称"小李杜"。李商隐又与李贺、李白合称"三李"，与温庭筠合称为"温李"，因诗文与同时期的段成式、温庭筠风格相近，且三人都在家族里排行第十六，故并称为"三十六体"。有《李义山诗集》。其诗构思新奇，风格秾丽，尤其是一些爱情诗与无题诗写得缠绵悱恻，为人传诵。但部分诗歌过于隐晦迷离，难于索解，至有"诗家总爱西昆好，独恨无人作郑笺"之说。据《新唐书》有《樊南甲集》二十卷，《樊南乙集》二十卷，《玉奚生诗》三卷，《赋》一卷，《文》一卷，部分作品已失传。

少　年[1]

外戚平羌第一功[2]，生年二十有重封[3]。
直登宣室螭头上[4]，横过甘泉豹尾中[5]。
别馆觉来云雨梦[6]，后门归去蕙兰丛[7]。
灞陵夜猎随田窦[8]，不识寒郊自转蓬[9]。

（《全唐诗》卷五百三十九,中华书局点校本,1960 年 4 月第 1 版,第 6159 页)

【注　释】

[1]首联谓贵族少年凭借自己是皇亲国戚、先世有战功,少小袭封侯爵。次联谓其骄纵至极,螭头殿上,可以直登,豹尾班中,横行而过。三联谓其别馆有云雨之欢,后院有淫逸之乐。末联谓其狐假虎威,游猎无度。不知寒郊贫士漂泊辗转之苦。结句乃全诗之主旨,是才人贫士血泪的控诉。

[2]外戚:指帝王的母族、妻族。但不知诗中所指为谁。冯注:"诗所指者,当为郭汾阳(郭子仪)之裔。"(《李商隐诗集今注》,武汉大学出版社,2001 年版,第224 页)其说似不正确,因其并无"平羌"之功。《东观汉记·马防传》:"防(马援之子)征西羌,上嘉防功……防兄弟二人各六千户,防为颍阳侯,特以前参医乐勤劳,绥定西羌,以襄城、羹亭一千二百户增防。身带三绶,宠贵至盛。"(《东观汉记》卷十二)《后汉书·马防传》:"马防,明德马皇后之兄也。肃宗建初四年封颍阳侯,又平定西羌,增邑千三百五十户。"(《后汉书》卷二十四)

[3]重封:先有封号,再加一个封号。《汉书·樊哙传》:"赐重封。"(《汉书》卷四十一)

[4]宣室:古代宫殿名,指汉代未央宫中之宣室殿。《史记·屈原贾生列传》:"孝文帝方受釐,坐宣室。上因感鬼神事,而问鬼神之本。贾生因具道所以然之状。"裴骃集解引苏林曰:"未央前正室。"(《史记》卷八十四)螭头:古代彝器、碑额、庭柱、殿阶及印章等上面的螭龙头像。亦借指殿前雕有螭头形的石阶等。

[5]甘泉:宫名。故址在今陕西淳化西北甘泉山。本秦宫,汉武帝增筑扩建,在此朝诸侯王,飨外国客;夏日亦作避暑之处。《三辅黄图·甘泉宫》:"一曰云阳宫……秦始皇二十七年作甘泉宫及前殿,筑甬道自咸阳属之。汉武帝建元中增广之。周回一十九里,中有牛首山,望见长安城。"(《三辅黄图》卷二)

[6]别馆:别墅。云雨梦:〔战国·楚〕宋玉《高唐赋》之典:"昔者先王尝游高唐,怠而昼寝,梦见一妇人曰:'妾,巫山之女也。为高唐之客。闻君游高唐,愿荐枕席。'王因幸之。去而辞曰:'妾在巫山之阳,高丘之阻,旦为朝云,暮为行雨。朝朝暮暮,阳台之下。'"(《文选》卷十九·赋癸)

[7]后门:《汉书·成帝纪》:"上始为微行出。"注:"于后门出……单骑出入市里,不复警跸,若微贱之所为,故曰微行。"(《汉书》卷十)蕙兰丛:谓妻妾成群。

[8]灞陵夜猎:《史记·李将军列传》:"广家与故颍阴侯孙屏野居蓝田南山中射猎。尝夜从一骑出,从人田间饮。还至霸陵亭,霸陵尉醉,呵止广。广骑曰:'故李将军。'尉曰:'今将军尚不得夜行,何乃故也!'止广宿亭下。"(《史记》卷一百

诗歌部

509

〇九)西汉武安侯田蚡和魏其侯窦婴的并称。两人均为皇戚(田蚡为孝景后同母弟,窦婴为孝文后从兄子),每相争雄。事见《史记·魏其武安侯列传》。

[9]转蓬:随风飘转的蓬草。《文选·曹植〈杂诗〉》:"转蓬离本根,飘飘随长风。"(《文选》卷二十九)

无题二首[1](其二)

重帷深下莫愁堂[2],卧后清宵细细长[3]。
神女生涯原是梦[4],小姑居处本无郎[5]。
风波不信菱枝弱[6],月露谁教桂叶香[7]。
直道相思了无益[8],未妨惆怅是清狂[9]。

(《全唐诗》卷五百四十,中华书局点校本,1960年4月第1版,第6203页)

【注　释】

[1]这首诗写一位贵家闺中少女的寂寞相思,侧重于抒写女主人公的身世遭遇之感,从女主人公所处的环境氛围写起,透过这静寂孤清的环境氛围,几乎可以触摸到女主人公的内心世界,感觉到那帷幕深垂的居室中弥漫着一层无名的幽怨。

[2]重帷:层层帷帐。深下:深处。莫愁:《旧唐书·音乐志二》:"石城有女子名莫愁,善歌谣,《石城乐》和中复有'莫愁'声,故歌云:'莫愁在何处?莫愁石城西,艇子打两桨,催送莫愁来。'"(《旧唐书》卷二十九)此指深闺未嫁之少女。

[3]清宵:静夜。细细长:谓少女彻夜不眠,时间好像一滴滴水,缓缓流过。

[4]神女:巫山神女,也称巫山之女。传说为天帝之女,一说为炎帝(赤帝)之女,本名瑶姬(也写做姚姬),未嫁而死,葬于巫山(在今重庆、湖北边境,东北一西南走向,高1000余米)之阳,因而为神。战国时楚怀王游高唐,梦与女神相遇,女神自荐枕席,后宋玉陪侍襄王游云梦时,作《高唐赋》与《神女赋》追述其事。〔战国·楚〕宋玉《高唐赋》:"妾在巫山之阳,高丘之阻,旦为朝云,暮为行雨。朝朝暮暮,阳台之下。"(《文选》卷十九·赋癸)

[5]小姑居处本无郎:《南朝乐府·神玄歌·青溪小姑曲》:"开门白水,侧近桥梁。小姑所居,独处无郎。"(《乐府诗集》卷四十七)此句大意:在爱情上尽管也

像巫山神女一样,有过自己的幻想和追求,到头来不过是一场幻梦而已;直到现在,还正像清溪小姑那样,独处无郎,终身无托。

[6]菱:菱角。生池沼中,根在泥里,叶子浮在水面,花白色。果实的硬壳有角,果肉可食。

[7]谁教:谁使,谁令。

[8]直:即使。

[9]清狂:痴情。句意:即便相思全然无益,也不妨抱痴情而惆怅终身。

席上作[1]

淡云轻雨拂高唐[2],玉殿秋来夜正长[3]。
料得也应怜宋玉,一生惟事楚襄王[4]。

(《全唐诗》卷五百三十九,中华书局点校本,1960 年 4 月第 1 版,第 6166 页)

【注　释】

[1]自注:“予为桂州从事,故府郑公出家妓,令赋高唐诗。”(《李商隐诗集今注》,武汉大学出版社,2001 年版,第 409 页)郑公:指郑亚。

[2]高唐:战国时楚国台观名。

[3]玉殿:宫殿的美称。〔三国·魏〕曹植《当车以驾行》:“欢坐玉殿,会诸贵客。”(《曹子建集六卷》)

[4]诗以巫山神女喻家妓,以楚襄王喻郑亚,以宋玉自喻,谓神女多情,也应当怜爱宋玉,因为宋玉一生专事楚襄王。张采田曰:“此表明一生不负李党之意,实义山用意之作,而托之于席上赠妓耳。注自具微旨。”(《李商隐诗集今注》,武汉大学出版社,2001 年版,第 409 页)

木　兰[1]

二月二十二,木兰开坼初[2]。
初当新病酒[3],复自久离居[4]。
愁绝更倾国,惊新闻远书[5]。
紫丝何日障,油壁几时车[6]。

诗歌部

弄粉知伤重,调红或有余[7]。

波痕空映袜,烟态不胜裾[8]。

桂岭含芳远,莲塘属意疏[9]。

瑶姬与神女[10],长短定何如[11]。

（《全唐诗》卷五百四十一,中华书局点校本,1960年4月第1版,第6250页）

【注　释】

[1]木兰:木名。又名杜兰、林兰。状如楠树,质似柏而微疏,可造船。早春先叶开花,花大,外面紫色,内面近白色,微香。皮辛香似桂。皮、花可入药。

[2]开坼:绽开。

[3]病酒:饮酒沉醉。《世说新语·任诞》:"刘伶病酒,渴甚,从妇求酒。妇捐酒毁器,涕泣谏曰:'君饮太过,非摄生之道,必宜断之!'伶曰:'甚善。我不能自禁,唯当祝鬼神自誓断之耳。便可具酒肉。'妇曰:'敬闻命。'供酒肉于神前,请伶祝誓。伶跪而祝曰:'天生刘伶,以酒为名;一饮一斛,五斗解醒。妇人之言,慎不可听。'便引酒进肉,隗然已醉矣。"(《世说新语》任诞第二十三)

[4]自:已,已经。

[5]倾国:喻美色惊人。《汉书·外戚传上·李夫人》:"延年侍上起舞,歌曰:'北方有佳人,绝世而独立,一顾倾人城,再顾倾人国。宁不知倾城与倾国,佳人难再得!'"(《汉书》卷九十七上)后因以"倾国"或"倾城倾国"形容女子极其美丽。远书:指家书。李商隐《端居》:"远书归梦两悠悠。"(《全唐诗》卷五百三十九)

[6]锦步障:遮蔽风尘或视线的锦制行幕。〔南朝·宋〕刘义庆《世说新语·汰侈》:"君夫作紫丝布步障碧绫里四十里,石崇作锦步障五十里以敌之。"(《世说新语》汰侈第三十)油壁车:妇女所乘之车,车壁以油涂饰。《玉台新咏·钱塘苏小歌》:"妾乘油壁车,郎骑青骢马。"(《玉台新咏》卷十)

[7]弄粉:傅粉。调红:施朱。《文选·登徒子好色赋》:"著粉则太白,施朱则太赤。"(《文选》卷十九)

[8]波痕空映袜:〔三国·魏〕曹植《洛神赋》:"凌波微步,罗袜生尘。"又"曳雾绡之轻裾"。(《曹子建集》卷三)裾:衣服的大襟。

[9]属意:犹倾心,指男女相爱悦。莲塘:莲塘曾经住着李商隐属意的女子。

[10]瑶姬:神女名。传说是赤帝女,未行而亡,葬于巫山之阳,故曰巫山之女。又名姚姬。

[11]长短:〔战国·楚〕宋玉《神女赋》:"秾不短,纤不长。"《登徒子好色赋》:"增之一分则太长,减之一分则太短。"(《文选》卷十九)

有　感

非关宋玉有微辞[1],却是襄王梦觉迟[2]。
一自高唐赋成后[3],楚天云雨尽堪疑[4]。

（《全唐诗》卷五百四十,中华书局点
校本,1960 年 4 月第 1 版,第 6194 页）

【注　释】

[1]微辞:委婉之言辞。《登徒子好色赋》:"大夫登徒子侍于楚王,短宋玉曰:
'玉为人体貌闲丽,口多微辞,又性好色。愿王勿与出入后宫。'王以登徒子之言
问宋玉。玉曰:'体貌闲丽,所受于天也;口多微辞,所学于师也;至于好色,臣无有
也。'"(《文选》卷十九)

[2]襄王梦:传说楚王游高唐,梦见巫山神女"愿荐枕席","王因幸之"。神女
化云化雨于阳台。见〔战国·楚〕宋玉《高唐赋》《神女赋》。后遂以"襄王梦"为
男女欢合之典。〔唐〕胡曾《咏史·阳台》:"何人更有襄王梦,寂寂巫山十二重。"
(《全唐诗》卷六百四十七)

[3]高唐赋:〔战国·楚〕宋玉作品《高唐赋》,写楚王与巫山神女梦中相会的
爱情故事。

[4]楚天云雨:本自〔战国·楚〕宋玉《高唐赋》:"妾在巫山之阳,高丘之阻,
旦为朝云,暮为行雨。朝朝暮暮,阳台之下。"(《文选》卷十九·赋癸)后遂以云雨
喻指男女相会,这里指表现男女爱情的作品。

一二句谓非是宋玉要以微辞托讽,而是因为楚襄王沉迷梦中迟迟不觉醒,故
作《高唐赋》以讽喻也;三四句谓此赋既成,后来一切表现男女爱情的作品,都被
怀疑别有寄托之诗。

过楚宫[1]

巫峡迢迢旧楚宫[2],至今云雨暗丹枫[3]。
微生尽恋人间乐[4],只有襄王忆梦中[5]。

诗歌部

513

（《全唐诗》卷五百四十，中华书局点
校本，1960年4月第1版，第6195页）

【注　释】

［1］楚宫：古楚国的宫殿。《太平寰宇记》："楚宫在巫山县西北二百步，在阳台古城内，即襄王所游之地。"

［2］巫峡：长江三峡之一，在重庆市巫山县东，延绵一百六十里。〔北魏〕郦道元《水经注·江水》："其间首尾百六十里，谓之巫峡，盖因山为名也。……'巴东三峡巫峡长。'"（《水经注》卷三十四）故言"迢迢"。迢迢：水流绵长的样子。〔晋〕潘岳《内顾诗》之一："漫漫三千里，迢迢远行客。"（《秦汉魏晋南北朝诗》晋诗卷四）

［3］丹枫：经霜泛红的枫叶。丹，红色。

［4］微生：常人、众生。

［5］襄王：楚襄王。

楚宫二首[1]（其一）

十二峰前落照微[2]，高唐宫暗坐迷归[3]。
朝云暮雨长相接[4]，犹自君王恨见稀。

（《全唐诗》卷五百四十，中华书局点
校本，1960年4月第1版，第6186页）

【注　释】

［1］楚宫：见《过楚宫》注。

［2］十二峰：见乔知之《巫山高》注［2］。落照：夕阳的余晖。〔南朝·梁〕简文帝《和徐录事见内人作卧具》："密房寒日晚，落照度窗边。"（《秦汉魏晋南北朝诗》梁诗卷二十一）

［3］高唐：高唐观。宋玉《高唐赋序》："昔者楚襄王与宋玉游于云梦之台，望高唐之观，其上独有云气。"

［4］朝云暮雨：见崔素娥《别韦洵美诗》注［4］。这里应指巫山云雨之景。

深　宫

金殿销香闭绮栊[1]，玉壶传点咽铜龙[2]。

狂飇不惜萝阴薄，清露偏知桂叶浓。

斑竹岭边无限泪，景阳宫里及时钟[3]。

岂知为雨为云处[4]，只有高唐十二峰[5]。

（《全唐诗》卷五百四十，中华书局点
校本，1960 年 4 月第 1 版，第 6189 页）

【注　释】

［1］销香：一作香销。（《李商隐无题诗校注笺评》，江西人民出版社，1988 年
版，第 198 页）

绮栊：犹绮疏，雕绘美丽的窗户。《文选·张协〈七命〉》："兰宫秘宇，雕堂绮
栊。"李善注引《说文》："栊，房室之疏也。"（《文选》卷三十五）栊：一作笼。（《李
商隐无题诗校注笺评》，江西人民出版社，1988 年版，第 198 页）

［2］玉壶：宫漏，是一种以水为动力的机械计时器。铜龙：漏器的吐水龙头，
亦借指漏壶。漏器铸铜为龙首，龙口吐水，故称铜龙。点：一作响。（《李商隐无
题诗校注笺评》，江西人民出版社，1988 年版，第 198 页）

［3］景阳宫：南齐武帝以宫深不闻端门鼓漏声，置钟于景阳楼上。宫人闻钟
声，早起装饰。

［4］为雨为云：〔战国·楚〕宋玉《高唐赋》："妾在巫山之阳，高丘之阻，旦为
朝云，暮为行雨。朝朝暮暮，阳台之下。"（《文选》卷十九·赋癸）处：一作意。
（《李商隐无题诗校注笺评》，江西人民出版社，1988 年版，第 198 页）

［5］高唐：高唐观。详见前注。

十二峰：指巫山十二峰。见乔知之《巫山高》注［2］。

代元城吴令暗为答[1]

背阙归藩路欲分[2]，水边风日半西曛[3]。

荆王枕上原无梦[4]，莫枉阳台一片云[5]。

（《全唐诗》卷五百三十九，中华书局点
校本，1960年4月第1版，第6172页）

【注　释】

[1]元城：县名。汉置，明清皆为直隶大名府治，故城在今河北省大名县境
内。吴令：《三国志·魏书·吴质传》注引《魏略》曰："质字季重，以才学通博，为
五官将（曹丕）及诸侯所礼爱；质亦善处其兄弟之间……质初为朝歌长，后迁元城
令。"（《裴松之注三国志》卷二十一）

[2]背阙：背向伊阙。〔三国·魏〕曹植《洛神赋》："余从京域，言归东藩，背
伊阙，越轘辕，经通谷，陵景山。日既西倾，车殆马烦。"（《曹子建集》卷三）伊阙，
山名，又名阙塞山、龙门山，在洛阳南。归藩：返回藩国。封建帝王以诸侯国或属
地为藩篱屏障，故曰藩。曹植于黄初三年立为鄄城（今山东鄄城县）王。

[3]水边：指洛水之滨。曛：落日的余晖。

[4]荆王：楚襄王。《神女赋》序曰："楚襄王与宋玉游于云梦之浦，使玉赋高
唐之事。其夜玉寝，果梦与神女遇，其状甚丽。"（《梦溪补笔谈》卷一）

[5]阳台一片云：〔战国·楚〕宋玉《高唐赋》："昔者先王尝游高唐，怠而昼
寝，梦见一妇人曰：'妾，巫山之女也。为高唐之客。闻君游高唐，愿荐枕席。'王
因幸之。去而辞曰：'妾在巫山之阳，高丘之阻，旦为朝云，暮为行雨。朝朝暮暮，
阳台之下。'"（《文选》卷十九·赋癸）

送崔珏往西川[1]

年少因何有旅愁，欲为东下更西游。
一条雪浪吼巫峡[2]，千里火云烧益州[3]。
卜肆至今多寂寞[4]，酒垆从古擅风流[5]。
浣花笺纸桃花色[6]，好好题诗咏玉钩[7]。

（《全唐诗》卷五百三十九，中华书局点
校本，1960年4月第1版，第6150页）

【注　释】

[1]崔珏：字梦之，曾寄家荆州，登大中进士第。由幕府拜秘书郎，为淇县令，
有惠政，官至侍卿。有诗一卷。

〔2〕巫峡:见上官仪《八咏应制二首(其一)》注〔11〕。

〔3〕火云:夏日的旱云。

益州:泛指四川一带地方。

〔4〕卜肆:市集上占卜者的营业场所。《史记·日者列传》:"(宋忠、贾谊)二人即同舆而之市,游于卜肆中。"(《史记》卷一百二十七)

〔5〕酒垆:卖酒处安置酒瓮的砌台。亦借指酒肆、酒店。《史记·司马相如列传》:"相如与俱之临邛,尽卖其车骑,买一酒舍酤酒,而令文君当炉。相如身自着犊鼻裈,与保庸杂作,涤器于市中。"(《史记》卷一百一十七)

〔6〕浣花笺纸:浣花溪一名濯锦江,又名百花潭。在四川成都市西郊,为锦江支流。唐代名妓薛涛家居成都浣花溪旁,以溪水造十色笺,名薛涛笺。其中有深红小彩笺,即"桃花色"也。

〔7〕玉钩:玉制酒钩,取酒入杯。二句谓浣花笺纸正好题诗吟咏宴饮之乐。

【作者简介】

喻凫,毗陵(今江苏常州)人。文宗开成五年(840)登进士第,任校书郎。与姚合、贾岛、李商隐、方干等人有交往唱和。官终乌程(今浙江乌程)令,"下世未中年"(方干《哭喻凫先辈》)。为诗苦吟,仿效贾岛。有集一卷。事见《新唐书·艺文志四》《唐诗纪事》卷五十一、《吴兴志》卷十五、《直斋书录解题》卷十九、《唐才子传》卷七。

送贾岛往金州谒姚员外[1]

山光与水色,独往此中深。
溪沥椒花气,岩盘漆叶阴[2]。
潇湘终共去,巫峡羡先寻[3]。
几夕江楼月,玄晖伴静吟[4]。

(《全唐诗》卷五百四十三,中华书局点校本,1960年4月第1版,第6268页)

【注　释】

[1]贾岛:字浪仙,晚唐著名诗人。

金州:治所在今陕西安康。

谒:拜见。

姚员外:指姚合。晚唐著名诗人,初授武功主簿,人因称为姚武功。曾任监察御史,户部员外郎等职。

[2]沥:水下滴。

椒:木名。

漆:木名。落叶乔木,树皮内富含树脂,与空气接触后呈褐色,即"生漆",可制涂料,液汁干后可入药。据《新唐书·地理志》,金州土贡有椒、干漆、椒实。

[3]潇湘:指湘江。因湘江水清而深故名。

巫峡:见上官仪《八咏应制二首(其一)》注[11]。

[4]玄晖:指月光、月色。又,玄晖为南朝齐诗人谢朓的字。

酬王檀见寄[1]

驰心栖杳冥,何物比清泠[2]。
夜月照巫峡,秋风吹洞庭[3]。
酬难尘鬓皓[4],坐久壁灯青。
竟晚苍山咏,乔枝有鹤听[5]。

(《全唐诗》卷五百四十三,中华书局点
校本,1960年4月第1版,第6275页)

【注　释】

[1]酬:诗文赠答。

[2]驰心:犹向往。

杳冥:天空、幽远之处。〔战国·楚〕宋玉《对楚王问》:"凤凰上击九千里,绝
云霓,负苍天,翱翔乎杳冥之上。"(《新序》卷一)

清泠:形容声音清越。〔唐〕元稹《善歌如贯珠赋》:"美清泠而发越,忆辉光之
璀璨。"(《全唐文》卷六百四十七)此指王檀寄赠的诗作。

[3]巫峡:见上官仪《八咏应制二首(其一)》注[11]。

"洞庭"句:《楚辞·九歌·湘夫人》:"袅袅兮秋风,洞庭波兮木叶下。"洞庭,
即洞庭湖。

[4]"酬难"句:形容作赠答诗艰难以致两鬓发白。

皓:白、明亮。

[5]竟:整,从头到尾。

苍山:青山。

乔枝:高枝。

马 戴

【作者简介】

　　马戴,字虞臣,曲阳(今江苏东海西南)人。前半生屡试不第,长期留滞长安及关中一带。会昌四年(844)登进士第。大中初为太原幕府掌书记,以直言获罪,贬朗州龙阳尉。咸通末,终国子博士。与姚合、贾岛、殷尧藩、顾非熊等为诗友,其诗以五律为主,严羽、杨慎、王士祯等咸推其成就在晚唐诸人之上。有《会昌进士集》行世。事迹见《金华子杂编》卷下、《唐诗纪事)卷五十四、《唐才子传校笺》卷七。

巴江夜猿[1]

日饮巴江水,还啼巴岸边。
秋声巫峡断[2],夜影楚云连。
露滴青枫树,山空明月天。
谁知泊船者[3],听此不能眠。

(《全唐诗》卷五百五十五,中华书局点校本,1960 年 4 月第 1 版,第 6432 页)

【注　释】

　　[1]巴江:古水名。所指不一,《三巴记》指今嘉陵江;《太平寰宇记》指今四川通县巴水;《元丰九域志》始称《水经注》的北水为巴江,即今四川南江。诗中当指三峡一带的在古巴国境内江水。

　　[2]秋声:指秋夜猿啼声。巫峡:见上官仪《八咏应制二首(其一)》注[11]。巫峡秋景萧森,〔唐〕杜甫《秋兴八首》之一:"巫山巫峡气萧森。"又,〔北魏〕郦道元《水经注·江水》:"其间首尾百六十里,谓之巫峡,盖因山为名也。……每至晴初霜旦,林寒涧肃,常有高猿长啸,属引凄异,空谷传响,哀转久绝。故渔者歌曰:

'巴东三峡巫峡长,猿鸣三声泪沾裳!'"(《水经注》卷三十四)

　　[3]泊:将船停靠在岸边。

　　船:《文苑英华》作"帆"。

李 频

【作者简介】

李频(？—876),字德新,睦州寿昌(今浙江建德县)人。自少聪颖能文,尤长于诗。与同里方干友善,且尊之为师。慕姚合诗名,不远千里走访求教。姚大加奖挹,以女妻之。大中八年(854)进士及第,授校书郎。调南陵主簿。又以试判入等,迁武功令。任内赈饥民,兴水利,抑豪强,颇有政绩,受到懿宗嘉奖,擢为侍御史,后迁都官员外郎。僖宗乾符二年(875)自求为建州(今福建建阳)刺史,治州有方,民赖以安。翌年卒于任,乡民于梨山为之立庙,岁时祭祠。有《建州刺史集》(又名《梨岳集》)一卷行世。《全唐诗》编其诗为三卷。事见《新唐书》卷二百〇三本传,《旧唐书》卷十九、《僖宗纪》、《唐才子传》卷七。

过巫峡[1]

拥棹向惊湍[2],巫峰直上看[3]。
削成从水底[4],耸出在云端。
暮雨晴时少[5],啼猿渴下难[6]。
一闻神女去[7],风竹扫空坛[8]。

(《全唐诗》卷五百八十七,中华书局点校本,1960年4月第1版,第6819页)

【注　释】

[1]巫峡:见上官仪《八咏应制二首(其一)》注[11]。

[2]拥棹:乘船。棹,指船。惊湍:犹急流。〔晋〕潘岳《河阳县作》:"川气冒山岭,惊湍激岩阿。"(《秦汉魏晋南北朝诗》晋诗卷四)

[3]巫峰:巫山群峰(其中尤以巫山十二峰最著)。峰,一作山。

[4]水:一作地。

[5]时:一作归。

[6]啼猿:啼叫的猿。巫峡古代多猿。见阎立本《巫山高》注[8]。

[7]神女:指巫山神女。〔战国·楚〕宋玉《高唐赋》写楚王与巫山神女梦中幽会,后神女离开。

[8]坛:祭坛。巫山神女峰下有神女庙。神女庙,又名朝云。〔战国·楚〕宋玉《高唐赋》:"故为立庙,号曰'朝云'。"(《文选》卷十九·赋癸)

黔中罢职过峡州题田使君北楼[1]

巴中初去日,已遇使君留[2]。

及得寻东道,还陪上北楼。

江冲巫峡出[3],樯过洛宫收[4]。

好是从戎罢[5],看山觉自由。

(《全唐诗》卷五百八十九,中华书局点校本,1960年4月第1版,第6835页)

【注　释】

[1]李频在唐大中八年(854)中进士后即入"黔南经略使"幕。这年冬他离黔中归新安家中。这首诗是李频自黔归家,下三峡,又在峡州停留时所写。黔中:唐时于黔州(治所在今重庆彭水)置黔中都团练观察使,领十四州。峡州:治所夷陵(今湖北宜昌市),因在三峡之口而得名。使君:州郡长官。

[2]"巴中"两句说:自己上次去巴蜀,路过峡州,就蒙田使君款留过。巴中,指今川、渝东部一带地方。

[3]巫峡:见上官仪《八咏应制二首(其一)》注[11]。

[4]樯:桅杆,指代船。洛宫:疑当作"渚宫"。渚宫,春秋时楚国的别宫。故址在湖北江陵城内。意即他坐的船要到江陵才能停住。

[5]好是:恰是,正是。〔唐〕白居易《吴中好风景》:"吴中好风景,风景无朝暮……况当丰熟岁,好是欢游处。"(《全唐诗》卷四百四十四)从戎:投身军旅。〔三国·魏〕曹植《杂诗》之二:"类此游客子,捐躯远从戎。"(《曹子建集》卷五)李频此次是在黔南经略使幕府任职。经略使是负责军事的官员,所以说"从戎"。罢:停、歇。

李 郢

【作者简介】

李郢,字楚望,大中十年(856)进士及第。初居余杭(今浙江杭州市)。历为藩镇从事,终于侍御史(一说终于员外郎)。有诗一卷。事见刘崇远《金华子》卷下、《新唐书·艺文志》《唐诗纪事》五十八、《唐才子传》卷八。

中元夜[1]

江南水寺中元夜,金粟栏边见月娥[2]。
红烛影回仙态近,翠鬟光动看人多[3]。
香飘彩殿凝兰麝[4],露绕轻衣杂绮罗。
湘水夜空巫峡远[5],不知归路欲如何。

(《全唐诗》卷五百九十,中华书局点校本,1960年4月第1版,第6848页)

【注 释】

[1]中元:道家以农历七月十五日为中元节。道观于此日作斋醮,僧寺作盂兰盆斋。

[2]金粟:桂花的别名。因其色黄如金,花小如粟,故称。月娥:指传说的月中仙子。

[3]翠鬟:妇女环形的发式。〔唐〕高蟾《华清宫》:"何事金舆不再游?翠鬟丹脸岂胜愁?"(《全唐诗》卷六百六十八)看:一作见。

[4]兰麝:兰与麝香。指名贵的香料。《晋书·石崇传》:"崇尽出其婢妾数十人以示之,皆蕴兰麝,被罗縠。"(《晋书》卷三十三·列传第三)

[5]湘水:湘江。〔汉〕东方朔《七谏·哀命》:"测汨罗之湘水兮,知时固而不反。"(《楚辞》七谏·哀命)巫峡:见上官仪《八咏应制二首(其一)》注[11]。

储嗣宗

【作者简介】

储嗣宗,润州延陵(今江苏金坛县)人,盛唐诗人储光羲曾孙。大中十三年(859)孔纬榜及第,官至校书郎。《直斋书录解题》著录有集一卷,《全唐诗》编其诗为一卷。事见《元和姓纂》卷二、《直斋书录解题》卷十九、《嘉定镇江志》卷十八、《至顺镇江志》卷十八及《唐才子传》卷八。

宿甘棠馆[1]

尘迹入门尽[2],悄然江海心[3]。
水声巫峡远[4],山色洞庭深[5]。
风桂落寒子,岚烟凝夕阴[6]。
前轩鹤归处,萝月思沉沉[7]。

(《全唐诗》卷五百九十四,中华书局点校本,1960 年 4 月第 1 版,第 6883 页)

【注　释】

[1]甘棠馆:客馆名。

[2]尘迹:世俗踪迹。〔唐〕羊士谔《梁国惠康公主挽歌词》:"汤沐成陈迹,山林遂寂寥。"(《全唐诗》卷三百三十二)

[3]江海心:指隐居之志。《庄子·刻意》:"就薮泽,处闲旷,钓鱼闲处,无为而已矣。此江海之士,避世之人,闲暇者之所好也。"

[4]巫峡:见上官仪《八咏应制二首(其一)》注[11]。

[5]洞庭:洞庭湖。

　　[6]岚烟:山间的烟霭。〔唐〕刘长卿《望龙山怀道士许法稜》:"岚烟瀑水如向人,终日迢迢空在眼。"(《全唐诗》卷一百五十一)

　　[7]萝月:藤萝间的月色。〔南朝·齐〕孔稚珪《北山移文》:"秋桂遗风,春萝罢月。"(《文选》卷四十三·书下)

袁 皓

【作者简介】

袁皓,字退山,袁州宜春(今江西宜春市)人。咸通六年(865)进士及第。僖宗幸蜀,擢仓部员外郎。在蜀时,尝著《兴元圣功录》三卷表彰李晟功烈。龙纪中,为集贤殿图书使。自称碧池处士。又著有《碧池书》三十卷,《道林寺诗》二卷。今存诗四首。事见《旧唐书》卷二十五《礼仪志》五、《新唐书》卷五十八《艺文志》二、卷六十《艺文志》四、卷一百五十四《李晟传》,《唐诗纪事》卷六十七。

寄岳阳严使君[1]

得意东归过岳阳,桂枝香惹蕊珠香[2]。
也知暮雨生巫峡,争奈朝云属楚王[3]。
万恨只凭期克手[4],寸心唯系别离肠。
南亭宴罢笙歌散,回首烟波路渺茫。

(《全唐诗》卷六百,中华书局点校本,1960 年 4 月第 1 版,第 6941 页)

【注　释】

[1]岳阳:指岳州治所巴陵县(今湖南岳阳市)。县城西城楼曰岳阳楼,始建于唐,李白、杜甫等都有岳阳楼诗。使君:对州郡长官的尊称。

[2]桂枝:喻进士及第。《晋书·郤诜传》:"(郤诜)累迁雍州刺史。武帝于东堂会送,问诜曰:'卿自以为何如?'诜对曰:'臣举贤良对策,为天下第一,犹桂林之一枝,昆山之片玉。'"(《晋书》卷五十二·列传第二十二)〔唐〕孟浩然《送洗然弟进士举》:"桂枝如已擢,早逐雁南飞。"(《全唐诗》卷一百六十)〔唐〕司空曙

《下第日书情寄上叔父》:"欲归江海寻山去,愿报何人得桂枝。"(《全唐诗》卷二百九十二)蕊珠:道家传说天上有蕊珠宫,为神仙所居。这里喻及第,表现自己初及第时的得意心情。

[3]"也知"二句:用楚王梦遇巫山神女事。〔战国·楚〕宋玉《高唐赋》:"昔者先王尝游高唐,怠而昼寝,梦见一妇人曰:'妾,巫山之女也。为高唐之客。闻君游高唐,愿荐枕席。'王因幸之。去而辞曰:'妾在巫山之阳,高丘之阻,旦为朝云,暮为行雨。朝朝暮暮,阳台之下。'"(《文选》卷十九·赋癸)

[4]期克:克期,严格规定期限。〔唐〕曹唐《和周侍御买剑》:"见说夜深星斗畔,等闲期克月支头。"(《全唐诗》卷六百四十)

许 棠

【作者简介】

许棠(822—?),字文化,宣州泾县(今安徽泾县)人。以《过洞庭湖》诗为工,时号许洞庭。久困名场,咸通十二年(871)李筠榜进士及第,时年已五十。历泾县尉、虔州从事、江宁丞。有诗名,为"咸通十哲"之一。著有《许棠诗》一卷。事见《新唐书》卷六十,《艺文志四》卷一百七十七,《高钦传》,《唐摭言》卷四、卷八,《唐诗纪事》卷七十,《唐才子传》卷九。

寄黔南李校书[1]

从戎巫峡外[2],吟兴更应多。
郡响蛮江涨[3],山昏蜀雨过。
公筵饶越味[4],俗土尚巴歌[5]。
中夜怀吴梦,知经滟滪波[6]。

(《全唐诗》卷六百〇三,中华书局点校本,1960年4月第1版,第6965页)

【注 释】

[1]黔南:唐时于黔州(治今重庆彭水)置黔中观察使,黔中观察使或称黔南观察使。

李校书:李频。大中八年登进士第,为校书郎,辟黔中幕府。

[2]从戎:投身军旅。〔三国·魏〕曹植《杂诗》之二:"类此游客子,捐躯远从戎。"(《曹子建集》卷五)巫峡:见上官仪《八咏应制二首(其一)》注[11]。

[3]蛮:古时对南方少数民族的泛称。

[4]越味:南方越族菜肴的风味。古时江,浙、闽、粤之地为越族所居,谓之百越。

［5］巴歌:泛指巴楚民歌。

［6］经:一作惊。

滟滪:见杜甫《大历三年春白帝城放船出瞿塘峡久居夔府将适江陵漂泊有诗凡四十韵》注［32］。

曹 松

【作者简介】

曹松(约830—?),字梦征,舒州(今安徽潜山)人。咸通中尝游湖南、广州。乾符二、三年间(875—876),依建州刺史李频。频卒后,流落江湖。曾避乱隐居洪州西山。光化四年(901)进士及第,时已七十余岁,授校书郎,不久便弃官南归。《新唐书·艺文志》著录《曹松诗集》三卷,已散佚。事见《新唐书·艺文志四》《唐诗纪事》卷六十五、《唐才子传校笺》卷十。

巫 峡[1]

巫山苍翠峡通津[2],下有仙宫楚女真[3]。
不逐彩云归碧落[4],却为暮雨扑行人[5]。
年年旧事音容在,日日谁家梦想频[6]。
应是荆山留不住[7],至今犹得睹芳尘[8]。

(《全唐诗》卷七百一十七,中华书局点校本,1960 年 4 月第 1 版,第 8442 页)

【注 释】

[1]巫峡:见上官仪《八咏应制二首(其一)》注[11]。本诗题为巫峡,实际咏巫山神女。

[2]巫山:见凌敬《巫山高》注[2]。

峡:一作夹。

津:渡水的地方。

[3]仙宫:指朝云庙。

楚女:指巫山神女。〔战国·楚〕宋玉《高唐赋》:"昔者先王尝游高唐,怠而昼寝,梦见一妇人曰:'妾,巫山之女也。为高唐之客。闻君游高唐,愿荐枕席。'王因幸之。去而辞曰:'妾在巫山之阳,高丘之阻,且为朝云,暮为行雨。朝朝暮暮,阳台之下。'旦朝视之,如言。故为立庙,号曰'朝云'。"(《文选》卷十九·赋癸)

[4]碧落:道教语。指天空、青天。〔唐〕杨炯《和辅先入昊天观星瞻》:"碧落三乾外,黄图四海中。"

[5]暮雨:用巫山神女事。宋玉《高唐赋》:"妾在巫山之阳,高丘之阻,且为朝云,暮为行雨。朝朝暮暮,阳台之下。"(《文选》卷十九·赋癸)

扑:直冲着。

[6]频:多次。

[7]荆山:在湖北南漳县西,昔卞和得玉于楚荆山。〔三国·魏〕曹植《与杨德祖书》:"人人自谓握灵蛇之珠,家家自谓抱荆山之玉。"(《曹子建集》卷九)比喻人的贤才如荆山的美玉,此处借喻巫山神女的才貌如荆山玉。

[8]芳尘:香尘,此指神女的芳颜。

薛 能

【作者简介】

薛能(？—880)，字大拙，汾州(今山西汾阳)人。会昌六年(846)进士及第。大中末书判中选，补周至尉。辟太原、陕虢、河阳从事。李福镇滑州，表能为观察判官。历侍御史，都宫、刑部二员外郎。后李福徙镇西川，奏能为节度副使。咸通中摄嘉州刺史，归朝迁主客、度支、刑部郎中。俄为同州刺史、京兆尹。后历徐州感化军节度使、工部尚书。复节度徐州，徙许州忠武军节度。广明元年(880)，徐军戍溵水，经许州，能以前帅徐，军吏多怀旧惠，因馆之于州内。许军惧徐军见袭，大将周岌因乘众疑，逐薛能，据城自称留后。数日后薛能全家遇害。能癖于诗，日赋一章为课。《新唐书·艺文志》著录《薛能诗集》十卷，《繁城集》一卷。事见《新唐书·僖宗纪》《唐诗纪事》卷六十、《唐才子传》卷七等。

牡丹四首(选二)

一

异色禀陶甄，常疑主者偏[1]。

众芳殊不类，一笑独奢妍[2]。

颗折羞含懒，丛虚隐陷圆。

亚心堆胜被，美色艳于莲。

品格如寒食，精光似少年[3]。

种堪收子子，价合易贤贤[4]。

迥秀应无妒[5]，奇香称有仙。

深阴宜映幕，富贵助开筵。

蜀水争能染，巫山未可怜[6]。

数难忘次第,立困恋傍边。

逐日愁风雨,和星祝夜天。

且从留尽赏,离此便归田。

三[7]

去春零落暮春时,泪湿红笺怨别离[8]。

常恐随同巫峡散,因何重有武陵期[9]。

传情每向馨香得,不语还应彼此知[10]。

欲就栏边安枕席,夜深闲共说相思[11]。

(《全唐诗》卷五百六十,中华书局点校本,

1960 年 4 月第 1 版,第 6502—6503 页)

【注　释】

[1]陶甄:犹言陶钧,比喻造化,自然界。

主者:造物主。

[2]奢妍:过分的美丽。

[3]"品格"句:荆楚旧俗,寒食捣杏仁做粥。

"精光"句:形容少年的红润面庞,叫杏脸;形容少年的眼神,叫杏眼。精光,指风仪神采。《史记·扁鹊仓公列传》:"家在于郑,未尝得望精光侍谒于前也。"(《史记》卷一百〇五·扁鹊仓公列传第四十五)〔唐〕白居易《饱食闲坐》:"子弟多寂寞,僮仆少精光。"(《全唐诗》卷四百五十三)

[4]"种堪"句:杏的果核叫杏仁。《礼·礼运》"人不独亲其亲,子其子",叫做"仁"。"子子"语出此,前"子"字为动词,抚爱的意思。

"价合"句:《论语·学而》:"贤贤易色"。前一"贤"字为动词,尊重的意思。

[5]迥秀:谓出类拔萃。

[6]巫山:见凌敬《巫山高》注[2]。此指巫山神女。

[7]此诗一作薛涛《牡丹》,收于《全唐诗》卷八百〇三。此诗是一首构思新巧的咏物抒情之作,运用拟人化的移情手法,将牡丹幻化为自己的恋人,倾诉自己对牡丹的一片相思痴情。

[8]去春:去年春天。

零落:飘零、凋零。

红笺:指落红,飘落的花瓣。首联"去春零落暮春时,泪湿红笺怨别离",从追

忆去年与牡丹别离入笔,写诗人从去年暮春牡丹零落后,便期待着重见牡丹,而今见到牡丹重现芳华,立即悲喜交集,像去年一样,铺开了薛涛自制的深红笺纸,抒写别离的怨伤,珠泪洒湿了红笺。"怨别离"三字,为全诗奠定了抒情基调。

[9]巫峡散:典出于〔战国·楚〕宋玉《高唐赋》中楚襄王和巫山神女梦中幽会的故事:"妾在巫山之阳,高丘之阻,旦为朝云,暮为行雨。朝朝暮暮,阳台之下。"

恐随同巫峡散:担心(如巫峡朝云般)一散而不复聚。

武陵:武陵溪。〔南朝·宋〕刘义庆《幽明录》载:东汉刘晨、阮肇人天台山采药,迷路,寻水得武陵溪,遇二仙女,款待留居,蹉跎半年。后出山,抵家子孙已过七世。后重访天台山,旧踪渺然。后世以此作为游仙或男女欢恋幽会的典故。颔联化用巫山朝云与误入武陵的两个关涉男女欢恋幽会的典故,抒写诗人对牡丹的一片恋情。以"常恐"二字透露诗人愿与牡丹长相厮守,忧虑欢会短暂,如彩云易散,缥缈无迹,害怕像刘晨重访故地,旧踪渺然。

[10]馨香:芳香。颈联描述诗人与牡丹离别重逢的欢悦和人花之间的心灵默契,牡丹的传情每每都要从牡丹馥郁的馨香中感受、领悟,而诗人对牡丹的痴情也在无声不语的默对中,彼此心照不宣,灵犀相通。

[11]欲就:一作见欲。尾联写诗人到了夜晚,仍然留恋不舍,竟然想要在牡丹花护栏边安置枕席,在夜深闲静的时刻对牡丹倾诉相思之情。

春 雨

电阔照潺潺,惊流往复还[1]。

远声如有洞,迷色似无山[2]。

利物乾坤内[3],并风竹树间。

静思来朔漠,愁望满柴关[4]。

进湿消尘虑,吹风触疾颜[5]。

谁知草茅逐,沾此尚虚闲[6]。

(《全唐诗》卷五百六十,中华书局点校本,1960年4月第1版,第6507页)

【注　释】

[1]潺潺:水流的样子。〔三国·魏〕曹丕《丹霞蔽日行》:"谷水潺潺,木落翩翩。"(《魏文帝集》卷六)

x
x

诗歌部

［2］无，一作巫。

［3］乾坤：称天地。《易·说卦》：“乾为天……坤为地。”

［4］朔漠：北方沙漠地带。《后汉书·袁安传》：“今朔漠既定，宜令南单于反其北庭。”（《后汉书》卷七十五·袁张韩周列传第三十五）〔南朝·宋〕谢惠连《雪赋》：“于是河海生云，朔漠飞沙。”

柴关：柴门，此指寒舍。〔唐〕李涉《山居送僧》：“失意因休便买山，白云深处寄柴关。”（《全唐诗》卷四百七十七）

［5］疾，一作病。

［6］草茅迳：长满茅草的小径。迳，一作者。

虚闲：清闲。〔唐〕白居易《睡起晏坐》：“澹寂归一性，虚闲遗万虑。”（《全唐诗》卷四百三十）

陆龟蒙

【作者简介】

陆龟蒙(？—881)，字鲁望。苏州吴县(今江苏苏州)人。举进士不第，隐居吴县甫里，自号江湖散人，又号天随子、甫里先生。成通十年，得识皮日休，相与唱和，后编唱和诗成《松陵集》。咸通乾符间，张搏为湖、苏州刺史，辟以为从事。乾符四年，往依湖州刺史郑仁规。乾符六年春，卧病笠泽(松江)，自编其诗文为《笠泽丛书》。及李蔚、虞携当国，召拜其为拾遗，诏方下，病卒。光化中，赠右补阙。南宋叶茵合《笠泽丛书》与《松陵集》为《甫里先生文集》二十卷。事见《新唐书》卷一百九十六、《唐诗纪事》卷六十四、《唐才子传》卷八。

巫　峡

巫峡七百里[1]，巫山十二重[2]。
年年自云雨，环佩竟谁逢[3]？

（《全唐诗》卷六百二十七，中华书局点校本，1960 年 4 月第 1 版，第 7200 页）

【注　释】

[1]巫峡：见上官仪《八咏应制二首(其一)》注[11]。〔北魏〕郦道元《水经注·江水》："其间首尾百六十里，谓之巫峡，盖因山为名也。"又云"自三峡七百里中"(《水经注》卷三十四)。这里说巫峡七百里，是虚指。

[2]巫山：见凌敬《巫山高》注[2]。十二重：巫山群峰连绵，其中最著名的有十二座峰，分别为长江北岸的登龙峰、圣泉峰、朝云峰、神女峰、松峦峰、集仙峰，长江南岸的飞凤峰、翠屏峰、聚鹤峰、净坛峰、起云峰、上升峰。所以说"巫山十二

重"。

　　[3]"年年"两句:用巫山神女事。〔战国·楚〕宋玉《高唐赋》记楚王梦遇巫山神女的故事。离别时神女自云"妾在巫山之阳,高丘之阻,旦为朝云,暮为行雨。朝朝暮暮,阳台之下"。(《文选》卷十九·赋癸)环佩:本指古人所系的佩玉,后多指女子所佩的玉饰。《礼记·经解》:"行步则有环佩之声,升车则有鸾和之音。"郑玄注:"环佩,佩环、佩玉也。"(《礼记正义》卷五十·经解第二十六)环佩亦用来借指美女。〔三国·魏〕阮籍《咏怀》之四:"二妃游江滨,逍遥顺风翔。交甫怀环珮,婉娈有芬芳。"(《文选》卷二十三·诗丙)〔唐〕杜甫《咏怀古迹》之三:"画图省识春风面,环珮空归月夜魂。"(《杜甫全集》卷十五)此借指巫山神女。

　　末两句说:每年都有朝云暮雨的景物,但有谁与神女相逢了呢?

唐彦谦

【作者简介】

唐彦谦(？—893?)，字茂业，号鹿门先生，并州晋阳(今山西太原)人。咸通末年上京考试，结果十余年不中，一说咸通二年(861)中进士。乾符末年，兵乱，避地汉南。中和中期，王重荣镇守河中，聘为从事，累迁节度副使，晋、绛二州刺史。光启三年(887)，王重荣因兵变遇害，他被责贬汉中掾曹。杨守亮镇守兴元(今陕西汉中市东)时，担任判官。官至兴元(今陕西汉中)节度副使、阆州(今四川阆中)、壁州(今四川通江)刺史。晚年隐居鹿门山，专事著述。昭宗景福二年(893)前后卒于汉中。

楚 天[1]

楚天遥望每长嚬[2]，宋玉襄王尽作尘[3]。
不会瑶姬朝与暮[4]，更为云雨待何人[5]。

（《全唐诗》卷六百七十二，中华书局点校本，1960 年 4 月第 1 版，第 7683 页）

【注　释】

[1]楚天：南方楚地的天空。

[2]嚬(pín)，古同"颦"，皱眉。

[3]宋玉，战国时楚人。《史记·屈原贾生列传》："屈原既死之后，楚有宋玉、唐勒、景差之徒者，皆好辞而以赋见称。"(《史记》卷八十四·屈原贾生列传第二十四)襄王，即楚顷襄王(前298—前262)，名横，怀王子。〔战国·楚〕宋玉《神女赋》："楚襄王与宋玉游于云梦之浦，使玉赋高唐之事。其夜玉寝，果梦与神女遇，其状甚丽。"(《文选》卷十九·赋癸)

[4]瑶姬：女神名。相传为天帝的小女，即巫山神女。〔北魏〕郦道元《水经

注·江水》:"郭景纯曰:丹山在丹阳,属巴。丹山西即巫山者也。又帝女居焉。宋玉所谓天帝之季女,名曰瑶姬,未行而亡,封于巫山之阳,精魂为草,实为灵芝。所谓巫山之女,高唐之阻。"(《水经注》卷三十四)朝与暮:用巫山神女事。〔战国·楚〕宋玉《高唐赋》:"昔者先王尝游高唐,怠而昼寝,梦见一妇人曰:'妾,巫山之女也。为高唐之客。闻君游高唐,愿荐枕席。'王因幸之。去而辞曰:'妾在巫山之阳,高丘之阻,旦为朝云,暮为行雨。朝朝暮暮,阳台之下。'"

[5]云雨待何人:用楚王与巫山神女幽会事,见上注。

无题十首[1](其七)

夜合庭前花正开[2],轻罗小扇为谁裁。
多情惊起双蝴蝶,飞入巫山梦里来[3]。

(《全唐诗》卷六百七十一,中华书局点校本,1960年4月第1版,第7669页)

【注　释】
[1]这首诗含蓄地表达了一位女子对自由爱情的追求。
[2]夜合:植物名,即合欢花。晓开夜合,所以也称"夜合花"。
[3]巫山梦:用楚怀王梦遇巫山神女事。见〔战国·楚〕宋玉《高唐赋》。这里指女子希望自己也能像巫山神女那样飞入情郎梦中。

汉　代

汉代金为屋[1],吴宫绮作寮[2]。
艳词传静婉[3],新曲定妖娆。
箭响犹残梦[4],籤声报早朝[5]。
鲜明临晓日,回转度春宵。
半袖笼清镜[6],前丝压翠翘[7]。
静多如有待,闲极似无憀[8]。
梓泽花犹满[9],灵和柳未凋[10]。
障昏巫峡雨,屏掩浙江潮[11]。

未信潘名岳[12]，应疑史姓萧[13]。

漏因歌暂断[14]，灯为雨频挑。

饱酒阑三雅[15]，投壶赛百娇[16]。

钿蝉新翅重[17]，金鸭旧香焦[18]。

水净疑澄练[19]，霞孤欲建标[20]。

别随秦柱促[21]，愁为蜀弦么[22]。

玄晏难瘳痹[23]，临邛但发痟[24]。

联诗征弱絮[25]，思友咏甘蕉[26]。

王氏怜诸谢[27]，周郎定小乔[28]。

㵎帏翘彩雉[29]，波扇画文鳐[30]。

荇密妨垂钓[31]，荷欹欲度桥[32]。

不因衣带水[33]，谁觉路迢迢[34]？

（《全唐诗》卷六百七十二，中华书局点
校本，1960 年 4 月第 1 版，第 7694 页）

【注　释】

[1]金为屋：后宫。《太平御览》卷八十八引《汉武故事》：汉武帝幼时，曾说：
"若得阿娇作妇，当用金屋贮之也。"（《太平御览》卷八十八·皇王部十三）阿娇，
汉武帝姑母之女，后立为皇后，是为陈皇后。

[2]绮作寮：雕绘精美的窗户。

[3]静婉：张净琬。《梁书·羊侃传》："侃性豪侈，善音律，自造《采莲》《棹
歌》两曲，甚有新致……舞人张净琬，腰围一尺六寸，时人咸推能掌中舞。"（《梁
书》卷三十九·列传第三十三）后因亦以"静婉"指代歌舞能手。

[4]箭：指漏刻中的银箭。

[5]签：更签，报更的竹签。

[6]半袖：短袖衣。

[7]翠翘：妇女首饰名。

[8]无憀：同"无聊"。

[9]梓泽：晋石崇别墅金谷园的别名。

[10]灵和柳：南朝齐武帝时张绪为散骑常侍，金紫光禄大夫，"吐纳风流，听
者皆忘饥疲"。刘悛之为益州刺史，献蜀柳数株，枝条甚长，状若丝缕。武帝以植
于太昌灵和殿前，常赏玩咨嗟，曰："此杨柳风流可爱，似张绪当年时。"见《南史·

诗
歌
部

541

张绪传》。

[11]"障昏"二句:乌室中屏风上所画的景物。障,屏风。巫峡:见上官仪《八咏应制二首(其一)》注[11]。浙江潮:应为钱塘潮。

[12]潘名岳:潘岳,西晋文学家,著名美男子。《晋书》有传。

[13]史姓萧:萧史。传说萧史擅长吹箫,秦穆公女弄玉喜欢他,于是秦穆公就将女儿嫁给他。萧史每天教弄玉吹箫,过了几年,吹奏的音乐与凤凰的声音相似,凤凰来止其屋,秦穆公因此建立了凤凰台。后夫妇皆跟随凤凰飞去。

[14]漏:漏刻,又称漏壶、滴漏,古代计时器。

[15]阑:尽也,残也。

三雅:刘表有三个大酒杯(爵),最大的一个名伯雅,可容七升酒;其次名钟雅,可容六升;最小的名季雅,可容五升。见《太平御览》卷八百四十五引曹丕《典论》。此处泛指酒杯。

[16]投壶:古代宴会的礼制,也是一种游戏。以盛酒的壶口作目标,以矢投入。以投中多少决胜负,负者罚酒。

[17]钿蝉:用金翠珍宝制成的蝉形首饰。

[18]金鸭:香炉名。

[19]"水净"句:〔南朝·齐〕谢朓《晚登三山还望京邑》:"澄江净如练。"(《秦汉魏晋南北朝诗》齐诗卷四)

[20]"霞孤"句:〔晋〕孙绰《游天台山赋》:"赤城霞起而建标。"(《全晋文》卷六十一)

[21]秦柱:指秦筝。秦人善弹筝,或云筝乃秦蒙恬所造,故称秦筝。柱,筝柱。

[22]蜀弦:《蜀国弦》,乐府《相和歌》名。

么:同"幺",小,细。

[23]玄晏:皇甫谧,字士安,自号玄晏先生。有高尚之志,以著述为务。后得风痹疾,犹手不释卷。见《晋书》本传。

瘳(chōu):病愈。

[24]临邛:指司马相如。相如曾与卓文君在临邛卖酒。《史记·司马相如列传》:"文君夜亡奔相如……相如与俱之临邛,尽卖其车骑,买一酒舍酤酒,而令文君当炉。"(《史记》卷一百一十七·司马相如列传第五十七)

痟(xiāo):病名,即消渴疾,今称糖尿病。司马相如死于此病。见《史记·司马相如列传》。

[25]"联诗"句:用谢道韫事。《世说新语·言语》载:谢安与诸子侄讲论文义,俄而大雪纷飞,安欣然曰:"白雪纷纷何所似?"侄谢朗曰:"撒盐空中差可拟。"侄女谢道韫曰:"未若柳絮因风起。"

[26]甘蕉:香蕉的一种,多年生草本,果味甘美。

[27]"王氏"句:东晋时,王谢两大族世为婚姻,如谢万、谢据等皆娶王氏女,王珣、王珉等皆娶谢氏女,而王凝之与其妻谢道韫尤为著名。

怜:爱。

[28]周郎定小乔:周郎,周瑜。《三国志·吴书·周瑜传》:"(孙)策欲取荆州,以瑜为中护军,领江夏太守,从攻皖,拔之。时得桥公两女,皆国色火。策自纳大桥,瑜纳小桥。"桥,同"乔"。

[29]黼帏:绣花帏帐。黼(fù),古代礼服上黑白相间的花纹。此处指帏帐上的绣彩。

[30]波扇:有波纹的扇子。

文鳐(yáo):海鱼名。

[31]荇(xìng):荇菜,多年生草本,叶浮于水面,根生在水底。

[32]欹:倾斜。

[33]衣带水:一衣带水。隋将伐陈,隋文帝对仆射高颎说:"我为百姓父母,岂可限一衣带水不拯之乎?"一衣带水,像一条衣带那么宽的河流,形容其狭窄。

[34]迢迢:道路遥远的样子。〔晋〕潘岳《内顾诗》之一:"漫漫三千里,迢迢远行客。"(《秦汉魏晋南北朝诗》晋诗卷四)

李 沆

【作者简介】

李沆(？—895)，字东济，江夏(今武昌)人，昭宗朝宰相李蹊子。乾宁二年(895)，与其父蹊同时被王行瑜杀害。王行瑜败后，追赠礼部员外郎。现存诗六首。事见《旧唐书》卷一百五十七、《新唐书》卷一百四十六。

巫山高[1]

抉天心，开地脉，浮动凌霄拂蓝碧。

襄王端眸望不极，似睹瑶姬长叹息[2]。

巫妆不治独西望，暗泣红蕉抱云帐[3]。

君王妒妾梦荆宫，虚把金泥印仙掌[4]。

江涛迅激如相助，十二狞龙怒行雨[5]。

昆仑谩有通天路，九峰正在天低处[6]。

（《全唐诗》卷六百八十八，中华书局点校本，1960年4月第1版，第7908页）

【注　释】

[1]《巫山高》：乐府旧题，属《鼓吹曲辞·汉铙歌》。见凌敬《巫山高》注[1]。

[2]"襄王"二句：用楚襄王梦遇巫山神女事。〔战国·楚〕宋玉《神女赋》："楚襄王与宋玉游于云梦之浦，使玉赋高唐之事。其夜玉寝，果梦与神女遇，其状甚丽。"（《文选》卷十九·赋癸）瑶姬：巫山神女，相传为天帝的小女。〔北魏〕郦道元《水经注·江水》："郭景纯曰：丹山在丹阳，属巴。丹山西即巫山者也。又帝女居焉。宋玉所谓天帝之季女，名曰瑶姬，未行而亡，封于巫山之阳，精魂为草，实为灵芝。所谓巫山之女，高唐之阻。"（《水经注》卷三十四）

[3]红蕉：指红色美人蕉。〔唐〕皇甫松《忆江南》："兰烬落，屏上暗红蕉。"

(《花间集》卷二)云帐:指蔽天的云。〔唐〕刘禹锡《七夕》诗之二:"天衢启云帐,神驭上星桥。"(《刘禹锡全集》卷二十七·乐府下)

[4]荆宫:楚王宫。

金泥:金粉。

仙掌:汉武帝为求仙,在建章宫神明台上造铜仙人,舒掌捧铜盘玉杯,以承接天上的仙露,后称承露金人为仙掌。〔汉〕张衡《西京赋》:"立修茎之仙掌,承云表之清露。"(《文选》卷二·赋甲)

[5]十二狞龙:此喻指巫山十二峰。见乔知之《巫山高》注[2]。

行雨:用巫山神女事。〔战国·楚〕宋玉《高唐赋》:"妾在巫山之阳,高丘之阻,旦为朝云,暮为行雨。朝朝暮暮,阳台之下。"(《文选》卷十九·赋癸)

[6]昆仑:昆仑山。在新疆西藏之间,西接帕米尔高原,东延入青海境内。势极高峻,多雪峰、冰川。古代神话传说,昆仑山上有瑶池、阆苑、增城、县圃等仙境。故云"昆仑谩有通天路"。《庄子·天地》:"黄帝游乎赤水之北,登乎昆仑之丘。"《楚辞·离骚》:"遭吾道夫昆仑兮,路修远以周流。"

九峰:巫山十二峰,见乔知之《巫山高》注[2]。行舟江上只能见到北岸的神女、朝云等六峰和南岸的飞凤等三峰,故云。

薛 逢

【作者简介】

薛逢,字陶臣,蒲州河东(今山西永济)人。会昌元年(841)进士,授校书郎,佐崔铉河中幕。大中中,历万年尉、秘书郎,直弘文馆,预修《续会要》。后为京兆鄠县令,迁侍御史,以尚书郎分司东都。咸通初,出为成都少尹,历嘉、绵二州刺史,更巴、蓬二州刺史。以大常少卿召还,迁给事中、秘书监,卒。有《薛逢诗集》十卷、《别纸》十三卷、《赋集》十四卷,均佚。事见《旧唐书》卷一百九十、《新唐书》卷二百〇二、《唐才子传》卷七本传。

夜宴观妓

灯火荧煌醉客豪,卷帘罗绮艳仙桃[1]。
纤腰怕束金蝉断,鬓发宜簪白燕高[2]。
愁傍翠蛾深八字[3],笑回丹脸利双刀。
无因得荐阳台梦,愿拂馀香到缊袍[4]。

(《全唐诗》卷五百四十八,中华书局点校本,1960年4月第1版,第6325页)

【注　释】

[1]罗绮:罗和绮。多借指丝绸衣裳或衣着华贵的女子。

[2]纤腰:指美女纤细的腰身。

金蝉:古代妇女所用金色蝉形饰物。

白燕:玉钗。据《洞冥记》卷二,相传神女赠汉武帝一玉钗,后化白燕飞去。

[3]翠娥:妇女细而长曲的黛眉。

[4]得荐阳台梦:用楚王在阳台梦遇巫山神女事。〔战国·楚〕宋玉《高唐

赋》:"昔者先王尝游高唐,怠而昼寝,梦见一妇人曰:'妾,巫山之女也。为高唐之客。闻君游高唐,愿荐枕席。'王因幸之。去而辞曰:'妾在巫山之阳,高丘之阻,旦为朝云,暮为行雨。朝朝暮暮,阳台之下。'"

缊袍:以乱麻为絮的袍子。古为贫者所服。〔唐〕杜甫《大雨》:"执热乃沸鼎,纤绤成缊袍。"(《全唐诗》卷二百一十九)

曹邺

【作者简介】

曹邺,字邺之,桂州阳朔(今广西阳朔县)人。赴京十年,屡试不第。以《四怨三愁五情》诗得中书舍人韦悫荐举,登大中四年(850)进士第。应辟天本军节度推官。咸通二年(861)至十三年(872)前后,历任太常博士、主客员外郎、祠部郎中、洋州(今陕西洋县)刺史。《新唐书·艺文志》载其有诗三卷,今存诗二卷。事见《唐诗纪事》卷六十、《唐才子传》卷七。

古相送[1]

行人卜去期[2],白发根已出。
执君青松枝,空数别来日。
心如七夕女,生死难再匹[3]。
且愿车声迫,莫使马行疾[4]。
巫山千丈高,亦恐梦相失[5]。

(《全唐诗》卷五百九十二,中华书局点校本,1960年4月第1版,第6865页)

【注 释】

[1]此诗为拟古送别诗。

[2]卜去期:占卜离去的日期。

[3]七夕女:指织女。

匹:匹配。

[4]迫:此形容车行走的声音急促。

疾:快。

[5]"巫山"二句:用巫山神女事。〔战国·楚〕宋玉《神女赋》记楚襄王梦遇巫山神女的故事。梦醒后,楚王伤感失落:"徊肠伤气,颠倒失据,黯然而瞑,忽不知处。情独私怀,谁者可语?惆怅垂涕,求之至曙。"(《文选》卷十九·赋癸)巫山:见凌敬《巫山高》注[2]。

崔珏

【作者简介】

崔珏,字梦之。曾寓居荆州,大中中(约853)登进士第。咸通中佐荆南崔铉幕,入科秘书郎,历淇县(今河南省淇县)令,有惠政。官至侍御。因写《和友人鸳鸯之什》而著名,时号"崔鸳鸯"。《新唐书·艺文志》著录其诗一卷,今存诗一卷。事见《唐摭言》卷十一、《唐诗纪事》卷五十八。

和人听歌[1]

气吐幽兰出洞房,乐人先问调宫商[2]。
声和细管珠才转,曲度沉烟雪更香[3]。
公子不随肠万结,离人须落泪千行[4]。
巫山唱罢行云过,犹自微尘舞画梁[5]。

(《全唐诗》卷五百九十一,中华书局点校本,1960年4月第1版,第6859页)

【注 释】

[1]和人听歌:和别人的《听歌》。共有两首,此为第一首。

[2]幽兰:兰花,俗称草兰。此代指一种与兰有关的香气。

洞房:幽深的内室。多指卧室、闺房。《楚辞·招魂》:"姱容修态,絙洞房些。"

乐人:善于歌舞的人。

宫商:宫和商都是五音之一,此处代指曲调。

[3]管:管乐器。

珠转:比喻音乐宛转优美。

沉烟:沉香木所燃起的烟。指乐曲进入的一种境界。

雪香:脂粉香气。

[4]离人:离家的人,此指丈夫。

[5]巫山:唐教坊曲有《巫山一段云》。

行云:用巫山神女事。〔战国·楚〕宋玉《高唐赋》:"妾(巫山神女)在巫山之阳,高丘之阻,旦为朝云,暮为行雨。朝朝暮暮,阳台之下。"(《文选》卷十九·赋癸)微尘舞画梁:暗用《列子·汤问》所记韩娥善歌,"既去,而余音绕梁欐,三日不绝"(《列子》汤问第五)事。后因以之形容歌声高亢圆润,余韵无穷。

刘　沧

【作者简介】

　　刘沧,字蕴灵,鲁(今山东西南部)人。大中八年(854)与李频同榜登进士第,年巳老大,白发苍苍。初调华原县(今陕西耀县)尉,后迁龙门县(今山西河津县)令。为人好游历,尚气节,体貌魁伟,喜谈古今。存诗一卷,几乎全为七律。事见《唐诗纪事》卷五十八、《唐才子传》卷八。

题巫山庙[1]

十二岚峰挂夕晖[2],庙门深闭雾烟微。
天高木落楚人思,山迥月残神女归[3]。
触石晴云凝翠鬓,度江寒雨湿罗衣[4]。
婵娟似恨襄王梦[5],猿斗断岩秋藓稀。

（《全唐诗》卷五百八十六,中华书局点校本,1960年4月第1版,第6794页）

【注　释】

　　[1]巫山:山名,见凌敬《巫山高》注[2]。共有十二峰,其中神女峰最为纤丽奇峭,峰下有神女庙。

　　[2]十二岚峰:见乔知之《巫山高》注[2]。岚峰,雾气缭绕的山峰。〔唐〕韦应物《紫阁东林居士叔缄赐松英丸献诗代启》:"一望岚峰拜还使,腰间铜印与心违。"(《全唐诗》卷一百八十七)

　　[3]迥:远。

　　神女:巫山神女。

　　[4]翠鬓:黑而光润的鬓发。〔南朝·梁〕丘迟《答徐侍中为人赠妇》:"罗裙有长短,翠鬓无低斜。"(《秦汉魏晋南北朝诗》梁诗卷五)罗衣:轻软丝织品制成的

衣服。〔三国·魏〕曹植《美女篇》:"罗衣何飘飘,轻裾随风还。"(《曹子建集》卷六)

　　[5]婵娟:形态美好。此指形态美好的人,即神女。

　　襄王梦:〔战国·楚〕宋玉《神女赋》曾描写楚襄王在梦中与巫山神女欢会。

裴虔余

【作者简介】

裴虔余,大中中,为浙西都团练判官,转山南东道节度推官。咸通末,佐李蔚淮南幕。乾符二年(875),自兵部郎中迁太常少卿。广明元年(880),出为华州刺史,迁宣歙观察使。今存诗二首,事见《唐摭言》卷十三、《旧唐书·僖宗纪》《通鉴》卷二百五十四。

柳枝词咏篙水溅妓衣[1]

半额微黄金缕衣[2],玉搔头袅凤双飞[3]。
从教水溅罗裙湿,还道朝来行雨归[4]。

(《全唐诗》卷五百九十七,中华书局点校本,1960年4月第1版,第6912页)

【注　释】

[1]柳枝词:乐府近代曲名。本为汉乐府横吹曲辞《折杨柳》,至唐易名《杨柳枝》,开元时已入教坊曲。至白居易依旧曲作辞,翻为新声。其《杨柳枝词》之一云:"古歌旧曲君休听,听取新翻《杨柳枝》。"(《全唐诗》卷四百五十四)当时诗人相继唱和,均用此曲咏柳抒怀。七言四句,与《竹枝词》相类。

篙:用竹竿或杉木等制成的撑船工具。

[2]半额微黄:古代妇女施于额上的黄色涂饰,称"额黄"。一作满额蛾黄。

金缕衣:饰以金缕的舞衣。〔南朝·梁〕刘孝威《拟古应教》:"青铺绿琐琉璃扉,琼筵玉笥金缕衣。"(《玉台新咏》卷九)

[3]玉搔头:玉簪,古代女子的一种首饰。《西京杂记》卷二:"武帝过李夫人,就取玉簪搔头。自此后宫人搔头皆用玉,玉价倍贵焉。"〔唐〕白居易《长恨歌》:"花钿委地无人收,翠翘金雀玉搔头。"(《全唐诗》卷四百三十五)

袅(niǎo):微弱摇曳的样子。

凤:指妇女头饰作凤形。此句一作翠翘浮动玉钗垂。

[4]教:令,让。

罗裙:丝罗制的裙子,多泛指妇女衣裙。〔南朝·梁〕江淹《别赋》:"攀桃李兮不忍别,送爱子兮霑罗裙。"(《文选》卷十六·赋辛)

远道朝来:一作"知道巫山"。

行雨:用巫山神女事。〔战国·楚〕宋玉《高唐赋》:"妾在巫山之阳,高丘之阻,旦为朝云,暮为行雨。朝朝暮暮,阳台之下。"(《文选》卷十九·赋癸)这里将罗裙被溅湿的妓女比喻成行雨的巫山神女。

于濆

【作者简介】

于濆，字子漪，京兆长安（今陕西省西安市）人。伯祖父于顿为宪宗朝宰相。于濆蹉跎科场近二十年，曾流寓各地，远至边塞。咸通二年（861）裴延鲁榜进士及第，官终泗州（治今江苏省盱眙县）判官。弃官后曾寓居于尧山（今河北省隆尧县）。今存诗一卷。事见《新唐书》卷七二下、《宰相世系》二下、《唐诗纪事》卷六十一、《唐才子传》卷八。

巫山高[1]

何山无朝云，彼云亦悠扬。
何山无暮雨，彼雨亦苍茫[2]。
宋玉恃才者，恁虚构高唐[3]。
自垂文赋名，荒淫归楚襄[4]。
峨峨十二峰[5]，永作妖鬼乡。

（《全唐诗》卷五百九十九，中华书局点校本，1960 年 4 月第 1 版，第 6930 页）

【注　释】

[1]《巫山高》：乐府旧题，属《鼓吹曲辞·汉铙歌》。见凌敬《巫山高》注[1]。

[2]"何山"四句：用楚王梦遇巫山神女之典。〔战国·楚〕宋玉《高唐赋》："昔者先王尝游高唐，怠而昼寝，梦见一妇人曰：'妾，巫山之女也。为高唐之客。闻君游高唐，愿荐枕席。'王因幸之。去而辞曰：'妾在巫山之阳，高丘之阻，旦为朝云，暮为行雨。朝朝暮暮，阳台之下。'"（《文选》卷十九·赋癸）悠扬：飘忽不定。苍茫：旷远迷茫之状。

[3]"宋玉"两句：宋玉，战国楚鄢人。其《高唐赋》为一虚构的神话，写楚怀王

梦与巫山神女相会的故事。

　　〔4〕荒淫归楚襄:宋玉《神女赋》写楚顷襄王听宋玉述说神女故事后,梦和神女相会。

　　〔5〕峨峨:高大的样子。

　　十二峰:巫山有十二峰。见乔知之《巫山高》注〔2〕。

吕 岩

【作者简介】

吕岩，传说中八仙之一。字洞宾，号纯阳子，自称回道人，世称回仙。又名岩客。据传为河中府(今山西永济西)人，唐德宗时湖南观察使吕渭孙，海州刺史吕让子。懿宗咸通间(860—873)应进士试，不第，遂归隐华山，遇隐士钟离权，得道成仙。唐代载籍未见其事。据《敲爻歌》自称"汉终唐国飘蓬客"，及《三字诀》夹注"翁，晋人"，当为五代间北汉人，后入宋。《全唐诗》编其诗四卷。

水仙子

醉魂别后广寒宫[1]，飞下瑶台十二峰[2]。只因一椀黄粱梦[3]，得神仙造化功。　　左右列，玉女金童。采仙药，千年寿，炼丹砂，九转功。每日价，伏虎降龙。

(《全唐五代词》副编卷三，中华书局
1999 年 12 月第 1 版，第 1338 页)

【注　释】

[1]广寒宫：传说唐玄宗于八月望日游月中，见一大宫府，榜曰："广寒清虚之府。"后因称月中仙宫为"广寒宫"。〔唐〕鲍溶《宿水亭》："夜深星月伴芙蓉，如在广寒宫里宿。"(《全唐诗》卷四百八十六)

[2]瑶台：指传说中的神仙居处。〔晋〕王嘉《拾遗记·昆仑山》："傍有瑶台十二，各广千步，皆五色玉为台基。"

十二峰：巫山十二峰。见乔知之《巫山高》注[2]。

[3]黄粱梦：〔唐〕沈既济《枕中记》载：卢生在邯郸客店遇道士吕翁，生自叹穷

困,翁探囊中枕授之曰:枕此当令子荣适如意。时主人正蒸黄粱,生梦入枕中,享尽富贵荣华。及醒,黄粱尚未熟,怪曰:"岂其梦寐耶?"翁笑曰:"人世之事亦犹是矣。"后因以"黄粱梦"喻虚幻的事和不能实现的愿望。(《太平广记》卷八十二·异人二)

罗 隐

【作者简介】

罗隐（833—909），字昭谏，自号江东生，新城（今浙江富阳县西南）人。本名横，以十举进士不第，乃更名隐。咸通十一年（870），投湖南观察使，授衡阳县主簿，冬十月辞归。又历游淮、润，皆不得意。广明（880—881）中，避黄巢乱，寓居池州。光启三年（887），东归投钱镠，官钱塘县令，拜秘书省著作郎、镇海军节度掌书记。天佑三年（906），转司勋郎中、镇海节度判官。开平二年（908），授给事中，世称罗给事，三年迁盐铁发运使，是年冬病卒，年七十七。《崇文总目》著录《罗隐集》二十卷、《吴越掌记集》三卷、《江东后集》十卷、《甲乙集》十卷、《罗隐赋》一卷、《罗隐启事》一卷、《谗书》五卷、《谗本》三卷、《湘南应用集》三卷、《淮海寓言》七卷、《吴越应用集》三卷、《两同书》二卷。多已散佚，今存《甲乙集》十卷、《谗书》五卷，清人辑有《罗昭谏集》八卷，《全唐诗》录存其诗十一卷，《全唐文》录存其文四卷。今人雍文华辑有《罗隐集》。事见沈崧《罗给事墓志》《旧五代史》卷二十四、《五代史补》卷一、《唐才子传》卷九。

渚宫秋思[1]

楚城日暮烟霭深[2]，楚人驻马还登临。
襄王台下水无赖[3]，神女庙前云有心[4]。
千载是非难重问，一江风雨好闲吟。
欲招屈宋当时魄[5]，兰败荷枯不可寻。

（《全唐诗》卷六百五十八，中华书局点校本，1960 年 4 月第 1 版，第 7558 页）

【注　释】

[1]渚宫:春秋楚国的宫名。故址在今湖北省江陵县。《通典》:"荆州江陵县,故楚之郢地,秦分郢置江陵县。今县界有渚宫城。"《舆地纪胜·江陵府》:"渚宫,楚别宫。《左传》曰:'王在楚宫。'《水经注》云:'今城,楚别宫地也,春秋之渚宫。'"

[2]楚城:楚国故都,即指江陵。

[3]襄王台:〔战国·楚〕宋玉《高唐赋》:"昔者楚襄王与宋玉游于云梦之台。"(《文选》卷十九·赋癸)

[4]神女庙:巫山神女庙。

[5]屈宋:楚大夫屈原、宋玉。屈原为怀王所逐,有《哀郢》之辞,宋玉为襄王所亲,有《高唐》之赋。前联中所谓"千载是非"者,指的是屈原、宋玉的是非。

巫山高[1]

下压重泉上千仞,香云结梦西风紧[2]。
纵有精灵得往来[3],狄轚鼯轩亦颠陨[4]。
岚光双双雷隐隐[5],愁为衣裳恨为鬓。
暮洒朝行何所之[6],江边日月情无尽。
珠零冷露丹堕枫,细腰长脸愁满宫[7]。
人生对面犹异同,况在千岩万壑中[8]。

(《全唐诗》卷六百六十五,中华书局点校本,1960 年 4 月第 1 版,第 7611 页)

【注　释】

[1]《巫山高》:乐府旧题,属《鼓吹曲辞·汉铙歌》。〔宋〕郭茂倩《乐府诗集》引《乐府题解》曰:"古词言,江淮水深,无梁可度,临水远望,思归而已。若齐王融想像巫山高,梁范云巫山高不极。杂以阳台神女之事,无复远望思归之意也。"(《乐府诗集》卷十六·鼓吹曲辞一)详见凌敬《巫山高》注[1]。

[2]结梦:〔战国·楚〕宋玉《高唐赋》:"昔者先王尝游高唐,怠而昼寝,梦见一妇人曰:'妾,巫山之女也。为高唐之客。闻君游高唐,愿荐枕席。'王因幸之。去而辞曰:'妾在巫山之阳,高丘之阻,旦为朝云,暮为行雨。朝朝暮暮,阳台之下。'旦朝视之,如言。故为立庙,号曰'朝云'。"(《文选》卷十九·赋癸)

[3]精灵:神仙。〔晋〕左思《吴都赋》:"精灵留其山阿。"(《文选》卷五·赋丙)诗中此指巫山神女。

[4]狖(yòu)轭:狖,猿的种类之一。黄黑色,尾巴很长。轭,驾车时搁在牛马颈上的曲木。狖轭指狖所驾之车。

鼯(wú):鼯鼠,俗称飞鼠。哺乳动物,形似松鼠,能从树上飞降下来。住在树洞中,昼伏夜出。鼯轩:飞鼠所驾之车。

颠陨:自上而跌下谓之颠陨。《楚辞·离骚》:"日康娱而自忘兮,厥首用夫颠陨。"王逸注:"自上下曰颠。陨,坠也。"(《楚辞章句》卷一)

[5]双双:《瞿本》《英华》作山双。山高耸之的样子。〔唐〕杜甫《西岳赋》:"风御冉以纵山双。"(《全唐文》卷三百五十九)

[6]暮洒朝行:用巫山神女事,谓"旦为朝云,暮为行雨"。

[7]细腰长脸:《太平御览》卷四百九十六引《风俗通义》:"赵王好大眉,人间半额。齐王好细腰,后宫有饿死者。"

[8]千岩万壑:此亦取襄王神女事。前句言宫人与天子居常对面,犹有得宠者,有失宠者,何况在此陵谷之间。〔唐〕僧齐己《巫山高》:"千岩万壑花皆坼,但恐芳菲无正色。"(《全唐诗》卷八百四十七)

韦 庄

【作者简介】

韦庄(约836—910),字端己,杜陵(今陕西西安东南)人。宰相韦待价(一说韦见素)之后,韦应物四世孙。中和三年(883)赴京应举,在洛阳写成《秦妇吟》。时人号为"秦妇吟秀才"。其后十余年,辗转于越中、江西及两湖。唐昭宗乾宁元年(894)进士及第,授校书郎。光化三年(900)迁左补阙。天复元年(901),投奔西蜀王建,任掌书记。唐亡,与诸将拥建称帝,为左散骑常侍,判中书门下事,官至吏部侍郎同平章事。武成三年(910)八月卒,谥文靖。韦庄工诗善词,与温庭筠同属花间派,并称"温韦"。著有《浣花集》,此书卷数各书著录不一,现有十卷本传世。事见韦蔼《浣花集序》《蜀祷杌》卷上、《唐诗纪事》卷六十八、《唐才子传》卷十、《十国春秋》卷四十及夏承焘《韦端己年谱》。

听赵秀才弹琴

满匣冰泉咽又鸣[1],玉音闲淡入神清[2]。
巫山夜雨弦中起[3],湘水清波指下生。
蜂簇野花吟细韵[4],蝉移高柳迸残声。
不须更秦幽兰曲[5],卓氏门前月正明[6]。

(《全唐诗》卷六百九十五,中华书局点校本,1960年4月第1版,第8000页)

【注 释】

[1]匣:琴匣,这里指琴。冰泉:清泉,常用其声形容琴声。〔唐〕元稹《五弦弹》:"风入春松正凌乱,莺含晓舌怜娇妙。呜呜暗溜咽冰泉,杀杀霜刀涩寒鞘。"

（《全唐诗》卷四百一十九）

　　[2]玉音：清越优雅的声音。〔晋〕陶潜《读〈山海经〉》诗之七："灵凤抚云舞，神鸾调玉音。"（《陶渊明集》卷四·诗五言）

　　[3]巫山：见凌敬《巫山高》注[2]。

　　[4]蜂簇：群蜂簇拥。

　　[5]幽兰：古琴曲名。〔战国·楚〕宋玉《讽赋》："臣援琴而鼓之，为《幽兰》《白雪》之曲。"

　　[6]卓氏：指卓文君。司马迁《史记·司马相如列传》："酒酣，临邛令前奏琴曰：'窃闻长卿好之，愿以自娱。'相如辞谢，为鼓一再行。是时卓王孙有女文君新寡，好音，故相如缪与令相重，而以琴心挑之。相如之临邛，从车骑，雍容闲雅甚都；及饮卓氏，弄琴，文君窃从户窥之，心悦而好之，恐不得当也。"（《史记》卷一百一十七·司马相如列传第五十七）

谒巫山庙[1]

　　乱猿啼处访高唐[2]，路入烟霞草木香。
　　山色未能忘宋玉，水声犹似哭襄王[3]。
　　朝朝暮暮阳台下，为雨为云楚国亡[4]。
　　惆怅庙前无限柳，春来空斗画眉长。

（《全唐诗》卷六百九十八，中华书局点校本，1960 年 4 月第 1 版，第 8032 页）

【注　释】

　　[1]巫山庙：庙名。为巫山神女所立之庙。在重庆市巫山县东巫山飞凤峰麓。

　　[2]猿啼：巫峡两岸古代多猿。见阎立本《巫山高》注[8]。高唐：战国时楚国台观名。在云梦泽中。传说楚襄王游高唐，梦见巫山神女，幸之而去。〔战国·楚〕宋玉《高唐赋》："昔者楚襄王与宋玉游于云梦之台，望高唐之观。"（《文选》卷十九·赋癸）

　　[3]宋玉曾作《高唐赋》《神女赋》，写楚王与巫山神女梦中相会的故事。襄王：楚襄王。

　　[4]〔战国·楚〕宋玉《高唐赋》："昔者先王尝游高唐，怠而昼寝，梦见一妇人

曰:'妾,巫山之女也。为高唐之客。闻君游高唐,愿荐枕席。'王因幸之。去而辞曰:'妾在巫山之阳,高丘之阻,旦为朝云,暮为行雨。朝朝暮暮,阳台之下。'"(《文选》卷十九·赋癸)又宋玉《神女赋》:"楚襄王与宋玉游于云梦之浦,使玉赋高唐之事。其夜玉寝,果梦与神女遇,其状甚丽。"(《文选》卷十九·赋癸)"为雨为云楚国亡":指楚襄王荒淫误国。

楚行吟

章华台下草如烟[1],故郢城头月似弦[2]。
惆怅楚宫云雨后[3],露啼花笑一年年。

（《全唐诗》卷六百九十六,中华书局点校本,1960 年 4 月第 1 版,第 8009 页）

【注　释】

[1]章华台:楚离宫名。故址在今湖北省监利县西北,晋朝杜预以为春秋时楚灵王所建者即此。台高十丈,基广十五丈。称"华容之章华"。

[2]郢城:犹郢都。春秋、战国时楚国都。故址在今湖北江陵东北。〔清〕吴兆宽《寄怀小修弟》:"万里江涛接郢城,上游节钺坐论兵。"(《清诗别裁集》卷六)

[3]楚宫云雨:楚宫指古楚国的宫殿,这里用楚王与巫山神女梦中相会事,详见《谒巫山庙》[4]注。

送李秀才归荆溪[1]

八月中秋月正圆,送君吟上木兰船[2]。
人言格调胜玄度[3],我爱篇章敌浪仙[4]。
晚渡去时冲细雨,夜滩何处宿寒烟[5]?
楚王宫去阳台近[6],莫倚风流滞少年。

（《全唐诗》卷六百九十八,中华书局点校本,1960 年 4 月第 1 版,第 8032 页）

【注　释】

[1]据夏承焘《韦端己年谱》,此诗作于大顺元年(890)秋。荆溪:古地名,在今江苏宜兴。

[2]木兰船:用木兰树造的船。亦为船的美称。

[3]玄度:东晋清谈名士许询的字。〔南朝·宋〕刘义庆《世说新语·言语》:"刘尹云:'清风朗月,辄思玄度。'"刘孝标注引《晋中兴士人书》:"许询能清言,于时士人皆钦慕仰爱之。"(《世说新语》言语第二)

[4]浪仙:唐代诗人贾岛的字。〔五代〕齐己《还黄平素秀才卷》:"冷澹闻姚监,精奇见浪仙。"(《全唐诗》卷八百三十九)

[5]寒烟:寒冷的烟雾。〔南朝·宋〕颜延之《应诏观北湖田收》:"阳陆团精气,阴谷曳寒烟。"(《文选》卷二十二·诗乙)

[6]楚王宫:楚王之宫。在重庆市巫山县西阳台古城内,相传楚襄王所游之地。阳台:台观名,在巫山。见凌敬《巫山高》注[7]。

奉和左司郎中春物暗度感而成章

才喜新春已暮春,夕阳吟杀倚楼人[1]。
锦江风散霏霏雨[2],花市香飘漠漠尘。
今日尚追巫峡梦[3],少年应遇洛川神[4]。
有时自患多情病,莫是生前宋玉身[5]。

(《全唐诗》卷七百,中华书局点校本,1960年4月第1版,第8051页)

【注　释】

[1]左司郎中:官名。《旧唐书·职官志》:"尚书都省有左、右司郎中各一员,左司郎中副左丞所管诸司事。"(《旧唐书》卷四十三·志第二十三)

[2]锦江:岷江分支之一,在今四川成都平原。传说蜀人织锦濯其中则锦色鲜艳,濯于他水,则锦色暗淡,故称。《文选·左思〈蜀都赋〉》:"百室离房,机杼相和;贝锦斐成,濯色江波。"刘逵注引〔三国·蜀〕谯周《益州志》:"成都织锦既成,濯于江水,其文分明,胜于初成;他水濯之,不如江水也。"(《文选》卷四·赋乙)霏霏:雨雪盛貌。《诗·小雅·采薇》:"今我来思,雨雪霏霏。"

[3]巫峡梦:用楚王与巫山神女在梦中相会事,详见《谒巫山庙》[4]注。后遂

以"巫峡"或"巫峡梦"称男女幽会之事。巫峡,见上官仪《八咏应制二首》(其一)注[11]。

[4]洛川神:洛神。《文选·洛神赋》李善注:"《记》曰:魏东阿王,汉末求甄逸女,既不遂。太祖回与五官中郎将。(曹)植殊不平,昼思夜想,废寝与食。黄初中人朝,帝示植甄后玉楼金带枕,植见之,不觉泣。时已为郭后谗死。帝意亦寻悟,因令太子留宴饮,仍以枕赍植。植还,度辕辕,少许时,将息洛水上,思甄后。忽见女来,自云:'我本托心君王,其心不遂。此枕是我在家时从嫁前与五官中郎将,今与君王。遂用荐枕席,欢情交集,岂常辞能具。……'言讫,遂不复见所在。遣人献珠于王,王答以玉佩,悲喜不能自胜,遂作《感甄赋》。后明帝见之,改为《洛神赋》。"(《文选》卷十九·赋癸)诗中指神仙或美女。〔唐〕孟浩然《和张二自稷县还途中遇雪》:"歌疑郢中客,态比洛川神。"(《全唐诗》卷一百六十)

[5]此句大意:有时患了多情之病,恐怕自己是多情的宋玉再世。

河　传[1]（其三）

锦浦[2],春女[3]。绣衣金缕[4],雾薄云轻[5]。花深柳暗[6],时节正是清明[7],雨初晴。玉鞭魂断烟霞路[8],莺莺语[9],一望巫山雨[10]。香尘隐映[11],遥见翠槛红楼[12],黛眉愁[13]。

（《全唐诗》卷八百九十二,中华书局点校本,1960年4月第1版,第10078页）

【注　释】

[1]这首词写锦江春女的郊游情景。词分两片,上片写游女的美丽服饰和清明时节的景象,人景相称;下片写游女所见所思,情景交融。

[2]锦浦:锦江边。〔唐〕薛涛《乡思》:"何日片帆离锦浦,棹声齐唱发中流。"(《全唐诗》八百○三)锦江为岷江分支之一,在今四川成都平原。详见《奉和左司郎中春物暗度感而成章》注[2]。

[3]春女:怀春之女。《淮南子·缪称训》:"春女思,秋士悲,而知物化矣。"(《淮南子》卷十·缪称训)《续玉台新咏》王德《寄词》:"春风复荡漾,春女亦多情。"(《秦汉魏晋南北朝诗》北魏诗卷二)

[4]绣衣金缕:《全唐诗》卷二十六张潮《长干行》:"妾有绣衣裳,葳蕤金

缕光。”

　　[5]雾薄云轻:〔唐〕长孙无忌《新曲》:"云罗雾縠逐风轻",与此相近,似描写衣服之词。

　　[6]花深句:谓花繁柳茂也。花深:〔唐〕王勃《益州绵竹县武都山静惠寺碑》:"叶浓礓净,花深嶂密。"(《全唐文》卷一百八十三)〔唐〕温庭筠《春日访李处士》:"花深桥转水潺潺。"(《全唐诗》卷五百八十二)柳暗:王维《早朝》:"柳暗百花明。"(《全唐诗》卷一百二十六)

　　[7]时节句:魏承班《谒金门》(烟水阔):"人值清明时节。"(《全唐诗》卷八百九十五)

　　[8]玉鞭:借代乘车骑马的人。

　　魂断:〔南朝·梁〕江淹《恨赋》:"一旦魂断,宫车晚出。"(《文选》卷十六·赋辛)〔唐〕李商隐《东阿王》:"西陵魂断夜来人。"(《全唐诗》卷五百四十)

　　[9]莺莺语:〔唐〕杜牧《为人题赠二首》:"绿树莺莺语"。(《全唐诗》卷五百二十七)

　　[10]巫山雨:巫山云雨,语出宋玉《高唐赋》,详见《谒巫山庙》[4]注。这里指游乐之处。

　　[11]香尘隐映:尘土飞扬,景物时隐时现。〔唐〕杜牧《金谷园》:"繁华事散逐香尘。"(《全唐诗》卷五百二十五)

　　[12]翠槛:翠色栏槛。《佩文韵府》卷五十九引徐贲诗:"翠槛移来随步辇。"(《列朝诗集》甲集第十)

　　红楼:红色楼阁。

　　[13]黛眉:黛画之眉,特指女子之眉。〔晋〕左思《娇女诗》:"明朝弄梳台,黛眉类扫迹。"(《玉台新咏》卷二)

司空图

【作者简介】

司空图(837—908),字表圣,自号知非子、耐辱居士。泗州(今江苏泗洪东南)人。先人有别业在河中虞乡(今山西永济),之中条山王官谷,因居焉。咸通十年(869)登进士第。乾符五年(878),为殿中侍御史,寻贬光禄寺主簿,分司东都。后迁礼部员外郎、礼部郎中。光启元年(885),拜知制诰,迁中书舍人。三年,归隐中条山王官谷。日与名僧、高士游咏其中。朱温篡唐,召图为礼部尚书,辞不赴。翌年,闻哀帝被弑,不食而卒。诗多闲适隐逸之作,论诗强调"韵外之致"、"味外之旨",对严羽、王士稹之诗论影响很大。图曾自编其诗文为《一鸣集》三十卷,已散佚。有《司空表圣文集》《司空表圣诗集》传世。《全唐诗》编其诗为三卷。事见两《唐书》本传、《唐诗纪事》卷六十三、《唐才子传》卷八。

诗品二十四则

劲健[1]

行神如空,行气如虹。
巫峡千寻[2],走云连风。
饮真茹强[3],蓄素守中。
喻彼行健,是谓存雄。
天地与立,神化攸同[4]。
期之以实,御之以终。

(《全唐诗》卷六百三十四,中华书局点校本,1960 年 4 月第 1 版,第 7285 页)

【注　释】

[1]《诗品》又称《二十四诗品》,未载于存世的司空图诗文集中,自五代至元末所有有关司空图的传记资料,均未曾述及司空图著有《诗品》,今存宋元公私藏书志,亦未见著录是书,宋元的类书、地志、诗话、笔记等,又不见引录此书片言只语;称司空图著《诗品》,始于明末费经虞等人,惜其皆未说明所据,明末刊刻的几种《诗品》,亦皆不曾说明版刻所自,所以就目前掌握的材料看,无法证明司空图曾著《诗品》。详见陈尚君、汪涌豪《司空图〈二十四诗品〉辨伪》(载《中国古籍研究》创刊号)。

[2]巫峡:见上官仪《八咏应制二首(其一)》注[11]。巫峡在长江三峡之中最长。〔北魏〕郦道元《水经注·江水》:"其间首尾百六十里,谓之巫峡,盖因山为名也。……'巴东三峡巫峡长'。"(《水经注》卷三十四)寻:古代的长度单位,一寻等于八尺。

[3]茹:吃。

[4]神化:自然造化。

攸:文言语助词,无义。

这两句谓:雄健的气魄与天地并存,它像自然造化一样永远不息地运行。

李　洞

【作者简介】

李洞,字才江,京兆(今陕西西安)人,唐宗室之后。慕贾岛诗,铸贾岛铜像而顶戴之,事之如神,日诵"贾岛佛"千遍。乾符至大顺间屡试不第,游蜀而卒。《新唐书·艺文志》著录《李洞诗》一卷,《宋史·艺文志》著录《李洞诗集》三卷,已散佚。事见《唐摭言》卷十、《北梦琐言》卷七、《唐诗纪事》卷五十八、《唐才子传》卷九。

病　猿

瘦缠金锁惹朱楼[1],一别巫山树几秋[2]。
寒想蜀门清露滴[3],暖怀湘岸白云流[4]。
罢抛橄果沉僧井[5],休拗崖冰溅客舟[6]。
啼过三声应有泪[7],画堂深不彻王侯[8]。

(《全唐诗》卷七百二十三,中华书局点校本,1960 年 4 月第 1 版,第 8296 页)

【注　释】

[1]朱楼:谓富丽华美的楼阁。《后汉书·冯衍传下》:"伏朱楼而四望兮,采三秀之华英。"(《后汉书》卷五十八下·冯衍传第十八下)

[2]巫山:见凌敬《巫山高》注[2]。巫山古代多猿。见阎立本《巫山高》注[8]。

几秋:几年。

[3]蜀门:蜀地的门户。此亦指巫山。

清露:洁净的露水。〔汉〕张衡《西京赋》:"立修茎之仙掌,承云表之清露。"

诗歌部

571

（《文选》卷二·赋甲）

　　[4]湘岸:湘水两岸。

　　[5]僧井:寺庙里的水井。

　　[6]拗:折断。

　　[7]啼过三声应有泪:〔北魏〕郦道元《水经注·江水》:"其间首尾百六十里,谓之巫峡,盖因山为名也。……每至晴初霜旦,林寒涧肃,常有高猿长啸,属引凄异,空谷传响,哀转久绝。故渔者歌曰:'巴东三峡巫峡长,猿鸣三声泪沾裳!'"(《水经注》卷三十四)泪,一作恨。

　　[8]彻:通,透。

　　王侯:谓天子与诸侯。后多指王爵与侯爵,或泛指显贵者。《易·蛊》:"不事王侯,高尚其事。"《史记·陈涉世家》:"王侯将相宁有种乎?"(《史记》卷四十八·陈涉世家第十八)

送皇甫校书自蜀下峡归觐襄阳[1]

蜀道波不竭[2],巢鸟出浪痕。

松阴盖巫峡,雨色彻荆门[3]。

宿寺青山尽,归林彩服翻[4]。

苦吟怀冻馁,为吊浩然魂[5]。

（《全唐诗》卷七百二十一,中华书局点校本,1960年4月第1版,第8278页）

【注　释】

　　[1]校书:古代掌校理典籍的官员。汉有校书郎中,三国魏始置秘书校书郎,隋、唐等都设此官,属秘书省。

　　峡:指长江三峡。

　　归觐:归乡拜望父母。〔唐〕贾岛《送韦琼校书》:"宾佐兼归觐,此行江汉心。"(《全唐诗》卷五百七十三)

　　襄阳:在今湖北省襄阳。

　　[2]蜀道:蜀中的道路。亦泛指蜀地。

　　[3]巫峡:见上官仪《八咏应制二首(其一)》注[11]。

　　彻:通。

荆门:山名。在湖北宜都县西北长江南岸。

[4]宿寺:在寺庙中借宿。

山:一作灯,一作峰。

归林:归乡。

彩服:用老莱子事。《艺文类聚》卷二十引《列女传》:"老莱子孝养二亲,行年七十,婴儿自娱,著五色采衣。尝取浆上堂,跌仆,因卧地为小儿啼,或弄乌鸟于亲侧。"相传春秋时楚国隐士老莱子,七十岁时还身穿五彩衣,模仿小儿的动作和哭声,以使父母欢心。

[5]苦吟:反复吟咏,苦心推敲。言做诗极为认真。〔唐〕冯贽《云仙杂记·苦吟》:"孟浩然眉毫尽落,裴祐袖手,衣袖至穿,王维至走入醋瓮,皆苦吟者也。"(《云仙杂记》卷二)

冻馁:指饥寒交迫。《墨子·非命上》:"是以衣食之财不足,而饥寒冻馁之忧至。"《孟子·尽心上》:"不暖不饱,谓之冻馁。"

浩然:孟浩然。

唐 求

【作者简介】

唐求，一作唐球，成都人。隐居在味江山（在今四川崇庆县）。昭宗时，王建为蜀帅，曾召他为参谋，不应召。时人称他为"唐隐居"或"唐山人"。常把写好的诗稿捻成纸丸，放在大瓢中，故有"诗瓢"之称。《直斋书录解题》著录《唐求集》一卷，已散佚。事见《唐诗纪事》卷五十、《唐才子传校笺》卷十。

送友人江行之庐山肄业[1]

蜀国初开棹，庐峰拟拾萤[2]。
兽皮裁褥暖，莲叶制衣馨[3]。
楚水秋来碧，巫山雨后青[4]。
莫教衔凤诏，三度到中庭[5]。

（《全唐诗》卷七百二十四，中华书局点校本，1960年4月第1版，第8309页）

【注　释】

[1]之：到，往。庐山：在江西省九江市南，耸立于鄱阳湖、长江之滨。又名匡山、匡庐。相传周有匡姓七兄弟结庐隐居于此，故名。肄（yì）业：修习学业。古人书所学之文字于方版谓之业，师授生曰授业，生受之于师曰受业，习之曰肄业。《左传·文公四年》："卫宁武子来聘，公与之宴，为赋《湛露》及《彤弓》。不辞，又不答赋。使行人私焉。对曰'臣以为肄业及之也'。"

[2]蜀国：泛指蜀地。开棹：开船。庐峰：庐山。拾萤：用晋车胤囊萤读书事。《晋书·车胤传》载：晋代车胤勤学苦读，家里十分贫困，没有油来点灯，夏天就用袋子装萤火虫来充当火光读书。

[3]"莲叶"句:《楚辞·离骚》:"制芰荷以为衣兮,集芙蓉以为裳。"又《楚辞·九歌·少司命》:"荷衣兮蕙带。"后称隐士之服为"荷衣"。此用其典。

[4]楚水:泛指古楚地的江河湖泽。〔北周〕庾信《三月三日华林园马射赋》:"横弧于楚水之蛟,飞镞于吴亭之虎。"(《后周文》卷八)〔唐〕刘长卿《明月湾寻贺九不遇》:"楚水日夜绿,傍江春草滋。"(《全唐诗》卷一百五十一)巫山:见凌敬《巫山高》注[2]。

[5]衔凤沼:凤诏,诏书。〔晋〕陆翙《邺中记》:"(后赵)石季龙在观上为诏书,五色纸,著凤口中。凤既衔诏,诗人放数百丈绯绳,辘轳回转,凤凰飞下,谓之凤诏。凤凰以木作之,五色漆画,脚皆用金。"中庭:古代庙堂前阶下正中部分。为朝会或授爵行礼时臣下站立之处。《管子·中匡》:"管仲反入,倍屏而立,公不与言;少进中庭,公不与言。"(《管子》中匡第十九)

巫山下作[1]

细腰宫尽旧城摧,神女归山更不来[2]。
唯有楚江斜日里,至今犹自绕阳台[3]。

(《全唐诗》卷七百二十四,中华书局点校本,1960年4月第1版,第8311页)

【注 释】
[1]巫山:见凌敬《巫山高》注[2]。
[2]细腰宫:楚宫。《韩非子》:"楚灵王好细腰,而国中多饿人。"(《韩非子》二柄第七)

摧:衰败、破坏。

神女:巫山神女。

[3]楚江:楚境内的江河。〔唐〕李白《望天门山》:"天门中断楚江开,碧水东流至北回。"(《全唐诗》卷一百八十)

阳台:台观名。传说为巫山神女所居之处。见凌敬《巫山高》注[7]。

崔涂

【作者简介】

崔涂,字礼山,江南(今浙江省桐庐、建德)人。中和元年(881)至三年,曾入蜀赴落第。光启四年(888)进士及第。久客巴、蜀、湘、鄂、赣、皖、豫、秦、陇等地。《新唐书·艺文志》著录《崔涂诗》一卷,今存诗一卷。事见《唐诗纪事》卷六十一、《唐才子传》卷九。

云

得路直为霖济物[1],不然闲共鹤忘机[2]。
无端却向阳台畔,长送襄王暮雨归[3]。

(《全唐诗》卷六百七十九,中华书局点校本,1960年4月第1版,第7784页)

【注 释】

[1]为霖:《书·说命上》:"若岁大旱,用汝作霖雨。"此殷高宗命傅说为相之辞,后因以"为霖"或"作霖"称颂宰相。济物:犹济人。〔三国·魏〕嵇康《与山巨源绝交书》:"子文无欲卿相而三登令尹,是乃君子思济物之意也。"(《文选》卷四十三·书下)

[2]闲共鹤:古谓"闲云野鹤",闲共鹤指像鹤一样悠闲。忘机:消除机巧之心。常用以指甘于淡泊,与世无争。〔唐〕王勃《江曲孤凫赋》:"尔乃忘机绝虑,怀声弄影。"(《全唐文》卷一百七十七)

[3]无端:没来由。阳台、襄王、暮雨:用巫山神女事。〔战国·楚〕宋玉《高唐赋》记楚王梦遇巫山神女:"昔者先王尝游高唐,怠而昼寝,梦见一妇人曰:'妾,巫山之女也。为高唐之客。闻君游高唐,愿荐枕席。'王因幸之。去而辞曰:'妾在巫山之阳,高丘之阻,旦为朝云,暮为行雨。朝朝暮暮,阳台之下。'"(《文选》卷十

巫山庙[1]

双黛俨如嚬,应伤故国春[2]。
江山非旧主,云雨是前身[3]。
梦觉传词客,灵犹福楚人[4]。
不知千载后,何处又为神?

（《全唐诗》卷六百七十九,中华书局点
校本,1960 年 4 月第 1 版,第 7771 页）

【注　释】

[1]巫山庙:巫山神女庙,在巫山南。〔战国·楚〕宋玉《高唐赋》记楚王梦遇巫山神女:"昔者先王尝游高唐,怠而昼寝,梦见一妇人曰:'妾,巫山之女也。为高唐之客。闻君游高唐,愿荐枕席。'王因幸之。去而辞曰:'妾在巫山之阳,高丘之阻,旦为朝云,暮为行雨。朝朝暮暮,阳台之下。'旦朝视之,如言。故为立庙,号曰'朝云'。"（《文选》卷十九·赋癸）

[2]双黛:指神女像的双眉。黛,青黑色的颜料,古代女子用以画眉。俨如:宛如,好像。嚬:古同"颦"。颦,皱眉。故国:楚国。

[3]云雨是前身:宋玉《高唐赋》记神女化做朝云、暮雨:"妾在巫山之阳,高丘之阻,旦为朝云,暮为行雨。朝朝暮暮,阳台之下。"（《文选》卷十九·赋癸）

[4]词客:指宋玉。战国末楚国人,辞赋家。曾为楚顷襄王大夫。其《高唐赋》《神女赋》皆记楚王在梦中与巫山神女相会的故事。灵:灵魂、精神。福:用作动词,降福、保佑之意。

巫山旅别[1]

五千里外三年客,十二峰前一望秋[2]。
无限别魂招不得,夕阳西下水东流。

（《全唐诗》卷六百七十九,中华书局点
校本,1960 年 4 月第 1 版,第 7784 页）

【注　释】

[1]巫山:见凌敬《巫山高》注[2]。

[2]十二峰:指巫山十二峰,见乔知之《巫山高》注[2]。

王　毅

【作者简介】

　　王毅,字虚中,自号临沂子,袁州宜春(今江西宜春)人。唐昭宗乾宁五年(898)登进士第。曾任国子博士。官终尚书郎。《新唐书·艺文志》著录《王毅诗集》三卷,已散佚,今存诗十八首。事见《新唐书·艺文志四》《唐诗纪事》卷七十、《唐才子传》卷十。

吹笙引[1]

　　娲皇遗音寄玉笙[2],双成传得何凄清[3]。
　　丹穴娇雏七十只[4],一时飞上秋天鸣。
　　水泉迸泻急相续,一束宫商裂寒玉[5]。
　　旖旎香风绕指生[6],千声妙尽神仙曲。
　　曲终满席悄无语,巫山冷碧愁云雨[7]。

（《全唐诗》卷六百九十四,中华书局点校本,1960 年 4 月第 1 版,第 7986 页）

【注　释】

[1]引:乐曲体裁的一种,有序曲的意思。

[2]娲皇:女娲,传说曾用五色石补天。

玉笙:饰玉的笙。亦用为笙之美称。〔南朝·梁〕刘孝威《奉和简文帝太子应令》:"园绮随金辂,浮丘侍玉笙。"(《秦汉魏晋南北朝诗》梁诗卷十八)

[3]双成:董双成,神话中西王母侍女名。〔唐〕白居易《长恨歌》:"金阙西厢叩玉扃,转教小玉报双成。"(《全唐诗》卷四百三十五)

何:多么。

凄清:指吹奏的曲调凄凉。

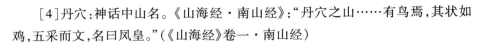

[4]丹穴:神话中山名。《山海经·南山经》:"丹穴之山……有鸟焉,其状如鸡,五采而文,名曰凤皇。"(《山海经》卷一·南山经)

娇雏:凤雏。

七十:一作十七。

[5]宫商:五音(宫、商、角、徵、羽)的两个音阶。此泛指乐曲。

[6]旖旎:柔美的样子。《史记·司马相如列传》:"旖旎从风。"(《史记》卷一百十七·司马相如列传第五十七)

[7]巫山、云雨:用巫山神女事。见杜甫《咏怀古迹五首(其二)》注[5]。巫山,见凌敏《巫山高》注[2]。

苏 拯

【作者简介】

苏拯,昭宗光化(898—901)中在世。曾与考功郎中苏璞叙宗党,因温卷误犯璞之家讳,璞大怒,拯致书谢过。《直斋书录解题》著录《苏拯集》一卷。今存诗二十九首。事见《唐摭言》卷十一。

巫 山[1]

昔时亦云雨,今时亦云雨。
自是荒淫多,梦得巫山女[2]。
从来圣明君,可听妖魅语[3]。
只今峰上云,徒自生容与[4]。

(《全唐诗》卷七百一十八,中华书局点校本,1960年4月第1版,第8249页)

【注 释】

[1]巫山:见凌敬《巫山高》注[2]。

[2]"昔时"四句:用楚王梦遇巫山神女事。〔战国·楚〕宋玉《高唐赋》:"昔者先王尝游高唐,怠而昼寝,梦见一妇人曰:'妾,巫山之女也。为高唐之客。闻君游高唐,愿荐枕席。'王因幸之。去而辞曰:'妾在巫山之阳,高丘之阻,旦为朝云,暮为行雨。朝朝暮暮,阳台之下。'旦朝视之,如言。故为立庙,号曰'朝云'。"(《文选》卷十九·赋癸)巫山女:巫山神女。

[3]可:岂可,怎能。

[4]峰:巫山有著名的十二峰,其中以神女峰最为著名。容与:从容闲舒、飘逸自得的样子。《楚辞·九歌·湘夫人》:"时不可兮骤得,聊逍遥兮容与。"

崔 江

【作者简介】

崔江,袁州(今江西宜春)人,昭宗时隐士。天祐二年,韩偓南依王审知,途经袁州时,曾赠以诗。事迹见《韩翰林集》。存诗一首。

宜春郡城闻猿[1]

怨抱霜枝向月啼,数声清绕郡城低。
那堪日夜有云雨,便似巫山与建溪[2]。

(《全唐诗》卷七百七十五,中华书局点校本,1960年4月第1版,第8779页)

【注　释】

[1]宜春郡:郡名,即袁州。今属江西宜春。

[2]巫山:见凌敬《巫山高》注[2]。此用巫山云雨及巫峡猿啼事。〔战国·楚〕宋玉《高唐赋》:"妾在巫山之阳,高丘之阻,旦为朝云,暮为行雨。朝朝暮暮,阳台之下。"(《文选》卷十九·赋癸)又〔北魏〕郦道元《水经注·江水》:"其间首尾百六十里,谓之巫峡,盖因山为名也。……每至晴初霜旦,林寒涧肃,常有高猿长啸,属引凄异,空谷传响,哀转久绝。故渔者歌曰:'巴东三峡巫峡长,猿鸣三声泪沾裳!'"(《水经注》卷三十四)

建溪:建阳溪,一名建安水。今称闽江,在福建省境内。〔唐〕戴叔伦有《和崔法曹建溪闻猿》诗。

张 乔

【作者简介】

　　张乔,字伯迁,池州(今安徽贵池县)人。尝隐居九华山苦读。懿宗咸通十一年,应京兆府试。有诗名,与许棠、喻坦之、郑谷等合称"咸通十哲"。黄巢兵起,复退隐九华山。存诗二卷。事见《唐摭言》卷十、《唐诗纪事》卷七十、《唐才子传》卷十。

望巫山[1]

溪叠云深转谷迟[2],暝投孤店草虫悲。
愁连远水波涛夜,梦断空山雨雹时。
边海故园荒后卖,入关玄发夜来衰[3]。
东归未必胜羁旅[4],况是东归未有期。

（《全唐诗》卷六百三十九,中华书局点校本,1960 年 4 月第 1 版,第 7333 页）

【注　释】

　　[1]巫山:见凌敬《巫山高》注[2]。

　　[2]转:转徙,转行。谷:山谷。

　　[3]边:靠近。关:指四川与陕西汉中之间的主要通道蜀三关,即阳平关、白水关和仙人关。玄发:黑发。〔汉〕蔡邕《青衣赋》:"玄发光润,领如蝤蛴。"(《全后汉文》卷六十九)〔唐〕宋之问《入泷州江》:"镜愁玄发改,心负紫芝荣。"(《全唐诗》卷五十三)

　　[4]东归:此时作者羁旅蜀中,作者的故乡在安徽贵池,故曰东归。羁旅:寄居异乡。《左传·庄公二十二年》:"齐侯使敬仲为卿,辞曰:'羁旅之臣……敢辱高位?'"杜预注:"羁,寄;旅,客也。"(《春秋左传正义》卷九)《史记·陈杞世家》:"羁旅之臣,幸得免负担,君之惠也。"(《史记》卷三十六·陈杞世家第六)

袁 郊

【作者简介】

袁郊,字之仪(《新唐书》卷七十四下《宰相世系表》作"之乾"),蔡州朗山(今河南确山)人。宪宗时宰相袁滋之子。咸通时,为祠部郎中、虢州刺史。昭宗朝,为翰林学士。今存诗四首。另著有《二仪实录衣服名义图》一卷,《服饰变古元录》一卷、《甘泽谣》一卷。事见《新唐书》卷五十八、五十九《艺文志》二、三,卷七十四下《宰相世系表》,《唐诗纪事》卷六十五。

云

楚甸尝闻旱魃侵[1],从龙应合解为霖[2]。
荒淫却入阳台梦,惑乱怀襄父子心[3]。

(《全唐诗》卷五百九十七,中华书局点校本,1960 年 4 月第 1 版,第 6913 页)

【注　释】

[1]甸:都城郊外。旱魃(bá):旧时谓能致旱灾的鬼神。

[2]从龙:《易·乾·文言》:"同声相应,同气相求,水流湿,火就燥,云从龙,风从虎。"古谓龙能致雨。为霖:《书·说命上》:"若岁大旱,用汝作霖雨。"此殷高宗命傅说为相之辞,后因以"为霖"或"作霖"称颂宰相。

[3]阳台梦:用楚王与巫山神女梦中幽会事。怀襄父子:楚怀王、楚襄王父子。父子二人皆梦遇巫山神女。〔战国·楚〕宋玉《高唐赋》:"昔者先王(楚怀王)尝游高唐,怠而昼寝,梦见一妇人曰:'妾,巫山之女也。为高唐之客。闻君游高唐,愿荐枕席。'王因幸之。去而辞曰:'妾在巫山之阳,高丘之阻,旦为朝云,暮为行雨。朝朝暮暮,阳台之下。'"(《文选》卷十九·赋癸)又宋玉《神女赋》:"楚襄王与宋玉游于云梦之浦,使玉赋高唐之事。其夜玉寝,果梦与神女遇,其状甚丽。"(《文选》卷十九·赋癸)

李咸用

【作者简介】

　　李咸用,约唐懿宗咸通(860—873)末前后在世。工诗,不第,尝应辟为推官。与修睦、来鹏等相交,多有唱和。有《披沙集》六卷。《全唐诗》存诗三卷。

和友人喜相遇十首(其二)

揣情摩意已无功[1],只把篇章助国风[2]。
宋玉谩夸云雨会[3],谢连宁许梦魂通[4]。
愁成旅鬓千丝乱,吟得寒缸短焰终[5]。
难世好居郊野地,出门常喜与人同。

　　　　　　　　(《全唐诗》卷六百四十六,中华书局点校本,1960年4月第1版,第7412页)

【注　释】

　　[1]揣情摩意:指揣摩科举试官之意以求相合。
　　[2]国风:国家的风俗。
　　[3]"宋玉"句:用〔战国·楚〕宋玉作《高唐赋》事。记楚王与巫山神女幽会:"旦为朝云,暮为行雨。朝朝暮暮,阳台之下。"谩夸:莫夸。
　　[4]谢连:〔南朝·宋〕诗人谢惠连,为谢灵运之族弟。相传谢灵运"尝于永嘉西堂思诗,竟日不就,忽梦见惠连,即得'池塘生春草',大以为工"。见《南史·谢惠连传》。
　　[5]缸:同"釭",灯。

悼范摅处士[1]

家在五云溪畔住,身游巫峡作闲人[2]。
安车未至柴关外[3],片玉已藏坟土新[4]。
虽有公卿闻姓字,惜无知己脱风尘。
到头积善成何事,天地茫茫秋又春。

（《全唐诗》卷六百四十六,中华书局点
校本,1960 年 4 月第 1 版,第 7406 页）

【注　释】

[1]范摅:吴(今江苏苏州)人。以处士放浪山水,终身未仕。处士:本指有才德而隐居不仕的人,后亦泛指未做过官的士人。

[2]五云溪:范摅家居越州五云溪,自号五云溪人、云溪子,所著书名《云溪友议》。巫峡:见上官仪《八咏应制二首(其一)》注[11]。

[3]安车:坐车。古车多立乘。古时常用安车征聘贤士。柴关:柴门。

[4]片玉:昆山片玉,比喻优秀人才。此处喻指范摅。《晋书·郤诜传》:"(郤诜)累迁雍州刺史。武帝于东堂会送,问诜曰:'卿自以为何如?'诜对曰:'臣举贤良对策,为天下第一,犹桂林之一枝,昆山之片玉。'"(《晋书》卷五十二·列传第二十二)北魏《张宁墓志》:"自以桂林一枝,昆山片玉。"(《汉魏南北朝墓志选》北魏)后因以"昆山片玉"喻珍贵稀有之物或赞美人才难得而可贵。

巫山高[1]

通蜀连秦山十二,中有妖灵会人意[2]。
斗艳传情世不知,楚王魂梦春风里[3]。
雨态云容多似是,色荒见物皆成媚[4]。
露泫烟愁岩上花[5],至今犹滴相思泪。
西眉南脸人中美[6],或者皆闻无所利。
忍听凭虚巧佞言[7],不求万寿翻求死。

（《全唐诗》卷六百四十四,中华书局点
校本,1960 年 4 月第 1 版,第 7380 页）

［1］巫山高:汉乐府鼓吹铙歌十八曲之一。见凌敬《巫山高》注［1］。

［2］山十二:指巫山,有十二峰。见乔知之《巫山高》注［2］。地处重庆市巫山县长江两岸,属于古秦蜀两地交界处,故云"通蜀连秦"。

妖灵:指巫山神女。

［3］"楚王"句:用楚王梦遇巫山神女事。见〔战国·楚〕宋玉《高唐赋》《神女赋》。

［4］色荒:沉迷于女色。《书·五子之歌》:"内作色荒。"孔传:"迷乱曰荒;色,女色。"(《尚书正义》卷七·五子之歌第三)

［5］露泫(xuàn):露珠下滴。

［6］西眉南脸:春秋时代美人西施之眉与南威之脸。〔三国·魏〕曹植《七启》:"南威为之解颜,西施为之巧笑。"(《曹子建集》卷九)南威,亦称"南之威"。春秋时晋国的美女。《战国策·魏策二》:"晋文公得南之威,三日不听朝,遂推南之威而远之,曰:'后世必有以色亡其国者。'"(《战国策》卷二十三·魏二)

［7］虚巧佞言:虚假不实、逢迎讨好的话。

胡 曾

【作者简介】

胡曾,长沙(今属湖南)人,一作邵阳(今属湖南)人。咸通中屡举进士不第。尝为山南东道节度从事。咸通十二年(871),路岩为剑南西川节度使,招延胡曾入幕府。乾符二年(875),高骈为西川节度使,辟曾为掌书记。五年(878)正月高骈转任荆南节度使前,曾已离蜀。工诗,尤擅咏史。《新唐书·艺文志》著录其《安定集》十卷,已佚。《直斋书录解题》著录其《咏史诗》三卷,今存。全诗编其诗为二卷。事见《唐诗纪事》卷七十一、《直斋书录解题》卷十九、《唐才子传》卷八。

阳 台[1]

楚国城池飒已空,阳台云雨过无踪[2]。
何人更有襄王梦[3],寂寂巫山十二重[4]。

(《全唐诗》卷六百四十七,中华书局点校本,1960 年 4 月第 1 版,第 7420 页)

【注 释】

[1]阳台:台观名。传说中的巫山神女所居之处。见凌敬《巫山高》注[7]。

[2]飒:萧条冷落。阳台云雨:用巫山神女事。〔战国·楚〕宋玉《高唐赋》记楚怀王梦遇巫山神女:"昔者先王尝游高唐,怠而昼寝,梦见一妇人曰:'妾,巫山之女也。为高唐之客。闻君游高唐,愿荐枕席。'王因幸之。去而辞曰:'妾在巫山之阳,高丘之阻,旦为朝云,暮为行雨。朝朝暮暮,阳台之下。'"(《文选》卷十九·赋癸)

过:一作去。

[3]襄王梦:宋玉《神女赋》记楚襄王梦见与巫山神女相遇:"楚襄王与宋玉游

于云梦之浦,使玉赋高唐之事。其夜玉寝,果梦与神女遇,其状甚丽。"(《文选》卷十九·赋癸)

[4]寂寂:孤单;冷落。〔汉〕秦嘉《赠妇诗》:"寂寂独居,寥寥空室。"(《秦汉魏晋南北朝诗》汉诗卷六)

巫山十二重:指巫山十二峰。见乔知之《巫山高》注[2]。

罗 虬

【作者简介】

罗虬,生卒年不详,台州(治所在今浙江临海县)人。词藻富赡,与同宗人罗邺、罗隐齐名,世称"三罗"。咸通中,累举不第。后为琅州从事。乾符六年(879)为台州刺史,约中和元年(881)被人杀害。有《比红儿诗》绝句一百首,编为一卷。事见《唐摭言》卷十、《北梦琐言》卷十三、《吴越备史》卷一、《唐语林》卷三、《唐诗纪事》卷六十九、《嘉定赤城志》卷八、《唐才子传校笺》卷九。

比红儿诗并序(其六十八[1])

比红者,为雕阴官妓杜红儿作也。美貌年少,机智慧悟,不与群辈妓女等。余知红者,乃择古之美色灼然于史传三数十辈,优劣于章句间,遂题比红诗。广明中,虬为李孝恭从事,籍中有善歌者杜红儿,虬令之歌,赠以彩,孝恭以红儿为副戎所盼,不令受。虬怒,手刃红儿,既而追其冤,作比红诗。

巫山洛浦本无情[2],总为佳人便得名。
今日雕阴有神艳[3],后来公子莫相轻。

(《全唐诗》卷六百六十六,中华书局点校本,1960年4月第1版,第7629页)

【注　释】

[1]这首诗以巫山神女和洛水女神比红儿。

[2]巫山:用巫山神女与楚王梦中幽会事。〔战国·楚〕宋玉《高唐赋》:"昔者先王尝游高唐,怠而昼寝,梦见一妇人曰:'妾,巫山之女也。为高唐之客。闻君

游高唐,愿荐枕席。'王因幸之。去而辞曰:'妾在巫山之阳,高丘之阻,旦为朝云,暮为行雨。朝朝暮暮,阳台之下。'"(《文选》卷十九·赋癸)洛浦:洛水边,用洛神事。〔三国·魏〕曹植《洛神赋序》:"黄初三年,余朝京师,还济洛川。古人有言:斯水之神,名曰宓妃。感宋玉对楚王神女之事,遂作斯赋。"赋中称美洛神"翩若惊鸿,婉若游龙。荣曜秋菊,华茂春松。仿佛兮若轻云之蔽月,飘飘兮若流风之回雪。远而望之,皎若太阳升朝霞;迫而察之,灼若芙蓉出渌波"。(《曹子建集》卷三)

[3]雕阴:汉县名,因境内有雕阴山(即疏属山)而得名。唐时改为甘泉县。故城在今陕西甘泉县南,富县北。官妓杜红儿为雕阴人,见题序。

神艳:神采艳丽,形容女子貌美,此指杜红儿。〔唐〕孟简《咏欧阳行周事》:"太原有佳人,神艳照行云。"(《全唐诗》卷四百七十三)

诗歌部

591

吴 融

【作者简介】

吴融(？—约903),字子华,越州山阴(今浙江绍兴县)人。龙纪元年(889)进士及第。韦昭度讨蜀,表掌书记,累迁侍御史。乾宁二年(895),因事贬官,流寓荆南,依节度使成汭。三年冬,召为左补阙,旋以礼部郎中充翰林学士。后拜中书舍人。天复元年(901),迁户部侍郎。是年冬,昭宗逃奔凤翔,融不及从,流寓阆乡。三年,召为翰林承旨学士,约卒于是年。他工于诗文,与韩偓、贯休、尚颜等交往唱和。《新唐书·艺文志》著录《吴融诗集》四卷、《制诰》一卷。事迹见《新唐书·文艺传下》《唐摭言》卷五卷六、《唐诗纪事》卷六十八、《唐才子传校笺》卷九。

送僧上峡归东蜀[1]

巴字江流一棹回[2],紫袈裟是禁中裁[3]。
如从十二峰前过[4],莫赋佳人殊未来[5]。

(《全唐诗》卷六百八十六,中华书局点校本,1960年4月第1版,第7880页)

【注 释】

[1]上峡:朔长江而上三峡。

[2]巴字江:曲折蜿蜒的江水。巴字篆体像蛇形。棹:桨,这里代指船。

[3]紫袈裟:皇帝赐予高僧的殊荣。唐制,三品以上官员穿紫色官服。所以穿紫袈裟的僧人都是僧人中特别显贵的。禁中:宫中。《史记·秦始皇本纪》:"于是二世常居禁中,与高决诸事。"(《史记》卷六·秦始皇本纪第六)

[4]十二峰:指巫山十二峰。见乔知之《巫山高》注[2]。

[5]赋:赋诗。〔战国·楚〕宋玉作《高唐赋》《神女赋》记楚王与巫山神女梦中相会的故事。佳人:此指巫山神女。殊:绝。

赋得欲晓看妆面

胧胧欲曙色,隐隐辨残妆[1]。

月始云中出,花犹雾里藏。

眉边全失翠,额畔半留黄。

转入金屏影,隈侵角枕光[2]。

有蝉䃾鬓样[3],无燕著钗行。

十二峰前梦[4],如何不断肠[5]。

(《全唐诗》卷六百八十七,中华书局点校本,1960年4月第1版,第7902页)

【注　释】

[1]胧胧:朦胧昏暗的样子。隐隐:隐约不分明的样子。〔南朝·宋〕鲍照《还都道中》诗之二:"隐隐日没岫,瑟瑟风发谷。"(《秦汉魏晋南北朝诗》宋诗卷八)

[2]隈(wēi):山水等弯曲的地方。

[3]䃾(huī):毁坏、崩毁。

[4]十二峰前梦:传说楚王与巫山神女在梦中相会。十二峰,巫山十二峰。见乔知之《巫山高》注[2]。

[5]断肠:形容极度思念或悲痛。〔三国·魏〕曹丕《燕歌行》:"念君客游思断肠,慊慊思归恋故乡。"(《魏文帝集》卷六)

宋玉宅[1]

草白烟寒半野陂[2],临江旧宅指遗基[3]。

已怀湘浦招魂事[4],更忆高唐说梦时[5]。

穿径早曾闻客住[6],登墙岂复见人窥[7]。

今朝送别还经此,吟断当年几许悲。

(《全唐诗》卷六百八十六,中华书局点校本,1960年4月第1版,第7883页)

【注　释】

[1]宋玉宅:在江陵城北三里。此诗当作于乾宁二年(895)至三年流寓江陵时。

[2]陂:山坡。

[3]临江旧宅:指宋玉宅。《汉书·高帝纪》载:项羽立"共敖为临江王,都江陵"。侯景之乱时,庾信从建康遁归江陵,居宋玉故宅,其《哀江南赋》云:"诛茅宋玉之宅,穿径临江之府。"(《全后周文》卷八)

[4]湘浦招魂:〔汉〕王逸《楚辞章句》:"宋玉哀怜屈原忠而斥弃,愁懑山泽,魂魄放佚,厥命将落,故作《招魂》。"

[5]高唐说梦:〔战国·楚〕宋玉作《高唐赋》记楚王与巫山神女梦中相会的故事。

[6]客:指庾信。

[7]"登墙"句:用宋玉东邻事。《登徒子好色赋》:"(宋)玉曰:'天下之佳人莫若楚国,楚国之丽者莫若臣里,臣里之美者,莫若臣东家之子。东家之子,增之一分则太长,减之一分则太短,著粉则太白,施朱则太赤。眉如翠羽,肌如白雪,腰如束素,齿如含贝。嫣然一笑,惑阳城,迷下蔡。然此女登墙窥臣三年,至今未许也。'"(《文选》卷十九·赋癸)

赴阙次留献荆南成相公三十韵[1]

分阃兼文德[2],持衡有武功[3]。

荆南知独去,海内更谁同。

拔地孤峰秀,当天一鹗雄[4]。

云生五色笔[5],月吐六钧弓[6]。

骨格凌秋耸,心源见底空。

神清餐沆瀣[7],气逸饮洪濛[8]。

临事成奇策,全身仗至忠。

解鞍欺李广[9],煮弩笑臧洪[10]。

往昔逢多难,来兹故统戎。

卓旗云梦泽,扑火细腰宫[11]。

铲土楼台构,连江雉堞笼[12]。

似平铺掌上,疑涌出壶中。

岂是劳人力,宁因役鬼工[13]。

本遗三户在,今匝万家通[14]。

画舸横青雀[15],危楼列彩虹[16]。

席飞巫峡雨[17],袖拂宋亭风[18]。

场广盘球子[19],池闲引钓筒。

礼贤金璧贱,煦物雪霜融[20]。

酒满梁尘动,棋残漏滴终[21]。

俭常资澹静,贵绝恃穹崇[22]。

唯要臣诚显,那求帝渥隆[23]。

甘棠名异奭[24],大树姓非冯[25]。

自念为迁客,方谐谒上公[26]。

痛知遭止棘[27],频叹委飘蓬[28]。

借宅诛茅绿[29],分困指粟红[30]。

只惭燕馆盛[31],宁觉阮途穷[32]。

涣汗沾明主[33],沧浪别钓翁[34]。

去曾忧塞马[35],归欲逐边鸿[36]。

积感深于海,衔恩重极嵩[37]。

行行柳门路,回首下离东。

(《全唐诗》卷六百八十五,中华书局点校
本,1960 年 4 月第 1 版,第 7866—7867 页)

【注　释】

[1]此诗作于乾宁三年(896)冬应召入京时。荆南:唐方镇名。至德二载
(757),置荆南节度使,治所在荆州(今湖北江陵)。成相公:成汭,青州人。原为
蔡州军校,后攻占归州、荆州。文德元年(888),为荆南节度使。景福元年(892)
九月,加同平章事,故称"相公"。

[2]分阃(kǔn):《史记·冯唐列传》:"臣闻上古王者之遣将也,跪而推毂,
曰:'阃以内者,寡人制之;阃以外者,将军制之。'"(《史记》卷一百〇二·张释之
冯唐列传第四十二)后因称奉命出征为"分阃"。阃,门坎。

[3]持衡:拿秤称物,比喻评量人才。

[4]一鹗:《汉书·邹阳传》:"臣闻鸷鸟累百,不如一鹗。"颜师古注:"孟康
曰:'鹗,大雕也。'如淳曰:'鸷鸟比诸侯,鹗比天子。'鸷击之鸟,鹰鹗之属也。鹗

诗
歌
部

595

自大鸟而鸷者耳,非雕也。"后用以比喻出类拔萃的耿直之臣。〔唐〕韩愈、李正封《晚秋郾城夜会联句》:"推选阅群材,荐延搜一鹗。"(《全唐诗》卷七百九十一)

[5]五色笔:五彩妙笔,亦喻文才。〔南朝·梁〕钟嵘《诗品》卷中:"淹罢宣城郡,遂宿冶亭,梦一美丈夫,自称郭璞,谓淹曰:'我有笔在卿处多年矣,可以见还。'淹探怀中,得五色笔以授之。尔后为诗,不复成语,故世传江淹才尽。"

[6]月:喻满弓。六钧弓:硬弓,强弓。三十斤为一钧。

[7]沆瀣(xiè):北方夜半之气。《楚辞·远游》:"餐六气而饮沆瀣兮,漱正阳而含朝霞。"

[8]洪濛:指天地元气。

[9]解鞍句:西汉名将李广在一次与匈奴军的遭遇中,以百骑面对数千骑,李广机智地命令汉骑兵解鞍,以示不走,迷惑敌军,终于射杀敌将胜利返回。事见《史记·李将军列传》。

[10]煮弩句:东汉末年,袁绍图谋不轨,东郡太守臧洪拒不从命。绍兴兵围之,历年不下,东郡城中粮尽,洪乃"掘鼠,煮筋角"以食之。后城陷,洪被杀。事见《后汉书·臧洪传》。

[11]往昔四句:追述成汭攻占荆南事。云梦泽:古泽名,在今湖北江陵以东、武汉以西。卓旗:树旗,建旗。细腰宫:指楚宫。《韩非子》:"楚灵王好细腰,而国中多饿人。"(《韩非子》二柄第七)

[12]雉堞:泛指城墙。城墙高三丈广一丈为雉。堞是城上凸凹形的矮墙,俗称女墙。

[13]鬼工:形容制作宏伟或精巧,似非人工所能及。《论衡·谴告》:"非人力所能为,鬼神力乃可成。"(《论衡》卷十四·谴告篇第四十二)

[14]三户:三户人家。极言人数之少。《史记·项羽本纪》:"自怀王入秦不反,楚人怜之至今,故楚南公曰:'楚虽三户,亡秦必楚也。'"(《史记》卷七·项羽本纪第七)匝:环绕,周遍。

[15]画舸横青雀:绘有青雀图画的大船。

[16]危樯:高耸的桅杆。

[17]席飞巫峡雨:用巫山神女事。〔战国·楚〕宋玉《高唐赋》:"昔者先王尝游高唐,怠而昼寝,梦见一妇人曰:'妾,巫山之女也。为高唐之客。闻君游高唐,愿荐枕席。'王因幸之。去而辞曰:'妾在巫山之阳,高丘之阻,旦为朝云,暮为行雨,朝朝暮暮,阳台之下。'旦朝视之,如言。故为立庙,号曰'朝云'。"(《文选》卷十九·赋癸)

[18]宋亭:宋玉亭,在江陵宋玉故宅。〔唐〕韩愈《送李协律归荆南》:"宋亭池水绿,莫忘蹋芳菲。"(《全唐诗》卷三百四十三)

［19］球：鞠。古代的游戏用具，以皮做成，中实以毛，蹴踢为戏。

［20］煦：阳光照射。

［21］梁尘动：形容歌声高亢。《艺文类聚》卷四十三引刘向《别录》："汉兴以来，善雅歌者，鲁人虞公，发声清哀，盖动梁尘。"漏：古代滴水计时的器具。

［22］穹崇：天。此指皇帝。

［23］帝渥隆：皇恩盛大。

［24］甘棠：《史记·燕召公世家》："周武王之灭纣，封召公于北燕……召公巡行乡邑，有棠树，决狱政事其下，自侯伯至庶人各得其所，无失职者。召公卒，而民人思召公之政，怀棠树不敢伐，哥咏之，作《甘棠》之诗。"后遂以"甘棠"称颂循吏的美政和遗爱。奭：姬奭，周武王时封召公。

［25］大树句：东汉名将冯异，字公孙，拜偏将军。每当诸将论功，他独避于树下，军中号曰"大树将军"。《汉书》卷十七有传。

［26］自念二句：乾宁二年（895），融贬官南方，流寓荆南，依成汭，故自称"迁客"。上公：此指成汭。

［27］遭止棘：指曾经遭到谗谤。止棘为咏谗毁的典故，《诗·雅·青蝇》："营营青蝇，止于棘。谗人罔极，交乱四国。"

［28］飘蓬：蓬草根浅，遇风连根拔起，飘转不已。比喻飘泊不定的生活。

［29］诛茅：锄除茅草，建造房屋。

［30］分囷指粟红：《三国志·吴书·鲁肃传》载：周瑜曾带数百人向鲁肃借粮。鲁家时有两囷米，各三千斛。鲁肃指一囷给予周瑜。后因以"指囷"为慷慨助人的典故。囷（qūn），圆形的谷仓。

［31］燕馆：指碣石宫，指战国时燕昭王为招纳贤士所筑的碣石宫。亦以泛指招贤纳士的馆舍。〔唐〕李商隐《病中闻河东公乐营置酒口占寄上》："兴欲倾燕馆，欢终到习家。"（《全唐诗》卷五百四十一）

［32］阮途穷：用阮籍事。《世说新语·栖逸》注引《魏氏春秋》："阮籍常率意独驾，不由径路，车迹所穷，辄恸哭而反（返）。"

［33］涣汗：喻指帝王的号令。《周易·涣卦》："九五，涣汗其大号。"《汉书·刘向传》颜师古注："言王者涣然大发号令，如汗之出也。"此谓皇帝下令征召。

［34］沧浪：《孟子·离娄上》："有孺子歌曰：'沧浪之水清兮，可以濯我缨。沧浪之水浊兮，可以濯我足。'"此或指流经荆州的河流。

［35］忧塞马：用《淮南子·人间训》塞翁失马的寓言，表示此次赴京，祸福难卜。

［36］边鸿：边地鸿雁。鸿雁在北方繁殖，秋天到南方越冬，春天飞回北方。

［37］嵩：指嵩山，五岳之一。在河南省登封县北。

张 泌

【作者简介】

张泌,字子澄,淮南人。生卒年约与韩偓(约842—约915)相当。仕南唐为句容县尉,累官至内史舍人。有诗一卷。

经旧游[1]

暂到高唐晓又还,丁香结梦水潺潺[2]。
不知云雨归何处,历历空留十二山[3]。

(《全唐诗》卷七百四十二,中华书局点校本,1960年4月第1版,第8452页)

【注 释】

[1]此诗是作者再度经过巫山时所作。作者借巫山言情,有重温旧梦之意。

[2]高唐:战国时楚国台观名。传说楚襄王游高唐,梦见巫山神女,幸之而去。〔战国·楚〕宋玉《高唐赋》:"昔者楚襄王与宋玉游于云梦之台,望高唐之观。"(《文选》卷十九·赋癸)丁香结:丁香的花蕾。用以喻愁绪之郁结难解。〔唐〕尹鹗《拨棹子》词:"寸心恰似丁香结,看看瘦尽胸前雪。"潺潺:水流的样子。〔三国·魏〕曹丕《丹霞蔽日行》:"谷水潺潺,木落翩翩。"(《魏文帝集》卷六)

[3]云雨:用巫山神女事。见杜甫《咏怀古迹五首(其二)》注[5]。十二山:巫山十二峰。

所 思[1]

空塘水碧春雨微,东风散漫杨柳飞[2]。
依依南浦梦犹在,脉脉高唐云不归[3]。

江头日暮多芳草,极目伤心烟悄悄[4]。
隔江红杏一枝明,似玉佳人俯清沼[5]。
休向春台更回望,销魂自古因惆怅[6]。
银河碧海共无情,两处悠悠起风浪[7]。

（《全唐诗》卷七百四十二,中华书局点校本,1960 年 4 月第 1 版,第 8452 页）

【注 释】

[1]这首诗借巫山神女与楚怀王的爱情传说,抒发了对离别女子的思慕。

[2]散漫:飘荡,弥漫四散。

[3]依依:恋恋不舍的样子。

南浦:南面的水边,后常用称送别之地。《楚辞·九歌·河伯》:"子交手兮东行,送美人兮南浦。"王逸注:"愿河伯送己南至江之涯。"(《楚辞章句》卷二)诗中或指云梦泽。

脉脉:含情不语的样子。

高唐:高唐观,楚台观名。

云不归:指巫山神女"旦为朝云,暮为行雨"之事。表示女子一去不复返。

[4]极目伤心:《楚辞·招魂》:"目极千里兮伤春心。"(《楚辞章句》卷九)

[5]似玉佳人:《古诗十九首(其十二)》:"燕赵多佳人,美者颜如玉。"(《文选》卷二十九·诗己)

清沼:清洁的水池。

沼,池塘。

[6]销魂:谓灵魂离开肉体,形容极其哀愁。〔南朝·梁〕江淹《别赋》:"黯然销魂者,唯别而已矣。"(《文选》卷十六·赋辛)

[7]银河:用牛郎织女事。《月令广义·七月令》引《殷芸小说》:"天河之东有织女,天帝之子也。年年机杼劳役,织成云锦天衣,容貌不暇整。帝怜其独处,许嫁河西牵牛郎。嫁后遂废织壬,天帝怒,责令归河东,许一年一度相会。"

碧海:喻天空。

韩偓

【作者简介】

韩偓(约842—约915),字致尧(一作致光),小名冬郎,晚年自号玉山樵人。京兆万年(今陕西西安市)人。童年能诗,颇得姨父李商隐赏识,赠诗有"雏凤清于老凤声"之句。唐昭宗龙纪元年(889)进士及第。入河中节度使王重盈幕。召为左拾遗。乾宁四年(897),由刑部员外郎出为凤翔节度掌书记。光化(898—900)中,入为司勋郎中兼侍御史知杂事,充翰林学士,迁中书舍人。光化三年(900),参与宰相崔胤定策,平宦官刘季述之乱。天复元年(901),冬,从昭宗奔凤翔,授兵部侍郎,进翰林学士承旨。天复三年(903)春,以不附朱温,被贬濮州司马,再贬荣懿尉,徙邓州司马。遂弃官南下。哀帝天祐二年(905),召复原官,不赴。次年,至福州依威武节度使王审知。后梁开平四年(910),移居南安(今福建南安)。《新唐书·艺文志》著录其《金銮密记》五卷、《韩偓诗》一卷、《香奁集》一卷。现有《玉山樵人集》(内附《香奁集》)传世。生平事迹见《新唐书》卷一百八十三本传、《十国春秋》卷九十五本传、《唐诗纪事》卷六十五、《唐才子传校笺》卷九。

六言三首(其一)

春楼处子倾城[1],金陵狎客多情[2]。
朝云暮雨会合[3],罗袜绣被逢迎[4]。
华山梧桐相覆,蛮江豆蔻连生[5]。
幽欢不尽告别[6],秋河怅望平明[7]。

(《全唐诗》卷六百八十三,中华书局点校本,1960年4月第1版,第7839页)

【注　释】

[1]处子:处女。《庄子·逍遥游》:"肌肤若冰雪,绰约若处子。"

倾城:喻美色惊人。《汉书·外戚传上·李夫人》:"延年侍上起舞,歌曰:'北方有佳人,绝世而独立,一顾倾人城,再顾倾人国。宁不知倾城与倾国,佳人难再得!'"(《汉书》卷九十七上)后因以"倾城"或"倾城倾国"形容女子极其美丽。〔南朝〕徐陵《〈玉台新咏〉序》:"虽非图画,入甘泉而不分;言异神仙,戏阳台而无别,真可谓倾国倾城,无对无双者也。"

[2]金陵:战国楚邑名,秦改名秣陵,三国吴迁都于此,改名建业,东晋后改名建康。在今江苏南京市。

狎(xiá)客:嫖客。

[3]朝云暮雨:用楚王与巫山神女梦中相会事。见崔素娥《别韦洵美诗》注[4]。

[4]罗袜:〔三国·魏〕曹植《洛神赋》:"凌波微步,罗袜生尘。"(《曹子建集》卷三)后亦用凌波罗袜代指美女的袜子或女子轻盈的脚步。

[5]蛮江:泛指南方少数民族地区的江河。

豆蔻:植物名。叶披针形,花淡黄色,果扁球形,种子有香气。

[6]幽欢:幽会之欢乐。

[7]秋河:银河。

平明:犹黎明,天刚亮时。

薛昇

【作者简介】

薛昇,河东人,德宗朝诗人。《全唐诗》存其诗一首。

敕赠康尚书美人[1]

天门喜气晓氛氲,圣主临轩召冠军[2]。
欲令从此行霖雨[3],先赐巫山一片云[4]。

（《全唐诗》卷四百七十二,中华书局点
校本,1960年4月第1版,第5357页）

【注　释】

[1]敕赠:皇帝的赐赠。敕,帝王的诏书、命令。"康尚书,日知也。德宗时,
斩李惟岳,以功擢为深赵节度,迁奉诚军,陟（晋升）晋绛。"（《全唐诗话》卷二）原
题中"康尚书"下有"日知"二字。

[2]氛氲:浓郁的烟气或香气,引申为兴盛的样子。冠军:古将军名号。魏晋
南北朝皆设冠军将军,唐代设冠军大将军,为武散官。《宋书·武帝纪上》:"初为
冠军孙无终司马。"（《宋书》卷一·本纪第一）〔北魏〕郦道元《水经注·庐江水》:
"下有磐石,可坐数十人,冠军将军刘敬宣每登陟焉。"（《水经注》卷三十九）

[3]霖雨:甘雨,时雨。《书·说命上》:"若岁大旱,用汝作霖雨。"行霖雨,比
喻济世泽民。

[4]巫山一片云:用巫山神女事。〔战国·楚〕宋玉《高唐赋》写楚王与巫山神
女相会,神女离别时说道,"妾在巫山之阳,高丘之阻,旦为朝云,暮为行雨。朝朝
暮暮,阳台之下"。（《文选》卷十九·赋癸）

郑 谷

【作者简介】

郑谷(约851—约910),字守愚,袁州宜春(今江西宜春市)人。幼颖悟,七岁能诗。咸通、乾符间,屡举进士不第。与许棠、张乔等唱酬,名噪一时,号称"咸通十哲"。广明元年(880)十二月,黄巢攻入长安,谷奔巴蜀,首尾六年。光启三年(887)登进士第。乾宁元年(894)春,授鄠县尉,寻兼摄京兆府参军,又迁右拾遗;三年,迁右补阙;四年,迁都官郎中,世称"郑都官"。约天复三年(903),归隐宜春仰山东庄书堂。约卒于开平四年(910)或稍后。乾宁中,从昭宗奔华州,寓居云台道舍,自编其诗三百首为《云台编》三卷,今存。又有《外集》一卷,南宋初已佚其半。另有《国风正诀》一卷,已佚。事见祖无择《郑都官墓志铭》、童宗说《云台编后序》《唐诗纪事》卷七十、《唐才子传校笺》卷九。

下　峡[1]

忆子啼猿绕树哀,雨随孤棹过阳台[2]。
波头未白人头白,瞥见春风滟滪堆[3]。

(《全唐诗》卷六百七十五,中华书局点校本,1960年4月第1版,第7730页)

【注　释】

[1]这首诗约作于光启二年(886)春。

[2]忆子啼猿:《世说新语·黜免》:"桓公入蜀,至三峡中,部伍中有得猿子者,其母缘岸哀号,行百余里不去,遂跳上船,至便即绝,破视,其腹中肠皆寸寸断。"孤棹:孤舟。棹:划船拨水的用具。状如桨,短的叫楫,长的叫棹,也借指船。

阳台：用楚王梦遇巫山神女事。神女离别时说："妾在巫山之阳,高丘之阻,旦为朝云,暮为行雨。朝朝暮暮,阳台之下。"此两句谓:悲哀的猿啼声在树间萦绕,使人回忆起神女,细雨中一叶孤舟经过了阳台。

[3]瞥：眼光掠过;匆匆一看。

滟滪堆：见杜甫《大历三年春白帝城放船出瞿塘峡久居夔府将适江陵漂泊有诗凡四十韵》注[32]。谷下峡在初春,江水未涨,故云"波头未白"。而滟滪滩险,船上人皆提心吊胆,头发为之急白。故曰"人头白"。

李珣

【作者简介】

李珣（855？—930？），五代词人。字德润，其祖先为波斯人。居家梓州（四川省三台）。生卒年均不详，约唐昭宗乾宁中前后在世。少有时名，所吟诗句，往往动人。妹舜弦为王衍昭仪，他尝以秀才预宾贡。又通医理，兼卖香药。李珣著有《琼瑶集》，已佚，今存词五十四首。

浣溪沙

访旧伤离欲断魂，无因重见玉楼人[1]，六街微雨镂香尘[2]。
早为不逢巫峡梦[3]，那堪虚度锦江春[4]，遇花倾酒莫辞频。

（《全唐诗》卷八百九十六，中华书局点校本，1980 年 4 月第 1 版，第 10121 页）

【注　释】

[1]玉楼人：指所思念的闺中之人。〔唐〕孟浩然《长安早春》："花伴玉楼人。"（《全唐诗》卷十六）

[2]六街：本指长安城中左右六街。《资治通鉴·唐纪》："睿宗景云元年，中书舍人韦元邀巡六街。"注："长安城中左右六街，金吾街使主之。左右金吾将军，掌昼夜巡警之法，以执御非违。"此指繁华之街。〔唐〕司空图《省试》："闲系长安千匹马，今朝似减六街尘。"（《全唐诗》卷六百三十三）镂香尘：谓不见行迹。

[3]巫峡梦：指〔战国·楚〕宋玉《高唐赋》所记载的楚王与巫山神女梦中相会事："昔者先王尝游高唐，怠而昼寝，梦见一妇人曰：'妾，巫山之女也。为高唐之客。闻君游高唐，愿荐枕席。'王因幸之。去而辞曰：'妾在巫山之阳，高丘之阻，旦为朝云，暮为行雨。朝朝暮暮，阳台之下。'"（《文选》卷十九·赋癸）

[4]锦江春：锦江之春景也。〔唐〕杜甫《诸将五首》："锦江春色逐人来，巫峡

清秋万壑哀。"(《全唐诗》卷二百三十)锦江,岷江分支之一,在今四川成都平原。传说蜀人织锦濯其中则锦色鲜艳,濯于他水,则锦色暗淡,故称。《文选·左思〈蜀都赋〉》:"百室离房,机杼相和;贝锦斐成,濯色江波。"刘逵注引〔三国·蜀〕谯周《益州志》:"成都织锦既成,濯于江水,其文分明,胜于初成;他水濯之,不如江水也。"(《文选》卷四·赋乙)

巫山一段云二首[1]

一

有客经巫峡,停桡向水湄[2]。楚王曾此梦瑶姬[3],一梦杳无期。　尘暗珠帘卷,香销翠幄垂。西风回首不胜悲,暮雨洒空祠[4]。

二

古庙依青嶂,行宫枕碧流[5]。水声山色锁妆楼,往事思悠悠。　云雨朝还暮[6],烟花春复秋。啼猿何必近孤舟,行客自多愁[7]。

(《全唐诗》卷八百九十六,中华书局点校本,1960年4月第1版,第10121页)

【注　释】

[1]巫山一段云:为唐代教坊曲名。所谓"教坊",是古代管理宫廷音乐的官署。唐代开始设置,专管雅乐以外的音乐、歌唱、舞蹈、百戏的教习、排练、演出等事务。唐人始创《巫山一段云》曲调后,《巫山一段云》即成为词牌,后人亦多倚声填词,以咏巫山物景及神女事。〔清〕王奕清等云:"《巫山一段云》,唐教坊曲名。双调四十六字,前段四句三平韵,后段四句两仄韵,两平韵。"(《词谱》卷六)

[2]巫峡:见上官仪《八咏应制二首(其一)》注[11]。水湄:水岸。

[3]楚王曾此梦瑶姬:这里借用了〔战国·楚〕宋玉《高唐赋》中楚王与巫山神女梦中幽会的典故。见《浣溪沙》"巫峡梦"注。瑶姬,指巫山神女,为赤帝女。

[4]空祠:指巫山神女祠。〔战国·楚〕宋玉《高唐赋》:"王因幸之。去而辞曰:'妾在巫山之阳,高丘之阻,旦为朝云,暮为行雨。朝朝暮暮,阳台之下。'旦朝视之,如言。故为立庙,号曰'朝云'。"(《文选》卷十九·赋癸)

[5]青嶂:指青翠山峰。碧流:绿水。〔唐〕孟浩然《鹦鹉洲送王九之江左》:"洲势逶迤绕碧流,鸳鸯鹦鹉满滩头。"(《全唐诗》卷一百五十九)

[6]云雨朝还暮:〔战国·楚〕宋玉《高唐赋》:"妾在巫山之阳,高丘之阻,旦为朝云,暮为行雨。朝朝暮暮,阳台之下。"(《文选》卷十九·赋癸)

[7]猿啼:古代巫峡两岸多猿。见阎立本《巫山高》注[8]。

河 传

一

去去,何处?迢迢巴楚[1],山水相连。朝云暮雨[2],依旧十二峰[3]前,猿声到客船。 愁肠岂异丁香结[4],因离别,故国音书绝。想佳人花下,对明月春风,恨应同。

二

春暮,微雨。送君南浦[5],愁敛双蛾[6]。落花深处,啼鸟似逐离歌[7],粉檀珠泪和。 临流更把同心结,情哽咽,后会何时节?不堪回首,相望已隔汀洲[8],橹声幽[9]。

(《全唐诗》卷八百九十六,中华书局点校本,1960年4月第1版,第10123页)

【注 释】

[1]巴:巴子国,治地包括今重庆和南充等地。
楚:荆楚,楚国。

[2]朝云暮雨:见崔素娥《别韦洵美诗》注[4]。此指巫峡地区雾霭笼罩之景。

[3]十二峰:巫山十二峰。见乔知之《巫山高》注[2]。

[4]丁香结:丁香的花蕾,用以喻愁绪之郁结难解。〔唐〕尹鹗《拨棹子》:"寸心恰似丁香结,看看瘦尽胸前雪。"(《全唐诗》卷八百九十五)

[5]南浦:南面的水边,后常用称送别之地。《楚辞·九歌·河伯》:"子交手兮东行,送美人兮南浦。"王逸注:"愿河伯送己南至江之涯。"(《楚辞章句》卷二)

[6]双蛾:指美女的两眉。蛾,蛾眉。〔南朝·梁〕沈约《昭君辞》:"朝发披香殿,夕济汾阴河,于兹怀九逝,自此敛双蛾。"(《秦汉魏晋南北朝诗》梁诗卷六)

[7]离歌:伤别的歌曲。〔唐〕骆宾王《送王赞府上京参选赋得鹤》:"离歌凄妙曲,别操绕繁弦。"(《全唐诗》卷七十八)

[8]汀洲:水中小洲。《楚辞·九歌·湘夫人》:"搴汀洲兮杜若,将以遗兮

远者。"

[9]橹声:划船之声。〔唐〕刘禹锡《步出武陵东亭临江寓望》:"戍摇旗影动,津晚橹声促。"(《全唐诗》卷三百五十七)

毛文锡

【作者简介】

毛文锡,唐末五代时人,字平珪,高阳(今属河北人),一作南阳(今属河南)人。年十四,登进士第。已而入蜀,从王建,官翰林学士承旨,进文思殿大学士,拜司徒,蜀亡,随王衍降唐。未几,复事孟氏,与欧阳炯等五人以小词为孟昶所赏。《花间集》称毛司徒。毛文锡著有《前蜀纪事》二卷,《茶谱》一卷。词今存三十余首,见于《花间集》《唐五代词》。其事迹见《十国春秋·前蜀》。

赞浦子[1]

锦帐添香睡[2],金炉换夕熏[3]。嫩结芙蓉带,慵拖翡翠裙[4]。　　正是桃夭柳媚[5],那堪暮雨朝云[6]。宋玉高唐意[7],裁琼欲赠君[8]。

(《全唐诗》卷八百九十三,中华书局点校本,1960 年 4 月第 1 版,第 10086 页)

【注　释】

[1]赞浦子:唐教坊曲名,用作词调名。这首词写美人睡起,若有所怀。全阕笔触细腻繁缛。

[2]锦帐:锦制的帷帐。亦泛指华美的帷帐。

[3]此句谓金炉换上夜间熏香的燃料。

[4]慵:倦懒。

[5]桃夭柳媚:形容女子年轻貌美。

[6]暮雨朝云:谓男女欢会。〔战国·楚〕宋玉《高唐赋》:"妾在巫山之阳,高丘之阻,旦为朝云,暮为行雨。朝朝暮暮,阳台之下。"(《文选》卷十九·赋癸)

[7]意谓"宋玉作《高唐赋》的意图"。

[8]此句谓取下所佩琼玉要想赠给心上人。琼:赤色玉,亦泛指美玉。《诗经·卫风·木瓜》:"投我以木桃,报之以琼瑶。非报也,永以为好也。"

巫山一段云[1]

一

雨霁巫山上[2],云轻映碧天。远风吹散又相连,十二晚峰前[3]。暗湿啼猿树[4],高笼过客船。朝朝暮暮楚江边,几度降神仙[5]。

二

貌掩巫山色,才过濯锦波[6]。阿谁提笔上银河[7],月裹写嫦娥。薄薄施铅粉[8],盈盈挂绮罗[9]。菖蒲花役梦魂多[10],年代属元和[11]。

(《全唐诗》卷八百九十三,中华书局点校本,1960年4月第1版,第10086页)

【注 释】

[1]巫山一段云:见李珣《巫山一段云二首》注[1]。

[2]巫山:见凌敬《巫山高》注[2]。

[3]十二晚峰:巫山十二峰,见乔知之《巫山高》注[2]。

[4]古代巫峡两岸多猿。见阎立本《巫山高》注[8]。

[5]朝朝暮暮:用楚王与巫山神女在梦中相会事,详见《赞浦子》"暮雨朝云"注。楚江,楚境内的江河。〔唐〕李白《望天门山》:"天门中断楚江开,碧水东流至北回。"神仙,此指巫山神女。

[6]濯锦波:指锦江。锦江为岷江分支之一,在今四川成都平原。传说蜀人织锦濯其中则锦色鲜艳,濯于他水,则锦色暗淡,故称。〔唐〕王维《送王尊师归蜀中拜扫》:"大罗天上神仙客,濯锦江头花柳春。"(《全唐诗》卷一百二十八)

[7]阿谁:疑问代词。犹言谁,何人。《乐府诗集·横吹曲辞五·紫骝马歌辞》:"十五从军征,八十始得归。道逢乡里人:'家中有阿谁?'"

[8]铅粉:用作画画的颜料。

[9]绮罗:此指华美的帷帐。

[10]菖蒲:植物名。多年生水生草本,有香气。叶狭长,似剑形。肉穗花序

圆柱形,着生在茎端,初夏开花,淡黄色。全草为提取芳香油、淀粉和纤维的原料。根茎亦可入药。民间在端午节常用来和艾叶扎束,挂在门前。

[11]元和:唐宪宗李纯的年号(806—820)。

秦韬玉

【作者简介】

秦韬玉,生卒年不详,字中明,一作仲明,京兆(今陕西西安市)人,或云邻阳(今陕西合阳)人。出生于尚武世家,父为左军军将。少有词藻,工歌吟,却累举不第,后谄附当时有权势的宦官田令孜,充当幕僚,官丞郎,判盐铁。黄巢起义军攻占长安后,秦韬玉从僖宗入蜀,中和二年(882)特赐进士及第,编入春榜。田令孜又擢其为工部侍郎、神策军判官。时人戏为"巧宦",后不知所终。

吹笙歌

信陵名重怜高才^[1],见我长吹青眼开^[2]。
便出燕姬再倾醑^[3],此时花下逢仙侣^[4]。
弯弯狂月压秋波,两条黄金阁黄雾。
逸艳初因醉态见^[5],浓春可是韵光与^[6]。
纤纤软玉捧暖笙^[7],深思香风吹不去。
檀唇呼啄宫商改^[8],怨情渐逐清新举^[9]。
岐山取得娇凤雏^[10],管中藏著轻轻语。
好笑襄王大迂阔,曾卧巫云见神女^[11]。
银锁金簧不得听^[12],空劳翠辇冲泥雨^[13]。

(《全唐诗》卷六百七十,中华书局点校本,1960年4月第1版,第7662页)

【注　释】

[1]信陵:指战国时期魏国公子魏无忌,封信陵君。他与当时楚春申君黄歇、

齐孟尝君田文、赵平原君赵胜合称“战国四公子”,四人都以善养门客而著称于时。《史记·魏公子列传》“太史公曰:……天下诸公子亦有喜士者矣,然信陵君之接岩穴隐者,不耻下交,有以也。名冠诸侯,不虚耳。高祖每过之而令民奉祠不绝也。”(《史记》卷七十七·魏公子列传第十七)

　　怜:爱。

　　[2]青眼:指对人喜爱或器重。与“白眼”相对。〔唐〕杜甫《短歌行·赠王郎司直》:“仲宣楼头春色深,青眼高歌望吾子。”(《全唐诗》卷二百二十)

　　[3]燕姬:燕地的美女。此指擅歌舞的侍女,唐人诗中常用之。李白《幽歌行上新平长史兄粲》:“赵女长歌入彩云,燕姬醉舞娇红烛。”(《全唐诗》卷一百六十六)

　　醑(xǔ):美酒。

　　[4]仙侣:燕姬。

　　[5]见:同“现”。

　　[6]浓春:指脸颊上的红晕之色。

　　[7]软玉:指美人手指。

　　暖笙:《齐东野语》卷十七:“笙簧必用高丽铜力之,……簧暖则宇正而声清越,故必用焙而后可,……乐府亦有簧暖笙清之语。”

　　[8]檀唇:淡红色的嘴唇。

　　宫商:音调。古乐依十二律分为宫、商、角,徵、羽、变宫、变徵七声。

　　[9]逐:随着,接着。

　　举:出。

　　[10]“歧山”句:言笙曲如凤雏之鸣于岐山,非常悦耳。

　　[11]“好笑”二句:用楚王与巫山神女相会事。〔战国·楚〕宋玉《高唐赋》:“昔者先王尝游高唐,怠而昼寝,梦见一妇人曰:‘妾,巫山之女也。为高唐之客。闻君游高唐,愿荐枕席。’王因幸之。去而辞曰:‘妾在巫山之阳,高丘之阻,旦为朝云,暮为行雨。朝朝暮暮,阳台之下。’”(《文选》卷十九·赋癸)又宋玉《神女赋》:“楚襄王与宋玉游于云梦之浦,使玉赋高唐之事。其夜玉寝,果梦与神女遇,其状甚丽。”(《文选》卷十九·赋癸)

　　[12]金簧:指笙的乐声。

　　[13]翠辇:帝王的车驾。古时帝王车盖以翠羽为饰,故云。

牛希济

【作者简介】

牛希济,生卒年不详(约913)。词人牛峤之侄。早年即有文名,遇丧乱,流寓于蜀,依峤而居。后为前蜀主王建所赏识,任起居郎。前蜀后主王衍时,累官翰林学士、御史中丞。后唐庄宗同光三年(925),随前蜀主降于后唐,明宗时拜雍州节度副使。花间词称牛学士,希济所作词,今存十四首,均清新自然,无雕琢气。今有王国维辑《牛中丞词》一卷。

临江仙[1]

峭碧参差十二峰[2],冷烟寒树重重。瑶姬宫殿是仙踪[3]。金炉珠帐,香霭昼偏浓[4]。 一自楚王惊梦断,人间无路相逢[5]。至今云雨带愁容[6]。月斜江上,征棹动晨钟[7]。

(《全唐诗》卷八百九十三,中华书局点校本,1960年4月第1版,第10093页)

【注　释】

[1]此词虽然采用花间词中习见的巫山神女题材,表达出机遇难再、往事无凭的惆怅沉重之感,但是它又与词人自身的人生之慨、家国之叹隐然相关。特别是末句"月斜江上,征棹动晨钟",含意幽深,格调苍凉,以晨钟的清越造成一种远韵,实处俱化作空灵,大有唐诗悠纱蕴藉的风致。

[2]峭碧:形容山势陡峭,山色青绿。

十二峰:巫山十二峰,见乔知之《巫山高》注[2]。

[3]瑶姬:指巫山神女。

仙踪:仙人的踪迹。

[4]香霭:香料燃烧散发的烟云。

霭：云气。

　　[5]"一自"句：古代在巫峡曾有一段楚王神女相遇的风流佳话。〔战国·楚〕宋玉《神女赋》："楚襄王与宋玉游于云梦之浦，使玉赋高唐之事。其夜玉寝，果梦与神女遇，其状甚丽。"(《文选》卷十九·赋癸)句谓：从楚王梦断之后，再也没有与神女相遇的人。

　　[6]云雨：用〔战国·楚〕宋玉《高唐赋》所记巫山神女之典，见杜甫《咏怀古迹五首(其二)》注[5]。

　　[7]征棹：远行之舟。

齐己

【作者简介】

　　齐己（864—943），俗姓胡，名得生，长沙（今属湖南）人。幼孤，七岁到大沩山寺牧牛，后剃度为僧。尝居长沙道林寺十年，后广为游历江东西及嵩华京洛，又居庐山东林寺多年。后梁龙德元年（921）于入蜀途中被荆南节度使高季兴挽留，遂居江陵龙兴寺。约卒于天福八年（943）。齐己多才艺，颇有诗名，与郑谷、孙光宪、沈彬、尚颜等诗人多有交游唱和。生平事迹见《宋高僧传》卷三十、《五代史补》卷三、《唐诗纪事》卷七十五、《唐才子传》卷九。有《白莲集》十卷传世。

送人入蜀

何必闲吟蜀道难[1]，知君心出崄巇间[2]。

寻常秋泛江陵去[3]，容易春浮锦水还[4]。

两面碧悬神女峡[5]，几重青出丈人山[6]。

文君酒市逢初雪[7]，满贳新沽洗旅颜[8]。

（《全唐诗》卷八百四十六，中华书局点校本，1960 年 4 月第 1 版，第 9575 页）

【注　释】

　　[1]蜀道难：乐府相和歌辞瑟调曲。〔唐〕李白《蜀道难》："噫吁戏，危乎高哉！蜀道之难难于上青天。"（《全唐诗》卷二十）

　　[2]崄巇(xiǎnyǎn)：险要高峻的样子。形容山路险峻崎岖，行进艰难。

　　[3]寻常：平常。泛：指泛舟。江陵：位于湖北省中部偏南，地处长江中游，江汉平原西部，南临长江，北依汉水，西控巴蜀，南通湘粤，古称"七省通衢"。

[4]浮:犹泛舟。锦水:锦江。在四川成都南。传说古人在这里濯锦,颜色比其他水鲜明,故名锦江。

[5]神女峡:指长江三峡之一巫峡。因峡中有神女峰,故云。

[6]丈人山:丈人峰,在四川青城山。

[7]"文君"句:〔汉〕辞赋家司马相如以琴挑逗富商卓王孙新寡的女儿卓文君,文君私奔,与相如在临邛卖酒。卓文君当垆,司马相如围一条犊鼻裈洗酒器。见《史记·司马相如列传》。后以"文君酒"、"文君垆"为年轻女子当垆卖酒的典故。

[8]贳(shì):赊。

自湘中将入蜀留别诸友

巾舄初随入蜀船[1],风帆吼过洞庭烟[2]。
七千里路到何处,十二峰云更那边[3]。
巫女暮归林淅沥[4],巴猿吟断月婵娟[5]。
来年五月峨嵋雪[6],坐看消融满锦川[7]。

(《全唐诗》卷八百四十六,中华书局点校本,1960年4月第1版,第9575页)

【注　释】

[1]巾舄(xì):以巾包舄,指携带行李。舄,鞋。

[2]洞庭:洞庭湖,在湖南境内。

[3]十二峰:巫山十二峰。见乔知之《巫山高》注[2]。

[4]巫女:巫山神女。此句用〔战国·楚〕宋玉《高唐赋》"旦为朝云,暮为行雨"之典。淅沥:象声词。形容雪霰、风雨、落叶、机梭等的声音。

[5]巴猿吟断:〔北魏〕郦道元《水经注·江水》:"其间首尾百六十里,谓之巫峡,盖因山为名也……每至晴初霜旦,林寒涧肃,常有高猿长啸,属引凄异,空谷传响,哀转久绝。故渔者歌曰:'巴东三峡巫峡长,猿鸣三声泪沾裳。'"(《水经注》卷三十四)又《世说新语·黜免》:"桓公入蜀,至三峡中,部伍中有得猿子者。其母缘岸哀号,行百余里不去,遂跳上船,至便即绝。破其腹中,肠皆寸寸断。"(《世说新语》黜免第二十八)婵娟:形容月色明媚。〔唐〕刘长卿《琴曲歌辞·湘妃》:"婵娟湘江月,千载空蛾眉。"(《全唐诗》卷一百四十七)

[6]峨嵋:一作峨眉,山名。在四川峨眉西南,因山势逶迤,有山峰相对如蛾眉,故名。佛教称为光明山,道教称为"虚灵洞天"、"灵陵太妙天"。其脉自岷山绵延而来,突起为大峨、中峨、小峨三峰。顶部为玄武岩覆盖,有峨眉宝光、舍身崖、洗象池、龙门洞等胜境。与浙江普陀山、安徽九华山、山西五台山并称为中国佛教四大名山。

[7]锦川:锦江。岷江分支之一,在今四川成都平原。传说蜀人织锦濯其中则锦色鲜艳,濯于他水,则锦色暗淡,故称。

放 猿

堪忆春云十二峰[1],野桃山杏摘香红[2]。
王孙可念愁金锁,从放断肠明月中[3]。

（《全唐诗》卷八百四十六,中华书局点校本,1960 年 4 月第 1 版,第 9581 页）

【注 释】
[1]十二峰:巫山十二峰。见乔知之《巫山高》注[2]。
[2]王孙:猴的别称。〔汉〕王延寿《王孙赋》:"有王孙之狡兽,形陋观而丑仪。"《全后汉文》卷五十八）
[3]断肠:见齐己《自湘中将入蜀留别诸友》"巴猿吟断"注[5]。

巫山高[1]

巫山高,巫女妖[2]。
雨为暮兮云为朝[3],楚王憔悴魂欲销。
秋猿嗥嗥日将夕[4],红霞紫烟凝老壁。
千岩万壑花皆坼[5],但恐芳菲无正色。
不知今古行人行,几人经此无秋情。
云深庙远不可觅,十二峰头插天碧[6]。

（《全唐诗》卷八百四十七,中华书局点校本,1960 年 4 月第 1 版,第 9587 页）

[1]巫山高:汉乐府鼓吹曲辞铙歌名。见凌敬《巫山高》注[1]。

[2]巫女:指巫山神女。

妖:美丽。

[3]雨为句:〔战国·楚〕宋玉《高唐赋》:"昔者先王尝游高唐,怠而昼寝,梦见一妇人曰:'妾,巫山之女也。为高唐之客。闻君游高唐,愿荐枕席。'王因幸之。去而辞曰:'妾在巫山之阳,高丘之阻,旦为朝云,暮为行雨。朝朝暮暮,阳台之下。'"(《文选》卷十九·赋癸)

[4]嗥嗥:猿的吼叫声。

[5]坼:绽开,开放。

[6]十二峰:巫山十二峰。见乔知之《巫山高》注[2]。

送朱侍御自洛阳归阆州宁觐[1]

寻常西望故园时,几处魂随落照飞。

客路旧萦秦甸出[2],乡程今绕汉阳归。

已过巫峡沈青霭[3],忽认峨嵋在翠微[4]。

从此倚门休望断,交亲喜换老莱衣[5]。

(《全唐诗》卷八百四十四,中华书局点校本,1960 年 4 月第 1 版,第 9548 页)

[1]侍御:唐代称殿中侍御史、监察御史为侍御。

阆州:唐先天元年(712)改隆州置,治阆中县(今市)。辖境相当今四川省苍溪、阆中、南部等县市。天宝元年(742)改为阆中郡,乾元元年(758)复为阆州。

宁觐:返里省亲。〔唐〕贾岛有《送雍陶及第归成都宁觐》诗。

[2]秦甸:此指长安一带。

[3]巫峡:见上官仪《八咏应制二首(其一)》注[11]。

青霭:指云气。因其色紫,故称。〔南朝·宋〕鲍照《登大雷岸与妹书》:"左右青霭,表里紫霄。"(《六朝文絜》卷七)

[4]峨嵋:山名。在四川峨眉西南,因山势逶迤,有山峰相对如蛾眉,故名。佛教称为光明山,道教称为"虚灵洞天"、"灵陵太妙天"。其脉自岷山绵延而来,

突起为大峨、中峨、小峨三峰。顶部为玄武岩覆盖,有峨眉宝光、舍身崖、洗象池、龙门洞等。与浙江普陀山、安徽九华山、山西五台山并称为中国佛教四大名山。翠微:指青翠掩映的山腰幽深处。

　　[5]老莱衣:老莱子穿的五彩衣。《艺文类聚》卷二十引《列女传》:"老莱子孝养二亲,行年七十,婴儿自娱,著五色采衣。尝取浆上堂,跌仆,因卧地为小儿啼,或弄乌鸟于亲侧。"相传春秋时楚国隐士老莱子,七十岁时还身穿五彩衣,模仿小儿的动作和哭声,以使父母欢心。后因用"老莱衣"为孝养父母之词。〔唐〕杜甫《送韩十四江东觐省》:"兵戈不见老莱衣,叹息人间万事非。"(《全唐诗》卷二百二十六)

昙　域

【作者简介】

昙域,扬州人,唐五代间诗僧,前蜀赐号慧光大师。师从贯休,与齐己以诗相交。有《龙华集》,已佚。事见《唐才子传》卷三、《十国春秋》卷五十七。今存诗三首。

怀齐己[1]

鬓髯秋景两苍苍[2],静对茅斋一炷香。
病后身心俱淡泊,老来朋友半凋伤[3]。
峨眉山色侵云直[4],巫峡滩声入夜长[5]。
犹喜深交有支遁[6],时时音信到松房[7]。

（《全唐诗》卷八百四十九,中华书局点校本,1960 年 4 月第 1 版,第 9612 页）

【注　释】

[1]齐己:僧人,俗姓胡,名得生,长沙(今属湖南)人。

[2]鬓髯:须发。《北史》卷九十五·列传第八十三:"所杀之人美鬓髯者,乃剥其面皮,笼之于竹,及燥,号之曰鬼,鼓舞祀之,以求福利。"

苍苍:灰白色。

[3]凋伤:指生病、死亡。

[4]峨眉:山名。在四川峨眉西南,因山势逶迤,有山峰相对如蛾眉,故名。佛教称为光明山,道教称为"虚灵洞天"、"灵陵太妙天"。其脉自岷山绵延而来,突起为大峨、中峨、小峨三峰。顶部为玄武岩覆盖,有峨眉宝光、舍身崖、洗象池、龙门洞等胜境。与浙江普陀山、安徽九华山、山西五台山并称为中国佛教四大名山。

［5］巫峡:见上官仪《八咏应制二首(其一)》注［11］。

［6］支遁:晋高僧,字道林。此借指齐己。

［7］松房:周围植松的房舍。多指僧人居地。〔唐〕白居易《正月十五夜东林寺学禅偶怀》:"花县当君行乐夜,松房是我坐禅时。"(《全唐诗》卷四百三十九)〔唐〕李涉《岳阳别张祜》:"岳阳西南湖上寺,水阁松房遍文字。"(《全唐诗》卷四百七十七)

慕 幽

【作者简介】

慕幽,唐五代间诗僧,与齐己有过从。事迹略见《宝刻类编》卷八。《全唐诗》存诗六首。

三峡闻猿

谁向兹来不恨生,声声都是断肠声[1]。

七千里外一家住,十二峰前独自行[2]。

瘴雨晚藏神女庙[3],蛮烟寒锁夜郎城[4]。

凭君且听哀吟好,会待青云道路平[5]。

(《全唐诗》卷八百五十,中华书局点校本,1960年4月第1版,第9625页)

【注 释】

[1]断肠声:猿悲鸣。见齐己《自湘中将入蜀留别诸友》"巴猿吟断"注[5]。

[2]十二峰:见乔知之《巫山高》注[2]。

[3]神女庙:巫山神女庙。

[4]夜郎:汉时中国西南地区古国名,在今贵州西北部及云南四川部分地区。参见《史记·平津侯主父列传》。

[5]青云:喻谋取高位的途径。

李晔

【作者简介】

李晔(867—904),即唐昭宗。唐懿宗第七子,僖宗李儇之弟,封寿王。僖宗文德元年(888年)被宦官杨复恭拥立为皇太弟。僖宗死,即位,次年改元龙纪。黄巢起义之后,朝宫、宦官、藩镇斗争激烈,唐祚日衰。岐王李茂贞犯京师,昭宗出奔华州。李克用遣兵入援,昭宗下诏罪己,复茂贞官爵,还长安。天复中,韩全晦又劫帝至凤翔。朱温围凤翔,全晦被诛,复还长安。朱温大诛宦官,又杀死宰相崔胤,把持了朝政。天复四年,朱温挟天子迁都洛阳,同年,昭宗被朱温杀害,庙号昭宗。

巫山一段云[1]

一

缥缈云间质,盈盈波上身[2]。袖罗斜举动埃尘,明艳不胜春[3]。
翠鬟晚妆烟重,寂寂阳台一梦[4]。冰眸莲脸见长新[5],巫峡更何人。

二

蝶舞梨园雪,莺啼柳带烟[6]。小池残日艳阳天,苎萝山又山[7]。
青鸟不来愁绝,忍看鸳鸯双结[8]。春风一等少年心,闲情恨不禁[9]。

(《全唐诗》卷八百八十九,中华书局点校本,1960年4月第1版,第10040页)

【注　释】

[1]巫山一段云:见李珣《巫山一段云二首》注[1]。

〔2〕缥缈:高远隐约的样子。《文选·木华〈海赋〉》:"群仙缥眇,餐玉清涯。"李善注:"缥眇,远视之貌。"(《文选》卷十二·赋己)

盈盈:形容举止、仪态美好。

〔3〕不胜:不尽。

〔4〕翠鬟:黑而光润的鬟发。〔南朝·梁〕丘迟《答徐侍中为人赠妇》:"罗裙有长短,翠鬟无低斜。"(《秦汉魏晋南北朝诗》梁诗卷五)

寂寂:孤单;冷落。〔汉〕秦嘉《赠妇诗》:"寂寂独居,寥寥空室。"(《秦汉魏晋南北朝诗》汉诗卷六)

阳台一梦:用巫山神女事。〔战国·楚〕宋玉《高唐赋》写楚王梦遇巫山神女。神女离别时自云:"妾在巫山之阳,高丘之阻,旦为朝云,暮为行雨。朝朝暮暮,阳台之下。"(《文选》卷十九·赋癸)

〔5〕冰眸:清澈明净的眼睛。

莲脸:美如荷花的脸。形容貌美。〔隋〕薛道衡《昭君辞》:"自知莲脸歇,羞看菱镜明。"(《秦汉魏晋南北朝诗》隋诗卷四)

〔6〕梨园:唐玄宗时教练宫廷歌舞艺人的地方。这里泛指栽有梨树的宫苑。

莺啼:黄莺啼叫。

〔7〕苎萝山:在今浙江诸暨县南。传说春秋时越国美女西施生于苎萝山。《吴越春秋·勾践阴谋外传》:"勾践得苎萝山鬻薪之女西施。"

〔8〕青鸟:《山海经·大荒西经》:"沃之野有三青鸟,赤首黑目,一名曰大鵹,一名少鵹,一名曰青鸟。"(《山海经》卷十六·大荒西经)《艺文类聚》卷四引〔汉〕班固《汉武故事》曰:"七月七日,上于承华殿斋,正中,忽有一青鸟从西方来,集殿前,上问东方朔,朔曰:此西王母欲来也,有顷王母至。"(《艺文类聚》卷四·岁时中)后便以青鸟借指使者,尤其是指为男女传情的使者。

愁绝:愁苦到极点。

忍看:岂忍看,不忍看。

〔9〕一等:一样。

闲情:闲散无聊之情。

不禁:不能禁止,无法控制。

栖蟾

【作者简介】

栖蟾,俗姓胡,为齐己从弟,过从甚密,存世时间大略相似。游踪甚广,江东、川蜀、岭南、朔北都曾到达。居南岳、庐山时间较长。与不少诗人有交往。事见《唐才子传》卷三。今存诗十二首。

宿巴江^[1]

江声五十里,泻碧急于弦^[2]。

不觉日又夜,争教人少年。

一汀巫峡月,两岸子规天^[3]。

山影似相伴,浓遮到晓船^[4]。

(《全唐诗》卷八百四十八,中华书局点校本,1960年4月第1版,第9608页)

【注　释】

[1]巴江:指巴东(今长江三峡一带)以上长江江段。

[2]泻碧:形容水流如碧玉倾泻。

[3]汀:水边小洲。

巫峡:见上官仪《八咏应制二首(其一)》注[11]。

子规天:谓到处都听到子规鸣叫。巴江多子规,故云。

[4]浓遮:指山影的浓荫遮盖。

徐寅

【作者简介】

徐寅,字昭梦,莆田(今属福建)人。唐昭宗乾宁元年(894)进士。现存《钓矶文集》十卷、《徐正字诗赋》二卷、《雅道机要》一卷等。参见《驾幸华清宫赋》的作者简介。

蜀 葵[1]

剑门南面树[2],移向会仙亭。
锦水饶花艳[3],岷山带叶青[4]。
文君惭婉娩[5],神女让娉婷[6]。
烂熳红兼紫,飘香入绣扃[7]。

（《全唐诗》卷七百〇八,中华书局点
校本,1960年4月第1版,第8143页）

【注 释】

[1]蜀葵:植物名。花有红、紫、黄、白等色,供观赏。《太平御览》卷九百九十四引〔晋〕傅玄《蜀葵赋》序:"蜀葵,其苗如瓜瓟,尝种之,一名引苗而生华,经二年春乃发。"

[2]剑门:古县名。唐武则天圣历二年置。治在今四川剑阁东北,因境内有剑门山而得名,元至元二十年废。

[3]锦水:锦江,为岷江分支之一。传说古人在这里濯锦,颜色比其他水鲜明,故名锦江。

[4]岷山:山名,在四川省北部,绵延川,甘两省边境。

[5]文君:西汉美女卓文君。婉娩:形容仪容柔美。《太平广记》卷四百六十八引〔晋〕祖台之《志怪·谢宗》:"有一女子,姿性婉娩,来诣船,因相为戏。"

[6]神女:巫山神女。娉婷:姿态美好的样子。〔汉〕辛延年《羽林郎》:"不意金吾子,娉婷过我庐。"(《乐府诗集》卷六十三·杂曲歌辞三)

[7]绣扃(jiōng):有花纹的门窗,多代指女性住房。

蝴蝶二首(其二)

拂绿穿红丽日长,一生心事住春光。
最嫌神女来行雨[1],爱伴西施去采香[2]。
风定只应攒蕊粉[3],夜寒长是宿花房。
鸣蝉性分殊迂阔,空解三秋噪夕阳[4]。

(《全唐诗》卷七百一十,中华书局点校本,1960年4月第1版,第8173页)

【注　释】

[1]最嫌神女来行雨:用巫山神女之典。〔战国·楚〕宋玉《高唐赋》:"妾在巫山之阳,高丘之阻,旦为朝云,暮为行雨。朝朝暮暮,阳台之下。"(《文选》卷十九·赋癸)

[2]西施:春秋越国美女,亦称西子。姓施,春秋末年越国苎萝(今浙江诸暨南)人。越王勾践败于会稽,范蠡取西施献吴王夫差,使其迷惑忘政。越遂亡吴。后西施归范蠡,同泛五湖。事见《吴越春秋·勾践阴谋外传》。后人亦用"西施"以代称美女。

[3]攒:积聚。

[4]三秋:指秋季。七月称孟秋,八月称仲秋,九月称季秋,合称三秋。〔晋〕陶潜《闲情赋》:"愿在莞而为席,安弱体于三秋。"(《陶渊明集》卷六·赋)

云

漠漠沉沉向夕晖,苍梧巫峡两相依[1]。
天心白日休空蔽,海上故山应自归[2]。
似盖好临千乘载[3],如罗堪剪六铢衣[4]。
为霖须救苍生旱[5],莫向西郊作雨稀[6]。

（《全唐诗》卷七百一十，中华书局点校本，1960 年 4 月第 1 版，第 8181 页）

【注　释】

[1]苍梧：指苍梧白云。苍梧为山名，即九嶷山，在今湖南宁远县。《艺文类聚》卷一引《归藏》曰："有白云出自苍梧，入于大梁。"

巫峡：见上官仪《八咏应制二首（其一）》注[11]。此指巫山云。〔战国·楚〕宋玉《高唐赋》："昔者楚襄王与宋玉游于云梦之台，望高唐之观，其上独有云气，崪兮直上，忽兮改容，须臾之间，变化无穷。王问玉曰：'此何气也？'玉对曰：'所谓朝云者也。'"（《文选》卷十九·赋癸）

[2]海上故山：指蓬莱山。传说在大海中，黄金白银为宫阙，诸仙人及不死之药都在上面。燕昭王、秦始皇等皆曾使人入海求之，终不能至。见《史记·封禅书》。

[3]似盖：《艺文类聚》卷一引《易通卦验》："云出张，如车盖。"

千乘：指诸侯。古代诸侯有兵车千乘。

[4]六铢衣：天仙之衣。极轻细。见《博异志·岑文本》。铢，古代重量单位，二十四铢为一两，六铢即二钱五分。

[5]为霖：《书·说命上》："若岁大旱，用汝作霖雨。"此殷高宗命傅说为相之辞，后因以"为霖"或"作霖"称颂宰相。苍生：指百姓。〔唐〕杜甫《行次昭陵》："往者灾犹降，苍生喘未苏。"（《全唐诗》卷二百二十五）

[6]西郊作雨稀：《易·小畜》："密云不雨，自我西郊。"

韩 昭

【作者简介】

韩昭（？—925），字德华，长安（今陕西西安）人。性便佞，善窥迎人意。为前蜀王建狎客，累官礼部尚书兼成都尹。后主时，进文思殿大学士，后任吏部侍郎，受贿徇私，为人所讥。后唐兵入蜀，为王宗弼所杀。昭粗晓文事，琴弈书算均能涉猎而不精。时人讥其"事艺如拆袜线，无有寸长"。事见《蜀梼杌》卷上、《十国春秋》卷四十六本传。今存诗二首。

从幸秦川过白卫献诗[1]

吾王巡狩为安边，此去秦亭尚数千[2]。
夜照路岐山店火，晓通消息戍瓶烟[3]。
为云巫峡虽神女，跨凤秦楼是谪仙[4]。
八骏似龙人似虎，何愁飞过大漫天[5]。

（《全唐诗》卷七百六十，中华书局点校本，1960年4月第1版，第8632页）

【注　释】

[1]秦川：当作秦州，今甘肃秦安。

白卫：白卫岭，在今四川昭化西南五十里，与剑门相接。此诗为咸康元年（925）从王衍幸秦州途中作。

[2]巡狩：皇帝出行视察。

秦亭：在甘肃清水县东北白河镇。

[3]戍瓶：指烽火台，言其形如瓶。

[4]巫峡：见上官仪《八咏应制二首（其一）》注[11]。

神女：指巫山神女。此用楚王在巫峡梦遇巫山神女事。秦楼：指秦穆王为其小女弄玉所建的楼。传说萧史擅长吹箫,秦穆公女弄玉喜欢他,于是秦穆公就将女儿嫁给他。萧史每天教弄玉吹箫,过了几年,吹奏的音乐与凤凰的声音相似,凤凰来止其屋,秦穆公因此建立了凤凰台。后夫妇皆跟随凤凰飞去。谪仙:谪居世间的仙人。

[5]八骏:相传周穆王西游时驾车的八匹良马。

大漫天:岭名,在利州(今四川广元),有漫天寨及大漫天寨。今名大光坡。

王仁裕

【作者简介】

王仁裕(880—956),字德辇,天水(今甘肃天水市)人。唐末为秦州节度判官。后入蜀,任中书舍人、翰林学士。前蜀亡,仕后唐,累官至都官郎中充翰林学士。入后晋,官至谏议大夫。后汉高祖时,复为翰林学士承旨。乾佑元年(948),以户部侍郎知贡举,擢户部尚书。后周时以太子少保致仕。曾自编其所作诗万余首为《西江集》百卷,已佚,今存诗一卷。所著《开元天宝遗事》二卷,今存。事见《旧五代史》卷一百二十八、《新五代史》卷五十七本传。

放　猿[1]

放尔丁宁复故林[2],旧来行处好追寻[3]。
月明巫峡堪怜静,路隔巴山莫厌深[4]。
栖宿免劳青嶂梦,跻攀应惬白云心[5]。
三秋果熟松梢健,任抱高枝彻晓吟[6]。

(《全唐诗》卷七百三十六,中华书局点校本,1960年4月第1版,第8404页)

【注　释】

[1]诗题原注:"仁裕从事汉中,有献猿儿者,怜其黠慧,育之,名曰野宾。经年壮大,跳掷颇为患,系红绡于颈,题诗送之。"

[2]丁宁:同"叮咛"。叮嘱,告诫。

[3]此句一作旧时侣伴好相寻。

[4]巫峡:见上官仪《八咏应制二首(其一)》注[11]。古时巫峡两岸多猿。

见阎立本《巫山高》注[8]。

　　巴山:大巴山。在今陕西省西乡县西南,绵延百里而入四川、重庆,东接三峡,傍临汉水。这两句一作耐寒不惮霜中宿,隐迹从教雾里深。

　　[5]栖宿:一作归去。

　　嶂:高险如屏障的山峰。

　　跻:登,升。

　　惬:快意,满足。

　　[6]三秋:指秋季的第三月,此指深秋。〔北周〕庾信《至仁山铭》:"三秋云薄,九日寒新。"(《全后周文》卷十二)

　　彻晓:通宵。

诗歌部

633

李存勖

【作者简介】

李存勖（885—926），即后唐庄宗，神武川之新城（今山西雁门）人，五代时期后唐政权的建立者。923年四月在魏州（河北大名府）称帝，国号"唐"，史称后唐，是为后唐庄宗。同年十二月灭后梁，实现了对中国北方的大部统一。以勇猛闻名。存勖虽武人，但洞晓音律，能度曲。存词四首，载《尊前集》。

阳台梦

罗衫子金泥缝[1]，困纤腰怯铢衣重[2]。笑迎移步小兰丛，鬈金翘玉凤[3]。　娇多情脉脉，羞把同心撚弄[4]。楚天云雨却相和，又入阳台梦[5]。

（《全唐诗》卷八百八十九，中华书局点校本，1960年4月第1版，第10041页）

【注　释】

[1]金泥：以金粉饰物。

[2]纤腰：《韩非子》："楚灵王好细腰，而国中多饿人。"（《韩非子》二柄第七）铢衣：指五铢衣，古代传说神仙穿的衣服。这里形容极轻的衣服。

[3]鬈（duǒ）：下垂的样子。

[4]同心：同心结。用锦带制成的菱形连环回文结，表示恩爱之意。

撚（niǎn）：同"捻"。

[5]"楚天"两句：用〔战国·楚〕宋玉《高唐赋》之典，记楚王与巫山神女梦中相会事："昔者先王尝游高唐，怠而昼寝，梦见一妇人曰：'妾，巫山之女也。为高

唐之客。闻君游高唐,愿荐枕席。'王因幸之。去而辞曰:'妾在巫山之阳,高丘之阻,旦为朝云,暮为行雨。朝朝暮暮,阳台之下。'"后因用"云雨"喻指男女欢会。用"阳台"喻指男女欢会之所。

欧阳炯

【作者简介】

欧阳炯（896—971），益州（今四川成都）人，少事前蜀王衍，为中书舍人。蜀亡，归后唐，为秦州从事。孟知祥镇蜀替号，又为中书舍人。广政十二年（949）除翰林学士。累拜门下侍郎，兼户部尚书，同平章事，监修国史。后随孟昶归宁，历翰林学士，转左散骑常待。又善长笛，太祖曾召他在偏殿吹奏。后因事罢职。以本官分司西京卒。炯性好诗歌，尝拟白居易讽谏诗五十篇。所作词今四十八篇。

巫山一段云[1]

一

绛阙登真子[2]，飘飘御彩鸾[3]。碧虚风雨佩光寒[4]，敛袂下云端[5]。
月帐朝霞薄，星冠玉蕊攒[6]。远游蓬岛降人间[7]，特地拜龙颜[8]。

二

春去秋来也，愁心似醉醺[9]。去时邀约早回轮[10]，及去又何曾。
歌扇花光点[11]，衣珠滴泪新。恨身翻不作车尘，万里得随君[12]。

（《全唐诗》卷八百九十六，中华书局点校本，1960 年 4 月第 1 版，第 10121 页）

【注　释】

[1]巫山一段云：见李珣《巫山一段云二首》注[1]。

[2]绛阙：宫殿寺观前的朱色门阙。亦借指朝廷、寺庙、仙宫等。〔晋〕陆机《五等论》："钲鼙震于阃宇，锋镝流乎绛阙。（《文选》卷五十四·论四）〔唐〕独孤

及《送陈兼应辟》:"相逢绛阙下,应道轩车迟。"(《全唐诗》卷二百四十六)

真子:佛教以信顺佛法,继承佛业者为真子。《涅槃经·寿命品一》:"成就如是无量功德,一切皆是佛之真子。"(大般涅槃经)卷一〕〔南朝·陈〕徐陵《东阳双林寺傅大士碑》:"法王真子,是号弥勒。"(《全陈文》卷十一)〔唐〕刘禹锡《袁州广禅师碑》:"真子号呼,围绕薪火,得舍利如珠玑者数百十焉。"(《全唐文》卷六百一十)

[3]彩鸾:鸾鸟。传说中的神鸟、瑞鸟。《山海经·西山经》:"(女牀之山)有鸟焉,其状如翟而五采文,名曰鸾鸟,见则天下安宁。"(《山海经》卷二·西山经)〔唐〕李商隐《寓怀》:"彩鸾餐颢气,威凤入卿云。"(《全唐诗》卷五百四十一)

[4]碧虚:碧空;青天。〔南朝·梁〕吴均《咏云》:"飘飘上碧虚,蔼蔼隐青林。"(《秦汉魏晋南北朝诗》梁诗卷十一)

[5]敛袂:整饬衣袖,行礼拜揖的准备动作。《史记·货殖列传》:"故齐冠带衣履天下,海岱之间敛袂而往朝焉。"(《史记》卷一百二十九·货殖列传第六十九)

[6]玉蕊:玉蕊花,又名琼花。〔唐〕白居易《代书一百韵寄微之》:"唐昌玉蕊会,崇敬牡丹期。"(《全唐诗》卷四百三十六)

攒:簇拥。

[7]蓬岛:蓬莱山。古代传说中的神山名,亦常泛指仙境。《史记·封禅书》:"自威、宣、燕昭使人入海求蓬莱、方丈、瀛洲,此三神山者,其传在渤海中。"(《史记》卷二十八·封禅书第六)〔唐〕李白《古风》之四十八:"但求蓬岛药,岂思农扈春?"(《全唐诗》卷一百六十一)

[8]龙颜:借指帝王。〔晋〕袁宏《三国名臣序赞》:"夫未遇伯乐,则千载无一骥;时值龙颜,则当年控三杰。"(《晋书》卷九十二·列传第六十二)

[9]醉醺:酒醉的样子。〔唐〕白居易《醉后戏题》:"今夜酒醺罗绮暖,被君融尽玉壶冰。"(《全唐诗》卷四百四十一)

[10]回轮:一作廻轮,犹回车。〔晋〕张协《七命》:"临重岫而揽辔,顾石室而回轮。"(《文选》卷三十五·七下)〔晋〕杨羲《右英吟》:"停驾望舒移,廻轮返沧浪。"(《秦汉魏晋南北朝诗》晋诗卷二十一)

[11]歌扇:歌舞时用的扇子。〔唐〕戴叔伦《暮春感怀》:"歌扇多情明月在,舞衣无意彩云收。"(《全唐诗》卷二百七十三)

[12]此句大意:遗憾不能化做车行扬起的尘埃,(哪怕)远行万里也能够跟随着你。

李建勋

【作者简介】

李建勋（？—952），字致尧，广陵（今江苏扬州）人，南唐赵王李德诚子。初为金陵巡官。李昇为金陵节度使时，以建勋为副使。南唐建国，为中书侍郎，同平章事。升元五年（941）罢相，未几复位。中主李璟即位后，出为抚州节度使。保大四年（946），召为右仆射兼门下侍郎、同平章事。次年罢为太弟太傅，加司空。旋以司徒致仕，赐号钟山公。保大十年（952）卒，赠太保，谥曰靖。《宋史·艺文志》著录《李建勋集》二十卷，已散佚，今存诗一卷。事见马令《南唐书》卷十、陆游《南唐书》卷九、《十国春秋》卷二十一本传、《唐才子传校笺》卷十。

落　花

惜花无计又花残，独绕芳丛不忍看。

暖艳动随莺翅落，冷香愁杂燕泥干。

绿珠倚槛魂初散[1]，巫峡归云梦又阑[2]。

忍把一尊重命乐[3]，送春招客亦何欢。

（《全唐诗》卷七百三十九，中华书局点校本，1960 年 4 月第 1 版，第 8428 页）

【注　释】

[1]绿珠：石崇有妓名曰绿珠，美而艳，善吹笛。孙秀求之，崇不肯。秀怒，乃劝赵王伦诛崇。收捕时，崇正宴于楼上，谓绿珠曰："我今为尔得罪。"绿珠泣曰："当效死于官前。"因自投于楼下而死。见《晋书·石崇传》。

[2]"巫峡"句：用楚王梦遇巫山神女事。〔战国·楚〕宋玉《高唐赋》："妾在

巫山之阳,高丘之阻,旦为朝云,暮为行雨。朝朝暮暮,阳台之下。"(《文选》卷十九·赋癸)阑:残,尽。

[3]命乐:奏乐。《旧五代史·蔡王信传》:"左右有犯罪者……或从足支解至首,血流盈前,而命乐对酒,无仁愍之色。"(《旧五代史》卷一百〇五宗室列传二)

李　中

【作者简介】
　　李中,字有中,九江(今江西九江)人。南唐时,与刘钧共学于庐山国
学。元宗时,仕于下蔡。后主时,任吉不县尉。后官晋陵、新喻县令。宋开
宝五年(972),转淦阳县令。著有《碧云集》。《全唐诗》编其诗为四卷。事
见孟宾于《(碧云集)序》《唐才子传》卷十。

所思代人[1]

巫峡云深湘水遥[2],更无消息梦空劳。
梦回深夜不成寐,起立闲庭花月高。

(《全唐诗》卷七百四十七,中华书局点
校本,1960 年 4 月第 1 版,第 8501 页)

【注　释】
　　[1]所思代人:代人写相思诗。这首诗以优美高雅的意境描写离别之人的相
思之情。
　　[2]巫峡:见上官仪《八咏应制二首(其一)》注[11]。湘水:湘江。此句暗用
巫山神女以及湘妃之典,喻指所思念的人。"深"和"遥"指出离别之远,难以
相见。

悼　亡[1]

巷深芳草细,门静绿杨低。
室迩人何处[2],花残月又西。

武陵期已负^[3]，巫峡梦终迷^[4]。
独立销魂久^[5]，双双好鸟啼^[6]。

（《全唐诗》卷七百四十八，中华书局点校本，1960 年 4 月第 1 版，第 8516 页）

【注　释】

[1]悼亡：哀悼亡妻。这是一首怀念亡妻的诗。

[2]室迩：指妻子的卧房很近。迩，近。《诗经·郑风·东门之墠》："其室则迩，其人甚远。"

[3]武陵期：指相约重见之期，用刘阮遇仙女之典。〔南朝·宋〕刘义庆《幽明录》载：东汉刘晨、阮肇入天台山采药，迷路，寻水得武陵溪，遇二仙女，款待留居，蹉跎半年。后出山，抵家子孙已过七世。后重访天台山，旧踪渺然。后世以此作为游仙或男女欢恋幽会的典故。

负：负约。

[4]巫峡梦：用〔战国·楚〕宋玉《高唐赋》所记楚王梦遇巫山神女事。句指亡妻不来入梦。

[5]销魂：指由于忧伤而神思茫然，犹魂将离体。

[6]双双好鸟啼：孤独忧伤之际看见了鸟儿成双成对在鸣唱。运用反衬的手法，倍增其哀伤。

和　凝

【作者简介】

　　和凝（898—955），字成绩，郓州须昌（今山东东平）人。后梁贞明二年（916）进士及第。初仕梁，为义成军节度使贺娘从事。后唐明宗时，拜殿中侍御史，累迁主客员外郎、知制诰；寻充翰林学士，知贡举。后晋天福五年（940），拜中书侍郎、同中书门下平章事。晋出帝时，罢为左仆射。后汉高祖时，拜太子太保，封鲁国公。后周太祖时，官终太子太傅。少时好为曲子词，世称"曲子相公"。有集百余卷，自行雕板，印数百套，分赠于人，已佚。今存诗一卷。两《五代史》有传。

何满子

一

　　正是破瓜年几[1]，含情惯得人饶[2]。桃李精神鹦鹉舌[3]，可堪虚度良宵。却爱蓝罗裙子，羡他长束纤腰[4]。

二

　　写得鱼笺无限[5]，其如花锁春晖。目断巫山云雨[6]，空教残梦依依[7]。却爱熏香小鸭，羡他长在屏帏[8]。

（《全唐诗》卷八百九十三，中华书局点校本，1960 年 4 月第 1 版，第 10090 页）

【注　释】

　　[1]破瓜年几：破瓜，旧称女子十六岁为"破瓜"。"瓜"字拆开为两个八字，即二八之年，故称。〔晋〕孙绰《情人碧玉歌》之二："碧玉破瓜时，郎为情颠倒。"

（《秦汉魏晋南北朝诗》宋诗卷十一）

[2]得人饶：犹得人相让或宽容。

[3]桃李精神：《史记·李将军列传》赞："谚曰：'桃李不言，下自成蹊。'"（《史记》卷一百○九）《索隐》："按姚氏云：桃李本不能言，但以华实感物，故人不期而往，其下自成蹊径也。"此指好的面貌和天真之态。

[4]蓝罗：深蓝色的丝织物。末两句说羡她罗裙束腰不解，或暗含梦寐求之却得不到之意。

[5]鱼笺：鱼子笺的简称。古代一种布目纸，产于蜀地。〔唐〕王勃《七夕赋》："握犀管，展鱼笺。"（《全唐文》卷一百七十七）

[6]目断：犹望断。一直望到看不见。〔唐〕丘为《登润州城》："乡山何处是，目断广陵西。"（《全唐诗》卷一百二十九）

巫山云雨：用巫山神女典。见杜甫《咏怀古迹五首（其二）》注[5]。

[7]空教：〔唐〕李商隐《九日》："空教楚客咏江蓠。"（《全唐诗》卷五百四十一）

依依：形容思慕怀念的心情。

[8]尾二句谓羡慕鸭形香炉能够常与佳人相伴。此喻对佳人的思念。

王 衍

【作者简介】

王衍(899—926),字化源,前蜀先主王建第十一子。初封郑王。永平三年(913)立为太子。光天元年(918)嗣位。咸康元年(925)国破,降后唐。次年初,与宗族大臣等被押送洛阳,四月,行至秦川驿,被杀。世称后主。能为浮艳词,曾集古今艳诗二百篇,编为《烟花集》五卷,今佚。今存诗五首,词二首,《全唐文》存其文四篇。事见《旧五代史》卷一百三十六、《新五代史》卷六十三、《十国春秋》卷三十七。

过白卫岭和韩昭[1]

先朝神武力开边[2],画断封疆四五千[3]。
前望陇山屯剑戟[4],后凭巫峡锁烽烟[5]。
轩皇尚自亲平寇[6],嬴政徒劳爱学仙[7]。
想到隗宫寻胜处[8],正应莺语暮春天。

(《全唐诗》卷八,中华书局点校本,1960年4月第1版,第77页)

【注 释】

[1]据《新五代史》卷六十三,诗当作于乾德六年(924)十月幸秦州过白卫岭时。白卫岭:在四川剑门北,与剑门相接。

韩昭:字德华,长安人。为蜀后主王衍狎客,累官礼部尚书、文思殿大学士。唐兵入蜀,王宗弼杀之。韩昭有《从幸秦川过白卫献诗》。

[2]神武:原谓以吉凶祸福威服天下而不用刑杀。《易·系辞上》:"古之聪明叡知,神武而不杀者夫。"孔颖达疏:"夫《易》道深远,以吉凶祸福威服万物,故古

之聪明叡知神武之君,谓伏牺等用此《易》道能威服天下,而不用刑杀而畏服之也。"(《周易正义》系辞上卷七)后沿用为英明威武之意,多用以称颂帝王将相。《汉书·叙传下》:"皇矣汉祖,篡尧之绪,实天生德,聪明神武。"(《汉书》卷一百下·叙传第七十下)开边:谓用武力开拓疆土。〔南朝·齐〕王融《永明十一年策秀才文》之五:"朕思念旧民,永言攸济,故选将开边,劳来安集。"(《文选》卷三十六·令)

[3]封疆:疆域、疆土。《周礼·地官·大司徒》:"诸公之地,封疆方五百里。"

[4]陇山:在陕西陇县,西北跨甘肃清水县。山下有陇关,即大震关,为秦雍喉隘。剑戟:泛指武器。《国语·齐语五》:"美金以铸剑戟,试诸狗马。"〔唐〕韩愈《南山诗》:"参参削剑戟,焕焕衔莹琇。"(《全唐诗》卷三百三十六)

[5]巫峡:见上官仪《八咏应制二首(其一)》注[11]。

烽烟:烽火台报警之烟。此借指战争。〔南朝·陈〕徐陵《为贞阳侯重与王太尉书》:"广陵京口,烽烟相望。"(《全陈文》卷八)〔唐〕姚合《送李廓侍御赴西川行营》:"从今巂州路,无复有烽烟。"(《全唐诗》卷四百九十六)

[6]轩皇:黄帝轩辕氏。据《史记·五帝本纪》,黄帝曾在涿鹿之野击败九黎族,擒杀蚩尤。〔汉〕张衡《同声歌》:"众夫所希见,天老教轩皇。"(《秦汉魏晋南北朝诗》汉诗卷六)

[7]嬴政:秦始皇。据《史记·秦始皇本纪》载,秦始皇曾命徐福率童男女数千人入海求仙,又曾使韩终等求仙人不死之药。

[8]隗宫:在秦州麦积山北,为隗嚣避暑宫。见《方舆胜览》卷六十九。

孙光宪

【作者简介】

　　孙光宪（901—968），字孟文，自号葆光子。出生在陵州贵平（今属四川省仁寿县东北的向家乡贵坪村）。仕南平三世，累官荆南节度副使、朝议郎、检校秘书少监，试御史中丞。入宋，为黄州刺史。太祖乾德六年卒。孙光宪"性嗜经籍，聚书凡数千卷。或手自钞写，孜孜校雠，老而不废"。著有《北梦琐言》《荆台集》《橘斋集》等，仅《北梦琐言》传世。词存八十四首，风格与"花间"的浮艳、绮靡有所不同。刘毓盘辑入《唐五代宋辽金元名家词集六十种》中，又有王国维缉《孙中丞词》一卷。

女冠子[1]

蕙风芝露，坛际残香轻度[2]。蕊珠宫，苔点分圆碧，桃花践破红[3]。品流巫峡外，名籍紫微中[4]。真侣墉城会[5]，梦魂通。

（《全唐诗》卷八百九十七，中华书局点校本，1960 年 4 月第 1 版，第 10141 页）

【注　释】

　　[1]女冠子：词牌名。本唐教坊名，后用为词牌。内容多咏女道士。有小令、双调、长调等。

　　[2]蕙风芝露：指带有仙草气息的风露，言其清香无比、氛芳扑鼻。蕙、芝都是香草名。

　　坛际：拜天祭神之坛边。

　　[3]蕊珠宫：道家传说天上上清宫有蕊珠宫，为神仙所居。诗文中常以指道士的宫殿。〔唐〕顾云《华清词》："相公清斋朝蕊宫，太上符箓龙蛇踪。"（《全唐诗》卷六百三十七）"苔点"二句：指一丛丛青苔分布为碧色的圆影，一片片坠落的

桃花被踏成碎块。

　　[4]品流:品类、流别。〔唐〕郑谷《鹧鸪》:"暖戏烟芜锦翼齐,品流应得近山鸡。"(《全唐诗》卷六百七十五)

　　巫峡:见上官仪《八咏应制二首(其一)》注[11]。

　　名籍:记名入册。《史记·汲郑列传》:"高祖令诸故项籍臣名籍,郑君独不奉诏。诏尽拜名籍者为大夫,而逐郑君。"(《史记》卷一百二十·汲郑列传第六十)紫微:紫微垣。星官名,三垣之一。《晋书·天文志上》:"紫宫垣十五星,其西蕃七,东蕃八,在北斗北。一曰紫微,大帝之座也,天子之常居也,主命主度也。"(《晋书》卷十一·志第一)〔唐〕杜甫《秋日荆南送薛明府辞满告别奉寄薛尚书之作三十韵》:"紫微临六角,皇极正乘舆。"(《全唐诗》卷二百三十二)

　　[5]真侣:谓道士。〔唐〕李栖筠《张公洞》:"稽首谢真侣,辞满归崆峒。"(《全唐诗》卷二百一十五)

　　墉城:传说中西王母的居处。〔北魏〕郦道元《水经注·河水》:"又有墉城,金台玉楼,相似如一。渊精之阙,光碧之堂,琼华之室,紫翠丹房,景烛日晖,朱霞九光,西王母之所治,真官仙灵之所宗。"(《水经注》卷一)

韩熙载

【作者简介】

韩熙载(902—970),字叔言,潍州北海(今山东潍坊市)人。后唐同光四年(926)登进士第,因其父韩光嗣为明宗所杀,南奔投吴,补校书郎。南唐时,历任秘书郎、虞部员外郎、史馆修撰、中书舍人、兵部尚书,官终中书侍郎、充光政殿学士承旨。卒谥文靖。《郡斋读书志》著录《韩熙载集》五卷,已佚。今存诗五首。事见马令《南唐书》卷十三、陆游《南唐书》卷九、《宋史》卷四百七十八本传及徐铉《韩公墓志铭》。

书歌妓泥金带[1]

风柳摇摇无定枝,阳台云雨梦中归[2]。
他年蓬岛音尘断[3],留取尊前旧舞衣[4]。

(《全唐诗》卷七百三十八,中华书局点校本,1960年4月第1版,第8416页)

【注 释】

[1]泥金带:以金屑装饰的腰带。本篇一题为《赠别》。

[2]"阳台"句:用楚王与巫山神女梦中相会之典。"昔者先王尝游高唐,怠而昼寝,梦见一妇人曰:'妾,巫山之女也。为高唐之客。闻君游高唐,愿荐枕席。'王因幸之。去而辞曰:'妾在巫山之阳,高丘之阻,旦为朝云,暮为行雨。朝朝暮暮,阳台之下。'"(《文选》卷十九·赋癸)

[3]蓬岛:蓬莱山。〔唐〕李白《古风》之四八:"但求蓬岛药,岂思农扈春?"(《全唐诗》卷一百六十一)

[4]后两句谓:往后我们是不会再有彼此的消息了,不过可以留下舞衣(睹物思人)。

冯延巳

【作者简介】

冯延巳(约903—960),一名延嗣,字正中。广陵(今江苏扬州)人。南唐先主李昪时,任秘书郎、中主李璟时,历任谏议大夫、户部侍郎、翰林学士承旨。保大四年(946)拜相,翌年罢为太子少傅。后出镇抚州,又再度入相,官终太子太傅。有《阳春集》传世。事见马令《南唐书》卷二十一、陆游《南唐书》卷十一本传。今人夏承焘著有《冯正中年谱》。

临江仙[1]

南园池馆花如雪[2],小塘春水涟漪[3]。夕阳楼上绣帘垂。酒醒无寐,独自倚阑时。　绿杨风静凝闲恨,千言万语黄鹂[4]。旧欢前事杳难追[5]。高唐暮雨[6],空只觉相思。

(《全唐五代词》正编卷三,中华书局1999年12月第1版,第669页)

【注　释】

[1]临江仙:词牌名。本为唐教坊曲名,多用以咏水仙,故名。双调五十八字或六十字,皆用平韵。词叙闺恨。上片触景生情,表现闺妇酒醒无寐,独自倚阑时难以平静的心境。下片追忆往事,当日与"旧欢"相会的温馨一幕,已经不能再得,纵有"千言万语"的黄鹂,也呼唤不回美好的春光,因此只能留下终生的怨恨和绵绵不尽的相思了。

[2]南园池馆花如雪:化用〔唐〕温庭筠《菩萨蛮》:"南园满地堆轻絮。"(《全唐五代词》卷一·唐词)

[3]涟漪:被风吹起的水面的波纹。《诗·魏风·伐檀》:"坎坎伐檀兮,寘之河之干兮,河水清且涟猗。"

[4]黄鹂:鸟名。身体黄色,自眼部至头后部黑色,嘴淡红色。叫的声音很好听,常被饲养做笼禽。〔南朝·梁〕何逊《石头答庾郎丹》诗:"黄鹂隐叶飞,蛱蝶萦空戏。"(《秦汉魏晋南北朝诗》梁诗卷九)

[5]旧欢:往日的情人。杳:无影无声。

[6]高唐暮雨:用楚王在高唐梦遇巫山神女事。〔战国·楚〕宋玉《高唐赋》:"昔者先王尝游高唐,怠而昼寝,梦见一妇人曰:'妾,巫山之女也。为高唐之客。闻君游高唐,愿荐枕席。'王因幸之。去而辞曰:'妾在巫山之阳,高丘之阻,旦为朝云,暮为行雨。朝朝暮暮,阳台之下。'"(《文选》卷十九·赋癸)此指男女欢会。

鹊踏枝

烦恼韶光能几许[1]。肠断魂销[2],看却春还去[3]。只喜墙头灵鹊语[4]。不知青鸟全相误[5]。 心若垂杨千万缕。水阔花飞,梦断巫山路[6]。开眼新愁无问处。珠帘锦帐相思否。

(《全唐五代词》正编卷三,中华书局1999年12月第1版,第653—654页)

【注 释】

[1]韶光:泛指美好的时光,这里指春光。

[2]肠断魂销:谓情思凄苦,悲痛至极。

[3]却:了。

[4]"只喜"句:意谓因灵鹊报喜而满怀喜悦。

[5]青鸟:传信使者。《艺文类聚》卷九十一引《汉武故事》:"七月七日,上(汉武帝)于承华殿斋,日正中,忽有一青鸟从西方来,集殿前。上问东方朔。朔曰:'此西王母欲来也。'有顷,王母至。有二青鸟如乌,夹侍王母旁。"后因以"青鸟"喻指仙使或信使。〔唐〕李商隐《无题》:"蓬山此去无多路,青鸟殷勤为探看。"

[6]"梦断"句:用楚王梦遇巫山神女事。〔战国·楚〕宋玉《高唐赋》:"昔者先王尝游高唐,怠而昼寝,梦见一妇人曰:'妾,巫山之女也。为高唐之客。闻君游高唐,愿荐枕席。'王因幸之。"(《文选》卷十九·赋癸)后因以巫山云雨指代男女欢会。巫山,见凌敬《巫山高》注[2]。梦断:梦醒,含惊觉意。

谒金门[1]

一

风乍起[2],吹皱一池春水。闲引鸳鸯芳径里[3],手挪红杏蕊[4]。

斗鸭阑干独倚[5],碧玉搔头斜坠[6]。终日望君君不至,举头闻鹊喜[7]。

二

杨柳陌[8],宝马嘶空无迹[9]。新著荷衣人未识[10],年年江海客。

梦觉巫山春色[11],醉眼飞花狼藉。起舞不辞无气力,爱君吹玉笛。

（《全唐诗》卷八百九十八,中华书局点校本,1960 年 4 月第 1 版,第 10154 页）

【注　释】

[1]谒金门:唐教坊曲名,后用为词牌。又名《空相忆》《出塞》等。

[2]乍:忽然。

[3]闲引:无聊地逗引着玩。芳径:旁边长着花草的小路。这里指近池边的小路。

[4]蕊:花心。

[5]斗鸭:以鸭相斗为戏乐。斗鸭栏和斗鸡台一样,都是古代官僚显贵之家取乐的场所。

[6]搔头:古代妇女插在发髻上的一种簪子,用玉制作或镶嵌成。

斜坠:坠,下垂。因搔头斜插在发上,人斜倚在阑干上,所以说是斜坠。

[7]闻鹊喜:古人以为喜鹊噪鸣是喜事临门的征象。

[8]陌:田间小路。

[9]宝马:名贵的骏马。《史记·大宛列传》:"贰师马,宛宝马也。"（《史记》卷一百二十三·大宛列传第六十三）

[10]荷衣:指芳洁服饰。《楚辞·九歌·少司命》有"荷衣兮蕙带,倏而来兮忽而逝"。

[11]梦觉巫山春色:用楚王梦遇巫山神女事。

应天长[1]

　　石城花落江楼雨[2]。云隔长洲兰芷暮[3]。芳草岸，和烟雾。谁在绿杨深处住。　　旧游时事故。岁晚离人何处。杳杳兰舟西去[4]。魂归巫峡路[5]。

（《全唐五代词》正编卷三，中华书局

1999 年 12 月第 1 版，第 674 页）

【注　释】

　　[1]《应天长》是作者写的一组相思词，共有五首，这里选的是其三，写思妇对旅人深深的怀念。

　　[2]石城：指的是石头城，即今南京，当时是南唐的都城金陵。

　　[3]长洲：指如今苏州一带。

　　兰芷：兰草与白芷，皆香草。《楚辞·离骚》："兰芷变而不芳兮，荃蕙化而为茅。"王逸注："言兰芷之草，变易其体而不复香。"（《楚辞章句》卷一）

　　[4]杳杳：犹渺茫。〔唐〕许浑《韶州驿楼宴罢》："檐外千帆背夕阳，归心杳杳鬓苍苍。"（《全唐诗》卷五百三十五）

　　兰舟：木兰舟。亦用为小舟的美称。

　　[5]巫峡：见上官仪《八咏应制二首（其一）》注[11]。

毛熙震

【作者简介】

　　毛熙震,约947年在世,蜀人。曾为后蜀秘书监,善为词。今存词二十九首。

临江仙

一

　　南齐天子宠婵娟[1],六宫罗绮三千[2]。潘妃娇艳独芳妍[3]。椒房兰洞[4],云雨降神仙[5]。　　纵态迷欢心不足,风流可惜当年。纤腰婉约步金莲[6]。妖君倾国[7],犹自至今传。

二

　　幽闺欲曙闻莺转,红窗月影微明。好风频谢落花声。隔帏残烛,犹照绮屏筝。　　绣被锦茵眠玉暖[8],炷香斜袅烟轻。淡蛾羞敛不胜情。暗思闲梦,何处逐行云[9]。

　　　　　　　　　　　(《全唐诗》卷八百九十五,中华书局点校本,1960年4月第1版,第10117页)

【注　释】

[1]南齐天子:南齐废帝东昏侯。

宠婵娟:贪恋女色。

六宫:古代皇后的寝宫,正寝一,燕寝五,合为六宫。

[2]罗绮:本代指衣着华贵的女子。〔唐〕李白《清平乐》:“女伴莫话孤眠,六宫罗绮三千。”(《全唐诗》卷八百九十)此指妃嫔宫女。

［3］潘妃：东昏侯妃子。

［4］椒房兰洞：此代指奢华的居处。

［5］云雨降神仙：〔战国·楚〕宋玉《高唐赋》记楚王与巫山神女相会事："昔者先王尝游高唐，怠而昼寝，梦见一妇人曰：'妾，巫山之女也。为高唐之客。闻君游高唐，愿荐枕席。'王因幸之。去而辞曰：'妾在巫山之阳，高丘之阻，旦为朝云，暮为行雨。朝朝暮暮，阳台之下。'"（《文选》卷十九·赋癸）后因以云雨喻指男女欢会。神仙，指巫山神女。

［6］纤腰：《韩非子》："楚灵王好细腰，而国中多饿人。"（《韩非子》二柄第七）

步金莲：《南齐书》载：东昏侯凿地为金莲花，使潘妃行其上，曰："此步步生莲华也。"

［7］妖君倾国：媚惑国君，使国家倾覆。

［8］眠玉：指美人睡态。

［9］行云：指巫山神女。语本〔战国·楚〕宋玉《高唐赋》："旦为朝云，暮为行雨。"

徐铉

【作者简介】

徐铉(916—991),字鼎臣,扬州广陵(今江苏扬州)人。五代宋初文学家、文字学家。十岁即能属文,与韩熙载齐名,江东称为"韩徐"。初仕吴为秘书郎,后仕南唐,试知制诰,因与宰相宋齐丘不谐,贬泰州司户掾。不久复旧官。后坐专杀流舒州,徙饶州,召为太子右谕德、知制诰,迁中书舍人。后主时,历礼部侍郎、尚书右丞、翰林学士、吏部尚书等职。后归宋,官至散骑常侍,坐贬卒。铉精小学,尤工小篆,与弟徐锴齐名,世称"大小二徐"。曾校订《说文解字》传世,称"大徐本"。铉才思敏捷,凡所撰述,下笔立就。有《骑省集》(一名《徐公文集》)三十卷传世。事迹见《宋史》卷四百四十一本传、李盼《东海徐公墓志铭》、马令《南唐书》卷二十三、《十国春秋》卷二十八。

抛球乐辞二首[1]（其二）

灼灼传花枝,纷纷度画旗[2]。不知红烛下,照见彩球飞[3]。借势因期克,巫山暮雨归[4]。

(《全唐诗》卷七百五十四,中华书局点校本,1960年4月第1版,第8578页)

【注　释】

[1]抛球乐:唐教坊曲名。《唐音癸签》云:《抛球乐》,酒筵中抛球为令,其所唱之词也。

[2]灼灼:鲜明的样子。《诗·周南·桃夭》:"桃之夭夭,灼灼其华。"传花枝:

酒令的一种,即击鼓传花。是我国传统的助兴游艺活动,流行于全国广大地区。此游艺活动特别适合众多人聚会娱乐,其气氛极为热闹欢快。其主要形式是,十几人或数十人围圈而坐,其中一人执花(或彩球等物),一人背众击鼓。鼓响花传,鼓停花止。最后,花传在谁的手中,谁就要为大家自由表演一个节目。也有的采取表演节目者摸彩(如摸纸条)的形式,按纸条上写的要求行事,多是唱歌、跳舞、说笑话、学动物叫声等。表演节目之后,击鼓传花继续进行,直到大家尽兴乃止。击鼓传花(或传彩球等物)还是中国自唐代以来用于酒宴上的助兴游艺,也有称之为"击鼓传花令"的。〔唐〕白居易《就花枝》:"就花枝,移酒海,今朝不醉明朝悔。"(《全唐诗》卷四百四十四)度画旗:传画旗,也是酒筵上的一种娱乐活动。

　　[3]彩球:"传花枝"游戏中传递时需要用到的彩球。也可以用花等其他物品代替。

　　[4]巫山暮雨:本指巫山神女事。〔战国·楚〕宋玉《高唐赋》:"妾在巫山之阳,高丘之阻,旦为朝云,暮为行雨。朝朝暮暮,阳台之下。"(《文选》卷十九·赋癸)此指代席上妓人。

李 煜

【作者简介】

李煜(937—978),五代十国时南唐国君,961—975 年在位,字重光,初名从嘉,号钟隐、莲峰居士。彭城(今江苏徐州)人。南唐元宗李璟第六子,于宋建隆二年(961)继位,史称李后主。开宝八年,宋军破南唐都城,李煜降宋,被俘至汴京,封为右千牛卫上将军、违命侯。后因作感怀故国的名词《虞美人》而被宋太宗毒死。李煜虽不通政治,但其艺术才华却非凡。精书法,善绘画,通音律,诗和文均有一定造诣,尤以词的成就最高。代表作有《虞美人》《浪淘沙》《乌夜啼》等词。在政治上失败的李煜,却在词坛上留下了不朽的篇章,被称为"千古词帝"。

南歌子[1]

云鬟裁新绿[2],霞衣曳晓红[3]。待歌凝立翠筵中[4]。一朵彩云何事下巫峰[5]。　　趁拍鸾飞镜[6],回身燕飐空[7]。莫翻红袖过帘栊[8]。怕被杨花勾引、嫁东风[9]。

(《全唐五代词》正编卷三·存目词,中华书局 1999 年 12 月第 1 版,第 776 页)

【注　释】

[1]这首词又传为苏轼作,见汲古阁本《六十名家词·东坡词》。世界文库本《南唐二主词》作李后主,《全唐五代词》依该本列入李煜词。这首词作描写一位歌女在酒宴席间的表演。上片写歌女的妆饰打扮。头顶"绿"丝带,身披红霞衣,如同"一朵彩云"下"巫峰","凝"立在筵席的中央,等待歌唱。下片描绘歌女的优美歌唱与舞姿。"趁拍鸾飞镜",用〔南朝·宋〕范泰《鸾鸟诗》鸾鸟睹影鸣绝的典

故,形容歌女歌喉的优美动听;"回身燕飐空"描绘她舞艺的超凡悦俗。末两句则是作者自己的内心活动,生怕自己心爱的歌女被人"勾引"。诚如陈廷焯所云:"李后主、晏叔原皆非同中正声,而其词无人不爱,以其情胜也。情不胜而为词,虽稚不韵,何足感人。"(《白雨斋词话》卷七)正是这末两句,用作者的"情",衬托出歌女的美艳动人,此乃词场本色。从这首词本身的风格看,它的描写丝毫没有掩饰和虚假。敢于坦露抒情主人公的真情实感,而且做到了"国风好色而不淫"。流露真情而不娇饰,描写艳景而无淫乐,倒更像后主词的风格。

[2]云鬓:形容歌女的黑发如云,美而且长。裁:修剪,安排,这里指插戴。绿:乌黑发亮的颜色,多用于形容鬓发。〔唐〕李商隐《戏题枢言草阁三十二韵》:"年颜各少壮,发绿齿尚齐。"(《全唐诗》卷五百四十一)

[3]霞衣曳晓红:描述歌女的衣服如晓云红霞。霞衣,喻轻柔艳丽的衣服,这里指舞蹈时穿的霞披。〔唐〕李峤《舞》:"霞衣席上转,花袖雪前明。"(《全唐诗》卷五十九)曳,拖、拉。晓红,指早晨太阳初升时的红色霞光。

[4]待歌:待歌声起时而舞。

凝立:一动不动地站立。

翠筵:指青绿色的席子。翠,青绿色。筵,用蒲苇、竹篾和枝条等编织而成的席子。〔三国·魏〕曹植《斗鸡》:"长筵坐戏客,斗鸡观闲房。"(《曹子建集》卷五)

[5]彩云:绚丽多彩的云朵。这里指巫山神女。〔战国·楚〕宋玉《高唐赋》:"昔者先王尝游高唐,怠而昼寝,梦见一妇人曰:'妾,巫山之女也。为高唐之客。闻君游高唐,愿荐枕席。'王因幸之。去而辞曰:'妾在巫山之阳,高丘之阻,旦为朝云,暮为行雨。朝朝暮暮,阳台之下。'旦朝视之,如言。故为立庙,号曰'朝云'。"(《文选》卷十九·赋癸)巫峰:巫山,见凌敬《巫山高》注[2]。此句用巫山神女比喻舞女的光彩照人。

[6]趁拍:依着乐曲的节拍。

鸾飞镜:鸾镜。《太平御览》卷九百一十六引南朝宋范泰《鸾鸟诗》序:"昔罽宾王结置峻祁之山,获一鸾鸟,王甚爱之,欲其鸣而不致也。乃饰以金樊,飨以珍羞。对之逾戚,三年不鸣。夫人曰:'闻鸟见其类而后鸣,何不悬镜以映之?'王从言。鸾睹影感契,慨焉悲鸣,哀响中霄,一奋而绝。"后即以"鸾镜"指妆镜。〔唐〕骆宾王《代女道士王灵妃赠道士李荣》:"龙飙去去无消息,鸾镜朝朝减容色。"(《全唐诗》卷七十七)

[7]回身:舞蹈中的旋转动作。

飐:飘扬,飞扬。

[8]红袖:歌女红色的衣袖。这里用来代指美丽的歌女。〔唐〕元稹《遣风》:"唤上驿亭还酩酊,两行红袖拂樽罍。"(《全唐诗》卷四百一十四)

帘:用布、竹子、苇子等做的有遮蔽作用的器物。

栊(lóng):窗户。

[9]杨花:指柳絮。〔北周〕庾信《春赋》:"新年鸟声千种啭,二月杨花满路飞。"(《艺文类聚》卷三·岁时上)

勾引:调弄,吸引。

东风:春风。〔唐〕李白《春日独酌》诗之一:"东风扇淑气,水木荣春晖。"(《全唐诗》卷一百八十二)此句形容歌女的舞姿轻盈。

何　赞

【作者简介】

何赞,生平无考,今存诗一首。

书　事

果决生涯向路中,西投知己话从容。

云遮剑阁三千里[1],水隔瞿塘十二峰[2]。

阔步文翁坊里月[3],闲寻杜老宅边松[4]。

到头须卜林泉隐[5],自愧无能继卧龙[6]。

(《全唐诗》卷七百六十九,中华书局点校本,1960 年 4 月第 1 版,第 8734 页)

【注　释】

[1]剑阁:在四川剑阁县北,其山峭壁中断、两岸相对。

[2]瞿塘:见李白《自巴东舟行经瞿唐峡登巫山最高峰晚还题壁》注[1]。

十二峰:巫山十二峰。见乔知之《巫山高》注[2]。

[3]文翁:〔汉〕庐江舒人。景帝末,为蜀郡守,"仁爱好教化",在成都市中起学官,入学者免除徭役,成绩优者为郡县吏,每出巡视,"益从学官诸生明经饬行者与俱,使传教令"。蜀郡自是文风大振,教化大兴。见《汉书·文翁传》。后世用为称颂循吏的典故。

[4]杜老宅:在成都浣花溪有杜甫草堂。

[5]卜林:〔汉〕京房著《周易占》十二卷、《周易守林》三卷、《周易集林》十二卷、《周易飞候》九卷,后世合称"卜林"。今皆佚。〔汉〕庾信《小园赋》:"问葛洪之药性,访京房之卜林。"(《全后周文》卷八)

[6]卧龙:指诸葛亮,号卧龙。

张安石

【作者简介】

张安石,生平不详。有《涪江集》一卷,《新唐书·艺文志四》著录,已佚。《全唐诗》存诗二首。

玉女词

绮荐银屏空积尘,柳眉桃脸暗销春[1]。
不须更学阳台女,为雨为云趁恼人[2]。

（《全唐诗》卷七百七十一,中华书局点校本,1960 年 4 月第 1 版,第 8753 页）

【注 释】

[1]银屏:镶银的屏风。〔唐〕白居易《长恨歌》:"揽衣推枕起徘徊,珠箔银屏逦迤开。"（《全唐诗》卷四百三十五）

柳眉:形容女子细长秀美之眉。

桃脸:谓女子美如桃花的面容。

[2]阳台女、为云为雨:皆用楚王与巫山神女幽会事。阳台女,指巫山神女。〔战国·楚〕宋玉《高唐赋》:"昔者先王尝游高唐,怠而昼寝,梦见一妇人曰:'妾,巫山之女也。为高唐之客。闻君游高唐,愿荐枕席。'王因幸之。去而辞曰:'妾在巫山之阳,高丘之阻,旦为朝云,暮为行雨。朝朝暮暮,阳台之下。'旦朝视之,如言。故为立庙,号曰'朝云'。"（《文选》卷十九·赋癸）

无名氏

琵 琶

粉胸绣臆谁家女,香拨星星共春语。
七盘岭上走鸾铃[1],十二峰头弄云雨[2]。
千悲万恨四五弦,弦中甲马声骈阗[3]。
山僧扑破琉璃钵,壮士击折珊瑚鞭。
珊瑚鞭折声交戛,玉盘倾泻真珠滑。
海神驱趁夜涛回[4],江娥蹙踏春冰裂[5]。
满坐红妆尽泪垂[6],望乡之客不胜悲。
曲终调绝忽飞去,洞庭月落孤云归[7]。

（《全唐诗》卷七百八十五,中华书局点
校本,1960 年 4 月第 1 版,第 8860 页）

【注　释】

[1]七盘岭:在今四川广元与陕西宁强交界处。

鸾铃:系在马缰辔上的响铃。此代指马。

[2]十二峰:指巫山十二座山峰。见乔知之《巫山高》注[2]。

云雨:用巫山神女事。

[3]甲马声:指金戈杀伐之声。甲马,披甲的战马。骈阗:也作骈田,聚集一
起的意思。〔晋〕潘岳《西征赋》:“华夷士女,骈田逼侧。”(《文选》卷十·赋戊)

[4]海神:传说的海中之神。《史记·秦始皇本纪》:“始皇梦与海神战,如人
状。”〔唐〕刘禹锡《和令狐相公送赵常盈炼师拜岳及天台投龙毕却赴京师》:“白鹤
迎来天乐动,金龙掷下海神惊。”(《全唐诗》卷三百六十)

〔5〕江娥:湘君的别称。又称湘娥、江君。〔唐〕李贺《李凭箜篌引》:"江娥啼竹素女愁,李凭中国弹箜篌。"(《全唐诗》卷三百九十)

〔6〕红妆:指美女。

〔7〕洞庭:洞庭湖,在湖南境内。

刘　媛

【作者简介】
刘媛,媛一作瑗,唐代女诗人。《全唐诗》存其诗三首,句二联。

送　远

闻道瞿塘滟滪堆[1],青山流水近阳台[2]。
知君此去无还日,妾亦随波不复回。

（《全唐诗》卷八百〇一,中华书局点
校本,1960 年 4 月第 1 版,第 9013 页）

【注　释】
[1]瞿塘:见李白《自巴东舟行经瞿唐峡登巫山最高峰晚还题壁》注[1]。
[2]阳台:台观名。传说巫山神女所居之地。见凌敬《巫山高》注[7]。

敦煌词

【文献解题】

　　1900 年,在甘肃敦煌莫高窟的藏经洞(世称敦煌石室)发现了约写于公元 8—10 世纪的唐、五代词,多为无名氏创作的曲子词。这些珍贵的文物先后为法国人保罗·伯希和劫走 17 卷,英籍匈牙利人马尔克·奥莱尔·斯坦因劫走 11 卷,分别收藏于巴黎国家图书馆和英京博物馆。本卷所录失调名词半阕,见于伯希和写卷 3911;曾昭岷、曹济平、王兆鹏、刘尊明等人编纂的《全唐五代词》正编卷四《散见各卷曲子词》收入。

失调名

　　羊子遍野巫山。醉胡子楼头饮宴,醉思乡千日醺醺。下水船盏酌十分,令筹更打江神[1]。

　　(《全唐五代词》正编卷四·散见各卷曲子词,中华书局 1999 年 12 月第 1 版,第 928 页)

【注　释】

　　[1]词调名已失,且上阕亦缺。此词为集曲名词。即集辑曲调名称而组织成篇的一种特殊词体。其中集嵌的曲名即有"羊子"、"巫山"、"醉胡子"、"醉思乡"、"下水船"、"江神"6 曲。醺醺:酣醉的样子。

薛 韬

【作者简介】

薛(一作蒋)韬,一作薛蕴。字馥。河中宝鼎(今山西万荣西南)人。其祖薛彦辅玄宗时官至大理评事。事见《又玄集》卷下。存诗三首,断句一联。

古 意

昨夜巫山中,失却阳台女[1]。
朝来香阁里,独伴楚王语[2]。

(《全唐诗》卷七百九十九,中华书局点校本,1960年4月第1版,第8989页)

【注 释】

[1]巫山、阳台女:用巫山神女典。〔战国·楚〕宋玉《高唐赋》写楚王梦遇巫山神女,神女离别时说:"妾在巫山之阳,高丘之阻,旦为朝云,暮为行雨。朝朝暮暮,阳台之下。"(《文选》卷十九·赋癸)

中:一作云。

[2]朝来香阁里:一作今朝香阁前。

楚王:用巫山神女典,见上注。

汉皓

【作者简介】

生平不详。

句[1]

西风暮雨惊残梦,应是巫山寄恨来[2]。《对雨》[3]

(《全唐诗》逸卷中,中华书局点校
本,1960年4月第1版,第10208页)

【注　释】

[1]此诗由日本上毛河世宁纂辑。

[2]残梦:谓零乱不全之梦。〔唐〕李贺《同沉驸马赋得御沟水》:"别馆惊残梦,停杯泛小觞。"(《全唐诗》卷三百九十)

巫山:见凌敬《巫山高》注[2]。这两句用巫山神女典。〔战国·楚〕宋玉《高唐赋》:"妾在巫山之阳,高丘之阻,旦为朝云,暮为行雨。朝朝暮暮,阳台之下。"(《文选》卷十九·赋癸)

[3]《对雨》:意为此句出《对雨》诗。然《全唐诗》内无此诗。

辛夤逊

【作者简介】

　　辛夤逊,夔州云安(今重庆云阳)人,一作成都人。后蜀时为茂州录事参军,历新都令、司门郎中知制诰、中书舍人、翰林学士、工部侍郎、领简州刺史等。后蜀亡,仕宋为右庶子、镇国军行军司马。罢职时年已九十余,尚有意仕进,治装赴阙,未登路而卒。事见《宋史》卷四百七十九、《诗话总龟》卷三十一、《十国春秋》卷五十四。今存诗一首,断句六联。《全唐诗补编》尚存诗二首四句。

云

因登巨石知来处[1],勃勃元生绿鲜痕。
静即等闲藏草木,动时顷刻遍乾坤[2]。
横天未必朋元恶,捧日还曾瑞至尊[3]。
不独朝朝在巫峡,楚王何事谩劳魂[4]。

(《全唐诗》七百六十一,中华书局点校本,1960年4月第1版,第8644页)

【注　释】

　　[1]来处:谓云触石而生。《公羊传·僖公三十一年》:"触石而出,肤寸而合,不崇朝而遍雨导天下者,唯泰山尔。"

　　[2]乾坤:指天地。《易·说卦》:"乾为天……坤为地。"

　　[3]捧日:《太平御览》卷八引《洛书》:"苍帝起,青云扶日。赤帝起,赤云扶日。黄帝起,黄云扶日。白帝起,白云扶日。"

　　至尊:指皇帝。

[4]"不独"两句:用〔战国·楚〕宋玉《高唐赋》所写楚王梦遇巫山神女事:"妾在巫山之阳,高丘之阻,旦为朝云,暮为行雨。朝朝暮暮,阳台之下。"(《文选》卷十九·赋癸)

巫峡:见上官仪《八咏应制二首(其一)》注[11]。

何事:为何、何故之意。〔晋〕左思《招隐》诗之一:"何事待啸歌?灌木自悲吟。"(《文选》卷二十二·诗乙)

谩:欺骗、蒙蔽之意。

刘 兼

【作者简介】
　　刘兼,长安(今陕西西安)人。由五代入宋,宋初任荣州刺史。宋太祖开宝六、七年预修《五代史》,为盐铁判官。事见《渑水燕谈录》卷六、《续资治通鉴长编》卷十五。今存诗一卷,均为在宋所作。

中春宴游

二月风光似洞天,红英翠萼簇芳筵[1]。
楚王云雨迷巫峡[2],江令文章媚蜀笺[3]。
歌黛入颦春袖敛[4],舞衣新绣晓霞鲜。
酒阑香袂初分散[5],笑指渔翁钓暮烟。

(《全唐诗》卷七百六十六,中华书局点校本,1960年4月第1版,第8690页)

【注　释】
　　[1]洞天:道教用以称神仙洞府,谓洞中别有天地。〔唐〕陈子昂《送中岳二三真人序》:"杨仙翁元默洞天,贾上士幽栖牝谷。"(《全唐文》卷二百一十四)萼:在花瓣下部的一圈叶状绿色小片。
　　[2]"楚王"句。用楚王在梦中与巫山神女欢会之典。〔战国·楚〕宋玉《高唐赋》:"妾在巫山之阳,高丘之阻,旦为朝云,暮为行雨。朝朝暮暮,阳台之下。"(《文选》卷十九·赋癸)巫峡:见上官仪《八咏应制二首(其一)》注[11]。
　　[3]江令:江总。仕陈为尚书令,能诗擅文,《陈书》有传。蜀笺:蜀地所造的笺纸,自唐以来,极负盛名。
　　[4]颦:皱眉。袖:一作岫。春岫,即春山。形容女子秀丽之眉。典出《西京杂记》卷二:"文君姣好,眉色如望远山,脸际常若芙蓉。"
　　[5]阑:尽、残。袂:衣袖,袖口。

吴商浩

【作者简介】

吴商浩,明州(今浙江宁波)人。曾应举不第,游蜀中、塞上。《全唐诗》存诗九首。

巫峡听猿[1]

巴江猿啸苦[2],响入客舟中。
孤枕破残梦,三声随晓风[3]。
连云波澹澹[4],和雾雨蒙蒙。
巫峡去家远,不堪魂断空[5]。

(《全唐诗》卷七百七十四,中华书局点校本,1960 年 4 月第 1 版,第 8771 页)

【注　释】

[1]巫峡:见上官仪《八咏应制二首(其一)》注[11]。古时巫峡两岸多猿。

[2]巴江:古水名。诗中应指流经今三峡一带的长江。

猿啸:猿啼叫。

[3]三声:〔北魏〕郦道元《水经注·江水》:"其间首尾百六十里,谓之巫峡,盖因山为名也。……每至晴初霜旦,林寒涧肃,常有高猿长啸,属引凄异,空谷传响,哀转久绝。故渔者歌曰:'巴东三峡巫峡长,猿鸣三声泪沾裳!'"(《水经注》卷三十四)

[4]澹澹:水波动的样子。

[5]去:离。

不堪:不能忍受。

梁　琼

【作者简介】

梁琼,唐代女诗人,生平无考。《全唐诗》存诗四首,断句一联。

宿巫山寄远人[1]

巫山云,巫山雨,朝云暮雨无定所[2]。
南峰忽暗北峰晴[3],空里仙人语笑声。
曾侍荆王枕席处[4],直至如今如有灵。
春风澹澹白云闲,惊湍流水响千山[5]。
一夜此中对明月,忆得此中与君别。
感物情怀如旧时,君今渺渺在天涯[6]。
晓看襟上泪流处[7],点点血痕犹在衣。

（《全唐诗》卷八百〇一,中华书局点
校本,1960年4月第1版,第9009页）

【注　释】

[1]巫山:见凌敬《巫山高》注[2]。

[2]"巫山"两句:用巫山神女事。〔战国·楚〕宋玉《高唐赋》记楚王在梦中
与神女幽会,神女离别时自述"妾在巫山之阳,高丘之阻,旦为朝云,暮为行雨。朝
朝暮暮,阳台之下"。（《文选》卷十九·赋癸）

[3]南峰、南峰:巫山峰峦起伏,尤以十二峰闻名。

[4]荆王、枕席:荆王,即楚王。此用巫山神女事。〔战国·楚〕宋玉《高唐
赋》:"昔者先王尝游高唐,怠而昼寝,梦见一妇人曰:'妾,巫山之女也。为高唐之
客。闻君游高唐,愿荐枕席。'王因幸之。"（《文选》卷十九·赋癸）

[5]澹澹:微风吹拂的样子。

惊湍:急流、惊涛骇浪。〔晋〕潘岳《河阳县作》:"山气冒山岭,惊湍激严阿。"

[6]渺渺:幽远的样子;悠远的样子。《管子·内业》:"折折乎如在于侧,忽忽乎如将不得,渺渺乎如穷无极。"(《管子》内业第四十九)

[7]襟:衣服的胸前部分。

崔仲容

【作者简介】

崔仲容,唐代女诗人,生平无考。《全唐诗》存诗三首,断句四联。

赠歌姬

水剪双眸雾剪衣,当筵一曲眉春辉[1]。

潇湘夜瑟怨犹在,巫峡晓云愁不稀[2]。

皓齿乍分寒玉细,黛眉轻蹙远山微[3]。

渭城朝雨休重唱,满眼阳关客未归[4]。

(《全唐诗》卷八百〇一,中华书局点校本,1960 年 4 月第 1 版,第 9011 页)

【注 释】

[1]辉:一作时。

[2]潇湘夜瑟:《楚辞·远游》:"使湘灵鼓瑟兮,令海若舞冯夷。"(《楚辞章句》卷五)湘灵,一说为湘水女神,一说为舜之二妃,即湘夫人。巫峡晓云:用巫山神女典。〔战国·楚〕宋玉《高唐赋》:"妾在巫山之阳,高丘之阻,旦为朝云,暮为行雨。朝朝暮暮,阳台之下。"

稀:一作飞。(《文选》卷十九·赋癸)这两句分别用"湘灵鼓瑟"和巫山云雨的典故。极写歌声的美妙与魅力,仿佛湘妃哀怨的瑟音犹在耳畔,竟使巫山云雾深受感动而凝聚不散。

[3]皓齿:洁白的牙齿。《汉书·司马相如传上》:"皓齿粲烂,宜笑的皪。"(《汉书》卷五十七上·司马相如传第二十七上)

蹙:皱。

远山:形容女子秀丽之眉。典出《西京杂记》卷二:"文君姣好,眉色如望远山,脸际常若芙蓉。"

〔4〕渭城朝雨:出自〔唐〕王维《送元二使安西》诗,诗中有"渭城朝雨浥轻尘……西出阳关无故人"(《全唐诗》卷一百二十八)之句。王维此诗后编为曲,称《渭城曲》或《阳关曲》。是唐代传唱最久、也最为流行的曲子。王维的这首诗被编成曲后,就非常流行,后来经过乐工的加工叠唱后,更加凄美动人,所以又称《阳关三叠》。"渭城朝雨"即代指《渭城曲》这首曲子。"满眼阳关客未归":谓满座听众都是远离家乡的未归之客。歌姬的演唱深深触发了在座之客的落寞思绪,过于感伤而不忍再听。因此作者说"渭城朝雨休重唱"。这里一方面借王维《送元二使安西》诗意表现作者乡愁,与三、四句的"怨"、"愁"呼应,另一方面,又以反衬手法渲染歌姬演唱的动听,将歌曲感情表现得淋漓尽致。

孙鲂

【作者简介】

　　孙鲂，字伯鱼，南昌（今江西南昌）人。从郑谷为诗。吴王杨行密据有江淮，鲂依之，任郡从事。南唐李昇时，迁宗正郎。有集三卷，已佚。事见马令《南唐书》卷十三、《唐诗纪事》卷七十一、《唐才子传》卷十。

主人司空后亭牡丹[1]

佳卉挺芳辰，夭容乃绝伦[2]。

望开从隔岁，愁过即无春。

体物真英气，余花似庶人[3]。

蜂攒知眷恋[4]，鸟语亦殷勤。

况在豪华地，宁同里巷尘。

酷怜应丧德，多赏奈怡神[5]。

忌秽栽时土，尝甜折处津[6]。

绕行那识倦，围坐岂辞频。

入梦殊巫峡[7]，临池胜洛滨[8]。

乐喧丝杂竹[9]，露渍卯连寅[10]。

饮兴尤思满，吟情自合新[11]。

怕风惟怯夜，忧雨不经旬。

栏槛为良援，亭台是四邻。

虽非能伐性，争免碍还淳[12]。

斗艳何惭蜀，矜繁未让秦[13]。

私心期一日，许近看逡巡[14]。

　　　　（《全唐诗》卷八百八十六，中华书局点校本，1960年4月第1版，第10015页）

【注　释】

[1]主人:谓牡丹之主人。司空:官名。西周始置。掌管工程。后世用作工部尚书的别称。此指李建勋。马令《南唐书·李建勋传》:"元宗即位……罢建勋为抚州节度使。召拜司空,乃营亭榭于钟山,适意泉石。"又《孙鲂传》:"及吴武王据有江淮,文雅之士骈集,遂与沈彬、李建勋为诗社。"

[2]挺:特出,突出。

芳辰:美好的时辰,即春日。

夭容:妖媚艳丽的姿容。乃:竟。

绝伦:无与伦比。

[3]体物:谓成物之体,此指牡丹。

余花:指其他花卉。

庶人:泛指平民、百姓。

[4]攒(cuán):聚集。

[5]酷怜:极爱。

怡神:怡悦心神。

[6]秽:污浊。

津:花茎之津液。

[7]"入梦"句:用楚王梦遇巫山神女事。

殊:不同。

巫峡:见上官仪《八咏应制二首(其一)》注[11]。此指巫山神女。

[8]洛滨:洛水之滨。此指〔三国·魏〕曹植《洛神赋》中描写的洛水女神。

[9]丝杂竹:丝指丝弦乐器,如筝、琵琶等;竹指竹管乐器,如笙、笛等。丝杂竹即弦乐器和管乐器合奏。

[10]渍:沾湿。

卯连寅:从寅时到卯时。卯,十二地支的第四位。作为计时来说,是指五点至七点。寅,十二支的第三位。作为计时来说,是指天亮前的三点至五点。

[11]合:应该。

[12]伐性:危害身心。

还淳:回归淳朴。

[13]蜀:指今四川、重庆一带。蜀地成都牡丹第一,号小洛阳。

矜:自负才能。

秦:指今陕西省。唐时长安宫廷贵戚争养牡丹,盛于一时。这两句赞美李建勋后亭的牡丹不逊于蜀地及长安的牡丹。

[14]私心：此指个人的心愿。

期一日：希望能有那么一天。

逡(qūn)巡：顷刻、不一会儿。